JANE AUSTEN

La novelista británica Jane Austen nació el
16 de diciembre de 1775 en Steventon
(Hampshire). Hija de un eclesiástico rural,
era la séptima de ocho hermanos. Murió en
Winchester en 1818. Inició su carrera literaria sin acusar los rasgos de la novela gótica
entonces en boga, como la practicaban Ann
Radcliffe o Fanny Burney. La Austen centró
su atención en el mundo que la rodeaba, en
la captación de una atmósfera determinada
por las habladurías en torno a intereses locales y en un irónico apartamiento frente a
pequeñas intrigas domésticas. El conjunto de
su obra publicada comprende seis novelas:
Sense and Sensibility, 1811; *Pride and
Prejudice*, 1813; *Mansfield Park*, 1814;
Emma, 1816; *Norhanger Abbey*, 1818;
Persuasion, 1818. Dejó también algunos frag-
mentos (*Love and Friendship*, 1922; *Lady
Susan and Sanditon*, 1925 y *The Watson*s,
1927). Firmó su primera novela como «A
novel by a Lady» y las siguientes como «The
Author of...»

Jane Austen

Emma

Traducción y prólogo
de José María Valverde

F A B U L A
Editorial Lumen
TUSQUETS
EDITORES

Título original: *Emma*

1.ª edición en Editorial Lumen: 1978
1.ª edición en Fábula: junio 1995
2.ª edición en Fábula: noviembre 1996
3.ª edición en Fábula: noviembre 1997
4.ª edición en Fábula: junio 2002

Traducción de José María Valverde

Diseño de la colección: Pierluigi Cerri

Ilustración de la cubierta: detalle de *Reading the News,*
de James Tissot (1874), óleo sobre tela. Colección privada,
Nueva York

ISBN: 84-7223-894-6
Depósito legal: B. 26.233-2002

Impresión y encuadernación: GRAFOS, S.A. Arte sobre papel
Sector C, Calle D, n.º 36, Zona Franca - 08040 Barcelona
Impreso en España

PROLOGO

La tentación editorial sería hablar de *Emma* y de Jane Austen como elementos históricos en la gran toma de conciencia actual de la mujer, y sus consiguientes reivindicaciones en un mundo de dominio masculino. Resistámosla, sin embargo: indirectamente, daremos más peso a lo que pueda valer *Emma*, en ese sentido y en cualquier otro, si tratamos de valorarla, ante todo, como pieza literaria. También sería desorientador, aunque sincero, proclamar: *Emma* es la mejor novela inglesa del siglo XIX. Porque ¿es realmente del siglo XIX? Publicada en 1816, a contrapelo de la creciente moda sentimental de ese momento, tiene con su época una relación más bien de contraste satírico, oponiéndose a la novela romántica que iba a llegar a su cumbre con Walter Scott, y que dejaría paso a su vez al realismo popular y barato de un Dickens y un Thackeray, a cuyo lado el arte de Jane Austen se eleva, por contraste, como exquisito logro «para personas mayores», según señaló Virginia Woolf.

Virginia Woolf, en efecto, es quien nos da la clave del valor que tiene para nosotros Jane Austen —y especialmente *Emma*—, y ello no tanto de mujer a mujer cuanto de gran artista a gran artista, capaz de dominar la emoción sentimental en el equilibrio de la forma bien calculada y enfriada. El arte de Jane Austen es sencillo como el de un cuarteto de cuerda mozartiano —«tres o cuatro familias en un pueblo es lo más apropiado para elaborar», escribe a su sobrina Anna—, pero lentamente minucioso como el de un Proust —«el trocito —dos pulgadas de ancho— de marfil en que trabajo con tan fino pincel, para producir poco efecto tras de mucho esfuerzo», así define su obra escribiendo a su hermano Edward, mientras éste trabajaba también en una novela. Pero Virginia Woolf no oculta que su admiración está concedida a pesar del distanciamiento almidonado del estilo de la Austen, apenas sin rendijas por donde escape su íntima ironía. En *Viaje de ida* (*The Voyage Out*), una de las mujeres de la novela objeta: «No me gusta Jane Austen... Es tan... tan... bueno, como un plisado ajustado», pero poco más allá, otra alega —destapando la cuestión del feminismo: «Es la mayor escritora... no intenta escribir como un hombre. Todas las demás mujeres lo hacen; por esa razón, yo no las leo.»

Engañados por la contención de Jane Austen, durante mucho tiempo los críticos nos dieron una imagen suya como una arrinconada hija de ministro anglicano rural, que, escondida en su soledad pueblerina, analizaría con microscopio los problemas de etiqueta y de clase de sus más ricos vecinos, dejando su obra semiignorada —como una Stendhal inglesa— para la comprensión de épocas futuras. Recientemente, se ha empezado a rectificar esa perspectiva: Jane Austen (1775-1817) pasó, en efecto, la mayor parte de su vida en la rectoría rural de su padre; ocho años transcurridos en la animada y cosmopolita Bath —cuya notoriedad se hace presente en *Emma* en la insoportable señora Elton— fueron para ella un amargo intermedio. Pero su familia no vivía nada arrinconada: por ejemplo, un hermano suyo se casó con una francesa, viuda de un aristócrata guillotinado en la Revolución Francesa, y luego, tras de emocionantes avatares, entró en el sacerdocio. Otros dos hermanos suyos llegaron a almirantes, y otro se casó con la nieta de un duque. Significativamente, Jane Austen, tan ávida anotadora de los matices clasistas y las diferencias monetarias —sus personajes entran en escena con la etiqueta del precio puesta: la señora Elton hace el ridículo ante la señorita Woodhouse,

10

más que nada, porque sólo tiene diez mil libras frente a las treinta mil de ésta—, no sintió en cambio interés por las vidas y personas de los escritores, aparte de sus obras —así, rehusó asistir a una reunión donde habría conocido a Madame de Staël, la gran dama literaria de la Europa de entonces—.

Aunque al margen de la moda literaria, Jane Austen tampoco quedó inédita ni le faltó un pequeño público —muy pequeño: las cuatro obras que publicó durante su vida le produjeron sólo unas 750 libras; para traducir esto a ejemplares, piénsese que *Emma* se vendió, según la costumbre, en tres pequeños volúmenes a una guinea cada uno; o sea, más del triple de su precio actual en Penguin Books, aparte de ciento sesenta años de inflación. Con todo, entre su escaso y selecto público, estaba nada menos que el Príncipe Regente, que tenía una colección de las novelas de Jane Austen en cada una de sus residencias, y al cual —aun odiándole en secreto— Jane Austen le dedicó *Emma* en los más ceremoniosos términos (pero, por cierto, sin firmar el libro con otra indicación que «por la autora de *Orgullo y prejuicio*, etc.»).

En efecto, *Orgullo y prejuicio* fue entonces, como en nuestro tiempo, la más difundida novela de Jane Austen. Resumamos brevemente, por cierto, el panorama de su obra: a los quince años, a modo de diversión de colegiala, escribe *Amor y amistad*, una novelita que deja entrever una verdadera seriedad profesional, aun en su intención satírica. También como sátira empezaba *Northanger Abbey* (1805, publicada en 1817), para ridiculizar a las señoritas de entonces, aficionadas a las novelas emocionantes; sin embargo, la obra acaba rindiéndose a un romanticismo mitigado, casi como «novela rosa». El héroe, un joven *clergyman* que deslumbra a la protagonista Catherine, es la proyección ideal de la propia Jane Austen, con su misma ironía y su distanciamiento inteligente ante todo lo mundano. Pero el juego era demasiado visible —el primer cambio de frases entre el galán y la heroína resulta ya excesivamente agudo—; en lo sucesivo, Jane

11

Austen sabrá disimular mejor su propia ironía, en beneficio de la solidez de su obra. Esa novela, junto con *Sentido y sensibilidad* (*Sense and Sensibility*, 1811) y con la famosa *Orgullo y prejuicio* (*Pride and Prejudice*, 1813), integró la que suele llamarse «primera época» de la Austen, más espontánea y de mayor viveza argumental. La segunda época, menos propicia a la popularidad, pero más magistral en su análisis de los caracteres, más hábil en los entramados de las situaciones y más humana en las soluciones finales, comprende otras tres novelas, *Mansfield Park* (1814), *Emma* (1816) y *Persuasión* (1817). *Mansfield Park*, si se cuenta su argumento, podría parecer una «novela rosa» o un viejo folletín por entregas —la sobrinita pobre, recogida por caridad, que se casa con el hijo de buena familia, mientras sus orgullosas primas, etc. Y sin embargo, al leerla, se impone la conciencia de estar ante un arte de la mejor ley. Pronto se prevé la boda, pero no cabe saltar un capítulo, por la cristalina precisión con que se van presentando los personajes, en diálogos sobrios y equilibrados, y con la usual minuciosidad necesaria para contrapesar con rigor la marcha en las novelas de la Austen. Pero es en esta segunda época donde destaca la obra maestra de la Austen, que aquí presentamos, *Emma*; también de mínima sencillez argumental, como se verá —una muchacha rica que, a fuerza de entrometida y por querer que todo el mundo le deba a ella su felicidad sentimental, está a punto de hacer desgraciados a todos los que la rodean y de causar su propia infelicidad. Esa sencillez se adelgaza aún más en *Persuasión*, la última novela completada por Jane Austen: un matrimonio demorado durante muchos años por mezquinas nimiedades. Todavía emprendería otra novela más, pero, a los cuarenta y dos años, preocupaciones familiares desencadenaron en Jane Austen una emotiva enfermedad, que luego se ha diagnosticado y denominado como «mal de Addison», y que acabó con ella. Nada nos impide especular que sus visibles problemas de familia no recubrieran un íntimo problema literario: la sensación de haber tocado el límite de su propio desarrollo creativo. Pero eso requeriría un análisis de otra novela inacabada, en que no podemos entrar aquí.

Para presentar *Emma,* hemos de evitar un peculiarísimo peligro: no debemos decir nada sobre el desarrollo de su argumento que vaya más allá de la lacónica indicación dada un poco más arriba; y en especial, no hemos de hablar sobre cómo se llega a su final, porque eso sería matar el suspense que tira del lector, a través de episodios y problemas que se van aclarando uno tras otro, hasta la gran *anagnórisis* decisiva. Y, sin embargo, la novela acaba tal como era natural —y feliz— que acabara, pero Jane Austen se las arregla desde un principio para que eso no se prevea como natural ni como apenas deseable: todavía esa resolución definitiva nos ha de revelar el verdadero rostro de más de un personaje, hasta entonces de aspecto demasiado frívolo o demasiado modélico. Pero, aun a costa de un gran esfuerzo, no hay que poner aquí nombres que den ya pistas al lector; de otro modo seríamos como aquel vengativo acomodador de cine que, decepcionado por haber resultado triste peseta lo que él esperó ser duro, se inclinó hacia el propinante, que se disponía a ver una película detectivesca, y le susurró: «El asesino es el del bigote.» Además, mientras que en la época de Jane Austen el final feliz era ley, y ello ponía sordina a toda incógnita, hoy día, en cambio, el lector está siempre preparado para lo peor en el desenlace, de modo que sus amplias expectativas le enriquecen mucho la capacidad de emoción y de suspensión al leer una novela de intriga, como al fin y al cabo es ésta: lo que es un motivo más para no anticipar nada sobre desarrollo y final. Pero ya estamos diciendo con esto más de lo que debíamos.

No debemos, sin embargo, acentuar demasiado la importancia de este elemento de intriga: si W. H. Auden observó que la novela policíaca deja de ser interesante y se nos cae de las manos tan pronto como recordamos que ya la habíamos leído y quién era el asesino, en cambio en *Emma*, una segunda lectura puede producir no menor placer que la primera, salvo que de otro orden; ya no con la tensa emoción de ver en qué para cada conflicto, sino con la serena admiración de observar qué hábil y ajustada era la construcción, y cómo a cada paso se establecían sutiles artilugios para dar al lector esa mezcla de saber e ignorar que hacía falta con vistas al efecto deseado. Es decir, ocurre aquí algo muy diverso de lo que ocurre en la relectura de la inmensa mayoría de las novelas de intriga, que en un repaso revelan excesivamente la chapucería y la tramposidad de muchos de sus recursos.

Hablando más en general, *Emma* puede ser caracterizada como una novela contra la novelería, contra el sentimentalismo —imposible no pensar en su homónima, la Emma Bovary flaubertiana, y, en última instancia, en el *Quijote*, padre de la novelística inglesa. Emma Woodhouse, sin embargo, entra en lo sentimental de modo más conservador —aunque también pudo acabar en tragedia, como la flaubertiana—: quiere mantenerse en un plano superior, sin comprometer su corazón, arreglando los amores y los casamientos de los demás. Su ceguera casi produce varias catástrofes sentimentales en los demás y en ella misma, aunque, en definitiva, siempre acaba por ocurrir lo mejor, o por lo menos, lo merecido por cada cual, con arreglo a una escala de valores que no es sólo moral, sino de decoro clasista.

Tal vez este último punto sea el más difícil de valorar para un lector actual; Jane Austen parece aceptar sin crítica el mecanismo social de su mundo, movido por una avidez de dinero apenas velada por la etiqueta. De hecho, su crítica queda ahí, implícitamente, asordinada por el ceremonioso estilo que usa Jane Austen, al escribir, no como ella podría querer escribir para expresarse a sí misma, sino como había que expresarse, como debía escribirse en aquella sociedad. Hace falta insistir en ello: Jane Austen rechaza el naciente romanticismo, el ideal rousseauniano de la sinceridad, y aparenta seguir, sin rechistar, el código vigente, mucho más férreo para una mujer, y una mujer de escasos medios e hija de un *clergyman* de campo. La rebelión es sólo secreta, y la venganza es indecisa y sutil: a última hora, Jane Austen, en *Emma,* parece ablandarse y compadecerse de su heroína, en la que quizá ha trazado su autocaricatura, pero no la redime de su frivolidad y su mezquindad, tan consustanciadas con el afán de enlazar corazones de otros igual que si escribiera novelas de amor en carne y hueso.

El lector actual tiene que aplicar su sentido de la hermenéutica histórica para descontar la deliberada y lastrada lentitud de *Emma* —novela de un tiempo sin prisa para la lectura y con regodeo en los detalles. Lo más sorprendente para nosotros es, probablemente, que, después de la gran resolución de la novela, todavía quede una buena quinta parte del libro para atar los cabos y dejar resueltos a todos los personajes; ahí se hace más visible que la relación de los lectores con las novelas llegaba entonces a ser de costumbre y cariño, sin prisa por pasar a otra novela.

Acabaré diciendo algo como traductor: he procurado mantener con minuciosa exactitud la frialdad ceremoniosa —sólo en el fondo satírica— del estilo de Jane Austen: sus circunvoluciones y formalismos responden al mundo en que viven sus personajes, un mundo externamente estático —allá lejos ocurren grandes cosas, las guerras napoleónicas, nada menos, pero no llega el menor eco de ello a ese espeso mundillo narrativo Tal es la liturgia con que se recubre, y, por ello mismo, se hace más enérgico el doble ataque secreto de

Jane Austen: por un lado, ataque contra el sistema dominante, y por otro lado, contra el nuevo espíritu sentimental que llenaría el nuevo siglo de alharacas y emociones sin lograr tampoco liberar ni aun expresar del todo al ser humano.

J. M. V.

EMMA

CAPÍTULO I

Emma Woodhouse, bella, inteligente y rica, con un hogar agradable y un temperamento feliz, parecía reunir muchas de las mejores bendiciones de la vida; llevaba viviendo cerca de veintiún años en este mundo sin nada apenas que la agitara o la molestara.

Era la menor de las dos hijas de un padre cariñoso y tolerante, y, a consecuencia del matrimonio de su hermana, llevaba mucho tiempo como señora de la casa de su padre. La madre había muerto también hacía demasiado tiempo como para que ella conservara más que un confuso recuerdo de sus caricias: su lugar había sido ocupado por una institutriz, mujer excelente, a quien le faltaba muy poco del cariño de una madre.

Dieciséis años llevaba la señorita Taylor en la familia del señor Woodhouse, menos como institutriz que como amiga, muy encariñada con las dos hijas, pero especialmente con Emma. Entre ellas había más bien la intimidad de unas hermanas. Aun antes de que la señorita Taylor dejara de ejercer el cargo nominal de institutriz, la bondad de su carácter apenas le consentía imponer ninguna restricción; y ahora que su sombra de autoridad había acabado hacía mucho, vivían juntas como amigas muy unidas, haciendo Emma lo que se le antojaba, con una elevada estimación del juicio

19

de la señorita Taylor, pero guiándose principalmente por el suyo.

En efecto, los verdaderos males de la situación de Emma eran su capacidad de imponer demasiado su voluntad, y su tendencia a pensar demasiado bien de sí misma; ésos eran los inconvenientes que amenazaban teñir sus muchas buenas cualidades. Sin embargo, ese peligro era en ese momento tan poco advertido, que de ningún modo tales cosas alcanzaban en ella categoría de desgracias.

Una tristeza sobrevino, una amable tristeza, pero de ningún modo en forma desagradable: la señorita Taylor se casó. La pérdida de la señorita Taylor fue lo primero que le producía dolor. Fue en el día de la boda de esa querida amiga la primera vez que Emma se quedó sentada con tristes reflexiones de larga duración. Pasada la boda y habiéndose ido los invitados de la novia, su padre y ella se quedaron solos para comer, sin perspectiva de nadie más que animara una larga velada. Su padre se preparó para dormir después de la comida, como de costumbre, y a ella no le quedó sino estarse sentada pensando en lo que había perdido.

El acontecimiento prometía toda clase de felicidades para su amiga. El señor Weston era un hombre de carácter irreprochable, suficiente fortuna, edad apropiada y modales agradables; y había cierta satisfacción en considerar con qué abnegada y generosa amistad Emma había deseado siempre y estimulado esa unión; pero fue para ella una mañana negra. La falta de la señorita Taylor se sentiría a cada hora de cada día. Emma recordaba sus pasadas bondades, la amabilidad, el cariño de dieciséis años, cómo le había enseñado y cómo había jugado con ella desde sus cinco años, cómo había dedicado toda su capacidad a unirse a ella y a entretenerla, cuando estaba buena, y cómo la había cuidado en las diversas enfermedades de la niñez. Una amplia deuda de gratitud quedaba ahí como saldo, pero el trato de los últimos siete años, el pie de igualdad y la absoluta falta de reservas que se había establecido muy poco después de la boda de Isabella, al quedarse solas la una para la otra, era un recuerdo aún más querido y más tierno. Había sido una amiga y una compañera como se tenían pocas, inteligente, bien informada, útil, amable, conocedora de las costumbres de la familia, interesada en todos sus asuntos, y especialmente interesada en ella, en todos los placeres y proyectos de Emma; alguien con quien ella podía expresar todos sus pensamientos tal como surgían, y que tenía tanto cariño por ella que jamás la encontraría en falta.

¿Cómo iba a soportar el cambio? Es verdad que su amiga iba a estar sólo a media milla de ellos, pero Emma se daba cuenta de que debía ser grande la diferencia entre una señora Weston a sólo media milla de ellos, y una señorita Taylor en la casa; y aun con todas sus cualidades, naturales y cultivadas, estaba en gran peligro de sufrir de soledad intelectual. Quería mucho a su padre, pero él no era un compañero para ella. No podía estar a su nivel en la conversación, ni razonable ni en broma.

El inconveniente de la diferencia efectiva de sus edades (y el señor Woodhouse no se había casado pronto) se aumentaba mucho por su carácter y costumbres; pues habiendo estado delicado de salud toda su vida, sin actividad mental ni corporal, era un hombre mucho más viejo de maneras que de años; y aunque le querían en todas partes, por la amabilidad de su corazón y su temperamento amigable, sus talentos no le podrían haber servido de recomendación en ningún momento.

La hermana de Emma, aunque relativamente poco alejada por su matrimonio, al establecerse en Londres, sólo a dieciséis millas, estaba, con mucho, más allá de su alcance cotidiano; y habría que luchar en Hartfield con muchas largas veladas de octubre y noviembre antes que la Navidad trajera la próxima visita de Isabella con su marido y sus niñitos para llenar la casa y volverle a dar compañía agradable.

Highbury, la amplia y populosa aldea, casi un pueblo, a que pertenecía realmente Hartfield a pesar de la separación de sus prados y sus arbustos y su nombre, no le ofrecía nadie de su categoría. Los Woodhouse eran allí los primeros en importancia. Todos les miraban de abajo a arriba. Tenían muchos conocidos en el lugar, pues su padre era cortés con todo el mundo, pero nadie entre ellos que pudiera ser aceptado en lugar de la señorita Taylor ni por medio día. Era un cambio melancólico, y Emma no podía menos de suspirar por ello y desear cosas imposibles, hasta que su padre despertó, haciendo necesario estar de buen humor. El ánimo de él necesitaba apoyo. Era un hombre nervioso, fácilmente deprimido; aficionado a todas las personas a quienes estuviera acostumbrado, y detestando separarse de ellas; enemigo de toda clase de cambios. El matrimonio, como origen de cambios, le era siempre desagradable; no se había reconciliado de ningún modo con que su propia hija se hubiera casado, ni podía hablar nunca de ella sino con compasión, aunque había sido un matrimonio por amor; y ahora estaba obligado a separarse también de la señorita Taylor; y por sus costumbres de amable egoísmo y de no suponer nunca que los demás pudieran sentir algo diferente que él mismo, estaba muy dispuesto a creer que la señorita Taylor había hecho algo tan desgraciado para ella misma como para ellos, y habría sido mucho más feliz si hubiera pasado el resto de su vida en Hartfield. Emma sonrió y charló tan animadamente como pudo para evitarle tales pensamientos, pero, cuando llegó el té, le fue imposible a él no decir exactamente lo mismo que había dicho en la comida:

—¡Pobre señorita Taylor! Ojalá estuviera aquí otra vez. ¡Qué lástima que el señor Weston pensara jamás en ella!

—No puedo estar de acuerdo contigo, papá; ya sabes que no. El señor Weston es un hombre de tan buen humor, tan agradable y excelente que merece de sobra una buena esposa, y ¿querrías que la señorita Taylor hubiera vivido con nosotros para siempre, aguantando todos mis malos humores, cuando podía tener una casa propia?

—¡Una casa propia!, pero ¿dónde está la ventaja de una casa propia? Esta es tres veces mayor. Y tú nunca tienes malos humores, querida mía.

—¡Cuántas veces iremos a verles y ellos vendrán a vernos! ¡Siempre nos estaremos reuniendo! Tenemos que empezar, tenemos que ir muy pronto a hacerles la visita de después de la boda.

—Querida mía, ¿cómo voy a ir yo tan lejos? Randalls está a una buena distancia. Yo no podría andar ni la mitad.

—No, papá, nadie ha pensado que fueras andando. Tenemos que ir en el coche, claro.

—¡El coche! Pero a James no le gustará enganchar los caballos para tan poco camino, ¿y dónde van a estar los pobres caballos mientras hacemos nuestra visita?

—Los pondrán en la cuadra del señor Weston, papá. Ya sabes que eso lo hemos decidido ya. Lo hemos hablado anoche con el señor Weston. Y en cuanto a James, puedes estar muy seguro de que le gustará siempre ir a Randalls, porque su hija está allí de criada. Lo único que dudo es que nos quiera llevar nunca a otra parte. Eso lo hiciste tú, papá. Tú le buscaste a Hannah ese buen sitio. Nadie se acordó de Hannah hasta que tú la recordaste. ¡James te está tan agradecido!

—Me alegro mucho de haber pensado en ella. Fue una gran suerte, porque no me gustaría que el pobre James pensara de ningún modo que se le tenía en menos; y estoy seguro de que ella hará una criada muy buena; es una chica bien educada y bien hablada; tengo muy buena opinión de ella. Siempre que la veo, me hace una reverencia y me pregunta qué tal estoy, de un modo muy bonito; y cuando la llamaste aquí para que hiciera labor, me fijé en que da vuelta al pestillo de la puerta como es debido, sin dar nunca un portazo. Estoy seguro de que hará una criada excelente; y será un gran consuelo para la pobre señorita Taylor tener alrededor a alguien que esté acostumbrada a ver. Siempre que vaya James a ver a su hija, ya sabes, ella tendrá noticias nuestras. Él le podrá decir cómo estamos todos.

Emma no ahorró esfuerzos para mantener ese rumbo más feliz de ideas, y sintió esperanzas, con ayuda del juego del chaquete, de hacer que su padre superara decentemente la velada, sin ser atacada por más tristes sentimientos que los suyos propios. Se puso la mesa del chaquete, pero inmediatamente después entró un visitante y lo hizo innecesario.

El señor Knightley, hombre muy sensato, de unos treinta y siete o treinta y ocho años, era no sólo un amigo muy antiguo y muy íntimo de la familia, sino especialmente relacionado con ella por ser el hermano mayor del marido de Isabella. Vivía como a una milla de Highbury, venía a menudo de visita y siempre era bienvenido, y esta vez más que de costumbre, por venir derecho de ver a sus comunes familiares de Londres. Había comido tarde, después de regresar tras unos días de ausencia, y ahora había llegado a pie hasta Hartfield a contar que todos estaban bien en Brunswick Square. Era una circunstancia feliz y animó al señor Woodhouse durante algún tiempo. El señor Knightley tenía unos modales de buen humor que le sentaban muy bien, y las muchas preguntas sobre la «pobre Isabella» y los niños obtuvieron respuestas muy satisfactorias. Esto terminado, el señor Woodhouse observó, con gratitud:

—Es mucha bondad suya, señor Knightley, venir tan tarde a visitarnos. Me temo que ha debido tener un paseo desagradable.

—Nada de eso, señor Woodhouse. Hace una hermosa noche de luna, y tan templada que me tengo que apartar de su gran fuego.

—Pero ha debido encontrarlo todo muy húmedo y embarrado. Ojalá no se haya resfriado.

—¡Embarrado! Mire mis zapatos. Ni una mota hay en ellos.

—¡Bueno!, es sorprendente, porque hemos tenido mucha lluvia aquí. Ha llovido terriblemente fuerte durante media hora, mientras estábamos desayunando. Yo quería que aplazaran la boda.

—A propósito... no les he felicitado a ustedes. Dándome mucha cuenta de qué clase de alegría deben sentir los dos, no he sentido mucha prisa en felicitarles. Pero espero que todo haya salido bastante bien. ¿Cómo se portaron todos ustedes? ¿Quién lloró más?

—¡Ah! ¡Esa pobre señorita Taylor! Es un triste asunto.

—Pobres señor y señorita Woodhouse, si no les parece mal, pero de ningún modo puedo decir «pobre señorita Taylor». Siento una gran estimación por usted y por Emma, pero ¡cuando se trata de la cuestión de la dependencia o la independencia! En todo caso, debe ser mejor tener sólo uno a quien complacer, que dos.

—¡Especialmente cuando uno de esos dos es un ser tan caprichoso y enredoso! —dijo Emma, en tono de broma—. En eso es en lo que piensa, ya lo sé... y eso es lo que diría sin duda si no estuviera mi padre delante.

—Creo que es verdad, querida mía, en efecto —dijo el señor Woodhouse con un suspiro—. Me temo que a veces soy muy caprichoso y enredoso.

—¡Pero queridísimo papá! No pensarás que me pudiera referir a ti, ni suponer que el señor Knightley se refiriera a ti. ¡Oh, no! Sólo me refería a mí misma. Al señor Knightley le encanta encontrarme defectos, ya lo sabes, en broma... es todo una broma. Siempre nos decimos lo que se nos antoja.

El señor Knightley, en efecto, era una de las pocas personas que podía encontrar defectos en Emma Woodhouse, y el único que se los decía alguna vez; y aunque eso no le era especialmente agradable a Emma, sabía que lo había de ser todavía menos a su padre, por lo que no le dejaría sospechar realmente cosa tal como que ella no fuera considerada perfecta por todo el mundo.

—Emma sabe que nunca la adulo —dijo el señor Knightley— pero no decía nada contra nadie. La señorita Taylor estaba acostumbrada a tener dos personas a quienes complacer: ahora no tendrá más que una. Lo probable es que haya de ganar con eso.

—Bueno —dijo Emma, queriendo dejar correr—; usted quiere oír hablar de la boda, y me encantará contárselo, porque todos nos portamos de un modo encantador. Todo el mundo fue muy puntual, todo el mundo con el mejor aspecto. Ni se vio una lágrima, ni una cara larga. ¡Ah, no!, todos nos dábamos cuenta de que íbamos a estar sólo a media milla de distancia, y estábamos seguros de vernos todos los días.

—Mi querida Emma lo soporta todo muy bien —dijo el padre—. Pero, señor Knightley, la verdad es que siente mucho perder a la pobre señorita Taylor, y estoy seguro de que la echará de menos más de lo que se imagina.

Emma volvió la cabeza, dividida entre lágrimas y sonrisas.

—Es imposible que Emma no eche de menos a tal compañera —dijo el señor Knightley—. No la querríamos todos tanto como la queremos, señor Woodhouse, si pensáramos otra cosa. Pero ella sabe qué ventajoso es este matrimonio para la señorita Taylor; sabe qué aceptable tiene que ser, a la edad de la señorita Taylor, establecerse en una casa propia, y qué importante asegurarse una situación cómoda, así que no puede permitirse sentir tanto dolor como placer. Todos los amigos de la señorita Taylor debemos alegrarnos de verla tan felizmente casada.

—Y se olvida un motivo de alegría para mí —dijo Emma— y muy importante: que ese casamiento lo he hecho yo misma. Yo hice ese casamiento, ya lo sabe, hace cuatro años; y el que haya tenido lugar, y se vea que tenía razón, cuando tanta gente decía que el señor Weston no se volvería a casar nunca, puede consolarme de cualquier cosa.

El señor Knightley la miró y movió la cabeza. Su padre respondió cariñosamente:

—¡Ah, querida mía! Me gustaría que no hicieras casamientos ni predijeras cosas, porque todo lo que dices llega a suceder. Por favor, no vuelvas a hacer casamientos.

—Te prometo no hacer ninguno para mí misma, papá; pero tengo que hacerlo, de veras, para otros. ¡Es lo más divertido del mundo! ¡Y después de tal éxito, ya sabes! Todo el mundo decía que el señor Weston no se volvería a casar nunca. ¡Vaya que no! El señor Weston, que llevaba tanto tiempo viudo, y que parecía tan completamente a gusto sin mujer, tan continuamente ocupado con sus asuntos en la ciudad o con sus amigos aquí, siempre bien recibido dondequiera que fuese, siempre de buen humor; el señor Weston no tenía que quedarse solo ni una sola velada al año, si no le parecía bien. ¡Ah, no! El señor Weston, por supuesto, no se volvería a casar. Algunos incluso hablaban de una promesa a su mujer en el lecho de muerte, y otros de que su hijo y el tío no le dejaban. Se han dicho toda clase de tonterías sobre el tema, pero yo nunca me creí nada de eso. Desde el mismo día (hace unos cuatro años) en que la señorita Taylor y yo nos le encontramos en Broadway Lane, cuando, porque empezaba a lloviznar, salió disparado y con mucha galantería le pidió prestados dos paraguas al granjero Mitchell para las dos, yo tomé mi decisión sobre el tema. Desde ese momento planeé el casamiento, y después que he encontrado tal éxito en este caso, querido papá, no puedes imaginar que vaya a abandonar lo de hacer casamientos.

—No comprendo a qué llama «éxito» —dijo el señor Knightley—. El éxito supone esfuerzo. Usted ha empleado el tiempo de un modo muy propio y delicado si lleva estos cuatro años esforzándose en este casamiento. ¡Una manera muy digna de emplearse el ánimo de una señorita! Pero si lo que más bien me imagino yo, sólo quiere decir que lo proyectara, que se dijera a sí misma un día de ocio: «creo que sería muy bueno para la señorita Taylor si el señor Weston se casara con ella», y volvérselo a decir de vez en cuando desde entonces, ¿por qué habla de éxito?, ¿dónde está su mérito?, ¿de qué está orgullosa? Usted hizo una suposición acertada, y eso es todo lo que se puede decir.

—¿Y ha conocido usted el placer y el triunfo de una suposición acertada? Le compadezco. Le creía más listo... porque, puede estar seguro de ello, una suposición acertada nunca es pura suerte. Y en cuanto a mi pobre palabra «éxito», que tanto discute, no sé que me falten tan completamente los títulos para ella. Usted ha trazado dos bonitos cuadros, pero creo que puede haber un tercero, algo entre el que no hace nada y el que lo hace todo. Si yo no hubiera estimulado las visitas del señor Weston aquí, y no le hubiera animado de muchas pequeñas maneras, y no hubiera suavizado muchos asuntillos, quizá no habría llegado esto a nada después de todo. Creo que debe conocer Hartfield lo suficiente como para comprenderlo.

—A un hombre recto y franco como Weston y una mujer razonable y sin afectaciones, como la señorita Taylor, quizá se les puede dejar solos tranquilamente para que arreglen sus asuntos. Es probable quizá que usted se haya hecho más daño a usted misma que bien a ellos, por la interferencia.

—Emma nunca se acuerda de sí misma cuando puede hacer bien a los demás —replicó el señor Woodhouse, entendiendo sólo a medias—. Pero, querida mía, te ruego que no hagas casamientos, son una cosa tonta, y le rompen a uno el círculo de familia lamentablemente.

—Sólo uno más, papá; sólo el señor Elton. ¡Pobre señor Elton! Tú quieres al señor Elton, papá; tengo que buscarle por ahí una mujer. No hay nadie en Highbury que le merezca, y lleva aquí un año entero, y ha arreglado su casa tan cómoda que sería una vergüenza dejarle solo más tiempo... y yo pensaba, cuando les unía las manos hoy, que tenía cara de que le gustaría que le hicieran eso mismo a él. Tengo muy buena opinión del señor Elton, y ésa es la única manera de hacerle un favor.

—El señor Elton es un joven muy bien parecido, desde luego, y un joven excelente, y siento gran consideración hacia él. Pero si quieres tener una atención con él, querida mía, invítale a que venga a comer con nosotros algún día. Eso será mucho mejor. Estoy seguro de que el señor Knightley tendrá la bondad de venir a conocerle.

—Con mucho gusto, señor Woodhouse, en cualquier momento —dijo el señor Knightley riendo—, y estoy completamente de acuerdo con usted en que será mucho mejor. Invítele a comer, Emma, y sírvale el mejor pescado y el mejor pollo, pero déjele que se busque él mismo su propia mujer. Puede estar segura, un hombre de veintisiete años sabe cuidarse de sí mismo.

CAPÍTULO 2

El señor Weston había nacido en Highbury, de familia respetable, que en las dos o tres generaciones últimas había ido subiendo hasta tener nobleza y propiedades. Había recibido una buena educación, pero al conseguir tempranamente una modesta independencia, había perdido el gusto por las ocupaciones más vulgares a que se dedicaban sus hermanos, satisfaciendo su ánimo alegre y activo y su temperamento sociable al entrar en la milicia del condado, entonces establecida.

El capitán Weston era predilecto de todos, y cuando los azares de su vida militar le hicieron conocer a la señorita Churchill, de una gran familia de Yorkshire, y la señorita Churchill se enamoró de él, a nadie le sorprendió eso, excepto al hermano de ella y su mujer, que no le habían visto nunca, y que estaban llenos de orgullo y pretensiones, para lo que iría mal esta relación.

La señorita Churchill, sin embargo, siendo mayor de edad, y en pleno dominio de su fortuna —aunque su fortuna no guardaba proporción con las propiedades de la familia—, no se dejó disuadir del matrimonio, que tuvo lugar para infinita ofensa del señor y la señora Churchill, los cuales cortaron con ella con el debido decoro. Era un enlace inadecuado y no produjo mucha felicidad. La señora Weston debía haber encontrado más, pues tenía un marido cuyo cálido corazón y dulce carácter le hacía pensar que ella se merecía cualquier cosa en pago de la gran bondad de quererle a él, pero ella, aunque tenía cierto carácter, no lo tenía del todo. Había sido lo bastante decidida como para llevar a cabo su voluntad a pesar de su hermano, pero no lo bastante como para impedirse lamentar sin razón la cólera irrazonable de su hermano, o echar de menos los lujos de su anterior hogar. Vivían por encima de sus rentas, pero aun así no era nada en comparación con Enscombe; ella no dejaba de querer a su marido, pero quería al mismo tiempo ser la mujer del capitán Weston y la señorita Churchill de Enscombe.

El capitán Weston, de quien pensaban todos, especialmente los Churchill, que había hecho una boda sorprendente, resultó haber llevado la peor parte; pues al morir su mujer al cabo de tres años de matrimonio, era más pobre que antes, y con un hijo que mantener. Del gasto del hijo, sin embargo, pronto quedó aliviado. El niño, con el añadido de un motivo de enternecimiento que fue una larga enfermedad de su madre, había sido el medio para una especie de reconciliación, y el señor y la señora Churchill, no teniendo hijos, ni ningún otro pequeño de igual parentesco de que cuidarse, ofrecieron tomar al pequeño Frank a su completo cargo, poco después de morir ella. Es de suponer que el padre viudo sentiría algunos escrúpulos y alguna reluctancia, pero, como fueron superados por otras consideraciones, se entregó al niño al cuidado y la riqueza de los Churchill, y él sólo tuvo que buscar su propia comodidad y mejorar su situación como pudiera.

Se hizo deseable un completo cambio de vida. Dejó la milicia y se dedicó al comercio, teniendo ya hermanos bien establecidos en Londres, lo que le ofrecía una apertura favorable. Era una actividad que le ofrecía sólo suficiente empleo. Tenía todavía una casita en Highbury, donde pasaba casi todos sus días de ocio, y, entre la ocupación útil y los placeres de la sociedad, discurrieron alegremente los siguientes dieciocho o veinte años de su vida. Para entonces, ya había logrado cómodos medios de vida, lo suficiente para adquirir una finquita junto a Highbury, que siempre había deseado, y lo suficiente para casarse con una mujer tan sin bienes incluso como la señorita Taylor, y vivir conforme a los deseos de su familia y su carácter sociable. Hacía ya algún tiempo que la señorita Taylor había empezado a influir en sus proyectos, pero como no era el influjo tiránico de la juventud sobre la juventud, eso no había trastornado su decisión de no asentarse nunca hasta que pudiera adquirir Randalls, y la venta de Randalls fue anhelada durante mucho tiempo, pero había seguido firmemente adelante, con esos objetivos a la vista, hasta que se obtuvieron. Había hecho su fortuna, comprado su casa y obtenido su mujer, y empezaba una nueva época de su vida, con toda probabilidad de mayor felicidad que ninguna época pasada. Nunca había sido infeliz; su propio carácter se lo había evitado, aun en su primer matrimonio, pero el segundo debía mostrarle qué deliciosa puede ser una mujer de buen juicio y verdaderamente amable, y debía darle la grata prueba de que era mucho mejor elegir que ser elegido, producir gratitud que sentirla.

Sólo tenía que complacerse a sí mismo en su elección: su fortuna era suya, pues en cuanto a Frank, le criaban más que tácitamente como heredero de su tío, y había sido una adopción tan reconocida como para hacerle asumir el apellido Churchill en su mayoría de edad. Era muy improbable, pues, que necesitara jamás la ayuda de su padre. Su padre no tenía miedo de eso. La tía era una mujer caprichosa, y gobernaba por completo a su marido, pero no entraba en la naturaleza del señor Weston imaginar que ningún capricho fuera lo bastante fuerte como para afectar a alguien tan querido, y alguien, según creía, tan merecidamente querido. Veía a su hijo todos los años en Londres, y estaba orgulloso de él, y sus cariñosas noticias sobre él como un joven excelente habían hecho que Highbury sintiera también cierta especie de orgullo en eso. Se le consideraba lo suficientemente perteneciente al sitio como para hacer que sus méritos y perspectivas fueran una suerte de interés común.

El señor Frank Churchill era una de las glorias de Highbury, y allí reinaba una viva curiosidad por verle, aunque esa benevolencia era tan poco correspondida que no había estado allí en toda su vida. Se había hablado muchas veces de que vendría a ver a su padre, pero nunca se había realizado.

Ahora, al casarse su padre, todos supusieron, como atención muy adecuada, que tendría lugar esa visita. No hubo ni una voz que disintiera sobre el tema, ni cuando la señora Perry tomó té con la señora y la señorita Bates, ni cuando la señora y la señorita Bates devolvieron la visita. Ahora era el momento de que viniera entre ellos el señor Frank Churchill, y esa esperanza se robusteció cuando se supo que había escrito a su nueva madre en esa ocasión. Durante unos pocos días, todas las visitas de por la mañana en Highbury incluyeron alguna referencia a la bonita carta que había recibido la señora Weston. «Supongo que ha oído hablar usted de la bonita carta que ha escrito el señor Frank Churchill a la señora Weston. Entiendo que es una carta muy bonita, efectivamente. El señor Woodhouse me lo ha contado. El señor Woodhouse vio la carta, y dice que nunca ha visto una carta tan bonita en su vida.»

En efecto, fue una carta muy estimada. La señora Weston, por supuesto, se había formado una idea muy favorable del joven, y tan agradable atención era prueba irresistible de su buen sentido, y un añadido muy bien recibido a todas las felicitaciones que le había procurado ya su matrimonio. Se sentía una mujer muy afortunada, y había vivido lo suficiente para saber qué afortunada se la podía considerar, ya que lo único de lamentar era una separación parcial de unos amigos, cuya amistad hacia ella no se había enfriado nunca, y que apenas podían soportar separarse de ella.

Sabía que a veces debían echarla de menos, y no podía pensar sin dolor en que Emma perdiera un solo placer o sufriera una hora de aburrimiento por la falta de su compañía, pero la querida Emma no era de carácter débil; estaba más a la altura de la situación de lo que habrían estado la mayoría de las jóvenes, y tenía un juicio y una energía y un ánimo que cabía esperar que la sostendrían bien y felizmente a través de sus pequeñas dificultades y privaciones. Y además había un consuelo en la cómoda distancia de Randalls hasta Hartfield, tan fácil incluso para un paseo femenino a solas, y en el carácter y circunstancias del señor Weston, que, en la temporada que se acercaba, no pondría inconveniente a que pasaran juntas la mitad de las veladas.

Su situación, en conjunto, era motivo de horas de agradecimiento para la señora Weston, y sólo de momentos de lamentación; y su satisfacción, más que satisfacción, su alegre disfrute, era tan justo y evidente que Emma, aun conociendo a su padre, a veces se sentía sorprendida de que siguiera siendo capaz de compadecer a «la pobre señorita Taylor», cuando la dejaban en Randalls en medio de toda comodidad doméstica, o la veían marcharse al anochecer acompañada de su agradable marido en su coche propio. Pero nunca se marchaba sin que el señor Woodhouse lanzara un suave suspiro y dijera:

—¡Ah, la pobre señorita Taylor! Le gustaría mucho quedarse.

No había modo de recuperar a la señorita Taylor, ni mucha probabilidad de que él dejara de compadecerla, pero unas pocas semanas le trajeron algún alivio al señor Woodhouse. Se habían acabado los cumplidos de sus vecinos, ya no le molestaba que le desearan alegría por un hecho tan triste, y el pastel de boda, que tanto le había trastornado, estaba más que comido. Su estómago no podía soportar nada sustancioso, y jamás podía creer que los demás fueran diferentes de él. Lo que a él le sentaba mal, lo consideraba como inadecuado para cualquiera, y, por consiguiente, trató de disuadirles de que hubiera pastel de bodas en absoluto, y, cuando ello resultó inútil, trató con igual empeño de que nadie lo comiera. Se había tomado la molestia de consultar al señor Perry, el boticario, sobre el tema. El señor Perry era un hombre inteligente y distinguido, cuyas frecuentes visitas eran uno de los consuelos de la vida del señor Woodhouse, y, al ser consultado, no pudo menos de reconocer (aunque parecía más bien contra la tendencia de su inclinación) que el pastel de bodas podría ciertamente sentar mal a muchos, quizás a la mayoría, a no ser que se tomara con moderación. Con tal opinión, confirmadora de la suya, el señor Woodhouse tenía esperanzas de influir en todos los visitantes de los recién casados, pero sin embargo el pastel se comió, y no hubo descanso para sus benevolentes nervios hasta que se acabó todo.

Hubo un extraño rumor en Highbury de que a todos los pequeños Perry se les había visto con una porción del pastel de bodas de la señora Weston en la mano, pero el señor Woodhouse no lo quiso creer jamás.

CAPÍTULO 3

Al señor Woodhouse, a su manera, le gustaba la socieaaa. Le gustaba mucho que sus amigos vinieran a verle, y, por varias causas unidas, por su larga residencia en Hartfield, y su buen carácter, su fortuna, su casa y su hija, podía regir las visitas de su pequeño círculo en la medida en que le parecía bien. No tenía mucho trato con ninguna familia más allá de ese círculo; su horror a trasnochar y a las grandes comilonas le hacía incapaz para conocidos que no le visitaran en sus propios términos. Afortunadamente para él, Highbury, incluyendo Randalls en la misma parroquia, y Donwell Abbey en la parroquia de al lado, incluía muchos así. No sin frecuencia, por persuasión de Emma, tenía a comer con él algunos de los mejores y los elegidos, pero lo que prefería eran las veladas, y, a no ser que se imaginara en algún momento incapaz de compañía, apenas había una velada en la semana en que Emma no pudiera ponerle la mesa de jugar a las cartas.

Una auténtica y madura estimación traía a los Weston y al señor Knightley; por parte del señor Elton, un joven que vivía solo sin que eso le gustara, el privilegio de cambiar cualquier vacía velada de su soledad sin contenido por las elegancias y la sociedad del salón del señor Woodhouse y las sonrisas de su deliciosa hija, no era una cosa para rechazar.

Después de ésos venía un segundo grupo, entre los más

aceptables de los cuales estaban la señora y la señorita Bates y la señora Goddard, tres señoras siempre dispuestas a atender una invitación de Hartfield, y a las que se traía y llevaba a casa tan a menudo que al señor Woodhouse no le parecía que era trabajo para James ni para los caballos. Si hubiera ocurrido sólo una vez al año, habría sido enojoso.

La señora Bates, viuda del anterior vicario de Highbury, era una señora muy vieja casi más allá de todo lo que no fuera té y *quadrille*. Vivía con su hija soltera, con mucha estrechez, y se la consideraba con toda la estimación y el respeto que pueda provocar una vieja inofensiva en tales circunstancias tan poco propicias. Su hija disfrutaba de un grado extraordinario de popularidad para una mujer que no era ni guapa, ni rica, ni casada. La señorita Bates estaba en la peor situación ante el mundo por tener tanto favor público, y no tenía superioridad intelectual con que excusarse o con que asustar a los que pudieran detestarla, haciéndoles respetarla exteriormente. Nunca había presumido de bella o de lista. Su juventud había pasado sin nada especial, y su media edad se dedicaba al cuidado de una madre achacosa y al esfuerzo de estirar todo lo posible unos pequeños ingresos. Y sin embargo era una mujer feliz, y una mujer a quien nadie nombraba sin buena voluntad. Era su propia buena voluntad hacia todos y su temperamento resignado lo que obraba tales milagros. Quería a todo el mundo, estaba interesada en la felicidad de todo el mundo, apreciaba en seguida los méritos de todo el mundo; se consideraba una criatura muy afortunada y rodeada de bendiciones con tan excelente madre y tantos buenos vecinos y amigos y un hogar en que no faltaba nada. La sencillez y el buen humor de su carácter, su ánimo contento y agradecido eran una recomendación ante todos y una mina de felicidad para ella misma. Charlaba mucho sobre pequeños asuntos, lo que encajaba exactamente con el señor Woodhouse, lleno de comunicaciones triviales y de cotilleo inocuo.

La señora Goddard era directora de una escuela —no de una residencia, o de una institución, ni de nada que profesara, en largas frases de refinada tontería, combinar perfeccionamientos liberales con moralidad elegante basándose en nuevos principios y nuevos sistemas, y donde por enormes honorarios se arrancara a las señoritas su salud para meterles vanidad; no, sino de un auténtico y honrado internado a la antigua, donde se vendían a precio razonable una razonable cantidad de logros, y donde se podía mandar a las chicas, quitándolas de en medio, para que se las arreglaran por su cuenta instruyéndose un poco, sin peligro de volver hechas unas niñas prodigio. La escuela de la señora Goddard tenía gran reputación, y con razón; pues Highbury se consideraba como un lugar especialmente saludable: tenía una amplia casa con jardín, daba a las chicas abundante alimentación sana, las dejaba correr mucho por ahí en verano, y en invierno les curaba los sabañones con sus propias manos. No es extraño que una comitiva de veinte jóvenes parejas caminaran ahora detrás de ella a la iglesia. Era una mujer sencilla, maternal, que había trabajado mucho en su juventud, y ahora se consideraba con derecho a alguna vacación de vez en cuando o una visita para tomar el té; y habiendo debido antes mucho a la bondad del señor Woodhouse, sentía que él tenía derecho especial a hacerla dejar siempre que pudiera su bien arreglado salón, todo decorado de labores, y ganar o perder unos pocos medios chelines junto a su fuego.

Ésas eran las damas que Emma podía reunir muy frecuentemente; y bien contenta que estaba, en atención a su padre, de poderlo, aunque, por lo que tocaba a ella misma, eso no era remedio para la ausencia de la señora Weston. Le encantaba ver a su padre con cara de estar a gusto, y se sentía muy satisfecha de sí misma por arreglar las cosas tan bien, pero la sosegada garrulería de tres mujeres semejantes le hacía sentir que toda velada así pasada era, en efecto, una de las largas veladas que había presentido con temor.

Una mañana en que estaba sentada, previendo exactamente un final así para el día presente, le trajeron una nota de la señora Goddard, solicitando, en términos muy respetuosos, que le permitiera llevar consigo a la señorita Smith; una petición muy bien recibida, pues la señorita Smith era una chica de diecisiete años a quien Emma conocía muy bien de vista y por la que había sentido interés desde hacía mucho, a causa de su belleza. Se devolvió una invitación muy amable, y la velada ya no fue temida por la hermosa dueña de la mansión.

Harriet Smith era hija natural de alguien. Alguien la había colocado, hacía unos años, en la escuela de la señora Goddard, y alguien la había elevado, después, de la condición de colegiala a la de residente que recibía en el salón. Eso era todo lo que se sabía por ahí de su historia. No tenía amigos visibles sino los que había adquirido en Highbury, y ahora acababa de volver de una larga visita en el campo a unas jóvenes señoritas que habían estado en la escuela allí con ella.

Era una muchacha muy guapa, y su belleza daba la casualidad de que era de un tipo que Emma admiraba particularmente. Era baja, rolliza y atractiva, con un hermoso color, ojos azules, pelo claro, facciones regulares, y un aire de gran dulzura; y, antes que acabara la velada, Emma estaba tan satisfecha de sus modales como de su persona, y muy decidida a continuar el trato.

No le impresionó nada especialmente agudo en la conversación de la señorita Smith, pero, en conjunto, la encontró muy atractiva —no incómodamente tímida, ni reacia a hablar— y, sin embargo, muy lejos de imponerse, mostrando una deferencia tan adecuada y propia, y pareciendo tan placenteramente agradecida por ser admitida en Hartfield, y tan candorosamente impresionada por el aspecto de todo, en un estilo tan superior a lo que estaba acostumbrada, que debía tener buen juicio y merecía estímulo. Y se le daría ese estímulo. Esos dulces ojos azules y todas esas gracias naturales no debían desperdiciarse con la sociedad inferior de Highbury y sus conexiones. Los conocidos que ya tenía eran indignos de ella. Las personas a quienes acababa de dejar, aunque muy buena gente, debían hacerle daño. Eran una familia llamada Martin, a quien Emma conocía muy bien de oídas, porque tenían arrendada una gran finca del señor Knightley, y que residían en la parroquia de Donwell, muy decentemente, creía ella —sabía que el señor Knightley tenía gran estima por ellos—, pero debían ser toscos y sin pulir, y muy inadecuados para ser íntimos de una muchacha que sólo necesitaba un poco más de conocimientos y un poco más de elegancia para ser perfecta. Ella sí que la apreciaría, ella la mejoraría, ella la separaría de sus malos conocidos y la introduciría en la buena sociedad; ella le inculcaría sus opiniones y sus maneras. Sería un empeño interesante, y, ciertamente, muy bondadoso: altamente adecuado a su propia situación en la vida, a su ocio, y a su capacidad.

Tan ocupada estaba en admirar esos dulces ojos azules, en hablar y escuchar, y en formar todos esos proyectos, mientras tanto, que la velada voló a velocidad desacostumbrada; y la mesa de la cena, que siempre cerraba tales reuniones, y que ella acostumbraba a esperar sentada mirando la hora, estuvo toda puesta y preparada, y avanzada hacia el fuego, antes que se diera cuenta. Con una animación más allá del común impulso de un espíritu que, sin embargo, nunca era indiferente al mérito de hacerlo todo bien y con atención, con la auténtica buena voluntad de una mente complacida en sus propias ideas, hizo entonces todos los honores de la cena, y sirvió y recomendó el picadillo de pollo y las ostras con un apremio que sabía que sería aceptable a los tempranos horarios y los corteses escrúpulos de sus invitados.

En semejantes ocasiones, los sentimientos del señor Woodhouse estaban tristemente en discordia. Le encantaba que se pusieran los manteles, porque ésa había sido la moda en su juventud; pero su convicción de que las cenas sentaban muy mal le hacía más bien lamentar ver todo lo que se sirviera; y aunque su hospitalidad le habría hecho ver con gusto que sus visitantes se lo tomaran todo, el cuidado por la salud le hacía lamentar que comieran.

Otra pequeña escudilla de gachas flojas, como la suya, era lo único que podía recomendar con plena aprobación propia, aunque pudiera - obligarse a sí mismo, mientras las señoras despachaban cómodamente las cosas mejores, a decir:

—Señora Bates, permítame proponerle que se atreva con uno de estos huevos. Un huevo pasado por agua, muy blando, no sienta mal. Serle sabe cocer un huevo mejor que nadie. Yo no recomendaría un huevo cocido por nadie más, pero no tiene que tener miedo; son muy pequeños, ya ve, uno de nuestros huevecitos no le hará daño. Señorita Bates, que Emma le sirva a usted un pedacito de pastel, un pedacito muy pequeño. Los nuestros son todos pasteles de manzana. No tiene que temer aquí esas conservas que no sienten bien. No recomiendo las natillas. Señora Goddard, ¿qué diría de medio vaso de vino? ¿Medio vasito pequeño... echado en un vaso de agua? Creo que no podría sentarle mal.

Emma dejaba hablar a su padre, pero proveía a sus invitadas con un estilo mucho más satisfactorio, y en esa particular velada tuvo especial placer en mandarlas contentas a casa. La felicidad de la señorita Smith estaba a la altura de sus propias intenciones. La señorita Woodhouse era un personaje tan grande en Highbury, que la perspectiva de ser presentada le había dado tanto pánico como placer; pero la humilde y agradecida muchachita se marchó con sentimientos muy satisfechos, encantada de la afabilidad con que la señorita Woodhouse la había tratado todo el tiempo, ¡dándole la mano, nada menos, al final!

CAPÍTULO 4

La intimidad de Harriet Smith en Hartfield fue pronto cosa decidida. Viva y decidida en su modos, Emma no perdió tiempo en invitarla, estimularla y decirle que viniera muy a menudo; y al aumentar su conocimiento, también aumentó su mutua satisfacción. Como acompañante de paseo, Emma había previsto muy pronto qué útil podría resultarle. En ese aspecto, la pérdida de la señora Weston había sido importante. Su padre nunca iba más allá de los setos de arbustos, donde dos divisiones del terreno le bastaban para su paseo, largo o corto, según cambiaba el año; y desde que se casó la señora Weston, Emma había estado limitada en sus ejercicios. Una vez se había aventurado sola hasta Randalls, pero no era agradable; y una Harriet Smith, pues, alguien a quien pudiera llamar en cualquier momento para pasear, sería un valioso añadido a sus privilegios. Pero en todos los aspectos, cuanto más la veía, más la aprobaba y se confirmaba en sus benévolos designios.

Harriet, ciertamente, no era lista, pero tenía un carácter dulce y dócil; estaba totalmente libre de presunción y sólo deseaba ser guiada por cualquiera que le pareciera importante. Su rápido apego a Emma fue muy cariñoso, y su inclinación a la buena compañía y su capacidad para apreciar lo que era elegante e ingenioso mostraban que no tenía falta de gusto, aunque no debía esperarse de ella fuerza de comprensión. En conjunto, Emma estaba muy convencida de que Harriet Smith era exactamente la joven amiga que necesitaba; exactamente ese algo que requería su hogar. Una amiga tal como la señora Weston, estaba fuera de cuestión. No se podía contar con dos personas así. Era una cosa muy diferente, un sentimiento distinto e independiente. La señora Weston era objeto de una consideración que se basaba en la gratitud y la estima. Harriet recibiría cariño como alguien a quien ella podía ser útil. Por la señora Weston, no había nada que se pudiera hacer; por Harriet, todo.

Sus primeros intentos de serle útil consistieron en un esfuerzo por averiguar quiénes eran sus padres, pero Harriet no pudo decirlo. Estaba dispuesta a decir todo lo que entrara en su capacidad, pero en ese tema, las preguntas fueron vanas. Emma se vio obligada a imaginarse lo que se le antojara; pero nunca pudo creer que en la misma situación *ella* no habría revelado la verdad. Harriet no tenía penetración. Se había contentado con oír y creer simplemente lo que a la señora Goddard se le antojó contarle, y no miró más allá.

La señora Goddard, y las maestras, y las chicas, y los asuntos de la escuela en general, formaban naturalmente una gran parte de su conversación, y, de no ser por su trato con los Martin de Abbey-Mill Farm, debía haber sido la totalidad. Pero los Martin ocupaban mucho sus pensamientos; había pasado dos meses muy felices con ellos, y ahora le gustaba hablar de los placeres de su visita, y describir las muchas comodidades y prodigios de ese lugar. Emma estimulaba su charlatanería, divertida con tal imagen de otro grupo de seres, y disfrutando la juvenil simplicidad que podía hablar con tanta exultación de que la señora Martin tenía «dos salones, y dos salones muy buenos, por cierto; uno de ellos tan grande como el salón de la señora Goddard, y que tenía una primera doncella que llevaba veinticinco años viviendo con ella; y que tenía ocho vacas, dos de ellas Alderney;

otra, una vaquita Welch, una vaquita Welch muy linda, por cierto; y de que la señora Martin decía, puesto que le gustaba tanto, que habría que llamarla *su* vaca; y de que tenían un cenador muy bonito en el jardín, donde se iban a reunir todos un día el año que viene a tomar té; un cenador muy bonito, grande como para que cupiera una docena de personas».

Durante algún tiempo se divirtió, sin pensar más allá de la causa inmediata; pero al llegar a entender mejor a la familia, surgieron otros sentimientos. Había adoptado una idea errónea, imaginándose que había una madre y una hija, un hijo y la mujer del hijo, que vivían todos juntos, pero cuando resultó que el señor Martin que tenía un papel en el relato y era siempre nombrado con aprobación por su buen carácter al hacer esto o lo otro, era un hombre soltero; y que no había joven señora Martin, ni esposa en el caso, sospechó peligros para su pobre amiguita en toda esa hospitalidad y bondad, y que, si no se tenía cuidado con ella, quizá se vería en el caso de hundirse para siempre.

Con esa idea inspiradora, sus preguntas aumentaron en número y significación, y especialmente llevó a Harriet a hablar más del señor Martin —y evidentemente no había mala gana en ello. Harriet estaba muy dispuesta a hablar de la parte que había tenido él en sus paseos a la luz de la luna y alegres juegos de salón, y se extendía mucho en que era un hombre de tan buen humor y tan amable. «Había andado por ahí tres millas un día para traerle unas castañas, porque ella había dicho que le gustaban tanto, ¡y en todo lo demás era muy amable! Una noche hizo que entrara el hijo de su pastor en el salón con idea de que le cantara canciones. A ella le gustaba mucho cantar. Él sabía cantar un poco, incluso. Ella creía que él era muy listo y lo entendía todo. Tenía un rebaño excelente, y, mientras ella estaba con ellos, le habían ofrecido a él por su lana más que a nadie en el país. Creía que todos hablaban bien de él. Su madre y sus hermanas le querían mucho. La señora Martin le había dicho un día (y hubo un rubor al decirlo) que era imposible que hubiera un hijo mejor, y por consiguiente estaba segura de que cuando se casara haría un marido excelente. No es que quisiera que se casara. Ella no tenía ninguna prisa.»

—¡Bien hecho, señora Martin! —pensó Emma—. Ya sabes lo que te propones.

«Y cuando ella se marchó, la señora Martin tuvo la bondad de enviar a la señora Goddard un ganso excelente: el mejor ganso que había visto nunca la señora Goddard. La señora Goddard lo había preparado un domingo, y había invitado a las tres maestras, la señorita Nash, la señorita Prince y la señorita Richardson, a cenar con ella.»

—El señor Martin, supongo, no debe ser un hombre informado más allá de la línea de sus ocupaciones. ¿No lee?

—¡Ah, sí!, bueno, no... no sé... pero creo que ha leído mucho... pero no lo que a usted le interesaría. Lee los Informes Agrícolas y algunos otros libros que están en los asientos de las ventanas... pero se los lee todos para él solo. Pero a veces, al anochecer, antes de que jugáramos a las cartas, leía algo en voz alta en los *Extractos de la elegancia,* muy entretenido. Y sé que ha leído *El vicario de Wakefield.* Nunca ha leído *La leyenda del bosque,* ni *Los hijos de la Abadía.* Nunca había oído hablar de esos libros hasta que los nombré, pero está decidido a buscarlos tan pronto como pueda.

La siguiente pregunta fue:

—¿Qué clase de aspecto tiene el señor Martin?

—¡Oh! No es guapo, no es guapo en absoluto. Al principio me pareció muy feo, pero ahora no me lo parece tanto. Ya sabe, a una no se lo parece, al cabo de algún tiempo. Pero ¿no le ha visto nunca? Está en Highbury de vez en cuando, y no deja de pasar todas las semanas a caballo cuando va a Kingston. Le ha adelantado a usted muchas veces.

—Es posible, y a lo mejor le he visto cincuenta veces,

pero sin tener idea de cómo se llamaba. Un joven agricultor, a caballo o a pie, es la última clase de persona que provoca mi curiosidad. Los aparceros son precisamente el orden de gente con quien creo que no tengo nada que ver. Un grado o dos por debajo, y un aspecto digno de confianza podría interesarme; podría tener esperanzas de ser útil a sus familias de un modo o de otro. Pero un agricultor no puede necesitar nada de mi ayuda, y por tanto, en cierto sentido, está tan por encima de mi atención como en todos los demás sentidos está por debajo.

—Claro. ¡Ah! Sí, no es probable que usted se haya fijado en él, pero él la conoce a usted muy bien; quiero decir, de vista.

—No tengo duda de que sea un joven muy respetable. Incluso, sé que lo es, y le deseo toda suerte. ¿Cuántos años te imaginas que tiene?

—Cumplió veinticuatro el 8 de junio pasado, y mi cumpleaños es el 23... ¡Sólo dos semanas y un día de diferencia, qué curioso!

—Sólo veinticuatro. Eso es ser demasiado joven para establecerse. Su madre tiene mucha razón en no tener prisa. Parecen muy cómodos tal como están, y si ella se tomara alguna molestia para casarle, probablemente se arrepentiría. Dentro de seis años, si pudiera encontrar alguna buena clase de muchacha de su misma categoría, con un poco de dinero, eso podría ser muy deseable.

—¡Dentro de seis años! Querida señorita Woodhouse, ¡tendría treinta años!

—Bueno, y eso es lo más pronto que la mayor parte de los hombres se pueden permitir casarse, si no han nacido para tener medios independientes. El señor Martin, imagino, tiene su fortuna enteramente por hacer, no puede ir en absoluto por delante del mundo. Cualquier dinero que pudiera recibir cuando murió su padre, cualquiera que sea su parte de las propiedades de la familia, está, me atrevo a decir, todo a flote, todo invertido en su negocio, y así todo lo demás; y aunque, con diligencia y buena suerte, pueda llegar a ser rico con el tiempo, es casi imposible que haya realizado nada todavía.

—Claro, así es. Pero viven muy cómodamente. No tienen criado de dormir en casa; por lo demás, no les falta nada; y la señora Martin habla de que el año que viene va a tomar un muchacho.

—Ojalá no te encuentres en una dificultad, Harriet, cuando se case; quiero decir, en cuanto a conocer a su mujer, pues aunque a sus hermanas, por su mejor educación, no se les puede objetar del todo, de eso no se sigue que él se pueda casar con nadie a propósito como para que te fijes en ella. La desgracia de tu nacimiento debería hacerte especialmente cuidadosa de con quién te juntas. No puede haber duda de que eres hija de un caballero, y debes apoyar tu pretensión a ese rango con todo lo que esté en tu poder, o si no, habrá mucha gente que se complazca en degradarte.

—Sí, claro, supongo que las hay. Pero mientras estoy de visita en Harfield y usted es tan bondadosa conmigo, señorita Woodhouse, no tengo miedo de lo que pueda hacer nadie.

—Comprendes muy bien la fuerza de las influencias, Harriet, pero me gustaría establecerte en la buena sociedad tan firmemente como para ser independiente incluso de Hartfield y de la señorita Woodhouse. Quiero verte bien relacionada de un modo definitivo, y con ese fin, será aconsejable que tengas tan pocos conocidos raros como sea posible; y, por tanto, digo que si sigues en estas tierras cuando se case el señor Martin, ojalá no te veas llevada, por tu intimidad con las hermanas, a entablar conocimiento con su mujer, que probablemente será una mera hija de granjero, sin educación.

—Claro. Sí. No es que crea que el señor Martin se vaya a casar nunca con nadie que no tenga alguna educación, y de buena crianza. Sin embargo, no quiero poner mi opinión contra la suya, y estoy segura de que no desearé conocer a su mujer. Siempre tendré una gran consideración por las señoritas Martin, especialmente Elizabeth, y sentiría mucho renunciar a ellas, pues están tan bien educadas como yo. Pero si él se casa con una mujer muy ignorante y vulgar, cierto que será mejor que yo no la visite, si lo puedo remediar.

Emma la observó a través de las fluctuaciones de estas palabras, sin ver síntomas alarmantes de amor. El joven había sido el primer admirador, pero ella confiaba en que no habría otra sujeción, y no se encontraría seria dificultad por parte de Harriet que se opusiera a cualquier amistoso arreglo suyo.

Encontraron al señor Martin al mismo día siguiente, cuando caminaban por Donwell Road. Iba a pie, y después de mirarla muy respetuosamente, miró con satisfacción muy sincera a su compañera. Emma no lamentó tener tal oportunidad de pasarle revista; y, adelantándose unos pasos, mientras ellos hablaban, pronto hizo que sus ojos trabaran suficiente conocimiento con el señor Robert Martin. Su aspecto era muy compuesto, y parecía un joven sensato, pero su persona no tenía ninguna otra buena cualidad, y cuando llegara a ser comparado con caballeros, ella creía que perdería todo el terreno que había ganado en las inclinaciones de Harriet. Harriet no era insensible a las buenas maneras: de buena gana había echado de ver la distinción del padre de Emma con tanta admiración como sorpresa. El señor Martin parecía no saber lo que eran maneras distinguidas.

Se quedaron sólo unos momentos juntos, ya que no se podía dejar esperando a la señorita Woodhouse, y Harriet llegó luego corriendo hacia ella con cara sonriente y con un ánimo sofocado, que la señorita Woodhouse tuvo esperanzas de serenar muy pronto.

—¡Imagínese, qué casualidad encontrarle! ¡Qué raro! Fue pura casualidad, me dijo, que no hubiera dado la vuelta por Randalls. No creía que nosotras fuéramos nunca por este camino. Creía que casi todos los días paseábamos hacia

Randalls. Todavía no ha podido conseguir *La leyenda del bosque*. Estaba tan ocupado la última vez que estuvo en Kingston, que se le olvidó, pero mañana vuelve a ir. ¡Qué raro que nos encontráramos por casualidad! Bueno, señorita Woodhouse, ¿es como lo esperaba? ¿Qué le parece? ¿Le parece tan feo?

—Es muy feo, sin duda, notablemente feo, pero eso no es nada, comparado con su completa falta de distinción. No tenía derecho a esperar mucho, y no esperaba mucho, pero no tenía idea de que fuera tan rústico, tan completamente sin aires. Me lo había imaginado, lo confieso, un grado o dos más cerca de la distinción.

—Claro —dijo Harriet, con voz humillada—, no es tan distinguido como un caballero de verdad.

—Creo, Harriet, que desde que nos conoces has estado muchas veces en compañía de algunos de esos caballeros tan de verdad, que tú misma debes estar impresionada por la diferencia con el señor Martin. En Hartfield tienes muy buenas muestras de hombres bien educados y bien criados. Me sorprendería que, después de verlos, pudieras volver a estar en compañía del señor Martin sin darte cuenta de que es una criatura muy inferior, y más bien sorprendiéndote de haberle considerado antes en absoluto agradable. ¿No empiezas a notarlo ahora? ¿No te impresionó? Estoy segura de que deben haberte impresionado su aire torpe y sus maneras bruscas, y la rudeza de una voz, que desde aquí, oí que era tan completamente sin modular.

—Claro, no es como el señor Knightley. No tiene tan buen aire y unos andares como el señor Knightley. Veo la diferencia bien clara. Pero ¡el señor Knightley es un hombre extraordinario!

—El aire del señor Knightley es tan notablemente distinguido, que no es justo comparar al señor Martin con él. No se puede ver uno entre un centenar que tenga *caballero* escrito tan claramente como en el señor Knightley. Pero no es el único caballero a que te has acostumbrado recientemente. ¿Qué dices del señor Weston y el señor Elton? Compara al señor Martin con cualquiera de ellos. Compara su manera de presentarse, de andar, de hablar, de estar callados. Tienes que ver la diferencia.

—¡Ah, sí!, hay una gran diferencia. Pero el señor Weston es casi un viejo. El señor Weston debe tener entre cuarenta y cincuenta años.

—Lo que hace aún más valiosas sus buenas maneras. Cuando más años tiene una persona, Harriet, más importante es que sus maneras no sean malas, más chocante y desagradable es cualquier estridencia, o rudeza o torpeza. Lo que es tolerable en la juventud, es detestable en una edad más avanzada. El señor Martin ahora es torpe y brusco; ¿cómo será a la edad del señor Weston?

—¡No se puede decir, ciertamente! —respondió Harriet, más bien solemnemente.

—Pero se puede adivinar bastante bien. Será un granjero completamente rudo y vulgar, completamente descuidado de su apariencia y sin pensar más que en pérdidas y ganancias.

—¿De veras? Claro, estará muy mal.

—Cuánto le echa a perder ya su negocio, se puede ver claramente por el hecho de que se olvidara de preguntar por el libro que le recomendaste. Estaba muy absorbido con el mercado para pensar en nada más; que es lo que debe ser, para un hombre que prospera. ¿Qué tiene que ver con los libros? Y no dudo de que prosperará y será un hombre muy rico con el tiempo; y el que sea inculto y tosco no tiene por qué molestarnos.

—No sé por qué no se acordó del libro —fue la única respuesta de Harriet, y dicha con tal grado de grave disgusto que Emma pensó que se podía dejar el asunto en paz sin peligro.

Por tanto, no dijo más en algún tiempo. Su siguiente arranque fue:

—En un aspecto, quizá, las maneras del señor Elton son superiores a las del señor Knightley o las del señor Weston. Son más distinguidas. Podrían presentarse como modelo con más seguridad. En el señor Weston hay una franqueza, una rapidez, casi una brusquedad, que a todo el mundo le gusta *en él,* porque tiene tanto de buen humor, pero no serviría copiarlo. Tampoco serviría el tipo de maneras del señor Knightley, directas, decididas, dominantes... aunque a él le van muy bien: su figura y su aspecto y su puesto en la vida parecen permitirlo, pero si cualquier joven se pusiera a copiarlo, sería inaguantable. Por el contrario, creo que a un joven se le podría recomendar sin peligro que tomara al señor Elton por modelo. El señor Elton tiene buen humor, es alegre, servicial y amable. A mí me parece que recientemente se ha vuelto más amable de un modo especial. No sé si tiene designios de congraciarse con alguna de nosotras, Harriet, aumentando su suavidad, pero me da la impresión de que sus maneras son más suaves que de costumbre. Si pretende algo, debe ser complacerte. ¿No te he dicho lo que dijo de ti el otro día?

Entonces repitió algún cálido elogio personal que había obtenido del señor Elton, y al que ahora hacía plena justicia; y Harriet se ruborizó y sonrió, y dijo que siempre le había parecido muy agradable el señor Elton.

El señor Elton era la persona exacta en quien se había fijado Emma para sacarle a Harriet de la cabeza al joven granjero. Pensaba que sería un casamiento excelente, y demasiado deseable, natural y verosímil para que ella tuviera mucho mérito en proyectarlo. Temía que era lo que todos los demás debían pensar y predecir. Sin embargo, no era probable que nadie la hubiera igualado en la fecha del plan, ya que se le había metido en la cabeza en la primerísima velada en que Harriet vino a Hartfield. Cuanto más lo consideraba, mayor era la convicción de su conveniencia. La situación del señor Elton era muy apropiada, un auténtico caballero él mismo, y sin parentela baja; al mismo tiempo, no de una familia que pudiera objetar justamente al dudoso nacimiento de Harriet. Tenía un hogar cómodo para ella, y Emma se imaginaba que unos ingresos muy suficientes; pues aunque el vicariato de Highbury no era grande, se sabía que tenía algunas propiedades independientes; y ella le juzgaba muy elevadamente, como un joven de buen carácter, bien intencionado y respetable, sin ninguna falta de comprensión práctica o de conocimiento del mundo.

Ya se había asegurado de que él consideraba a Harriet como una guapa chica, lo cual confiaba, con tan frecuentes encuentros en Hartfield, que sería una base suficiente por parte de él; y por parte de Harriet, podía haber poca duda de que la idea de que él la prefiriera tendría el necesario peso y eficacia. Y realmente era un joven muy agradable, un joven que podría gustar a cualquier mujer no muy exigente. Se le consideraba de muy buena presencia; su persona era muy admirada en general, aunque no por ella, por cierta falta de elegancia de rasgos de que ella no podía prescindir; pero la chica que podía contentarse con un Robert Martin dando vueltas a caballo por el campo para buscarle castañas, muy bien podría ser conquistada por la admiración del señor Elton.

CAPÍTULO 5

—No sé cuál será su opinión, señora Weston —dijo el señor Knightley—, sobre esa gran intimidad entre Emma y Harriet Smith, pero creo que es cosa mala.

—¡Cosa mala! ¿De veras cree que es cosa mala? ¿Y por qué?

—Creo que ninguna de ellas le hará bien a la otra.

—¡Me sorprende usted! Emma tiene que hacer bien a Harriet, y Harriet se puede decir que hará bien a Emma proporcionándole un nuevo objeto de interés. Vengo viendo su intimidad con el mayor placer. ¡De qué modo tan diferente opinamos! ¡No creer que se vayan a hacer ningún bien la una a la otra! Seguro que eso va a ser el principio de una de nuestras discusiones sobre Emma, señor Knightley.

—Quizá crea usted que he venido adrede para discutir con usted, sabiendo que Weston está fuera, y que usted debe seguir combatiendo su propio combate.

—El señor Weston sin duda me apoyaría, si estuviera aquí, pues piensa exactamente como yo sobre el tema. Hablábamos de eso ayer mismo, estando de acuerdo en qué suerte era para Emma que hubiera una chica así en Highbury para relacionarse con ella. Señor Knightley, no le admiro a usted como juez imparcial en este caso. Usted está tan acostumbrado a vivir solo, que no conoce el valor de la compañía; y quizá ningún hombre puede ser buen juez sobre el bienestar que siente una mujer en la compañía de otra de su sexo, después de estar acostumbrada a eso toda la vida. Puedo imaginarme sus objeciones contra Harriet Smith. No es la joven superior que debería ser la amiga de Emma. Pero, por otra parte, como Emma quiere verla más informada, será un estímulo para que ella misma lea más. Leerán juntas. Tiene intención de eso, lo sé.

—Emma tiene intención de leer más desde que tenía doce años. He visto muchas listas de libros que ha hecho en diferentes ocasiones, que tenía intención de leer de cabo a rabo; y muy buenas listas que eran, muy bien elegidas, y muy bien arregladas; a veces por orden alfabético, a veces por alguna otra regla. La lista que hizo cuanto tenía sólo catorce años, me acuerdo que pensé que hablaba tanto en favor de su buen juicio, que la guardé algún tiempo; y estoy seguro de que ahora puede haber hecho una lista muy buena. Pero yo he dejado de esperar ninguna línea de lectura constante en Emma. Nunca se someterá a nada que requiera trabajo y paciencia, y sujetar la fantasía al entendimiento. En lo que la señorita Taylor no fue capaz de estimular, puedo afirmar con seguridad que Harriet Smith no hará nada. Usted nunca pudo convencerla de que leyera ni la mitad de lo que usted deseaba. Ya sabe que no.

—Puedo decir —contestó la señora Weston, sonriendo— que lo pensaba así *entonces,* pero desde que nos hemos separado, nunca puedo recordar que Emma dejara de hacer nada que yo deseara.

—No se puede desear refrescar una memoria tal como ésa —dijo el señor Knightley, emocionado, y por unos momentos no dijo más—. Pero yo —añadió—, que no tengo tal magia echada sobre mis ojos, debo seguir viendo, oyendo y recordando. Emma está echada a perder con ser la más lista de la familia. A sus diez años, tenía la desgracia de ser capaz de contestar preguntas que desconcertaban a su hermana, con diecisiete. Siempre era rápida y segura: Isabella, lenta y desconfiada. Y desde que tuvo doce años, Emma ha sido señora de la casa y de todos ustedes. En su madre perdió a la única persona capaz de hacerle frente. Heredó los talentos de su madre, y debió estarle muy sujeta.

—Habría lamentado, señor Knightley, depender de su recomendación si hubiera dejado la familia del señor Woodhouse para buscar otra posición; no creo que usted hubiera dicho a nadie unas buenas palabras en mi favor. Estoy segura de que siempre me consideró inadecuada para el puesto que tenía.

—Sí —dijo él, sonriendo—. Usted está mejor situada *aquí*; muy adecuada para esposa, pero en absoluto para institutriz. Pero usted se estuvo preparando para ser una excelente esposa en todo el tiempo que pasó en Hartfield. Quizá no dio usted a Emma una educación tan completa como su capacidad parecía prometer, pero estuvo recibiendo una educación muy buena *de ella,* en el punto, muy matrimonial, de someter su voluntad y hacer lo que se le pedía; y si Weston me hubiera pedido que le recomendara una esposa, ciertamente habría nombrado a la señorita Taylor.

—Gracias. Hay muy poco mérito en ser una buena esposa para un hombre como el señor Weston.

—Bueno, para confesar la verdad, me temo que usted está más bien desperdiciada, y que, con toda su disposición para sufrir, no habrá nada que sufrir. No hemos de desesperar, sin embargo. A lo mejor Weston se pone de mal humor con la corrupción de la comodidad, o su hijo le aflige.

—Espero que no sea *eso.* No es probable. No, señor Knightley, no prediga conflictos por ese lado.

—No, ciertamente. Sólo indico posibilidades. No pretendo tener el genio de Emma para predecir y adivinar. Espero de todo corazón que el joven sea un Weston en méritos y un Churchill en fortuna. Pero Harriet Smith... no he terminado con Harriet Smith, ni a medias. La creo la peor clase de compañía que podía tener Emma. No sabe nada, y piensa que Emma lo sabe todo. Es una aduladora en todo lo que hace, y lo peor es que sin intención. Su ignorancia es adulación continua. ¿Cómo puede imaginar Emma que tiene algo que aprender ella misma, si Harriet muestra tan deliciosa inferioridad? En cuanto a Harriet, me atrevo a decir que no puede ganar tampoco nada con esta relación. Hartfield no hará más que ponerla fuera de lugar, por presunción, con todos los demás sitios a que pertenece. Se hará sólo lo suficientemente refinada como para estar incómoda con aquellos entre los cuales estaría en su casa por nacimiento y circunstancias. Estoy muy equivocado si las doctrinas de Emma dan ninguna fuerza de espíritu, o tienden en absoluto a hacer que una chica se adapte racionalmente a las vicisitudes de su situación en la vida. Sólo dan un poco de barniz.

—O yo me fío más que usted del buen juicio de Emma, o estoy más interesada en su bienestar presente; porque no puedo lamentar esa relación. ¡Qué buena cara tenía anoche!

—¡Ah! ¿Prefiere usted hablar de su persona que de su ánimo, de veras? Muy bien: no voy a negar que Emma sea bonita.

—¡Bonita!, diga más bien bella. ¿Puede usted imaginar algo más cerca de la belleza perfecta que Emma, en conjunto: cara y figura?

—No sé lo que podría imaginar, pero confieso que rara vez he visto una cara o una figura más agradable para mí que la suya. Pero yo soy un viejo amigo con parcialidad.

—¡Qué ojos! Los verdaderos ojos de avellana ¡y tan brillantes! Unos rasgos regulares, una expresión abierta, con un color, ¡ah!, qué florecimiento de buena salud, y qué bonita altura y tamaño; una figura tan firme y derecha. Hay salud, no sólo en su florecimiento, sino en su aire, en su cabeza, en su mirada. Se oye a veces decir que una niña es «la imagen de la salud»; ahora, Emma me da la idea de ser la completa imagen de la salud adulta. Es la delicia misma. ¿No es verdad, señor Knightley?

—No puedo encontrar un defecto en su persona —contestó él—. La considero tal como usted la describe. Me encanta mirarla, y añadiré este elogio, que no la considero vanidosa en cuanto a su persona. Considerando qué linda es, parece estar poco ocupada con eso; su vanidad va por otro lado. Señora Weston, por mucho que diga no me hará cambiar de opinión en cuanto a mi disgusto ante su intimidad con Harriet Smith, ni mi temor de que se perjudiquen mutuamente.

—Y yo, señor Knightley, estoy igual de firme en mi confianza de que no se perjudicarán. Con todos los defectillos de Emma, es una excelente criatura. ¿Dónde vamos a ver una hija mejor, o una hermana más cariñosa, o una amiga más verdadera? No, no; tiene cualidades de que se puede una fiar; nunca la llevará a una por mal camino; no cometerá ningún error duradero; por una vez que se equivoque, Emma tiene razón cien veces.

—Muy bien, no la voy a molestar más. Emma será un ángel, y yo conservaré mi mal humor hasta que las Navidades traigan a John y a Isabella. John quiere a Emma con un afecto razonable, y por consiguiente nada ciego, e Isabella siempre piensa como él, salvo cuando él no se asusta bastante por los chicos. Estoy seguro de tener sus opiniones de mi parte.

—Sé que todos ustedes la quieren demasiado para ser injustos ni duros, pero perdóneme, señor Knightley, si me tomo la libertad (ya sabe que considero tener algo del privilegio de lenguaje que quizá tuvo la madre de Emma) la libertad de sugerir que no puede resultar nada bueno del hecho de que la intimidad con Harriet Smith se convierta en tema de mucha discusión entre ustedes. Perdone, por favor, pero aun suponiendo que pueda producirse algún pequeño inconveniente con esa intimidad, no se puede esperar que Emma, que no tiene que responder ante nadie sino ante su padre, que aprueba por completo esa amistad, tenga que terminarla, mientras sea para ella un motivo de placer. He tenido tantos años a mi cargo el dar consejo, que no le puede sorprender, señor Knightley, este pequeño resto de mi cargo.

—Nada de eso —exclamó él—, se lo agradezco mucho. Es un consejo muy bueno, y tendrá mejor destino que el que ha encontrado muchas veces su consejo, pues lo tendré en cuenta.

—La señora John Knightley se alarma fácilmente, y podría sentirse infeliz por su hermana.

—Esté tranquila —dijo él—, no levantaré ningún clamor. Me guardaré para mí mi mal humor. Tengo un sincero interés por Emma. Isabella ya no parece mi hermana; nunca ha producido un interés mayor; quizás apenas tan grande. Hay algo de ansiedad, de curiosidad en lo que uno siente por Emma ¡No sé qué va a ser de ella!

—Yo tampoco lo sé —dijo la señora Weston amablemente—, lo pienso mucho.

—Siempre asegura que no se va a casar nunca, lo cual, naturalmente, no significa absolutamente nada. Pero no tengo idea de que haya visto hasta ahora un hombre que le importara. No sería una mala cosa para ella enamorarse mucho de alguien apropiado. Me gustaría ver a Emma enamorada y con dudas en cuanto a ser correspondida; le sentaría bien. Pero no hay nadie por aquí con quien relacionarla, y ella sale muy rara vez de casa.

—En efecto, parece haber lo menos que puede haber para tentarla a romper esa resolución, por ahora —dijo la señora Weston—, y mientras esté tan feliz en Hartfield, no puedo desearle que forme ninguna relación que produzca tales dificultades, teniendo en cuenta al pobre señor Woodhouse. No le recomiendo el matrimonio por ahora a Emma, aunque no quiero decir con eso nada contra el estado matrimonial, se lo aseguro.

Parte de su intención era ocultar algunas ideas predilectas suyas y del señor Weston sobre el tema, en lo posible. Había deseos en Randalls en cuanto al destino de Emma, pero no era deseable que se sospecharan, y la tranquila transición que hizo poco después el señor Knightley a «¿Qué piensa Weston del tiempo; vamos a tener lluvia?», la convenció de que él no tenía nada más que decir o conjeturar sobre Hartfield.

CAPÍTULO 6

Emma no podía sentir dudas de haber dado a la fantasía de Harriet la dirección adecuada y haber elevado la gratitud de su joven vanidad hacia un propósito excelente, pues la encontró decididamente más sensible que antes al hecho de que el señor Elton fuera un joven notablemente guapo, y de maneras muy agradables; y como ella no tuvo vacilación en prolongar la confiada admiración de él con sugerencias de asentimiento, pronto tuvo confianza de que crearía tanta aceptación por parte de Harriet como hubiera ocasión de crear. Estaba muy convencida de que el señor Elton estaba muy en camino de enamorarse, si es que no enamorado ya. No tenía escrúpulo en cuanto a él. El hablaba de Harriet y la elogiaba tan cálidamente, que Emma no podía suponer que faltara nada que un poco de tiempo no añadiera. El hecho de que el señor Elton se diera cuenta de la notable mejora en las maneras de Harriet desde que fue presentada en Hartfield, no fue la menos agradable prueba de su creciente afecto.

—Usted da a la señorita Smith todo lo que necesitaba —dijo—, usted la ha hecho graciosa y sosegada. Era una bella criatura cuando vino con usted, pero, en mi opinión, las atracciones que usted ha añadido son infinitamente superiores a lo que ha recibido de la naturaleza.

—Me alegro de que crea que le he sido útil; pero Harriet

sólo necesitaba que le dieran un impulso y recibir unas pocas sugerencias, muy pocas. Tenía en sí misma toda la gracia natural de la dulzura de carácter y la sinceridad. He hecho muy poco.

—Si fuera admisible llevar la contraria a una dama... —dijo el galante señor Elton.

—Quizá le he dado un poco más de decisión de carácter, le he enseñado a pensar en cuestiones que antes no se le habían presentado.

—Exactamente, y eso es lo que me impresiona principalmente. ¡Tanta decisión de carácter sobreañadida! Ha sido una mano hábil.

—El placer ha sido grande, desde luego. Nunca he encontrado una disposición más propicia.

—No lo dudo.

Y esto se dijo con una especie de animación suspirante, que tenía mucho del enamorado. No le alegró menos a Emma el modo como él secundó su deseo súbito de tener un retrato de Harriet.

—¿Te han hecho alguna vez un retrato, Harriet? —dijo Emma—. ¿Has posado alguna vez?

Harriet iba a salir del cuarto, y se detuvo sólo para decir, con ingenuidad muy atractiva:

—¡Oh, no, nunca, nunca!

Apenas hubo salido, Emma exclamó:

—¡Qué posesión más exquisita sería un retrato suyo! Daría cualquier dinero por él. Casi me dan ganas de intentar su retrato yo misma. Usted no lo sabe, estoy segura, pero hace dos o tres años tuve gran afición a hacer retratos, y probé con varias amistades y se consideró que tenía buen ojo en general. Pero por un motivo o por otro, lo he abandonado por fastidio. Pero la verdad es que casi me atrevería si Harriet posara para mí. ¡Sería delicioso tener su retrato!

—Permítame rogarle —exclamó el señor Elton—, la verdad es que sería delicioso. Permítame rogárselo, señorita Woodhouse, que ejercite un talento tan encantador a favor de su amiga. Sé cómo son sus dibujos. ¿Cómo podría suponer que lo ignoro? ¿No es este cuarto rico en muestras de sus paisajes y flores, y no tiene la señora Weston algunas inimitables figuras en su salón, en Randalls?

«¡Sí, hombre excelente! —pensó Emma—, pero ¿qué tiene que ver todo eso con hacer retratos? No entiendes nada de dibujo. No finjas entrar en éxtasis por los míos. Guárdate tus éxtasis para la cara de Harriet.»

—Bueno, si me da tan bondadoso estímulo, señor Elton, creo que probaré a hacer lo que pueda. Los rasgos de Harriet son muy delicados, lo que hace difícil el parecido, y sin embargo hay una peculiaridad en los ojos y de las líneas alrededor de la boca que se debería captar.

—Exactamente... La forma de los ojos y las líneas alrededor de la boca... No tengo duda de su éxito. Por favor, por favor, inténtelo. Si lo hace, será ciertamente, para usar sus propias palabras, una posesión exquisita.

—Pero me temo, señor Elton, que a Harriet no le gustará posar. Piensa muy poco en su belleza. ¿No sé fijó en cómo me contestó? ¿Qué completamente quería decir, «por qué iban a hacerme un retrato»?

—Ah, sí, me fijé, se lo aseguro. No se me pasó. Pero, aun así, no puedo imaginar que no se deje convencer.

Harriet volvió pronto, y se le hizo la propuesta inmediatamente, y ella no tuvo escrúpulos que pudieran resistir mucho tiempo ante el empeñado apremio de los otros dos. Emma deseaba ponerse al trabajo en seguida, así que sacó la carpeta que contenía sus diversos intentos de retratos, pues ninguno de ellos estaba acabado, para que pudieran decidir el mejor tamaño para Harriet. Se exhibieron sus varios esbozos. Miniaturas, medio cuerpo, cuerpo entero, lápiz, carbón y acuarelas se habían probado, una cosa tras otra. Siempre había querido hacerlo todo, y había adelantado en dibujo y en música más de lo que habrían adelantado muchos con tan poco esfuerzo como el que ella aceptaría jamás. Tocaba y cantaba, y dibujaba en casi todos los estilos, pero siempre le había faltado constancia, y en nada se había acercado al grado de perfección que le habría gustado dominar y en que no debía haber fallado. No se engañaba mucho sobre su habilidad, ni como artista ni como músico, pero no le parecía mal engañar a otros, ni lamentaba saber que su reputación por sus logros era a menudo más alta de lo merecido.

Había méritos en todos los dibujos —quizá más, en los menos terminados—; su estilo tenía gracia, pero, aunque hubiera tenido mucho menos, o diez veces más, el deleite y admiración de sus acompañantes habría sido el mismo. Ambos estaban en éxtasis. Un retrato le gusta a todo el mundo, y las realizaciones de la señorita Woodhouse debían ser estupendas.

—No hay muy gran variedad de caras para ustedes —dijo Emma—. Sólo tenía los dos de casa para mis estudios. Aquí está mi padre... otro de mi padre... pero la idea de posar para su retrato le puso tan nervioso que sólo pude tomarlo a escondidas; ninguno de los dos se parece mucho, por eso. La señora Weston, otra vez, y otra vez, y otra vez, ya ven. ¡Mi querida señora Weston! Siempre mi mejor amiga en todas las ocasiones. Posaba siempre que se lo pedía. Aquí está mi hermana, y realmente, ¡qué figurita tan elegante! Y la cara no deja de parecerse. Debería haberle hecho un buen retrato, si hubiera posado más, pero ella tenía tanta prisa de que dibujara a sus cuatro niños, que no se estaba quieta. Luego, aquí vienen mis intentos con tres de esos cuatro niños; ahí están, Henry y John y Bella, de un lado a otro del papel, y cualquiera de ellos podría valer por los demás. Ella estaba tan empeñada en tenerlos dibujados que no pude rehusar, pero no se puede hacer estarse quietos a niños de tres o cuatro años, ya saben, y no podría ser muy fácil sacarles ningún parecido, salvo el aire y el tipo, a no ser que tuvieran unos rasgos más duros que ningún hijo de mamá. Aquí está mi esbozo del cuarto, que era un bebé. Le saqué mientras dormía en el sofá, y es un parecido tan exacto de ese mocoso como se pueda desear. Había metido la cabecita en el nido muy cómodamente. Se parece mucho. Estoy bastante orgullosa del pequeño George. La esquina del sofá está muy bien. Luego, ahí está el último mío —mostrando un lindo esbozo de un caballero en pequeño tamaño, de cuerpo entero—, el último y el mejor, mi hermano, el señor John Knightley... A éste no le faltaba mucho para acabarse cuando lo dejé enfadada, y prometí que nunca volvería a sacar un retrato. No pude menos de sentirme provocada, pues después de todo mi esfuerzo, y cuando realmente le había sacado un buen parecido (la señora Weston y yo estábamos muy de acuerdo en considerarlo muy parecido), sólo que demasiado guapo, demasiado lisonjero, pero ése es un defecto por el lado bueno, después de eso, salió Isabella con su fría aprobación: «Sí, se parecía un poco, pero claro que no le hacía justicia.» Nos había costado mucho convencerle de que posara. Lo tomó como un gran favor, y en conjunto, fue más de lo que yo podía aguantar, así que no quise acabarlo nunca, para encima presentar excusas por él como un parecido desfavorable, a todos los visitantes corrientes de Brunswick Square; y, como decía, entonces prometí no volver a dibujar a nadie. Pero por Harriet, o más bien por mí misma, y como no hay maridos ni mujeres en el caso, en este momento, romperé ahora mi resolución.

El señor Elton pareció muy propiamente impresionado y encantado con la idea, y repetía: «No hay maridos ni mujeres en el caso *en este momento,* efectivamente, como observa usted. Exactamente. No hay maridos ni mujeres», con una toma de conciencia tan interesante, que Emma empezó a considerar si no sería mejor dejarles solos en seguida. Pero como quería dibujar, la declaración tuvo que aguardar un poco más.

Pronto decidió el tamaño y la clase de retrato. Iba a ser de cuerpo entero y en acuarela, como el del señor John Knightley, y se destinaba, si salía a su gusto, a ocupar una posición muy honrosa en la repisa de la chimenea.

Empezó la sesión; y Harriet, sonriendo y ruborizada, y temerosa de no conservar su actitud y aire, ofrecía una dulcísima mezcla de expresión juvenil a los ojos fijos de la artista. Pero no se podía hacer nada con el señor Elton enredando detrás de ella y observando cada toque. A ella le parecía bien que se situara donde pudiera mirar y mirar sin molestar, pero se vio realmente obligada a terminar con eso y rogarle que se colocara en otro sitio. Entonces se le ocurrió emplearle en leer.

«Si tuviera la bondad de leerlas, sería excelente. Esto contribuiría a que las dificultades fueran menores y disminuiría la fatiga de la señorita Smith.»

El señor Elton estuvo encantado. Harriet escuchó y Emma dibujó en paz. Tuvo que permitirle que siguiera viniendo frecuentemente a mirar; menos que eso hubiera sido demasiado poco para un enamorado, y él estaba dispuesto, a la menor interrupción del lápiz, a saltar a ver cómo marchaba, y a estar encantado. No había modo de disgustarse con tal admirador, pues su admiración le hacía distinguir un parecido casi antes de que fuera posible. Ella no podía aguantar su mirada, pero su amor y su complacencia eran irreprochables.

La sesión en conjunto fue muy satisfactoria; ella estuvo suficientemente contenta con el esbozo del primer día para desear seguir. No había falta de parecido, había estado afortunada en la postura, y como pensaba añadir un poco de mejoría a la figura, darle un poco más de peso y considerablemente más elegancia, tenía gran confianza en que al fin resultara en todos los sentidos un bonito retrato, y que ocupara el lugar predestinado, con gloria para ambas; un memorial perdurable de la belleza de la una, de la habilidad de la otra, y de la amistad de ambas; con tantos otros agradables añadidos como era probable que añadiera el prometedor apego del señor Elton.

Harriet iba a posar al día siguiente, y el señor Elton, tal como debía, solicitó el permiso de asistir y volverles a leer.

—Por supuesto. Nos encantará considerarle como uno del grupo.

Las mismas ceremonias y cortesías, el mismo éxito y satisfacción, tuvieron lugar al día siguiente, y acompañaron todo el avance del retrato, que fue rápido y feliz. Todos los que lo veían estaban encantados, pero el señor Elton estaba en éxtasis continuo, y lo defendía de toda crítica.

—La señorita Woodhouse le ha dado a su amiga la única belleza que le hacía falta —observó la señora Weston, sin sospechar en lo más mínimo que se dirigiera a un enamorado—. La expresión de los ojos es muy acertada, pero la señorita Smith no tiene esas cejas ni esas pestañas. Es un defecto de su cara que no las tenga.

—¿Cree usted? —respondió él—. No puedo estar de acuerdo con usted. Yo entiendo que hay un parecido perfecto en todos los rasgos. Nunca he visto tal parecido en mi vida. Hemos de contar con el efecto de la sombra, ya comprende.

—La ha hecho demasiado alta, Emma —dijo el señor Knightley.

Emma sabía que era así, pero no quería confesarlo, y el señor Elton añadió cálidamente:

—¡Ah, no!, ciertamente no demasiado alta; en absoluto. Considere que está sentada, lo que naturalmente presenta una diferente... lo que, en una palabra, da exactamente la idea... y hay que conservar las proporciones, ya sabe. Proporciones, escorzo. ¡Ah no!, le da a uno exactamente la idea de una altura como la de la señorita Smith. Así exactamente, desde luego.

—Es muy bonito —dijo el señor Woodhouse—. ¡Qué

bien hecho! Como son siempre tus dibujos, querida mía. No conozco a nadie que pinte tan bien como tú. Lo único que no me acaba de gustar es que parece que está sentada al aire libre, sólo con un pequeño chal por los hombros... le hace resfriarse a uno.

—Pero, papá, se supone que es verano; un día caluroso de verano. Mira el árbol.

—Pero nunca es seguro sentarse al aire libre, querida mía.

—Usted, señor Woodhouse, puede decir lo que quiera —exclamó el señor Elton—, pero yo tengo que confesar que considero una idea muy feliz colocar a la señorita Smith al aire libre; y el árbol está tratado con una gracia inimitable. Cualquier otra situación habría estado menos de acuerdo con el carácter. La ingenuidad de las maneras de la señorita Smith... y en conjunto... ¡Ah, es admirable! No puedo apartar los ojos de esto. Nunca he visto tal parecido.

Lo siguiente era enmarcar la obra, y ahí hubo unas pocas dificultades. Había que hacerlo en seguida, había que hacerlo en Londres; el encargo debía ir a través de las manos de alguna persona inteligente de cuyo gusto cupiera fiarse; y a Isabella, la acostumbrada ejecutora de todos los recados, no se le podía pedir nada, porque era diciembre, y el señor Woodhouse no podía admitir la idea de sacarla de casa en las nieblas de diciembre. Pero tan pronto como el señor Elton supo del apuro, éste quedó suprimido. Su galantería estaba siempre alerta. «Si se le podía confiar el encargo, ¡qué infinito placer tendría en ejecutarlo! Podría ir a caballo a Londres en cualquier momento. Era imposible decir qué feliz sería de ser empleado en tal recado.»

«¡Era demasiado bueno!, ¡ella no podía soportar la idea! No le daría una misión tan molesta por nada del mundo»; esto produjo la deseada repetición de ruegos y seguridades, y en unos pocos minutos se arregló el asunto.

El señor Elton llevaría la pintura a Londres, elegiría el marco y daría las instrucciones, y Emma pensó que podía empaquetarlo con toda seguridad sin incomodarle, mientras que él parecía temer no ser suficientemente incomodado.

—¡Qué precioso depósito! —dijo, con un suspiro, al recibirlo.

«Este hombre es casi demasiado galante para estar enamorado», pensó Emma. «Eso diría yo, pero supongo que hay cien modos diferentes de estar enamorado. Es un joven excelente, y le irá muy bien a Harriet; será un "así exactamente", como dice él mismo; pero suspira y languidece y busca cumplidos bastante más de lo que yo podría aguantar como destino. A mí me toca una buena porción como segunda. Pero es su gratitud por causa de Harriet.»

CAPÍTULO 7

El mismo día que el señor Elton se fue a Londres hubo una nueva ocasión para los servicios de Emma hacia su amiga. Harriet había estado en Hartfield, como de costumbre, poco después del desayuno, y al cabo de algún tiempo, se había ido a casa para volver a la hora de la comida; volvió, antes de lo que había dicho, y con un aire agitado y apresurado, que anunciaba que había ocurrido algo extraordinario que deseaba contar. En medio minuto lo echó fuera todo. Había oído decir, tan pronto como volvió con la señora Goddard, que el señor Martin había estado allí una hora antes, y al encontrar que ella no estaba en casa, ni se la esperaba especialmente, había dejado un envoltorio para ella de parte de una de sus hermanas, y se había ido; y al abrir ese envoltorio, había encontrado, en realidad, además de las dos canciones que había prestado a Elizabeth para copiar, una carta para ella; y esa carta era de él, del señor Martin, y contenía una franca propuesta de matrimonio. «¡Quién se lo habría imaginado! Se quedó tan sorprendida que no sabía qué decir. Sí, una propuesta de matrimonio, y una carta muy buena, o por lo menos ella lo creía así. Y escribía como si realmente la quisiera mucho... pero ella no sabía... y así, había venido tan pronto como pudo, a preguntar a la señorita Woodhouse qué debía hacer.» Emma se sintió medio avergonzada de que su amiga pareciera tan complacida y tan dudosa.

—Palabra —exclamó—, ese joven está decidido a no perder nada por falta de pedir. Quiere relacionarse bien si puede.

—¿Quiere leer la carta? —exclamó Harriet—. Se lo ruego, léala. Me gustaría que la leyera.

A Emma no le pareció mal que la apremiara. Leyó, y quedó sorprendida. El estilo de la carta estaba muy por encima de lo que esperaba. No sólo no había errores de gramática, sino que en su composición no habría avergonzado a un caballero; el lenguaje, aunque sencillo, era enérgico y sin afectación, y los sentimientos que transmitía honraban mucho a quien los escribía. Era breve, pero expresaba buen sentido, cálido afecto, liberalidad, decoro, e incluso delicadeza de sentimientos. Se quedó suspensa al terminar, mientras Harriet permanecía aguardando su opinión, con un «Bueno, bueno», y por fin se vio obligada a añadir, «¿Es una buena carta? o ¿no es demasiado corta?».

—Sí, en efecto, una carta muy buena —respondió Emma, más bien despacio—, una carta tan buena, Harriet, que, considerándolo todo, creo que ha debido ayudarle una de sus hermanas. Apenas puedo imaginar que el joven a quien vi hablando contigo el otro día pudiera expresarse tan bien, si se le dejara solo con sus propias facultades, y sin embargo, no es el estilo de una mujer; no, ciertamente, es demasiado fuerte y conciso; no es bastante difuso para una mujer. Sin duda que es un hombre sensato y supongo que puede tener un talento natural para ello —piensa enérgicamente y claro— y cuando toma una pluma en la mano, sus pensamientos encuentran por naturaleza las palabras adecuadas. Así ocurre con algunos hombres. Sí, comprendo esa clase de mente. Vigorosa, decidida, con sentimientos hasta cierto punto, nada áspera. Una carta mejor escrita, Harriet —devolviéndosela— de lo que hubiera esperado.

—Bueno —dijo Harriet, aún esperando—, bueno... y... ¿y qué tengo que hacer?

—¡Qué tienes que hacer! ¿En qué sentido? ¿Quieres decir respecto a esta carta?

—Sí.

—Pero ¿qué es lo que dudas? Tienes que contestar, por supuesto, y deprisa.

—Sí. Pero ¿qué tengo que decir? Querida señorita Woodhouse, aconséjeme.

—¡Ah, no, no! La carta es mucho mejor que sea toda tuya. Tú te expresarás muy propiamente, estoy segura. No hay peligro de que no te hagas entender, que es lo primero. Lo que quieres decir tiene que ser inequívoco, sin dudas ni dilaciones, y con las expresiones de gratitud y de comprensión por el dolor que infliges como lo requiere el decoro, que se te presentarán por sí mismas en tu mente, sin que las busques, estoy convencida. A ti no hace falta que se te apunte para que escribas fingiendo tristeza por su decepción.

—Cree usted que debería rechazarle, entonces —dijo Harriet, con los ojos bajos.

—¡Que deberías rechazarle! Mi querida Harriet, ¿qué quieres decir? ¿Tienes alguna duda en cuanto a eso? Creía... pero perdona, quizás he estado equivocada. Ciertamente, no te he entendido bien, si te sientes en duda en cuanto al sentido de tu respuesta. Había imaginado que me consultabas sólo en cuanto a cómo redactarla.

Harriet estaba callada. Con cierta reserva en sus maneras, Emma continuó:

—Piensas enviar una respuesta favorable, por lo que entiendo.

—No, no pienso; mejor dicho, no pienso... ¿Qué voy a hacer? ¿Qué me aconsejaría que hiciera? Por favor, querida señorita Woodhouse, dígame qué debería hacer.

—No te voy a dar ningún consejo, Harriet. No quiero

tener nada que ver con eso. Ése es un punto que debes resolver con tus propios sentimientos.

—No tenía idea de que me quisiera tanto —dijo Harriet, contemplando la carta.

Durante un rato, Emma perseveró en su silencio, pero empezando a comprender que la lisonja embrujadora de esa carta podría ser demasiado poderosa, creyó mejor decir:

—Yo tengo por regla general, Harriet, que si una mujer duda en cuanto a si debería aceptar a un hombre o no, ciertamente que tendría que rechazarle. Si puede vacilar en cuanto al «sí», tendría que decir «no» directamente. No es un estado en que se pueda entrar sin peligro con sentimientos de duda, con medio corazón. Creía que mi deber de amiga, con más años que tú, era decirte esto. Pero no te imagines que quiero influirte.

—¡Ah, no! Estoy segura de que usted es demasiado bondadosa... pero si quisiera aconsejarme nada más sobre lo que sería mejor que hiciera... No, no, no quiero decir eso... Como dice usted, una debería estar completamente decidida... no habría que estar vacilando... es una cosa muy seria... será más seguro decir «no», quizá... ¿cree usted que sería mejor que dijera «no»?

—Por nada del mundo —dijo Emma, sonriendo graciosamente— te aconsejaría en ningún sentido. Tú tienes que ser el juez de tu propia felicidad. Si prefieres al señor Martin a cualquier otra persona; si crees que es el hombre más agradable en cuya compañía hayas estado, ¿por qué tendrías que vacilar? Te ruborizas, Harriet... ¿No se te ocurre nadie más en este momento bajo tal definición? Harriet, Harriet, no te engañes a ti misma; no te dejes llevar por la gratitud y la compasión. En este momento, ¿en quién estás pensando?

Los síntomas eran favorables. En vez de contestar, Harriet volvió la cabeza confusa, y se quedó, pensativa, junto al fuego; y aunque la carta seguía en su mano, ahora era retorcida maquinalmente sin consideración. Emma esperó el resultado con impaciencia, pero no sin grandes esperanzas. Al fin, con cierta vacilación, Harriet dijo:

—Señorita Woodhouse, como no me quiere dar su opinión, tengo que hacer lo que pueda por mí misma; y ahora he decidido del todo, y realmente casi lo he pensado del todo... rechazar al señor Martin. ¿Cree que tengo razón?

—Mucha, mucha razón, queridísima Harriet; haces exactamente lo que debes. Mientras tú estabas en suspenso, yo me reservé mis sentimientos para mí misma, pero ahora que estás tan completamente decidida, no tengo vacilación en aprobar. Querida Harriet, me alegro mucho con esto. Me habría dado pena perder tu trato, que tenía que haber sido la consecuencia de que te casaras con el señor Martin. Mientras estuviste vacilando en lo más mínimo, yo no te dije nada de eso, porque no quería influenciarte; pero habría sido para mí la pérdida de una amiga. Yo no podría haber ido a visitar a la señora Robert Martin, de Abbey-Mill Farm. Ahora te tengo segura para siempre.

Harriet no había sospechado su propio peligro, pero la idea la impresionó fuertemente.

—¡No me podría haber visitado! —exclamó, con aire horrorizado—. No, claro que no podría, pero no se me había ocurrido eso antes. ¡Eso habría sido terrible! ¡De qué he escapado! Querida señorita Woodhouse, yo no renunciaría por nada del mundo al placer y al honor de la intimidad con usted.

—Desde luego, Harriet, habría sido un dolor muy grave perderte; pero debería haber sido así. Tú misma te habrías expulsado de toda buena sociedad. Yo tendría que haber renunciado a ti.

—¡Pobre de mí! ¡Cómo lo podría haber soportado! ¡Me habría matado no volver más a Hartfield!

—¡Qué criatura tan cariñosa! ¡Tú, desterrada en Abbey-Mill Farm! ¡Tú, limitada a la compañía de los incultos y vulgares toda tu vida! No sé cómo ese joven ha tenido el aplomo de pedirlo. Debe tener muy buena opinión de sí mismo.

—No creo que sea vanidoso tampoco, en general —dijo Harriet, con su conciencia oponiéndose a tal crítica—, por lo menos, tiene muy buen carácter, y siempre le estaré muy agradecida, y tendré una gran consideración por... pero eso es una cosa muy diferente de... y ya sabe usted, aunque yo le guste, de eso no se sigue que yo tuviera... y la verdad es que tengo que confesar que desde que vengo por aquí he visto gente... y si uno va a compararles, en persona y maneras, no hay comparación en absoluto, *uno* es tan guapo y agradable. Sin embargo, me parece de veras que el señor Martin es un joven muy agradable, y tengo una gran opinión de él; y el que esté tan apegado a mí, y el que escriba semejante carta... pero en cuanto a dejarla a usted, es lo que no haría por nada del mundo.

—Gracias, gracias, mi buena amiguita. No nos separaremos. Una mujer no tiene que casarse con un hombre simplemente porque se lo pida, o porque él la quiera y sepa escribir una carta decente.

—¡Ah, no!... y además es una carta muy corta.

Emma notó el mal gusto de su amiga, pero lo dejó pasar con un «mucha verdad; y sería para ella un mal consuelo, al lado de las maneras rústicas con que podría ofenderla a todas horas del día, saber que su marido sabía escribir una buena carta».

—¡Ah, sí, sí! A nadie le importa una carta; la cosa es ser siempre feliz con compañías agradables. Estoy muy decidida a rechazarle. Pero ¿cómo voy a hacer? ¿Qué voy a decir?

Emma le aseguró que no habría dificultad en la respuesta, y le aconsejó que la escribiera inmediatamente, lo cual se acordó, con esperanza de su ayuda; y aunque Emma continuó protestando que no hacía falta ninguna asistencia, de hecho la dio en la formación de cada frase. El volver a mirar la carta de él, al contestarla, tenía tal efecto de ablandamiento, que fue particularmente necesario reforzar a Harriet con unas cuantas expresiones decisivas; y estaba tan afectada por la idea de hacerle infeliz, y pensaba tanto en lo que pensarían y dirían su madre y sus hermanas, y estaba tan preocupada de que ellas la consideraran ingrata, que Emma pensó que si el joven se hubiera presentado en ese momento, habría aceptado al fin y al cabo.

La carta, sin embargo, quedó escrita, y sellada y enviada. Se acabó el asunto, y Harriet quedó a salvo. Estuvo más bien baja de ánimos toda la tarde, pero Emma podía permitir su cariñosa tristeza, y a veces la alivió hablándole de su propio cariño, y a veces sugiriendo la idea del señor Elton.

—No me volverán a invitar a Abbey-Mill —esto se dijo en tono bastante lúgubre.

—Y aunque te invitaran, yo no podría soportar separarme de ti, Harriet mía. Eres demasiado necesaria en Hartfield para que se te conceda a Abbey-Mill.

—Y estoy segura de que nunca querría volver allá, porque nunca soy feliz sino en Hartfield.

Algún tiempo después, la cosa fue:

—Creo que la señora Goddard se sorprendería mucho si supiera lo que ha pasado. Estoy segura de que la señorita Nash también... pues la señorita Nash considera a su hermana muy bien casada, y él es sólo un lencero.

—A una le parecería mal ver mayor orgullo o refinamiento en una maestra de escuela, Harriet. Estoy segura de que la señorita Nash te envidiaría una oportunidad como ésta de casarse. Incluso esta conquista parecería valiosa a sus ojos. En cuanto a algo superior para ti, supongo que está muy a oscuras. Las atenciones de cierta persona no pueden estar todavía entre las cotillerías de Highbury. Hasta aquí me imagino que tú y yo somos las únicas personas a quienes se han explicado por sí mismas su cara y sus maneras.

Harriet se ruborizó y sonrió, y dijo algo sobre que no sabía que la gente la quisiera tanto. La idea del señor Elton era ciertamente animadora, pero, sin embargo, al cabo de un rato, su corazón volvía a enternecerse hacia el rechazado señor Martin.

—Ahora habrá recibido mi carta —dijo suavemente—. No sé qué harán todos, si lo sabrán sus hermanas... Si él es desgraciado, ellas también lo serán. Espero que no le importe mucho.

—Pensemos en aquellos de nuestros amigos que están dedicados a algo más alegre —exclamó Emma—. En este momento, quizás, el señor Elton estará enseñando tu retrato a su madre y hermanas, diciéndoles cuánto más bonito es el original, y, después que se lo pidan cinco o seis veces, haciéndoles oír tu nombre, tu queridísimo nombre.

—¡Mi retrato! Pero ha dejado el cuadro en Bond Street.

—¡No me digas! Entonces no conozco nada al señor Elton. No, mi modesta Harriet, estáte segura de que el retrato no estará en Bond Street hasta un momento antes de que monte a caballo mañana. Es su compañía toda esta noche, su solaz, su deleite. Deja ver sus designios a su familia, te presenta entre ellas, difunde entre el grupo esos gratísimos sentimientos de nuestra naturaleza, ávida curiosidad y cálida esperanza de posesión. ¡Qué alegres, qué animadas, qué expectantes, qué ocupadas están todas sus imaginaciones!

Harriet volvió a sonreír, y sus sonrisas se hicieron más firmes.

CAPÍTULO 8

Harriet durmió en Hartfield esa noche. Durante varias semanas antes, había pasado más de la mitad de su tiempo allí, y poco a poco se había ido apropiando de una alcoba: y a Emma le parecía lo mejor en todos los aspectos, lo más seguro y lo más cariñoso, conservarla con ellos todo lo posible en ese momento. Estuvo obligada a ir la mañana siguiente durante un par de horas a ver a la señora Goddard, pero luego se arregló que volvería a Hartfield, para hacer una auténtica visita de varios días.

Mientras estaba ausente, vino de visita el señor Knightley, y se quedó sentado un rato con el señor Woodhouse y Emma, hasta que el señor Woodhouse, que había decidido previamente dar un paseo, fue convencido por su hija para que no lo aplazara, y los ruegos de ambos le indujeron, a pesar de los escrúpulos de su cortesía, a dejar al señor Knightley con ese fin. El señor Knightley, que no tenía nada de ceremonioso, ofrecía en sus breves y decididas respuestas un divertido contraste con las prolongadas excusas y corteses vacilaciones del otro.

—Bueno, creo que, si usted me excusa, señor Knightley, si no lo considera una cosa muy grosera, seguiré el consejo de Emma y saldré un cuarto de hora. Como ha salido el sol, creo que será mejor que dé mis tres vueltas mientras puedo.

Le trato sin ceremonia, señor Knightley. Nosotros los achacosos creemos ser gente privilegiada.

—Querido señor Woodhouse, no me considere un extraño.

—Dejo un excelente sustituto en mi hija. Emma estará muy contenta de atenderle. Y por eso creo que pediré sus excusas y daré mis tres vueltas... mi paseo de invierno.

—No podría hacer nada mejor.

—Le pediría el gusto de su compañía, señor Knightley, pero ando muy despacio, y mi paso le sería aburrido; y además, usted tiene por delante otro largo paseo, hasta Donwell Abbey.

—Gracias, señor Woodhouse, gracias; yo mismo me voy en seguida, y creo que cuanto antes salga, mejor. Le traigo su abrigo y le abriré la puerta del jardín.

Por fin salió el señor Woodhouse, pero el señor Knightley, en vez de marcharse también inmediatamente, se volvió a sentar, al parecer inclinado a más charla. Empezó a hablar de Harriet, y a hablar de ella con elogios más espontáneos de los que nunca le había oído Emma.

—No puedo valorar su belleza tanto como usted —dijo—, pero es una linda criaturita, y estoy inclinado a pensar muy bien de su manera de ser. Su carácter depende de las personas con quien está, pero, en buenas manos, llegará a ser una mujer valiosa.

—Me alegro de que piense así; y las buenas manos, espero, no faltarán.

—Vamos —dijo él—, usted está deseando un cumplido, así que le diré que usted la ha mejorado. La ha curado de sus risitas de colegiala: realmente eso habla a favor de usted.

—Gracias. Me sentiría realmente humillada si no creyera que he sido algo útil, pero no todo el mundo concede elogios cuando puede. Usted mismo no me abruma muy a menudo con ellos.

—¿Y dice que la espera otra vez esta mañana?

78

—Casi en cualquier momento. Ya lleva fuera más tiempo de lo que pensaba.

—Algo le habrá ocurrido que la retrase; quizás alguna visita.

—¡Las cotillerías de Highbury! ¡Fatigosas importunidades!

—Quizás Harriet no considera fatigosos a todos los que usted considera así.

Emma sabía que esto era demasiado cierto para contradecirlo, así que no dijo nada. Al fin añadió, con una sonrisa:

—No pretendo fijar momentos ni lugares, pero debo decirle que tengo buenas razones para creer que su amiguita oirá pronto algo en su beneficio.

—¡De veras! ¿Cómo es eso? ¿De qué clase?

—De una clase muy seria, le aseguro —sin dejar de sonreír.

—¡Muy seria! No puedo pensar más que en una cosa... ¿Quién está enamorado de ella? ¿Quién la hace a usted su confidente?

Emma tenía más que un poco de esperanzas de que el señor Elton hubiera dejado caer una sugerencia. El señor Knightley era una especie de amigo y consejero de todo el mundo, y Emma sabía que el señor Elton le miraba con respeto.

—Tengo razones para pensar —contestó él— que Harriet Smith tendrá pronto un ofrecimiento de matrimonio, y por un lado absolutamente irreprochable: Robert Martin es la persona. La estancia de Harriet en Abbey-Mill, este verano, parece haber causado este asunto. Está desesperadamente enamorado y tiene intención de casarse con ella.

—Es muy amable —dijo Emma—, pero ¿está seguro de que Harriet tiene intención de casarse con él?

—Bueno, bueno, tiene intención de hacer un ofrecimiento, entonces. ¿Vale eso? Vino a Abbey hace un par de noches, a propósito para consultarme sobre eso. Sabe que yo tengo una gran estimación por él y toda su familia, y creo que me considera como uno de sus mejores amigos. Vino a preguntarme si yo pensaba que sería imprudente para él establecerse tan pronto; si creía que ella era demasiado joven; en una palabra, si aprobaba por completo su decisión; teniendo cierto temor de que a ella se la considere (especialmente desde que usted le da tanta importancia) como en un nivel de sociedad por encima de él. Me gustó mucho todo lo que dijo. Nunca he oído a nadie hablar tan sensatamente como a Robert Martin. Siempre habla a propósito, sincero, directo y con muy buen juicio. Me lo contó todo; su situación y sus planes, y lo que todos se proponían hacer en el caso de su matrimonio. Es un joven excelente, lo mismo como hijo que como hermano. No vacilé en aconsejarle que se casara. Me demostró que podía permitírselo, y, siendo así, me convencí de que no podía hacer cosa mejor. Yo también elogié a la bella damita, y, en conjunto, le despedí muy feliz. Si no hubiera estimado mi opinión hasta entonces, ahora sí habría pensado muy bien de mí; y estoy seguro, se fue de casa considerándome el mejor amigo y consejero que nadie había tenido nunca. Eso ocurrió anteanoche. Ahora, como podemos suponer sin riesgo, no dejará pasar mucho tiempo antes de hablar con la dama, y como parece que no habló ayer, no es improbable que esté hoy en casa de la señora Goddard; y es probable que Harriet se haya entretenido con un visitante, sin considerarle en absoluto una fatigosa importunidad.

—Por favor, señor Knightley —dijo Emma, que llevaba gran parte de su discurso sonriendo para sí misma—, ¿cómo sabe que el señor Martin no habló ayer?

—Claro —contestó él, sorprendido—. Yo no lo sé absolutamente, pero se puede deducir. ¿No pasó ella todo el día con usted?

—Vamos —dijo ella—, le voy a decir algo, a cambio de

80

lo que usted me ha dicho. Él habló ayer, mejor dicho, escribió, y fue rechazado.

Esto tuvo que ser repetido antes de poder ser creído, y el señor Knightley llegó a ponerse rojo de sorpresa y disgusto, levantándose, con gran indignación, y diciendo:

—Entonces es una tonta mayor de lo que jamás la creí. ¿Qué pretende esa estúpida?

—¡Ah, claro! —exclamó Emma—, siempre es incomprensible para un hombre que una mujer rehúse alguna vez una oferta de matrimonio. Un hombre siempre se imagina que una mujer siempre está preparada para cualquiera que la pida.

—¡Tontería! Un hombre no se imagina nada de eso. Pero ¿qué significa esto? ¿Harriet Smith rechazar a Robert Martin? Locura, si es así, pero espero que usted esté equivocada.

—Vi su respuesta; no podía estar más clara.

—¡Vio usted su respuesta! Usted le escribió la respuesta también, Emma, esto es obra suya. Usted la convenció para que rehusara.

—Y si lo hubiera hecho (lo cual, sin embargo, estoy muy lejos de admitir), no me parecería que había hecho mal. El señor Martin es un joven muy respetable, pero no puedo admitir que sea un igual de Harriet, y más bien me sorprende que se haya atrevido a dirigirse a ella. Según usted, parece haber tenido escrúpulos. Es lástima que los superara.

—¡Que no es un igual de Harriet! —exclamó el señor Knightley, con fuerza y pasión; y luego añadió, con aspereza más tranquila, unos momentos después—: no, no es un igual de ella, porque está muy por encima de ella en sensatez y en posición. ¿Cuáles son las pretensiones de Harriet Smith, ni por nacimiento, ni carácter ni educación, de estar relacionada con nadie por encima de Robert Martin? Es hija natural de nadie sabe quién, probablemente sin poder contar con nada establecido, y desde luego sin parientes respetables. Se la conoce sólo como residente para recibir en una escuela corriente. No es una chica sensata, ni una chica instruida. No se le ha enseñado nada útil, y es demasiado joven y demasiado simple para haber adquirido nada por sí misma. A su edad no puede tener experiencia, y, con su poco seso, no es muy probable que llegue a tener ninguna que le sirva. Es guapa, y tiene buen carácter, y eso es todo. Mi único escrúpulo al aconsejar el matrimonio fue a causa de él, porque ella está por debajo de lo que él se merece, y es un mal enlace para él. Me pareció que, en cuanto a fortuna, él, con toda probabilidad, podría encontrar algo mucho mejor; y que en cuanto a compañera sensata o útil, no le podía ir peor. Pero no podía razonar con un hombre enamorado, y estuve dispuesto a confiar en que no habría nada malo en ella, en que ella tuviera esa clase de carácter, que, en buenas manos como las de él, podría fácilmente enderezarse y resultar muy bien. La ventaja de ese matrimonio me pareció que estaba toda del lado de ella, y no tenía la menor duda (ni la tengo ahora) de que habría un clamor general de que ella había tenido muchísima suerte. Incluso de que usted estaría satisfecha me sentía seguro. Inmediatamente me pasó por la mente que no le parecería mal que su amiga dejara Highbury, en atención a que se estableciera tan bien. Recuerdo que me dije: «Hasta Emma, con toda su parcialidad por Harriet, pensará que es un buen partido.»

—No puedo menos de extrañarme de que conozca tan poco a Harriet como para decir tal cosa. ¡Cómo! Imagínese un labrador (y, con todo su buen sentido y su mérito, el señor Martin no es nada más), un buen partido para mi amiga íntima. ¡Que no me parecería mal que dejara Highbury para casarse con un hombre a quien yo nunca podría admitir como un conocido mío! Me extraña que creyera posible para mí tener tales sentimientos. Le aseguro que los míos son muy diferentes. Tengo que pensar que su juicio no es nada imparcial. No es usted justo con las pretensiones de Harriet. Otros los estimarían de modo muy diferente, igual que yo; el señor Martin quizá sea el más rico de los dos, pero indudablemente es inferior a ella en rango social. La esfera en que se mueve ella está muy por encima de la de él. Sería una degradación.

—¡Una degradación para la ilegitimidad y la ignorancia, casarse con un caballero agricultor, respetable e inteligente!

—En cuanto a las circunstancias de su nacimiento, aunque en sentido legal se la pueda llamar una Nadie, eso no se sostiene en sentido común. Ella no tiene que pagar por la culpa de otros, siendo considerada por debajo del nivel de aquellos con quienes se ha criado. No puede haber ninguna duda de que su padre es un caballero... y un caballero de fortuna. Su renta es muy generosa; no se ha regateado nada para su adelanto o comodidad. Que es hija de un caballero, me parece indudable; que está unida a hijas de caballeros, nadie, imagino, lo negará. Está muy por encima del señor Robert Martin.

—Quienquiera que sean sus padres —dijo el señor Knightley—, quienquiera la haya tomado a su cargo, no parece que haya sido parte de su plan introducirla en lo que usted llama buena sociedad. Después de recibir una educación muy mediocre, se la deja en manos de la señora Goddard a que se las arregle como pueda; a moverse, en una palabra, en la línea de la señora Goddard, a tener el trato de la señora Goddard. A sus amistades evidentemente les parecía eso suficientemente bueno para ella; y lo era. Ella misma no deseaba nada mejor. Hasta que usted decidió convertirla en una amiga, su ánimo no estaba a disgusto con su gente, ni su ambición iba más allá. Ella misma no deseaba nada mejor. Era tan feliz como cabía con los Martin este verano. No tenía sensación de superioridad entonces. Si la tiene ahora, usted se la ha dado. Usted no ha sido una amiga para Harriet, Emma. Robert Martin nunca habría llegado tan lejos si no hubiera estado convencido de que ella no le miraba con malos ojos. Le conozco bien. Tiene demasiados sentimientos auténticos para dirigirse a ninguna mujer en el azar de la pasión egoísta. Y en cuanto a vanidad, está más lejos de ella que nadie que yo conozca. Puede estar segura de que recibió estímulo.

Para Emma, lo más oportuno fue no responder directamente a esa afirmación: en vez de eso, decidió volver a seguir su propia línea en el tema.

—Usted es un amigo muy cordial del señor Martin; pero, como dije antes, es injusto con Harriet. Los títulos de Harriet para casarse bien no son tan despreciables como usted los pinta. No es una chica lista, pero tiene más sensatez de lo que usted advierte, y no merece que se hable de ella tan despreciativamente. Dejando ese punto, sin embargo, y suponiendo que sea tal como usted la describe, sólo bonita y de buen carácter, permítame decirle que, en el grado en que las posee, esas cualidades no son unas recomendaciones nada triviales para el mundo en general, pues, en efecto, es una chica guapa, y así deben considerarla noventa y nueve personas de cada cien; y hasta que se eche de ver que los hombres sean más filosóficos en cuanto a la belleza de lo que generalmente se supone que son; hasta que se enamoren de mentes bien informadas en lugar de caras guapas, una chica tan bonita como Harriet tiene la seguridad de ser admirada y buscada, de tener la posibilidad de elegir entre muchos, y en consecuencia, el derecho de ser exigente. Su buen carácter, también, no es un título nada ligero, incluyendo, como incluye, una completa dulzura de temperamento y maneras, una opinión muy humilde sobre sí misma, y una gran propensión a sentirse complacida con los demás. Estoy muy equivocada si los hombres en general no creen que tal belleza y tal carácter son los títulos más altos que puede poseer una mujer.

—Palabra de honor, Emma, oírle a usted haciendo mal uso de la inteligencia que tiene, es casi bastante como para hacérmelo pensar también así. Mejor no tener juicio que usarlo tan mal como usted.

—¡Claro! —exclamó ella, en broma—. Ya sé que eso es lo que sienten todos ustedes. Sé que una chica como Harriet es exactamente lo que deleita a todos los hombres, lo que al mismo tiempo embruja sus sentidos y satisface su juicio. ¡Ah! Harriet puede elegir a su gusto. Si usted se casara alguna vez, usted mismo, ésa es la mujer apropiada para usted. Y ella, a sus diecisiete años, apenas entrando en la vida, empezando a ser conocida, ¿va a sorprender porque no acepte el primer ofrecimiento que recibe? No... por favor, déjela tener tiempo para mirar a su alrededor.

—Siempre me ha parecido una intimidad tonta —dijo por fin el señor Knightley—, aunque me he guardado para mí mis pensamientos; pero ahora me doy cuenta de que va a ser muy desafortunada para Harriet. Usted la va a hinchar con tales ideas sobre su belleza, y de lo que tiene derecho a esperar, que, en poco tiempo, nadie a su alcance será bastante bueno para ella. La vanidad actuando en una cabeza débil produce toda clase de desgracias. Nada tan fácil para una joven damita como elevar demasiado sus esperanzas. La señorita Harriet Smith quizá no encuentre que los ofrecimientos de matrimonio acuden tan deprisa, aunque sea una chica muy guapa. Los hombres de juicio, diga usted lo que se le antoje, no quieren esposas tontas. A los hombres de buena familia no les gustaría mucho unirse a una muchacha de tal oscuridad, y la mayoría de los hombres prudentes temerían la molestia y deshonra en que se meterían cuando se revelase el misterio de su paternidad. Que se case con Robert Martin, y estará segura, respetable y feliz para siempre; pero si usted la anima a esperar casarse en grande, y la enseña a no contentarse con menos que con un hombre de importancia y gran fortuna, quizá sea una residente de salón con la señora Goddard para todo el resto de su vida; o por lo menos (pues Harriet Smith es una chica que acabará casándose con uno o con otro) hasta que se desespere y se alegre de agarrar al hijo del viejo maestro de caligrafía.

—Pensamos de modo tan diferente en ese punto, señor Knightley, que no sirve para nada discutirlo. No haremos sino enojarnos más el uno al otro. Pero en cuanto a que yo la deje casarse con Robert Martin, es imposible: ella le ha rechazado, y tan decididamente, creo, como para evitar una segunda petición. Tiene que afrontar los males de haberle rechazado, cualesquiera que sean; y en cuanto al rechazo mismo, no intentaré decir que no podría yo influir en ella un poco; pero le aseguro que había muy poco que hacer, para mí ni para nadie. El aspecto de él está tan en contra suya, y sus maneras son tan malas, que, aunque alguna vez hubiera estado dispuesta a favor suyo, ahora no lo está. Puedo imaginar que, antes de ver a nadie superior, ella le pudiera tolerar. Era el hermano de sus amigas, y se esforzó en complacerla; y, en conjunto, no habiendo visto a nadie mejor (eso debe haber sido la mejor ayuda de él), ella no podía encontrarle desagradable mientras estaba en Abbey-Mill. Pero ahora la situación ha cambiado. Ahora ella sabe lo que son los caballeros, y nadie que no sea un caballero en educación y maneras tiene nada que hacer con Harriet.

—¡Tontería, la mayor tontería que se ha dicho nunca! —exclamó el señor Knightley—. Las maneras de Robert Martin se recomiendan por la sensatez, la sinceridad y el buen humor; y su ánimo tiene más distinción verdadera que lo que podría entender Harriet Smith.

Emma no respondió y trató de parecer alegremente indiferente, pero se sentía realmente incómoda y deseaba mucho que se marchara. Ella no se arrepentía de lo que había hecho; seguía considerándose mejor juez de lo que él podía ser en tales puntos de derechos y refinamientos femeninos; pero tenía una suerte de respeto habitual al juicio de él en general, que la hacía ver con desagrado que estuviera tan ruidosamente contra ella; y el tenerle sentado enfrente con aquella cólera, era muy molesto. Pasaron unos minutos en ese desagradable silencio, con sólo un intento, por parte de Emma, de hablar del tiempo, pero él no respondió. Él pensaba. El resultado de sus pensamientos apareció al fin en estas palabras:

—Robert Martin no pierde mucho... con tal que lo comprenda así; y espero que no tardará en ello. Sus opiniones sobre Harriet usted las conoce de sobra, pero como usted no guarda en secreto que le gusta hacer casamientos, es justo suponer esos puntos de vista, planes y proyectos que usted tiene; y, como amigo, me limitaré a sugerirle que si el hombre es Elton, creo que va a ser un esfuerzo en vano.

Emma se rio y lo negó. Él continuó:

—Puede estar segura: Elton no va a servir. Elton es un hombre excelente, y un vicario muy respetable de Highbury, pero no es nada probable que haga un matrimonio imprudente. Sabe el valor de una buena renta tanto como el que más. Elton puede hablar sentimentalmente, pero actuará racionalmente. Conoce muy bien sus propios títulos, tanto como usted conozca los de Harriet. Sabe que es un joven muy guapo y un gran favorito donde quiera que vaya, y, por su manera de hablar en general, en momentos de franqueza, cuando sólo hay hombres delante, estoy convencido de que no piensa desperdiciarse. Le he oído hablar con gran animación de una numerosa familia de señoritas de quienes son íntimas sus hermanas, que tienen todas veinte mil libras por cabeza.

—Le estoy muy agradecida —dijo Emma, volviendo a reír—. Si yo me hubiera propuesto en mi corazón que el señor Elton se casara con Harriet, habría sido muy bondadoso en abrirme los ojos, pero por ahora sólo pretendo quedarme a Harriet para mí. Ya he terminado con hacer casamientos. Nunca podría esperar igualar mi propio logro en Randalls. Lo abandonaré mientras voy ganando.

—Buenos días tenga usted —dijo él, levantándose y marchándose de repente.

Estaba muy ofendido Sentía la decepción del joven Martin, y le humillaba haber sido el medio de promoverla, por la aprobación que había dado; y le provocaba enormemente la parte que estaba convencido de que Emma había tomado en el asunto.

Emma se quedó también con ánimo molesto, pero eran más indistintas las causas de ella que las de él. Ella no se sentía siempre tan segura de sí misma como el señor Knightley, tan enteramente convencida de que sus opiniones eran justas y las de sus adversarios erróneas. Él se marchó dándose a sí mismo una aprobación más completa que la que le dejaba a ella. Ella no quedó tan materialmente abrumada, sin embargo, que un poco de tiempo y el regreso de Harriet no fueran adecuada medicina restauradora. El hecho de que Harriet estuviera fuera tanto tiempo empezaba a ponerla incómoda. La posibilidad de que el joven fuera a casa de la señora Goddard esa mañana y se encontrara con Harriet y arguyera a favor de su causa, le daba ideas alarmantes. El temor de semejante fracaso, después de todo, llegó a ser su principal incomodidad, y, cuando apareció Harriet, y de muy buen humor, y sin tener ninguna explicación que dar de su larga ausencia, sintió una satisfacción que la puso en paz con su propio ánimo, y la convenció de que, pensara o dijera el señor Knightley lo que quisiera, ella no había hecho nada que no justificaran la amistad y los sentimientos femeninos.

Él la había asustado un poco en cuanto al señor Elton; pero cuando Emma consideró que el señor Knightley no podía haberle observado tan bien como ella, ni con el interés, ni (ella debía poderse permitir decírselo a sí misma, a pesar de las pretensiones del señor Knightley) con la habilidad de un observador como ella en tal tema, y que él lo había dicho precipitadamente y con cólera, pudo creer que lo decía con demasiado resentimiento para que fuera verdad, ni fuera cosa de la que él supiera nada. Cierto que podía haber oído hablar al señor Elton con menos reserva que como ella le había oído jamás, y el señor Elton podría no ser de carácter imprudente y desconsiderado en asuntos de dinero; naturalmente podría ser más bien atento que otra cosa en tales asuntos, pero, en cambio, el señor Knightley no daba suficiente peso a la influencia de una fuerte pasión en guerra con todos sus motivos interesados. El señor Knightley no veía tal pasión, y por supuesto que no pensaba nada en sus efectos, pero ella la veía de sobra para sentir dudas de que prevalecería sobre cualquier vacilación que pudiera sugerir en principio una razonable prudencia; y estaba segura de que en el señor Elton no había más que un razonable y adecuado grado de prudencia.

El buen humor de Harriet, en cara y maneras, determinó el suyo; volvía, no para pensar en el señor Martin, sino para hablar del señor Elton. La señorita Nash le había contado algo que repitió inmediatamente con gran deleite. El señor Perry había estado en casa de la señora Goddard para cuidar a una niña enferma, y la señorita Nash le había visto, y él había dicho a la señorita Nash que, cuando volvía ayer de Clayton Park, se había encontrado al señor Elton, y había visto, para su gran sorpresa, que el señor Elton en realidad iba de camino a Londres, y no pensaba volver hasta el día siguiente, aunque era la noche de su partida de whist, que no se sabía que se hubiera perdido jamás; y el señor Perry se había quejado con él de eso, y le había dicho qué poco decente era ausentarse, por parte de él, el mejor jugador que tenían, y trató mucho de convencerle para que aplazara el viaje siquiera un día; pero él no quiso; el señor Elton estaba decidido a seguir adelante, y lo dijo así de un modo muy particular, en efecto, que iba para un asunto que no aplazaría por nada del mundo; y algo más sobre un encargo envidiable, y que era portador de algo extraordinariamente precioso. El señor Perry no le pudo entender bien, pero estuvo seguro de que debía haber una *dama* en la cuestión, y se lo dijo así; y el señor Elton sólo puso una cara muy consciente y sonriente, y espoleó a su caballo de muy buen humor. La señorita Nash le había contado todo eso, y había hablado mucho más del señor Elton; y dijo, mirándola con aire muy significativo, «que ella no pretendía entender cuál podría ser su asunto, pero sólo sabía que a cualquier mujer a la que prefiriera el señor Elton, la consideraría la mujer más feliz del mundo, pues, sin duda alguna, el señor Elton no tenía igual en cuanto a bien parecido y agradable».

CAPÍTULO 9

El señor Knightley podía reñir con ella, pero Emma no podía reñir consigo misma. Él estaba muy disgustado y tardó más que de costumbre en volver a Hartfield, y cuando se encontraron, su aire serio mostró que ella no estaba perdonada. Ella lo sentía, pero no se podía arrepentir. Al contrario, sus planes y actuaciones tenían cada vez más justificación, y se le hicieron más queridos por el cariz general de los días inmediatos.

El retrato, elegantemente enmarcado, fue entregado sano y salvo tras el regreso del señor Elton, y, al ser colgado sobre la repisa de la chimenea del salón general, él se incorporó para mirarlo, y suspiró sus medias frases de admiración tal como debía, y, en cuanto a los sentimientos de Harriet, iban visiblemente tomando la forma de un afecto tan fuerte y firme como cabía dentro de su juventud y carácter de ánimo. Emma estuvo pronto perfectamente segura de que el señor Martin ya no era recordado, sino en cuanto que ofrecía un contraste con el señor Elton, para absoluta ventaja de éste.

Sus proyectos de perfeccionar la mente de su amiguita mediante una gran cantidad de lectura útil y conversación no habían llegado todavía más allá de unos pocos primeros capítulos y la intención de seguir mañana. Era mucho más fácil charlar que estudiar, mucho más agradable dejar su imaginación extenderse y trabajar sobre la suerte de Harriet, que esforzarse en ampliar su comprensión o ejercitarla en hechos sobrios; y la única actividad literaria que en ese momento ocupaba a Harriet, el único preparativo mental que hacía para el atardecer de su vida, era coleccionar y copiar todas las adivinanzas de cualquier tipo que podía encontrar, en un fino cuaderno *in-quarto* de papel prensado, preparado por su amiga, y adornado con iniciales y trofeos.

En esta época de tanta literatura, no son raras tales colecciones en gran escala. La señorita Nash, maestra principal en casa de la señora Goddard, había puesto por escrito por lo menos trescientas; y Harriet, que había recibido de ella la primera sugerencia, tenía esperanzas de obtener muchas más con ayuda de la señorita Woodhouse. Emma ayudaba con su invención, memoria y gusto, y, como Harriet escribía con una letra muy bonita, iba a ser probablemente un arreglo de primer orden, tanto en forma como en cantidad.

El señor Woodhouse estaba casi tan interesado como las jóvenes en el asunto, y trataba muy a menudo de recordar algo digno de añadir. «Tantas adivinanzas ingeniosas como solía haber cuando él era joven... ¡no sabía cómo no las recordaba!, pero esperaba recordarlas con el tiempo.» Y siempre acababa con «Kitty, una bella y gélida doncella».

Su buen amigo Perry, también, a quien le habló sobre el tema, no recordaba en ese momento nada parecido a una adivinanza, pero él había pedido a Perry que estuviera alerta, y como iba tanto por ahí, algo podría obtenerse por ese lado.

No era en absoluto el deseo de su hija reclutar todos los intelectos de Highbury. El señor Elton era el único cuya ayuda había pedido. Fue invitado a aportar todos los buenos enigmas, charadas o adivinanzas que pudiera recordar, y Emma tuvo el placer de verle trabajar atentamente en sus recuerdos, y al mismo tiempo, según pudo observar, cuidadoso de que no saliera de sus labios nada que no fuera galante, nada que no exhalara un cumplido a su sexo. Le debían dos o tres adivinanzas de lo más cortés, y el gozo y la exultación con que al fin recordó, y recitó con bastante sentimentalidad, la famosa charada

Mi *primera* es aflicción
que mi *segunda* padece
y mi *todo* es el remedio
de sufrimiento tan fuerte,

le hizo lamentar mucho el reconocer que ya la habían copiado varias páginas antes.

—¿Por qué no nos escribe usted una, señor Elton? —dijo—. Ése es el único modo de asegurar que es nueva, y nada le podría ser más fácil.

«¡Oh, no! Él nunca había escrito, casi nunca, nada parecido en su vida. ¡Qué estúpido era! Se temía que ni siquiera la señorita Woodhouse —se detuvo un momento— o la señorita Smith le podrían inspirar.»

Al día siguiente, sin embargo, mostró cierta prueba de inspiración. Su visita duró únicamente unos breves instantes, sólo para dejar en la mesa una hoja de papel que contenía, según dijo, una charada que un amigo suyo había dirigido a una señorita, objeto de su admiración, pero que, por su estilo, Emma se sintió convencida inmediatamente de que debía ser suya.

—No la ofrezco para la colección de la señorita Smith —dijo—. Siendo de mi amigo, no tengo derecho a exponerla de ningún modo a las miradas del público, pero quizás a usted no le desagrade mirarla.

Las palabras eran más para Emma que para Harriet, lo cual pudo comprender Emma. Había en él un aire de profunda deliberación, y encontraba más fácil mirarla a ella a los ojos que a su amiga. Un momento después, se había ido, tras de callar por un instante.

—Tómalo —dijo Emma, sonriendo, y empujando el papel hacia Harriet—, es para ti. Toma lo que es tuyo.

Pero Harriet estaba temblando, y no podía tocarlo, y Emma, nunca reacia a ser la primera, se vio obligada a mirarlo ella misma.

A la Señorita ...

Mi *primera* es la pompa de los reyes,
los dueños de la tierra en gloria y fama.
Otra visión del hombre es mi *segunda*:
¡míralo allí, monarca de las aguas!

Pero al unirse ¡en qué revés caemos!
Su libertad y fuerza no son nada;
señor de tierra y mar, se vuelve esclavo,
y sólo la mujer es soberana.

Tu agudo ingenio pronto hallará el *todo*:
¡apruébalo con tu dulce mirada!

Emma puso los ojos en ella, meditó, comprendió el significado, la volvió a leer para estar segura y ser plenamente dueña de esos versos, y entonces, pasándosela a Harriet, se quedó sentada sonriendo con felicidad, y diciéndose para sí misma, mientras Harriet se intrigaba con el papel en toda la confusión de la esperanza y el aturdimiento, «Muy bien, señor Elton, muy bien, desde luego. He leído charadas peores. *Courtship,* una sugerencia muy buena, cortejamiento. Tengo que elogiarle. Esto es avanzar tanteando. Esto es decir claramente: Por favor, señorita Smith, permítame dirigirme a usted. Apruebe mi charada y mis intenciones en la misma mirada.

¡Apruébalo con tu dulce mirada!

Harriet exactamente. Dulce, es la palabra para su mirada; de todos los epítetos, el más justo que se podía usar.

Tu agudo ingenio pronto hallará el *todo*.

¡Bah! ¡El agudo ingenio de Harriet! Mejor que mejor. Un hombre tiene que estar muy enamorado para describirla así, ¡Ah, señor Knightley, me gustaría que pudiera aprovecharse de esto; creo que esto le convencería! Por una vez en la vida, estaría obligado a confesarse equivocado. ¡Una charada excelente, desde luego!, y muy apropiada. Las cosas deben llegar a una crisis muy pronto.»

Se vio obligada a interrumpir esas gratas reflexiones, que, de otro modo, iban a prolongarse mucho, por la intensidad de las perplejas preguntas de Harriet.

—¿Qué puede ser eso, señorita Woodhouse?, ¿qué puede ser? No tengo ni idea; no puedo adivinarlo en absoluto. ¿Qué podrá ser? Trate de adivinarlo, señorita Woodhouse. Ayúdeme. Nunca he visto nada tan difícil. ¿Es *reino*? No sé quién sería el amigo... ¡ni quién podría ser la señorita! ¿Le parece bueno? ¿Puede ser *mujer*?

Y sólo la mujer es soberana.

¿Puede ser *Neptuno*?

¡Míralo allí, monarca de las aguas!

¿O un *tridente*? ¿o una *sirena*? ¿o un *tiburón*? ¡Ah no! Tiburón no encaja. Tiene que ser algo muy ingenioso, o si no, no lo habría traído. ¡Ah!, señorita Woodhouse, ¿cree que lo adivinaremos jamás?

—¿Sirenas y tiburones? ¡Tontería! Mi querida Harriet, ¿en qué piensas? ¿Qué sentido tendría que nos trajera una charada hecha por un amigo sobre una sirena o un tiburón? Dame el papel y escucha.

Para la Señorita ...., lee Señorita Smith.

Mi *primera* es la pompa de los reyes,
los dueños de la tierra en gloria y fama.

Eso es *court,* corte.

Otra visión del hombre es mi *segunda*:
¡míralo allí, monarca de las aguas!

Eso es *ship,* barco, no puede estar más claro. Y ahora viene
lo bueno.

Pero al unirse ¡en qué revés caemos!
Su libertad y fuerza no son nada;
señor de tierra y mar, se vuelve esclavo,
y sólo la mujer es soberana.

¡Un cumplido muy propio! Y luego viene la solicitud, que
creo, mi querida Harriet, que no tendrás mucha dificultad
en comprender. Léela para ti tranquilamente. No puede haber duda de que está escrita para ti.

Harriet no pudo resistir mucho tiempo a una persuasión
tan deliciosa. Leyó los versos finales, y quedó toda sofocada
y feliz. No podía hablar. Pero no se le pedía que hablara.
Era bastante que lo sintiera. Emma habló por ella.

—Hay un significado tan marcado y tan especial en este
cumplido —dijo—, que no puedo dudar ni un momento de
las intenciones del señor Elton. Tú eres su objetivo... y pronto recibirás la prueba más completa de ello. Creía que tenía
que ser así. Creía que no me podía engañar, pero ahora está
claro; su estado de ánimo está tan claro y decidido como lo
han estado mis deseos sobre el tema desde que te conocí. Sí,
Harriet, todo este tiempo he estado queriendo que ocurriera
esto mismo que ha ocurrido. Nunca pude decir si un afecto

entre ti y el señor Elton era sobre todo deseable o sobre todo natural. Su probabilidad y su conveniencia se igualaban. Estoy muy contenta. Te felicito, mi querida Harriet, con todo mi corazón. Es una unión que cualquier mujer se sentiría orgullosa de crear. Es una relación que no ofrece nada que no sea bueno. Te dará todo lo que necesitas: consideración, independencia, un hogar apropiado; te situará en el centro de todos tus verdaderos amigos, cercana a Hartfield y a mí, y confirmará nuestra intimidad para siempre. Ésta es una alianza, Harriet, de que nunca tendremos que avergonzarnos ninguna de las dos.

—Querida señorita Woodhouse... —y «querida señorita Woodhouse» era lo único que podía articular Harriet al principio, con muchos tiernos abrazos; pero cuando por fin llegaron a algo más parecido a la conversación, su amiga vio con suficiente claridad que Harriet veía, sentía, esperaba y recordaba tal como debía. La superioridad del señor Elton había sido muy ampliamente reconocida.

—Todo lo que usted diga siempre tiene razón —exclamó Harriet—, y por eso supongo, y creo y espero que debe ser así; pero, por lo demás, no me lo podía haber imaginado. Está tan por encima de todo lo que merezco. ¡El señor Elton, que podría casarse con quien quisiera! No puede haber diferencias de opinión sobre él. Es tan superior. Hay que pensar sólo en estos deliciosos versos «A la Señorita ...». ¡Pobre de mí, qué listo! ¿De veras podría ser para mí?

—No puedo preguntar, ni oír una pregunta sobre eso. Es una certidumbre. Recíbelo bajo mi juicio. Es una especie de prólogo a una comedia, un título de capítulo; y pronto lo seguirá la prosa práctica.

—Es algo que nadie se habría esperado. Estoy segura, hace un mes, yo misma no tenía idea. ¡Ocurren las cosas más extrañas!

—Cuando las señoritas Smith y los señores Elton se conocen... en efecto, ocurren... y realmente es extraño; y está tan fuera de lo corriente que lo que es tan evidentemente, tan palpablemente deseable, lo que puede salir al encuentro de los planes de los demás, tome forma adecuada tan inmediatamente. Tú y el señor Elton estáis llamados el uno al otro por la situación; os pertenecéis uno a otro por todas las circunstancias de vuestros respectivos hogares. Vuestro matrimonio estará a la altura del casamiento de Randalls. Parece haber algo en el aire de Hartfield que da al amor exactamente la dirección apropiada, y lo envía por el mismísimo canal por donde debería fluir.

El curso del amor nunca fue liso.

Una edición de Shakespeare, en Hartfield, tendría una larga nota sobre ese pasaje.

—¡Que el señor Elton esté realmente enamorado de mí... de mí, precisamente, que no le conocía, ni había hablado con él antes de San Miguel! ¡Y él, el hombre más guapo que ha habido nunca, y un hombre a quien todos miran con respeto, igual que al señor Knightley! Un hombre de compañía tan buscada, que todos dicen que no tiene por qué hacer ni una comida a solas si no quiere; que tiene más invitaciones que días en la semana. ¡Y tan excelente en la iglesia! La señorita Nash ha apuntado todos los textos sobre los que ha predicado desde que llegó a Highbury. ¡Pobre de mí! ¡Cuando me acuerdo de la primera vez que le vi! ¡Qué poco me lo pensaba! Las dos Abbott y yo salimos corriendo al cuarto de delante y atisbamos por la cortinilla cuando oímos que pasaba y llegó la señorita Nash y nos echó regañándonos; sin embargo, luego me hizo volver, y me dejó mirar también, lo que fue mucha bondad. ¡Y qué guapo nos pareció! Iba del brazo del señor Cole.

—Esta es una alianza que a tus amigos, sean quienes sean o lo que sean, debe parecerles bien, con tal que tengan sentido común; y no presentamos nuestra conducta a la mirada de los tontos. Si tienen deseo de verte felizmente casada, aquí hay un hombre cuyo carácter amable te lo asegura; si desean verte establecida en la misma tierra y ambiente en que ellos han deseado ponerte, aquí se cumplirá; y si su único objetivo es que, como suele decirse, te cases *bien,* aquí está la fortuna cómoda, la institución respetable, la elevación en el mundo que tiene que satisfacerles.

—Sí, mucha verdad. Qué bien habla usted; me encanta oírla. Usted lo entiende todo. Usted y el señor Elton son tan listos el uno como el otro. ¡Esta charada! Aunque hubiera estudiado un año, nunca habría podido hacer nada así.

—Me pareció que pensaba ejercitar su habilidad, por su manera de negarse a ello ayer.

—Me parece que, sin excepción, es la mejor charada que he leído nunca.

—Nunca he leído ninguna más acertada, ciertamente.

—Es tan larga también como casi todas las que teníamos ya.

—No considero el que sea larga como especialmente a su favor. Tales cosas, en general, no pueden ser demasiado cortas.

Harriet estaba demasiado ocupada con los versos para oír. En su mente surgían las comparaciones más satisfactorias.

—Una cosa es— dijo, al fin, con las mejillas encendidas— tener buen juicio de un modo corriente, como todo el mundo, y cuando hay algo que decir, sentarse a escribir una carta y decir simplemente lo que se tiene que decir; y otra cosa es escribir versos y charadas como ésta.

Emma no podría haber deseado un rechazo más inspirado de la prosa del señor Martin.

—¡Qué bonitos versos! —continuó Harriet—, ¡esos dos últimos! Pero ¿cómo voy a ser capaz de devolverle el papel, o decir cómo me ha parecido? ¡Ah, señorita Woodhouse!, ¿qué podemos hacer sobre eso?

—Déjamelo a mí. Tú no hagas nada. Esta noche él vendrá aquí, estoy segura, y entonces se lo devolveré, y ya nos diremos cualquier tontería, y tú no te comprometerás... Tu dulce mirada elegirá su momento mejor para relucir. Fíate de mí.

—¡Ah, señorita Woodhouse, qué lástima que no pueda apuntar esta hermosa charada en mi cuaderno! Estoy segura de que no tengo anotada ninguna que sea ni la mitad de buena.

—Deja fuera los dos últimos versos, y no hay razón para que no la apuntes en tu cuaderno.

—¡Ah! pero esos dos últimos versos son...

—...los mejores. Concedido... para disfrute privado; pues guárdalos para disfrute privado. No dejarán de estar escritos, ya sabes, aunque los dividas. Los dos versos últimos no dejan de existir, ni cambian de significado. Pero si los quitas, se acaba toda propiedad, y queda una bonita charada galante, buena para cualquier colección. Estate segura de que no me gustaría que se despreciara su charada, como tampoco su pasión. A un poeta enamorado hay que animarle en las dos cosas, o en ninguna. Dame el cuaderno, yo la apuntaré, y entonces nadie podrá hacer ningún comentario sobre ti.

Harriet se sometió, aunque su mente apenas podía separar las partes, para estar bien segura de que su amiga no estaba apuntando una declaración de amor. Parecía un ofrecimiento demasiado precioso para que tuviera ninguna clase de publicidad.

—Nunca dejaré que ese cuaderno salga de mis manos —dijo.

—Muy bien —contestó Emma—, un sentimiento muy natural; y cuanto más dure, más me gustará. Pero ahí viene mi padre; no te parecerá mal que le lea la charada. ¡Le dará tanto gusto! Le encantan todas esas cosas, y especialmente todo lo que sea un cumplido para la mujer. ¡Tiene el más

tierno espíritu de galantería hacia todas nosotras! Tienes
que dejarme que se la lea.

Harriet se puso seria.

—Mi querida Harriet, no debes ser tan meticulosa con
esta charada. Revelarás tus sentimientos impropiamente si
eres demasiado consciente y demasiado viva, y si pareces
darle más significado, o incluso todo el significado que se
le puede dar. No te sientas abrumada por tal pequeño tributo de admiración. Si él hubiera estado empeñado en guardar secreto, no habría dejado el papel mientras estaba yo
aquí, pero lo empujó hacia mí más bien que hacia ti. No seamos demasiado solemnes con este asunto. Ya tiene bastante
estímulo para seguir adelante, sin que echemos fuera el alma
suspirando con esta charada.

—¡Ah no! Espero no ser tan ridícula con eso. Haga
como le parezca bien.

Entró el señor Woodhouse, y muy pronto fue llevado al
tema, otra vez, al repetir su frecuente pregunta de «Bueno,
queridas mías, ¿cómo va vuestro cuaderno? ¿Tenéis algo
nuevo?»

—Sí, papá, tenemos algo que leerte, algo muy nuevo. Esta
mañana se ha encontrado en la mesa un papel (dejado caer
por un hada, suponemos) que contiene una charada muy linda, y la acabamos de copiar.

Ella se la leyó como a él le gustaba que le leyeran todo,
despacio y claramente, y repitiéndola dos o tres veces, con
explicaciones sobre cada parte a medida que avanzaba, y le
gustó mucho, y como ella había previsto, se quedó especialmente impresionado con el cumplido final.

—Eso, es muy justo, desde luego, está muy bien dicho.
Mucha verdad. «La mujer soberana.» Es una charada tan
bonita, querida mía, que me es fácil adivinar qué hada la
trajo. Nadie podía haber escrito tan bonito sino tú, Emma.

Emma sólo asintió con la cabeza y sonrió. Después de
pensar un poco, y con un suspiro muy tierno, él añadió:

101

—¡Ah! ¡No es difícil ver a quién sales! ¡Tu querida madre era muy lista en esas cosas! ¡Si yo tuviera su memoria, por lo menos! Pero no puedo acordarme de nada, ni siquiera de esa adivinanza que me has oído mencionar; sólo puedo recordar la primera estrofa, y hay varias.

> Kitty, una bella y gélida doncella,
> ha encendido una llama que me abrasa:
> llamé al niñito de vendados ojos
> en mi auxilio, mas temo su llegada,
> pues tan malo me fue para mi causa.

Y eso es lo único que puedo recordar de ella; pero es muy ingeniosa todo el tiempo. Pero me parece, querida mía, que la tenías.

—Sí, papá, está copiada en nuestra segunda página. La copiamos de *Extractos de Elegancia*. Era de Garrick, ya sabes.

—Eso, es verdad. Me gustaría poder recordar más de ella.

> Kitty, una bella y gélida doncella.

El nombre me hace pensar en la pobre Isabella, pues estuvo muy a punto de que la bautizáramos Catherine por su abuela. Espero que la tengamos aquí la semana que viene. ¿Has pensado, querida mía, dónde la vas a poner, y qué sitio va a haber para los niños?

—¡Ah, sí! Ella tendrá su propio cuarto, claro, el cuarto que siempre tiene; y está el cuarto de los niños... como de costumbre, ya sabes. ¿Por qué iba a haber ningún cambio?

—No sé, querida mía... ¡pero hace tanto tiempo desde que estuvo aquí! No ha estado desde Pascua, y entonces sólo por unos días. Eso de que el señor John Knightley sea abogado es muy incómodo. ¡Pobre Isabella! ¡Qué tristemente nos la han quitado a todos nosotros! ¡Y qué pena le dará cuando venga no ver aquí a la señorita Taylor!

—Por lo menos, papá, no le sorprenderá.

—No sé, querida mía. Estoy seguro de que se quedó muy sorprendida la primera vez que oyó que ella se iba a casar.

—Tenemos que invitar a comer a los Weston con nosotros, mientras Isabella está aquí.

—Sí, querida mía, si hay tiempo. Pero —con acento muy triste— ella viene sólo una semana. No habrá tiempo de nada.

—Es mala suerte que no puedan quedarse más tiempo... pero parece cosa de necesidad. El señor John Knightley debe estar en la ciudad otra vez el 28, y podemos estar agradecidos, papá, de que vayamos a tener todo el tiempo que ellos pueden pasar en el campo, y que no haya que quitar dos o tres días para Abbey. El señor Knightley promete renunciar a esa pretensión estas Navidades... aunque ya sabes que hace más tiempo que pasaron una temporada con él que con nosotros.

—Sería muy duro, en efecto, querida mía, que la pobre Isabella estuviera en otro sitio que no fuera Hartfield.

El señor Woodhouse nunca podía admitir las pretensiones del señor Knightley sobre su hermano, ni las pretensiones de nadie que no fuera él sobre Isabella. Se quedó sentado cavilando durante un rato, y luego dijo:

—Pero no veo por qué la pobre Isabella esté obligada a volver tan pronto, aunque él se vuelva. Creo, Emma, que voy a tratar de convencerla de que se quede más con nosotros. Ella y los niños pueden quedarse muy bien.

—¡Ah, papá!, eso es lo que nunca has sido capaz de lograr, ni creo que lo consigas. Isabella no puede soportar quedarse sin su marido.

Eso era demasiado cierto para contradecirlo. Aun siendo desagradable, el señor Woodhouse no pudo más que lanzar un suspiro de sumisión; y Emma, como vio que su ánimo estaba afectado por la idea del apego de su hija hacia su marido, inmediatamente le llevó a una rama del tema que pudiera elevárselo:

—Harriet nos hará toda la compañía que pueda mientras están aquí mis hermanos. Estoy segura de que estará muy contenta con los niños. Estamos muy orgullosos de los niños, ¿no es verdad, papá? No sé quién dirá ella que es más guapo, si Henry o John.

—Sí, no sé quién dirá. Los pobrecillos, qué contentos estarán de venir. Les gusta mucho estar en Hartfield, Harriet.

—Estoy segura que sí, señor Woodhouse. No sé a quién podría no gustarle.

—Henry es un chico estupendo, pero John es igual que su mamá. Henry es el mayor, le pusieron el nombre por mí, no por su padre. John, el segundo, lleva el nombre de su padre. A algunos les sorprende, creo, que no fuera el mayor, pero Isabella se empeñó en llamarle Henry, lo cual me pareció muy bonito por su parte. Y es un chico muy listo, realmente. Los dos son enormemente listos, y tienen unas cosas muy suyas. Vienen y se ponen junto a mi butaca y dicen: «Abuelo, ¿me puedes dar un poco de cuerda?», y una vez Henry me pidió un cuchillo, pero yo le dije que los cuchillos son para los abuelos. Creo que su padre es muy duro con ellos muchas veces.

—A ti te parece duro —dijo Emma—, porque tú eres tan blando, pero si le comparas con otros papás, no le considerarás duro. Quiere que sus chicos sean activos y capaces, y, si se portan mal, les regaña fuerte de vez en cuando, pero es un padre muy cariñoso; cierto que el señor John Knightley es un padre muy cariñoso. Los niños le quieren mucho.

—¡Y luego viene su tío, y los zarandea y los lanza hasta el techo de un modo que asusta!

—Pero a ellos les gusta, papá; es lo que más les gusta. Lo pasan tan bien con eso, que si su tío no hubiera puesto la regla de hacer turnos, el que empezara no le dejaría nunca al otro.

—Bueno, no puedo entenderlo.

—Eso nos pasa a todos, papá. La mitad del mundo no puede entender los placeres de la otra mitad.

Esa misma mañana, más tarde, y cuando las muchachas se iban a separar para prepararse para la acostumbrada comida de las cuatro, entró otra vez el héroe de esa inimitable charada. Harriet volvió la cara, pero Emma le pudo recibir con la acostumbrada sonrisa, y su aguda mirada distinguió en él la conciencia de haberse lanzado, de haber tirado un dado; y se imaginó que venía a ver qué tal resultaba. Su razón ostensible, sin embargo, era preguntar si se podía hacer la reunión de la velada del señor Woodhouse sin él, o si era en el mínimo grado necesario en Hartfield. Si lo era, todo lo demás cedería el paso, pero, si no, su amigo Cole llevaba insistiendo tanto en que cenara con él... se había empeñado tanto, que él había prometido ir condicionalmente.

Emma le dio las gracias, pero no podía permitir que decepcionara a su amigo por ellos; su padre tenía asegurada su partida de *rubber*. Él insistió, ella volvió a declinar, y él parecía a punto de saludar para marcharse, cuando ella, tomando el papel de la mesa, se lo devolvió:

—¡Ah! Aquí está la charada que usted tuvo la bondad de dejarnos; gracias por haberla podido ver. La hemos admirado tanto, que me he atrevido a copiarla en la colección de la señorita Smith. Su amigo no lo tomará a mal, espero. Claro que no he copiado más allá de los primeros ocho versos.

El señor Elton, ciertamente, no sabía qué decir. Puso una cara más bien dudosa... más bien confusa; dijo algo sobre «honor»; lanzó una mirada a Emma y a Harriet, y luego, viendo el cuaderno abierto en la mesa, lo tomó y lo examinó muy atentamente. Con intención de ayudar a que pasara ese momento difícil, Emma dijo sonriendo:

—Debe presentar mis excusas a su amigo, pero una charada tan buena no debe quedar limitada a uno o dos. Puede estar seguro de la aprobación de toda mujer mientras escriba tales galanterías.

—No siento vacilación al decir —contestó el señor Elton, aunque vacilando mucho al hablar—, no siento vacilación al decir... por lo menos si mi amigo siente como yo... no tengo la menor duda, de que si él pudiera ver su pequeña expansión tan honrada como yo la creo —volviendo a mirar el cuaderno y dejándolo en la mesa—, lo consideraría el momento más enorgullecedor de su vida.

Después de esas palabras se fue tan deprisa como pudo. Emma no pudo pensar que fuera demasiado pronto, pues, aun con todas sus buenas cualidades agradables, había algo de pomposidad en sus palabras que fácilmente la inclinaba a reír. Y se fue corriendo para entregarse a esa inclinación, dejando a cargo de Harriet lo tierno y lo sublime del placer.

CAPÍTULO 10

Aunque ya a mediados de diciembre, todavía el tiempo no había impedido a las señoritas hacer ejercicio con suficiente regularidad, y, al día siguiente, Emma tenía que hacer una visita caritativa a una pobre familia enferma, que vivía no lejos de Highbury.

El camino a su apartada casita era yendo por Vicarage Lane, una desviación que se apartaba en ángulo recto de la calle principal del pueblo, ancha, aunque irregular, y que, como puede adivinarse, incluía la bienaventurada residencia del señor Elton. Primero había que pasar algunas casas de poca monta, y luego, como a un cuarto de milla siguiendo por el camino, surgía la Vicaría; una casa vieja y no muy buena, casi tan cerca del camino como era posible. No tenía ventajas de situación, pero la había mejorado mucho su actual propietario, y, estuviera como estuviera, no había posibilidad de que las dos amigas pasaran por delante sin aflojar el paso y aguzar la mirada. La observación de Emma fue:

—Ahí está. Ahí vas tú con tu cuaderno de adivinanzas un día de éstos.

La de Harriet fue:

—¡Ah! ¡Qué casa tan bonita! ¡Qué hermosa! Ahí están las cortinas amarillas que tanto admira la señorita Nash.

—No paso por aquí muy a menudo *ahora* —dijo Emma, mientras seguían—, pero *luego* habrá alguna motivación, y poco a poco trabaré íntimo conocimiento con todos los setos, cancelas, y árboles podados de estas partes de Highbury.

Harriet, según averiguó ella, nunca había estado dentro de la Vicaría, y su curiosidad por verla era tan grande que, considerando exterioridades y probabilidades, Emma sólo pudo clasificarlo, como prueba de amor, a la altura del hecho de que el señor Elton viera en ella un agudo ingenio.

—Me gustaría poderlo arreglar —dijo—, pero no se me ocurre ningún pretexto decente para entrar; no hay criada por la que quiera preguntar a su ama de llaves, no hay recado de mi padre.

Caviló, pero no supo inventar nada. Tras un silencio en común de unos momentos, Harriet volvió a empezar otra vez así:

—¡Me sorprende, señorita Woodhouse, que usted no esté casada, ni se vaya a casar, con lo encantadora que es!

Emma se rio, y contestó:

—El hecho de ser encantadora, Harriet, no es bastante como para inducirme a casarme: tengo que encontrar encantadoras a otras personas; por lo menos a otra persona. Y no sólo no me voy a casar por ahora, sino que tengo muy poca intención de casarme nunca en absoluto.

—¡Ah, eso dice usted, pero no lo puedo creer!

—Tengo que encontrar alguien muy superior a cualquiera que haya visto hasta ahora, para sentirme tentada; el señor Elton, ya sabes —dominándose—, no entra en el asunto, y yo no deseo ver a tal persona. Preferiría no ser tentada. Realmente no puedo cambiar para mejorar. Si me casara, tendría que esperar arrepentirme de ello.

—¡Pobre de mí! Qué raro es oír hablar así a una mujer...

—Yo no tengo ninguna de las acostumbradas motivaciones de las mujeres para casarme. Claro que si me enamorara sería diferente; pero nunca me he enamorado; no es mi manera, ni mi naturaleza; y creo que nunca me enamoraré.

Y, sin amor, estoy segura de que sería tonta de cambiar una situación como la mía. Fortuna, no la necesito; buena situación, no la necesito; importancia, no la necesito; creo que pocas mujeres casadas son ni la mitad de dueñas de la casa de su marido que yo de Hartfield; y nunca, nunca podría esperar yo ser tan fielmente amada e importante; tan la primera siempre y siempre con razón ante los ojos de un hombre, como ante los de mi padre.

—Pero entonces ¡acabará siendo una solterona, como la señorita Bates!

—Esa es la imagen más temible que podrías presentar, Harriet, y si yo creyera que alguna vez fuera a ser como la señorita Bates, tan tonta, tan satisfecha de sí misma, tan sonriente, tan aburrida, tan sin distinción y tan poco exigente, y tan capaz de contar todos los asuntos de todos sobre mí, me casaría mañana. Pero entre nosotras, estoy convencida de que nunca puede haber semejanza, excepto en no estar casada.

—Pero sin embargo, ¡será una solterona! ¡Eso es terrible!

—No te preocupes, Harriet, no seré una pobre solterona; y es sólo la pobreza lo que hace despreciable la soltería a un público generoso. Una mujer sola, con una renta muy estrecha, debe ser una solterona ridícula, desagradable; la burla apropiada de niños y niñas; pero una mujer sola con buena fortuna, siempre es respetable, y puede ser tan sensata y agradable como cualquier otra. Y la diferencia no habla tanto contra la imparcialidad y el sentido común del mundo como parece al principio; pues una renta muy estrecha tiene tendencia a estrechar el ánimo y a agriar el carácter. Los que apenas pueden vivir, y viven forzosamente en una sociedad muy reducida, y generalmente muy inferior, pueden muy bien ser estrechos y malhumorados. Sin embargo, eso no se aplica a la señorita Bates; ésa es únicamente de demasiado buen carácter y demasiado tonta para venirme bien; pero, en general, es muy al gusto de todo el mundo, aunque sola y aunque pobre. La pobreza, ciertamente, no le ha encogido el ánimo; creo realmente que si no tuviera más que un chelín en el mundo, muy probablemente regalaría seis peniques de él; y nadie la teme; ése es su gran encanto.

—¡Pobre de mí!, pero ¿qué va a hacer usted? ¿A qué se va a dedicar cuando sea vieja?

—Si me conozco a mí misma, Harriet, mi mente es activa y laboriosa, con muchos recursos independientes; y no comprendo por qué iba a necesitar más ocupación a los cuarenta o cincuenta años que a los veintiuno. Las ocupaciones habituales de los ojos y de las manos de la mujer me seguirán tan abiertas entonces como ahora, o sin variación importante. Si dibujo menos, leeré más; si abandono la música, me dedicaré a tejer alfombras. Y en cuanto a objetos de interés, objetos de afecto, que es en realidad el gran punto de inferioridad, y cuya falta es realmente el gran mal que hay que evitar al *no* casarse, estaré de sobra bien, con todos los hijos de una hermana a quien quiero tanto, para preocuparme de eso. Habrá bastantes de ellos, con toda probabilidad, para proporcionar toda clase de sensaciones que necesite la vida en decadencia. Habrá bastante para toda esperanza y todo temor; y aunque mi afecto por nadie no pueda igualar al de unos padres, le va mejor a mis ideas de la comodidad que ese afecto que es más cálido y más ciego. ¡Mis sobrinos y sobrinas! Muchas veces tendré conmigo una sobrina.

—¿Conoce usted a la sobrina de la señorita Bates? Mejor dicho, ya sé que la habrá visto cien veces, pero ¿la ha tratado usted?

—¡Ah, sí! Siempre estamos obligadas a tratarnos cuando viene a Highbury. Por cierto, ésa es casi como para quitar el orgullo por tener una sobrina. ¡No lo quiera Dios!, que yo aburra a la gente con todos los Knightley juntos ni la mitad que ella con Jane Fairfax. Marea el nombre incluso

110

de Jane Fairfax. Toda carta suya se lee cuarenta veces; sus cumplidos a todos los amigos dan vueltas y vueltas; y basta que envíe a su tía el patrón de un corpiño, o que le teja un par de ligas a su abuela, para que una no oiga otra cosa en un mes. Mis mejores deseos para Jane Fairfax; pero me cansa hasta morir.

Se acercaban ya a la casita, y toda clase de temas vanos quedaron superados. Emma era muy compasiva, y los apuros de los pobres recibían alivio de su atención y bondad personal con tanta seguridad como de su bolsa. Ella entendía sus maneras, era tolerante con su ignorancia y sus tentaciones, no tenía esperanzas románticas de virtud extraordinaria en aquellos por quienes había hecho tan poco la educación; entraba en sus dificultades con comprensión propicia, y prestaba siempre su ayuda con tanta inteligencia como buena voluntad. En el caso presente, venía a visitar a la vez a la enfermedad y la pobreza; y después de quedarse allí mientras pudo dar ayuda o consejo, abandonó la casita con tal impresión de la escena, que le hizo decir a Harriet, cuando se alejaban:

—El ver estas cosas, Harriet, es lo que a una le hace bien. ¡Qué insignificante hace parecer lo demás! Ahora me parece como si no pudiera pensar en nada que no fuera esas pobres criaturas todo el resto del día, y, sin embargo, ¿quién puede decir qué pronto se desvanecerá todo eso de mi mente?

—Mucha verdad —dijo Harriet—. ¡Pobres criaturas! No puede una pensar en otra cosa.

—Y la verdad es que no creo que la impresión se pase pronto —dijo Emma, cruzando el bajo seto y la desvencijada cancilla que terminaba el estrecho y resbaloso sendero del jardín de la casita, y las volvía a llevar al camino—. Creo que no —deteniéndose a mirar una vez más toda la miseria exterior de aquel lugar y a recordar la miseria aún mayor del interior.

—¡Ah, no, claro! —dijo su acompañante.

Siguieron andando. El camino hacía un leve recodo, y al

111

pasarlo, quedó inmediatamente a la vista el señor Elton, y tan cerca, que a Emma sólo le dio tiempo a añadir:

—¡Ah, Harriet! Ahí viene una prueba muy repentina de nuestra estabilidad en los buenos pensamientos. Bueno —sonriendo—, espero que se reconozca que si la compasión ha producido alivio a los que sufren, ha hecho todo lo importante. Si sentimos por los desgraciados lo suficiente como para hacer todo lo que podamos por ellos, lo demás es compasión vacía, que no hace más que trastornarnos a nosotros mismos.

Harriet sólo pudo contestar: «¡Ah, sí, claro!», antes que el caballero se reuniera con ellas. Las necesidades y sufrimientos de la pobre familia, sin embargo, fueron su primer tema al encontrarse. Él iba a visitarles. Ahora aplazaría su visita, pero tuvieron una conversación muy interesante sobre lo que se podía y debía hacer. El señor Elton se volvió luego para acompañarlas.

«El encontrarnos en tal misión como ésta —pensó Emma—, el reunirnos en un proyecto caritativo, eso aumentará mucho el amor por ambas partes. No me extrañaría que diera lugar a la declaración. Sería, si yo no estuviera aquí. Me gustaría estar en cualquier otro sitio.»

Deseosa de separarse de ellos todo lo posible, poco después tomó posesión de un estrecho sendero, un poco elevado a un lado del camino, dejándoles juntos en la parte central. Pero no llevaba dos minutos por allí cuando encontró que la costumbre de dependencia y de imitación de Harriet la llevaba a subir también, y que, en resumen, pronto la alcanzarían los dos. Eso no estaba bien; inmediatamente se detuvo, con el pretexto de hacer algún arreglo en los atados de su botina, y, agachándose con completa ocupación del sendero, les pidió que tuvieran la bondad de seguir andando, y ella les seguiría en un momento. Ellos lo hicieron como se les pedía, y para cuando juzgó razonable haber acabado con su botina, tuvo el consuelo de una nueva dilación en su poder, al ser alcanzada por una niña de la casita, que salía, según las órdenes, con su jarro, a traer caldo de Hartfield. Caminar al lado de esa niña y hablar con ella y preguntarle era la cosa más natural del mundo, o habría sido lo más natural si hubiera actuado entonces sin planes; y por ese medio los demás fueron aún capaces de seguir adelante sin ninguna obligación de esperarla. Sin embargo, les fue alcanzando involuntariamente; el paso de la niña era rápido, y el de ellos más bien lento; y ella lo sintió más por el hecho de que ellos llevaban evidentemente una conversación que les interesaba. El señor Elton hablaba con animación y Harriet escuchaba con atención muy complacida; y Emma, habiendo mandado a la niña por delante, estaba empezando a pensar cómo podría echarse atrás un poco más, cuando los dos se volvieron a mirar, y ella se vio obligada a reunirse con ellos.

El señor Elton seguía hablando, aún ocupado en algún detalle interesante, y Emma experimentó cierta decepción cuando encontró que él iba dando a su linda acompañante sólo un informe sobre su reunión de ayer con su amigo Cole, y que ella intervenía hablando del queso de Stilton, del Wiltshire, de la mantequilla, del apio, de las remolachas y todo el postre.

«Por supuesto, esto habría llevado pronto a algo mejor —fue su reflexión consoladora—, cualquier cosa interesa entre los que están enamorados, y cualquier cosa sirve de introducción a lo que está junto al corazón. ¡Si me hubiera podido mantener apartada más tiempo!»

Ellos seguían andando juntos en silencio, hasta que, a la vista de la empalizada de la Vicaría, una súbita decisión de meter por lo menos a Harriet en la casa, la hizo encontrar algo muy en falta en su botina, y quedarse atrás para arreglársela otra vez. Entonces rompió el cordón por la mitad, y tirándolo diestramente a una zanja, se vio obligada finalmente a rogarles que se detuvieran, y a reconocer su incapacidad para arreglar las cosas para poder volver caminando a casa con suficiente comodidad.

—He perdido parte del cordón —dijo—, y no sé cómo voy a hacer. La verdad es que soy una acompañante muy molesta para los dos, pero espero que no sea frecuente en mí tal torpeza. Señor Elton, tengo que pedirle permiso para detenerme en su casa y pedirle a su ama de llaves una cinta o una cuerda, o cualquier cosa que me ate la botina.

El señor Elton pareció la felicidad misma ante tal propuesta, y nada pudo superar a su cuidado y atención al conducirlas a su casa y esforzarse en que todo pareciera lo mejor. El cuarto al que las llevó era el que él principalmente ocupaba, dando hacia delante; detrás había otro con el que comunicaba inmediatamente; la puerta entre ambos estaba abierta, y Emma entró en él con el ama de llaves para recibir su ayuda del modo más cómodo. Ella estuvo obligada a dejar la puerta entreabierta tal como la encontró, pero tenía plena intención de que la cerrara el señor Elton. No se cerró, sin embargo, y siguió entreabierta, pero ella, manteniendo al ama de llaves en incesante conversación, esperaba hacerle fácil a él buscar su propio objetivo en el cuarto adyacente. Durante diez minutos no se pudo oír sino a sí misma. No cabía prolongarlo más. Entonces se vio obligada a acabar y hacer su aparición.

Los enamorados estaban juntos de pie al lado de una de las ventanas. Todo tenía un aspecto muy favorable, y, durante medio minuto, Emma sintió la gloria de haber proyectado con éxito. Pero no servía; él no había llegado al punto. Había estado muy agradable, muy encantador, había dicho a Harriet que las había visto pasar, y que las había seguido adrede; otras pequeñas galanterías y alusiones se habían dejado caer, pero nada serio.

«Cauto, muy cauto —pensó Emma—, avanza pulgada a pulgada, y no se arriesga a nada mientras no se crea seguro.»

114

Sin embargo, aunque no estaba todo logrado por su ingenioso truco, no podía menos de lisonjearse de que eso había sido la ocasión de mucho disfrute presente para ambos, y debía llevarles a avanzar hacia el gran acontecimiento.

CAPÍTULO 11

Ahora había que dejar solo al señor Elton. Ya no estaba en manos de Emma dirigir su felicidad ni acelerar sus medidas. La llegada de su hermana y su familia estaba tan cerca que, primero en expectación y luego en realidad, se convirtió en seguida en su principal objeto de interés, y durante los diez días de su estancia en Hartfield no era de esperar —ella misma no lo esperaba— que los enamorados le pudieran ofrecer otra cosa que alguna ayuda fortuita y ocasional. Podían avanzar rápidamente si querían, sin embargo. Ella apenas deseaba tener más tiempo libre para ellos. Hay gente que, cuanto más se hace por ellos, menos hacen por sí mismos.

El señor y la señora John Knightley, por haber estado lejos de Surry más de lo acostumbrado, provocaban, claro está, más interés del acostumbrado. Hasta ese año, todas las vacaciones de verano, desde que se casaron, se habían repartido entre Hartfield y Donwell Abbey; pero todo el tiempo libre de ese otoño se había dedicado a baños de mar para los niños, y por tanto hacía bastantes meses que su gente de Surry no les había visto como era debido, ni en absoluto por parte del señor Woodhouse, a quien no se le podía inducir a llegar hasta Londres, ni aun en atención a la pobre Isabella, y que, por consiguiente, ahora sentía más nerviosa y temerosa felicidad al prever esa visita demasiado corta.

Pensaba mucho en los inconvenientes del viaje para ella,

y no poco en las fatigas de sus propios caballos y cochero, que iban a traer a parte del grupo, por lo menos la segunda mitad del camino, pero sus alarmas no tenían fundamento, pues las dieciséis millas fueron cubiertas felizmente, y el señor y la señora John Knightley, sus cinco niños, y un número apropiado de niñeras, llegaron todos a Hartfield sanos y salvos. La agitación y la alegría de tal llegada, los muchos a quienes había que hablar, dar la bienvenida, estimular, y dispersar y acomodar de diversos modos, produjeron un ruido y confusión que sus nervios no podrían haber soportado por ningún otro motivo, ni podrían haber resistido mucho tiempo ni aun por éste; pero las costumbres de Hartfield y los sentimientos de su padre eran tan respetados por la señora John Knightley, que, a pesar de su solicitud maternal por la alegría inmediata de sus pequeños, y porque tuvieran en seguida toda la libertad y cuidado, toda la comida y bebida, todo el sueño y el juego que pudieran desear, sin la menor dilación, a los niños no se les permitió molestarle mucho tiempo, ni con su presencia inmediata ni con ninguna atención excesiva hacia ellos.

La señora John Knightley era una linda y elegante mujercita, de maneras suaves y tranquilas, y de carácter notablemente amable y afectuoso; envuelta entera en su familia; una esposa dedicada, una madre mimosa, y tan tiernamente unida a su padre y su hermana que, de no ser por esos vínculos más altos, habría parecido imposible un amor más cálido. Jamás podía ver un defecto en ellos. No era mujer de sólida inteligencia ni de ninguna rapidez; y, con ese parecido a su padre, había heredado también mucho de su constitución; era delicada de salud, excesivamente cuidadosa de la de sus niños, tenía muchos miedos y muchos nervios, y estimaba tanto a su boticario en la ciudad como su padre pudiera estimar a su señor Perry. Se parecían también en una benevolencia universal de carácter y una firme costumbre de consideración hacia todos los conocidos ancianos.

El señor John Knightley era alto, muy caballero en sus aires, y muy listo; con éxito en su profesión, aficionado al hogar y respetable en su carácter privado; pero con modales reservados que impedían que fuera grato a todo el mundo; y a veces capaz de malhumor. No era hombre de mal carácter, ni tan a menudo agriado sin razón como para merecer tal reproche; pero su carácter no era su gran perfección; y, desde luego, con una esposa tan adoradora, no era posible que no aumentara en él ningún defecto natural. La extremada dulzura del temperamento de ella debía hacer daño al de él. Él tenía toda la claridad y rapidez de mente que a ella le faltaba, y a veces podía actuar de modo duro, o decir algo severo. No era muy favorito de su bella cuñada. A ella no se le escapaba nada de lo que no estuviera bien en él. Notaba rápidamente sus pequeños ataques a Isabella, que la propia Isabella nunca notaba. Quizás ella le habría tolerado más si sus maneras hubieran sido lisonjeras para la hermana de Isabella, pero eran sólo las de un hermano y amigo tranquilamente bondadoso, sin elogio y sin ceguera; con todo, ningún grado de cumplido personal podría haberla hecho no ver el mayor defecto, a sus ojos, de todos en los que él caía: la falta de indulgencia respetuosa hacia su padre. Ahí, él no tenía siempre la paciencia que se podía desear. Las peculiaridades y nerviosidades del señor Woodhouse a veces le provocaban a quejarse razonablemente o a replicar bruscamente, con igual falta de oportunidad. No ocurría a menudo, pues el señor John Knightley tenía realmente una gran consideración hacia su suegro, y, generalmente, un gran sentido de lo que se le debía; pero era demasiado frecuente para la caridad de Emma, especialmente porque tenía que soportar el dolor de temerlo a menudo, aunque no se produjera la ofensa. El comienzo, sin embargo, de toda visita, no daba lugar sino a los sentimientos más apropiados, y siendo esta visita tan corta por necesidad, se podía tener esperanza de que transcurriera con cordialidad sin mancha. No

118

llevaban mucho tiempo sentados e instalados cuando el señor Woodhouse, sacudiendo melancólicamente la cabeza y suspirando, llamó la atención a su hija sobre el triste cambio de Hartfield desde la última vez que había estado.

—¡Ah, la querida, pobre señorita Taylor! —dijo—. Es un asunto lamentable.

—¡Ah, sí señor! —exclamó ella con pronta comprensión—, ¡cómo la debes echar de menos! ¡Y también la pobre Emma! ¡Qué pérdida más terrible para los dos! Lo he sentido mucho por vosotros. No podía imaginar cómo os arreglaríais sin ella. Cierto que es un triste cambio. Pero espero que estará muy bien.

—¡Muy bien, querida mía... espero... muy bien! Lo único que sé es que ese sitio no le sienta nada mal.

El señor John Knightley, entonces, preguntó sosegadamente a Emma si había alguna duda sobre el aire de Randalls.

—¡Ah, no, en absoluto! Nunca he visto a la señora Weston mejor en mi vida; nunca con mejor cara. Papá solamente expresa cómo lo siente él.

—Les hace mucho honor a ambos —fue la bonita respuesta.

—¿Y les ves bastante a menudo? —preguntó Isabella en el tono plañidero que mejor encajaba con su padre.

El señor Woodhouse vaciló:

—No tan a menudo, ni con mucho, querida mía, como desearía.

—¡Ah, papá, nos hemos perdido verles sólo un día desde que se casaron! O por la mañana o por la tarde, todos los días, excepto uno, hemos visto o al señor Weston o a la señora Weston, y generalmente a los dos, o aquí o en Randalls, y, como puedes imaginarte, Isabella, más frecuentemente aquí. Son muy, muy buenos con sus visitas. El señor Weston es realmente tan bueno como ella. Papá, si hablas de ese modo melancólico, le darás a Isabella una falsa idea de todos nosotros. Todo el mundo debe darse cuenta de que la señorita Taylor tiene que ser echada de menos, pero habría también que asegurar a todo el mundo que el señor y la señora Weston nos impiden que la echemos de menos por todos los medios, en el mismo grado en que lo esperábamos nosotros; lo cual es la exacta verdad.

—Tal como debería ser —dijo el señor John Knightley—, y tal como lo esperaba yo por vuestras cartas. No se puede dudar que ella desea prestaros atención, y el hecho de que sea él un hombre sociable y sin obligaciones lo hace fácil. Siempre te he dicho, querida mía, que no pensaba que el cambio en Hartfield fuera tan grave como temías; y ahora que tienes lo que te cuenta Emma, espero que te quedarás satisfecha.

—Bueno, claro —dijo el señor Woodhouse—, sí, claro; no puedo negar que la señora Weston, la pobre señora Weston, viene a vernos muy a menudo... pero por otra parte... siempre se ve obligada a volverse a marchar.

—Sería muy duro para el señor Weston si no lo hiciera, papá. Te olvidas por completo del pobre señor Weston.

—Creo, en efecto —dijo John Knightley en tono ligero—, que el señor Weston tiene algún pequeño derecho. Tú y yo, Emma, nos atreveremos a tomar la defensa del pobre marido. Siendo yo marido y no siendo tú casada, es probable que los derechos del hombre nos impresionen con la misma fuerza. En cuanto a Isabella, lleva bastante tiempo casada como para ver la conveniencia de dejar a un lado a todos los señores Weston tanto como pueda.

—Yo, cariño mío —exclamó su mujer, oyendo y entendiendo sólo en parte—, ¿estás hablando de mí? Estoy segura de que nadie debe ni puede ser mejor abogada del matrimonio que yo; y si no hubiera sido por la pena de que ella se haya ido de Hartfield, nunca habría pensado en la señorita Taylor sino como en la mujer más afortunada del mundo, y en cuanto a hacer de menos al señor Weston, a ese excelente señor Weston, creo que no se lo merece. Creo que es uno de los hombres de mejor carácter que han existido jamás. Exceptuados tú y tu hermano, no conozco nadie así en carácter. Nunca me olvidaré de cómo le echó a volar la cometa a Henry aquel día de tanto viento en la Pascua pasada; y desde su especial amabilidad en septiembre del año pasado al escribir aquella carta, a las doce de la noche, a propósito para asegurarme de que no había escarlatina en Cobham, me convencí de que no podía haber un corazón más sensible ni un hombre mejor en esta vida. Si alguien le puede merecer, debe ser la señorita Taylor.

—¿Y dónde está aquel joven? —dijo John Knightley—. ¿Ha estado aquí en esta ocasión, o no?

—Todavía no —contestó Emma—. Se esperaba mucho que viniera poco después de la boda, pero acabó en nada, y no le he oído nombrar recientemente.

—Pero tendrías que contarles de la carta, querida mía —dijo su padre—. Escribió una carta a la pobre señora Weston, para felicitarla, y era una carta muy propia, muy bonita. Ella me la enseñó. Me pareció muy bien por su parte, efectivamente. Si era idea suya, claro, no se puede decir. Al fin y al cabo es joven, y su tío quizá...

—Querido papá, tiene veintitrés años. Olvidas qué deprisa pasa el tiempo.

—¡Veintitrés años! ¿De veras? Bueno, no se me habría ocurrido... y no tenía más que dos años cuando perdió a su pobre madre. ¡Vaya, el tiempo vuela, verdaderamente! Y tengo muy mala memoria. Sin embargo, era una carta muy buena, muy bonita, y les dio mucha alegría al señor y a la señora Weston. Me acuerdo que escribía desde Weymouth, con fecha 28 de septiembre, y empezaba «Querida Señora», pero no me acuerdo de cómo seguía, y firmaba «F. C. Weston Churchill». Me acuerdo de eso perfectamente.

—¡Qué agradable y propio por su parte! —exclamó la benévola señora John Knightley—. No tengo duda de que es un joven muy amable. Pero ¡qué lástima que no viva en casa con su padre! Hay algo muy chocante en que a un niño se le lleven de sus padres y de su hogar natural. Nunca pude entender cómo se pudo separar de él el señor Weston. ¡Renunciar a un hijo propio! Realmente nunca podría yo pensar bien de nadie que le propusiera semejante cosa a otra persona.

—Nadie pensó bien de los Churchill nunca, supongo —observó el señor John Knightley fríamente—. Pero no hace falta que te imagines que el señor Weston sintió lo que sentirías tú cediendo a Henry o a John. El señor Weston es un hombre tranquilo, de carácter alegre, más bien que un hombre de sentimientos fuertes; toma las cosas como las encuentra y las disfruta de un modo o de otro, dependiendo, sospecho, para su bienestar, mucho más de lo que se llama *sociedad* (esto es, de poder comer y beber y jugar al *whist* con sus vecinos cinco veces por semana), que del afecto familiar o cualquier cosa que ofrezca el hogar.

A Emma no le podía gustar lo que era casi una acusación contra el señor Weston, y estuvo a punto de replicar; pero hizo un esfuerzo y lo dejó pasar. Quedaría callada si era posible, y había algo honorable y valioso en los fuertes hábitos caseros, en la total suficiencia del hogar para él, de donde venía aquella tendencia de su cuñado a mirar con desprecio el nivel común del trato social, y a aquellos para quienes fuera importante. Eso tenía mucho derecho a ser visto con indulgencia.

CAPÍTULO 12

El señor Knightley iba a comer con ellos —más bien contra la inclinación del señor Woodhouse, a quien no le gustaba que nadie compartiera con él el primer día de Isabella. Sin embargo, el sentido de la corrección de Emma lo había decidido; y además de la consideración de lo que se les debía a ambos hermanos, ella tuvo especial gusto, por el reciente desacuerdo entre el señor Knightley y ella, en procurarle la invitación adecuada.

Esperaba que ahora volvieran a hacerse amigos. Pensaba que era hora de un arreglo. Enmendarlo, ciertamente, no venía a cuento. *Ella,* sin duda, no había dejado de tener razón, y *él* no confesaría nunca que no la había tenido. De concesiones no se podía hablar, pero era hora de parecer olvidar que habían reñido nunca, y ella tuvo esperanzas de que más bien ayudaría a restablecer la amistad el hecho de que cuando él entró en el cuarto, Emma tenía consigo uno de los niños —el más pequeño, una niñita de unos ocho meses, que visitaba ahora Hartfield por primera vez, y estaba muy feliz de que su tía la hiciera bailar por ahí en brazos. Y eso ayudó, pues aunque él empezó con cara seria y preguntas breves, pronto se vio llevado a hablar de todos ellos del modo acostumbrado, y a quitarle a la niña de los brazos con toda la falta de ceremonia de la perfecta amistad. Emma notó que volvían a ser amigos, y como esa convicción le infundió

123

en primer lugar una gran satisfacción y luego un poco de picardía, no pudo menos de decir, mientras él admiraba a la niñita:

—¡Qué consuelo es que pensemos lo mismo de nuestros sobrinos y sobrinas! En cuanto a los hombres y las mujeres, nuestras opiniones a veces son muy diferentes, pero respecto a estos niños, observo que nunca discrepamos.

—Si se guiara tanto por la naturaleza en la estimación de hombres y mujeres, y estuviera tan poco bajo el poder de la fantasía y el capricho en sus tratos con ellos, como lo hace cuando se trata de estos niños, quizá pensaríamos siempre igual.

—Claro... nuestras discordancias tienen que surgir siempre de que no tengo razón.

—Sí —dijo él, sonriendo—, y con buen motivo. Yo tenía dieciséis años cuando nació usted.

—Una diferencia importante entonces —contestó ella—, y sin duda usted estaba muy por encima de mí en juicio en aquel momento de nuestras vidas, pero el transcurso de veintiún años, ¿no acerca mucho nuestros juicios?

—Sí... los acerca *mucho*.

—Sin embargo, no lo bastante como para darme una probabilidad de tener razón, si pensamos de modo diferente.

—Todavía le llevo la ventaja de dieciséis años de experiencia, y de no ser una linda joven y una niña mimada. Vamos, querida Emma, vamos a ser amigos y no hablemos más de eso. Dile a tu tía, pequeña Emma, que debería darte un ejemplo mejor que el de renovar viejos agravios, y que si antes no le faltaba razón, le falta' ahora.

—Eso es verdad —exclamó ella—, mucha verdad. Pequeña Emma, crece para ser mejor mujer que tu tía. Sé infinitamente más lista y ni la mitad de vanidosa. Bueno, señor Knightley, un par de palabras más y termino. Por lo que toca a las buenas intenciones, los dos teníamos razón, y debo decir que nada, en mi lado de la discusión, se ha demostrado equivocado. Sólo quiero saber si el señor Martin no está muy, muy amargamente decepcionado.

—Un hombre no puede estarlo más —fue su breve e intensa respuesta.

—¡Ah! Ciertamente, lo siento mucho. Venga, deme la mano.

Acababa de tener lugar esto, y con gran cordialidad, cuando apareció John Knightley. El «¿Qué tal, George» y «John, ¿cómo estás?» se sucedieron en el verdadero estilo inglés, sepultando bajo una calma que parecía sólo indiferencia el auténtico apego que habría llevado a cualquiera de ellos, si hiciera falta, a hacer cualquier cosa por el bien del otro.

La velada fue tranquila, toda conversación, ya que el señor Woodhouse declinó las cartas para hablar cómodamente con su querida Isabella, y el grupito se dividió de modo natural en dos: por un lado, él y su hija; por el otro, los dos señores Knightley; con temas totalmente distintos, o rara vez mezclados; y con Emma uniéndose sólo ocasionalmente a los unos o a los otros.

Los hermanos hablaban de sus intereses y dedicaciones, pero principalmente de los del mayor, cuyo carácter era con mucho el más comunicativo, y que siempre era un gran hablador. Como magistrado local, solía tener algún punto de leyes que consultar a John, o, al menos, alguna curiosa anécdota que ofrecer; y, como agricultor, llevando en sus manos la granja de la familia en Donwell, podía decir lo que iba a dar cada campo el año siguiente. Y tales informaciones no podían menos de interesar a un hermano que había tenido allí su hogar la mayor parte de su vida, y cuyo apego era tan fuerte. El plan de un drenaje, el cambio de una tapia, el derribo de un árbol, y el destino de cada trozo, para trigo, nabos, o maíz temprano, era abordado con tanto interés por John como lo hacían posible sus maneras más frías; y si su bien dispuesto hermano dejaba alguna vez algo que explicar, sus preguntas tomaban un tono casi afanoso.

Mientras estaban así, cómodamente ocupados, el señor Woodhouse disfrutaba un total flujo de felices nostalgias y temeroso afecto con su hija.

—Mi pobre y querida Isabella —dijo, tomándole cariñosamente la mano, e interrumpiendo por unos momentos sus afanosas ocupaciones con uno de los cinco niños—, ¡cuánto tiempo hace, qué terriblemente largo se me ha hecho desde que estuvisteis aquí! ¡Y qué cansada debes estar del viaje! Tienes que acostarte pronto, querida mía; y te recomiendo un poco de gachas antes. Tú y yo tomaremos un platito de gachas juntos. Querida Emma, supongo que todos tomaremos un poco de gachas.

Emma no podía suponer tal cosa, sabiendo, como sabía, que los dos hermanos Knightley eran tan impersuadibles en ese punto como ella misma; y se pidieron sólo dos platos. Tras de un poco más de discursos en alabanza de las gachas, con cierta extrañeza de que no todo el mundo las tomara todas las noches, pasó a decir, con aire de grave reflexión:

—Fue un mal asunto, querida mía, que pasaras el otoño en South End en vez de venir aquí. Nunca he tenido buena opinión sobre el aire de mar.

—El señor Wingfield lo recomendó muy encarecidamente, papá, o si no, no habríamos ido. Lo recomendó para todos los niños, pero especialmente para la debilidad de garganta de la pequeña Bella; tanto el aire de mar como los baños.

—¡Ah, querida mía!, pero Perry tenía muchas dudas de que el mar le sirviera para algo; y en cuanto a mí mismo, hace mucho que estoy completamente convencido, aunque quizá no te lo haya dicho antes, de que el mar rara vez le sirve a nadie. Estoy seguro de que a mí casi me mató una vez.

—Vamos, vamos —exclamó Emma, notando que ése era un tema poco seguro—, tengo que rogaros que no habléis

126

del mar. A mí me da envidia y pena, ¡yo, que no lo he visto nunca! South End está prohibido, si no os parece mal. Mi querida Isabella, no te he oído preguntar por el señor Perry todavía, y él nunca te olvida.

—¡Ah!, el bueno del señor Perry, ¿qué tal está?

—Pues bastante bien, pero no del todo bien. El pobre Perry es bilioso, y no tiene tiempo de cuidarse: me dice que no tiene tiempo de cuidarse, lo cual es muy triste, pero siempre le necesitan por toda la comarca. Supongo que no hay nadie que tenga tanta clientela. Pero, por otra parte, tampoco hay en ningún sitio un hombre tan listo.

—¿Y la señora Perry y los niños, cómo están? ¿Crecen los niños? Tengo una gran consideración por la señora Perry. Espero que vendrá por aquí pronto. Le gustará mucho ver a mis pequeños.

—Espero que venga mañana, porque tengo un par de preguntas de cierta importancia que hacerle sobre mí. Y, querida mía, cuando venga, más vale que le hagas que mire la garganta a Bella.

—¡Ah, papá, su garganta ha mejorado tanto que apenas me preocupa! O los baños le han sentado muy bien, o si no, hay que atribuirlo a la excelente embrocación del señor Wingfield, que le hemos dado de vez en cuando desde agosto.

—No es muy probable, querida mía, que los baños le hayan servido para nada; y si hubiera sabido que queríais una embrocación, habría hablado con...

—Parece que te has olvidado de la señora y la señorita Bates —dijo Emma— No he oído preguntar por ellas.

—¡Ah! Las buenas Bates... estoy avergonzada de mí misma... pero las mencionas en casi todas tus cartas. Espero que estén muy bien. La buena de la vieja señora Bates... Iré a verla mañana y llevaré a los niños. Siempre les encanta ver a mis niños. ¡Y esa excelente señorita Bates! ¡Qué gente más digna! ¿Cómo están, papá?

—Pues bastante bien, querida mía, en conjunto. Pero la

pobre señora Bates tuvo un resfriado muy fuerte hace un mes.

—¡Cuánto lo siento! Pero este otoño hay más resfriados que nunca. El señor Wingfield me dijo que nunca los había visto tan frecuentes ni tan fuertes... salvo cuando ha sido realmente gripe.

—Eso ha ocurrido mucho, querida mía, pero no hasta el punto que dices. Perry dice que los resfriados han sido muy generales, pero no tan graves como los ha visto muchas veces en noviembre. Perry, en conjunto, dice que no es una temporada de muchas enfermedades.

—No, no digo que el señor Wingfield la considere de muchas enfermedades, excepto...

—¡Ah!, mi pobre hija, la verdad es que en Londres siempre es una temporada de muchas enfermedades. Nadie está sano en Londres, nadie puede estarlo. Es una cosa terrible tener que vivir allí: ¡tan lejos! ¡y con un aire tan malo!

—No, desde luego... nosotros no tenemos un aire nada malo. Nuestra parte de Londres es mucho mejor que casi todas las demás. El barrio de Brunswick Square es muy diferente de casi todo el resto. ¡Estamos tan aireados! Confieso que no me gustaría vivir en ninguna otra parte de la ciudad; apenas hay ninguna otra en que pudiera satisfacerme tener a los niños: pero nosotros ¡estamos tan aireados! El señor Wingfield considera que la parte de Brunswick Square es decididamente la más favorable en cuanto al aire.

—¡Ah, querida mía, no es como Hartfield! Le sacas todo el partido que puedes... pero después de una semana en Hartfield, todos sois unas criaturas diferentes; no parecéis los mismos. Ahora no puedo decir que me parezca que ninguno de vosotros tiene buena cara en este momento.

—Lamento oírte decir eso, papá; pero te aseguro que, exceptuando esos pequeños dolores de cabeza nerviosos y esas palpitaciones de que nunca estoy completamente libre en ninguna parte, yo misma estoy muy bien; y si los niños estaban más bien pálidos antes de acostarse, era sólo porque estaban un poco más cansados que de costumbre, por el viaje y la felicidad de venir. Espero que mañana te parecerán de mejor cara, pues te aseguro que me dijo el señor Wingfield que no creía habernos dejado ir nunca con tan buena salud. Confío, por lo menos, que no creerás que el señor Knightley parece enfermo —volviendo los ojos con cariñosa preocupación hacia su marido.

—Regular, querida mía; no puedo felicitarte. Creo que el señor John Knightley está muy lejos de tener buena cara.

—¿Qué ocurre, señor Woodhouse? ¿Me decía algo? —exclamó el señor John Knightley oyendo su nombre.

—Lamento encontrar, cariño, que mi padre cree que no tienes buena cara; pero espero que sea sólo de que estás un poco cansado. Sin embargo, me habría gustado, como sabes, que hubieras visto al señor Wingfield antes de salir de casa.

—Mi querida Isabella —exclamó él apresuradamente—, por favor, no te preocupes de qué cara tengo. Conténtate con medicarte y mimarte a ti misma y a los niños, y déjame que tenga la cara que me parezca bien.

—No he entendido del todo lo que decía a su hermano —exclamó Emma— sobre que su amigo el señor Graham pensaba traer un bailío de Escocia para cuidar de su nueva finca. Pero ¿responderá? ¿No será demasiado fuerte el viejo prejuicio?

Y habló de ese modo tan larga y acertadamente que, cuando se vio obligada a prestar atención otra vez a su padre y su hermana, no tuvo que oír cosa peor que las bondadosas preguntas de Isabella por Jane Fairfax; y se sintió en ese momento muy feliz de ayudar a alabar a Jane Fairfax, aunque no fuera nada predilecta suya en general.

—¡Esa dulce, amable Jane Fairfax! —dijo la señora John Knightley—. ¡Qué tiempo hace que no la he visto, salvo algún momento por casualidad en la ciudad! ¡Qué felicidad debe ser para su vieja y bondadosa abuela y su excelente tía, cuando viene a visitarlas! Siempre lamento mucho, por causa de nuestra querida Emma, que no pueda estar más en Highbury, pero ahora que su hija se ha casado, supongo que el coronel y la señora Campbell no podrán separarse de ella en absoluto. ¡Sería una compañera tan deliciosa para Emma!

El señor Woodhouse asintió a todo eso, pero añadió:

—Nuestra amiguita Harriet Smith, sin embargo, es otra joven igual, así de bonita. Te gustará Harriet. Emma no podría tener mejor compañera que Harriet.

—Me alegro mucho de oírlo, pero sólo sé de Jane Fairfax que sea tan superior y con tan buenas cualidades; y exactamente de la misma edad que Emma.

Se discutió el tema alegremente, y luego vinieron otros de semejante importancia, y se agotaron con análoga armonía, pero no se cerró la velada sin un pequeño retorno de la agitación. Llegaron las gachas y ofrecieron mucho que decir, mucha alabanza y algunos comentarios, la indudable convicción de su saludabilidad para toda constitución, y hermosas filípicas severas sobre las muchas casas donde no las hacían decentemente; pero, desgraciadamente, entre los fracasos que podía enumerar su hija, el más reciente y por tanto, el más prominente, era su propia cocinera en South End, una joven contratada para la temporada, que nunca fue capaz de entender qué querían decir con un plato de buenas gachas suaves, flojas pero no demasiado. Tantas veces como las había deseado y las había pedido, no había podido obtener nunca nada tolerable. Ahí había un arranque peligroso.

—¡Ah! —dijo el señor Woodhouse, moviendo la cabeza y fijando los ojos en ella con tierna preocupación. La exclamación, a oídos de Emma, expresaba: «¡Ah! no se acaba nunca con las malas consecuencias de que hayáis ido a South End. No se puede hablar de ello.» Y durante un rato tuvo esperanzas de que no hablara de ello, y que una rumia silenciosa le bastara para devolverle al saboreo de sus gachas suaves. Sin embargo, al cabo de unos minutos, él empezó diciendo:

—Siempre lamentaré mucho que fuerais al mar este otoño, en vez de venir aquí.

—Pero ¿por qué vas a lamentarlo, papá? Te aseguro que a los niños les sentó muy bien.

—Y además, si teníais que ir al mar, más valía que no hubiera sido a South End. South End es un sitio muy poco sano. A Perry le sorprendió saber que os habíais fijado en South End.

—Sé que mucha gente lo piensa así, pero es un gran error, papá. Todos estuvimos allí con perfecta salud, y no encontramos la menor incomodidad con el barro; y el señor Wingfield dice que es completamente un error suponer que el sitio es poco sano; y estoy segura de que cabe fiarse de él, pues él entiende muy bien la naturaleza del aire, y su hermano y familia han estado allí muchas veces.

—Debíais haber ido a Cromer, querida mía, si ibais a algún sitio. Perry estuvo una semana en Cromer una vez, y sostiene que es el mejor de todos los sitios de baños. Un buen mar abierto, dice, y aire muy puro. Y, por lo que entiendo, podríais haberos alojado allí bastante apartados del mar, a un cuarto de milla, muy cómodamente. Debías haber consultado a Perry.

—Pero, querido papá, ¡qué diferencia de viaje! Piensa sólo qué largo habría sido. Cien millas, quizás, en vez de cuarenta.

—¡Ah, querida mía!, como dice Perry, cuando es cuestión de la salud, no hay que fijarse en nada más; y si hay que viajar, no hay mucha diferencia entre cuarenta millas y cien. Mejor no moverse en absoluto, mejor quedarse en Londres del todo, en vez de viajar cuarenta millas para meterse en un aire peor. Eso es lo que dijo Perry. Le pareció una decisión poco pensada.

Los intentos de Emma de detener a su padre habían sido

vanos; y una vez que alcanzó tal punto, no le sorprendió que interviniera su cuñado.

—El señor Perry —dijo, con voz de grave disgusto— haría muy bien en guardarse su opinión hasta que se la pidieran. ¿Por qué se mete en eso, en considerar lo que hago yo, y si llevo a mi familia a una parte de la costa o a otra? Espero que se me pueda permitir usar mi juicio igual que el señor Perry. No tengo más necesidad de sus instrucciones que de sus medicinas. —Se detuvo, y poniéndose más frío en un momento, añadió, solamente con sequedad sarcástica—: Si el señor Perry me puede decir cómo transportar a una mujer y cinco niños a una distancia de ciento treinta millas sin mayor gasto ni molestia que a una distancia de cuarenta, estaré tan dispuesto como él a preferir Cromer a South End.

—Verdad, verdad —exclamó el señor Knightley, interponiéndose con rapidez—, es verdad. Eso hay que tenerlo en cuenta, realmente. Pero John, en cuanto a lo que te decía de mi idea de cambiar la vereda a Langham, de volverla más a la derecha para que no pase por los prados de la casa, no puedo imaginar ninguna dificultad. No lo intentaría si fuera a dar molestias a la gente de Highbury, pero si tienes en cuenta exactamente la línea actual del sendero... El único modo de demostrarlo, sin embargo, será volver a nuestros planos. Te veré mañana en Abbey, espero, y entonces los miramos y me das tu opinión.

El señor Woodhouse estaba bastante agitado por tan ásperas opiniones sobre su amigo Perry, a quien, en efecto, aunque inconscientemente, había atribuido muchos de sus propios sentimientos y expresiones; pero las suavizadoras atenciones de sus hijas poco a poco alejaron el mal presente, y la rapidez inmediata de uno de los hermanos, y los posteriores esfuerzos del otro por dominarse, evitaron que se renovara.

CAPÍTULO 13

Difícilmente podía haber una criatura más feliz en el mundo que la señora John Knightley en su breve visita a Hartfield, yendo por ahí todas las mañanas con sus cinco niños, y charlando todas las noches con su padre y su hermana sobre lo que había hecho. No tenía nada que desear, por lo demás, sino que los días no pasaran tan deprisa. Era una deliciosa visita; perfecta, dentro de ser demasiado corta.

En general, sus veladas estaban menos ocupadas con sus amigos que sus mañanas; pero no se podía evitar un completo compromiso para comer, y fuera de la casa además, aunque en Navidades. El señor Weston no aceptaba ninguna negación; debían comer en Randalls un día; hasta el señor Woodhouse se dejó persuadir de que era algo posible, y preferible a dividir el grupo.

Sobre cómo iban todos a ser transportados, él habría puesto una dificultad de haber podido, pero como el coche de su yerno y su hija estaba de hecho en Hartfield, no pudo hacer más que una sola y simple pregunta sobre este tema; era poco más que una duda; y no le llevó a Emma mucho tiempo convencerle de que podrían encontrar sitio en uno de los coches también para Harriet.

Harriet, el señor Elton y el señor Kinghtley, su especialísimo grupo, eran las únicas personas invitadas a reunirse con ellos; la hora iba a ser tan temprana como el número iba a ser escaso, consultándose en todo las costumbres e inclinaciones del señor Woodhouse.

La tarde anterior a ese gran acontecimiento (pues era un acontecimiento que el señor Woodhouse comiera fuera, el 24 de diciembre) lo había pasado Harriet en Hartfield, y había vuelto a casa tan indispuesta con un resfriado, que, de no ser por su insistente deseo de que la cuidara la señora Goddard, Emma no la habría dejado abandonar la casa. Emma la fue a ver al otro día y encontró que su destino ya estaba marcado en cuanto a Randalls. Tenía mucha fiebre y le dolía la garganta; la señora Goddard estaba llena de cuidado y cariño, se hablaba del señor Perry, y la propia Harriet estaba demasiado enferma y baja de ánimo como para resistir a la autoridad que la excluía de tan placentero compromiso, aunque no podía hablar de su pérdida sin muchas lágrimas.

Emma se quedó a su lado tanto tiempo como pudo, para acompañarla en las inevitables ausencias de la señora Goddard, levantarle el ánimo haciéndole imaginar qué deprimido estaría el señor Elton cuando supiera cómo estaba; y la dejó por fin suficientemente a gusto con la dulce seguridad de que él estaría muy incómodo en su visita y de que todos la echarían mucho de menos. No había avanzado muchos pasos desde la puerta de la señora Goddard, cuando le salió al encuentro el propio señor Elton, evidentemente acercándose a esa puerta, y, al seguir andando despacio juntos en conversación sobre la enferma —sobre la cual él había ido a preguntar, ante el rumor de una enfermedad importante, para poder llevar alguna noticia de ella a Hartfield—, les alcanzó el señor John Knightley, que volvía de su diaria visita a Donwell, con sus dos chicos mayores, cuyas saludables y refulgentes caras mostraban todo el buen efecto del correteo por el campo, y parecían asegurar que despacharían rápidamente el cordero asado y el arroz con leche en cuya busca se apresuraban. Una vez reunidos, avanzaron juntos. Emma describía precisamente el carácter de la dolencia de su amiga: «una garganta muy inflamada, con mucha fiebre, un pulso rápido y bajo, etc., y sentía saber por la señora Goddard que Harriet era muy propensa a fuertes dolores de garganta, y les había alarmado a menudo con ellos». El señor Elton puso una cara consternada en esa ocasión, exclamando:

—¡Dolores de garganta! Espero que no sean infecciosos. Espero que no serán de carácter pútrido. ¿La ha visto Perry? Desde luego, debería usted cuidarse de usted misma tanto como de su amiga. Permítame rogarle que evite los riesgos. ¿Por qué no la ve Perry?

Emma, que no estaba realmente asustada, tranquilizó su exceso de temor con seguridades sobre la experiencia y el cuidado de la señora Goddard, pero como quedaba cierto grado de intranquilidad, que ella no deseaba disipar del todo con sus razonamientos, sino que más bien deseaba nutrir y estimular, añadió poco después —como si fuera otro tema:

—Hace tanto frío, tantísimo frío, y se nota y tiene aspecto de que fuera a nevar, tanto que, si fuera a otro sitio o con otro grupo, yo no tendría ganas realmente de salir hoy y disuadiría a mi padre de aventurarse, pero como se ha decidido, y no parece sentir el frío él mismo, no me gusta interferir, ya que sé que sería una gran decepción para el señor y la señora Weston. Pero, palabra de honor, señor Elton, que, en su caso, yo me excusaría. Usted parece ya un poco ronco, y si considera la demanda de voz y las fatigas que habrá mañana, creo que sería sólo prudencia común quedarse en casa y cuidarse esta noche.

El señor Elton puso una cara como si no supiera muy bien qué respuesta dar; lo que era exactamente la verdad; pues aunque muy complacido por el benévolo cuidado de tan bella dama, y no gustándole resistirse a ningún consejo suyo, no sentía realmente ninguna inclinación a renunciar a la visita; pero Emma, demasiado empeñada y ocupada en sus ideas y puntos de vista previos para oírle imparcialmente ni verle con clara visión, se quedó muy convencida con que reconociera mascullando que «hacía mucho frío, ciertamente, mucho frío», y siguió caminando, contenta de haberle desenredado de Randalls y de haberle hecho posible mandar a preguntar por Harriet a todas las horas del anochecer.

—Hace usted muy bien —dijo ella—, les presentaremos sus excusas al señor y la señora Weston.

Pero apenas había hablado así, encontró que su hermano le ofrecía cortésmente un asiento en su coche, si el mal tiempo era la única objeción del señor Elton, y que el señor Elton aceptaba la oferta con rápida satisfacción. Era cosa hecha; el señor Elton iría, y jamás había expresado su ancha y hermosa cara más placer que en ese momento; jamás había sido más intensa su sonrisa ni sus ojos más exultantes que la siguiente vez que la miró.

«Bueno —se dijo ella a sí misma—, ¡eso es muy raro! Después que yo le libré tan bien, ¡decidir venir con el grupo, y dejar atrás a Harriet enferma! ¡Qué raro, en efecto! Pero creo que hay en muchos hombres, especialmente solteros, esa inclinación, esa pasión por ser invitados a comer; una invitación a comer está tan alto en la categoría de sus placeres, de sus actividades, de sus dignidades, casi de sus deberes, que cualquier cosa cede ante eso; y tal debe ser el caso del señor Elton; un joven muy valioso, amable, encantador, sin duda, y muy enamorado de Harriet; pero, con todo eso, no puede rechazar una invitación, tiene que comer fuera siempre que se lo piden. ¡Qué cosa tan extraña es el amor! ¡Es capaz de ver agudo ingenio en Harriet, pero no de cenar solo por ella.»

Poco después les dejó el señor Elton, y ella no pudo menos de hacerle la justicia de notar que había mucho sentimiento en su manera de nombrar a Harriet al despedirse, y en el tono de su voz al asegurarle que iría a ver a la señora Goddard para pedir noticias de su bella amiga, lo último antes de prepararse para la felicidad de volverse a reunir con ella, momento en que esperaba dar un mejor informe; y se deshizo de tal modo en suspiros y sonrisas, que dejó muy a su favor el saldo de aprobación.

Después de unos pocos minutos de completo silencio entre ellos, John Knightley empezó diciendo:

—En mi vida he visto un hombre más empeñado en ser agradable que el señor Elton. Es un esfuerzo completo en él cuando se trata de damas. Con los hombres puede ser razonable y sin afectación, pero cuando tiene damas que agradar, no hay rasgo en él que no trabaje.

—Las maneras del señor Elton no son perfectas —respondió Emma—, pero donde hay deseo de agradar, uno debería pasar por alto, y uno pasa por alto muchas cosas. Cuando un hombre hace lo que puede con posibilidades sólo moderadas, es preferible a la superioridad negligente. Hay en el señor Elton un carácter tan perfectamente bueno y una voluntad tan buena que no se puede dejar de apreciar.

—Sí —dijo el señor John Knightley, al fin, con cierta malicia—, parece sentir mucha buena voluntad hacia usted.

—¡Hacia mí! —respondió ella con una sonrisa de asombro—. ¿Se imagina que soy el objeto amado del señor Elton?

—Confieso que tal imaginación se me ha ocurrido, Emma; y si no se le ha ocurrido antes, podría igualmente tomarla en consideración.

—¡El señor Elton enamorado de mí! ¡Qué idea!

—No digo que sea así, pero hará bien en considerar si es así o no, y regular su conducta de acuerdo con eso. Creo que sus maneras hacia él son animadoras. Hablo como amigo, Emma. Más le valdría recapacitar y comprobar lo que hace, y lo que pretende hacer.

—Muchas gracias, pero le aseguro que está equivocado. El señor Elton y yo somos muy buenos amigos, y nada más —y siguió caminando, divirtiéndose al considerar los errores que se producen a menudo por un conocimiento parcial de las circunstancias, y las equivocaciones en que caen las personas con elevadas pretensiones de buen juicio; y no muy complacida con su cuñado por imaginarla ciega, ignorante y necesitada de consejo. Él no dijo más.

El señor Woodhouse se había decidido tan completamente a la visita que, a pesar del creciente frío, parecía no tener idea de echarse atrás, y al fin se lanzó adelante muy puntualmente con su hija mayor en su propio coche, al parecer dándose menos cuenta del tiempo que hacía que ninguno de los demás; demasiado lleno del asombro de su ida y del placer que iba a proporcionar en Randalls para ver que hacía frío, y demasiado bien arropado para notarlo. El frío, sin embargo, era intenso, y para cuando estuvo en movimiento el segundo coche, unos pocos copos de nieve iban buscando su camino de bajada, y el cielo parecía tan sobrecargado que necesitaría sólo un aire más suave para producir un mundo muy blanco en muy poco tiempo.

Emma vio pronto que su acompañante no estaba del mejor humor. Los preparativos y el salir con tal tiempo, junto con el sacrificio de sus niños después de la comida, eran males que al señor John Knightley no le gustaban de ningún modo; no esperaba nada de la visita que mereciera ningún precio, y todo el camino hacia la Vicaría se lo pasó expresando su descontento.

—Un hombre —dijo— tiene que tener muy buena opinión de sí mismo para invitar a otros a que dejen su buen fuego y afronten un día como éste, sólo por ir a verle. Debe considerarse un tipo muy agradable: yo no podría hacer tal cosa. Es el absurdo mayor; ¡efectivamente, nevando en este momento! ¡Y la locura de la gente que no se queda cómodamente en casa cuando puede! Si estuviéramos obligados a salir en un anochecer como éste, por alguna obligación o negocio, qué duro lo consideraríamos; y aquí estamos, probablemente vestidos más ligero que de costumbre, lanzándonos adelante voluntariamente, sin excusa, desafiando la voz de la

138

naturaleza, que dice al hombre, en todo lo que se ofrece a su vista o a sus sentidos, que se quede en casa y guarde bajo cobijo todo lo que pueda; aquí estamos lanzándonos adelante a pasar cinco horas aburridas en casa de otro, sin nada que decir ni oír que no se dijera ni oyera ayer, y que no se pueda oír o decir mañana otra vez. Saliendo con mal tiempo, para volver probablemente con peor tiempo; cuatro caballos y cuatro criados que se sacan sólo para transportar cinco ociosas y tiritantes criaturas a cuartos más fríos y peor compañía que la que podrían haber tenido en casa.

Emma no se sentía capaz de dar el asentimiento complacido que sin duda él estaba acostumbrado a recibir, de emular el «Es mucha verdad, amor mío» que debía administrar usualmente su acompañante de viaje, pero tuvo la suficiente decisión como para refrenarse y no dar ninguna respuesta en absoluto. No podía ser afable, temía ser peleona; su heroísmo alcanzaba sólo hasta el silencio. Le permitió hablar, y arregló los cristales, y se embozó bien sin abrir los labios.

Llegaron, el coche dio la vuelta, bajaron el escalón, y el señor Elton, muy elegante, de negro y sonriente, estuvo con ellos al instante. Emma pensó con placer en algún cambio de tema. El señor Elton era todo amabilidad y buen humor; en efecto, estaba tan animado en sus cortesías, que ella empezó a pensar que debía haber recibido diferentes noticias de Harriet que las que le habían llegado a ella. Ella había mandado a preguntar mientras se arreglaba, y la respuesta había sido: «Lo mismo, más o menos; no está mejor.»

—Mis informes, de casa de la señora Goddard —dijo al fin—, no fueron tan agradables como había esperado. «No está mejor», es lo que me respondieron *a mí.*

A él se le alargó la cara inmediatamente, y su voz se hizo la voz misma del sentimiento al contestar:

—¡Ah, no! Lamento mucho encontrar... estaba a punto de decirle que, cuando llamé a la puerta de la señora Goddard, lo que hice un momento antes de volver para vestirme, me dijeron que la señorita Smith no estaba mejor, sino más bien peor. Lo lamento mucho y me preocupa... Me había hecho ilusiones de que debía estar mejor después del cordial que sé que se le dio esta mañana.

Emma sonrió y respondió:

—Mi visita fue útil para la parte nerviosa de su enfermedad, espero; pero ni siquiera yo puedo curar con encanto una garganta mala; es un resfriado muy fuerte, en efecto. El señor Perry ha estado con ella, como probablemente habrá oído.

—Sí... imaginaba... mejor dicho... no lo había oído.

—Él está acostumbrado a ella en tales enfermedades, y espero que mañana recibiremos unas noticias más agradables. Pero es imposible no sentir inquietud. ¡Qué pérdida para nuestra reunión de hoy!

—¡Terrible! Eso es, exactamente. Se la echará de menos a cada momento.

Eso era muy apropiado; el suspiro que lo acompañó era realmente estimable, pero debía haber durado más. Emma se quedó bastante consternada cuando, sólo medio minuto después, él empezó a hablar de otras cosas, y con una voz de gran animación y disfrute.

—Qué idea más excelente —dijo— el uso de piel de cordero en los coches. Qué cómodo resulta; imposible sentir frío con tales precauciones. En efecto, los arreglos de los tiempos modernos han hecho perfectamente completo el coche de un caballero. Está uno tan defendido y guardado del tiempo, que no puede entrar ni un soplo de aire si no se permite. El tiempo se convierte en algo sin importancia. Hace una tarde muy fría, pero en este coche no sabemos nada del asunto. ¡Ah!, nieva un poco, ya veo.

—Sí —dijo John Knightley— y creo que vamos a tener mucho de esto.

—Tiempo de Navidad —dijo el señor Elton—. Muy con

la estación, podemos considerarnos muy afortunados de que no empezara ayer e impidiera la reunión de hoy, lo cual podría haber ocurrido muy bien, pues el señor Woodhouse difícilmente se habría aventurado si hubiera habido mucha nieve en el suelo; pero ahora no tiene importancia. Ésta es la época, en efecto, para reuniones de amigos. En Navidad todo el mundo invita a sus amigos de alrededor, y a la gente no le importa mucho ni el peor tiempo. Una vez me pasé una semana bloqueado por la nieve en casa de un amigo. No pudo ser más agradable. Fui sólo para una noche, y no me pude ir hasta una semana entera después.

El señor John Knightley puso cara de no comprender ese placer, pero dijo sólo, fríamente:

—No me puede apetecer quedar bloqueado por la nieve una semana en Randalls.

En otro momento, esto le habría divertido a Emma, pero ahora estaba demasiado asombrada por el humor del señor Elton para poder tener otros sentimientos. Harriet parecía totalmente olvidada con la expectativa de una reunión agradable.

—Nosotros tenemos la seguridad de fuegos excelentes —continuó él— y todo con la mayor comodidad. Gente encantadora, el señor y la señora Weston; la señora Weston, ciertamente, está por encima de todo elogio, y él es exactamente lo que uno aprecia, tan hospitalario y tan amigo de la sociedad; será un pequeño grupo, pero los grupos pequeños, cuando son selectos, son los más agradables de todos. El comedor del señor Weston no puede acomodar bien a más de diez, y, por mi parte, en tales circunstancias, prefiero que vayan dos de menos que dos de más. Creo que estará de acuerdo conmigo —volviéndose con aire suave hacia Emma—, creo que sin duda obtendré su aprobación, aunque quizás el señor Knightley, por estar acostumbrado a las grandes reuniones de Londres, no entre del todo en nuestro sentir.

141

—Yo no sé nada de las grandes reuniones de Londres, señor Elton; nunca como con nadie.

—¡Vaya! —en un tono de sorpresa y lástima—. No tenía idea de que la profesión legal fuera una esclavitud tan grande. Bueno, señor Knightley, llegará tiempo en que usted sea compensado por todo esto y tenga poco trabajo y mucho disfrute.

—Mi primer disfrute —replicó John Knightley, mientras pasaban la verja— será encontrarme otra vez sano y salvo en Hartfield.

CAPÍTULO 14

Cierto cambio de rostro fue necesario para los dos caballeros al entrar en el salón de la señora Weston: el señor Elton hubo de componer su aire alegre, y el señor Knightley hubo de dispersar su mal humor. El señor Elton debía sonreír menos y el señor John Knightley más, para ajustarse al lugar. Emma sólo podía ser tal como lo sugería la naturaleza, y mostrarse simplemente tan feliz como estaba. Para ella, era un disfrute auténtico estar con los Weston. El señor Weston era un gran favorito suyo, y no había criatura en el mundo con quien hablara tan sin reserva como con su mujer; nadie con quien se relacionara con tal convicción de ser escuchada y comprendida, de ser siempre interesante y siempre inteligible en los asuntillos, arreglos, perplejidades y placeres de su padre y suyos. No podía contar nada de Hartfield en que no tuviera vivo interés la señora Weston; y media hora de comunicación ininterrumpida de todas esas cosillas de que depende la felicidad diaria de la vida privada, era una de las primeras satisfacciones de ambas.

Ése era un placer que quizá no podía proporcionar la visita del día entero, y que ciertamente no pertenecía a la presente media hora, pero sólo el ver a la señora Weston, con su sonrisa, su contacto y su voz, era grato para Emma, y decidió pensar lo menos posible en las rarezas del señor El-

ton, o en cualquier otra cosa desagradable, y disfrutar todo
lo disfrutable hasta el extremo.

La desgracia del resfriado de Harriet había sido suficientemente bien comentada antes que llegara ella. El señor Woodhouse llevaba ya bastante tiempo sentado a gusto para dar su
historia, aparte de toda la historia de su propia venida y la
de Isabella, y de que Emma iba a llegar, y acababa de expresar su satisfacción de que James viniera a ver a su hija,
cuando aparecieron los demás, y la señora Weston, que había estado casi totalmente absorbida en sus atenciones al
señor Woodhouse, pudo apartarse de él y dar la bienvenida
a su querida Emma.

El proyecto de Emma de olvidar al señor Elton un rato
le hizo lamentar encontrar que, cuando todos ocuparon sus
sitios, le tenía muy cerca. Era grande la dificultad de apartar
de su ánimo la extraña insensibilidad de él hacia Harriet,
cuando él no sólo estaba sentado junto a su codo, sino que
constantemente le ponía delante su feliz rostro y se dirigía
a ella solícitamente en toda ocasión. En vez de olvidarle, su
conducta era tal que ella no podía evitar la sugerencia interior de «¿Puede ser realmente como imaginaba mi cuñado?
¿Es posible que este hombre esté empezando a trasladar su
afecto de Harriet a mí? ¡Absurdo e intolerable!» Pero él
estaba tan preocupado de que ella no tuviera el menor frío,
y tan interesado en su padre y tan encantado con la señora
Weston, y, finalmente, empezaba a admirar sus dibujos con
tanto celo y tan poco conocimiento, como para parecer terriblemente un pretendiente, haciéndole difícil a ella conservar
sus buenos modales. En atención a ella misma, no podía ser
grosera; y en atención a Harriet, con la esperanza de que
todo resultara en definitiva bien, estuvo incluso decididamente
cortés; pero era un esfuerzo; especialmente dado que se
trataba algo entre los demás, durante el párrafo más abru-
mador de las tonterías del señor Elton, que ella deseaba escuchar especialmente. Oyó bastante para saber que el señor

144

Weston estaba dando alguna información sobre su hijo; oyó las palabras «mi hijo», y «Frank», y «mi hijo», repetidas varias veces; y por algunas otras breves palabras sospechó mucho que anunciaba una próxima visita de su hijo, pero para cuando pudo acallar al señor Elton, el tema estaba tan completamente pasado, que cualquier pregunta suya reavivándolo habría sido embarazosa.

Ahora bien, ocurría que, a pesar de la decisión de Emma de no casarse nunca, había algo en ese hombre, en la idea del señor Frank Churchill, que siempre le interesaba. Había pensado frecuentemente —especialmente desde la boda del padre de Frank con la señora Weston— que, si ella se casara alguna vez, él podría ser la persona que le fuera bien en edad, carácter y situación. Parecía corresponderle muy bien a ella por esa conexión entre las familias. No podía menos de suponer que era un matrimonio en que tendrían que pensar todos sus conocidos. De que el señor y la señora Weston pensaban en ello, estaba muy persuadida; y aunque sin intención de dejarse inducir por él, ni por nadie, a renunciar a una situación que ella creía tan llena de bienes como para no cambiarla por ninguna otra, sentía una gran curiosidad por verle, una decidida intención de encontrarle agradable, de gustarle a él hasta cierto punto, y una especie de placer en la idea de ser emparejada con él en las imaginaciones de sus amigos.

Con tales sentimientos, las cortesías del señor Elton eran terriblemente inoportunas; pero ella tenía el consuelo de parecer muy cortés, estando muy irritada, y de pensar que no podría pasar el resto de la visita sin que el locuaz señor Weston volviera a dar esa misma información, o su sustancia. Así resultó ser: pues, al quedar felizmente liberada del señor Elton, y sentada junto al señor Weston, en la comida, él hizo uso del primerísimo intervalo en los cuidados de la hospitalidad, el primer tiempo libre de la pierna de cordero, para decirle:

145

—Necesitamos sólo dos más para ser el número justo. Me gustaría ver a dos personas más aquí; a su linda amiguita, la señorita Smith, y a mi hijo, y entonces diríamos que estábamos bien completos. Supongo que me oiría decir a los demás en el salón que esperamos a Frank. Tuve carta de él esta mañana, y estará con nosotros dentro de quince días.

Emma habló con un muy adecuado grado de alegría, y asintió plenamente a su afirmación de que el señor Frank Churchill y la señorita Smith harían su reunión muy completa.

—Él lleva desde septiembre queriendo venir a vernos —continuó el señor Weston—; todas sus cartas están llenas de eso, pero no es dueño de su tiempo. Tiene que agradar a los que deben ser agradados y que (entre nosotros) a veces sólo se agradan con muchos buenos sacrificios. Pero ahora no tengo duda de verle aquí hacia la segunda semana de enero.

—¡Qué alegría tan grande para usted! Y la señora Weston tiene tantas ganas de conocerle que debe estar casi tan contenta como usted mismo.

—Sí, lo estaría, pero cree que habrá otro aplazamiento. No está tan segura como yo de su venida; pero no conoce a las personas tanto como yo. La cuestión es (pero esto es completamente entre nosotros; no dije ni palabra en el otro cuarto; ya sabe que en todas las familias hay secretos), la cuestión es que hay un grupo de amigos invitados a pasar unos días en Enscombe en enero, y que la venida de Frank depende de que lo de ellos se aplace. Si ellos no aplazan su llegada, él no se puede mover. Pero yo sé que ellos lo aplazarán, porque es una familia a la que detesta cierta señora de alguna importancia en Enscombe; y aunque se ha creído necesario invitarles una vez en dos o tres años, siempre se aplaza cuando llega el momento. No tengo la menor duda del resultado del asunto. Confío en ver a Frank aquí antes de mediados de enero, tanto como estoy seguro de estar yo mismo aquí; pero aquí su buena amiga —moviendo la cabeza hacia la cabecera de la mesa— tiene tan pocas manías y se ha acostumbrado tan poco a ellas en Hartfield, que no puede calcular sobre sus efectos, tal como yo estoy acostumbrado a hacer.

—Lamento que haya ninguna duda en el caso —contestó Emma—, pero estoy dispuesta a ponerme de su lado, señor Weston. Si usted cree que él vendrá, yo también lo pensaré así, porque usted conoce Enscombe.

—Sí... tengo cierto derecho a ese conocimiento; aunque nunca he estado yo mismo allí en toda mi vida. ¡Ella es una mujer tan rara! Pero nunca me permito hablar mal de ella, en atención a Frank, pues creo que ella le quiere mucho. Yo solía pensar que no era capaz de querer a nadie excepto a sí misma, pero siempre ha sido muy bondadosa con él (a su manera; admitiendo pequeños antojos y caprichos, y suponiendo que todo sea como a ella le gusta). Y no es pequeño elogio de él, en mi opinión, que produzca tal afecto; pues, aunque no se lo diría a nadie más, ella, en general, tiene menos corazón que una piedra, y un carácter endemoniado.

A Emma le gustaba tanto el tema, que empezó con él, hablando con la señora Weston, en cuanto se trasladaron al salón: deseándole alegrías, pero observando que sabía que el primer encuentro debía ser bastante alarmante. La señora Weston estuvo de acuerdo, pero añadió que le alegraría estar segura de afrontar la inquietud de un primer encuentro en el momento de que se había hablado:

—Porque no puedo estar segura de su venida. No puedo ser tan optimista como el señor Weston. Me temo mucho que terminará en nada. El señor Weston, me atrevo a decir, le ha contado exactamente cómo está el asunto.

—Sí... parece depender sólo del mal humor de la señora Churchill, que imagino que debe ser la cosa más segura del mundo.

—Emma mía —contestó la señora Weston, sonriendo—, ¿cuál es la certidumbre del capricho? —Y luego, volviéndose a Isabella, que no había atendido hasta entonces—: Debe saber, mi querida señora Knightley, que no estamos tan seguros de ver al señor Frank Churchill, en mi opinión, como cree su padre. Depende enteramente del humor y el gusto de su tía; esto es, de su carácter. A usted... a mis dos hijas, puedo aventurarles la verdad. La señora Churchill gobierna Enscombe, y es una mujer de carácter muy raro; y el que él venga ahora depende de que ella esté dispuesta a prescindir de él.

—Ah, la señora Churchill, todo el mundo conoce a la señora Churchill —contestó Isabella—, y desde luego que nunca pienso en ese pobre joven sin la mayor compasión. Vivir constantemente con una persona de mal carácter debe ser terrible. Es algo que, felizmente, nunca hemos conocido nosotros en absoluto, pero debe ser una vida lamentable. ¡Qué bendición que no haya tenido hijos nunca! Pobres criaturitas, ¡qué desgraciadas habrían sido!

Emma lamentó no estar a solas con la señora Weston. Entonces habría oído más; la señora Weston hablaría con ella con una falta de reserva a que no se arriesgaría con Isabella; y, creía realmente, no intentaría ocultarle a ella nada relativo a los Churchill, salvo aquellas ideas sobre el joven de que su propia imaginación ya le había dado tanto conocimiento instintivo. Pero en ese momento no cabía decir más. El señor Woodhouse las siguió pronto al salón. Quedarse mucho tiempo sentado en la mesa después de la comida era un aprisionamiento que él no podía aguantar. Ni el vino ni la conversación eran nada para él; y de buena gana se marchó con aquellas con quienes siempre estaba cómodo.

Mientras él hablaba con Isabella, sin embargo, Emma encontró una oportunidad de decir:

—¿Así que no considera nada segura esa visita de su

hijo? Lo siento. La presentación debe ser desagradable, en cualquier momento en que tenga lugar; así que cuanto antes se acabe, mejor.

—Sí, y cada dilación me hace temer más otras dilaciones. Aunque se aplace a esta familia, los Braithwaite, sigo temiendo que se encuentre alguna excusa para decepcionarnos. No podría admitir la idea de ninguna reluctancia por parte de él; pero estoy segura de que por parte de los Churchill hay un gran deseo de retenerle para ellos mismos. Hay celos. Están celosos incluso de su consideración hacia su padre. En una palabra, no puedo sentirme segura de su venida, y me gustaría que el señor Weston fuera menos optimista.

—Debería venir —dijo Emma—. Aunque sólo pudiera estar un par de días, debería venir; y es difícil pensar que un joven no tenga en su poder siquiera hacer tanto como eso. A *una* joven, si cae en malas manos, se la puede sujetar y mantener a distancia de aquellos con quienes ella desea estar, pero no se puede comprender que un joven esté bajo tal limitación como para no poder pasar una semana con su padre, si le gusta.

—Habría que estar en Enscombe y conocer el modo de ser de la familia antes de decir qué puede hacer —contestó la señora Weston—. Uno debería usar la misma precaución, quizás, al juzgar la conducta de cualquier persona de cualquier familia, pero Enscombe, creo yo, no debe ser juzgado por ninguna regla universal; *ella* no es nada razonable, y todo se le somete.

—Pero quiere mucho a su sobrino: él es su gran favorito. Ahora bien, según mi idea de la señora Churchill, sería muy natural que, aunque no haga ningún sacrificio por el bienestar de su marido, a quien se lo debe todo, y aunque ejerza en él sus incesantes caprichos, se dejara gobernar frecuentemente por su sobrino, a quien no debe nada en absoluto.

—Mi querida Emma, con su dulce carácter, no pretenda

entender un carácter malo, ni prescribirle reglas; debe dejarle ir por su camino. No tengo duda de que él tiene, a veces, considerable influencia, pero quizá sea totalmente imposible para él saber *cuándo* va a ser eso.

Emma escuchó y dijo luego fríamente:

—No quedaré convencida a no ser que venga.

—Quizá tenga mucha influencia en algunos puntos —continuó la señora Weston—, y en los demás muy poca; y entre éstos, en los que ella está más allá del alcance de él, es muy probable que se encuentre esta mismísima circunstancia de separarse de ellos para visitarnos.

CAPÍTULO 15

El señor Woodhouse pronto estuvo preparado para su té;
y una vez que lo tomó, estuvo preparado para irse a casa,
y lo único que pudieron hacer sus tres compañeras fue en-
tretenerle para evitar que se diese cuenta de qué tarde era,
antes que aparecieran los demás caballeros. El señor Weston
venía locuaz y convival, nada amigo de separaciones de
ninguna clase; pero al fin el grupo del salón recibió un
aumento. El señor Elton, de muy buen humor, fue de los
primeros en entrar. El señor Weston y Emma estaban sentados juntos en un sofá. Él se unió a ellos inmediatamente,
y, sin que apenas le invitaran, se sentó entre los dos.

Emma, también de buen humor, con la diversión ofrecida
a su ánimo por la expectativa del señor Frank Churchill,
estaba dispuesta a olvidarle sus recientes impropiedades, y a
estar tan satisfecha con él como antes, y cuando él tomó a
Harriet como su primer tema, estuvo dispuesta a escuchar
con las más amistosas sonrisas.

Él se manisfestó extremadamente preocupado por la bella
amiga de Emma; su bella, deliciosa, amable amiga. «¿Sabía?
¿Había oído algo de ella, desde que estaban en Randalls?
Sentía mucha preocupación: tenía que confesar que la naturaleza de su dolencia le alarmaba considerablemente.» Y en
ese estilo siguió hablando durante algún tiempo muy adecuadamente, sin esperar muchas respuestas, pero en conjunto

151

suficientemente alerta al terror de una garganta muy enferma; y Emma se sintió muy caritativa con él.

Pero al fin pareció haber un giro perverso: pareció de repente como si él tuviera miedo de que la garganta estuviera muy mal más bien por causa de Emma que por causa de Harriet; más afanoso de que Emma escapara al contagio que de que no hubiera contagio en la dolencia. Con gran empeño, empezó a rogarle que se reprimiera de visitar el cuarto de la enferma otra vez, por el momento; a rogarle que le *prometiera a él* no aventurarse a tal riesgo hasta que él hubiera visto al señor Perry para saber su opinión; y aunque ella trató de echarlo a risa y devolver el tema a su cauce debido, no había modo de acabar con su extremada solicitud por ella. Ella se sintió molesta. Parecía —no había modo de esconderlo— exactamente la pretensión de estar enamorado de ella, y no de Harriet: ¡una inconstancia, si era verdadera, muy despreciable y abominable! Y Emma encontraba difícil conducirse con buen carácter. Él se volvió a la señora Weston para implorar su ayuda: «¿No le daría su apoyo? ¿No añadiría sus persuasiones a las de él, para inducir a la señorita Woodhouse a que no fuera a casa de la señora Goddard hasta que fuera seguro que la enfermedad de la señorita Smith no era contagiosa? Él no se podía contentar con una promesa: ¿no le querría ella dar su influencia para conseguirlo?»

—¡Tan escrupulosa con los demás —continuó él—, y sin embargo tan descuidada consigo misma! ¡Quería que yo me cuidara mi resfriado quedándome hoy en casa, y sin embargo no va a prometer evitar el peligro de coger ella misma una garganta ulcerada! ¿Es eso justo, señora Weston? Juzgue entre nosotros. ¿No tengo derecho a quejarme? Estoy seguro de contar con su bondadoso apoyo y ayuda.

Emma vio la sorpresa de la señora Weston, y notó que debía ser grande, ante un modo de hablar que, en palabras y modales, asumía para sí mismo el derecho del primer interés por ella; y en cuanto a ella misma, eso la provocó y la ofendió demasiado para ser capaz de decir directamente nada sobre el asunto. No pudo más que lanzarle una mirada, pero fue una mirada tal que creyó que debía devolverle a su juicio, y luego se marchó del sofá, retirándose a una butaca junto a su hermana, a la que concedió toda su atención.

No tuvo tiempo de saber cómo tomaba el señor Elton su reproche, por la rapidez con que sobrevino otro tema, pues el señor John Knightley entró entonces en el salón, viniendo de examinar qué tiempo hacía, y empezó por informar a todos de que el suelo estaba cubierto de nieve y que seguía nevando fuerte, con un intenso viento que arrastraba la nieve; y acabó con estas palabras al señor Woodhouse:

—Esto va a resultar un divertido comienzo de sus compromisos de invierno, señor Woodhouse. Algo nuevo para su cochero y sus caballos: abrirse paso a través de una tormenta de nieve.

El pobre señor Woodhouse se quedó callado de consternación, pero todos los demás tuvieron algo que decir; cada cual estaba sorprendido o no sorprendido, y tenía algo que preguntar o algún consuelo que ofrecer. La señora Weston y Emma trataron con empeño de animarle y desviar su atención de su yerno, que insistía en su triunfo con escasos sentimientos:

—Admiré mucho su resolución, señor Woodhouse —dijo—, al aventurarse con tal tiempo, pues desde luego ya vio que pronto habría nieve. Todo el mundo debió ver que venía nieve. Admiré su humor, y me atrevo a decir que llegaremos a casa muy bien. Una hora o dos más de nieve no pueden hacer impracticable el camino; y somos dos coches; si a uno se lo lleva el viento en la parte pelada del campo común, habrá otro a mano. Estoy seguro de que estaremos sanos y salvos en Hartfield antes de medianoche.

El señor Weston, triunfante de otro modo diferente, confesaba que había sabido hacía tiempo que nevaba, pero no

153

había dicho ni palabra, para no poner incómodo al señor Woodhouse y que eso fuera excusa para que se marchara a toda prisa. En cuanto a que hubiera alguna cantidad de nieve caída o que fuera a caer probablemente como para impedirles el regreso, eso era una simple broma; temía que no encontrarían ninguna dificultad. Él deseaba que el camino fuera impracticable para poder quedarse con todos ellos en Randalls, y, con la mayor buena voluntad, estaba seguro de que se podía encontrar acomodo para todos, apelando a su mujer para confirmar que, con algún pequeño arreglo, se podía alojar a todo el mundo, lo cual ella apenas sabía cómo hacer, consciente de que sólo había dos cuartos de reserva en la casa.

—¿Qué vamos a hacer, mi querida Emma? ¿Qué vamos a hacer? —fue la primera exclamación del señor Woodhouse, y lo único que pudo decir durante algún tiempo. La miró buscando consuelo, y sus seguridades de que estarían a salvo, y sus palabras sobre la excelencia de los caballos y de James, y sobre que tenían tantos buenos amigos alrededor, le revivieron un poco.

La alarma de su hija mayor fue igual a la suya. El horror de quedar bloqueados en Randalls, mientras los niños estaban en Hartfield, llenaba su imaginación, e imaginándose que el camino estaría aún pasable para gente aventurera, pero en un estado que no admitía dilación, estaba empeñada en arreglar que su padre y Emma se quedaran en Randalls, mientras ella y su marido se lanzarían al instante a través de todas las posibles acumulaciones de nieve a la deriva que pudiera estorbarles.

—Más vale que pidas el coche en seguida, amor mío —dijo—; me atrevo a decir que seremos capaces de salir adelante si nos marchamos en seguida, y, si las cosas se ponen muy mal, yo puedo salir y caminar. No tengo nada de miedo. No me importaría andar la mitad del camino, podría cambiarme los zapatos, ya sabes, en el momento en

154

que llegara a casa, y no es eso lo que a mí me puede dar un resfriado.

—¡Claro! —contestó él—. Entonces, mi querida Isabella, es la cosa más extraordinaria del mundo, pues, en general, todo te da resfriados. ¡A casa andando! Sí que estás lindamente preparada para llegar a casa andando, me parece. Ya estará bastante mal para los caballos.

Isabella se volvió a la señora Weston para que aprobara el plan. La señora Weston no pudo sino aprobar. Isabella entonces fue a ver a Emma, pero Emma no renunciaba tan completamente a su esperanza de que todos podrían marcharse; y seguían discutiendo el asunto cuando el señor Knightley, que había dejado el salón inmediatamente después de la primera noticia sobre la nieve, dada por su hermano, volvió otra vez y les dijo que había salido de la casa a examinarlo, y podía responder de que no habría la menor dificultad en llegar a casa, cuando quisieran, ahora mismo o dentro de una hora. Había ido más allá de la verja, un trecho por el camino de Highbury, y en ninguna parte era la nieve más de media pulgada de espesa; en muchos sitios apenas lo bastante para blanquear el suelo; en ese momento caían algunos copos, pero las nubes se disipaban y parecía que pronto habría pasado todo. Había visto a los cocheros y estaban de acuerdo con él en que no había nada que temer.

Para Isabella, el alivio de tales noticias fue muy grande, y casi tan gratas para Emma, a causa de su padre, que inmediatamente se tranquilizó sobre el tema en cuanto lo permitía su constitución nerviosa; pero la alarma provocada no se podía apaciguar tanto como para admitir ninguna comodidad para él mientras siguiera en Randalls. Se convenció de que no había peligro inmediato en volver a casa, pero ninguna persuasión le pudo convencer de que fuera seguro quedarse, y mientras los demás urgían y recomendaban de diversas maneras, el señor Knightley y Emma lo decidieron en unas pocas breves frases. Así:

—Su padre no va a estar tranquilo; ¿por qué no se van?

—Estoy dispuesta, si lo están los demás.

—¿Toco la campanilla?

—Sí, por favor.

Y se tocó la campanilla, y se pidieron los coches. Unos pocos minutos después, y Emma tenía esperanza de ver a un molesto acompañante depositado en su propia casa, para refrescarse y volver a su juicio, y al otro recuperando su temple y su felicidad una vez terminada esta visita de dificultades.

Llegaron los coches; el señor Woodhouse, siempre el primer objeto de atención en tales ocasiones, fue cuidadosamente acompañado al suyo por el señor Knightley y el señor Weston, pero nada de lo que pudieron decir ambos evitó cierta renovación de la alarma al ver la nieve que había caído, efectivamente, y al descubrir que la noche era más oscura de lo que él esperaba. «Temía que iban a tener un viaje muy malo. Temía que no le iba a gustar a la pobre Isabella. Y la pobre Emma estaría en el coche de detrás. No sabía qué sería mejor que hicieran. Debían ir tan juntos como pudieran»; y se habló a James, y se le mandó ir muy despacio y esperar al otro coche.

Isabella se metió detrás de su padre; John Knightley, olvidando que no era de ese grupo, se metió detrás de su mujer con toda naturalidad; así que Emma encontró, al ser acompañada y seguida al segundo coche por el señor Elton, que iban a tener un viaje en *tête-à-tête*. Antes de las sospechas de ese mismo día, no habría sido un momento embarazoso, sino que más bien habría resultado un placer: podría haber hablado con él de Harriet, y los tres cuartos de milla habrían parecido sólo uno. Pero ahora, lamentaba que ocurriera así. Creía que él había bebido demasiado del buen vino del señor Weston y estaba segura de que querría hablar de tonterías.

Para refrenarle en lo posible con sus propias maneras,

inmediatamente se dispuso a hablar con exquisita calma y gravedad sobre el tiempo y la noche; pero apenas había empezado, apenas habían pasado la verja y alcanzado el otro coche, encontró que su tema quedaba cortado... su mano agarrada... su atención requerida, y el señor Elton, nada menos, le hacía vehementemente el amor: aprovechándose de la preciosa oportunidad, declarando sentimientos que ya debían ser bien conocidos, con esperanzas, temores, adoración; dispuesto a morir si ella le rechazaba, pero lisonjeándose de que su ardiente afecto y su inigualado amor y su pasión sin igual no podían haber dejado de tener algún efecto, y, en una palabra, muy decidido a ser seriamente aceptado tan pronto como fuera posible. Así era realmente. Sin escrúpulo, sin excusa, sin mucho temor visible, el señor Elton, el enamorado de Harriet, se declaraba *su* enamorado. Trató de detenerle, pero en vano, él seguía y lo decía todo. Irritada como estaba, el pensar en el momento la hizo decidirse a contenerse cuando habló. Le parecía que esa locura debía ser embriaguez, y por tanto tenía esperanza de que fuera parte sólo de una hora pasajera. Según eso, con una mezcla de seriedad y broma que esperaba que iría bien con su estado a medios pelos, contestó:

—Estoy muy asombrada, señor Elton. ¡Esto *a mí*! Se olvida de usted mismo; me confunde con su amiga; cualquier recado que tenga para la señorita Smith, estaré encantada de llevárselo; pero nada más de esto *conmigo*, por favor.

—¡La señorita Smith! ¡Recado a la señorita Smith! ¡Qué podía querer decir con eso!

Y repitió las palabras de ella con tal firmeza de acento, con tan notoria pretensión de asombro, que ella no pudo menos de responder con rapidez:

—Señor Elton, ¡ésta es la conducta más sorprendente! Sólo puedo explicármela de una manera: usted no es usted mismo, o si no, no podría hablarme a mí, ni hablar de Harriet, de semejante manera. Domínese y no diga más, y trataré de olvidarlo.

Pero el señor Elton había bebido vino sólo como para elevar sus ánimos, no en absoluto para confundirle la inteligencia. Sabía perfectamente lo que quería decir, y después de protestar cálidamente contra su sospecha como injuriosa, y después de mencionar ligeramente su respeto hacia la señorita Smith en cuanto amiga de ella —pero reconociendo su asombro de que se mencionara en absoluto a la señorita Smith—, continuó con el tema de su pasión, y apremió pidiendo una respuesta favorable.

Ella, conforme pensaba menos en su embriaguez, pensaba más en su inconstancia y su presunción, y, esforzándose menos por ser cortés, contestó:

—Me es imposible seguir dudando. Se ha expresado con demasiada claridad. Señor Elton, mi asombro supera en mucho a todo lo que puedo expresar. Después de tal conducta como he observado durante el último mes, con la señorita Smith, de tales atenciones como me he acostumbrado a observar diariamente, dirigirse a mí de esta manera, esto es una inconstancia de carácter, desde luego, que no había creído posible. Créame, señor Elton, estoy muy lejos, muy lejos de estar satisfecha de ser el objeto de tales declaraciones.

—¡Válgame Dios! —exclamó el señor Elton—. ¿Qué puede significar esto? ¡La señorita Smith! Nunca he pensado en la señorita Smith en todo el transcurso de mi existencia; nunca le he dedicado ninguna atención, sino en cuanto amiga suya; nunca me ha importado si estaba muerta o viva, sino en cuanto amiga suya. Si ella se ha imaginado otra cosa, sus propios deseos la han engañado, y lo siento mucho, lo siento muchísimo... Pero... ¡la señorita Smith, nada menos! ¡Ah, señorita Woodhouse! ¿Quién puede pensar en la señorita Smith cuando está cerca la señorita Woodhouse? No, palabra de honor, no hay inconstancia de carácter. He pensado sólo en usted. Protesto contra haber dedicado la más pequeña atención a nadie más. Todo lo que he dicho o hecho, desde hace muchas semanas, ha sido con el único objetivo de señalar mi adoración hacia usted. No puede dudarlo en serio de veras. ¡No! —con un acento que pretendía ser insinuante—. ¡Estoy seguro de que usted me ha visto y me ha comprendido!

Sería imposible decir lo que sentía Emma al oír esto: cuál de sus sentimientos desagradables era el dominante. Estaba demasiado abrumada para poder contestar inmediatamente; y como dos momentos de silencio eran amplio estímulo para el optimista estado de ánimo del señor Elton, éste trató de volver a tomar su mano, exclamando alegremente:

—¡Encantadora señorita Woodhouse! Permítame interpretar ese interesante silencio. Ese silencio confiesa que me ha entendido hace mucho.

—No, señor —exclamó Emma—, mi silencio no confiesa tal cosa. Lejos de haberle entendido a usted, he estado en el más completo error sobre usted hasta este momento. En cuanto a mí misma, lamento mucho que usted haya dado salida a sus sentimientos... Nada podría estar más lejos de mis deseos: su apego a mi amiga Harriet, su persecución de ella (parecía persecución), me daba gran placer, y deseaba su éxito muy, muy sinceramente; pero si hubiera supuesto que no era ella lo que le atraía a usted en Hartfield, ciertamente que me habría parecido mal que sus visitas fueran tan frecuentes. ¿Tengo que creer que usted nunca ha pretendido recomendarse especialmente ante la señorita Smith, que nunca ha pensado seriamente en ella?

—Nunca, señora —exclamó él, ofendido a su vez—, nunca, se lo aseguro. ¡Yo, pensar seriamente en la señorita Smith! La señorita Smith es una excelente muchacha, y me gustaría verla respetablemente colocada. Le deseo lo mejor, y, sin duda, hay hombres que podrían no tener objeción hacia ella. Cada cual tiene su nivel; pero en cuanto a mí, me parece que no estoy tan en pérdida. ¡No necesito desesperar tan totalmente de una alianza en plano de igualdad como para dirigirme a la señorita Smith! No, señora; mis visitas a Hartfield han sido para usted solamente; y el estímulo que recibí...

—¡Estímulo! ¡Que yo le di estímulo! Señor Elton, ha estado usted completamente equivocado al suponerlo. Yo sólo le he visto como el admirador de mi amiga. Bajo ningún otro aspecto podría usted haber sido para mí más que un conocido como otros. Lo siento enormemente, pero está bien que el error acabe donde acaba. Si hubiera continuado la misma conducta, la señorita Smith podría haber sido llevada a malentender sus puntos de vista; sin darse cuenta, probablemente, igual que yo, de esa gran desigualdad a que usted es tan sensible. Pero, estando así las cosas, la decepción es sólo por un lado y confío que no durará. Por ahora, no tengo ideas de matrimonio.

Él estaba demasiado irritado para decir ni una palabra más; las maneras de Emma eran demasiado decididas para incitar a la súplica; y en ese estado de creciente resentimiento y de profunda humillación común, hubieron de seguir unos pocos minutos más, pues los temores del señor Woodhouse les habían limitado a ir al paso. Si no hubiera habido tanta cólera, habría resultado algo desesperadamente cohibido, pero sus emociones directas no dejaban sitio para los pequeños zigzagueos del cohibimiento. Sin saber cuándo, el coche entró en el camino de la Vicaría; cuando se detuvo, se encontraron de repente a la puerta de la casa de él, y él estuvo fuera antes de que se pronunciara ni una sílaba más. Emma entonces juzgó indispensable desearle las buenas noches. El cumplido fue devuelto, con frialdad y orgullo, y, con una indescriptible irritación de ánimo, Emma fue trasladada entonces a Hartfield. Allí le dio la bienvenida su padre con el mayor placer; había temblado por los peligros de un viaje solitario desde el camino de la Vicaría, doblando un recodo en que él no podía soportar pensar, y en manos extrañas, un simple cochero corriente, nada de James; y parecía como si su regreso fuera lo único que faltaba para que todo marchara bien: pues el señor John Knightley, avergonzado de su mal humor, ahora era todo bondad y atención, y tan particularmente solícito de la comodidad del padre de Emma, como para parecer perfectamente consciente de que las gachas eran perfectamente saludables, aunque no dispuesto del todo a acompañarle en tomar un plato de ellas; y el día acababa en paz y comodidad para todo el grupito, excepto para ella. Pero su ánimo nunca había estado tan perturbado, y le hizo falta un esfuerzo muy grande para parecer atenta y animosa hasta que la acostumbrada hora de separarse le permitió el alivio de la reflexión sosegada.

CAPÍTULO 16

Ya tenía el pelo en papillotes, y había mandado marchar a la doncella; Emma se sentó a pensar y a sentirse afligida. ¡Era un desgraciado asunto, desde luego! ¡Qué derrumbamiento de todo lo que había deseado! ¡Qué evolución tan desgraciada de todo! ¡Qué golpe para Harriet! Eso era lo peor de todo. Todos los aspectos del asunto producían dolor y humillación, de un modo o de otro; pero, comparado con la desgracia para Harriet, todo era ligero; y de buena gana se habría sometido a sentirse aún más equivocada de lo que estaba, más en el error, más deshonrada por el juicio erróneo, si los efectos de su equivocación se hubieran limitado a ella misma.

—Si yo no hubiera persuadido a Harriet a querer a ese hombre, podría haberlo soportado todo: igual podría él haber doblado su presunción hacia mí. Pero ¡pobre Harriet!

¿Cómo se podía haber engañado tanto? Él aseguraba que jamás había pensado en serio en Harriet, ¡nunca! Ella volvía la vista atrás en todo lo posible, pero era todo una confusión. Ella había asumido la idea, suponía, y había hecho que todo se adaptara a ella. Las maneras de él, sin embargo, debían haber sido ambiguas, oscilantes, dudosas, o si no, ella no se podría haber engañado.

¡El retrato! ¡Qué afán había tenido él por el retrato! ¡Y la charada! Y otras cien circunstancias... qué claramente habían

162

parecido señalar a Harriet. Claro, la charada, con su «agudo ingenio»... pero luego la «dulce mirada»... la verdad es que no se les ajustaba a ninguna de las dos: era sólo un enredo sin gusto ni verdad. ¿Quién podía haber visto claro a través de tan estúpida tontería?

Cierto es que muchas veces, sobre todo recientemente, ella había pensado que sus maneras eran innecesariamente galantes; pero eso había pasado como su manera de ser, como un mero error de juicio, de conocimiento, de gusto; como una prueba entre muchas de que no siempre había vivido en la mejor sociedad; de que, a pesar de toda su amabilidad en el trato, a veces le faltaba verdadera elegancia; pero, hasta ese mismo día, ni por un instante había sospechado ella que significase otra cosa que un grato respeto hacia ella como amiga de Harriet.

Al señor John Knightley le debía Emma la primera idea del tema, el primer arranque de su posibilidad. No se podía negar que esos hermanos tenían penetración. Recordaba lo que había dicho una vez el señor Knightley sobre el señor Elton, el aviso que le había dado, la convicción que había profesado de que el señor Elton nunca se casaría de modo poco juicioso; y se ruborizaba de pensar cuánto más verdadero conocimiento del carácter del señor Elton había mostrado allí él que cuanto había alcanzado ella misma. Era terriblemente humillante, pero el señor Elton, resultaba ser, en muchos aspectos, el auténtico reverso de lo que ella había pretendido y le había creído; orgulloso, presumido, vanidoso; lleno de sus pretensiones y poco interesado en los sentimientos de los demás.

En contra del acostumbrado curso de las cosas, el hecho de que el señor Elton quisiera presentarle homenaje a ella le había hundido en su opinión. Sus declaraciones y sus propuestas no le eran de provecho al señor Elton. A ella no le parecía nada su amor, y sus esperanzas la insultaban. Él quería casarse bien, y teniendo la arrogancia de elevar sus ojos a ella, fingía estar enamorado; pero ella estaba perfectamente tranquila en cuanto a que él no sufría ninguna decepción de que hubiera que preocuparse. No había habido verdadero amor ni en su lenguaje ni en sus maneras. Había habido suspiros y buenas palabras en abundancia, pero difícilmente podía imaginar ella un tipo de expresiones, o imaginar un tono de voz, menos unido al auténtico amor. No hacía falta que ella se molestara en compadecerle. Él sólo quería engrandecerse y enriquecerse; y si la señorita Woodhouse de Hartfield, heredera de treinta mil libras, no era tan fácil de obtener como se imaginaba, pronto lo intentaría con la señorita Otra-Cosa, con veinte mil, o con diez mil.

Pero... ¡que él hablara de estímulo, que considerara que ella se daba cuenta de sus intenciones y aceptaba sus atenciones, que pretendiera (en una palabra) casarse con ella! ¡Que la supusiera su igual en relaciones o en espíritu! ¡Que desdeñara a su amiga, comprendiendo tan bien las gradaciones de rango por debajo de él, y fuera tan ciego a lo que se elevaba por encima de él, como para antojársele que no era presunción dirigirse a ella! Era de lo más irritante.

Quizá no era justo esperar que él se diera cuenta de qué inferior era a ella en talento y en todas las elegancias del espíritu. La misma ausencia de tal igualdad podría impedir que se diera cuenta de ello; pero tenía que saber que, en fortuna y en importancia, ella estaba muy por encima de él. Debía saber que los Woodhouse llevaban varias generaciones establecidos en Hartfield, como rama más joven de una familia muy antigua, y que los Elton no eran nadie. La propiedad en tierras de Hartfield, ciertamente, no era considerable, no siendo más que una especie de muesca en las fincas de Donwell Abbey, a que pertenecía el resto de Highbury; pero su fortuna, por otras fuentes, era tal como para hacerles apenas inferiores a la misma Donwell Abbey, en cualquier otro aspecto de importancia; y los Woodhouse llevaban mucho tiempo en un elevado lugar en la estimación de la comarca donde el señor Elton había entrado hacía apenas dos años, para abrirse paso como pudiera, sin relaciones que no fueran profesionales, ni otra recomendación sino su puesto y su cortesía. Pero se había imaginado que ella estaba enamorada de él; de eso, evidentemente, debía haberse fiado; y después de delirar un poco sobre la aparente incongruencia de las maneras amables y la cabeza vanidosa, Emma se vio obligada, por simple honradez, a detenerse y a admitir que su propia conducta con él había sido tan complaciente y amable, tan llena de cortesía y atenciones, que (en caso de que no se advirtiera su verdadero motivo) podría excusar que un hombre de observación y delicadeza corrientes, como el señor Elton, se imaginara ser un decidido favorito. Si ella había malentendido así sus sentimientos, no tenía mucho derecho a extrañarse de que él, cegado por su interés propio, hubiera malentendido los de ella.

El primer y el peor error le tocaba en cuenta. Era estúpido, era erróneo, tomar una parte tan activa en reunir a dos personas cualquiera. Era aventurarse demasiado lejos, suponer demasiado, tomar a la ligera lo que debería tomarse en serio, convertir en un enredo lo que debería ser simple. Estaba afectada y avergonzada, y decidida a no hacer más semejantes cosas.

—Yo, en realidad —se dijo—, he hecho que Harriet, a fuerza de hablar con él, se enamorara de este hombre. Quizá ella no habría pensado nunca en él de no ser por mí; ciertamente nunca habría pensado en él con esperanza, si yo no le hubiera asegurado que él sentía atracción por ella, pues ella es tan modesta y humilde como yo solía considerarle a él. ¡Ah! Ojalá me hubiera contentado con convencerla de que no aceptara al joven Martin. En eso tuve mucha razón. Eso estuvo bien hecho por mi parte; pero me debía haber detenido ahí, dejando el resto al tiempo y a la suerte. Yo la estaba introduciendo en buena compañía y dándole la oportunidad de agradar a alguno digno de conseguir; no debía haber intentado más. Pero ahora, pobre chica, su paz se ha echado a perder para algún tiempo. Yo no he sido más que una amiga a medias para ella; y si no siente demasiado esta decepción, la verdad es que no tengo idea de quién otro podría ser deseable para ella... William Coxe... ¡Ah, no! No podría aguantar a William Coxe, ese abogadillo listo.

Se detuvo para ruborizarse y reírse de su propia recaída, y luego reanudó una reflexión más seria, más desanimadora, sobre lo que había ocurrido, y lo que podía ocurrir, y lo que debía ocurrir. La consternadora explicación que tenía que dar a Harriet, y todo lo que sufriría la pobre Harriet, con la dificultad de los futuros encuentros, las dificultades de continuar o interrumpir esa amistad, de reprimir sentimientos, de ocultar resentimientos, de evitar toda agitación, fueron suficientes para ocuparla en reflexiones nada alegres durante algún tiempo más, y por fin se acostó sin nada decidido sino la convicción de haberse equivocado del modo más terrible.

Para la juventud y el buen humor natural, como el de Emma, aunque bajo una sombra temporal de noche, el regreso del día difícilmente deja de traer un retorno del buen ánimo. La juventud y el buen humor de la mañana forman una feliz analogía, de poderosos efectos; y si la alteración no es bastante fuerte como para mantener los ojos sin cerrar, seguro que éstos se abrirán a una sensación de dolor suavizado y a una esperanza más clara.

Emma se levantó por la mañana más dispuesta al consuelo que cuando se acostó, más pronta a ver atenuaciones del mal ante ella, y a fiarse de que saldría decentemente de eso.

Era un gran consuelo que el señor Elton no estuviera realmente enamorado de ella, ni tan particularmente afectuoso como para que resultara doloroso decepcionarle; que la natuleza de Harriet no fuera de esa especie superior en que los sentimientos son más agudos y duraderos, y que no pudiera haber necesidad de que nadie supiera lo que había pasado, excepto las tres personas principales, ni, especialmente, de que se le diera a su padre ni un momento de intranquilidad por ello.

Esos pensamientos eran muy animadores, y el ver mucha nieve en el suelo ayudó también, pues resultaba bienvenido todo lo que justificara que los tres estuvieran separados por el momento.

El tiempo era muy favorable para ella; aunque Navidad, no podía ir a la iglesia. El señor Woodhouse habría sufrido si su hija lo hubiera intentado, y por tanto ella estaba a salvo de producir ni recibir ideas desagradables y poco apropiadas. Con el suelo cubierto de nieve, y la atmósfera en ese estado indeciso, entre escarcha y deshielo, que es el menos propicio de todos para el ejercicio, empezando todas las mañanas en lluvia o nieve, y todas las noches acabando en helada, durante bastantes días estuvo prisionera con todo honor. No era posible la comunicación con Harriet sino por cartas; no hubo iglesia para ella el domingo, como tampoco en Navidad, ni necesidad de excusar que el señor Elton se mantuviera ausente.

Era un tiempo que podía muy decentemente encerrar a todos en casa; y aunque ella esperaba y creía que él realmente se consolaría con alguna vida de sociedad, resultó muy agradable que su padre estuviera tan contento de estar solo en casa, demasiado prudente para salir; y oírle decir al señor Knightley, a quien ningún mal tiempo podía retener enteramente lejos de ellos:

—¡Ah! Señor Knightley, ¿por qué no se queda en su casa, como el pobre señor Elton?

Esos días de encierro habrían sido, salvo por sus perplejidades íntimas, notablemente cómodos, lo mismo que tal encierro le venía exactamente igual de bien a su cuñado, cuyos sentimientos siempre eran de gran importancia para sus acompañantes; y además, se había despejado tan completamente de su mal humor de Randalls, que no le falló nunca su amabilidad en el resto de su estancia en Hartfield. Siempre estaba

167

agradable y servicial, y hablando bien de todo el mundo. Pero aun con todas las esperanzas de buen ánimo, y toda la presente comodidad de la dilación, había tanto mal pendiente sobre ella en la hora de las explicaciones con Harriet, que le hacía imposible a Emma sentirse completamente a gusto en ningún momento.

CAPÍTULO 17

El señor y la señora John Knightley no se vieron retenidos mucho tiempo en Hartfield. El tiempo pronto mejoró lo bastante como para que se marcharan los que tenían que marcharse, y el señor Woodhouse, después de intentar, como de costumbre, persuadir a su hija para que se quedara atrás con todos los niños, no tuvo más remedio que ver marcharse a todo el grupo, volviendo a sus lamentaciones sobre el destino de la pobre Isabella; la cual pobre Isabella, pasando la vida con los que adoraba, convencida de sus méritos, ciega a sus defectos, y siempre inocentemente atareada, podría haber sido un modelo de auténtica felicidad femenina.

El anochecer del mismo día en que se marcharon llegó una carta del señor Elton para el señor Woodhouse; una carta larga, cortés, ceremoniosa, diciendo, con los mejores cumplidos del señor Elton, «que se proponía dejar Highbury a la mañana siguiente de camino para Bath, donde, respondiendo a las apremiantes invitaciones de unos amigos, se había comprometido a pasar unas pocas semanas, y lamentaba mucho la imposibilidad en que estaba, por diversas circunstancias de mal tiempo y ocupaciones, de despedirse personalmente del señor Woodhouse, de cuya amistosa cortesía siempre conservaría una agradecida impresión— y que si el señor Woodhouse tenía algún encargo, sería feliz de cumplirlo».

Emma se quedó muy agradablemente sorprendida: la

ausencia del señor Elton en ese mismo instante era exactamente lo más de desear. Le admiraba por haberlo arreglado
así, aunque no pudiera reconocerle mucho mérito por el modo
de anunciarlo. No se podía haber expresado más claramente
el resentimiento que en unas cortesías hacia su padre de que
ella estaba tan señaladamente excluida. Ni siquiera tenía ella
parte en sus cumplimientos introductorios. No se mencionaba
su nombre; y había en todo ello un cambio tan notable, y
tan inoportuna solemnidad de despedida en sus reconocimien-
tos agradecidos, que ella pensó, al principio, que no podría
escapar a las sospechas de su padre.

Escapó, sin embargo. Su padre quedó tan abrumado con
la sorpresa de un viaje tan repentino y con sus temores de
que el señor Elton no llegara sano y salvo a su final, que no
vio nada extraordinario en su lenguaje. Fue una carta muy
útil, pues le proporcionó nuevo material para pensamiento y
conversación durante el resto de su solitaria velada. El señor
Woodhouse habló de sus alarmas, y Emma tuvo buen ánimo
para disiparlas con su acostumbrada prontitud.

Entonces decidió no seguir teniendo a oscuras a Harriet.
Había razones para creerla ya casi recuperada de su resfriado,
y era deseable que tuviera todo el tiempo posible para superar su otra dolencia antes del regreso del caballero. Así pues,
Emma fue a casa de la señora Goddard al día siguiente, para
someterse a la necesaria penitencia de la comunicación, que
fue muy severa. Tenía que destruir todas las esperanzas que
había alimentado con tanta diligencia; tenía que aparecer en
el poco elegante papel de la preferida; y reconocerse grande-
mente equivocada y errada en todas sus ideas, todas sus observaciones, todas sus convicciones, todas sus profecías sobre su
único tema de las últimas seis semanas.

La confesión renovó completamente su primera vergüenza;
y el ver las lágrimas de Harriet le hizo pensar que ella nunca
volvería a mirarla con buenos ojos.

Harriet soportó la noticia bastante bien, sin echar la culpa a nadie, y manifestando en todo su sencillez de carácter y su humilde opinión sobre sí misma, que hubieron de aparecer con especial resalte ante su amiga en ese momento.

Emma estaba en una situación de ánimo como para valorar al máximo la sencillez y la modestia; y todo lo amable, todo lo que debería ser atractivo, estaba del lado de Harriet, no del suyo. Harriet no consideraba que tuviera nada de que quejarse. El afecto de un hombre como el señor Elton habría sido una distinción demasiado grande. Ella nunca le podría haber merecido, y nadie que no fuera una amiga tan poco imparcial y tan benévola como la señorita Woodhouse lo habría creído jamás posible.

Sus lágrimas caían en abundancia, pero su dolor era tan sin artificio, que ninguna dignidad lo podría haber hecho más respetable a los ojos de Emma; y Emma la escuchó y trató de consolarla con todo su corazón y su entendimiento, convencida realmente en ese momento de que Harriet era la criatura mejor de las dos, y que parecerse a ella sería, para su propio bienestar y felicidad, mejor que cuanto pudiera hacer el genio o la inteligencia.

Era un momento demasiado tardío como para empeñarse en ser sencilla de ánimo e ignorante, pero Emma se despidió de Harriet confirmando todas sus previas resoluciones de ser humilde y discreta y reprimir la imaginación durante todo el resto de su vida. Ahora su segundo deber, inferior sólo a los derechos de su padre, era promover el bienestar de Harriet, y esforzarse en demostrarle su afecto de un modo mejor que haciendo casamientos. Se la llevó a Hartfield, y le mostró la más constante benevolencia, esforzándose en ocuparla y entretenerla, y, con libros y conversación, en alejar de sus pensamientos al señor Elton.

Sabía ella que había que dejar pasar tiempo para que esto ocurriera del todo, y podía suponer que ella misma no era buen juez en tales asuntos en general y poco apropiada para simpatizar con un afecto al señor Elton en particular, pero le parecía razonable, a la edad de Harriet, y con la entera extinción de toda esperanza, que avanzara tanto hacia un estado de equilibrio, para cuando regresara el señor Elton, que eso les permitiera volverse a encontrar en la común rutina del trato de los conocidos, sin peligro ninguno de revelar sentimientos ni aumentarlos.

Harriet le consideraba todo perfección y mantenía que no había nadie igual a él en persona ni en bondad; y, de hecho, se mostró más decididamente enamorada de lo que había previsto Emma; pero a ésta le parecía tan natural, tan inevitable esforzarse contra una inclinación de esa especie sin que se lo pidieran, que no podía comprender que continuara mucho tiempo con la misma fuerza.

Si el señor Elton hacía tan indudable y evidente su indiferencia como ella no dudaba de que trataría afanosamente de hacerla, no podía imaginar que Harriet insistiera en situar su felicidad en verle o en recordarle.

El que estuvieran fijos, tan absolutamente fijos, en el mismo lugar, era malo para todos y cada uno de los tres. Ninguno de ellos tenía la posibilidad de marcharse o de realizar ningún cambio importante de sociedad. Tenían que encontrarse unos a otros y arreglárselas como pudieran.

Harriet, además, era desafortunada en el ambiente de sus compañeras de casa de la señora Goddard, ya que el señor Elton era la adoración de todas las maestras y las chicas mayores de la escuela; y tenía que ser sólo en Hartfield donde pudiera tener alguna probabilidad de oír hablar de él con moderación enfriadora o con veracidad alejadora. La cura había que hallarla donde se había hallado la herida, si es que se hallaba en algún sitio; y a Emma le parecía que, mientras no viera a Harriet en camino de cura, no podría haber auténtica paz para ella.

CAPÍTULO 18

El señor Frank Churchill no vino. Cuando se acercaba el momento propuesto, quedaron justificados los temores de la señora Weston con la llegada de una carta de excusa. Por el momento, decía, no podían prescindir de él, para su «grandísima humillación y sentimiento; pero seguía haciendo proyectos con la esperanza de ir a Randalls en un momento no lejano».

La señora Weston quedó enormemente decepcionada; mucho más, incluso, que su marido, aunque su confianza de ver al joven había sido mucho más moderada; pero un temperamento optimista, aunque siempre esperando mayores bienes de los que ocurren, no siempre paga sus esperanzas con una depresión proporcionada. Pronto vuela sobre el fracaso presente y empieza a tener esperanza otra vez. Durante media hora, el señor Weston quedó sorprendido y triste, pero luego empezó a darse cuenta de que el que viniera Frank dos o tres meses después era mucho mejor plan; mejor estación del año; mejor tiempo, y podría, sin duda, quedarse considerablemente más tiempo que si hubiera llegado antes.

Esos sentimientos rápidamente restablecieron su buen ánimo, mientras la señora Weston, de carácter más temeroso, no previó nada más que una repetición de excusas y dilaciones, y, después de toda su preocupación por lo que iba a sufrir su marido, sufrió mucho más ella misma.

173

Emma no estaba en ese momento en un estado de ánimo como para que le importara realmente que no viniera el señor Frank Churchill, excepto por la decepción en Randalls. El conocerle, ahora, no tenía encanto para ella. Más bien deseaba estar tranquila y lejos de las tentaciones, pero, con todo, como era deseable que ella apareciera, en general, como solía ser, se cuidó de expresar mucho interés en el asunto, y tomar parte en la decepción del señor y la señora Weston como pudiera corresponder naturalmente a su amistad.

Ella fue la primera en anunciárselo al señor Knightley, y recriminó tanto como era necesario (o, representando un papel, quizá más bien más) la conducta de los Churchill, al retenerle lejos. Luego pasó a decir algo más de lo que sentía, sobre la ventaja de tal enriquecimiento en su limitada sociedad en Surry; del gusto de ver alguien nuevo; del día de gala, para Highbury entero, que habría sido verle, y, terminando con nuevas acusaciones a los Churchill, se encontró directamente metida en un desacuerdo con el señor Knightley, y, para su gran diversión, percibió que estaba tomando el revés de su verdadera opinión, y haciendo uso, contra ella misma, de los argumentos de la señora Weston.

—Los Churchill tienen la culpa muy probablemente —dijo el señor Knightley, fríamente—, pero me atrevo a decir que él podría venir si quisiera.

—No sé por qué tiene que decir eso. Él tiene muchas ganas de venir, pero su tío y su tía no quieren prescindir de él.

—No puedo creer que no pueda venir si se empeña en ello. Es demasiado improbable para que me lo crea sin prueba.

—¡Qué raro es usted! ¿Qué ha hecho el señor Frank Churchill para hacerle suponer una criatura tan desnaturalizada?

—No le supongo en absoluto una criatura desnaturalizada, al sospechar que pueda haber aprendido a estar por encima de sus propias gentes, y a cuidarse muy poco de cuanto no sea su placer, a fuerza de vivir con los que siempre le han dado el ejemplo de ello. Es mucho más natural de lo que uno desearía el que un joven, criado por quienes son orgullosos, lujosos y egoístas, sea también orgulloso, lujoso y egoísta., Si Frank Churchill hubiera querido ver a su padre, lo habría arreglado entre septiembre y enero. Un hombre a su edad, ¿cuántos años tiene?, veintitrés o veinticuatro años, no puede carecer de medios para hacer tanto como eso. Es imposible.

—Eso se dice fácilmente, y lo piensa fácilmente usted, que siempre ha sido su propio dueño. Usted es el peor juez del mundo, señor Knightley, sobre las dificultades de la dependencia. Usted no sabe lo que es tener que manejar caracteres difíciles.

—No se puede concebir que un hombre de veintitrés o veinticuatro años no tenga libertad física y moral hasta ese punto. No le puede faltar dinero, no le puede faltar tiempo libre. Sabemos, por el contrario, que tiene tanto de ambas cosas, que se alegra de desperdiciarlas en los lugares más ociosos del reino. Oímos hablar de él en muchos balnearios. Hace poco, estaba en Weymouth. Eso demuestra que puede dejar a los Churchill.

—Sí, a veces puede.

—Y esas veces son siempre que le parece que vale la pena, siempre que hay alguna tentación de placer.

—Es poco justo juzgar la conducta de nadie sin un conocimiento íntimo de la situación. Nadie que no haya estado en el interior de una familia puede decir cuáles pueden ser las dificultades de ningún miembro de esa familia. Deberíamos conocer Enscombe y el carácter de la señora Churchill antes de pretender decir lo que puede hacer su sobrino. Algunas veces quizá pueda hacer mucho más que otras veces.

—Hay otra cosa, Emma, que siempre puede hacer un hombre, si lo desea, esto es, su deber; no con maniobras y sutilezas, sino con vigor y resolución. Frank Churchill tiene el deber de prestar atención a su padre. Sabe que es así, por sus promesas y mensajes, pero si quisiera hacerlo, se podría hacer. Un hombre que sintiera como debe, diría de una vez, de modo sencillo y decidido, a la señora Churchill: «En todo sacrificio del simple placer siempre me encontrará dispuesto a seguir su conveniencia, pero tengo que ir a ver a mi padre inmediatamente. Sé que estaría dolido si yo dejara de mostrarle mi respeto en la presente ocasión. Por consiguiente, me pondré en marcha mañana.» Si se lo dijera a ella de una vez, en el tono de decisión que corresponde a un hombre, no habría oposición a que se fuera.

—No —dijo Emma, riendo—, pero quizá la habría a que volviera. ¡Que un joven tan enteramente dependiente usara tal lenguaje! Sólo usted, señor Knightley, se lo imaginaría posible. Pero no tiene usted idea de lo que se necesita en situaciones completamente opuestas a las de usted. ¡El señor Frank Churchill haciendo tal discurso a su tío y su tía, que le han criado y van a proveer por él! ¡De pie en medio del cuarto, imagino, y hablando tan fuerte como pudiera! ¿Cómo puede imaginar practicable tal conducta?

—Esté segura de eso, Emma; un hombre sensato no encontraría dificultad en ello. Sentiría que tenía razón; y la declaración —hecha, claro está, de una manera adecuada— le haría más bien, le elevaría más, reforzaría más su interés ante la gente de que dependiera, que todo cuanto pueda lograr una línea de desviaciones y trucos. Añadiría respeto al afecto. Ellos pensarían que se podían fiar de él; que el sobrino que había hecho lo apropiado con su padre lo haría con ellos; pues ellos saben, igual que él, e igual que todo el mundo, que debería hacer esa visita a su padre, y, a la vez que ejercen mezquinamente su poder de retrasarla, en sus corazones no piensan mejor de él por someterse a sus caprichos. El respeto a la conducta apropiada lo siente todo el mundo. Si actuase de esa manera, conforme a principios, de modo consistente y regular, sus pequeños ánimos se inclinarían ante eso.

—Yo más bien lo dudo. A usted le gusta mucho inclinar pequeños ánimos, pero los pequeños ánimos, cuando pertenecen a gente rica con autoridad, creo que tienen la manía de hincharse hasta que son tan difíciles de manejar como los grandes. Puedo imaginar que si usted, tal como es, señor Knightley, se viera transportado y situado de repente en la situación del señor Frank Churchill, sería capaz de decir y hacer lo mismo que acaba de recomendar para él, y quizá tendría muy buen efecto. Los Churchill no tendrían una palabra que replicar, pero, por otra parte, usted no tendría que romper ningún hábito de temprana obediencia y larga observancia. Para quien los tenga, quizá no sería tan fácil irrumpir de pronto en la completa independencia, y anular todas las pretensiones de ellos a su gratitud y consideración. Quizá tenga él tanto sentido de lo que estaría bien como pueda tenerlo usted, sin ser tan igual, en determinadas circunstancias, en actuar a la altura de ello.

—Pues entonces no tendría tanto sentido. Si dejara de producir igual resultado, no sería una convicción igual.

—¡Ah! ¡La diferencia de situación y costumbre! Me gustaría que tratara de entender lo que un joven amable puede probablemente sentir al enfrentarse directamente con aquellos a quienes ha estado mirando como guía toda su vida, desde niño y desde muchacho.

—Su amable joven es un joven muy débil, si ésta es la primera ocasión de llevar a cabo una resolución de hacer lo justo contra la voluntad de los demás. Debía haber sido su costumbre a estas alturas, el seguir su deber en vez de consultar la conveniencia. Puedo admitir los miedos del niño, pero no los del hombre. Al tener uso de razón, debía haberse levantado y sacudido todo lo que era indigno en la autoridad de ellos. Debía haberse opuesto al primer intento por parte de ellos para que hiciera de menos a su padre. Si hubiera empezado como debía, no habría habido ahora dificultad.

—Nunca nos pondremos de acuerdo sobre eso —exclamó Emma—, pero no tiene nada de extraordinario. Yo no tengo ninguna impresión de que él sea un joven débil; estoy segura de que no lo es. El señor Weston no sería ciego ante la locura, aunque fuera en su hijo, pero es probable que él tenga un carácter más dócil, servicial y suave de lo que iría bien a las ideas de usted sobre la perfección del hombre. Me atrevo a creer que así es; y aunque eso le prive de algunas ventajas, le asegurará muchas otras.

—Sí; las ventajas de quedarse quieto cuando debería moverse, y de llevar una vida de mero placer ocioso y de imaginarse muy experto en encontrar excusas para ello. Sabe sentarse a escribir una bonita carta floreada, llena de declaraciones y de falsedades, y convencerse de que ha dado con el mejor método del mundo para conservar la paz en casa y evitar que su padre tenga ningún derecho a quejarse. Sus cartas me repugnan.

—Sus sentimientos son singulares. A todos los demás parece que les satisfacen.

—Sospecho que no satisfacen a la señora Weston. Difícilmente pueden satisfacer a una mujer de su buen sentido y comprensión rápida; ocupando un lugar de madre, pero sin un amor de madre que la ciegue. Por causa de ella es por lo que se debe doble atención a Randalls, y ella tiene que sentir doblemente la omisión. Si ella hubiera sido una persona de importancia, él habría venido, estoy seguro; y no habría importado si venía o no. ¿Puede imaginar que su amiga se quede atrás en esta clase de consideraciones? ¿Supone que no se dice muchas veces todo eso a sí misma? No, Emma, su amable joven puede ser amable sólo en francés, no en inglés. Puede ser muy *aimable*, tener muy buenas maneras y ser muy agradable, pero no puede tener delicadeza inglesa hacia los sentimientos de otros; no hay nada de amable en él, realmente.

—Parece usted decidido a pensar mal de él.

—¡Yo! En absoluto —contestó el señor Knightley, más bien disgustado—, yo no quiero pensar mal de él. Estaría tan dispuesto como cualquiera a reconocer sus méritos, pero no oigo ninguno, como no sea meramente personal; que es de buen tipo y guapo, con modales suaves y agradables.

—Bueno, aunque no tengamos más que le recomiende, será un tesoro en Highbury. No vemos tan a menudo buenos jóvenes, bien criados y agradables. No sería justo pedir todas las virtudes por añadidura. ¿No se puede imaginar, señor Knightley, qué *sensación* producirá su llegada? No habrá más que un tema por todas las parroquias de Donwell y Highbury; sólo un interés, un objeto de curiosidad; todo será el señor Frank Churchill; no pensaremos ni hablaremos de nada más.

—Me excusará que me sienta tan abrumado. Si le encuentro fácil de tratar, me alegraré de conocerle, pero si es sólo un pisaverde charlatán, no ocupará mucho de mi tiempo ni de mis pensamientos.

—Mi idea de él es que sabe adaptar su conversación al gusto de cada cual, y que tiene tanta capacidad como deseo de ser agradable a todos. Con usted, hablará de agricultura; conmigo, de dibujo o de música; y así con todo el mundo, teniendo esa información general sobre todos los temas que le permite seguir una orientación, o tomar la orientación, según lo requiera la propiedad, y hablar muy bien en cada caso; esa es mi idea de él.

—Y la mía —dijo el señor Knightley, calentándose—, es que si resulta ser tal cosa, será el tipo más insoportable del mundo. ¡Cómo! ¡A los veintitrés años ser el rey de su sociedad, ese gran hombre, ese político experto, que lee el carácter de cada cual, y hace que los talentos de todos lleven a la exhibición de su propia superioridad; concediendo por ahí sus adulaciones para poder dejar a todos como tontos comparados con él mismo! Mi querida Emma, su buen sentido no podría aguantar semejante cachorrillo cuando llegara el momento.

—No voy a hablar más de él —exclamó Emma—, todo lo echa a mal. Los dos tenemos prejuicios; usted en contra, yo a favor; y no tenemos probabilidad de ponernos de acuerdo hasta que esté aquí realmente.

179

—¡Prejuicios! Yo no tengo prejuicios.

—Pues yo tengo muchos, y no me da vergüenza de ello. Mi cariño al señor y la señora Weston me dan un prejuicio decidido en su favor.

—Él es una persona en que nunca pienso al cabo de un mes —dijo el señor Knightley, con un grado de irritación que inmediatamente hizo a Emma hablar de otra cosa, aunque no podía comprender por qué tenía que estar tan irritado.

Tomar antipatía a un joven sólo porque parecía ser de carácter diverso a él mismo, era indigno de la auténtica liberalidad de ánimo que ella estaba acostumbrada a reconocer siempre en él; pues, aun con toda la elevada opinión sobre sí mismo de que ella le acusaba a menudo, nunca había supuesto por un momento que eso le pudiera hacer injusto ante los méritos de otro.

180

CAPÍTULO 19

Emma y Harriet habían estado paseando juntas una mañana, y, en opinión de Emma, habían hablado bastante del señor Elton para ese día. No podía creer que el buen ánimo de Harriet ni sus propios pecados requirieran más, y por consiguiente estaba desembarazándose laboriosamente del tema cuando volvían; pero otra vez volvió a saltar fuera cuando creía que ya había logrado su intención, y tras de hablar algún tiempo de lo que debían sufrir los pobres en invierno, sin recibir más respuesta que un muy plañidero: «¡El señor Elton es bueno con los pobres!», encontró que había que hacer otra cosa.

Se acercaban precisamente a la casa donde vivían la señora y la señorita Bates. Emma decidió visitarlas para buscar la seguridad en el número. Siempre había suficiente razón para tal atención; a la señora y la señorita Bates les encantaba que las visitaran, y ella sabía que los muy pocos que se atrevían jamás a ver una imperfección en ella, consideraban que era más bien negligente en ese aspecto, y que no contribuía lo que debía a la provisión de sus escasos consuelos.

Había recibido más de una insinuación del señor Knightley, y algunas de su propio corazón, en cuanto a esa deficiencia, pero no habían sido capaces de compensar la convicción de que eso era muy desagradable, un desperdicio de tiempo, unas mujeres fatigosas, y todo el horror de caer entre la segunda y tercera fila de los de Highbury, que las visitaban siempre, así que, en consecuencia, rara vez se acercaba a ellas. Pero ahora tomó la súbita decisión de no pasar por su puerta sin entrar; haciendo notar, al decírselo a Harriet, que, por lo que podía calcular, estaban ahora muy a salvo de ninguna carta de Jane Fairfax.

La casa pertenecía a unos negociantes. La señora y la señorita Bates ocupaban el piso del salón, y allí, en el local de moderadísimo tamaño que lo era todo para ellas, dieron la bienvenida a sus visitantes de modo muy cordial y aun agradecido; la callada y arreglada anciana, sentada con su labor en el rincón más caliente, queriendo incluso dejar su sitio a la señorita Woodhouse, y su más activa y locuaz hija, dispuesta a abrumarlas con cuidados y amabilidades, gracias por su visita, solicitud por sus zapatos, ansiosas preguntas por la salud del señor Woodhouse, animadas informaciones sobre la de su madre, y pastel sacado del aparador: «La señora Cole acababa de estar aquí, había venido para minutos de visita, y había tenido la bondad de quedarse una hora sentada con ellas, y había tomado un trozo de pastel y había tenido la bondad de decir que le gustaba mucho; así que esperaba que la señorita Woodhouse y la señorita Smith les harían también el favor de tomar un pedazo.»

La mención de los Cole sin duda iba a ser seguida por la del señor Elton. Había gran intimidad entre ellos, y el señor Cole había tenido noticias del señor Elton desde que se fue. Emma sabía lo que venía; debían repasar la carta y establecer cuánto tiempo hacía que se había ido, y cuánto le invitaban a hacer vida de sociedad, y qué concurrido había estado el baile del Maestro de Ceremonias; y Emma pasó por todo ello muy bien, y con todo el interés y el empeño que pudiera hacer falta, y siempre adelantándose para evitar que Harriet tuviera que decir una palabra.

A eso estaba preparada cuando entró en la casa, pero,

una vez que conversó decentemente sobre él, no tenía intención de que la incomodaran más con ningún tema molesto, y de pasar revista a todas las señoras y señoritas de Highbury y sus reuniones para jugar a las cartas. No estaba preparada para que Jane Fairfax sucediera al señor Elton, pero la señorita Bates le quitó de en medio precipitadamente, y se apartó de él, saltando, por fin, repentinamente, hacia los Cole, para introducir una carta de su sobrina:

—¡Ah, sí!, el señor Elton, entendía yo... claro que en cuanto a bailar... la señora Cole me contaba que el baile en los salones de Bath era... la señora Cole tuvo la bondad de quedarse un rato con nosotras, hablando de Jane; pues tan pronto como entró, empezó a preguntar por ella, Jane es muy querida aquí. Siempre que está con nosotras, la señora Cole no sabe cómo mostrar bastante su bondad, y tengo que decir que Jane se lo merece tanto como cualquiera. Así que empezó a preguntar por ella en seguida diciendo: «Sé que no puede haber tenido noticias de Jane recientemente, porque no es el momento de que escriba», y cuando yo dije inmediatamente: «Pues ya lo creo que sí, hemos tenido carta esta mañana», creo que nunca he visto a nadie más sorprendido. «¡De veras, no me digan!», dijo ella, «bueno, sí que es inesperado. Cuénteme lo que dice.»

Emma puso su cortesía a punto para decir, con sonriente interés:

—¿Tan recientemente han sabido de la señorita Fairfax? Me alegro muchísimo. ¿Estará bien, espero?

—Gracias. ¡Es usted tan bondadosa! —contestó la felizmente engañada tía, buscando afanosamente la carta—. ¡Ah, aquí está! Estaba segura de que no podía estar muy lejos, pero le había puesto encima el estuche de las agujas, ya ve, sin darme cuenta, así que estaba escondida, pero la había tenido en las manos hacía tan poco tiempo que estaba casi segura de que debía estar en la mesa. Se la estaba leyendo a la señora Cole, y después que se marchó, se la estaba volviendo a leer a mi madre, porque es tal placer para ella, una carta de Jane, que no puede oírla nunca bastantes veces; así que sabía que no podía estar muy lejos, y aquí está, sólo que justamente debajo del estuche, y puesto que tiene usted la bondad de desear saber lo que dice; pero, lo primero, por justicia a Jane, tengo que excusar que escriba una carta tan corta, sólo dos páginas, ya ve, apenas dos, y generalmente llena todo el pliego y cruza medio. A mi madre muchas veces le extraña que yo pueda entenderlo tan bien. Muchas veces dice, cuando acabamos de abrir la carta: «Bueno, Betty, ahora creo que vas a trabajar para entender todo ese entrecruzado»; ¿no es verdad? Y entonces le digo que estoy segura de que ella se las arreglaría para entenderlo ella misma, si no tuviera nadie que lo hiciera por ella, palabra por palabra; estoy segura de que lo examinaría muy bien hasta entender todas las palabras. Y, la verdad, aunque mi madre ya no tenga la vista tan bien como solía, todavía ve sorprendentemente bien, ¡gracias a Dios!, con ayuda de las gafas. Jane dice muchas veces, cuando está aquí: «Estoy segura, abuela, de que has debido tener una vista muy buena para ver como ves, ¡y con tanta labor delicada como has hecho, además! Ya me gustaría que la vista me durara tanto a mí también.»

Todo esto, dicho muy deprisa, obligó a la señorita Bates a detenerse a tomar aliento, y Emma dijo algo muy cortés sobre la excelencia de la caligrafía de la señorita Fairfax.

—Es usted muy bondadosa —contestó la señorita Bates, muy satisfecha—, usted que es tan buen juez y escribe con una letra tan bonita. La verdad es que nadie nos podría alegrar tanto con ese elogio como la señorita Woodhouse. Mi madre no oye; es un poco sorda, ya sabe. «Madre», dirigiéndose a ella, «¿has oído lo que ha tenido la bondad de decir la señorita Woodhouse sobre la letra de Jane?»

Y Emma tuvo la ventaja de oír su insípido cumplido repetido dos veces antes que lo entendiera la buena anciana.

Mientras tanto, cavilaba sobre la posibilidad de escapar a la carta de Jane Fairfax sin parecer muy grosera, y casi había decidido marcharse a toda prisa con alguna leve excusa, cuando la señorita Bates se volvió otra vez a ella y se apoderó de su atención.

—La sordera de mi madre es muy poca cosa, ya ve; casi nada. Sólo con levantar la voz y repetirle las cosas dos o tres veces, es seguro que oye; pero además está acostumbrada a mi voz. Pero es muy curioso que siempre oiga mejor a Jane que a mí. ¡Jane habla tan claro! Sin embargo, no encontrará a su abuela más sorda que como la encontró hace dos años; lo que es mucho decir, a la edad de mi madre, y realmente hace dos años, ya sabe, que estuvo aquí. Nunca hemos estado tanto tiempo sin verla, y, como le decía a la señora Cole, ahora no sabremos compensarnos bastante.

—¿Esperan pronto aquí a la señorita Fairfax?

—Ah, sí; la semana que viene.

—¡Vaya!, eso debe ser un gran placer.

—Gracias. Es usted muy bondadosa. Sí, la semana que viene. Todo el mundo está tan sorprendido, y todo el mundo dice las mismas cosas amables. Estoy segura de que ella se alegrará de ver a sus amigos de Highbury tanto como ellos se puedan alegrar de verla. Sí, el viernes o el sábado; no sabe cuál de esos días, porque el coronel Campbell también necesitará el coche uno de esos días. ¡Qué buenos, mandarla todo el camino! Pero siempre lo hacen así, ya sabe. Ah sí, el viernes o el sábado que viene. De eso es de lo que escribe. Ésa es la razón de que escriba fuera de turno, como lo llamamos; pues, por lo regular, no habríamos sabido de ella hasta el martes o el miércoles que viene.

—Sí, eso me imaginaba. Temía que hoy no podía haber probabilidad de saber nada de la señorita Fairfax.

—¡Qué amable es usted! No, no habríamos sabido nada, de no ser por esta circunstancia especial de que viene aquí tan pronto. ¡Mi madre está encantada! Porque va a estar con nosotras tres meses por lo menos. Tres meses, eso dice, sin duda, como voy a tener el gusto de leerle a usted. El caso es, ya ve, que los Campbell van a Irlanda. La señora Dixon ha convencido a su padre y su madre de que vayan allá a verla en seguida. No pensaban ir hasta el verano, pero ella está impaciente por volverla a ver; pues hasta que se casó, el octubre pasado, nunca estuvo separada de ellos ni una semana, lo que debe hacerle muy raro que estemos en diferentes reinos, iba a decir, pero sí, diferentes países, así que escribió una carta muy urgente a su madre... o a su padre, la verdad es que no sé a cuál de ellos fue, pero ya lo veremos en la carta de Jane; escribiendo en nombre del señor Dixon así como en el suyo, para apremiar a que fueran en seguida, y ellos les recibirían en Dublín, y les llevarían a su sitio en el campo, Baly-craig, un sitio muy bonito, me imagino, Jane ha oído hablar mucho de su belleza; quiero decir, al señor Dixon... no sé que haya oído hablar a nadie más; pero era muy natural, ya sabe, que a él le gustara hablar de su sitio cuando presentaba sus respetos —y como Jane solía pasear mucho con ellos— porque el coronel y la señora Campbell tenían mucho empeño en que su hija no paseara sola muy a menudo con el señor Dixon, por lo que no les critico; claro que ella oía todo lo que él dijera a la señorita Campbell sobre su hogar en Irlanda. Y creo que Jane nos escribió que él les había enseñado unos dibujos del sitio, unas vistas que había tomado él mismo. Es un joven muy amable, encantador, creo. Jane tenía muchas ganas de ir a Irlanda, por las cosas que él contaba.

En ese momento, una ingeniosa y estimulante sospecha penetró en el cerebro de Emma respecto a Jane Fairfax, a ese encantador señor Dixon y al no ir a Irlanda; por lo que dijo, con la insidiosa intención de explorar más:

—Deben considerarse muy afortunadas de que permitan a la señorita Fairfax venir a verlas en este momento. Considerando la estrecha amistad entre ella y la señora Dixon, difícilmente podría haber esperado que la excusaran de acompañar al coronel y a la señora Campbell.

—Mucha verdad, mucha verdad, desde luego. Eso es lo que siempre nos habíamos temido, pues no nos habría gustado tenerla a tanta distancia de nosotras, durante meses seguidos; sin poder venir si algo ocurriera. Pero ya ve, todo resulta del modo mejor. Ellos, el señor y la señora Dixon, quieren enormemente que vaya allá con el coronel y la señora Campbell; insisten en eso; nada podría ser más bondadoso ni apremiante que su invitación conjunta, dice Jane, como oirá usted en seguida; el señor Dixon no se queda atrás en atenciones. Es un joven encantador. Desde el servicio que prestó a Jane en Weymouth, cuando estaba en esa excursión por el agua, y ella, con algo que giró de repente entre las velas, habría caído al agua en seguida, de no ser porque él, con la mayor presencia de ánimo, la agarró del traje (¡no puedo pensarlo nunca sin temblar!). Pero desde que nos contaron lo que sucedió aquel día, quiero muchísimo al señor Dixon.

—Pero, a pesar de los apremios de su amiga y de su propio deseo de ver Irlanda, ¿la señorita Fairfax prefiere dedicar el tiempo a usted y a la señora Bates?

—Sí, es completamente asunto suyo, totalmente decisión suya; y el coronel y la señora Campbell creen que hace muy bien, y es exactamente lo que ellos recomendarían; e incluso tienen especial deseo de que pruebe su aire natal, porque ella no ha estado últimamente tan bien como de costumbre.

—Lamento oírlo. Creo que lo piensan de modo juicioso. Pero la señora Dixon debe estar muy decepcionada. He oído decir que la señora Dixon no tiene una belleza personal especialmente extraordinaria; de ningún modo cabe compararla a la señorita Fairfax.

—¡Ah, no! Es usted muy amable de decir tales cosas, pero la verdad es que no; no hay comparación entre ellas.

187

La señorita Campbell no ha sido nunca nada guapa, pero es extremadamente elegante y amable.

—Sí, por supuesto eso.

—Jane estuvo muy resfriada, la pobre, desde el 7 de noviembre (se lo voy a leer a usted), y no ha vuelto a estar bien desde entonces. Es mucho tiempo, ¿no?, para seguir con un resfriado. No lo había dicho hasta ahora porque no quería alarmarnos. ¡Así es siempre! ¡Tan considerada! Pero, en todo caso, le falta tanto para estar bien que sus amigos los Campbell pensaron que era mejor que volviera a casa y probara este aire que siempre le sienta bien; y no tienen duda de que tres o cuatro meses en Highbury la curarán por completo; y ciertamente que es mucho mejor que venga aquí en vez de ir a Irlanda, si no está bien. Nadie podría cuidarla como nosotras.

—Me parece que es el arreglo más deseable del mundo.

—Así que va a venir con nosotras el viernes o el sábado que viene, y los Campbell se marchan, de camino a Holyhead, el lunes siguiente; como verá por la carta de Jane. ¡Tan de repente! ¡Ya se puede suponer, querida señorita Woodhouse, en qué agitación me ha puesto eso! Si no fuera por el inconveniente de su enfermedad... pero me temo que tendremos que verla más delgada y de mala cara. Tengo que contarle qué cosa más desdichada me ha pasado con eso. Siempre me empeño en leer primero las cartas de Jane, enteras y para mí, antes de leérselas en voz alta a mi madre, ya sabe, por miedo a que haya algo en ellas que la agite. Jane me pidió que lo hiciera así, y lo hago siempre; y así empecé hoy con mi cuidado acostumbrado, pero en cuanto llegué a donde decía que no estaba bien, estallé asustada en un «¡Válgame Dios, la pobre Jane está enferma!», que mi madre, que estaba alerta, oyó claramente, y se alarmó mucho. Sin embargo, al seguir leyendo, encontré que no era tan malo como me imaginé al principio, y ahora se lo presento a ella tan sin importancia, que no lo tiene en mucho.

Pero ¡no puedo comprender cómo me pilló tan descuidada! Si Jane no se pone bien muy pronto, llamaremos al señor Perry. No habrá que preocuparse de gastos; y aunque él es tan generoso y quiere tanto a Jane que supongo que no querría cobrar nada por asistirla, no consentiríamos que fuera así, ya sabe. Él tiene mujer y familia que mantener, y no va a regalar su tiempo. Bueno, ya le he dado una idea de lo que escribe Jane, y podemos volver a la carta, que estoy segura de que ella cuenta su propia historia mucho mejor de lo que yo puedo contarla en su lugar.

—Me temo que me tengo que marchar a la carrera —dijo Emma, lanzando una ojeada a Harriet, y empezando a levantarse—. Mi padre nos estará esperando. No tenía intención, pensaba que no podría estar más de cinco minutos cuando entré en la casa. Simplemente llamé porque no podía pasar por delante de la puerta sin preguntar por la señora Bates, pero ¡me han entretenido tan agradablemente! Ahora, sin embargo, tengo que desearles buenos días a usted y a la señora Bates.

Y no consiguió detenerla nada de lo que se le pudo apremiar. Ella volvió a alcanzar la calle —contenta de que, aunque se la había obligado a mucho en contra de su deseo, y aunque de hecho había oído toda la sustancia de la carta de Jane Fairfax, había sido capaz de escapar a la carta misma.

CAPÍTULO 20

Jane Fairfax era una huérfana, la única hija de la hija menor de la señora Bates.

El matrimonio del teniente Fairfax, del regimiento de infantería ..., y la señorita Jane Bates, había tenido sus días de fama y placer, de esperanza e interés, pero ahora no quedaba nada de eso, salvo el melancólico recuerdo de que él murió en acción fuera del país y de que su viuda se hundió poco después bajo la tuberculosis y el dolor, y esa muchacha.

Por nacimiento, ella pertenecía a Highbury, y, cuando a sus tres años, al perder a su madre, se convirtió en la propiedad, la carga, el consuelo y la mimada de su abuela y su tía, parecía que todas las probabilidades eran de que se quedaría allí permanentemente fija; de que se le enseñaría sólo lo que se podía obtener con medios muy limitados y que crecería sin ventajas de relaciones ni mejoras que injertar en lo que le había dado la naturaleza en una presencia agradable, un buen entendimiento y unas familiares de buen corazón y buena intención.

Pero los sentimientos compasivos de un amigo de su padre dieron un cambio a su destino. Ése era el coronel Campbell, que había considerado mucho a Fairfax como excelente oficial y joven de muchos méritos, y además, había quedado en deuda con él, durante unas severas fiebres en campaña, por unos cuidados que creía que le habían salvado la vida. Esos títulos no llegó nunca a pasarlos por alto, aunque transcurrieron algunos años desde la muerte del pobre Fairfax hasta que su propio regreso a Inglaterra le hiciera posible algo. Cuando volvió, buscó a la niña y se ocupó de ella. Él estaba casado, con un solo hijo vivo, una niña, casi de la misma edad que Jane, y Jane se convirtió en su huésped, haciéndoles largas visitas y llegando a ser la favorita de todos ellos; y antes que cumpliera nueve años, el gran cariño de su hija hacia ella y su propio deseo de ser una amiga de verdad se unieron para que el coronel Campbell ofreciera hacerse cargo por completo de su educación. Esto se aceptó, y desde entonces Jane formó parte de la familia del coronel Campbell y vivió con ellos enteramente, visitando a su abuela sólo de vez en cuando.

El plan era que ella se educara para educar a otras, ya que los pocos centenares de libras que heredó de su padre no le hacían posible ser independiente. Para el coronel Campbell era imposible mirar por ella de otro modo, pues aunque sus ingresos, por sueldo y rentas, eran buenos, su fortuna era moderada y debía ser toda para su hija; pero, dándole una educación, esperaba proporcionarle los medios de subsistir después de un modo respetable.

Tal era la historia de Jane Fairfax. Había caído en buenas manos, no había conocido más que la bondad de los Campbell, y había recibido una excelente educación. Viviendo constantemente con gente de ánimo recto y buena información, su corazón y su entendimiento habían recibido todas las ventajas en disciplina y cultura, y, como el coronel Campbell residía en Londres, se había hecho justicia a todos sus pequeños talentos con la ayuda de maestros de primera clase. Su carácter y capacidades eran igualmente dignos de todo lo que pudiera hacer por ella la amistad; y a los dieciocho o diecinueve años, en la medida en que una edad tan temprana puede estar cualificada para el cuidado de los niños, ya era plenamente competente en cuanto al cargo de la instrucción; pero la querían demasiado para separarse de ella. Ni el padre ni la madre podían proponerlo ni la hija podía tolerarlo. Se aplazó el mal día. Era fácil decidir que todavía era demasiado joven; y Jane se quedó con ellos, compartiendo, como una hija más, todos los razonables placeres de una sociedad elegante, y una juiciosa mezcla de hogar y diversión, con el único inconveniente del futuro, y las sugerencias moderadoras de su buen entendimiento al recordarle que todo aquello pasaría pronto.

El afecto de toda la familia, el cálido apego de la señorita Campbell en particular, hacía honor a ambas partes, por la circunstancia de la decidida superioridad de Jane tanto en belleza como en cualidades adquiridas. Que la naturaleza la había hecho superior en buena presencia, la joven no podía dejar de verlo, ni podían dejar de notar los padres su capacidad mental más elevada. Sin embargo, continuaron juntas con afecto intacto hasta el matrimonio de la señorita Campbell, quien, por ese azar, por esa suerte que tantas veces desafía a toda espectación en asuntos matrimoniales, concediendo atracción a algo moderado más bien que a algo superior, consiguió el afecto de un tal señor Dixon, un joven rico y agradable, casi tan pronto como se conocieron; y ella se vio establecida de modo feliz y afortunado cuando todavía Jane Fairfax tenía que ganarse el pan.

Este acontecimiento había tenido lugar muy recientemente; demasiado recientemente para que la amiga menos afortunada intentara algo para entrar por el camino de su obligación, aunque ahora había alcanzado la edad que su propio juicio había fijado para empezar. Había resuelto hacía mucho que los veintiún años debían ser el momento. Con la fortaleza de una devota novicia, había decidido cumplir el sacrificio a los veintiún años y retirarse de todos los placeres de la vida, del trato ameno, de la sociedad de sus iguales, de la paz y la esperanza, para perpetua penitencia.

El buen sentido del coronel y la señora Campbell no se podía oponer a tal resolución, aunque sí sus sentimientos. Mientras vivieran ellos, no harían falta esfuerzos, su casa sería siempre la de ella; y por su propia comodidad, la habrían retenido para siempre del todo, pero eso sería egoísmo; lo que tenía que ser al fin, más valía que fuera pronto. Quizás empezaban a sentir que podía haber sido más bondadoso y más prudente resistir la tentación de retrasarlo, ahorrándole el saboreo de esos disfrutes de comodidad y ocio que ahora había que abandonar. Sin embargo, su afecto se alegraba de aferrarse a cualquier excusa razonable para no apresurar ese momento desgraciado. Ella no había estado bien desde que se casó su hija, y, mientras no recuperara su acostumbrada energía, debían prohibirle que aceptara obligaciones que, lejos de ser compatibles con un cuerpo debilitado y un ánimo incierto, parecían requerir, aun en las circunstancias más favorables, algo más que la perfección humana de cuerpo y alma para cumplirse con tolerable bienestar.

En cuanto a que ella no les acompañara a Irlanda, la información que Jane daba a su tía no contenía más que verdad, aunque podía haber ciertas verdades no contadas. Era decisión suya dedicar a Highbury el tiempo en que ellos estuvieran ausentes; pasar, quizá, sus últimos meses de completa libertad con esas bondadosas familiares a quienes tanto quería; y los Campbell, cualesquiera que fueran su motivo o sus motivos, único o doble o triple, dieron su asentimiento rápido al arreglo, y dijeron que se fiaban más que de cualquier otra cosa, para la recuperación de su salud, de unos pocos meses pasados en el aire natal. Lo cierto es que ella iba a venir, y que Highbury, en vez de dar la bienvenida a esa absoluta novedad que tanto tiempo se le había prometido —el señor Frank Churchill— debía contentarse por ahora con Jane Fairfax, que sólo podía traer la novedad de dos años de ausencia.

Emma lo sentía mucho; ¡tener que ser cortés durante tres largos meses con una persona que no le gustaba! Por qué no le gustaba Jane Fairfax era una pregunta difícil de responder; el señor Knightley le había dicho una vez que era porque veía en ella a una joven realmente lograda tal como quería que se la considerara a ella misma; y aunque la acusación fue intensamente refutada entonces, había momentos de examen de sí misma en que su conciencia no podía absolverla completamente. Pero «nunca podría llegar a tener relación con ella; no sabía cómo era, pero ¡había en ella tal frialdad y reserva, tal evidente indiferencia sobre si gustaba o no, y además, su tía era una charlatana tan sempiterna!, y todo el mundo armaba tanto estrépito con ella, y siempre se había pensado que tenían que ser amigas íntimas, porque tenían la misma edad; todo el mundo suponía que debían quererse mucho». Ésas eran sus razones: no las tenía mejores.

Era una antipatía muy poco justa; toda falta imputada la aumentaba tanto su fantasía, que nunca veía a Jane Fairfax, después de una ausencia considerable, sin pensar que la había ofendido; y ahora, al hacer la visita debida a su llegada tras de dos años, Emma quedó especialmente impresionada por el mismo aspecto y las maneras que había estado despreciando durante esos dos enteros años. Jane Fairfax era muy elegante, notablemente elegante, y ella misma valoraba la elegancia del modo más alto. Su estatura era muy linda, exactamente lo que casi todos considerarían alta, y nadie podría pensar muy alta; su figura, especialmente graciosa; su tipo, de un justo medio muy apropiado, entre grueso y delgado, aunque una leve apariencia de mala salud parecía señalar el mal más probable de los dos. Emma no podía dejar de notar todo esto; y además, su rostro y sus facciones tenían más belleza, en conjunto, de lo que ella recordaba; no eran regulares, pero de una belleza muy agradable. A sus ojos, de un gris profundo, con pestañas y cejas oscuras, ella nunca les había negado su alabanza, pero la piel, ante la cual solía dudar, por falta de color, tenía una claridad y delicadeza que no necesitaba realmente mejor florecimiento. Era un estilo de belleza cuyo carácter dominante era la elegancia, y como tal Emma hubo de admirarla, con honor, fiel a todos sus principios; la elegancia que, de persona o de ánimo, ella veía tan poco en Highbury. Allí, no ser vulgar ya era distinción y mérito.

En resumen, durante la primera visita, se quedó mirando a Jane Fairfax con doble complacencia; la sensación de placer y la sensación de hacer justicia, y decidió que ya no le tendría antipatía. Cuando se hizo cargo de su historia, esto es, de su situación, tanto como de su belleza; cuando consideró a qué estaba destinada toda esa elegancia, desde qué altura se iba a hundir, cómo iba a vivir, le pareció imposible sentir nada más que compasión y respeto; sobre todo si, a todos los conocidos detalles que la hacían acreedora a la estimación, se añadía la circunstancia altamente probable de su afecto por el señor Dixon, que ella había imaginado con tal naturalidad. En ese caso, nada podía ser más de compadecer y de honrar que los sacrificios que había decidido. Emma estaba ya muy dispuesta a absolverla por haber quitado con sus seducciones el afecto del señor Dixon a su esposa, o por cualquier otra cosa perversa que su imaginación le hubiera sugerido antes. Si había amor, sólo podía ser amor sencillo, único, fracasado, por parte de ella. Quizás ella había estado absorbiendo inconscientemente el mal veneno, mientras compartía las conversaciones con su amiga; y quizá se negaba a sí misma esa visita a Irlanda por el mejor y más puro de los motivos, decidiendo separarse de hecho de él y de todo su ambiente al comenzar su carrera de laboriosas obligaciones.

En conjunto, Emma quedó con sentimientos tan ablandados y caritativos que la hicieron mirar alrededor, de camino a su casa, lamentando que Highbury no ofreciera ningún joven digno de darle la independencia; nadie tal que ella deseara hacer proyectos a favor de ella.

Ésos eran sentimientos encantadores, pero no duraderos. Antes de comprometerse con ninguna profesión pública de eterna amistad hacia Jane Fairfax, antes de revisar sus pasados prejuicios y errores haciendo algo más que decir al señor Knightley: «¡Ciertamente que es guapa, es más que guapa!», Jane había pasado una velada en Hartfield con su abuela y su tía, y todo recayó más o menos en el estado de siempre. Volvieron a aparecer anteriores provocaciones. La tía era tan fatigosa como siempre, más fatigosa, porque ahora a la preocupación por su salud se añadía la descripción exacta de qué poco pan y mantequilla tomaba Jane en el desayuno, y qué pequeño era el trozo de cordero de su comida, así como las exhibiciones de nuevos gorros y nuevas bolsas de labor para su madre y para ella; y volvieron a elevarse las culpas de Jane. Hicieron música: Emma se vio obligada a tocar; y el agradecimiento y elogio que por fuerza le expresaron luego, le parecieron una ficción de sinceridad, un aire de grandeza, con intención sólo de lucir en estilo más elevado su muy superior ejecución. Y además, lo que era lo peor de todo, ¡era tan fría, tan cauta! No había modo de obtener su verdadera opinión. Envuelta en un manto de cortesía, parecía decidida a no arriesgar nada. Tenía una reserva repugnantemente sospechosa.

Si podía haber algo más, donde todo era mucho, resultaba más reservada que nada en cuanto a Weymouth y los Dixon. No parecía inclinada a permitir ninguna verdadera comprensión sobre el modo de ser del señor Dixon, ni sobre su propio valor en el ambiente de él, ni su opinión sobre lo apropiado de ese matrimonio. Todo era aprobación y suavidad general; nada delineado ni perfilado. Sin embargo, no le sirvió para nada Desperdiciaba su precaución. Emma vio su artificio y volvió a sus primeras sospechas. Probablemente había que ocultar algo más que su propia preferencia; el señor Dixon, quizás, había estado muy cerca de cambiar a una amiga por la otra, o se había quedado con la señorita Campbell sólo en atención a las doce mil libras futuras.

Igual reserva prevalecía en los demás temas. Ella y el señor Frank Churchill habían estado en Weymouth al mismo tiempo. Se supo que se conocían algo, pero Emma no pudo obtener una sílaba de verdadera información en cuanto a cómo era él verdaderamente. «¿Era guapo?» «Creía que se le consideraba un joven admirable.» «¿Era agradable?» «Eso era lo que pensaba todo el mundo.» «¿Parecía un joven sensato, un joven bien informado?» «En un balneario, o en casa de comunes conocidos en Londres, era difícil decidir sobre tales puntos. Las maneras era lo único que se podía juzgar sin peligro, con un trato mucho más largo que el que ellos habían tenido con el señor Churchill. Ella creía que todos encontraban muy agradables sus maneras.» Emma no la podía perdonar.

CAPÍTULO 21

Emma no podía perdonarla; pero como el señor Knightley, que estuvo en la reunión, no observó provocación ni resentimiento, sino sólo una adecuada atención y una conducta agradable por ambas partes, a la mañana siguiente expresó su aprobación por todo ello, al volver a Hartfield para unos asuntos con el señor Woodhouse; no tan claramente como si el padre de Emma no hubiera estado en el cuarto, pero hablando lo bastante claro como para que Emma le entendiera. Había solido considerarla injusta con Jane, y ahora sentía gran placer al notar una mejoría.

—Una velada muy agradable —empezó, tan pronto como al señor Woodhouse se le convenció de lo necesario, se le dijo que entendía y se retiraron los papeles—, especialmente agradable. Usted y la señorita Fairfax nos ofrecieron muy buena música. No conozco una situación más deliciosa, señor Woodhouse, que estar cómodamente sentado y entretenido toda una velada con dos muchachas así; unas veces con música y otras con conversación. Estoy seguro de que la señorita Fairfax habrá encontrado agradable la velada, Emma. No dejó usted nada por hacer. Me alegré de que la hiciera tocar tanto, pues, no teniendo instrumento en casa de su abuela, debió ser una verdadera satisfacción.

—Me alegro de que aprobara —dijo Emma, sonriendo—, pero confío en que no suelo ser deficiente en lo que se les debe a los invitados en Hartfield.

—No, querida mía —dijo su padre al momento—, de eso estoy seguro. No hay nadie ni la mitad de cortés ni atento que tú. En todo caso, eres demasiado atenta. Las pastas de anoche... si se hubieran pasado en una sola ronda, creo que habría sido bastante.

—No —dijo el señor Knightley, casi al mismo tiempo—, usted no suele ser deficiente en maneras ni en comprensión. Creo que me comprende, sin embargo.

Una mirada maligna expresó: «Le entiendo de sobra», pero Emma dijo sólo:

—La señorita Fairfax es muy reservada.

—Ya le dije que lo era... un poco; pero pronto superará usted toda esa parte de su reserva que debe superarse, todo lo que se funda en desconfianza. Lo que procede de discreción debe ser honrado.

—Usted la considera desconfiada. Yo no lo veo.

—Mi querida Emma —dijo él, pasando de su butaca a otra más cercana a ella—, no me va a decir, espero, que no pasó una velada agradable.

—¡Ah no! Me entretuvo mi propia perseverancia en hacer preguntas, y me divirtió pensar qué poca información obtenía yo.

—Me siento decepcionado —fue la única respuesta que él le dio.

—Espero que todo el mundo pasara una velada muy agradable —dijo el señor Woodhouse con su aire tranquilo—. Yo sí. Una vez noté demasiado el fuego, pero entonces eché atrás mi butaca un poco, muy poco, y no me molestó. La señorita Bates estuvo muy charlatana y de buen humor, como siempre, aunque habla demasiado deprisa. Sin embargo, es muy agradable, y la señora Bates también, de un modo diferente. Me gustan las viejas amistades, y la señorita Fairfax es una damita muy bonita, muy linda y de muy buen comportamiento, ciertamente. Debió encontrar agradable la velada, señor Knightley, porque tenía a Emma.

—Es verdad, señor Woodhouse; y Emma, porque tenía a la señorita Fairfax.

Emma vio su preocupación, y, tratando de apaciguarla, al menos por el momento, dijo una sinceridad que nadie podía dudar:

—Es una persona tan elegante que no se le pueden quitar los ojos de encima. Siempre la observo con admiración, y la compadezco con toda mi alma.

El señor Knightley pareció más satisfecho de lo que podía expresar, y antes que pudiera dar ninguna respuesta, el señor Woodhouse, cuyos pensamientos estaban fijos en las Bates, dijo:

—¡Es mucha lástima que tengan unos medios tan limitados! ¡Mucha lástima! Muchas veces he deseado... pero es muy poco lo que uno se puede aventurar a hacer... pequeños regalos insignificantes, cualquier cosa poco corriente... Ahora hemos matado un cerdo, y Emma piensa enviarles un lomo o una pata; es muy pequeño y delicado —el cerdo de Hartfield no es como ningún otro cerdo—, pero al fin y al cabo es cerdo, y mi querida Emma, si no se puede estar seguros de que lo pongan en filetes, bien fritos, como fríen los nuestros, sin nada de grasa, y no asándolo, porque no hay estómago que resista el cerdo asado... Creo que sería mejor que mandásemos la pata, ¿no crees tú?

—Querido papá, he mandado todo el cuarto trasero. Sabía que lo desearías. La pata servirá para salarla, ya sabes, que queda tan bien, y el lomo para guisarlo tal como les apetezca.

—Está muy bien, querida mía, muy bien. No se me había ocurrido antes, pero ésa es la mejor manera. No tienen que salar demasiado la pata; y entonces, si no está muy salada, y si la cuecen bien, tal como Serle cuece la nuestra, y si la comen con moderación, con nabo hervido, y un poco de zanahoria y chirivía, no lo considero poco saludable.

—Emma —dijo el señor Knightley, al fin—, tengo una

noticia para usted. Le gustan las noticias... y he oído algo,
viniendo para acá, que creo que le interesará.

—¡Una noticia! ¡Ah, sí, siempre me gustan las noticias!
¿Qué es? ¿Por qué sonríe de ese modo? ¿Dónde lo ha
oído? ¿En Randalls?

Él sólo tuvo tiempo de decir:

—No, no en Randalls, no he ido por Randalls —cuando
en esto se abrió la puerta de par en par, y entraron en el
cuarto la señorita Bates y la señorita Fairfax. Llena de agradecimiento y llena de noticias, la señorita Bates no sabía por
dónde empezar. El señor Knightley vio pronto que había
perdido su ventaja, y no le quedaría dentro nada más de
información que añadir.

—¡Ah, señor Woodhouse! ¿Cómo está usted esta mañana? Mi querida señorita Woodhouse, vengo abrumada. ¡Qué
hermoso cuarto de cerdo! ¡Son ustedes demasiado generosos! ¿Han oído la noticia? Se casa el señor Elton.

Emma no había tenido tiempo ni de pensar en el señor
Elton, y se quedó tan completamente sorprendida que no
pudo evitar un pequeño sobresalto y un rubor al oír eso.

—Ésa es mi noticia; creía que le interesaría —dijo el
señor Knightley, con una sonrisa que implicaba una convicción sobre algo de lo que había pasado entre ellos.

—Pero ¿dónde pudo usted saberlo? —exclamó la señorita Bates—. ¿Dónde es posible que lo supiera, señor Knightley? Porque no hace ni cinco minutos que he recibido la
carta de la señora Cole... no, no puede hacer más de cinco... o quizá diez... porque me había puesto mi capota y mi
chaquetilla, preparada para salir... iba a hablar con Patty
otra vez sobre el cerdo... Jane estaba en el pasillo, ¿no es
verdad, Jane?, porque mi madre temía que no tuviéramos un
cacharro de salar lo bastante grande. Así que yo dije que ba-
jaría a ver, y Jane dijo: «¿Bajo yo en tu lugar? Porque
me parece que estás un poco resfriada, y Patty ha estado
limpiando la cocina.» «¡Ah, querida mía!», dije yo, bueno;

y en ese momento llegó la carta. Una tal señorita Hawkins, es lo único que sé. Una señorita Hawkins de Bath. Pero, señor Knightley, ¿cómo es posible que lo haya oído? Porque en el mismo momento en que el señor Cole se lo contó a la señora Cole, ella se sentó a escribírmelo. Una tal señorita Hawkins...

—Estuve con el señor Cole para un asunto hace hora y media. Acababa de leer la carta de Elton cuando me hicieron entrar, y me la entregó inmediatamente.

—¡Bueno! Eso sí que es... creo que nunca ha habido una noticia que interesara más a todos. Mi querido señor Woodhouse, realmente es usted demasiado generoso. Mi madre envía sus mejores cumplidos y saludos, y mil gracias, y dice que realmente usted la abruma.

—Consideramos nuestro cerdo de Hartfield —contestó el señor Woodhouse—, mejor dicho, es sin duda tan superior a todo otro cerdo, que Emma y yo no podemos tener mayor placer que...

—Ah, mi querido señor Woodhouse, nuestros amigos son demasiado buenos con nosotras. Si hay alguien que, sin tener gran riqueza, no les falte nada de lo que puedan desear, estoy segura de que somos nosotras. Podemos decir muy bien que «nuestra suerte está echada en un destino afortunado». Bueno, señor Knightley, así que usted vio la carta misma, bueno...

—Era corta, simplemente para anunciar... pero animada, alegre, por supuesto. —Aquí hubo una maligna ojeada a Emma—. Había tenido la suerte de... no me acuerdo de las palabras exactas... nadie tiene por qué recordarlas. La información era, como dice usted, que se iba a casar con una tal señorita Hawkins. Por su estilo, yo diría que acababa de decidirse.

—¡El señor Elton se va a casar! —dijo Emma, tan pronto como pudo hablar—. Todo el mundo le deseará felicidad.

—Es muy joven para establecerse —fue la observación

del señor Woodhouse—. Más valdría que no tuviera prisa. Me parecía estar muy bien como estaba. Siempre nos alegramos de verle en Hartfield.

—¡Una nueva vecina para todas nosotras, señorita Woodhouse! —dijo la señorita Bates, alegremente—. ¡Mi madre está tan contenta! Dice que no puede soportar que la pobre y vieja Vicaría no tenga una señora. Es una gran noticia, desde luego. ¡Jane, tú no has visto nunca al señor Elton! No es extraño que tengas tanta curiosidad por verle.

La curiosidad de Jane no parecía ser de carácter tan absorbente como para ocuparla por entero.

—No, nunca he visto al señor Elton —contestó, arrancando ante esa apelación—, ¿es... es alto?

—¿Quién va a contestar a esa pregunta? —exclamó Emma—. Mi padre diría «sí», el señor Knightley «no», y la señorita Bates y yo, que es el justo medio. Cuando lleve aquí un poco más de tiempo, señorita Fairfax, comprenderá que el señor Elton es el modelo de perfección en Highbury, tanto en su persona como en su mente.

—Mucha verdad, señorita Woodhouse, lo comprenderá. Es el mejor joven... Pero, mi querida Jane, si te acuerdas, ayer te dije que era exactamente tan alto como el señor Perry. La señorita Hawkins... estoy segura, una joven excelente. La extremada atención de él con mi madre, queriendo que se sentara en el banco de la primera fila para que oyera mejor, porque mi madre es un poco sorda, ya sabe... no es mucho, pero no oye muy bien. Jane dice que el coronel Campbell es un poco sordo. Se imaginó que los baños le servirían para eso... baños calientes, pero dice ella que no le duró la mejoría. El coronel Campbell, ya sabe, es verdaderamente nuestro ángel. Y el señor Dixon parece ser un joven encantador, muy digno de él. Es una felicidad cuando se reúne la buena gente... y siempre pasa así. Bueno, aquí estarán el señor Elton y la señorita Hawkins; y ahí están los Cole, tan buena gente, y los Perry... Creo que nunca hubo una pareja más feliz ni mejor que el señor y la señora Perry. Digo yo, señor Woodhouse —volviéndose a él—, que me parece que hay pocos sitios con tal sociedad como Highbury. Siempre digo yo que tenemos una bendición en nuestros vecinos. Mi querido señor Woodhouse, si hay una cosa que le encante a mi madre, es el cerdo... un lomo asado de cerdo...

—En cuanto a quién, o qué es la señorita Hawkins, o cuánto tiempo hace que él la conoce —dijo Emma—, supongo que no se puede saber nada. Parece que no puede ser un conocimiento de hace mucho tiempo. Hace sólo cuatro semanas que se fue.

Nadie tenía información que dar, y, después de sorprenderse un poco más, Emma dijo:

—Está usted callada, señorita Fairfax... pero espero que sentirá interés por esta noticia. Usted, que ha visto y oído tanto últimamente en estos temas, que ha debido tomar tanta parte en estos asuntos a causa de la señorita Campbell... no le excusaremos que sea indiferente en cuanto al señor Elton y a la señorita Hawkins.

—En cuanto vea al señor Elton —contestó Jane—, estoy segura de que estaré interesada... pero me parece que a mí me hace falta *eso* Y como hace meses que se casó la señorita Campbell, la impresión puede haberse pasado un poco.

—Sí, hace cuatro semanas exactamente que se fue, como observa usted, señorita Woodhouse —dijo la señorita Bates—, ayer hizo cuatro semanas. Una tal señorita Hawkins. Bueno, siempre me había imaginado que sería alguna señorita de por aquí, y no que jamás... La señora Cole una vez me susurró... pero yo dije inmediatamente: «No, el señor Elton, es un joven muy valioso... pero...» En resumen, creo que no soy especialmente rápida para esa clase de descubrimientos. No lo pretendo. Veo lo que tengo delante. Al mismo tiempo, a nadie le podía extrañar que el señor Elton aspirara... La señorita Woodhouse me deja charlar, tan de buen humor. Ya sabe ella que yo no la ofendería por nada del mundo. ¿Cómo está la señorita Smith? Parece que se ha recuperado. ¿Ha tenido noticias hace poco de la señora John Knightley? ¡Ah, esos niños tan guapos! Jane, ¿sabes que siempre me imagino que el señor Dixon es como el señor John Knightley? Quiero decir, de presencia... alto, y con ese aire... y no muy hablador.

—Te equivocas, mi querida tía; no se parecen absolutamente nada.

—¡Qué raro! Pero una no se forma una justa idea de nadie por adelantado. Una asume una idea y echa adelante con ella. El señor Dixon, dice usted, no es, estrictamente hablando, guapo.

—¡Guapo! ¡Ah no! Lejos de eso... ciertamente feo. Ya le dije que era feo.

—Querida mía, dijiste que la señorita Campbell no admitiría que fuera feo, y que tú misma...

—¡Ah! En cuanto a mí, mi juicio no vale nada. Cuando tengo afecto, considero que la persona tiene buen aspecto. Pero he dicho lo que me parecía la opinión general, al decir que era feo.

—Bueno, querida Jane, creo que me tengo que escapar. El tiempo no tiene buena cara, y la abuela estará intranquila. Es usted demasiado amable, señorita Woodhouse, pero realmente nos tenemos que despedir. Ha sido una noticia muy agradable, ciertamente. Me daré una vuelta por casa de la señora Cole, pero no me pararé ni tres minutos; y, Jane, más vale que te vayas derecha a casa, ¡no quiero que estés fuera con un chaparrón! Creemos que ya está mejor gracias a Highbury. Gracias, sí lo creemos. No voy a intentar visitar a la señora Goddard, porque me parece que sólo le gusta el cerdo cocido, pero cuando guisemos la pierna será otra cosa. Buenos días tenga usted, querido señor Woodhouse. ¡Ah, también viene el señor Knightley! ¡Bueno, esto es realmente...! Estoy segura de que si Jane está cansada, usted será tan amable de darle el brazo. El señor Elton, y la señorita Hawkins. ¡Buenos días tengan todos!

Emma, a solas con su padre, con la mitad de su atención requerida por él, que lamentaba que la gente joven tuviera tanta prisa por casarse, y casarse con gente desconocida, además, podía conceder la otra mitad a su modo de ver el asunto. Era para ella una divertida noticia, muy bien venida, pero lo sentía por Harriet: a Harriet tenía que dolerle, y lo único que podía esperar era, dándole ella misma la primera información, salvarla de oírlo de repente de otros. Era más o menos la hora en que probablemente vendría de visita. ¡Si se encontrara a la señorita Bates en el camino! Y, como empezaba a llover, Emma se vio obligada a esperar que el tiempo la retendría en casa de la señora Goddard, y que la información sin duda se le vendría encima sin preparación.

El chaparrón fue fuerte, pero corto, y no hacía cinco minutos que había acabado, cuando entró Harriet, con el aire acalorado y agitado que podía dar el correr a toda prisa con un ánimo sofocado; y el «¡Ah, señorita Woodhouse, qué cree que ha pasado!» en que prorrumpió al instante, mostraba una perturbación correspondiente. Puesto que estaba dado el golpe, Emma pensó que ahora no podía mostrar mayor bondad que escuchando; y Harriet, sin freno, dijo afanosamente todo lo que tenía que contar. «Había salido de casa de la señora Goddard hacía media hora... había temido que lloviera... que cayera un diluvio en cualquier momento... pero pensó que podría llegar antes a Hartfield... había seguido tan deprisa como pudo; pero luego, al pasar por la casa donde una joven le estaba haciendo una enagua, pensó entrar nada más un momento a ver cómo iba, y que le parecía que no se había quedado ni un momento, poco después de salir empezó a llover, y ella no supo qué hacer; siguió corriendo derecha, tan deprisa como pudo, y se refugió en casa de Ford. —La tienda de Ford era el principal comercio de paños de lana, lienzo y mercería; la primera tienda del pueblo en tamaño y moda—. Y así, ahí se había estado, sin pensar en nada en absoluto, sus buenos diez minutos, quizá... cuando, de repente, quién iba a entrar... ¡claro que era tan raro!, pero siempre compraban en Ford... ¡quién iba a entrar sino Elizabeth Martin y su hermano! ¡Querida señorita Woodhouse!, imagínese. Creí que me desmayaba. No sabía qué hacer. Estaba sentada junto a la puerta... Elizabeth me vio en seguida, pero él no, estaba ocupado con el paraguas. Estoy segura de que ella me vio, pero desvió la mirada en seguida, sin hacerme caso; y los dos se fueron al otro lado de la tienda; y yo seguí sentada junto a la puerta. ¡Ay! yo estaba tan apurada: seguro que estaba tan blanca como mi enagua. No me podía ir, ya sabe, por la lluvia; pero habría querido estar en cualquier parte del mundo menos allí. ¡Ah, querida señorita Woodhouse! Bueno, por fin, creo, él se volvió y me vio, pues, en lugar de seguir con sus compras, empezaron a susurrarse el uno al otro. Estoy segura de que hablaban de mí; y no puedo menos de pensar que él la persuadía a que me hablara (¿no le parece, señorita Woodhouse?), pues por fin ella se adelantó y me preguntó qué tal estaba y parecía dispuesta a darme la mano. No hizo nada de eso del mismo modo que solía; yo veía que estaba alterada; pero, sin embargo, parecía tratar de ser muy amable, y nos dimos la mano, y nos quedamos hablando un rato, pero ya no sé qué dije (¡estaba temblando tanto!). Recuerdo que dijo que sentía mucho que no nos viéramos ahora nunca, ¡lo que me pareció casi demasiado bondadoso! Querida señorita Woodhouse, ¡yo me sentía muy desgraciada! Para entonces, empezaba a aclarar, y yo estaba decidida a que nadie me impidiera escapar... y luego... ¡imagínese!... encontré que él venía también hacia mí... despacio, sabe, y como si no supiera bien qué hacer; así que llegó y me habló y yo le contesté... y me quedé ahí unos momentos, sintiéndome muy mal, ya sabe, no se sabe cómo decirlo; y entonces tomé valor, y dije que ya no llovía y me tenía que ir, y así me marché; y no había dado tres pasos desde la puerta cuando él vino detrás de mí, sólo para decirme que si iba a Hartfield, creía que sería mucho mejor dar la vuelta por la cuadra del señor Cole, porque encontraría el camino inundado con esta lluvia. ¡Ah, pobre de mí, creí que me iba a morir! Así que dije que le estaba muy agradecida; ya sabe, no podía hacer menos; y luego él se volvió con Elizabeth, y yo di la vuelta por la cuadra... creo que sí... pero apenas sabía dónde estaba, ni nada. ¡Ah, señorita Woodhouse, habría dado cualquier cosa porque no ocurriera eso; y sin embargo, sabe, había una especie de satisfacción en verle comportarse tan agradable y tan amable! Y Elizabeth también. ¡Ah, señorita Woodhouse, dígame algo y vuelva a dejarme tranquila!»

Emma deseaba muy sinceramente hacerlo así, pero eso no estaba de momento en su poder. Se sintió obligada a detenerse a pensar. No estaba nada tranquila ella misma. La conducta del joven y de su hermana parecían expresar sentimientos verdaderos, y ella no podía menos de compadecerles. Tal como lo describía Harriet, había habido una interesante mezcla de cariño herido y auténtica delicadeza en su conducta. Pero ella ya les había creído antes personas bienintencionadas y dignas; y ¿qué diferencia hacía esto al lado de los males de tales relaciones? Era locura dejarse agitar por ello. Claro que él debía lamentar perderla; todos ellos debían lamentarlo. Su ambición, tanto como su amor, probablemente se había visto humillada. Todos ellos podían haber tenido esperanzas de elevarse a través de Harriet; y además, ¿qué valor tenía la descripción de Harriet?; tan fácilmente complacida, tan poco discriminadora, ¿qué significaba su elogio?

Hizo un esfuerzo y trató de dejarla tranquila considerando todo lo ocurrido como una tontería, como nada merecedor de considerarse despacio.

—Podría ser un trastorno, por el momento —dijo—, pero pareces haberte portado muy bien, y se terminó, y ojalá nunca... no puede nunca volver a ocurrir, como un primer encuentro, así que no necesitas pensar en ello.

Harriet dijo «mucha verdad», y que «no pensaría en eso»; pero siguió hablando de eso, no podía hablar de nada más; y Emma, por fin, para quitarle a Martin de la cabeza, se vio obligada a darle a toda prisa la noticia que había pensado darle con amable precaución; sin saber apenas si alegrarse o irritarse, de avergonzarse o sólo divertirse, ante tal estado de ánimo en la pobre Harriet. ¡Qué conclusión de la importancia del señor Elton para ella!

Los derechos del señor Elton, sin embargo, revivieron poco a poco. Aunque ella no sintió al principio la noticia como la habría sentido el día antes, o una hora antes, pronto aumentó su interés; y antes que terminara la primera conversación, ella, a fuerza de hablar, había entrado en todas las sensaciones de curiosidad, asombro y lamentación, dolor y placer, en cuanto a la afortunada señorita Hawkins, que pudieran colocar a los Martin bajo la debida subordinación en su fantasía.

Emma llegó a alegrarse de que hubiera habido tal encuentro. Había sido útil para amortiguar el primer choque sin dejar efectos alarmantes. Tal como vivía ahora Harriet, los Martin no podían llegar hasta ella sin buscarla donde hasta ahora les había faltado el valor o la condescendencia de buscarla; pues, desde que su hermano fue rechazado, las hermanas no habían estado nunca en casa de la señora Goddard, y podría pasar un año sin que se volvieran a topar con necesidad, o siquiera posibilidad, de hablar.

CAPÍTULO 22

La naturaleza humana está tan bien dispuesta hacia los que están en situaciones interesantes, que es seguro que se hablará bien de una persona joven si se casa o se muere.

No había pasado una semana desde que se mencionó por primera vez el nombre de la señorita Hawkins en Highbury, cuando, por uno u otro medio, se descubrió que tenía todas las buenas cualidades de persona y de mente; que era guapa, elegante, de elevadas cualidades y perfectamente amable, y cuando llegó el propio señor Elton para triunfar con sus felices perspectivas y hacer correr la fama de los méritos de ella, tuvo que hacer muy poco más que decir su nombre de pila y de quién era la música que más solía tocar.

Volvió el señor Elton, muy feliz. Se había ido rechazado y humillado, decepcionado en una esperanza muy optimista, tras una serie de lo que le parecieron sólidos estímulos, y no sólo perdiendo a la dama en cuestión sino encontrándose rebajado al nivel de otra que no era la apropiada en absoluto. Se había ido profundamente ofendido; volvía comprometido con otra; y otra superior a la primera, desde luego, porque en tales circunstancias lo ganado es siempre superior a lo perdido. Volvía alegre y satisfecho de sí mismo, afanoso y atareado, sin importarle nada la señorita Woodhouse y desafiando a la señorita Smith.

La encantadora Augusta Hawkins, además de las acostumbradas ventajas en cuanto a perfecta belleza y mérito, estaba en posesión de una fortuna independiente de unos millares, tantos como suelen llamarse siempre diez; un punto de cierta dignidad, así como de alguna comodidad; la historia tenía buen fin: él no se había desperdiciado, había conseguido una mujer de 10.000 libras, más o menos, y la había conseguido con tan deliciosa rapidez; la primera hora de presentación había ido seguida muy pronto por una atención que le distinguía; la historia que él hubo de dar a la señora Cole sobre la elevación y avance del asunto era tan gloriosa, los pasos tan rápidos, desde el encuentro accidental hasta la comida en casa del señor Green y la reunión en casa del señor Brown, las sonrisas y los rubores subiendo en importancia, con conciencia y agitación bien dispersas; la dama había quedado tan fácilmente impresionada, tan dulcemente dispuesta, en resumen, para usar una expresión más comprensible, tan dispuesta a tenerle, que la vanidad y la prudencia quedaban satisfechas por igual.

Él había captado a la vez la substancia y la sombra, la fortuna y el amor, y era exactamente el hombre feliz que debía ser; hablando sólo de sí mismo y sus propios intereses, esperando ser felicitado, dispuesto a que se rieran de él, y, con sonrisas cordiales y sin miedo, dirigiéndose ahora a todas las señoritas del lugar, con quienes, unas pocas semanas antes, habría tenido una galantería más cauta.

La boda no era asunto lejano, y ambas partes no tenían que atender más que a su propio deseo, y sólo había que esperar a los preparativos necesarios; cuando él se dirigió otra vez a Bath, hubo una expectación general, que cierta mirada de la señora Cole no pareció contradecir, de que la próxima vez que entrara en Highbury traería a su esposa.

Durante su presente breve visita, Emma apenas le había visto; pero lo suficiente para notar que su primer encuentro estaba lejos y darle la impresión de que él no había mejorado con la mezcla de picado y presuntuoso que ahora había en su aires. En efecto, empezaba ella a preguntarse mucho cómo le había podido considerar en absoluto agradable; y el verle iba tan inseparablemente unido a ciertos sentimientos muy desagradables, que, salvo a una luz moral, como penitencia, lección y fuente de provechosa humillación para su ánimo, habría dado gracias de tener la seguridad de no volverle a ver. Le deseaba lo mejor, pero él le daba dolor, y su bienestar a veinte millas de distancia le proporcionaría la mayor satisfacción.

La molestia de que continuara residiendo en Highbury, sin embargo, tenía que disminuir ciertamente con su matrimonio. Se evitarían muchas vanas solicitudes; se suavizarían con eso muchas dificultades. Una *señora Elton* sería una excusa para cualquier cambio de trato; la anterior intimidad podía olvidarse sin remordimiento. Sería casi volver a empezar su vida de cortesía.

En la señora, personalmente, Emma pensó muy poco. Era suficientemente buena para el señor Elton, sin duda; lo suficientemente dotada de cualidades como para Highbury; lo suficientemente guapa para parecer fea, probablemente, al lado de Harriet. En cuanto a parentesco, Emma estaba perfectamente tranquila, convencida de que, después de todas las jactancias de él y su desdén por Harriet, no había logrado nada. Sobre este punto, la verdad parecía alcanzable. *Qué* era ella, debía quedar incierto; pero *quién* era, podía averiguarse; y dejando a un lado las 10.000 libras, no parecía que fuera en nada superior a Harriet. No aportaba nombre, ni sangre, ni relaciones. La señorita Hawkins era la menor de dos hijas de un... comerciante, claro, así hay que llamarle, de Bristol; pero, dado que la totalidad de los beneficios de su vida mercantil parecían moderados, no era injusto suponer que la dignidad de su línea de negocios había sido también muy moderada. Ella había solido pasar en Bath parte de cada invierno; pero era de Bristol, del corazón mismo de Bristol; pues aunque su padre y su madre habían

muerto hacía unos años, quedaba un tío —en línea legal—
del que no se arriesgaba nada más honorable sino que estaba
en la profesión de las leyes; y con él había vivido esa hija.
Emma le supuso ayudante de algún abogado, y demasiado
estúpido para ascender. Y toda la grandeza de la conexión
parecía depender de la hermana mayor, que estaba muy bien
casada, con un caballero *en gran estilo*, junto a Bristol, el
cual tenía dos coches. Ésa era la rúbrica de la historia; ésa
era la gloria de la señorita Hawkins.

¡Si ella pudiera haber expresado a Harriet sus sentimientos sobre todo eso! La había hecho enamorarse a fuerza de
hablar, pero ¡ay! no era tan fácil de desenamorar a fuerza
de hablar. No le cabía alejar con sus palabras el encanto de
una persona que ocupara los muchos vacíos de la mente de
Harriet. Quizá sería desplazado por otro; cierto que lo podría ser; nada estaba más claro; incluso un Robert Martin
sería suficiente; pero eso era lo único, temía ella, que podía
curarla. Harriet era de esas que, habiendo empezado una vez,
siempre van a estar enamoradas. Y ahora ¡pobre chica! estaba mucho peor con esa reaparición del señor Elton. Siempre tenía un atisbo de él, en un sitio o en otro. Emma le
vio sólo una vez, pero dos o tres veces al día era seguro
que Harriet se le encontraba por casualidad, o le perdía por
poco, o por casualidad oía su voz, o veía su hombro, o por
casualidad ocurría algo que le conservaba en su memoria,
con todo el calor favorecedor de la sorpresa y la conjetura.
Además, estaba oyendo hablar perpetuamente de él; pues,
salvo cuando estaba en Hartfield, siempre se hallaba entre
los que no veían defectos en el señor Elton, y no encontraba nada tan interesante como el comentar sus asuntos; de
modo que cada noticia, cada suposición, todo lo que pudiera ocurrir en el arreglo de sus asuntos, incluyendo rentas,
criados y mobiliario, era continuamente agitado a su alrededor. La estimación de Harriet se fortalecía con los invariables elogios de él, y sus dolores seguían vivos, y sus sen-

timientos, irritados por la incesante repetición de la felicidad
de la señorita Hawkins y la observación continua de ¡ Qué
enamorado parecía él! ; su aire cuando pasaba andando por
la casa, y el mismo modo de calarse el sombrero eran prueba de qué enamorado estaba.

Si hubiera sido un entretenimiento permisible, si no hubiera habido dolor para su amiga ni reproche para ella misma en las oscilaciones del ánimo de Emma, Emma se habría
divertido con sus variaciones. A veces predominaba el señor
Elton, a veces los Martin; y cada uno de ellos era ocasionalmente útil como freno para el otro. El compromiso del señor
Elton había curado la agitación de encontrar al señor Martin. La infelicidad producida por conocer ese compromiso
quedó un poco a un lado por el hecho de que Elizabeth
Martin visitara unos pocos días después la casa de la señora
Goddard. Harriet no estaba en casa, pero se escribió una nota,
dejándosela, redactada en el mejor estilo para conmover; una
pequeña mezcla de reproche, con una gran dosis de amabilidad, y hasta que apareció el señor Elton en persona, Harriet
estuvo muy ocupada con ello, cavilando continuamente qué
podía hacer como correspondencia y deseando hacer más de
lo que se atrevía a confesarse. Pero el señor Elton, en persona, había alejado todos esos cuidados. Mientras se quedó
allí, los Martin estuvieron olvidados; y en la misma mañana
de su marcha otra vez hacia Bath, Emma, para disipar algo
del trastorno que ocasionó, juzgó que lo mejor era que devolviera la visita a Elizabeth Martin.

Cómo se había de reconocer esa visita, qué sería necesario, y qué podría ser lo más seguro, fueron puntos de dudosa consideración. El pasar por alto absolutamente a la madre y las hermanas, estando invitada a acudir, sería ingratitud. No debía ser así; y sin embargo, ¡qué peligro en renovar ese conocimiento!

Después de mucho pensarlo, no pudo determinar nada
mejor sino que Harriet devolviera la visita, pero de un modo

que, si ellos tenían entendimiento, les convenciera de que iba a ser sólo un conocimiento formal. Pensaba llevarla en el coche, dejarla en Abbey-Mill, mientras ella seguía un poco más allá, y volver a buscarla tan pronto como para no dejar tiempo para peticiones insidiosas o repeticiones peligrosas del pasado, dando la más clara prueba de qué grado de intimidad se elegía para el futuro.

No pudo pensar nada mejor, y aunque había en ello algo que su corazón no podía aprobar —algo de ingratitud, sobre la cual sobrevolaba—, tenía que hacerse, o si no, ¿qué sería de Harriet?

CAPÍTULO 23

Pocos ánimos tenía Harriet para visitas. Sólo media hora antes de que su amiga fuera a buscarla a casa de la señora Goddard, su mala estrella la había llevado al mismísimo lugar donde, en ese momento, se veía un baúl, dirigido al *Rev. Philip Elton, El Ciervo Blanco, Bath,* que era elevado al carro del carnicero, el cual iba a llevarlo a donde pasaban los coches; y por consiguiente, todo en el mundo se volvió un vacío, excepto ese baúl y la dirección.

Fue, sin embargo, y cuando llegaron a la granja, y ella iba a ser dejada en tierra, al extremo del ancho y arreglado camino de grava que llevaba entre manzanos en *espalier* hasta la puerta de delante, el ver todo lo que le había dado tanto placer el otoño anterior, empezó a revivir un poco su agitación; y, cuando se separaron, Emma observó que miraba alrededor con una especie de curiosidad miedosa, que la decidió a no permitir que la visita excediera del cuarto de hora propuesto. Ella siguió adelante, para conceder esa porción de tiempo a una antigua criada que se había casado estableciéndose en Donwell.

El cuarto de hora la volvió a llevar puntualmente a la verja blanca, y la señorita Smith, al recibir su llamada, estuvo con ella sin tardanza y sin ser acompañada por ningún alarmante joven. Avanzaba solitaria por el camino de grava; simplemente una señorita Martin aparecía en la puerta despidiéndose de ella, al parecer con ceremoniosa cortesía.

Harriet no pudo dar muy pronto un informe inteligible. Sentía demasiado, pero por fin Emma reunió de ella lo suficiente para entender el tipo de reunión y el tipo de dolor que creaba. Sólo había visto a la señora Martin y a las dos chicas. La habían recibido con aire dudoso, si no frío; y casi todo el tiempo no se habló sino de los más simples lugares comunes, hasta precisamente al final, cuando la señora Martin dijo de repente que la señorita Smith había crecido, introduciendo un tema más interesante y un aire más cálido. En ese mismo cuarto la habían medido el septiembre anterior con sus dos amigas. Allí estaban las señales de lápiz y las indicaciones por encima del revestimiento de la pared junto a la ventana. Él lo había hecho. Todas parecieron recordar el día, la hora, la reunión, la ocasión; sentir la misma conciencia, las mismas añoranzas; y estar dispuestas para el retorno del mismo buen entendimiento; y ya estaban volviendo a ser ellas mismas (Harriet, según Emma debía sospechar, tan dispuesta como la que más a ser cordial y feliz), cuando reapareció el coche y todo se acabó. Se notó entonces que eran decisivos el estilo de la visita y su brevedad. ¡Catorce minutos que conceder a aquellos con quienes había pasado gratamente seis semanas no hacía ni seis meses! Emma no podía menos de imaginárselo todo y sentir qué justamente debían dolerse, y qué naturalmente tenía que sufrir Harriet. Era un mal asunto. Ella habría dado mucho, o soportado mucho, para hacer que los Martin estuvieran en un rango más alto de vida. Se lo merecían tanto que *un poco* más alto habría sido bastante; pero tal como era, ¿qué otra cosa podía hacer ella? ¡Imposible! No podía arrepentirse. Tenían que separarse, pero hubo mucho dolor en ello, tanto para ella, en ese momento, que pronto sintió la necesidad de un pequeño consuelo y decidió volver a casa por Randalls para obtenerlo. Le era absolutamente necesario el refrigerio de Randalls

Era un buen plan, pero al llegar con el coche a la puerta

oyeron que «ni el señor ni la señora estaban en casa»; los dos habían salido hacía tiempo; el criado creía que habían ido a Hartfield.

—Qué lástima —exclamó Emma, cuando se marchaban—. ¡Y ahora les vamos a perder; qué molestia! No recuerdo haber estado más decepcionada. —Y se recostó en el rincón, para entregarse a sus murmullos, o para disiparlos razonando; probablemente un poco de ambas cosas, siendo éste el proceso más corriente en una mente no mal dispuesta.

De pronto se detuvo el coche; ella levantó los ojos; lo detenían el señor y la señora Weston, que estaban allí parados para hablar con ella. Hubo placer inmediato al verles y aún mayor placer transmitido en el sonido, pues el señor Weston se acercó a ella inmediatamente con:

—¿Cómo está, cómo está? Hemos estado sentados con su padre, contentos de verle tan bueno. Frank llega mañana; tuve carta esta mañana; le veremos mañana a la hora de comer, sin duda; hoy está en Oxford, y viene para toda una quincena; sabía que sería así. Si hubiera venido en Navidad, no se habría quedado tres días; siempre me alegré de que no viniera en Navidad; ahora vamos a tener para él el tiempo que hace falta, bueno, seco, estable. Le disfrutaremos del todo; todo ha resultado exactamente como podíamos desear.

No cabía resistir a tal noticia, no era posible evitar la influencia de una cara tan feliz como la del señor Weston, confirmado como estaba todo por las palabras y la cara de su esposa, más tranquilas, pero no menos apropiadas. Saber que ella creía segura su venida era bastante para que Emma lo considerara también así, y se alegraba sinceramente con su alegría. Fue una deliciosa reanimación de unos ánimos agotados. El consumido pasado quedó hundido en la frescura de lo que venía; y con la rapidez del pensamiento, esperó que ya no se volviera a hablar más del señor Elton.

El señor Weston le contó la historia de los compromisos en Enscombe que permitían a su hijo tener toda una quincena a su disposición, así como la ruta y método de su viaje; y ella escuchó, sonriendo y felicitándole.

—Pronto le llevaré a Hartfield —dijo, al terminar.

Emma pudo imaginar que, tras esas palabras, veía un codazo de su mujer.

—Más vale que sigamos, Weston —decía ella—, estamos deteniendo a las chicas.

—Bueno, bueno, estoy dispuesto —y volviéndose otra vez a Emma—, pero no debe esperar que sea un joven tan excelente; sólo ha tenido mi informe, ya sabe; me parece que no es nada realmente extraordinario —aunque sus ojos chispeantes en ese momento proclamaban una convicción muy diferente.

Emma supo parecer completamente inconsciente e inocente, y responder de un modo que no denunciaba nada.

—Piense en mí, mañana, mi querida Emma, hacia las cuatro —fue el ruego de la señora Weston al despedirse; dicho con cierta preocupación y dirigido sólo a ella.

—¡A las cuatro! Ten la seguridad de que estará aquí a las tres —fue la rápida enmienda del señor Weston; y así acabó ese encuentro tan satisfactorio.

El ánimo de Emma se elevó hasta la felicidad; todo mostraba un aire diferente; James y sus caballos no parecían tan perezosos como antes. Cuando miró a los setos, pensó que el saúco por lo menos debía brotar pronto; y cuando se volvió a mirar a Harriet, vio algo como un aire de primavera, una tierna sonrisa también allí.

«¿Y el señor Frank Churchill pasará por Bath además de por Oxford?», fue una pregunta, sin embargo, que no auguraba mucho de bueno.

Pero ni la geografía ni la tranquilidad podían llegarle de repente, y Emma ahora se sentía segura de que llegarían a tiempo.

Llegó la mañana del interesante día, y la fiel discípula de la señora Weston no se olvidó de pensar, a las diez, ni a las once, ni a las doce, que tenía que pensar en ella a las cuatro.

«Mi querida, querida, preocupada amiga —dijo, en soliloquio mental, mientras salía de su cuarto y bajaba las escaleras—, siempre excesivamente inquieta por el bien de todos menos de ti misma; ahora te veo en todas tus pequeñas agitaciones, entrando una y otra vez en su cuarto a ver si todo está bien.» El reloj dio las doce cuando Emma pasaba por el vestíbulo. «Son las doce, no me olvidaré de pensar en ti dentro de cuatro horas; y a esa hora mañana, quizás, o un poco después, podré estar pensando en la posibilidad de que todos vengan aquí de visita. Seguro que le traerán pronto.»

Abrió la puerta del salón, y vio dos caballeros sentados con su padre: el señor Weston y su hijo. Habían llegado hacía sólo unos minutos, y el señor Weston apenas había acabado su explicación de que Frank venía un día antes de lo esperado, y su padre estaba en medio de una bienvenida muy cortés y de unas sinceras felicitaciones, cuando apareció ella para tener su parte de sorpresa, de presentación y de placer.

El Frank Churchill de que tanto se había hablado, con tanto interés, estaba realmente ante ella, y Emma no pensó que se había dicho demasiado en alabanza suya; era un joven de muy buena presencia; su estatura, aires y modo de presentarse eran impecables, y su rostro tenía mucho del espíritu y la vivacidad de su padre; parecía vivaz y sensible. Inmediatamente notó Emma que le caía bien, y tenía una facilidad bien educada de maneras y una propensión a hablar, que la convenció de que llegaba con intención de conocerla, y que debían conocerse.

Había llegado a Randalls la noche anterior. A Emma le gustó ese afán por llegar que le había hecho alterar sus planes, y viajar desde más temprano, hasta más tarde, y más deprisa, para poder ganar medio día.

—Ya les dije ayer —exclamó el señor Weston, con exultación—, ya les dije a todos ustedes que estaría aquí antes de la hora anunciada. Me acordaba de lo que solía hacer yo mismo. No se puede ir uno arrastrando despacio en un viaje; no se puede menos de avanzar más deprisa de lo que uno ha proyectado; y el placer de caer encima de los nuestros antes que empiecen a mirar si uno llega, vale mucho más que el poco esfuerzo que requiere.

—Es un gran placer cuando uno se lo puede permitir —dijo el joven—, aunque no hay muchas casas en que yo me atreviera a tanto; pero llegando a *casa* me pareció que podía hacer cualquier cosa.

La palabra *casa* hizo que su padre le mirara con nueva complacencia. Emma quedó inmediatamente segura de que él sabía hacerse agradable: esa convicción aumentó con lo que dijo luego. Él estaba muy contento con Randalls, le parecía una casa admirablemente dispuesta, no admitía apenas que fuera muy pequeña, admiraba su situación, el camino a Highbury y el propio Highbury, y Hartfield todavía más, y declaró haber sentido siempre esa clase de interés por el país que sólo puede infundir el *propio* país, y la mayor curiosidad por visitarlo. Que nunca se hubiera podido permitir el cumplimiento de un deseo tan amable, resultó sospechoso por un momento en la mente de Emma; pero aunque fuera falso, era agradable, y agradablemente manejado. Sus maneras no tenían nada de estudiadas ni de exageradas. Realmente su aspecto y sus palabras parecían en un estado de disfrute extraordinario.

Sus temas en general fueron los apropiados para entablar un conocimiento. Por su lado hubo las preguntas: «¿Montaba Emma a caballo? ¿Sitios agradables para montar? ¿Paseos agradables? ¿Tenían una vecindad numerosa? ¿Quizás Highbury ofrecía bastante sociedad? Había varias casas muy bonitas allí y en los alrededores. Bailes, ¿tenían bailes? ¿Eran aficionados a la música?» Pero una vez informado sobre esos puntos y con su conocimiento proporcionadamente avanzado, se las arregló para encontrar una oportunidad, mientras los dos padres estaban ocupados uno con otro, para sacar el tema de su madrastra, y hablar de ella con tan bonita alabanza, tan cálida admiración, y tanta gratitud por la felicidad que concedía a su padre y por su modo tan amable de recibirle a él mismo, que fue nueva prueba de que sabía agradar, y de que ciertamente consideraba que valía la pena intentar agradarle a ella. No llegó en una sola palabra de elogio más allá de lo que Emma sabía que realmente merecía la señora Weston, pero sin duda él podía saber muy poco del asunto. Él entendía lo que sería bien recibido; podía estar seguro de poco más. «El matrimonio de su padre», dijo, «había sido la más juiciosa medida, todos sus amigos debían alegrarse de ello; y la familia de quien él había recibido tal bendición debía considerarse siempre que le había conferido la más alta obligación de agradecimiento.»

Se aproximó todo lo posible a dar gracias a Emma por los méritos de la señorita Taylor, sin parecer olvidar que, en la marcha normal de las cosas, más bien había que suponer que era la señorita Taylor quien había formado el carácter de la señorita Woodhouse, y no al contrario. Y por fin, como decidido a matizar su opinión completando su recorrido del tema, lo rubricó todo con su asombro ante la juventud y la belleza personal de la señora Weston.

—Estaba preparado para encontrar maneras elegantes y agradables —dijo— pero confieso que, considerándolo todo, no había esperado más que una mujer de cierta buena presencia y de una mediana edad; no sabía que iba a encontrar en la señora Weston una linda joven.

—Para mi manera de sentir, no puede encontrar usted demasiada perfección en la señora Weston —dijo Emma—; aunque supusiera que tenía dieciocho años, yo le oiría con placer; pero ella estaría dispuesta a reñir con usted por usar tales palabras. Que no sospeche que usted ha hablado de ella como de una linda joven.

—Espero no ser tan tonto —contestó—, no, puede estar segura —con una galante reverencia— de que al dirigirme a la señora Weston yo tengo que saber a quién puedo alabar sin peligro de que me considere exagerado en mis términos.

Emma se preguntó si alguna vez habría cruzado por la mente de él la misma sospecha sobre lo que podrían esperar los demás del hecho de que se conocieran, sospecha que tan firmemente se había apoderado de su propia mente; y si sus cumplidos habían de considerarse como señales de aquiescencia o pruebas de desafío. Tenía que seguirle viendo más para entender sus maneras; por ahora sólo pensaba que eran agradables.

No dudaba de qué es lo que pensaba insistentemente el señor Weston. Ella volvió a observar sus rápidos ojos lanzándoles ojeadas con expresión feliz, e incluso cuando podía haber decidido no mirar, Emma suponía que procuraba escuchar.

La total ausencia de ningún pensamiento de esa clase en su padre, la completa falta, en él, de toda esa clase de penetración, era una cincunstancia muy cómoda. Por suerte, él no estaba más lejos de aprobar los matrimonios que de preverlos. Aunque siempre objetaba a todo matrimonio que se organizara, nunca sufría por adelantado con temerlo; parecía que, mientras no se demostrara en su contra, no pudiera pensar tan mal del juicio de dos personas como para suponer que tuvieran intención de casarse. Emma bendecía esa ceguera favorecedora. Su padre podía ahora, sin el inconveniente de ninguna sospecha desagradable, sin una mirada previsora de ninguna posible traición en su invitado, dar lugar a toda su bondadosa cortesía en averiguaciones solícitas sobre el acomodo del señor Frank Churchill en su viaje, a través de los tristes males de dormir dos noches en el camino, y expresando una auténtica preocupación sin mezcla por saber si había evitado resfriarse, de lo cual, sin embargo, no podría estar completamente seguro hasta una noche después.

Hecha una visita razonable, el señor Weston empezó a marcharse. «Tenía que irse. Tenía que hacer en la Crown, a propósito de su heno, y muchos recados para la señora Weston en la tienda de Ford, pero no debía meter prisa a nadie más.» Su hijo, demasiado bien educado para perder la insinuación, se levantó también inmediatamente diciendo:

—Puesto que sigue más allá por sus asuntos, padre, me tomaré la oportunidad de hacer una visita que hay que hacer un día u otro, y por consiguiente igual podría hacerse ahora. Tengo el honor de conocer a una vecina suya —volviéndose a Emma—, una dama que reside en Highbury o cerca; una familia llamada Fairfax. No tendré dificultad, supongo, de encontrar la casa; aunque Fairfax, me parece, no es el verdadero apellido: más bien debería decir Barnes, o Bates. ¿Conocen alguna familia que se llame así?

—Claro que la conocemos —exclamó su padre—, la señora Bates; hemos pasado delante de su casa; vi a la señorita Bates en la ventana. Es verdad, es verdad, conoces a la señorita Fairfax; recuerdo que la conociste en Weymouth, y una chica excelente que es. Ve a visitarla, no faltaba más.

—No es necesario que la visite esta mañana —dijo el joven—. Cualquier otro día puede valer lo mismo; pero en Weymouth nos conocimos hasta cierto punto y...

—¡Ah, ve hoy, ve hoy! No lo aplaces. Lo que hay que hacer más vale hacerlo cuanto antes. Y además, tengo que insinuarte algo, Frank; *aquí* debería evitarse cuidadosamente cualquier defecto de atención hacia ella. La viste con los Campbell cuando estaba en igualdad con todo el mundo con quien se mezclaba, pero aquí está con una pobre abuela que casi no tiene de qué vivir. Si no la visitas pronto, será hacerla de menos.

El hijo pareció convencido.

—La he oído hablar de que se conocían —dijo Emma—, es una joven muy elegante.

Él asintió, pero con un «sí» tan moderado que casi la inclinó a dudar de su verdadero asentimiento; y sin embargo debía ser una clase de elegancia muy notable para el mundo a la moda si cabía pensar que Jane Fairfax estuviera dotada de ella de algún modo.

—Si no le han impresionado nunca sus maneras especialmente —dijo ella—, creo que hoy sí. La verá con toda ventaja; la verá y la oirá... no, me temo que no la oirá en absoluto, porque tiene una tía que nunca detiene la lengua.

—¿Así que conoce usted a la señorita Jane Fairfax, señor Churchill? —dijo el señor Woodhouse, siempre el último en abrirse paso hasta la conversación—. Entonces permítame asegurarle que encontrará que es una damita muy agradable. Está aquí pasando una temporada con su abuela y su tía, personas muy dignas; las conozco de toda la vida. Se alegrarán mucho de verle, estoy seguro, y uno de mis criados irá con usted para enseñarle el camino.

—Por nada del mundo, querido señor Woodhouse; mi padre me puede guiar.

—Pero su padre no va tan lejos; va sólo hasta la Crown, en el otro extremo de la calle, y hay muchísimas casas; podría perderse, y es un trecho muy sucio, a no ser que vaya uno por la acera; pero mi cochero le dirá dónde es mejor que cruce la calle.

El señor Frank Churchill siguió declinándolo, con tanta seriedad como pudo, y su padre le apoyó enérgicamente exclamando:

—Mi buen amigo, no hay ninguna necesidad; Frank sabe muy bien lo que es un charco cuando lo ve, y en cuanto a la casa de la señora Bates, puede llegar desde la Crown en un salto.

Les permitieron ir solos, y, con una cordial sacudida de cabeza del uno y una graciosa reverencia del otro, los dos caballeros se despidieron. Emma se quedó encantada con ese comienzo del conocimiento, y pudo ahora dedicarse a pensar en los de Randalls a cualquier hora del día, con plena confianza en que estarían a gusto.

CAPÍTULO 24

A la mañana siguiente, llegó otra vez el señor Frank Churchill. Venía con la señora Weston, con la cual y con Highbury parecía simpatizar muy cordialmente. Había estado sentado con ella, resultó, muy amigablemente en casa, hasta la hora en que ella solía hacer ejercicio; y al elegir por dónde pasearían, inmediatamente pensaron en Highbury. «No dudaba él de que había paseos muy agradables en cualquier dirección, pero, si se le dejaba, siempre elegiría el mismo. Highbury, ese aireado, alegre Highbury, de tan feliz aspecto, sería su constante atracción.» Highbury, para la señora Weston, significaba Hartfield, y confiaba en que para él tenía la misma significación. Allá fueron derechos.

Emma apenas los esperaba: pues el señor Weston, que había estado allí medio minuto, para oír decir que su hijo era muy guapo, no sabía nada de sus planes, así que fue para ella una agradable sorpresa observarles de camino hacia la casa, del brazo. Ella deseaba verle otra vez, y especialmente verle en compañía de la señora Weston, pues su opinión sobre él dependía de cómo se comportara con la señora Weston. Si fallaba en eso, nada podría excusarle. Pero al verlos juntos, quedó absolutamente satisfecha. No era meramente con palabras o con cumplidos hiperbólicos como atendía a su obligación: nada podía ser más propio ni agradable que todas sus maneras con ella; nada podía denotar más agradablemente su deseo de considerarla como una amiga y ganarse su afecto. Y hubo bastante tiempo para que Emma formara un juicio razonable, ya que su visita ocupó todo el resto de la mañana. Los tres pasearon por ahí juntos una hora o dos —primero en torno a los arbustos de Hartfield, y luego en Highbury. Él estaba encantado con todo; admiró Hartfield suficientemente para los oídos del señor Woodhouse; y cuando se decidió seguir más allá, confesó su deseo de conocer el pueblo entero y encontró materia de alabanza e interés mucho más a menudo de lo que podía haber supuesto Emma.

Algunos de sus temas de curiosidad expresaban sentimientos muy amables. Les rogó que le mostraran la casa donde su padre había vivido tanto tiempo, y que había sido el hogar del padre de su padre; y al recordar que aún vivía una anciana que había sido su nodriza, caminó en busca de su casita desde un extremo a otro de la calle; y aunque en algunos puntos de búsqueda o de observación no había mérito positivo, en conjunto mostraron una buena voluntad hacia Highbury en general, que debía ser muy semejante a un mérito para aquellos con quienes estaba.

Emma observó y decidió que, con unos sentimientos como los que ahora mostraba, no se podía suponer equitativamente que hubiera permanecido siempre ausente por su voluntad; que no había representado un papel ni hecho una farsa de declaraciones insinceras, y que el señor Knightley no le había hecho justicia, ciertamente.

Su primera pausa fue en la Crown Inn, un establecimiento de poca monta, aunque el principal de su índole, donde se tenían siempre un par de parejas de caballos de posta, más por la conveniencia de los de allí que por ningún servicio en la carretera; y sus compañeras no esperaban que les detuviera allí nada de interés, pero al pasar contaron la historia de la gran habitación visiblemente añadida: se había construido hacía muchos años para salón de baile, y mientras el vecindario había estado de ánimo especialmente bullicioso y bailarín, se había usado como tal; pero aquellos brillantes días habían pasado hace mucho, y ahora el más elevado propósito para que se usaba era para acomodar un club de whist establecido entre los caballeros y semicaballeros del lugar. Inmediatamente él se sintió interesado. Esa condición de salón de baile le atrajo, y, en vez de pasar adelante, se detuvo varios minutos ante las dos ventanas de guillotina de arriba, que estaban abiertas, para mirar el interior, contemplar sus posibilidades y lamentar que hubiera cesado su propósito original. No veía ningún defecto en el salón ni aceptaba ninguno de los que ellas le sugerían. No, era bastante largo, suficientemente ancho, suficientemente presentable. Contendría el número más adecuado para la comodidad. Deberían tener bailes allí por lo menos cada quince días, durante el invierno. ¿Por qué no había revivido la señorita Woodhouse los buenos tiempos viejos del salón? ¡Ella era capaz de todo en Highbury! Se mencionaron la falta de familias apropiadas en el lugar y la convicción de que nadie más que los del lugar y sus alrededores inmediatos podrían sentirse tentados a asistir, pero él no quedó convencido. No podía persuadirse de que tantas casas de buen aspecto como veía alrededor no pudieran proporcionar suficientes asistentes para tal reunión; y aun cuando se dieron detalles y se describieron las familias, él siguió reacio a admitir que la impropiedad de tal mezcla fuera importante, ni que hubiera la menor dificultad para que cada cual regresara a su lugar adecuado a la mañana siguiente. Argüía como joven muy aficionado a bailar; y Emma se quedó sorprendida de que el carácter de los Weston prevaleciera tanto sobre las costumbres de los Churchill. Parecía tener toda la vida y el ánimo, los sentimientos animosos y las inclinaciones sociables de su padre, sin nada del orgullo ni la reserva de Enscombe. Orgullo, ciertamente, quizá no había bastante; su indiferencia ante una confusión de clases rayaba demasiado

229

en falta de elegancia de espíritu. Sin embargo, él no podía juzgar sobre esos males que le parecían tan poca cosa. Era sólo una efusión de un ánimo vivaz.

Al fin se le convenció para que siguiera andando, desde delante de la Crown, y al llegar casi frente a la casa donde vivían las Bates, Emma recordó la visita proyectada el día antes, y le preguntó si la había hecho.

—Sí, ¡ah, sí! —contestó él—, precisamente iba a decirlo. Una visita con mucho éxito: vi a las tres damas, y me sentí muy agradecido por la insinuación que me hicieron ustedes para prepararme. Si la tía charlatana me hubiera caído por sorpresa, me habría muerto. Así, sólo me sentí traicionado en cuanto a hacer una visita excesiva. Diez minutos habrían sido todo lo necesario, quizá lo más que era apropiado; y le había dicho a mi padre que estaría en casa sin duda antes que él, pero no hubo modo de escapar, no hubo pausa, y, para mi gran asombro, cuando mi padre (no encontrándome en ninguna parte) por fin se reunió allí conmigo, encontré que llevaba cerca de tres cuartos de hora sentado con ellas. La buena señora no me había dado hasta entonces posibilidad de escapar.

—¿Y qué aspecto le parece a usted que tiene la señorita Fairfax?

—Malo, muy malo: mejor dicho, si se puede admitir que una señorita tenga nunca mal aspecto. Pero esa expresión no es apenas admisible, ¿no es verdad, señora Weston? Las damas nunca pueden tener mala cara. Y, en serio, la señorita Fairfax es tan pálida por naturaleza que casi siempre da la impresión de mala salud. Una falta de color muy deplorable.

Emma no quiso estar de acuerdo con eso, y empezó una cálida defensa del color de la señorita Fairfax. «Cierto que nunca era muy brillante, pero ella no admitiría que tuviera un colorido enfermizo en general; y había en su piel una suavidad y una delicadeza que daba una peculiar elegancia

230

al carácter de su rostro.» Él escuchó con toda la deferencia debida; reconoció que había oído decir lo mismo a muchos, pero, con todo, debía confesar que para él nada podía compensar el hermoso fulgor de la salud. Cuando los rasgos eran medianos, una bonita tez daba belleza a todos ellos; y cuando eran buenos, el efecto era... afortunadamente no necesitaba intentar describir cuál era el efecto.

—Bueno —dijo Emma—, no cabe discutir sobre gustos. Por lo menos, usted la admira, excepto su tez.

Él sacudió la cabeza y rió:

—No puedo separar a la señorita Fairfax y su tez.

—¿La vio usted muchas veces en Weymouth? ¿Estaban a menudo en la misma sociedad?

En ese momento se acercaban a la tienda de Ford y él exclamó apresuradamente:

—¡Ah! Ésta debe ser esa misma tienda que todo el mundo visita todos los días de su vida, según me informa mi padre. Él mismo viene a Highbury, según dice, seis días de cada siete, y siempre tiene que hacer algo en Ford. Si no les es incómodo, por favor, entremos, para que yo demuestre que pertenezco al lugar y soy un verdadero ciudadano de Highbury. Tengo que comprar algo en la tienda de Ford. Será como si sacara así mi patente. Supongo que venden guantes.

—¡Ah, sí! Guantes y toda clase de cosas. Admiro su patriotismo. Le adorarán en Highbury. Era usted muy popular antes de venir, por ser el hijo del señor Weston, pero gástese media guinea en Ford, y su popularidad se basará en sus propias virtudes.

Entraron, y mientras los lisos y bien atados paquetes de «Castores de Hombres» y «Curtido de York» bajaban y eran exhibidos en el mostrador, dijo:

—Pero me excuso, señorita Woodhouse; usted me decía algo, usted me decía algo en el mismo momento de mi estallido de *amor patriae*. No me deje perderlo. Le aseguro que ni el mayor aumento de fama pública me compensaría de la pérdida de ninguna felicidad en la vida privada.

—Simplemente preguntaba si había usted conocido mucho a la señorita Fairfax y a su gente en Weymouth.

—Ahora que entiendo su pregunta, debo declarar que no es nada justa. Siempre es derecho de la dama decidir sobre el grado del conocimiento. La señorita Fairfaix debe haber dado ya su informe. Yo no me voy a comprometer reclamando más de lo que ella quiera conceder.

—¡Palabra! Contesta usted tan discretamente como podría hacerlo ella misma. Pero los informes de ella sobre todas las cosas dejan tanto que suponer, y es tan reservada, tan poco dispuesta a dar la menor información sobre nadie, que realmente pienso que usted puede decir lo que le parezca sobre su conocimiento con ella.

—¿De veras? Entonces diré la verdad, y es lo que mejor me va. La encontré frecuentemente en Weymouth. Había conocido a los Campbell un poco en la ciudad, y en Weymouth estábamos mucho en el mismo grupo. El coronel Campbell es un hombre muy agradable, y la señora Campbell una mujer bondadosa y de gran corazón. Me gustan todos ellos.

—Usted conoce la situación de la señorita Fairfax en la vida, deduzco; lo que está destinada a ser.

—Sí —con cierta vacilación—, creo que sí.

—Se mete en temas delicados, Emma —dijo la señora Weston sonriendo—, recuerde que estoy aquí. El señor Frank Churchill apenas sabe qué decir cuando habla de la situación de la señorita Fairfax en la vida. Me voy a alejar un poco.

—Cierto que me olvido de pensar en ella —dijo Emma—, en cuanto que haya sido otra cosa que mi amiga y mi queridísima amiga.

Él puso una expresión que indicaba a las claras que comprendía y honraba tal sentimiento.

Una vez comprados los guantes y salidos de la tienda, dijo Frank Churchill:

—¿Han oído tocar alguna vez a la señorita de que hablábamos?

—¡Que si la hemos oído! —repitió Emma—. Se olvida de cuánto pertenece a Highbury. La he oído año tras año de nuestras vidas desde que empezamos las dos. Toca de un modo encantador.

—¿De veras? Necesitaba la opinión de alguien que pudiera realmente juzgar. Me parecía que tocaba bien, esto es, con bastante gusto, pero yo no entiendo nada de esas cosas. Me gusta enormemente la música, pero no tengo la menor habilidad ni derecho a juzgar las interpretaciones de nadie. Me he acostumbrado a oír que la admiraban; y recuerdo una prueba de que se pensaba que tocaba bien; un hombre, un hombre muy aficionado a la música, y enamorado de otra mujer, comprometido con ella, a punto de casarse, no pedía sin embargo nunca a esa otra mujer que se sentara al instrumento si podía sentarse en su lugar esa señorita en cuestión. Eso, en un hombre de talento musical reconocido, me pareció que era una buena prueba.

—¡Prueba, claro! —dijo Emma, muy divertida—. El señor Dixon es muy aficionado a la música, ¿no? Sabremos de todos ellos, en media hora, por usted, más de lo que nos habría concedido la señorita Fairfax en medio año.

—Sí, el señor Dixon y la señorita Campbell eran las personas, y yo lo consideré una prueba muy sólida.

—Claro... muy sólida era; para decir la verdad, mucho más sólida que agradable, al menos para mí, si yo hubiera sido la señorita Campbell. Yo no podría excusar que un hombre sintiera más la música que el amor, que tuviera más oído que ojos, y una sensibilidad más aguda para los sonidos bellos que para mis sentimientos. ¿Cómo parecía que le sentaba a la señorita Campbell?

—Era su amiga íntima, ya sabe.

—¡Mal consuelo! —dijo Emma, riendo—. A una le parecería mejor ver preferida a una desconocida que a la amiga íntima de una (con una desconocida podría no repetirse), pero ¡el dolor de tener una íntima amiga siempre a mano para hacerlo todo mejor que una misma! ¡Pobre señora Dixon! Bueno, me alegro de que se haya ido a establecer en Irlanda.

—Tiene usted razón. No era muy halagador para la señorita Campbell, pero realmente no parecía sentirlo.

—Tanto mejor, o tanto peor; no sé cuál de las dos cosas. Pero, sea dulzura o sea estupidez en ella, o falta de sentimientos, había una persona, creo, que debía haberlo sentido: la propia señorita Fairfax. Ella debía sentir esa impropia y peligrosa distinción.

—En cuanto a eso... yo no...

—¡Ah! No se imagine que espero de usted, ni de nadie, un informe sobre los sentimientos de la señorita Fairfax. Ningún ser humano los conoce, me parece, sino ella misma. Pero si seguía tocando cada vez que se lo pedía el señor Dixon, uno puede suponer lo que se le antoje.

—Parecía haber un entendimiento tan perfectamente bueno entre todos ellos —empezó él, bastante deprisa, pero refrenándose, añadió—: sin embargo, para mí es imposible decir en qué términos estaban realmente... cómo podía ser todo entre bastidores. Sólo puedo decir que exteriormente todo iba en armonía. Pero usted, que ha conocido a la señorita Fairfax desde niña, debe ser mejor juez que yo de su carácter, y de cómo es probable que se conduzca en situaciones críticas.

—La conozco desde niña, sin duda; hemos sido niñas y mujeres juntas; y es natural suponer que fuéramos íntimas, que nos viéramos de cerca cada vez que ella visitaba a su gente. Pero nunca ha sido así. No sé bien cómo ha pasado; un poco, quizá, por una perversidad por mi parte que se inclinaba a tomar a mal a una chica tan idolatrada y cele-

234

brada como ha sido ella siempre, por su tía y su abuela, y toda su gente. Y además, su reserva... nunca pude unirme a alguien tan completamente reservado.

—Es una cualidad que repele mucho, efectivamente —dijo él—. A menudo muy cómoda, sin duda, pero nunca agradable. Hay seguridad en la reserva, pero no atracción. No se puede amar a una persona reservada.

—No, mientras no cesa la reserva hacia uno mismo; entonces la atracción puede ser mayor. Pero yo habría de tener mucha necesidad de una amiga o una acompañante agradable, más de la que he tenido hasta ahora, para tomarme la molestia de vencer la reserva de nadie a fin de obtenerla. La intimidad entre yo y la señorita Fairfax está fuera de cuestión. No tengo razón para pensar mal de ella, en absoluto, salvo que esa extrema y perpetua cautela de palabras y maneras, ese miedo a dar ninguna idea clara sobre nadie, tiende a sugerir sospechas de que haya algo que esconder.

Él estuvo perfectamente de acuerdo con ella, y después de pasear juntos tan largamente y pensar de modo tan parecido, Emma sintió que ya se conocían tanto que apenas podía creer que ése fuera sólo su segundo encuentro. Él no era exactamente lo que ella había esperado, menos hombre de mundo en algunas de sus ideas, menos niño mimado de la suerte y por tanto mejor de lo que había esperado. Sus ideas parecían más moderadas; sus sentimientos, más cálidos. Le impresionó especialmente su manera de considerar la casa del señor Elton, que, lo mismo que la iglesia, fue a mirar, sin estar de acuerdo con ellas en encontrarle muchas faltas. No, no podía considerarla una mala casa; no una casa tal que hubiera que compadecer a quien la tenía. Si iba a ser compartida con la mujer que amaba, no podía pensar que a ningún hombre se le compadeciera por tener esa casa. Debía haber en ella amplio espacio para toda verdadera comodidad. Había que ser tonto para desear más.

La señora Weston se rio y dijo que no sabía de qué hablaba. Acostumbrado él mismo a una casa grande y sin pensar jamás en cuántas ventajas y comodidades resultaban de su tamaño, no podía juzgar las privaciones que inevitablemente acompañaban a una casa pequeña. Pero Emma, en su propia mente, decidió que él sí que sabía de qué hablaba, y que mostraba una muy amable inclinación a establecerse pronto en la vida, y a casarse, por motivos muy dignos. Quizá no se daba cuenta de los ataques a la paz doméstica ocasionados por no tener un cuarto para el ama de llaves, o una mala bodega para el mayordomo, pero sin duda sentía perfectamente que Enscombe no le podía hacer feliz, y que donde quiera que sintiera afecto, de buena gana renunciaría a mucha riqueza con tal de que se le concediera establecerse tempranamente.

CAPÍTULO 25

La muy buena opinión de Emma sobre Frank Churchill quedó un poco en duda al día siguiente cuando supo que se había ido a Londres simplemente a que le cortaran el pelo. Un súbito capricho parecía haberse apoderado de él, a la hora del desayuno, y había mandado a buscar una silla de posta, marchándose con idea de volver para la cena, sin intención más importante, al parecer, que cortarse el pelo. Cierto que no tenía nada de malo que viajara dieciséis millas y vuelta para tal asunto; pero había en ello tal aire de lechuguino y de tonto, que Emma no lo podía aprobar. Eso no iba de acuerdo con lo razonable de los planes, lo moderado de los gastos, o incluso lo altruista del calor cordial que ella misma había creído distinguir en él el día anterior. Vanidad, derroche, afición a cambiar, inestabilidad de carácter, que siempre tenía que estar haciendo algo, bueno o malo; desatención en cuanto a los gustos de su padre y la señora Weston; indiferencia en cuanto a cómo pudiera parecer su conducta ante todos; se exponía a todas esas acusaciones. Su padre solamente le llamó estúpido, y pensó que era una historia muy graciosa, pero a la señora Weston no le gustó, y eso quedó claro por su modo de pasar sobre ello tan deprisa como era posible, sin hacer otro comentario sino que «todos los jóvenes tienen sus pequeños caprichos».

Con la excepción de ese pequeño borrón, Emma encon-

237

traba que su visita hasta ahora sólo le había dado a su amiga buenas ideas de él. La señora Weston estaba muy dispuesta a decir qué compañero más atento y agradable resultaba; cuánto veía que le gustaba en su disposición en general. Parecía tener un carácter muy abierto; ciertamente muy animado y vivaz; ella no podía observar nada malo en sus ideas, y mucho decididamente bueno; él hablaba de su tío con cálida consideración, le gustaba hablar de él; decía que sería el hombre mejor del mundo si se le dejara solo; y aunque no había apego hacia su tía, reconocía su bondad con gratitud, y parecía ser siempre sincero al hablar de ella con respeto. Todo eso era muy prometedor, y, salvo por ese desafortunado capricho de hacerse cortar el pelo, no había nada que le denotara indigno del distinguido honor que le había concedido su imaginación; el honor, si no de estar realmente enamorado de ella, de estar por lo menos muy cerca de ello, y salvándose sólo por la propia indiferencia de Emma (pues seguía en pie su resolución de no casarse nunca); el honor, en resumen, de estar reservado para ella por parte de todos sus comunes conocidos.

El señor Weston, por su parte, añadió a esas cuentas una virtud que debía tener algún peso. Le dio a entender a Emma que Frank la admiraba extremadamente, que la consideraba muy bella y muy encantadora, y, con todo lo que en conjunto se podía decir a favor de él, ella encontró que no debía juzgarle duramente Como observó la señora Weston, «todos los jóvenes tienen sus pequeños caprichos».

Había una sola persona de disposición no tan indulgente, entre sus nuevos conocidos de Surry. En general, se le juzgaba con muy buen ánimo, en las parroquias de Donwell y Highbury; se hacían generosas concesiones para los pequeños excesos de tan guapo joven —alguien que sonreía tan a menudo y hacía tan buenas reverencias; pero había un solo espíritu entre ellos que no se ablandaba en su capacidad de censura, ni con reverencias ni con sonrisas: el señor Knightley. Le hablaron del asunto en Hartfield; por el momento quedó callado, pero Emma le oyó casi inmediatamente decirse a sí mismo, sin dejar el periódico que tenía en la mano: «¡Hum! Nada más que el tipo trivial y tonto por que le tomé.» Ella casi estuvo por ofenderse, pero un momento de consideración la convenció de que lo decía sólo por desahogar sus sentimientos y no con intención de provocar; así que lo dejó correr.

Aunque en un aspecto portadores de noticias nada buenas, la visita del señor y la señora Weston en esa mañana fue en otro aspecto particularmente oportuna. Algo ocurrió mientras estaban en Hartfield que hizo que Emma necesitara su consejo, y, lo que fue aún más afortunado, ella necesitaba exactamente el consejo que le dieron.

Lo que pasó fue esto: Los Cole llevaban varios años instalados en Highbury y eran muy buena gente, amables, generosos y sin pretensiones; pero, por otra parte, eran de modesto origen, comerciantes y sólo moderadamente distinguidos. Cuando llegaron a ese país, habían vivido conforme a sus ingresos, tranquilamente, recibiendo poca gente, y a esa gente, de modo poco dispendioso; pero desde hacía un año o dos, sus medios habían aumentado considerablemente; su establecimiento en el pueblo había producido mayores beneficios, y la fortuna les había sonreído en general. Con su riqueza, se elevaron sus ideas: necesitaron una casa mayor y se inclinaron a más sociedad. Aumentaron la casa, el número de sus criados, sus gastos de toda especie; y para entonces, en fortuna y estilo de vida, sólo cedían la primacía a la familia de Hartfield. Su amor a la sociedad y su nuevo comedor preparó a todo el mundo para que tuvieran invitados; y ya habían tenido lugar unos pocos convites, especialmente entre los solteros. A las mejores familias, Emma no podía suponer que se atreverían a invitarlas, ni a los de Donwell, ni a los de Hartfield, ni a los de Randalls. Nada la tentaría a ella a ir, aunque fueran ellos; y lamentaba que las conoçidas costumbres de su padre dieran a su rechazo menos significación de la que ella desearía. Los Cole eran muy respetables en su estilo, pero había que enseñarles que no era para ellos establecer los términos en que les visitaran las familias superiores. Esa lección, se temía mucho, sólo la recibirían de ella misma; tenía pocas esperanzas por parte del señor Knightley, y ninguna por parte del señor Weston.

Pero había decidido cómo hacer frente a esa presunción tantas semanas antes de que apareciera, que cuando llegó por fin el insulto, se encontró afectada de modo muy diferente. En Donwell y en Randalls se había recibido su invitación, pero no había llegado ninguna para su padre y ella; y no era suficiente la explicación de la señora Weston de que «Supongo que no se tomarán esa libertad contigo; ya saben que ustedes no comen fuera». Sentía que le gustaría tener la posibilidad del rechazo; y después, al venírsele a la mente repetidamente la idea del grupo que se iba a reunir allí, consistente precisamente en aquellos cuya compañía le era más querida, no sabía si no habría sido tentada a aceptar. En esa velada iban a estar allí Harriet y las Bates. Habían hablado de eso mientras paseaban por Highbury el día antes, y Frank Churchill lamentó su ausencia muy seriamente. ¿No podría acabar la velada en un baile?, había preguntado. La mera posibilidad de ello obró como una nueva irritación en su ánimo; y el verse dejada en solitaria grandeza, aun suponiendo que la omisión tuviera intención de cumplido, no era más que un mal consuelo.

Fue la llegada de esa misma invitación mientras los Weston estaban en Hartfield lo que le hizo tan aceptable la presencia de ellos; pues aunque su primer comentario, al leerla, fue que «por supuesto había que declinarla», pasó tan pronto a preguntarles a ellos qué le aconsejaban hacer, que con prontitud y éxito ellos le aconsejaron que fuera.

Ella confesó que, considerándolo todo, no le faltaba cierta inclinación hacia la reunión. Los Cole se expresaban tan

apropiadamente; había tanta atención sincera en sus maneras,
tanta consideración hacia su padre. «Habrían solicitado antes
el honor, de no ser porque habían estado esperando a que
llegara de Londres una mampara que esperaban que podría
defender al señor Woodhouse de cualquier corriente de aire,
y por tanto inducirle a concederles el honor de su compañía.»
En conjunto, Emma estaba muy dispuesta a la persuasión, y,
arreglado brevemente entre ellos cómo se podría hacer sin
descuidar la comodidad del señor Woodhouse —indudablemente se podía confiar en que la señora Goddard, si es que
no la señora Bates, le haría compañía—, había que hablar
con él para que consintiera que su hija saliera a una cena en
un día ya próximo, pasando toda la velada lejos de él. En
cuanto a que *él* fuera, Emma ni deseaba que lo considerara
posible; la hora sería muy tardía y la reunión demasiado
numerosa. Él pronto se resignó bastante bien.

—No me gustan las visitas con cena —dijo—. Nunca me
han gustado. Tampoco le gustan a Emma. Esas horas tardías
no nos van bien. Lamento que lo hayan hecho el señor y la
señora Cole. Creo que sería mucho mejor que vinieran una
tarde, el próximo verano, a tomar el té con nosotros, y nos
llevaran en su paseo de por la tarde; y lo podrían hacer, ya
que nuestras horas son tan razonables, y aun volver a casa
sin estar fuera con la humedad del anochecer. El rocío de
un anochecer de verano es algo a que no querría yo exponer
a nadie. Sin embargo, como tienen tantos deseos de que mi
querida Emma cene con ellos, y como ustedes dos estarán
allí, y el señor Knightley también, para cuidar de ella, no
me es posible impedirlo, con tal que el tiempo sea lo que
debería ser, ni húmedo, ni frío, ni con viento. —Luego, volviéndose a la señora Weston, con un aire de suave reproche:

-¡Ah, señorita Taylor, si no se hubiera casado, se habría
quedado en casa conmigo!

—Bueno, señor Woodhouse —exclamó el señor Weston—,
al llevarme a la señorita Taylor, me corresponde proveer al-

guien en su lugar, si puedo; y en un momento voy a ver a la señora Goddard, si lo desea.

Pero la idea de que se hiciese nada en un *momento* aumentó, en vez de disminuir, la agitación del señor Woodhouse. Las señoras sabían mejor cómo aliviarlo. El señor Weston debía estarse callado, y todo se arreglaría cuidadosamente.

Con ese tratamiento, el señor Woodhouse pronto estuvo lo bastante sereno para conversar como de costumbre. «Le encantaría ver a la señora Goddard. Tenía una gran consideración hacia la señora Goddard, y Emma debía escribirle unas líneas invitándola. James podía llevar la carta. Pero ante todo, había que escribir una respuesta a la señora Cole.»

—Presenta mis excusas, querida mía, con tanta cortesía como puedas. Dirás que estoy muy delicado, y no voy a ninguna parte, y por tanto debo declinar esa invitación que tanto agradezco; empezando con mis cumplidos, claro. Pero tú lo harás bien todo. No necesito decirte qué hay que hacer. Tenemos que acordarnos de decir a James que el martes hará falta el coche. No tendré miedo por ti si vas con él. No hemos estado allá más de una vez desde que hicieron el nuevo camino, pero no tengo duda de que James te llevará con toda seguridad. Y cuando llegues, tienes que decirle a qué hora quieres que vaya otra vez por ti; y sería mejor que dijeras una hora temprana. No te gustará quedarte hasta muy tarde. Te sentirás muy cansada después del té.

—Pero ¿no querrás que me marche antes de cansarme, papá?

—¡Ah no, cariño mío! Pero te cansarás pronto. Habrá mucha gente hablando al mismo tiempo. No te gustará el ruido.

—Pero, señor Woodhouse —exclamó el señor Weston—, si se marcha pronto Emma, eso será disolver la reunión.

—Pues no será un gran daño si es así —dijo el señor Woodhouse—. En cualquier reunión, cuanto antes se disuelva, mejor.

242

—Pero no considera cómo les puede parecer a los Cole. Si Emma se marcha después del té mismo, podría ser una ofensa. Son gente de buen carácter, y piensan poco en sus pretensiones, pero tienen que pensar que el que alguien se vaya a toda prisa no es un buen cumplido, y si lo hace así la señorita Woodhouse, no pensarían otra cosa todos los que estuvieran en el salón. Usted no querría decepcionar y humillar a los Cole, estoy seguro, señor Woodhouse; son gente buena y amable como nadie, y hace diez años que los tiene usted de vecinos.

—No, por nada del mundo. Señor Weston, le agradezco mucho que me lo recuerde. Lamentaría mucho causarles ninguna molestia. Sé qué gente tan valiosa son. Perry me dice que el señor Cole jamás toca el licor de malta. No lo creería usted al mirarle, pero es bilioso; el señor Cole es muy bilioso. No, no querría ser yo quien les molestara. Querida Emma, tenemos que considerar eso. Estoy seguro, antes que correr el riesgo de ofender al señor y la señora Cole, más vale que te quedes un poco más de lo que desearías. No tendrás en cuenta el estar cansada. Estarás perfectamente segura, ya sabes, entre tus amigos.

—Sí, papá. No tengo ningún miedo por mí misma; y no tendría escrúpulo en quedarme tan tarde como la señora Weston, salvo por ti. Sólo tengo miedo de que te quedes en vela por mí. No temo que no estés muy cómodo con la señora Goddard. Le encanta jugar al piquet, ya sabes; pero cuando ella se vaya a casa, me temo que te quedarás en vela, en vez de acostarte a tu hora de costumbre, y esa idea destruiría mi tranquilidad. Prométeme no quedarte esperándome.

Él lo hizo así, a condición de algunas promesas por parte de ella; tales como que, si volvía con frío, se cuidaría de calentarse muy bien; si volvía con hambre, tomaría algo; que su propia doncella la esperaría en vela, y que Serle y el mayordomo se ocuparían de que todo estuviera seguro en la casa, como de costumbre.

CAPÍTULO 26

Frank Churchill volvió y en Hartfield no se supo si hizo esperar a su padre para la cena, pues la señora Weston tenía demasiado afán de que fuera un favorito del señor Woodhouse para revelar ninguna imperfección que pudiera ocultarse.

Volvió, con el pelo bien cortado, y se rio de sí mismo con muy buena gracia, pero sin parecer en absoluto avergonzado de lo que había hecho. No tenía razones para desear que su pelo estuviera más largo a fin de ocultar ninguna confusión de rostro; no tenía razones para desear no haber gastado el dinero en elevar su humor. Estaba tan animado y vivaz como siempre, y tras de verle, Emma moralizó consigo misma de este modo.

«No sé si debería ser así, pero la verdad es que las tonterías dejan de ser tontas cuando las hace la gente sensata de un modo desvergonzado. La maldad siempre es maldad, pero la locura no siempre es locura. Depende del carácter de quienes la manejan. El señor Churchill sé que no es un joven trivial y tonto. Si lo fuera, habría hecho esto de un modo diferente. O se habría gloriado de su realización, o se habría avergonzado. Habría tenido la ostentación de un estúpido, o las evasiones de un ánimo demasiado débil para defender sus vanidades. No, estoy completamente segura de que no es trivial ni tonto.

Con el martes llegó la agradable perspectiva de volverle

a ver, y por más tiempo que hasta entonces; de juzgar sus maneras en general, y, por influencia, el significado de sus maneras hacia ella misma; de adivinar qué pronto podría ser necesario para ella tirar por la borda la frialdad; y de imaginarse cuáles podrían ser los comentarios de todos los que entonces les vieran juntos por primera vez.

Pensaba ser muy feliz, a pesar de que el escenario se preparaba en casa del señor Cole, y ella no podía olvidar que entre los defectos del señor Elton, aun en los días de su favor, ninguno la había molestado tanto como su inclinación a comer con el señor Cole.

El bienestar de su padre quedó ampliamente asegurado, ya que tanto la señora Bates como la señora Goddard podían venir; y su última grata obligación, antes de salir de casa, fue presentarles sus respetos mientras comían con el señor Woodhouse, y, mientras su padre notaba cariñosamente la belleza de su traje, ofrecer a las dos señoras todas las excusas que pudo, sirviéndoles grandes rebanadas de pastel y sendos vasos llenos de vino, para compensar cualquier involuntaria renuncia que el cuidado del señor Woodhouse por su salud les hubiera obligado a practicar durante la comida. Ella les había preparado una comida abundante: le gustaría saber que se les había permitido comerla.

Emma llegó a la puerta del señor Cole siguiendo otro coche, y le agradó ver que era el del señor Knightley; porque como el señor Knightley no tenía caballos en casa, y le sobraba poco dinero, y tenía mucha salud, actividad e independencia, se inclinaba demasiado, en opinión de Emma, a ir por ahí de cualquier manera, sin usar su coche tan a menudo como correspondía al propietario de Donwell Abbey. Tuvo oportunidad de expresar su aprobación aún caliente del corazón, pues él se detuvo a darle la mano para que se apeara.

—Eso es venir como debe usted —dijo—, como un caballero. Me alegro mucho de verle.

Él le dio las gracias, observando:

—Qué suerte que hayamos llegado en el mismo momento, porque, si no nos hubiéramos visto hasta el salón, dudo de que usted habría observado en mí algo más de caballero que de costumbre. Quizá no habría distinguido cómo he venido, por mi aspecto o mis maneras.

—Sí, lo habría distinguido, estoy segura. Siempre hay un aire consciente o atareado cuando alguien llega de un modo que sabe que está por debajo de él. Usted se cree que lo lleva muy bien, supongo, pero en su caso es una especie de bravata, un aire afectado de que no le importa; siempre lo observo cuando le encuentro en estas circunstancias. Ahora no tiene nada que pretender. No teme que le supongan avergonzado. No se esfuerza en parecer más alto que nadie más. Ahora es cuando realmente estaré muy contenta de entrar con usted en el mismo cuarto.

—¡Qué chica más tonta! —fue la respuesta, pero nada encolerizada.

Emma tuvo tanta razón para quedar satisfecha con el resto de la reunión como con el señor Knightley. Fue recibida con un cordial respeto que no podía menos de agradarle, y se le dio toda la importancia que podía desear. Cuando llegaron los Weston, las más tiernas miradas de cariño y las más sólidas miradas de admiración fueron para ella; el hijo se acercó a ella con un afán animado que la señalaba como el principal objeto de su atención, y en la cena Emma se encontró sentada a su lado; y eso, según creía ella firmemente, no sin cierta destreza por su parte.

La reunión era bastante amplia, ya que incluía a otra familia, una familia muy decente y nada objetable de la comarca, a quienes los Cole tenían la suerte de contar entre sus conocidos, y la parte masculina de la familia del señor Cox, el abogado de Highbury. Las hembras, menos distinguidas, vendrían durante la velada, con las señoritas Bates, Fairfax y Smith; pero ya los de la cena eran demasiado numerosos para que hubiera un tema general de conversación, y mientras que se hablaba de política y del señor Elton, Emma pudo entregar decentemente toda su atención a las gratas palabras de su vecino. El primer sonido lejano a que se sintió obligada a atender fue el nombre de Jane Fairfax. La señora Cole parecía contar algo sobre ella que se esperaba que fuera muy interesante. Emma escuchó y encontró que valía mucho la pena. La señora Cole contaba que había ido a ver a la señorita Bates, y tan pronto como entró en la sala le había llamado la atención ver un pianoforte —un instrumento de aspecto muy elegante—, no de cola, pero sí un pianoforte vertical de gran tamaño; y la sustancia de la historia, y el fin de todo el diálogo que hubo luego, con sorpresa, averiguación y felicitaciones por su parte, y explicaciones por parte de la señorita Bates, era que ese pianoforte había llegado de Broadwood's el día antes, para gran asombro de la tía y la sobrina, de modo absolutamente inesperado; que, al principio, según contaba la señorita Bates, la misma Jane estaba perpleja, desconcertada de pensar quién era posible que lo hubiera encargado; pero ahora ambas estaban completamente convencidas de que sólo podía venir de una parte, por supuesto que tenía que venir del coronel Campbell.

—No cabe suponer otra cosa —añadió la señora Cole—, y sólo me sorprendió que hubiera podido haber duda. Pero Jane, parece, recibió carta de ellos hace muy poco, y no se decía una palabra de ello. Ella les conoce mejor, pero yo no consideraría que su silencio fuera una razón para que no pensaran hacerle el regalo. Quizá querían sorprenderla.

La señora Cole tenía muchas razones para estar de acuerdo con ella; todo el mundo que habló sobre el tema estuvo igualmente de acuerdo en que debía venir del coronel Campbell, y se alegraba igualmente de que se hubiera hecho tal regalo, y hubo bastantes de ellos dispuestos a hablar como para permitir a Emma pensar por su cuenta sin dejar de escuchar a la señora Cole.

—¡Aseguro que no recuerdo haber oído nada que me

diera más satisfacción! Siempre me dolía que Jane Fairfax, que toca tan deliciosamente, no tuviera instrumento. Parecía una vergüenza, sobre todo considerando cuántas casas hay donde los instrumentos están absolutamente desperdiciados. Es como darnos a nosotros mismos una bofetada, ciertamente, y ayer mismo le decía yo al señor Cole que estaba realmente avergonzada de mirar nuestro nuevo pianoforte de cola en el salón, cuando no distingo una nota de otra, y nuestras niñitas, que están empezando sólo, quizá nunca le den importancia; y ahí está la pobre Jane Fairfax, que domina la música, y no tiene nada parecido a un instrumento, ni siquiera la más lamentable espineta vieja, para entretenerse. Se lo decía eso al señor Cole ayer mismo, y él estaba de acuerdo conmigo, sólo que a él le gusta tanto la música que no pudo menos de permitirse la compra, con la esperanza de que alguna de nuestras buenas vecinas fuera tan amable como para hacer alguna vez mejor uso de él que lo que podemos nosotros; y ésa es realmente la razón por la que se compró el instrumento —si no, desde luego que tendríamos que estar avergonzados de él. Tenemos grandes esperanzas de que se pueda convencer a la señorita Woodhouse para que lo pruebe esta noche.

La señorita Woodhouse asintió debidamente, y encontrando que no cabía extraer nada más de ninguna comunicación de la señora Cole, se volvió a Frank Churchill.

—¿Por qué sonríe usted? —dijo ella.

—Bueno, ¿y por qué sonríe usted?

—¡Yo! Supongo que sonrío del placer de que el coronel Campbell sea tan rico y tan generoso. Es un regalo muy bonito.

—Mucho.

—Más bien me sorprende que no se hiciera antes.

—Quizá la señorita Fairfax nunca ha estado aquí tanto tiempo.

—O quizá es que él no le concedió el uso del propio instrumento de ellos, que ahora debe estar encerrado en Londres, sin que lo toque nadie.

—Ése es un pianoforte de cola, y quizá pensaría él que es demasiado grande para la casa de la señora Bates.

—Usted puede decir lo que se le antoje, pero su cara testimonia que sus pensamientos sobre el tema son muy parecidos a los míos.

—No sé. Más bien creo que usted me da más mérito del que merezco en agudeza. Sonrío porque usted sonríe, y probablemente encontraré sospechoso todo lo que usted encuentre sospechoso; pero en ese momento no veo qué hay que poner en duda. Si el coronel Campbell no es la persona, ¿quién puede ser?

—¿Qué dice de la señora Dixon?

—¡La señora Dixon! Es mucha verdad, claro. No había pensado en la señora Dixon. Ella debe saber, tanto como su padre, qué aceptable sería un instrumento, y quizá el modo, el misterio, la sorpresa, es más una idea de una mujer joven que de un hombre entrado en años. Es la señora Dixon, estoy seguro. Ya le dije que sus sospechas guiarían las mías.

—Si es así, debe extender sus sospechas y abarcar al señor Dixon en ellas.

—El señor Dixon. Muy bien. Sí, me doy cuenta inmediatamente de que debe ser regalo conjunto del señor y la señora Dixon. Hablábamos el otro día, ya sabe, de que él es un admirador tan cálido de sus interpretaciones.

—Sí, y lo que usted me dijo sobre ese asunto, confirmó una idea que había tenido antes. No pretendo poner en duda las buenas intenciones, bien sea del señor Dixon o de la señorita Fairfax, pero no puedo menos de sospechar, una de dos, o que él, después de comprometerse con su amiga, tuvo la desgracia de enamorarse de *ella*, o que él se dio cuenta de un pequeño afecto por parte de ella. Cabe suponer veinte cosas sin adivinar exactamente la verdad, pero estoy segura de que debe haber una razón especial para que ella decidiera venir a Highbury en vez de ir con los Campbell a Irlanda. Aquí, debe llevar una vida de escasez y penitencia; allí, todo habría sido disfrute. En cuanto a la pretensión de probar sus aires nativos, lo miro como una simple excusa. En verano, podría haber pasado; pero no sé qué pueden hacer por nadie sus aires nativos en los meses de enero, febrero y marzo. Buenos fuegos y buenos coches vendrían mucho más a cuento en casi todos los casos de salud delicada, y supongo que en el de ella. No le pido que acepte todas mis sospechas, aunque usted profesa tan noblemente hacerlo, pero le digo sinceramente cuáles son.

—Y, palabra de honor, tienen un aire de gran verosimilitud. La preferencia del señor Dixon por su música más bien que por la de su amiga, respondo de que es decisiva.

—Y luego, él le salvó la vida. ¿Lo ha oído contar alguna vez? Una excursión por el agua, y, por algún accidente, ella se iba a caer. Él la cogió.

—Es verdad. Yo estaba allí... yo era uno de los del grupo.

—¿De veras que estaba? ¡Bueno! Pero usted no observó nada, claro, porque le parece una idea nueva. Si yo hubiera estado allí, creo que habría hecho algunos descubrimientos.

—Estoy seguro de que sí; pero yo, tonto de mí, no vi más que el hecho, que la señorita Fairfax casi fue lanzada desde la barca y que la alcanzó el señor Dixon. Fue asunto de un momento. Y aunque la agitación y la alarma fueron grandes y duraron —creo incluso que se tardó una media hora en que todos volvieran a estar tranquilos—, sin embargo, fue una sensación muy general para que se observara nada de interés personal. No quiero decir, sin embargo, que usted no podría haber hecho descubrimientos.

La conversación quedó interrumpida ahí. Les llamaban a tomar parte en la dificultad de un intervalo más bien largo entre platos, y se les obligaba a ser tan formales y ordenados como los demás, pero cuando la mesa volvió a estar ocupada con toda seguridad, cuando todos los platos auxiliares quedaron en su sitio exacto, y se restablecieron el atareamiento y la tranquilidad universal, Emma dijo:

—La llegada de ese pianoforte es decisiva para mí. Quería saber un poco más, y eso me cuenta bastante. Esté seguro de eso, pronto sabremos que es un regalo del señor y la señora Dixon.

—Y si los Dixon negaran absolutamente todo conocimiento de ello, debemos concluir que viene de los Campbell.

—No, estoy segura de que no es de los Campbell. La señorita Fairfax sabe que no viene de los Campbell, o si no, se habría adivinado desde el principio. Ella no se habría quedado intrigada, si se hubiera atrevido a suponer que eran otros. Quizá no le he convencido a usted, pero yo estoy perfectamente convencida de que el señor Dixon tiene una parte importante en el asunto.

—Cierto que me ofende usted si supone que no estoy convencido. Sus razonamientos arrastran consigo mi juicio por completo. Al principio, mientras la suponía convencida de que era el coronel Campbell, lo veía sólo como bondad paternal, y lo creía la cosa más natural del mundo. Pero cuando mencionó a la señora Dixon, noté cuánto más probable era que fuera el tributo de una cálida amistad femenina. Y ahora no lo puedo ver bajo otra luz sino como una ofrenda de amor.

No hubo ocasión de seguir insistiendo en el asunto. La convicción parecía real; él parecía sentirla. Ella no dijo más; les tocó el turno a otros temas, y así se fue el resto de la cena: llegó el postre, entraron los niños, y se les habló y se les admiró entre la acostumbrada marcha de la conversación; se dijeron unas pocas cosas inteligentes, unas pocas absolutamente tontas, pero, con mucho, la mayor proporción ni lo uno ni lo otro —nada peor que observaciones de todos los días, repeticiones aburridas, viejas noticias y bromas gruesas.

No llevaban mucho tiempo las señoras en el salón cuando llegaron las otras damas en sus diferentes grupos. Emma observó la entrada de su particular amiguita; y, aunque no pudo exultar con su dignidad y gracia, pudo no sólo encantarse con su floreciente dulzura y sus maneras sencillas, sino disfrutar muy cordialmente de esa disposición ligera, alegre y nada sentimental que le permitía tantos alivios de placer en medio de las punzadas de un amor decepcionado. Ahí estaba sentada, ¿y quién podía adivinar cuántas lágrimas había vertido recientemente? Estar en sociedad, lindamente vestida y viendo a las demás lindamente vestidas, estar sentada sonriendo, tan bonita, sin decir nada, era suficiente para la felicidad de la hora presente. Jane Fairfax le era superior en su presencia y movimientos; pero Emma sospechaba que se hubiera alegrado de intercambiar sus sentimientos con los de Harriet, muy contenta de adquirir la humillación de haber amado —sí, de haber amado en vano al mismo señor Elton— a cambio de quedar libre del peligroso placer de saberse amada por el marido de su amiga.

En una reunión tan grande no era necesario que Emma se le acercara. No deseaba hablar del pianoforte; se sentía demasiado dentro del secreto para considerar apropiada la apariencia de curiosidad o interés, y por tanto se mantuvo adrede a distancia; pero el tema fue inmediatamente introducido y Emma vio el rubor consciente con que se recibían las felicitaciones, el rubor de culpabilidad que acompañó al nombre de «mi excelente amigo el coronel Campbell».

La señora Weston, bondadosa de corazón y aficionada a la música, estaba especialmente interesada en el asunto, y Emma no pudo menos de sentirse divertida ante su perseverancia en seguir con el tema; y de que tuviera tanto que preguntar y decir en cuanto a tono, toque y pedal, sin sospechar en absoluto el deseo de decir lo menos posible sobre eso, que Emma leía claramente en el rostro de la bella heroína.

Pronto se les unieron algunos caballeros; y el primerísimo de los primeros fue Frank Churchill. Entró, el primero y el más bello, y tras de hacer un cumplido de pasada a la señorita Bates y a su sobrina, se fue derecho al lado opuesto del círculo, donde estaba sentada la señorita Woodhouse, sin quererse sentar en absoluto mientras no pudo encontrar asiento a su lado. Emma adivinó lo que debían estar pensando todos los presentes. Ella era el objeto de su atención, y todo el mundo debía percibirlo. Se lo presentó a su amiga, la señorita Smith, y después, en momentos apropiados, oyó lo que cada cual pensaba del otro. «Nunca había visto él una cara tan deliciosa, y estaba encantado con su ingenuidad.» Y ella: «Cierto que por supuesto era un cumplido excesivo para él, pero creía que, en algunos aspectos, se parecía un poco al señor Elton.» Emma refrenó su indignación y no hizo más que apartarse de ella en silencio.

Hubo sonrisas de entendimiento entre ella y el caballero al lanzar la primera ojeada hacia la señorita Fairfax, pero lo más prudente era evitar hablar. Él le dijo que había estado impaciente por dejar el comedor —detestaba estar sentado mucho tiempo y siempre era el primero en marcharse cuando podía—, que su padre, el señor Knightley, el señor Cox y el señor Cole, habían quedado muy ocupados en asuntos parroquiales, y que, sin embargo, el tiempo que se había quedado, había sido bastante agradable, ya que les encontraba en general un grupo de hombres muy distinguidos y sensatos; y habló muy bien de Highbury en conjunto —lo consideraba tan abundante en familias agradables— que Emma empezó a pensar que ella se había acostumbrado a despreciar demasiado el lugar. Le preguntó sobre la sociedad en Yorkshire, la extensión de la vecindad en torno a Enscombe, y cosas así; y pudo deducir de sus respuestas que, por lo que tocaba a Enscombe, ocurría muy poco; que sus visitas eran entre una órbita de grandes familias, ninguna de ellas muy cerca; y que aun cuando se fijaban días y se aceptaban invitaciones, en la mitad de las ocasiones la señora Churchill no tenía salud o ánimos para ir; que se empeñaban en no visitar a nadie nuevo; y que, aunque él tenía sus compromisos aparte, sólo con dificultad, y a veces con considerable habilidad, podía escaparse o presentar a alguien conocido para pasar una noche.

Ella vio que Enscombe no podía satisfacer, y que Highbury, tomado con buena voluntad, podía gustar razonablemente a un joven que había tenido en su hogar más retiro del que le gustaba. Su importancia en Enscombe era muy evidente. No se jactaba de ello, pero se revelaba naturalmente por sí mismo, que había persuadido a su tía cuando su tío no podía hacer nada, y al reírse Emma y hacerlo notar, él confesó que creía que con el tiempo podía convencerla para hacer cualquier cosa. Luego mencionó uno de esos puntos en que fracasó su influencia. Había tenido muchos deseos de ir al extranjero —había tenido verdadero empeño en que se le permitiera viajar—, pero ella no quería oír hablar de eso. Eso había ocurrido el año anterior. Ahora, dijo, empezaba a no tener ya el mismo deseo.

El punto donde no había posible persuasión, que no mencionó, Emma adivinó que era la buena conducta con su padre.

—He hecho un lamentable descubrimiento —dijo él, tras una breve pausa—. Llevo aquí una semana, mañana; la mitad de mi tiempo. Nunca supe que los días volaran tan deprisa. ¡Mañana hace una semana! Y apenas he empezado a pasarlo bien. Pero apenas he conocido a la señora Weston y a los demás. Me molesta recordarlo.

—Quizá ahora empiece a lamentar haber gastado todo un día, de tan pocos, en cortarse el pelo.

—No —dijo él, sonriendo—, eso no es motivo de lamentarlo en absoluto. No siento placer en ver a mis amigos a no ser que me crea en buen estado para ser visto.

Como los demás caballeros estaban ya en el salón, Emma se vio obligada a apartarse de él unos pocos minutos y escuchar al señor Cole. Cuando se apartó el señor Cole y pudo restablecer su atención como antes, vio que Frank Churchill miraba atentamente, a través del salón, a Jane Fairfax, que estaba sentada exactamente enfrente.

—¿Qué ocurre? —dijo ella.

Él se sobresaltó.

—Gracias por despertarme —respondió—. Creo que he sido muy grosero; pero realmente la señorita Fairfax se ha arreglado el pelo de un modo tan raro... un modo tan raro... que no puedo quitarle los ojos de encima. ¡Nunca he visto nada tan exagerado! ¡Esos rizos! Eso debe ser una fantasía suya. ¡No veo a nadie más con ese aspecto! Tengo que ir a preguntarle si es una moda irlandesa. ¿Iré? Sí, iré, por supuesto que iré, y ya verá cómo lo toma; si cambia de color.

Se marchó inmediatamente, y Emma le vio de pie ante la señorita Fairfax, hablando con ella, pero en cuanto a su efecto en la señorita, como él, imprevisoramente, se había colocado exactamente entre ellas, delante de la señorita Fairfax, no pudo distinguir absolutamente nada.

Antes que él pudiera volver a su silla, la ocupó la señora Weston.

—Este es el lujo de una gran reunión —dijo—, una se puede acercar a todo el mundo y decirlo todo. Querida Emma, tengo ganas de hablar con usted. He estado haciendo descubrimientos y formando planes, igual que usted, y tengo que decirlos ahora que la idea está fresca. ¿Sabe cómo han llegado aquí la señorita Bates y su sobrina?

—¿Cómo? Estaban invitadas, ¿no?

—¡Ah, sí! ¿Pero cómo las transportaron aquí? ¿De qué modo vinieron?

—A pie, supongo. ¿Cómo, si no, iban a venir?

—Mucha verdad. Bueno, hace un rato se me ocurrió qué triste sería dejar que Jane Fairfax volviera a su casa andando otra vez, de noche y tan tarde, y con las noches frías que hay ahora. Y al mirarla, aunque nunca la he visto mejor, me pareció que estaba sofocada y que entonces estaría especialmente expuesta a enfriarse. ¡Pobre chica! No podría soportar esa idea; así que, tan pronto como entró en el salón el señor Weston y pude acercarme a él, le hablé del coche. Ya puede suponer qué dispuesto estuvo a seguir mi deseo, y, teniendo su aprobación, me fui derecha a la señorita Bates, para tranquilizarla de que el coche estaría a su servicio antes de llevarnos a casa a nosotros; pues creí que eso la dejaría en paz al momento. ¡Buen alma! Estuvo tan agradecida como cabe, puede estar segura. «¡Nadie ha tenido nunca tanta suerte como ella!» —pero con muchas, muchas gracias—, «no había necesidad de que nos molestáramos, pues el coche del señor Knightley las había traído y las volvería a llevar a casa.» Me quedé muy sorprendida; muy contenta, claro, pero muy sorprendida. Tan bondadosa atención, y una atención tan cuidadosa, ese tipo de cosas que a muy pocos hombres se les ocurren. Y, en resumen, conociendo sus costumbres me inclino mucho a creer que fue para la comodidad de ella para lo que usó el coche en absoluto. Sospecho que él no tendría un par de caballos para él mismo, y que era sólo una excusa para ayudarlas.

—Muy probable —dijo Emma—, nada más probable. No conozco ningún hombre en quien sea tan probable como en el señor Knightley hacer semejante cosa; hacer algo de buen carácter, útil, considerado o benévolo. No es un hombre galante, pero es muy humano; y eso, considerando la mala salud de Jane Fairfax, parecería un ejemplo de humanidad en él, y para un acto de bondad sin ostentación, no hay nadie en quien yo pensara tanto como en el señor Knightley. Sabía que hoy tenía caballos, porque llegamos a la vez; y me reí de él por ello, pero no dijo ni una palabra que lo revelara.

—Bueno —dijo la señora Weston, sonriendo—, le da mérito por una simple benevolencia desinteresada, más de lo que yo haría; pues mientras hablaba la señorita Bates, se me clavó una sospecha en la cabeza y no he sido capaz de sacármela otra vez. Cuanto más lo pienso, más probable me parece. En resumen, he hecho un casamiento entre el señor Knightley y Jane Fairfax. ¡Mire la consecuencia de acompañarla! ¿Qué dice de eso?

—¡El señor Knightley y Jane Fairfax! —exclamó Emma—. Querida señora Weston, ¿cómo ha podido pensar tal cosa? ¡El señor Knightley! ¡El señor Knightley no se debe casar! ¿No querrá usted que el pequeño Henry se quede sin Donwell? ¡Ah, no, no! Henry tiene que heredar Donwell. No puedo consentir de ningún modo en que se case el señor Knightley; y estoy segura de que no es nada probable. Estoy sorprendida de que piense tal cosa.

—Mi querida Emma, le he dicho lo que me ha llevado a pensarlo. Yo no quiero el casamiento; no quiero perjudicar al pequeño Henry; pero las circunstancias me han dado esa idea; y si el señor Knightley realmente deseara casarse, no querría que se refrenara sólo en atención a Henry, un niño de seis años, que no sabe nada del asunto.

—Sí, sí, querría. No podría soportar que Henry fuera suplantado. ¡Casarse el señor Knightley! No, yo nunca he tenido tal idea, y no puedo aceptarla ahora. ¡Y Jane Fairfax, además, y no otra mujer!

—Bueno, siempre ha sido su gran favorita, como sabe muy bien.

—¡Pero la imprudencia de tal matrimonio!

—No hablo de su prudencia, simplemente de su probabilidad.

—No veo que sea probable, a no ser que tenga mejores fundamentos que los que dice. Su buena naturaleza, su humanidad, como le digo, serían suficientes para explicar los caballos. Tiene una gran consideración hacia las Bates, ya sabe, independientemente de Jane Fairfax, y siempre se alegra de mostrarles su atención. Mi querida señora Weston, no se meta a casamentera. Lo hace muy mal. ¡Jane Fairfax señora de la Abbey! ¡Ah no, no! Todos los sentimientos se rebelan. Por su bien, no querría que él hiciera una cosa tan loca.

—Imprudente, si no te parece mal; pero no loca. Salvo

la desigualdad de fortuna y quizá una pequeña disparidad de edades, no veo nada inapropiado.

—Pero el señor Knightley no quiere casarse. Estoy segura de que no tiene la menor idea de ello. No se lo meta en la cabeza. ¿Por qué habría de casarse? Está tan feliz como es posible consigo mismo, con su granja, sus ovejas, su biblioteca, y toda la parroquia que manejar; y quiere muchísimo a los hijos de su hermano. No tiene ocasión para casarse, ni para llenar su tiempo ni su corazón.

—Mi querida Emma, mientras él lo piense así, así es; pero si realmente quiere a Jane Fairfax...

—¡Tontería! No le importa Jane Fairfax. Por lo que toca a amor, estoy segura de que no. Él les haría cualquier bien a ella, y a su familia, pero...

—Bueno —dijo la señora Weston, riendo—, quizá el mayor bien que podría hacerles sería dar a Jane un hogar respetable.

—Aunque fuera bueno para ella, estoy segura de que sería malo para él: un enlace vergonzoso y degradante. ¿Cómo soportaría que la señorita Bates fuera cosa suya? ¿Tenerla merodeando por la Abbey y dándole gracias todo el día por su gran bondad en casarse con Jane? «¡Tan bondadoso y amable! ¡Pero él siempre ha sido tan buen vecino!» Y luego escapar volando, a media frase, a la vieja enagua de su madre. «No es que fuera una enagua vieja, tampoco, porque aún podría durar mucho, y, en realidad, debía decir que sus enaguas eran todas muy fuertes.»

—¡Qué vergüenza, Emma! No la imite. Me divierte, contra mi conciencia. Y, palabra, no creo que al señor Knightley le molestaría la señorita Bates. Las cosas pequeñas no le irritan. Ella podría seguir charlando; si él quisiera decir algo, simplemente hablaría más alto y ahogaría su voz. Pero la cuestión no es si sería para él un mal enlace, sino si lo desea; y creo que sí. ¡Le he oído hablar, y también usted debe oírle, tan altamente sobre Jane Fairfax! ¡El interés que se toma por ella, su preocupación por su salud, su pena porque ella no tenga una perspectiva más feliz! ¡Le he oído expresarse tan cálidamente sobre esos puntos! ¡Qué admirador de sus interpretaciones al pianoforte y de su voz! Le he oído decir que podría escucharla para siempre. ¡Ah! y casi se me había olvidado una idea que se me ocurrió: ese pianoforte que ha mandado alguien, aunque todos nos hemos quedado tan satisfechos con considerarlo un regalo de los Campbell, ¿no sería quizá del señor Knightley? No puedo menos de sospecharlo. Creo que él es exactamente la persona para hacerlo, aun sin estar enamorado.

—Entonces no puede haber argumentos para demostrar que esté enamorado. Pero no creo que sea probable que haga semejante cosa. El señor Knightley no hace nada con misterios.

—Le he oído lamentar repetidamente que ella no tenga instrumento; más a menudo de lo que yo supondría que se le ocurriría en el curso normal de las cosas.

—Muy bien, pues si hubiera querido darle uno, se lo habría dicho.

—Podría haber escrúpulos de delicadeza, mi querida Emma. Tengo una intensa sospecha de que viene de él. Estoy segura de que se quedó especialmente callado cuando nos lo dijo la señora Cole en la cena.

—Usted toma una idea, señora Weston, y corre con ella, lo mismo que me ha reprochado muchas veces que hiciera yo. Yo no veo señal de afecto, no creo nada de lo del pianoforte, y sólo la prueba me convencerá de que el señor Knightley tenga ninguna idea de casarse con Jane Fairfax.

Discutieron el asunto durante algún tiempo más del mismo modo; Emma más bien ganando terreno en el ánimo de su amiga, pues la señora Weston era la más acostumbrada de las dos a ceder; hasta que una pequeña agitación en el salón les indicó que había acabado el té y el instrumento estaba preparado; y en ese mismo instante el señor Cole se acercó a rogar a la señorita Woodhouse que les hiciera el honor de probarlo. Frank Churchill, de quien, en el empeño de su conversación con la señora Weston, Emma no había visto nada sino que había encontrado un asiento junto a la señorita Fairfax, siguió al señor Cole para añadir sus apremiantes ruegos, y como, en cualquier aspecto, a Emma le convenía más abrir camino, aceptó muy apropiadamente.

Conocía los límites de su capacidad demasiado bien como para intentar más de lo que podía ejecutar con éxito: no le faltaban ni gusto ni ánimo en las cositas que son aceptables para todos, y sabía acompañar su voz muy bien. Un acompañamiento a su voz la sorprendió agradablemente; una segunda voz, llevada de modo ligero pero correcto por Frank Churchill. Su perdón fue debidamente solicitado al terminar la canción, y hubo lo de costumbre. Se le acusó a él de tener una voz deliciosa y un perfecto conocimiento de la música, lo que fue apropiadamente negado, afirmando en redondo que no sabía nada del asunto y que no tenía voz en absoluto. Volvieron a cantar juntos una vez más, y Emma luego abandonó su lugar a la señorita Fairfax, cuya ejecución, tanto vocal como instrumental, era infinitamente superior a la suya, como Emma nunca intentaría ocultarse a sí misma.

Con sentimientos mezclados, se sentó un poco aparte de la multitud que rodeaba el instrumento, para escuchar. Frank Churchill volvió a cantar. Habían cantado juntos una vez o dos, al parecer, en Weymouth. Pero el ver al señor Knightley entre los más atentos atrajo la mitad del ánimo de Emma; y empezó a pensar sobre el tema de las sospechas de la señora Weston, con sólo interrupciones momentáneas por parte de los dulces sonidos de las voces unidas. Sus objeciones a que se casara el señor Knightley no menguaron en lo más mínimo. No veía en ello nada que no fuera malo. Sería una gran decepción para el señor John Knightley y por tanto para Isabella. Un verdadero perjuicio para los niños, un cambio muy molesto y una pérdida material para todos ellos; una gran mengua en la tranquilidad diaria de su padre, y, en cuanto a ella, no podía soportar la idea de Jane Fairfax en Donwell Abbey. ¡Una señora Knightley para que todos ellos le cedieran el paso! No: el señor Knightley no debía casarse nunca. El pequeño Henry debía seguir siendo el heredero de Donwell.

Por fin el señor Knightley miró atrás y vino a sentarse a su lado. Al principio hablaron sólo de la ejecución. Su admiración, ciertamente, era muy cálida, pero ella pensó que, de no ser por la señora Weston, no se habría dado cuenta. A modo de piedra de toque, sin embargo, empezó por hablar de su bondad en transportar a la tía y la sobrina; y aunque su respuesta mostraba un ánimo de abreviar el asunto, ella creyó que indicaba sólo su poca inclinación a extenderse en ninguna bondad suya.

—Muchas veces me apena —dijo ella— no atreverme a hacer más útil nuestro coche en tales ocasiones. No es que me falte el deseo, pero ya sabe qué imposible consideraría mi padre que James aceptara tal cosa.

—Completamente fuera de cuestión, completamente —respondió—, pero usted debe desearlo muchas veces, estoy seguro.

Y sonrió con tan visible placer con su convicción, que ella tuvo que avanzar otro paso.

—Ese regalo de los Campbell —dijo—. Ese pianoforte es un regalo muy bondadoso.

—Sí —respondió él y sin el menor cohibimiento visible—. Pero habrían hecho mejor si la hubieran avisado. Las sorpresas son cosas muy tontas. El placer no se aumenta, y la molestia es a veces considerable. Yo habría esperado mejor juicio en el coronel Campbell.

Desde ese momento Emma podría haber prestado juramento de que el señor Knightley no tenía nada que ver con el instrumento. Pero en cuanto a si estaba libre de un especial afecto —si no había una preferencia afectiva— siguió dudosa un poco más de tiempo. Hacia el final de la segunda canción, a Jane se le puso la voz un poco ronca.

—Ya vale —dijo, cuando se acabó, pensando en voz alta—: ya ha cantado bastante para una velada; ahora estese en silencio.

Sin embargo, pronto pidieron otra canción.

«Una más: no querían fatigar a la señorita Fairfax por ningún motivo, y sólo pedirían una más.» Y se oyó que Frank Churchill decía: «Creo que usted puede manejar ésta sin esfuerzo; la primera voz es poca cosa. La fuerza de la canción queda en la segunda.»

El señor Knightley se encolerizó.

—Ese tipo —dijo, indignado—, no piensa más que en lucir su voz. Eso no debe ser. —Y, dando un toque a la señorita Bates, que en ese momento pasaba al lado: —Señorita Bates, ¿están ustedes locos de dejar que su sobrina se quede ronca de ese modo a fuerza de cantar? Vaya a impedirlo. No tienen compasión de ella.

La señorita Bates, en su sincera preocupación por Jane, apenas esperó a dar las gracias antes de avanzar y poner fin a tanto cantar. Ahí acabó la parte de concierto de la velada, pues la señorita Woodhouse y la señorita Fairfax eran las únicas intérpretes; pero muy pronto (al cabo de cinco minutos) la propuesta de bailar —que arrancó no se sabía exactamente de dónde— recibió tan eficaz promoción por parte de los Cole, que todo se despejó rápidamente para dejar sitio apropiado. La señora Weston, excelente en sus contradanzas, se sentó al instrumento y empezó un irresistible vals, y Frank Churchill, avanzando con la más adecuada galantería hacia Emma, la tomó de la mano y la llevó al comienzo de la fila.

Mientras esperaban a que los demás jóvenes se emparejaran, Emma encontró tiempo, a pesar de los cumplidos que recibía sobre su voz y su gusto, de mirar alrededor y ver qué se hacía del señor Knightley. Eso sería una prueba. Él no solía bailar por lo regular. Si ahora estuviera muy atento en invitar a Jane Fairfax, eso podría augurar algo. No hubo aparición inmediata. No; él hablaba con la señora Cole; parecía despreocupado; algún otro invitó a Jane y él siguió hablando con la señora Cole.

Emma ya no siguió alarmada por Henry; sus intereses estaban todavía a salvo; y encabezó el baile con auténticos ánimos y con placer. No se pudieron alinear más de cinco parejas, pero lo desacostumbrado y lo repentino del asunto lo hicieron delicioso, y Emma encontró que tenía buena compañía en su caballero. Eran una pareja digna de contemplación.

Dos danzas, por desgracia, fueron lo único que se pudo permitir. Se hacía tarde, y la señorita Bates estaba afanosa por volver a casa, a causa de su madre. Así pues, después de algunos intentos de que se les permitiera empezar otra vez, se vieron obligados a dar las gracias a la señora Weston, a poner cara triste y a terminar.

—Quizá más vale así —dijo Frank Churchill, al acompañar a Emma a su coche—. Debería haber invitado a la señorita Fairfax, y su lánguido modo de bailar no me habría ido bien, después del suyo.

CAPÍTULO 27

Emma no se arrepintió de su condescendencia en ir a casa de los Cole. La visita le permitió muchos agradables recuerdos al día siguiente; y todo lo que se pudiera pensar que había perdido en dignidad de aislamiento, debía quedar ampliamente compensado en el esplendor de popularidad. Debía haber encantado a los Cole; ¡gente digna, que merecía que se les hiciera felices! Y había dejado atrás una fama que no se extinguiría pronto.

La felicidad perfecta no es corriente, ni siquiera en el recuerdo; y había dos puntos en que no estaba muy tranquila. Dudaba si no había faltado a las obligaciones de una mujer con otra mujer al revelar a Frank Churchill sus sospechas sobre Jane Fairfax. No estaba bien; pero había sido una idea tan intensa, que escapó a su poder, y la sumisión de Frank Churchill a todo lo que dijo ella era un cumplido a su penetración que le hacía difícil estar muy segura de que debería haber refrenado la lengua.

La otra circunstancia a lamentar tenía que ver también con Jane Fairfax, y ahí no había duda. Lamentaba, sin fingir, y sin equívocos, la inferioridad de su propio modo de tocar y cantar. Se afligía muy de corazón por la holgazanería de su niñez, y se sentó a hacer ejercicios vigorosamente durante hora y media. Entonces la interrumpió la entrada de Harriet, y si los elogios de Harriet la hubieran podido satisfacer, pronto se habría consolado.

—¡Ah! ¡Si yo supiera tocar tan bien como usted y la señorita Fairfax!

—No nos pongas juntas, Harriet. Mi modo de tocar no se parece al de ella más que una lámpara a la luz del sol.

—¡Ah, no! Creo que usted es la que toca mejor de las dos. Creo que usted toca tan bien como ella. Seguro que prefiero oírla a usted. Todos dijeron anoche lo bien que tocaba usted.

—Los que entendían algo de eso debieron sentir la diferencia. La verdad, Harriet, es que mi modo de tocar es sólo lo suficientemente bueno como para que lo elogien, pero el de Jane Fairfax está mucho más allá.

—Bueno, yo siempre pensaré que usted toca tan bien como ella, o que si hay alguna diferencia, nadie la encontraría. El señor Cole dijo qué buen gusto tenía usted, y el señor Frank Churchill habló mucho de su buen gusto, y dijo que lo valoraba más que la ejecución.

—¡Ah! Pero Jane Fairfax tiene las dos cosas, Harriet.

—¿Está segura? Yo vi que tenía buena ejecución, pero no supe que tuviera gusto. Nadie habló de eso. Y detesto las canciones italianas. No se entiende una palabra. Además si toca tan bien, ya sabe, no es más que lo que está obligada a hacer, porque tendrá que enseñar. Los Cox se preguntaban anoche si conseguirá entrar en alguna gran familia. ¿Qué le pareció el aspecto de los Cox?

—Pues como siempre, muy vulgares.

—Me dijeron algo —dijo Harriet, con cierta vacilación—, pero no es nada importante.

Emma se vio obligada a preguntar qué le habían dicho, aunque con miedo de que sacara al señor Elton.

—Me dijeron... que el señor Martin comió con ellos el sábado pasado.

—¡Ah!

—Fue a ver para algún asunto a su padre, que le invitó a quedarse a comer.

—¡Ah!

—Hablaron mucho de él, especialmente Anne Cox. No sé qué quería decir, pero me preguntó si creía que iba a ir allí otra vez el verano que viene.

—Quería decir alguna curiosidad impertinente, como suele pasar con Anne Cox.

—Dijo que él estuvo muy agradable allí. Estuvo sentado a su lado en la comida. La señorita Nash piensa que cualquiera de las dos Cox se alegraría mucho de lograr casarse con él.

—Es muy probable. Creo que son, sin excepción, las chicas más vulgares de Highbury.

Harriet tenía algo que hacer en la tienda de Ford. Emma pensó que sería prudente ir con ella. Otro encuentro casual con los Martin era posible, y, en su situación presente, sería peligroso.

Harriet, tentada por todo e influida por cada media palabra, siempre tardaba mucho en una compra, y mientras estaba todavía enredando con sus muselinas y cambiando de opinión, Emma salió a la puerta para entretenerse. No se podía esperar mucho del tráfico, ni aun de la parte más frecuentada por Highbury; que el señor Perry pasara a toda prisa, que el señor William Cox abriera la puerta de su despacho para entrar, que los caballos de tiro del señor Cole volvieran de hacer ejercicio, o algún extraviado recadero en una mula obstinada, eran los objetos más animados que ella podía esperar; y cuando sus ojos se posaron sólo en el carnicero con su batea, en una anciana muy arreglada que volvía a casa de la tienda con su cesto lleno, dos perrillos peleando por un hueso sucio y una pandilla de chiquillos ociosos en torno al pequeño escaparate del panadero observando el pan de jengibre, comprendió que no tenía razón para quejarse y se sintió lo bastante entretenida como para quedarse a la puerta. Una mente vivaz y tranquila puede arreglárselas sin ver nada, y no puede ver nada que no le responda.

Miró por el camino de Randalls. La escena se amplió; aparecían dos personas; la señora Weston y su hijastro; iban a pie a Highbury, a Hartfield, por supuesto. Sin embargo, se detuvieron primero para ver a la señora Bates, cuya casa estaba un poco más cerca de Randalls que de la tienda de Ford, y, no habían hecho más que llamar a la puerta, cuando Emma captó su atención. Inmediatamente cruzaron el camino y se adelantaron hacia ella, y lo agradable de la reunión del día anterior pareció dar nuevo placer al encuentro presente. La señora Weston la informó de que iban a visitar a las Bates para oír el nuevo instrumento.

—Pues mi acompañante me dice —dijo ella— que anoche prometí absolutamente a la señorita Bates que vendría esta mañana. Yo no me di cuenta. No sabía que había fijado un día, pero él dice que lo hice, así que ahora voy.

—Y mientras la señora Weston hace su visita, espero que se me permita —dijo Frank Churchill— unirme a su compañía y esperarla en Hartfield; si usted va a casa.

La señora Weston se sintió decepcionada.

—Creí que pensabas ir conmigo. Les encantaría mucho.

—¡Yo! Yo estorbaría. Pero quizá... quizá estorbo igualmente aquí. Parece que la señorita Woodhouse no tiene cara de necesitarme. Mi tía siempre me manda por ahí cuando va de compras. Dice que enredo tanto, de nervioso, que se muere, y la señorita Woodhouse parece que podría decir casi lo mismo. ¿Qué voy a hacer?

—Yo no estoy aquí por nada mío —dijo Emma—, estoy sólo esperando a mi amiga. Probablemente terminará pronto y entonces nos iremos a casa. Pero usted más vale que vaya con la señora Weston a oír el instrumento.

—Bueno... si usted lo aconseja... Pero (con una sonrisa) si el coronel Campbell hubiera utilizado a un amigo poco cuidadoso y resultara que tiene un sonido mediocre, ¿qué voy a decir? No serviré de apoyo a la señora Weston. Ella se las arreglaría muy bien sola. Una verdad desagradable sería aceptable de sus labios, pero yo soy la cosa más lamentable del mundo en cuanto a falsedades de cortesía.

—No creo tal cosa —contestó Emma—. Estoy convencida de que usted sabe ser tan poco sincero como sus vecinos cuando es necesario, pero no hay razón para suponer que el instrumento sea mediocre. Muy al revés, desde luego, si entendí la opinión de la señorita Fairfax anoche.

—Venga conmigo —dijo la señora Weston—, si no le es muy molesto. No hace falta que nos entretengamos mucho. Iremos luego a Hartfield. De veras que quiero que venga conmigo a la visita. Lo tomarán como una gran atención y siempre me pareció que pensaba hacerlo.

Él no pudo decir más, y, con la esperanza de Hartfield para recompensarle, volvió con la señora Weston a la puerta de la señora Bates. Emma les observó entrar y luego volvió junto a Harriet en su interesante mostrador, tratando, con toda la fuerza de su ánimo, de convencerla de que si quería muselina lisa no servía mirar la estampada; y que una cinta azul, por bonita que fuera, nunca iría con su fondo amarillo. Al fin se arregló todo, incluso el destino del paquete.

—¿Se lo mando a casa de la señora Goddard? —preguntó la señora Ford.

—Sí... no... sí, a casa de la señora Goddard. En Hartfield sólo tengo la falda estampada. No, mándela a Hartfield, por favor. Pero entonces la señora Goddard querrá verla. Y podría llevar a casa cualquier día la falda estampada. Pero la cinta me hará falta en seguida... así que es mejor que vaya a Hartfield... por lo menos la cinta. ¿Podría hacer dos paquetes, señora Ford, verdad?

—No vale la pena, Harriet, darle a la señora Ford la molestia de dos paquetes.

—No, es verdad.

—Nada de molestia, señora —dijo la servicial señora Ford.

—¡Ah! pero desde luego preferiría tenerlo sólo en un paquete. Entonces, por favor, mándemelo a casa de la señora Goddard... no sé... No, me parece, señorita Woodhouse, que igual me lo podría hacer mandar a Hartfield, y por la noche me lo llevaría a casa. ¿Qué me aconseja?

—Que no lo pienses ni un momento más. A Hartfield, por favor, señora Ford.

—Eso, así será mucho mejor —dijo Harriet, convencida—, no me gustaría nada que me lo mandaran a casa de la señora Goddard.

Unas voces se acercaron a la tienda; o mejor dicho, una voz y dos señoras; la señora Weston y la señorita Bates les vinieron al encuentro en la puerta.

—Mi querida señorita Woodhouse —dijo esta última—, he cruzado para pedirle el favor de que venga a sentarse con nosotras un rato y nos dé su opinión sobre nuestro nuevo instrumento; usted y la señorita Smith.

—Muy bien, gracias.

—Y rogué a la señora Weston que viniera conmigo para estar segura de tener éxito.

—Espero que la señora Bates y la señorita Fairfax estén...

—Muy bien, muchas gracias. Mi madre está deliciosamente bien; y Jane no se resfrió anoche. ¿Cómo está la señorita Woodhouse? Me alegra oír tan buenas noticias. La señora Weston me dijo que estaban aquí. ¡Ah!, entonces, dije yo, tengo que cruzar corriendo y rogarle que entren; mi madre estará tan contenta de verla, y ahora tenemos tan buena reunión que no puede negarse. «Sí, hágalo, se lo ruego», dijo el señor Frank Churchill, «vale la pena obtener la opinión de la señorita Woodhouse sobre el instrumento.» «Pero, dije yo, estaré más segura de tener éxito si viene conmigo uno de ustedes.» «¡Ah!», dijo él, «espere un momento a que termine yo mi trabajo.» Pero, no lo creería, señorita Woodhouse, ahí está, del modo más amable del mundo, apretando el remache de las gafas de mi madre. Se le salió el remache,

sabe, esta mañana. ¡Tan amable! Porque mi madre no podía
usar las gafas... no se las podía poner. Y, por cierto, todo el
mundo debía tener dos pares de gafas; debía, por cierto.
Eso dijo Jane. Yo pensaba llevárselas a John Saunders ante
todo, pero entre unas cosas y otras no me ha sido posible
esta mañana; primero lo uno, luego lo otro, no se acabaría de
contar, ya sabe. Una vez vino Patty a decir que creía que
había que deshollinar la chimenea. «Ah», le dije, «Patty, no
me vengas con tus malas noticias. Ahí tienes el remache de
las gafas de la señora, que se ha salido.» Luego llegaron las
manzanas asadas, la señora Wallis las mandaba con su chico;
son muy amables con nosotras, los Wallis, siempre. He oído
decir a algunos que la señora Wallis puede ser descortés y
contestar de un modo grosero, pero nosotras nunca hemos
recibido de ellos nada que no fuera la mayor atención. Y no
puede ser por el valor de que seamos parroquianos ahora,
porque qué es nuestro gasto de pan, ya comprende. Sólo
somos tres, aparte de nuestra querida Jane ahora, y la verdad
es que no come nada, toma un desayuno increíble, se asus-
taría si lo viera. No me atrevo a contarle a mi madre qué
poco come... así que digo cualquier cosa, y pasa el asunto.
Pero en mitad del día siente hambre y no hay cosa que le
guste tanto como esas manzanas asadas, y son muy sanas,
porque el otro día tuve oportunidad de preguntárselo al señor
Perry; me lo encontré por casualidad en la calle. No es que
lo dudara antes; he oído muchas veces al señor Woodhouse
recomendar una manzana asada. Creo que es la única manera
como le parece al señor Woodhouse que esa fruta es completamente saludable. Sin embargo, muchas veces tomamos
pastel de manzana. Patty hace muy bien los pasteles de manzana. Bueno, señora Weston, espero que usted se haya salido
con la suya y que estas señoras nos hagan el honor.

Emma «tendría mucho gusto en visitar a la señora Bates
etc.», y por fin salieron de la tienda, sin más dilación, por
parte de la señorita Bates, que:

—¿Cómo está usted, señora Ford? Perdone. No la había visto antes. Me dicen que tiene usted una encantadora colección de cintas nuevas que le han mandado de la ciudad. Jane volvió ayer encantada. Gracias, los guantes están muy bien, sólo un poquito anchos por la muñeca, pero Jane los va a estrechar.

—¿De qué estaba hablando? —dijo, volviendo a empezar cuando estuvieron en la calle.

Emma no supo qué elegir de entre toda aquella confusión.

—La verdad es que no soy capaz de recordar de qué estaba hablando. ¡Ah! de las gafas de mi madre. ¡Qué amable el señor Frank Churchill! «¡Ah!» dijo, «creo que puedo sujetarle el remache. Me gustan mucho esa clase de trabajos.» Nunca olvidaré cómo lo dijo. Y cuando saqué de la alacena las manzanas asadas y dije que esperaba que nuestros amigos serían tan amables como para tomar alguna, dijo en seguida: «¡Ah! No hay nada tan bueno como la fruta, y ésas son las manzanas asadas de mejor cara que he visto en mi vida.» Ya ve, eso fue tan... Y estoy segura, por cómo lo dijo, que no era cumplido. La verdad es que son unas manzanas estupendas, y la señora Wallis les hace justicia, sólo que las asamos dos veces nada más, y el señor Woodhouse nos hizo prometer que las asaríamos tres veces... pero la señorita Woodhouse tendrá la bondad de no decírselo. Las manzanas mismas son de la mejor clase para asar, sin duda alguna; todas de Donwell, algunas proporcionadas generosamente por el señor Knightley. Nos manda un saco todos los años, y la verdad es que no hay manzanas tan buenas de conservar como las de uno de sus manzanos —creo que tiene dos. Mi madre dice que su frutal era siempre famoso cuando ella era joven. Pero la verdad es que me impresionó el otro día; porque el señor Knightley vino a vernos una mañana, y Jane estaba comiéndose esas manzanas y hablamos de ellas y ella dijo cuánto le gustaban y él preguntó si se nos había acabado nuestra reserva. «Estoy seguro de que debe estarse acabando», dijo, «y ya les mandaré más, porque tengo muchas más de las que puedo usar. William Larkins me ha hecho quedarme este año con muchas más que de costumbre. Ya les mandaré más, antes que no sirvan para nada.» Así que yo le pedí que no lo hiciera, aunque la verdad es que en cuanto a que se nos acabaran las nuestras, no puedo decir francamente que nos quedaran muchas, no había más que media docena, pero había que guardarlas todas para Jane, y no podía consentir que nos mandara más, tan generoso como había sido ya, y Jane dijo lo mismo. Y cuando él se marchó, Jane casi se peleó conmigo; no, no debería decir que se peleó, porque nunca nos hemos peleado en nuestra vida, pero le apuró mucho que yo hubiera confesado que casi se habían acabado las manzanas; habría querido que yo le hiciera creer que quedaban muchas. «¡Ah!», dije yo, «querida mía, dije lo más que podía.» De todos modos, esa misma tarde llegó William Larkins con un gran cesto de manzanas, la misma clase de manzanas, un celemín por lo menos, y yo le estuve muy agradecida, y bajé a hablar con William Larkins y se lo dije todo, como puede suponer. William Larkins es un conocido de hace mucho; siempre me gusta verle. Pero, de todos modos, luego averigüé por Patty que esas manzanas eran las únicas de esa clase que tenía su amo; él las había traído todas, y ahora su amo no tenía ni una para asar ni cocer. Al mismo William parecía que no le importaba, estaba contento de pensar que su amo había vendido tantas; porque William, ya sabe, piensa en los beneficios de su amo más que en ninguna otra cosa, pero a la señora Hodges, dijo, no le gustó nada que se mandaran todas fuera. Ella no podía tolerar que su amo no pudiese tomar más tarta de manzana esa primavera. Él le dijo eso a Patty, pero le pidió que no se preocupara, y que tuviera cuidado de no contarnos nada de eso a nosotras, porque la señora Hodges lo tomaría a mal, y con tal que se vendieran tantos sacos, no importaba quién se comía las demás. Eso me dijo Patty, y claro que me hizo mucha impresión. Por nada del mundo querría que el señor Knightley supiera nada de eso. Se pondría tan... Quería que no lo supiera Jane, pero, por desgracia, lo había dicho ya antes de darme cuenta.

La señorita Bates terminaba de decir esto cuando Patty abrió la puerta; y sus visitantes subieron los escalones sin tener ningún relato propiamente dicho a que atender, perseguidas sólo por los sonidos de su inconexa buena voluntad.

—Por favor, tenga cuidado, señora Weston, hay un escalón en la revuelta. Por favor tenga cuidado, señorita Woodhouse, nuestra escalera es muy oscura, más oscura y más estrecha de lo que querríamos. Señorita Smith, tenga cuidado, por favor. Señorita Woodhouse, cuánto lo siento, creo que se ha dado un golpe en el pie. Señorita Smith, el escalón en la revuelta.

CAPÍTULO 28

El aspecto de la salita, al entrar, era la tranquilidad misma. La señora Bates, privada de su tarea acostumbrada, dormitaba junto al fuego; Frank Churchill, en una mesa a su lado, estaba atareado en sus gafas, y Jane Fairfax, de pie de espaldas a ellos, observaba su pianoforte.

Sin embargo, atareado como estaba, el joven pudo mostrar un rostro muy feliz al volver a ver a Emma.

—Es un placer —dijo, en voz más bien baja— que lleguen por lo menos diez minutos antes de lo que yo había calculado. Me encuentran tratando de ser útil; díganme si creen que tendré éxito.

—¡Cómo! —dijo la señora Weston—. ¿Todavía no ha terminado? No se ganaría muy bien la vida, a ese paso, como oficial platero.

—No he trabajado todo el tiempo —contestó—, he estado ayudando a la señorita Fairfax a hacer que su instrumento sonara de modo estable; no estaba muy firme; creo que una desigualdad en el suelo. Ya ve que hemos calzado una pata con papel. Ha sido muy amable en convencerlas de que vinieran. Casi temía que se volverían a casa a toda prisa.

Se las arregló para que Emma se sentara a su lado, y se ocupó suficientemente en buscarle la mejor manzana asada y en tratar de que ella le ayudara o le aconsejara en su trabajo, hasta que Jane Fairfax estuvo preparada para volverse a sentar al pianoforte. Que no estuviera preparada ya del todo, sospechó Emma que era por el estado de sus nervios; todavía no llevaba en posesión del instrumento tanto tiempo como para tocarlo sin emoción; tenía que usar la razón para hacerse capaz de interpretar; y Emma no pudo menos de compadecer tales sentimientos, cualesquiera que fuera su origen, y hubo de decidir que era mejor que quedaran escondidos.

Por fin empezó Jane, y, aunque los primeros compases sonaron débilmente, poco a poco hizo plena justicia a las posibilidades del instrumento. La señora Weston ya había estado encantada, y volvió a sentirse encantada; Emma se unió a ella en la alabanza; y se declaró que el pianoforte, con todo el análisis debido, era de la mayor promesa.

—Quienquiera que fuera la persona a quien se lo encargara el coronel Campbell —dijo Frank, con una sonrisa hacia Emma—, no está mal elegido. Había oído hablar mucho en Weymouth del buen gusto del coronel Campbell, y la suavidad de las notas altas es exactamente lo que él y *todo ese grupo* apreciarían más. Me atrevo a decir, señorita Fairfax, que o bien dio a su amigo unas instrucciones muy detalladas o él mismo escribió a Broadwood. ¿No cree?

Jane no se volvió a mirar. No estaba obligada a oír. En ese momento le hablaba la señora Weston.

—No está bien —dijo Emma en un susurro—, mi conjetura fue al azar. No la trastorne.

Él movió la cabeza con una sonrisa y pareció tener muy pocas dudas y muy poca misericordia. Poco después volvió a empezar:

—¡Cuánto deben estar disfrutando sus amigos de Irlanda con lo que usted disfruta en esta ocasión, señorita Fairfax! Estoy seguro de que piensan mucho en usted, y se preguntan cuándo será el día exacto en que llegue el instrumento a sus manos. ¿Se imagina si el coronel Campbell sabe en este momento que el asunto ha ido adelante? ¿Se imagina si es

consecuencia de un encargo directo por su parte o si habrá
enviado sólo unas instrucciones en general, un encargo sin
precisar en cuanto al tiempo, que dependa de contingencias
y conveniencias?

Hizo una pausa. Ella no podía menos de oír, y no podía
evitar una respuesta.

—Mientras no tenga carta del coronel Campbell —dijo,
con voz de calma forzada—, no puedo imaginar nada con
confianza. Sería pura conjetura.

—Conjetura, sí, a veces uno hace una conjetura acertada,
y a veces se equivoca. Me gustaría ahora poder conjeturar
cuándo podré dejar firme este remache. Qué tonterías dice
uno, señorita Woodhouse, cuando trabaja mucho, si es que
habla; los trabajadores de verdad, supongo, refrenan la lengua; pero nosotros, los caballeros trabajadores, en cuanto
nos ponemos a hablar... la señorita Fairfax dijo algo sobre
conjeturas. Bueno, ya está. Señora —a la señora Bates—, tengo el gusto de devolverle sus gafas, curadas por el momento.

Recibió el cálido agradecimiento de madre e hija, y, para
escapar un poco de ésta, se acercó al pianoforte, y rogó a la
señorita Fairfax, que todavía estaba sentada ante él, que
tocara algo más.

—Si es usted tan amable —dijo—, que sea uno de los
valses que bailamos anoche. Déjeme revivirlos. Usted no los
disfrutó tanto como yo; parecía cansada todo el tiempo. Creo
que se alegró de que no bailáramos más; pero yo habría
dado el mundo —todo el mundo que pueda dar uno para
siempre— por otra media hora.

Ella tocó.

—¡Qué felicidad es volver a oír una melodía que le ha
hecho feliz a uno! Si no me equivoco, eso se bailaba en
Weymouth.

Ella levantó la mirada hacia él, se ruborizó intensamente,
y tocó algo diferente. Él tomó unos papeles de música de una
silla junto al pianoforte y, volviéndose a Emma, dijo:

276

—Aquí hay algo que es muy nuevo para mí. ¿Lo conoce? Cramer. Y aquí hay un nuevo conjunto de melodías irlandesas. Eso es lo que se esperaría viniendo de ese lado. Todo eso se mandó con el instrumento. Un bonito pensamiento, por parte del coronel Campbell, ¿no es verdad? Sabía que la señorita Fairfax no podría tener música aquí. Yo aprecio especialmente esa parte de la atención; muestra que se ha hecho tan plenamente de corazón. No se ha hecho nada con precipitación; nada de modo incompleto. Un verdadero afecto es lo único que ha podido sugerirlo.

Emma lamentó que señalara tan particularmente, pero no pudo menos de sentirse divertida, y cuando, al lanzar una ojeada hacia Jane Fairfax, captó los restos de una sonrisa y se dio cuenta de que, a pesar de todo el intenso rubor, había habido una sonrisa de secreto placer, tuvo menos escrúpulos en la diversión y mucha menos compasión hacia ella. Esa amable, recta, perfecta Jane Fairfax, al parecer, se complacía en sentimientos muy reprensibles.

Él le acercó toda esa música y la estuvieron hojeando juntos. Emma aprovechó la oportunidad para susurrar:

—Habla usted demasiado claro. Ella tiene que entenderle.

—Espero que sí. Quiero que me entienda. No estoy nada avergonzado de lo que quiero decir.

—Pero la verdad es que yo estoy medio avergonzada y me gustaría no haber aceptado nunca la idea.

—Yo me alegro mucho de que lo hiciera y que me lo comunicara. Ahora tengo una llave de todas sus extrañas maneras y actitudes. Déjele a ella la vergüenza. Si hace mal, tiene que sentirlo ella.

—No me parece que deje de sentirlo.

—Yo no veo muchas señales. En este momento está tocando *Robin Adair*; lo que más le gusta *a él*.

Poco después la señorita Bates, pasando junto a la ventana, divisó al señor Knightley, a caballo, no lejos de allí.

—¡El señor Knightley, nada menos! Tengo que hablar con él si es posible, para darle las gracias. No quiero abrir esta ventana; les daría frío a todos, pero puedo entrar en el cuarto de mi madre. Estoy segura de que entrará cuando sepa quién está aquí. ¡Qué placer que se reúnan así todos ustedes! ¡Qué honor para nuestra salita!

Entró al cuarto de al lado hablando todavía, y, abriendo la ventana, llamó inmediatamente la atención al señor Knightley, y se oyó cada sílaba de su conversación tan claramente como si hubiera tenido lugar en la misma habitación:

—¿Cómo está? ¿Cómo está? Muy bien, gracias. Cuánto le agradecí el coche anoche. Llegamos a tiempo; mi madre ya estaba preparada esperándonos. Entre por favor, entre. Encontrará aquí algunos amigos.

Así empezó la señorita Bates; y el señor Knightley pareció decidido a que se le oyera a su vez, pues dijo, con una voz muy decidida y resuelta:

—¿Cómo está su sobrina, señorita Bates? Quiero preguntar por todas ustedes, pero especialmente por su sobrina. ¿Cómo está la señorita Fairfax? Espero que no se resfriara anoche. ¿Cómo está hoy? Dígame cómo está la señorita Fairfax.

Y la señorita Bates tuvo que dar una respuesta directa antes que él quisiera oír nada más. Los oyentes estaban divertidos, y la señora Weston lanzó hacia Emma una mirada de especial significación, pero Emma movió la cabeza con firme escepticismo.

—¡Cuánto se lo agradezco! Le estoy muy agradecida por el coche —continuó la señorita Bates.

Él la atajó diciendo:

—Voy a Kingston. ¿Puedo hacer algo por usted?

—¡Ah, vaya! ¿Va a Kingston? La señora Cole decía el otro día que quería algo de Kingston.

—La señora Cole tiene criados que mandar. ¿Puedo hacer algo por usted?

—No, gracias. Pero entre. ¿Quién cree que está aquí? La señorita Woodhouse y la señorita Smith; han tenido la bondad de venir a oír el nuevo pianoforte. Ate el caballo en la Crown y entre.

—Bueno —dijo él, en tono de estarlo pensando—, cinco minutos, quizá.

—Y aquí están la señora Weston y el señor Frank Churchill también. Es estupendo, ¡tantos amigos!

—No, ahora no, gracias. No podría quedarme ni dos minutos. Tengo que llegar a Kingston tan deprisa como pueda.

—¡Ah, entre! Les encantará verle.

—No, no, ya tiene la sala bastante llena. Otro día las visitaré y oiré el pianoforte.

—Bueno, ¡lo siento mucho! ¡Ah, señor Knightley, qué reunión más deliciosa anoche, qué agradable! ¿No fue un placer? La señorita Woodhouse y el señor Frank Churchill... nunca he visto cosa igual.

—¡Ah! muy delicioso, desde luego, no puedo decir menos, porque supongo que la señorita Woodhouse y el señor Frank Churchill están oyendo todo lo que decimos. Y —levantando ahora la voz— no veo por qué no haya que mencionar también a la señorita Fairfax. Creo que la señorita Fairfax baila muy bien, y la señora Weston toca contradanzas como nadie en Inglaterra, sin excepción. Bueno, si sus amigos tienen gratitud, dirán algo bastante ruidoso sobre usted y sobre mí, en correspondencia, pero no me puedo entretener a oírlo.

—¡Ah, señor Knightley, un momento más; algo importante! ¡Tan consternadas; Jane y yo estamos tan consternadas sobre las manzanas!

—¿Qué ocurre con eso?

—¡Pensar que nos ha mandado todas las manzanas que tenía en reserva! Dijo que tenía muchas, y ahora no le queda ninguna. ¡Realmente estamos tan consternadas! La señora Hodges puede muy bien estar enfadada. William Larkins nos lo dijo aquí. No debía usted hacerlo, de veras, no debía. ¡Ah! Se marchó. No le gusta oír que le den las gracias. Pero creí que ahora se iba a quedar, y habría sido lástima no mencionar ...Bueno —volviendo a la sala—, no he logrado tener éxito. El señor Knightley no puede detenerse. Va a Kingston. Me preguntó si podía hacer algo...

—Sí —dijo Jane—, oímos sus bondadosos ofrecimientos, lo oímos todo.

—¡Ah, sí! querida mía, claro que lo oiríais, porque ya ves que está abierta la puerta, y el señor Knightley habló muy fuerte. Debisteis oírlo todo, claro. «¿Puedo hacer algo por usted en Kingston?» dijo; eso es lo que decía yo. ¡Ah, señorita Woodhouse! ¿Tiene que marcharse? Parece que acababa de llegar... tan agradecida.

Emma encontraba realmente que era hora de estar en casa; la visita ya había durado mucho, y, al mirar los relojes, se observó que había pasado tanta parte de la mañana, que la señora Weston y su acompañante se despidieron también, y sólo permitieron que las dos señoritas los acompañaran andando hasta la verja, antes de dirigirse a Randalls.

CAPÍTULO 29

Quizá sea posible prescindir por completo de bailar. Se han conocido casos de jóvenes que pasaron muchos, muchos meses seguidos sin asistir a ningún baile de ninguna clase, y no por ello sufrieron perjuicio material de cuerpo o de alma; pero una vez que se empieza, una vez que se sienten, aunque sea ligeramente, las felicidades del rápido movimiento, hay que tener mucha pesadez para no pedir más.

Frank Churchill había bailado una vez en Highbury y anhelaba volver a hacerlo, y la última media hora de una velada que se persuadió al señor Woodhouse para que pasara en Randalls, la dedicaron ambos jóvenes a proyectos sobre ese tema. La primera idea fue de Frank, y suyo fue el mayor empeño en llevarlo adelante, pues la dama era el mejor juez de las dificultades, y la más preocupada en cuanto al acomodo y ornamentación. Pero no pudo menos de inclinarse a mostrar a la gente qué deliciosamente bailaban el señor Frank Churchill y la señorita Woodhouse; a hacer algo en que no tenía por qué ruborizarse en compararse ni siquiera con Jane Fairfax; e incluso a bailar, simplemente, sin ninguna de las perversas ayudas de la vanidad; a ayudarle primero a él en medir con sus pasos el salón en que estaban para ver qué cabida podía tener, y luego tomar las medidas del otro salón, con esperanza de descubrir que fuera un poco mayor, a pesar de todo lo que pudiera decir el señor Weston de que eran exactamente iguales en tamaño.

La primera propuesta y solicitud del señor Frank Churchill, de que el baile comenzado en casa de los Cole debía acabar allí, de que había que reunir al mismo grupo y comprometer a la misma intérprete, encontró la más inmediata aquiescencia. El señor Weston entró en la idea con absoluto placer y la señora Weston aceptó de muy buena gana tocar tanto tiempo como ellos desearan bailar; a lo cual sucedió la interesante tarea de calcular exactamente quién debía estar y adjudicar la indispensable división de espacio a cada pareja.

—Usted y la señorita Smith y la señorita Fairfax, serán tres, y las dos señoritas Cox, cinco —se repitió varias veces—. Y estarán los dos Gilbert, el joven Cox, mi padre, y yo mismo, además del señor Knightley. Sí, eso bastará para pasarlo bien. Usted y la señorita Smith y la señorita Fairfax, serán tres, y las dos señoritas Cox, cinco; y para cinco parejas habrá sitio de sobra.

Pero pronto, por un lado la cosa fue:

—Pero ¿habrá bastante sitio para cinco parejas? No creo que lo haya realmente.

Y por otro lado:

—Y después de todo, cinco parejas no son bastantes para que valga la pena. Cinco parejas no son nada, cuando se piensa en serio. No basta invitar a cinco parejas. Sólo se podría admitir como idea del momento.

Alguien dijo que se esperaba que llegara la señorita Gilbert a casa de su hermano, y que había que invitarla con los demás. Alguna otra persona creía que la señora Gilbert habría bailado la otra noche si la hubieran invitado. Se habló a favor de un segundo joven Cox, y, por fin, cuando el señor Weston nombró a una familia de primos que había que incluir, y otra de viejos conocidos que no cabía dejar fuera, llegó a ser indudable que las cinco parejas serían por lo menos diez, y se especuló sobre de qué manera cabría acomodarlas.

Las puertas de los dos salones estaban una enfrente de otra. «¿No podrían usar las dos, y bailar a través del pasillo?» Pareció el mejor arreglo, y sin embargo, no era tan bueno que muchos de ellos no quisieran otro mejor. Emma dijo que sería incómodo; la señora Weston se inquietó por la cena; y el señor Woodhouse se opuso a él con empeño, a causa de la salud. Incluso, le hizo tan infeliz, que no se pudo insistir en ello.

—¡Ah, no! —dijo—. Sería el extremo de la imprudencia. ¡No lo toleraría para Emma! Emma no es fuerte. Se resfriaría de un modo terrible. Y también la pobre Harriet. Y todos ustedes. Señora Weston, usted caería enferma; no les deje hablar de tal locura. Ese joven —hablando más bajo— es muy despreocupado. No se lo diga a su padre, pero ese joven no es como debe ser. Ha abierto las puertas muchas veces esta noche, dejándolas abiertas sin consideración. No piensa en las corrientes. No quiero ponerles a mal a ustedes contra él, pero desde luego que no es como debería ser.

La señora Weston lamentó esa acusación. Conocía su importancia, y dijo todo lo que pudo para disiparla. Todas las puertas quedaron cerradas, se abandonó el plan del pasillo, se recurrió otra vez al primer proyecto de bailar sólo en el salón, con tan buena voluntad por parte de Frank Churchill, que el espacio que un cuarto de hora antes había parecido apenas suficiente para cinco parejas, ahora se trató de que sirviera para diez.

—Fuimos demasiado magníficentes —dijo—. Concedimos espacio sin necesidad. Aquí pueden entrar diez parejas muy bien.

—Sería una multitud —objetó Emma—, una multitud lamentable; y no puede haber cosa peor que bailar sin espacio para dar vueltas.

—Es verdad —respondió él gravemente—, estaba mal.

Pero siguió midiendo y al fin acabó diciendo:

—Creo que habrá espacio muy tolerable para diez parejas.

—No, no —dijo Emma—, no es usted razonable. ¡Sería terrible estar tan apretados! La cosa menos agradable es bailar en una multitud, ¡y una multitud en poco sitio!

—No se puede negar —respondió él—. Estoy de acuerdo por completo con usted. Una multitud en poco sitio: señorita Woodhouse, usted tiene el arte de dar imágenes en pocas palabras. ¡Exquisito, exquisito! Sin embargo, habiendo llegado hasta ese punto, a nadie le gusta abandonar el asunto. No sé si... más bien mi opinión es que diez parejas podrían entrar aquí muy bien.

Emma se dio cuenta de que su galantería era un tanto egoísta, y que estaba dispuesto a oponérsele antes que perder el placer de bailar con ella, pero aceptó el cumplido y perdonó lo demás. Si ella hubiera pensado jamás casarse con él, podría haber valido la pena detenerse a considerar, tratando de entender el valor de sus preferencias y el carácter de su temperamento; pero para el alcance de su trato, era suficientemente amable.

Antes de la mitad del día siguiente, él estaba en Hartfield, y entró en el salón con una sonrisa tan agradable que indicaba la persistencia del proyecto. Pronto se echó de ver que llegaba para anunciar una mejora.

—Bueno, señorita Woodhouse —empezó casi inmediatamente—, su inclinación al baile, espero, no habrá desaparecido por temor a la pequeñez de los salones de mi padre. Traigo una nueva propuesta sobre el tema; una idea de mi padre, que espera sólo que la apruebe usted para realizarse. ¿Me permite esperar el honor de su mano en los dos primeros bailes de ese pequeño baile proyectado para celebrarse, no en Randalls, sino en la Crown Inn?

—¡La Crown!

—Sí; si usted y el señor Woodhouse no ven objeción, y confío que no, mi padre espera que sus amigos sean tan amables como para visitarle allí. Puede prometerles mejor acomodo y no menos agradecida bienvenida que en Randalls.

Es idea suya. La señora Weston no ve objeción a ello, con tal que a usted le parezca bien. Eso es lo que todos pensamos. ¡Ah, tenía usted mucha razón! Diez parejas, en cualquiera de los dos salones de Randalls, habría sido algo insoportable. ¡Terrible! No dejé de darme cuenta en ningún momento de qué razón tenía usted, pero estaba demasiado empeñado en asegurarme *cualquier cosa* para ceder. ¿No es un buen cambio? Usted consiente... ¿Consentirá, espero?

—Me parece que es un plan al que nadie puede objetar, si el señor y la señora Weston no objetan. Me parece admirable, y, en lo que puedo responder por mí misma, estaré muy contenta... Me parece la única mejora que cabía. Papá, ¿no crees que es una mejora excelente?

Se vio obligada a repetirlo y explicarlo hasta que él lo comprendió completamente; y entonces, por ser tan nuevo, hicieron falta más explicaciones para hacerlo aceptable.

No; él lo consideraba muy lejos de ser una mejora; un plan muy malo; mucho peor que el otro. Un salón en una posada siempre era húmedo y peligroso; nunca bien aireado, ni bueno para habitarse. Si tenían que bailar, más valía que bailaran en Randalls. Él no había estado en su vida en el salón de la Crown; ni conocía de vista a los que atendían. ¡Ah, no! Un plan muy malo. Se resfriarían más en la Crown que en cualquier otro sitio.

—Iba a observar, señor Woodhouse —dijo Frank Churchill—, que una de las grandes ventajas de este cambio sería el muy poco peligro de que nadie se resfríe; ¡mucho menos peligro en la Crown que en Randalls! El señor Perry podría tener razones para lamentar el cambio, pero nadie más que él.

—Señor Weston —dijo el señor Woodhouse, más bien acalorado—, usted está muy equivocado si supone que el señor Perry es esa clase de persona. El señor Perry se preocupa mucho cuando alguno de nosotros se pone enfermo. Pero no comprendo cómo el salón de la Inn puede ser más seguro para ustedes que la casa de su padre.

—Por el mismo hecho de que es mayor, señor Woodhouse. No tendremos motivo para abrir las ventanas en absoluto; ni una vez en toda la velada; y esa terrible costumbre de abrir las ventanas, dejando entrar aire frío sobre cuerpos acalorados, es lo que (como usted sabe muy bien) produce los daños.

—¡Abrir las ventanas! Pero sin duda, señor Churchill, nadie pensaría en abrir las ventanas en Randalls. ¡Nadie podría ser tan imprudente! Jamás he oído tal cosa. ¡Bailar con las ventanas abiertas! Estoy seguro de que ni su padre ni la señora Weston (la pobre señorita Taylor, que era) lo tolerarían.

—¡Ah, señor Woodhouse! Pero algún atolondrado joven a veces se mete detrás de una cortina y levanta la guillotina de una ventana sin que nadie lo sospeche. Muchas veces yo mismo he sabido que se hacía.

—¿Lo ha sabido, señor Churchill? ¡Vaya! Jamás lo habría supuesto. Pero yo vivo fuera de este mundo, y a menudo me asombra lo que oigo. Sin embargo, eso es otra cosa; y quizá si lo hablamos... pero esa clase de cosas requieren mucha consideración. Uno no puede decidirse sobre ellas a toda prisa. Si el señor y la señora Weston son tan amables de visitarme aquí una mañana, podríamos hablarlo y ver qué se puede hacer.

—Pero, por desgracia, señor Woodhouse, mi tiempo está tan limitado...

—¡Oh! —interrumpió Emma—. Habrá mucho tiempo para hablar de todo. No hay prisa ninguna. Si se puede arreglar que sea en la Crown, será muy conveniente para los caballos. Estarán muy cerca de su cuadra.

—Eso es, querida mía. Eso es una gran cosa. No es que James se queje nunca, pero está bien ahorrar nuestros caballos cuando podemos. Si yo pudiera estar seguro de que las salas han sido bien ventiladas, pero ¿cabe fiarse de la señora Stokes? Lo dudo. No la conozco, ni de vista.

—Yo puedo responder de todo lo de ese aspecto, señor Woodhouse, porque estará al cuidado de la señora Weston. La señora Weston se compromete a dirigirlo todo.

—¡Ea, papá! Ahora tienes que estar convencido. Nuestra querida señora Weston, que es el cuidado mismo. ¿No te acuerdas de lo que dijo el señor Perry, hace muchos años, cuando tuve el sarampión? «Si la señorita Taylor se ocupa de arropar a la señorita Emma, no tiene por qué temer, señor Woodhouse.» ¡Cuántas veces te he oído hablar de eso como un cumplido hacia ella!

—Eso es mucha verdad. El señor Perry dijo eso. No lo olvidaré nunca. ¡Pobrecilla Emma! Estuviste muy mal con el sarampión; mejor dicho, habrías estado muy mal, de no ser por la gran atención de Perry. Vino cuatro veces al día durante una semana. Desde el principio dijo que era de una clase muy buena, lo que fue nuestro gran consuelo; pero el sarampión era una cosa terrible. Espero que cuando los pequeños de Isabella tengan el sarampión, mandará buscar a Perry.

—Mi padre y la señora Weston están en este momento en la Crown —dijo Frank Churchill—, examinando las posibilidades de la casa. Les dejé allí y vine a Hartfield, impaciente de tener su opinión, y con esperanza de que se la pudiera persuadir a usted, Emma, a unirse a ellos y dar su consejo sobre el terreno. Los dos me encargaron que lo dijera así. Sería para ellos el mayor placer si me permitiera acompañarla allá. No pueden hacer nada satisfactorio sin usted.

Emma estuvo muy contenta de que se la llamara a tal consejo, y comprometiendo a su padre a pensarlo todo mientras no estaba ella, los dos jóvenes se pusieron en marcha juntos, sin dilación, hacia la Crown. Allí estaban el señor y la señora Weston, encantados de verla y de recibir su aprobación, muy atareados y muy felices en sus diferentes maneras; ella, un poco agitada; y él, encontrándolo todo perfecto.

—Emma —dijo ella—, este papel de pared está peor de

lo que esperaba. ¡Mire! En algunos sitios ya se ve que está terriblemente sucio, y el revestimiento de abajo está más amarillento y descuidado de lo que podía imaginar.

—Querida mía, eres demasiado exigente —dijo su marido—. ¿Qué significa todo eso? No se verá nada a la luz de las velas. Estará tan limpio como Randalls a la luz de las velas. Nunca se ve nada de eso en nuestras reuniones nocturnas.

Las señoras ahí intercambiaron probablemente unas miradas que significaban «Los hombres nunca saben cuándo las cosas están sucias o no», y los caballeros quizá pensaron cada cual para sus adentros «Las mujeres siempre tienen sus pequeñas tonterías y sus preocupaciones innecesarias».

Surgió una perplejidad, sin embargo, que los caballeros no desdeñaron. Se trataba de un local para la cena. En la época en que se construyó el salón de baile, no se hablaba de cenas; y el único añadido era una salita para jugar a las cartas. ¿Qué cabía hacer? Esa salita de juego haría falta ahora como salita de juego, o, si esas cuatro personas votaban por sí mismas que las mesas de juego no eran necesarias, ¿no seguiría siendo demasiado pequeña para ninguna cena cómoda? Se podía conseguir otro local de mucho mejor tamaño para esa finalidad, pero estaba al otro lado de la casa, y para llegar a él había que pasar por un largo e incómodo pasillo. Esto constituía una dificultad. La señora Weston temía las corrientes de aire para la gente joven en ese paso, y ni Emma ni los caballeros podían tolerar la perspectiva de estar lamentablemente agolpados para cenar.

La señora Weston propuso no hacer cena propiamente dicha, sino simplemente poner emparedados, etc., en la salita, pero eso se rechazó como sugerencia lamentable. Se declaró que un baile privado sin sentarse a cenar era un fraude infame contra los derechos del hombre y de la mujer, y la señora Weston no debía volver a hablar de ello. Entonces ella tomó otra línea de eficacia, y, mirando la dudosa salita, observó:

288

—No me parece tan pequeña. No seremos muchos.

Y el señor Weston, al mismo tiempo, caminando con vivacidad y a largos pasos por el pasillo, exclamaba:

—Hablas mucho de la longitud de este paso, querida mía. Después de todo, es una simple tontería, y no hay la menor corriente de aire desde las escaleras.

—Ojalá —dijo la señora Weston— pudiéramos saber qué arreglo les gustaría más a nuestros invitados. Nuestro objetivo debe ser hacer lo que guste más a todos, suponiendo que se pueda saber qué es.

—Sí, es verdad —exclamó Frank—, mucha verdad. Necesitan la opinión de sus vecinos. No me sorprende. Si se pudiera averiguar lo que piensan los más importantes de ellos... los Cole, por ejemplo. No están muy lejos. ¿Voy a verles? ¿O a la señorita Bates? Está todavía más cerca. Y no sé si la señorita Bates es probable que entienda las inclinaciones del resto de la gente igual que otro cualquiera. Creo que necesitamos un consejo más amplio. ¿Y si fuera a invitar a la señorita Bates a que se reuniera con nosotros?

—Bueno... si le parece —dijo la señora Weston, más bien vacilante—, si cree que servirá para algo...

—No sacará nada para el asunto de la señorita Bates —dijo Emma—. Será toda placer y gratitud, pero no le dirá nada. Ni siquiera escuchará sus preguntas. No veo la ventaja de consultar a la señorita Bates.

—Pero ¡es tan divertida, tan enormemente divertida! Me gusta mucho oír hablar a la señorita Bates. Y no tengo que traer a toda la familia, ya saben.

Aquí se les unió el señor Weston y, al oír lo que se proponía, dio su decidida aprobación.

—Eso, Frank, hazlo. Ve a buscar a la señorita Bates y acabemos el asunto de una vez. Le encantará el proyecto, estoy seguro; y no conozco persona más adecuada para enseñarnos cómo evitar dificultades. Trae a la señorita Bates. Nos estamos poniendo demasiado delicados. Ella es una continua lección de cómo ser felices. Pero trae a las dos. Invítalas a las dos.

—¡A las dos! ¿Acaso la anciana señora...?

—¡La anciana señora! No, la joven, claro. Me parecerás un estúpido, Frank, si traes a la tía sin la sobrina.

—¡Ah! Perdón. No me acordaba así, a la primera. Sin duda, si lo deseas, trataré de persuadir a ambas.

Y salió corriendo.

Mucho antes de que reapareciera Frank, acompañando a la tía, baja, bien arreglada y vivaracha, y a la elegante sobrina, la señora Weston, como mujer de buen carácter y buena esposa, había vuelto a examinar el paso, encontrando que sus inconvenientes eran mucho menos de lo que había supuesto antes; de hecho, insignificantes, y ahí se acabaron las dificultades de la decisión. Todo lo demás, al menos en especulación, estaba perfectamente llano. Todos los arreglos secundarios de mesas y sillas, luces y música, té y cena, se resolvieron solos, o se dejaron como simples fruslerías para que se resolvieran en cualquier momento entre la señora Weston y la señora Stokes. Todos los invitados era seguro que vendrían; Frank ya había escrito a Enscombe proponiendo quedarse unos pocos días más de su quincena, lo que no era posible que le rehusaran. Iba a ser un baile delicioso.

En que tenía que serlo, estuvo de acuerdo la señorita Bates muy cordialmente cuando llegó. Como consejera, no hacía falta, pero como aprobadora (un papel mucho más seguro) fue verdaderamente bienvenida. Su aprobación, a la vez general y detallada, cálida e incesante, no podía menos de agradar, y durante otra media hora estuvieron todos andando de un lado para otro entre los diferentes cuartos, unos sugiriendo, otros acompañando, y todos en feliz disfrute del futuro. No se disolvió el grupo sin que el héroe de la tarde se asegurara formalmente los dos primeros bailes con Emma, ni sin que ésta oyera que el señor Weston susurraba a su mujer:

—Él la ha solicitado, querida mía. ¡Sabía que lo haría!

CAPÍTULO 30

Sólo faltaba una cosa para que la perspectiva del baile fuera completamente feliz para Emma: que se fijara para un día dentro del término concedido para la estancia de Frank Churchill en Surry; pues, a pesar de la confianza del señor Weston, a ella no le podía parecer tan imposible que los Churchill se negaran a permitir a su sobrino quedarse un día más de su quincena. Pero no se pensaba que pudiera ocurrir eso. Los preparativos tenían que llevar tiempo, nada podía estar adecuadamente preparado hasta que empezara la tercera semana, y durante unos pocos días tenían que planear, y seguir adelante con esperanzas dentro de la incertidumbre, a riesgo —en su opinión, mucho riesgo— de que todo fuera en vano.

Enscombe, sin embargo, fue generoso, generoso de hecho, ya que no de palabra. El deseo de quedarse más, evidentemente, no agradaba, pero no hubo oposición. Todo estaba seguro y próspero, y, como la desaparición de una preocupación suele dejar paso a otra, Emma, ya segura de su baile, empezó a adoptar como su siguiente molestia la irritante indiferencia del señor Knightley acerca de ello. Bien fuera porque no bailaba él mismo, o bien porque se había formado el plan sin consultarle, parecía decidido a que eso no tuviera que interesarle, y seguro de que no le excitaría ninguna curiosidad presente ni le ofrecería ninguna diversión futura. Ante las informaciones que ella le ofreció voluntariamente, Emma no pudo obtener más respuesta aprobatoria que:

—Muy bien. Si los Weston creen que vale la pena meterse en toda esta agitación por unas pocas horas de entretenimiento ruidoso, no tengo nada que decir en contra, pero no me van a elegir mis placeres para mí. ¡Ah sí!, tengo que estar allí; no podría rehusar, y me conservaré tan despierto como pueda, pero preferiría estar en casa, repasando las cuentas semanales de William Larkins; mucho más, lo confieso. ¡Placer en ver bailar! Yo no, ciertamente; nunca lo miro, ni sé de quien lo mire. El bailar bien, como la virtud, creo que debe ser su propia recompensa. Los que se quedan a un lado generalmente están pensando en algo muy diferente.

Emma se dio cuenta de que eso apuntaba contra ella, y la puso furiosa. Sin embargo, no era por cumplido hacia Jane Fairfax por lo que él estaba tan indiferente o tan indignado; no le guiaban los sentimientos *de ella* cuando reprobaba el baile, pues ella disfrutaba extraordinariamente con la idea de tal baile. La animaba, la hacía sincerarse; dijo espontáneamente:

—¡Ah! señorita Woodhouse, espero que no ocurra nada que impida el baile. ¡Qué decepción sería! Lo estoy esperando, confieso, con mucho placer.

Así pues, no era en obsequio a Jane Fairfax por lo que habría preferido la compañía de William Larkins. ¡No! Emma estaba cada vez más convencida de que la señora Weston se equivocaba en esa sospecha. Por parte de él había mucho afecto amistoso y compasivo, pero nada de amor.

¡Ay! Pronto dejó de haber ocasión para reñir con el señor Knightley. Dos días de gozosa seguridad fueron seguidos por el derrumbamiento de todo. Llegó una carta del señor Churchill urgiendo el regreso inmediato de su sobrino. La señora Churchill no estaba bien como para poder prescindir de él, ni con mucho; había estado en una situación de mucho sufrimiento (así decía su marido) cuando escribió a su sobrino dos días antes, aunque por su acostumbrada reluctancia a causar molestias y su constante costumbre de no pensar nunca en sí misma, no lo había mencionado; pero ahora estaba demasiado enferma para andar con tonterías, y tenía que pedirle que se pusiera en marcha para Enscombe sin ninguna dilación.

Se transmitió al instante a Emma la sustancia de esa carta, en una nota de la señora Weston. En cuanto a que él se fuera, era inevitable. Tenía que irse en pocas horas, aun sin sentir una auténtica alarma por su tía que disminuyera su reluctancia. Conocía sus enfermedades; nunca ocurrían sino para su comodidad.

La señora Weston añadía que «él sólo podía tomarse tiempo para ir deprisa a Highbury, después del desayuno, y despedirse de los pocos amigos de allí que podía suponer que sentirían algún interés por él; y que se le podría esperar en Hartfield muy pronto».

Ese desgraciado mensaje fue el punto final del desayuno de Emma. Una vez leído, no cabía hacer nada sino lamentarse. La pérdida del baile; la pérdida del joven; ¡y todo lo que podría sentir el joven! ¡Era demasiado lamentable! ¡Habría sido una velada tan deliciosa! ¡Todo el mundo tan feliz! ¡Y ella y su pareja los más felices! «Ya dije que sería así», fue su único consuelo.

Los sentimientos de su padre fueron muy distintos. Pensó principalmente en la enfermedad de la señora Churchill, y quiso saber cómo la trataban; y en cuanto al baile, era lamentable que su querida Emma quedara decepcionada, pero estarían más seguros en casa.

Emma estuvo preparada para su visitante algún tiempo antes de su llegada; pero si eso significaba algo contra la rapidez de él, en cambio su triste aspecto y su falta absoluta de humor, cuando por fin llegó, pudieron redimirle. Le parecía que el marcharse era casi demasiado para hablar de ello. Su abatimiento era muy evidente. Se quedó sentado, realmente perdido en cavilaciones, durante unos pocos minutos, y cuando volvió en sí, fue sólo para decir:

—De todas las cosas horrendas, despedirse es lo peor.

—Pero usted volverá —dijo Emma—. No será esta su última visita a Randalls.

—¡Ah! —moviendo la cabeza—. ¡La incertidumbre de cuándo podré volver! ¡Lo intentaré con todo empeño! ¡Será el objetivo de todos mis pensamientos y cuidados! Y si mis tíos van a la ciudad esta primavera... pero me temo... no se movieron la primavera pasada... me temo que esa costumbre ha desaparecido para siempre.

—Habrá que abandonar nuestro pobre baile.

—¡Ah! ¡Ese baile! ¿Por qué esperamos a nada? ¿Por qué no apoderarse del placer al instante? ¡Cuántas veces se destruye la felicidad con la preparación, con la estúpida preparación! Usted nos dijo que sería así. ¡Ah! ¡Señorita Woodhouse! ¿Por qué tiene usted siempre tanta razón?

—La verdad, lamento mucho tener razón en este caso. Preferiría con mucho haberme divertido que haber sido sabia.

—Si puedo volver, todavía tendremos nuestro baile. Mi padre confía en ello. No olvide su compromiso.

Emma puso una cara muy amable.

—¡Qué quincena ha sido! —continuó él—. ¡Cada día más precioso y más delicioso que el anterior! ¡Cada día haciéndome menos capaz de soportar ningún otro sitio! ¡Felices los que pueden quedarse en Highbury!

—Ya que ahora nos hace tan amplia justicia —dijo Emma, riendo—, me atreveré a preguntarle si no vino al principio con ciertas dudas. ¿No sobrepasamos sus previsiones? Estoy segura de que sí. Estoy segura de que no esperaba usted que le fuéramos a gustar. No habría tardado tanto en venir si hubiera tenido una idea agradable de Highbury.

Él se rio bastante a conciencia, y aunque negó ese sentimiento, Emma estaba convencida de que había sido así.

—¿Y tiene que marcharse esta misma mañana?

—Sí; mi padre se va a reunir conmigo aquí; volveremos juntos a pie, y me pondré en viaje inmediatamente. Casi temo que llegue en cualquier momento.

—¿Ni cinco minutos que reservar siquiera para sus amigas la señorita Fairfax y la señorita Bates? ¡Qué desgracia! La poderosa mente razonadora de la señorita Bates podría haber fortalecido la suya.

—Sí... les he hecho una visita; pasando por delante de su puerta, me pareció lo mejor. Era lo apropiado. Entré para estar tres minutos, y me retardó que la señorita Bates estuviera ausente. Estaba fuera; y me pareció imposible no esperar a que volviera. Es una mujer de la que quizá uno se pueda reír, pero a la que uno no querría ofender. Más valía entonces, hacerle mi visita...

Vaciló, se levantó, y se acercó a una ventana.

—En resumen —dijo—, quizá, señorita Woodhouse... creo que es difícil que usted no tenga sospechas...

La miró, como queriendo leer sus pensamientos. Ella apenas sabía qué decir. Parecía que aquello presagiaba algo absolutamente serio, que ella no deseaba. Obligándose a hablar, pues, con esperanza de eludirlo, dijo tranquilamente:

—Tenía usted mucha razón; era muy natural hacer su visita, entonces...

Él quedó callado. Emma creyó que la miraba; probablemente reflexionando sobre lo que había dicho ella y tratando de entender su estilo. Le oyó suspirar. Era natural para él sentir que tenía motivo para suspirar. Él no podía creer que ella le animara. Pasaron unos pocos momentos difíciles, y él se volvió a sentar, y con aire más decidido dijo:

—Fue algo sentir que el resto de mi tiempo pudiera darse a Hartfield. Mi consideración hacia Hartfield es muy cálida...

Se detuvo otra vez, se volvió a levantar y pareció muy cohibido. Estaba más enamorado de ella de lo que había supuesto Emma; y ¿quién sabe cómo habría acabado aquello si no hubiera aparecido el señor Weston? Pronto le siguió el señor Woodhouse, y la necesidad de moverse le hizo dominarse.

Con unos pocos minutos más, sin embargo, terminó aquella prueba. El señor Weston, siempre alerta cuando había que hacer algo, y tan incapaz de aplazar ningún mal que fuera inevitable como de prever ningún mal que no fuera seguro, dijo que «era hora de marcharse»; y el joven, aunque pudiera suspirar y suspirara, no pudo menos de asentir, y levantarse para despedirse.

—Ya tendré noticias de todos ustedes —dijo—, ese es mi principal consuelo. Tendré noticias de todo lo que ocurre con ustedes. He comprometido a la señora Weston a que tenga correspondencia conmigo. Ella ha tenido la bondad de prometérmelo. ¡Ah! ¡La bendición de una corresponsal femenina, cuando uno está realmente interesado en los ausentes! Ella me lo contará todo. En sus cartas volveré a estar en mi querida Highbury.

Un apretón de mano muy amistoso, y un intenso «adiós» concluyeron el discurso, y pronto se cerró la puerta detrás de Frank Churchill. Breve había sido el aviso; breve la reunión; se había ido; y Emma lamentaba la separación y preveía con su ausencia una pérdida tan grande para su sociedad como para temer estar demasiado triste y sentirlo demasiado.

Era un triste cambio. Se habían visto casi todos los días desde que llegó. Era verdad que su estancia en Randalls había dado mucha vida a las dos semanas últimas, una vida indescriptible; ¡la idea, la esperanza de verle que le traía cada mañana, la seguridad de sus atenciones, su vivacidad, sus maneras! Había sido una quincena muy feliz, y tenía que ser desdichado el caer desde eso a la rutina de los días en Hartfield. Para completar todas sus buenas cualidades, él *casi* le había dicho que la amaba. De qué fuerza, o de qué constancia de afecto podría ser capaz, eso era otro asunto; pero en ese momento ella no podía dudar de que él tenía una admiración decididamente intensa, una preferencia consciente por ella; y esa convicción, unida a todo lo demás, la hacía pensar que *ella* misma debía estar un poco enamorada de él, a pesar de todas sus decisiones previas en contra de ello.

—Sin duda que debo estarlo —dijo—. ¡Esta sensación de indiferencia, fatiga, atontamiento; esta falta de inclinación a sentarme a hacer algo, esta sensación de que todo en la casa es turbio e insípido! Debo estar enamorada; tendría que ser la criatura más rara del mundo si no lo estuviera... al menos para unas pocas semanas. ¡Bueno! El mal de unos siempre es bueno para otros. Tendré muchos que me acompañen en el sentimiento por lo que toca al baile, aunque no sea por Frank Churchill, pero el señor Knightley estará feliz. Podrá pasar ahora la tarde con su querido William Larkins si se le antoja.

El señor Knightley, sin embargo, no mostró ninguna felicidad triunfante. No pudo decir que lo sintiera por él mismo; su misma cara animada le habría contradicho si lo dijera, pero dijo, y muy firmemente, que lamentaba la decepción de los demás, y, con notable amabilidad, añadió:

—Usted, Emma, que tiene tan pocas oportunidades para bailar, realmente tiene mala suerte; ¡tiene muy mala suerte!

Pasaron unos días antes que ella viera a Jane Fairfax y pudiera juzgar su sincera tristeza por ese lamentable cambio, pero cuando se encontraron, su compostura era odiosa. Sin embargo, había estado especialmente enferma, con dolores de cabeza, hasta un punto que hizo declarar a su tía que, si hubiera tenido lugar el baile, no creía que Jane hubiera podido asistir; y fue caridad atribuir algo de su inoportuna indiferencia a la languidez de la mala salud.

CAPÍTULO 31

Emma seguía sin tener ninguna duda de que estaba enamorada. Sus ideas variaban sólo respecto a cuánto lo estaba. Al principio, creía que mucho, y después, sólo un poco. Le producía gran placer oír hablar de Frank Churchill; y, en atención a él, le gustaba más que nunca ver al señor y la señora Weston; pensaba muchas veces en él, y esperaba con impaciencia carta suya, para poder saber cómo estaba, de qué humor andaba y cómo estaba su tía y qué probabilidades había de que volviera a Randalls esa primavera. Pero, por otro lado, no podía admitir que fuera desgraciada, ni, después de la primera mañana, que se sintiera menos inclinada que de costumbre a hacer algo; seguía muy atareada y animosa; y, aunque él fuera agradable, ella podía concebir sin embargo que tuviera defectos; y después, aunque pensando en él tanto, y, sentada a dibujar o a hacer labores, haciendo mil proyectos divertidos sobre el desarrollo y final de esa relación entre ellos, imaginando interesantes diálogos, e inventando elegantes cartas, la conclusión de toda imaginaria declaración por parte de él era que ella *le rechazaba*. Su afecto siempre había de reducirse a amistad. Su separación estaría caracterizada por toda ternura y todo encanto, pero sin embargo se habían de separar. Cuando se dio cuenta de esto, se le ocurrió que no podía estar muy enamorada, pues a pesar de su previa determinación fija de no abandonar nunca a su padre, de no casarse nunca, era cierto que un intenso afecto debía producir más lucha de la que ella podía prever en sus sentimientos.

—No me encuentro haciendo ningún uso de la palabra *sacrificio* —dijo ella—. En ninguna de mis agudas réplicas, de mis delicadas negativas, hay ninguna alusión a que haga un sacrificio. Sospecho, incluso, que él no es necesario para mi felicidad. Tanto mejor. Ciertamente, no me persuadiré a sentir más de lo que siento. Estoy suficientemente enamorada. Tendría que lamentar estarlo más.

En conjunto, estaba equitativamente satisfecha con su modo de ver los sentimientos de él.

—Él, sin duda, está muy enamorado; todo lo indica; ¡muy enamorado, desde luego! Y cuando vuelva, si sigue su afecto, tengo que estar en guardia para no estimularlo. Sería muy inexcusable hacer otra cosa, ya que estoy completamente decidida. No es que imagine que le he estimulado hasta ahora. No, si él hubiera creído que compartía en absoluto sus sentimientos, no se habría sentido tan desgraciado. Sin embargo, debo estar en guardia. Eso es en el supuesto de que su afecto continúe como ahora, pero no espero que sea así; no le considero como ese tipo de hombre; no cuento nada con su constancia ni su firmeza. Sus sentimientos son cálidos, pero me imagino que son más bien cambiantes. En resumen, cualquier consideración del tema me hace dar gracias de que mi felicidad no esté más profundamente implicada. Volveré a estar muy bien dentro de poco, porque todo el mundo se enamora una vez en la vida, y yo habré escapado fácilmente.

Cuando llegó su carta a la señora Weston, Emma pudo leerla, y la leyó con un grado de placer y admiración que al principio le hizo mover la cabeza hacia sus propias sensaciones y pensar que había menospreciado su fuerza. Era una carta larga, bien escrita, dando los detalles de su viaje y de sus sentimientos, expresando todo el afecto, la gratitud y el respeto que eran naturales y honorables, y describiendo con buen humor y precisión todas las cosas exteriores y locales que pudieran suponerse atractivas. No había ahora floreos sospechosos de excusas ni de preocupación; era el lenguaje mismo del sentimiento hacia la señora Weston. La transición desde Highbury a Enscombe, el contraste entre esos dos lugares, en algunas de las primeras ventajas de la vida social, se mencionaba justo lo suficiente como para mostrar qué profundamente lo sentía y cuánto más podría haber dicho de no ser por las limitaciones del decoro. No faltaba el encanto de hallar su propio nombre. *La señorita Woodhouse* aparecía más de una vez, y jamás sin algo de referencia agradable, bien fuera un cumplido a su buen gusto, o bien un recuerdo de algo que había dicho ella; y en la última vez que lo captó su mirada, aun sin adornar por ninguna guirnalda de galantería, ella pudo discernir el efecto de su propia influencia y reconocer quizá el mayor cumplido de todos: apretadas en el más bajo de los rincones vacíos, había estas palabras: «No tuve un momento de sobra el martes, como sabe, para la bella amiguita de la señorita Woodhouse. Por favor, hágale presentes mis excusas y mi despedida.» Eso, Emma no podía dudarlo, era todo para ella misma. A Harriet se la recordaba sólo por ser su amiga. La información que daba él y las perspectivas por lo que tocaba a Enscombe no eran ni mejores ni peores de lo esperado; la señora Churchill se iba recuperando, y él no se atrevía aún, ni en su imaginación, a fijar un momento para ir otra vez a Randalls.

Sin embargo, a pesar de lo estimulante que era la carta en la parte material, no dejó Emma de encontrar que sus sentimientos, una vez que dobló la carta y se la devolvió a la señora Weston, no añadían ningún calor duradero, que ella podía seguir prescindiendo de quien la había escrito, y que él tendría que acostumbrarse a arreglárselas sin ella. Las intenciones de Emma seguían sin cambiar. Su resolución de rechazarle se hizo sólo más interesante al añadir un proyecto para el subsiguiente consuelo y felicidad de él. El hecho de que él recordara a Harriet, y las palabras con que lo expresaba, «su bella amiguita», le sugirieron la idea de que Harriet la sucediera en el afecto de él. ¿Era eso imposible? No. Harriet, indudablemente, estaba muy por debajo de ella en inteligencia, pero él había quedado muy impresionado por el atractivo de su cara y la cálida sencillez de sus maneras; todas las probabilidades de situación y relaciones estaban a favor de ella. Para Harriet, sin duda, sería ventajoso y delicioso.

«No tengo que detenerme en ello —se dijo Emma—. No tengo que pensar en ello. Conozco el peligro de entregarse a tales especulaciones. Pero cosas más raras han pasado, y cuando dejemos de interesarnos el uno por el otro como ahora, será el medio de confirmarnos en esa clase de verdadera amistad desinteresada que ya puedo esperar con placer.»

Era bueno tener un consuelo en reserva en atención a Harriet, aunque podría ser prudente permitir que la fantasía lo tocase sólo rara vez; pues se avecinaba algo malo por ese lado. Igual que la llegada de Frank Churchill sucedió al compromiso del señor Elton como tema de conversación en Highbury, igual que este segundo tema borró por completo el primero, así ahora, al desaparecer Frank Churchill, la cuestión del señor Elton asumió su forma más irresistible. Se fijó el día de su boda. Pronto volvería a estar con ellos; el señor Elton con su esposa. Apenas hubo tiempo de hablar de la primera carta desde Enscombe, cuando todo el mundo tenía ya en la boca «al señor Elton y su esposa», y Frank Churchill estaba olvidado. Emma se mareaba de oírlo. Durante tres semanas, Emma había estado felizmente libre del señor Elton, y el ánimo de Harriet, según se inclinaba Emma a esperar, se había ido fortaleciendo recientemente. Con el baile del señor Weston en perspectiva, por lo menos, había habido mucha insensibilidad para otras cosas; pero ahora era demasiado evidente que Harriet no había alcanzado un estado de equilibrio que pudiera resistir el acercamiento efectivo —coche nuevo, campanas tocando y todo eso.

La pobre Harriet tenía una agitación que requería todos

los razonamientos y suavizamientos de cualquier especie que pudiera darle Emma. Emma pensaba que nunca podría hacer demasiado por ella; Harriet tenía derecho a todo su ingenio y toda su paciencia; pero era duro estarla convenciendo siempre sin producir ningún efecto, siempre recibiendo asentimiento sin ser capaz de lograr que sus opiniones fueran iguales. Harriet escuchaba sumisamente y decía que «era verdad, era exactamente como lo decía la señorita Woodhouse; no valía la pena pensar en ellos, y no volvería más a pensar en ellos»; pero no había cambio de tema que sirviera, y media hora después estaba tan afanosa e inquieta por los Elton como antes.

—El que te permitas estar tan ocupada y tan desgraciada con la boda del señor Elton, Harriet, es el mayor reproche que puedes hacerme a mí. No podrías reprenderme más por el error en que incurrí. Fue todo culpa mía, ya lo sé. No lo he olvidado, te lo aseguro. Me engañé a mí misma, te engañé a ti lamentablemente; y para mí será siempre un recuerdo doloroso. No imagines que hay una posibilidad de que lo olvide.

Harriet encontró que eso era demasiado para lanzar más que unas pocas palabras de afanosa exclamación. Emma continuó:

—No te he dicho que estés más ocupada, Harriet, por mí; que pienses menos, que hables menos del señor Elton, por mí; porque es más bien por ti por lo que querría que lo hicieras, en atención a algo que es más importante que mi comodidad, una costumbre de dominio propio en ti, una atención al decoro, un esfuerzo por evitar las sospechas de los demás, por salvar tu salud y fama y restablecer tu tranquilidad. Esos son los motivos que te he estado apremiando. Son muy importantes, y lamento que no los sientas tanto como para actuar de acuerdo con ellos. El que se me evite un dolor a mí es una consideración secundaria. Quiero que te ahorres a ti misma un mayor dolor. Quizá a veces yo he supuesto que Harriet no olvidaría lo que le corresponde; o más bien, lo que sería una bondad conmigo.

Esta apelación a su afecto logró más que todo lo demás. La idea de que la señorita Woodhouse, a quien realmente ella quería tanto, necesitara gratitud y consideración, la hizo sentirse desgraciada durante algún tiempo, y cuando pasó la violencia de la pena a fuerza de consuelos, no dejó de ser lo bastante poderosa como para sugerirle qué era lo justo, y apoyarla en ello.

—¡Usted, que ha sido la mejor amiga que he tenido en mi vida... que me falte gratitud para usted! ¡Nadie la iguala! ¡Nadie me importa tanto como usted! ¡Ah, señorita Woodhouse, qué ingrata he sido!

Tales expresiones, acompañadas por todo lo que podían hacer los ademanes y las actitudes, hicieron sentir a Emma que nunca había querido tanto a Harriet ni había estimado tanto su afecto.

«No hay encanto como la ternura de corazón», se dijo después a sí misma. «No hay nada a que se pueda comparar. El calor y la ternura de corazón, con unos modales cariñosos y abiertos, superan en atracción a toda la claridad de mente que haya en el mundo. Estoy segura de eso. La ternura de corazón es lo que hace que mi padre sea tan querido de todos, lo que le da a Isabella su popularidad. Yo no la tengo... pero sé estimarla y respetarla. Harriet está por encima de mí en todo el encanto y toda la felicidad que da. ¡Mi querida Harriet! No te cambiaría por la mujer de cabeza más clara, de vista más larga y de mejor juicio en el mundo. ¡Ah, la frialdad de una Jane Fairfax! Harriet vale cien veces más que una mujer así. Y en cuanto a esposa... la esposa de un hombre sensato, no tiene precio. No quiero dar nombres, pero ¡feliz el hombre que cambie a Emma por Harriet!»

CAPÍTULO 32

A la señora Elton se la vio por primera vez en la iglesia, pero por más que la devoción se interrumpiera, la curiosidad no podía quedar satisfecha con una esposa en un banco de iglesia, y hubo de dejarse para las visitas formales que luego había que hacer, el decidir si era muy bonita, o sólo bastante bonita, o nada bonita en absoluto.

Emma tenía sentimientos, menos de curiosidad que de orgullo o propiedad, que la hicieron decidir no ser la última en presentar sus respetos, y se empeñó en que Harriet fuera con ella, para poder pasar cuanto antes lo peor del asunto.

No podía entrar otra vez en la casa, no podía estar en el mismo cuarto a donde tres meses antes se había retirado con tan vano artificio, sin *recordar*. Mil pensamientos humillantes hubieron de volver: cumplidos, charadas y horribles errores; y no era de suponer que la pobre Harriet no estuviera también recordando, pero se portó muy bien, y estuvo sólo pálida y callada. La visita, por supuesto, fue breve; el cohibimiento y la ocupación mental hicieron tanto por abreviarla, que Emma no se permitió formarse del todo una opinión sobre la señora, y por nada del mundo darla, salvo en los vacíos términos de que iba «elegantemente vestida, y era muy agradable».

Realmente, no le gustó. No tenía prisa en encontrar defectos, pero sospechaba que no tenía elegancia; tranquilidad,

304

pero no elegancia. Casi estaba segura de que para una joven, una forastera, una recién casada, había demasiada tranquilidad. Su figura era más bien buena; su cara no dejaba de ser bonita, pero ni las facciones, ni los aires, ni la voz, ni las maneras eran elegantes. Emma pensó por lo menos que así se demostraría.

En cuanto al señor Elton, sus maneras no parecían... pero no, ella no se permitiría una palabra apresurada o ingeniosa sobre sus maneras. En cualquier ocasión, era una ceremonia difícil recibir visitas de boda, y cualquier hombre necesitaba toda la gracia para salir bien del paso. La mujer escapaba mejor; podía tener la ayuda de la bella vestimenta y el privilegio del rubor, pero el hombre sólo podía apoyarse en su buen sentido; y cuando Emma consideró qué peculiarmente desgraciado era el pobre señor Elton por estar en el mismo cuarto a la vez con la mujer con quien se acababa de casar, con la mujer con quien se había querido casar y la mujer con quien habían supuesto que se casaría, tenía que consentirle el derecho a parecer muy poco cuerdo, muy afectado y nada cómodo.

—Bueno, señorita Woodhouse —dijo Harriet, cuando dejaron la casa, y después de esperar en vano a que empezara su amiga—. Bueno, señorita Woodhouse —con un suave suspiro—, ¿qué piensa de ella? ¿No es muy encantadora?

Hubo cierta vacilación en la respuesta de Emma.

—¡Ah, sí, sí, una joven muy agradable!

—Me parece bella, muy bella.

—Muy elegantemente vestida, desde luego; un traje realmente elegante.

—No me sorprende nada que él se haya enamorado.

—¡Ah no! No hay nada que pueda sorprender. Una linda fortuna, y le salió al paso a él.

—Estoy segura —insistió Harriet, volviendo a suspirar—, estoy segura de que ella sintió mucho afecto por él.

—Quizá sí, pero no todos los hombres tienen el destino

de casarse con la mujer que les quiere más. La señorita Hawkins quizá quería un hogar, y pensó que esta oferta era la mejor que probablemente tendría.

—Sí —dijo Harriet, seriamente—, y muy bien que podría pensarlo, nadie podría tener otro mejor. Bueno, les deseo felicidad con todo mi corazón. Y ahora, señorita Woodhouse, creo que no me importará volverles a ver. Él sigue siendo tan superior como siempre, pero estar casado, ya sabe, es algo diferente. No, desde luego, señorita Woodhouse, no tiene que tener miedo; ahora puedo sentarme a admirarle sin mucho sufrimiento. Saber que no se ha desperdiciado, es un consuelo muy grande. Ella parece una joven encantadora, exactamente lo que él merece. ¡Criatura feliz! Él la llamó «Augusta». ¡Qué delicia!

Cuando se devolvió la visita, Emma se decidió. Pudo verles más y juzgarles mejor. Por la casualidad de que Harriet no estuviera en Hartfield y de que estuviera su padre presente para hablar con el señor Elton, tuvo un cuarto de hora para sí misma de la conversación de la señora, y pudo atenderla con toda calma; y ese cuarto de hora la convenció de que la señora Elton era una mujer vanidosa, muy satisfecha de sí misma y con una gran idea de su importancia; que pretendía brillar y ser muy superior, pero con unas maneras formadas en una mala escuela, atrevidas y familiares; que todas sus ideas procedían sólo de un grupo de personas y un estilo de vida; que, si no tonta, era ignorante, y que su compañía ciertamente no le haría ningún bien al señor Elton.

Harriet hubiera sido una boda mejor. Aunque nada inteligente ni refinada, le habría enlazado con quienes lo eran, pero la señorita Hawkins, como podía suponerse equitativamente por su fácil vanidad, había sido la mejor de su ambiente. Ese rico cuñado de junto a Bristol era el orgullo de la alianza, y su casa y sus coches eran el orgullo de él.

El primerísimo tema, después de sentarse, fue Maple Grove, «la residencia de mi cuñado el señor Suckling»; una comparación de Hartfield con Maple Grove. Los terrenos de Hartfield eran pequeños, pero bien arreglados y lindos; y la casa era moderna y bien construida. La señora Elton pareció favorablemente impresionada por el tamaño del salón, la entrada y todo lo que pudo ver o imaginar. «¡Desde luego, se parece mucho a Maple Grove! ¡Le había impresionado la semejanza! Ese salón era del mismo tamaño y forma que el salón de mañana en Maple Grove, el sitio favorito de su hermana.» Se apeló al señor Elton. «¿No era sorprendentemente parecido? Casi podía imaginarse en Maple Grove.»

—Y la escalera. Ya ve, al entrar, observé qué parecida era la escalera, colocada exactamente en la misma parte de la casa. ¡La verdad es que no pude menos de gritar! Le aseguro, señorita Woodhouse, que es delicioso para mí que me recuerde un sitio que tanto me gusta como Maple Grove. ¡He pasado allí tantos meses felices! (Con un pequeño suspiro de sentimiento.) Un lugar encantador, sin duda. Todo el que lo ve queda impresionado por su belleza, pero para mí ha sido como un hogar. Donde quiera que la transplanten, como a mí, señorita Woodhouse, comprenderá qué delicioso es encontrar algo que se parezca de algún modo a lo que una ha dejado atrás. Siempre digo que ese es uno de los males del matrimonio.

Emma dio una respuesta tan escasa como pudo, pero le bastó plenamente a la señora Elton, que sólo quería hablar ella misma.

—¡Tan parecida a Maple Grove! Y no es solamente la casa; los terrenos, le aseguro, en lo que he podido observar, son sorprendentemente parecidos... Los laureles de Maple Grove son tan abundantes como aquí y están de modo muy parecido, por en medio del césped; y me pareció ver un árbol grande, con un banco alrededor, lo que me hizo sentirme tan a gusto. Mi hermano y mi hermana estarían encantados con este sitio. A la gente que tiene terrenos extensos siempre les gusta cualquier cosa parecida.

Emma dudó que fuera verdad esa opinión. Ella estaba convencida de que a la gente que tiene terrenos extensos le importan muy poco los terrenos extensos de los demás, pero no valía la pena atacar un error tan arraigado, y por tanto sólo dijo en respuesta:

—Cuando haya visto usted más de este país, temo que pensará que ha juzgado demasiado bien a Hartfield. Surry está lleno de bellezas.

—¡Ah, sí! Me doy mucha cuenta de eso. Es el jardín de Inglaterra, ya se sabe. Surry es el jardín de Inglaterra.

—Sí, pero no debemos basar nuestras pretensiones en esa distinción. A muchos condados, me parece, se les llama el jardín de Inglaterra, además de a Surry.

—No, entiendo que no —dijo la señora Elton, con una sonrisa muy convencida—. Nunca he oído que se llamara así a ningún condado sino a Surry.

Emma quedó reducida al silencio.

—Mi hermano y mi hermana nos han prometido una visita en primavera, o en verano lo más tarde —siguió la señora Elton—, ése será nuestro momento para explorar. Mientras estén con nosotros, estoy segura de que exploraremos mucho. Traerán su *barouche-landau*, claro, donde caben perfectamente cuatro; así que, para no hablar de nuestro coche, podríamos explorar muy bien las diferentes bellezas. No creo que vengan en su *chaise*, en esta época del año. Desde luego, cuando se acerque el momento, yo les recomendaré decididamente que traigan el *barouche-landau*; será muy preferible. Cuando llega la gente a una tierra tan bonita, ya comprende, señorita Woodhouse, uno quiere que vean todo lo que puedan; y al señor Suckling le gusta mucho explorar. El verano pasado exploramos dos veces hasta King's-Weston, de ese modo, muy agradablemente, cuando acababan de recibir su *barouche-landau*. Supongo que aquí harán muchas excursiones así, todos los veranos, ¿verdad, señorita Woodhouse?

—No, no aquí mismo. Aquí estamos más bien a distancia

de las impresionantes bellezas que atraen esas excursiones de que habla usted; y nosotros somos gente muy tranquila, me parece, más inclinados a quedarnos en casa que a meternos en proyectos de placer.

—¡Ah! No hay cosa como quedarse en casa para la verdadera comodidad. Nadie más inclinada a la casa que yo. Eso era algo proverbial en mí, en Maple Grove. Muchas veces decía Selina cuando iba a Bristol: «La verdad es que no puedo conseguir que esta chica salga de casa. Tengo que marcharme sola aunque me molesta estar metida en el *barouche-landau* sin acompañante; pero Augusta, me parece, con su mejor voluntad, nunca se movería más allá de la empalizada del parque.» Muchas veces decía eso y sin embargo no soy partidaria del encierro completo. Me parece, al contrario, que, cuando la gente se aísla por completo de la sociedad, es cosa muy mala; y que es más aconsejable mezclarse en el mundo en un grado apropiado, sin vivir en él ni demasiado ni demasiado poco. Comprendo perfectamente su situación, sin embargo, señorita Woodhouse —mirando hacia el señor Woodhouse—. El estado de salud de su padre debe ser un gran inconveniente. ¿Por qué no prueba Bath? Desde luego que debería. Permítame recomendarle Bath. Le aseguro que no tengo duda de que le sentaría bien al señor Woodhouse.

—Mi padre lo ha probado más de una vez ya, pero sin sentir ninguna mejoría; y el señor Perry, cuyo nombre me atrevo a creer que no le es desconocido a usted, no piensa que ahora sea más probable que le sentara bien.

—¡Ah! Es una lástima, pues le aseguro, señorita Woodhouse, cuando las aguas sientan bien, que es prodigioso el alivio que dan. En mi vida en Bath, ¡he visto tales casos! Y es un sitio muy animado, que no podría dejar de servirle al humor del señor Woodhouse, que entiendo que a veces está un poco deprimido. Y en cuanto a sus ventajas para usted, me parece que no necesito tomarme mucho trabajo en extenderme en ellas. Las ventajas de Bath para la gente joven las comprende todo el mundo. Sería una presentación encantadora para usted, que ha llevado una vida tan encerrada; y yo podría proporcionarle en seguida alguna de la mejor sociedad del sitio. Unas letras mías le traerían un pequeño ejército de conocidos; y mi gran amiga, la señora Partridge, la señora con quien he residido siempre que estaba en Bath, estaría encantada de rendirle sus atenciones y sería la persona más adecuada para que usted apareciera con ella en público.

Era lo más que podía soportar Emma sin ser descortés. ¡La idea de estar en deuda con la señora Elton por lo que se llamaba una *presentación*; de aparecer en público bajo los auspicios de una amiga de la señora Elton, probablemente alguna viuda vulgar y ostentosa, que, con ayuda de un huésped, se las arreglaría apenas para vivir! ¡Cierto que había caído muy bajo la dignidad de la señorita Woodhouse, de Hartfield!

Se reprimió, sin embargo, evitando los rechazos que podía expresar, y sólo dio las gracias fríamente a la señora Elton; «pero no cabía hablar de que fueran a Bath; y ella no estaba completamente convencida de que ese sitio le fuera mejor a ella que a su padre». Y luego, para evitar más ofensa y más indignación, cambió de plano el tema:

—No le pregunto si es usted aficionada a la música, señora Elton. En tales ocasiones, la fama de una señora va por delante de ella; y hace mucho tiempo que se sabe en Highbury que usted es una ejecutante superior.

—¡Ah, no! Desde luego, tengo que protestar contra tal idea. ¡Una ejecutante superior! Lejos de ello, se lo aseguro. Considere de qué lado tan poco equitativo llegó esa información. Me gusta la música hasta la locura, me gusta apasionadamente, y mis amigos dicen que no carezco completamente de gusto; pero en todo lo demás, palabra de honor, mi ejecución es mediocre hasta el último extremo. Usted, señorita Woodhouse, lo sé muy bien, toca deliciosamente. Le aseguro que para mí ha sido la mayor satisfacción, consuelo y placer, el saber en qué sociedad entro, tan aficionada a la música. Yo no puedo prescindir en absoluto de la música. Es para mí una necesidad de la vida; y habiendo estado acostumbrada siempre a una sociedad muy dada a la música, tanto en Maple Grove como en Bath, habría sido un sacrificio muy grande. Sinceramente se lo dije así al señor E. cuando me hablaba de mi futuro hogar, y expresaba su temor de que su apartamiento me fuera desagradable, y lo inferior de la casa también —sabiendo a qué estaba acostumbrada yo—, claro que no dejaba de tener temores. Cuando hablaba de eso así, yo le dije sinceramente que *al mundo* sí podía renunciar —reuniones, bailes, teatros—, porque no tenía miedo del apartamiento. Con la suerte de tener tantos recursos en mí misma, el mundo no me era necesario a mí. Podía prescindir muy bien de él. Para los que no tuvieran recursos, era otra cosa; pero mis recursos me hacían muy independiente. Y en cuanto a salones más pequeños que aquellos a los que estaba acostumbrada, realmente no valía la pena pensarlo. Esperaba estar muy a la altura de cualquier sacrificio de este tipo. La verdad es que me había acostumbrado a todos los lujos en Maple Grove, pero le aseguré que no tenía necesidad de dos coches para mi felicidad, ni de habitaciones espaciosas. «Pero», dije, «para ser completamente sincera, creo que no puedo vivir sin algo como una sociedad aficionada a la música. No pongo ninguna otra condición; pero sin música, la vida sería un vacío para mí.»

—No podemos suponer —dijo Emma, sonriendo—, que el señor Elton vacilara en asegurarle que en Highbury la sociedad era muy aficionada a la música, y espero que no encuentre que él haya faltado a la verdad más de lo que se pueda perdonar en consideración del motivo.

—No, por supuesto, no tengo dudas por ese lado. Estoy encantada de encontrarme en tal círculo. Espero que tendremos juntas muchos conciertitos deliciosos. Creo, señorita

Woodhouse, que usted y yo deberíamos establecer un club musical y tener reuniones semanales en su casa o en la nuestra. ¿No sería un buen plan? Si nos ponemos a la obra nosotras mismas, no estaremos mucho tiempo sin aliados. Algo de ese carácter sería especialmente deseable *para mí*, como incitación para conservarme en dedos; pues las mujeres casadas, ya sabe... hay mucho que decir contra ellas en general. Son demasiado propensas a abandonar la música.

—Pero usted, que le gusta tan extremadamente... no puede haber peligro, sin duda.

—Yo diría que no, pero realmente, cuando miro alrededor, a mis conocidas, tiemblo. Selina ha abandonado por completo la música; nunca toca su instrumento, aunque tocaba deliciosamente. Y lo mismo se puede decir de la señora Jeffereys —que era Clara Partridge— y de las dos Milman, ahora señora Bird y señora James Cooper; y de muchas más que puedo enumerar. Palabra que es como para asustarla a una. Yo me enfadaba mucho con Selina, pero la verdad, ahora empiezo a comprender que una mujer casada tiene muchas cosas que requieren su atención. Creo que esta mañana me he pasado media hora encerrada con mi ama de llaves.

—Pero las cosas de ese tipo —dijo Emma— pronto estarán encaminadas de un modo tan habitual...

—Bueno —dijo la señora Elton—, ya veremos.

Emma, al encontrarla tan decidida a descuidar su música, no tuvo nada más que decir, y, tras una pausa de un momento, la señora Elton eligió otro tema.

—Hemos ido de visita a Randalls —dijo— y les hemos encontrado a los dos en casa; y parecen una gente muy agradable. Me gustan extremadamente. El señor Weston parece una persona excelente; para mí ya un predilecto de primera, se lo aseguro. Y ella parece ser verdaderamente buena; tiene algo tan maternal y bondadoso, que la conquista a una en seguida. Era su institutriz, creo, ¿no?

Emma se quedó casi demasiado asombrada para contestar,

pero la señora Elton apenas aguardó la afirmativa para seguir.

—Habiendo oído decirlo, ¡más bien me asombró encontrarla tan señora! Pero realmente es una mujer distinguida.

—Las maneras de la señora Weston —dijo Emma— siempre han sido especialmente buenas. Su decoro, sencillez y elegancia la harían el modelo más seguro para cualquier joven.

—¿Y quién cree que entró mientras estábamos allí?

Emma se quedó perpleja. El tono implicaba algún viejo amigo, y ¿cómo era posible que adivinara?

—¡Knightley! —continuó la señora Elton—. ¡El propio Knightley! ¿No fue una suerte? Porque, como no estaba en casa cuando fuimos a visitarle el otro día, nunca le había visto hasta entonces, y, claro, siendo tan especial amigo del señor E., yo tenía una gran curiosidad. «Mi amigo Knightley», había oído mencionar tantas veces que realmente estaba impaciente por verle, y tengo que hacer a mi *caro sposo* la justicia de decir que no tiene que avergonzarse de su amigo. Knightley es el auténtico caballero. Me gusta mucho. Decididamente es un hombre muy a lo caballero.

Por fortuna era hora de marcharse. Se fueron y Emma pudo respirar.

—¡Qué mujer más inaguantable! —fue su exclamación inmediata—. Peor de lo que había supuesto. ¡Absolutamente inaguantable! ¡Knightley! No lo habría podido creer. ¡Knightley! No le ha visto en toda su vida, ¡y le llama Knightley! ¡y descubre que es un caballero! Una pequeña advenediza, un ser vulgar, con su «señor E.» y su *caro sposo*, y sus recursos, y todos sus aires de pretensión descarada y de ostentación sin educar. ¡Nada menos descubrir que el señor Knightley es un caballero! No sé si él le devolverá el cumplido, descubriendo que ella es una señora. ¡No lo habría creído! ¡Y proponer que ella y yo nos uniéramos para formar una sociedad musical! ¡Cualquiera creería que somos amigas íntimas! ¡Y la señora Weston! ¡Asombrada de que la persona que me ha educado sea una mujer distinguida! De mal en peor. Nunca he encontrado nadie parecido. Mucho más de lo que esperaba. A Harriet la deshonraría la comparación. ¡Ah!, ¿qué le diría Frank Churchill si estuviera aquí? ¡Qué irritado y fuera de sí se pondría! ¡Vaya! ¡Ya estoy yo! Pensando en él directamente. ¡Siempre la primera persona en quien pensar! ¡Cómo me sorprendo a mí misma! ¡Frank Churchill se me viene a la mente constantemente!

Todo eso corría tan volublemente por sus pensamientos que para cuando estuvo arreglado su padre, tras el trajín de la marcha de los Elton, y dispuesto a hablar, Emma ya estaba decentemente capaz de hacerle caso.

—Bueno, querida mía —empezó él, muy cautamente—, considerando que no la hemos visto nunca, parece una joven señora muy linda; y estoy seguro de que quedó encantada contigo. Habla un poco demasiado deprisa. Tiene un poco de una rapidez de voz que más bien hace daño al oído. Pero creo que soy demasiado exigente; no me gustan las voces desconocidas; y nadie habla como tú y la pobre señorita Taylor. De todos modos, parece una señora muy amable y de buen comportamiento, y sin duda será una buena esposa para él. Aunque creo que más le valdría a él no haberse casado. Presenté mis mejores excusas por no haber podido visitarles a él y a la señora Elton en esta feliz ocasión; dije que esperaba hacerlo en el transcurso del verano. Pero debería haber ido antes. No visitar a una recién casada está mal. ¡Ah! ¡Eso muestra lo incapacitado que estoy! Pero no me gusta el recodo del camino de la Vicaría.

—Estoy segura de que se aceptaron tus excusas. El señor Elton te conoce.

—Sí, pero una joven señora; una recién casada... Debería haberle presentado mis respetos a ella si era posible. No ha estado eso como debía estar.

—Pero, querido papá, tú no eres partidario del matrimonio, y, por consiguiente, ¿por qué tendrías que empeñarte en presentar tus respetos a la recién casada? Eso no debería ser ningún título ante ti. Es estimular a la gente a casarse, si les das tanta importancia.

—No, querida mía, nunca he estimulado a nadie a casarse, pero siempre me ha gustado ofrecer las atenciones adecuadas a una señora; y especialmente a una recién casada no hay que descuidarla nunca. Más se le debe a ella, hay que reconocerlo. Una recién casada, ya sabes, siempre es la primera en una sociedad, sean quienes sean las demás.

—Bueno, papá, si eso no es un estímulo a casarse, no sé qué puede serlo. Y nunca habría esperado que prestaras tu aprobación a tales cebos de vanidad para las pobres damitas.

—Querida mía, no me entiendes. Esto es un asunto de simple cortesía corriente y buena educación, y no tiene nada que ver con ningún estímulo para que se case la gente.

Emma lo dejó. Su padre se ponía nervioso, y no podía entenderla. Su ánimo volvió a las culpas de la señora Elton, que la ocuparon mucho, mucho tiempo.

CAPÍTULO 33

Ningún descubrimiento posterior obligó a Emma a retractarse de su mala opinión sobre la señora Elton. Su observación había sido bastante correcta. En esa segunda entrevista, la señora Elton le pareció lo mismo que siempre que se volvieron a encontrar: dándose importancia, presumiendo, tomándose familiaridades, ignorante y mal educada. Tenía un poco de belleza y un poco de formación, pero tan poco juicio que se imaginaba llegar con un conocimiento superior del mundo, para animar y mejorar una vecindad de campo; y se imaginaba que la señorita Hawkins había tenido un lugar en la sociedad que sólo podría superar la importancia de la señora Elton. No había razón para suponer que el señor Elton pensara en absoluto de modo distinto que su mujer. Parecía, no simplemente feliz con ella, sino orgulloso. Tenía el aire de felicitarse a sí mismo por haber llevado a Highbury una mujer tal que no podía igualarla ni la señorita Woodhouse; y la mayor parte de sus nuevos conocidos, dispuestos a alabar, o sin costumbre de juzgar, siguiendo la guía de la buena voluntad de la señorita Bates o dando por supuesto que la recién casada debía ser tan lista y agradable como ella misma afirmaba ser, estaban muy satisfechos; de modo que las alabanzas de la señora Elton pasaban de boca en boca como debía ser, sin obstáculos por parte de la señorita Woodhouse, que de buena gana continuaba lo primero que había dicho y hablaba con buena gracia de que ella «era muy agradable y se vestía con mucha elegancia».

En un aspecto empeoró la señora Elton incluso respecto a lo que parecía al principio. Sus sentimientos hacia Emma cambiaron. Ofendida, probablemente, por el poco estímulo que recibieron sus propuestas de intimidad, se echó atrás a su vez y poco a poco se volvió más fría y lejana, y aunque el resultado fue agradable, la mala voluntad que lo producía aumentaba inevitablemente el desagrado de Emma. Sus maneras también, y las del señor Elton, eran desagradables con Harriet, por lo burlonas y descuidadas. Emma tenía esperanzas de que eso produjera rápidamente la curación de Harriet, pero los sentimientos sugeridos por tal comportamiento les ponían muy bajo. No cabía dudar que el afecto de la pobre Harriet había sido una oferta de completa entrega conyugal, y sin duda se había contado la propia parte de Emma en el asunto, bajo el color menos favorable para ella y más cómodo para él. Por supuesto, Emma era el objeto de su odio en común. Cuando no tenían nada más que decir, les debía ser fácil siempre empezar a hablar mal de la señorita Woodhouse, y la enemistad que no se atrevían a manifestar como abierta falta de respeto hacia ella, encontraba mayor desahogo en el trato despectivo hacia Harriet.

La señora Elton había quedado encantada con Jane Fairfax, desde el primer momento. No simplemente cuando el estado de guerra con una señorita podía suponerse que daría ventaja a la otra, sino desde el primerísimo instante, y no se contentaba con expresar una admiración natural y razonable, sino que, sin solicitud, ni excusa, ni privilegio, tenía que ayudarla y hacerse amiga suya. Antes de que Emma hubiese perdido su confianza, y hacia la tercera vez que se encontraron, oyó todas las quijoterías de la señora Elton sobre el tema:

—Jane Fairfax es absolutamente encantadora, señorita

Woodhouse. Estoy verdaderamente loca por Jane Fairfax.
¡Qué criatura más dulce y más interesante! ¡Tan suave y
señorial, y con tales talentos! Le aseguro que creo que tiene
unos talentos extraordinarios. No tengo escrúpulo en decir que
toca extremadamente bien. Sé bastante de música como para
hablar decididamente en este punto. ¡Ah! ¡Es absolutamente
encantadora! Se reirá usted de mi acaloramiento, pero, palabra, no hablo de nada más que de Jane Fairfax. ¡Y su situación es tan apropiada para conmoverla a una! Señorita
Woodhouse, tenemos que aplicarnos y esforzarnos para hacer
algo por ella. Hay que sacarla adelante. Unos talentos como
los suyos no se puede consentir que permanezcan desconocidos. Estoy segura de que ha oído esos encantadores versos
del poeta

> *Hay ciertas flores cuyos rubores no son vistos*
> *y disipan su aroma en el aire desierto.*

No debemos permitir que eso se cumpla en la dulce Jane
Fairfax.

—No puedo creer que haya ningún peligro de ello —fue
la tranquila respuesta de Emma—, y cuando conozca mejor
la situación de la señorita Fairfax y comprenda lo que ha
sido su hogar, con el coronel y la señora Campbell, no creo
que suponga que sus talentos pueden quedar desconocidos.

—¡Ah! pero, querida señorita Woodhouse, ahora está tan
apartada, en tal oscuridad, tan desperdiciada. Todas las ventajas que haya podido disfrutar con los Campbell, ahora, evidentemente, se han terminado. Y creo que ella lo nota. Estoy
segura de que sí. Es muy tímida y callada. Se ve que nota
la falta de estímulo. Me gusta más por eso. Tengo que confesar que para mí es un atractivo. Yo soy una gran defensora
de la timidez; estoy segura de que la timidez no se encuentra
muy a menudo. Pero en aquellos que son inferiores de algún
modo, es algo extremadamente cautivador. ¡Ah! Le aseguro

que Jane Fairfax es un personaje delicioso, y me interesa más de lo que puedo expresar.

—Parece que lo siente así muy profundamente, pero no entiendo cómo ni usted ni nadie más de los conocidos de la señorita Fairfax aquí, cualquiera de los cuales la conoce desde hace más tiempo que usted, pueden mostrarle ninguna otra atención que...

—Mi querida señorita Woodhouse, los que se atreven a actuar pueden hacer muchísimo. *Usted* y yo no tenemos que tener miedo. Si nosotras damos el ejemplo, muchos lo seguirán en todo lo que puedan; aunque no tengan nuestras posiciones. *Nosotras* tenemos coches para traerla y llevarla a casa, y *nosotras* vivimos con un estilo en que en ningún momento podría resultar incómodo añadir a Jane Fairfax. Me disgustaría mucho que Wright nos preparara una comida que me pudiera hacer lamentar haber invitado a Jane Fairfax, y aún más que ella, a compartirla. No pienso tal cosa. No es probable que lo piense, considerando a qué estoy acostumbrada. Mi mayor peligro, al llevar la casa, quizá sea el otro extremo, hacer demasiado y descuidar demasiado los gastos. Probablemente Maple Grove será mi modelo más de lo que debería serlo, porque nosotros no pretendemos igualar en ingresos a mi cuñado, el señor Suckling. De todos modos, he tomado ya la decisión de avisar a Jane Fairfax. Ciertamente, la tendré muchas veces en mi casa, la presentaré dondequiera que pueda, haré reuniones musicales para poner de resalte su talento, y estaré constantemente alerta en busca de una posición que valga la pena. Mis conocidos son tan numerosos, que no dudo que pronto sabré de algo que le vaya bien. Por supuesto, se la presentaré muy especialmente a mi cuñado y mi hermana cuando vengan a vernos. Estoy segura de que les gustará mucho, y ella, cuando llegue a tratarles un poco, perderá completamente sus temores, pues realmente no hay nada, en las maneras de ambos, que no sea extremadamente conciliador. La tendré conmigo muchas veces mientras estén ellos, y estoy segura de que a veces le encontraremos un asiento en el *barouche-landau* en algunas de nuestras excursiones de descubrimiento.

«¡Pobre Jane Fairfax! —pensó Emma—. No te mereces esto. ¡Puedes haber hecho algo malo respecto al señor Dixon, pero esto es un castigo superior a cuanto puedas haber merecido! ¡La bondad y la protección de la señora Elton! ¡Jane Fairfax y Jane Fairfax! ¡Cielos! ¡No quiero suponer que se atreva a ir por ahí hablando de mí como de Emma Woodhouse! ¡Pero, palabra de honor, la lengua de esta mujer se toma unas licencias sin límite!»

Emma no tuvo que escuchar otra vez tales tiradas, tan exclusivamente dirigidas a ella misma y tan desagradablemente adornadas con un «querida señorita Woodhouse». No tardó en notarse un cambio por parte de la señora Elton, y Emma quedó en paz; ni obligada a ser la gran amiga de la señora Elton, ni, bajo la guía de la señora Elton, la activísima protectora de Jane Fairfax, sino sólo compartiendo con los demás, de un modo muy general, el saber lo que se opinaba, lo que se meditaba y lo que se hacía.

Observaba con cierta diversión. La gratitud de la señorita Bates por las atenciones de la señora Elton hacia Jane estaba en el mejor estilo de la sencillez y el calor sin malicia. Era una de sus personas ilustres, la mujer más amable, afable y deliciosa; tan perfecta y condescendiente como la señora Elton deseaba ser considerada. La única sorpresa de Emma fue que Jane Fairfax aceptara esas atenciones y tolerara a la señora Elton como parecía hacerlo. ¡Oyó decir que paseaba con los Elton, que pasaba tiempo sentada con los Elton, que pasaba un día con los Elton! ¡Era asombroso! No habría creído posible que el gusto o el orgullo de la señorita Fairfax soportara la sociedad y la amistad que podía ofrecer la Vicaría.

—¡Es un enigma, es un enigma! —decía—. ¡Decidir quedarse aquí meses y meses, con privaciones de todas clases! Y ahora aceptar la humillación de las atenciones de la señora Elton y la mezquindad de su conversación, en vez de volver con sus compañías, tan superiores a ella y que siempre la han querido con un afecto auténtico y generoso.

Jane había llegado a Highbury, según dijo, para estar tres meses; los Campbell se habían ido a Irlanda para tres meses; pero ahora los Campbell habían prometido a su hija quedarse por lo menos hasta fines de junio, y la habían invitado nuevamente a reunirse con ellos allí. Según la señorita Bates —todo procedía de ella— la señora Dixon había escrito con mucho apremio. Si Jane quisiera ir, se encontrarían medios, se mandarían criados, se prepararía a los amigos, no se permitiría que hubiera dificultades para viajar; ¡pero, sin embargo, ella lo había declinado! «Debe tener algún motivo, más poderoso de lo que parece, para rehusar esa invitación», fue la conclusión de Emma. «Debe estar bajo alguna clase de penitencia, infligida por los Campbell o por ella misma... Hay gran temor, gran cautela, gran decisión en alguna parte. Ella no tiene que estar con los Dixon. Alguien ha emitido ese decreto. Pero ¿por qué tendría que consentir en estar con los Elton? Aquí hay otro rompecabezas aparte.»

Cuando Emma expresó en voz alta su asombro sobre esa parte del tema, ante los pocos que sabían lo que opinaba sobre la señora Elton, la señora Weston aventuró esta excusa para Jane:

—No podemos suponer que disfrute mucho en la Vicaría, mi querida Emma, pero es mejor que estar siempre en casa. Su tía es una excelente criatura, pero, como acompañante constante, debe ser muy cansada. Tenemos que considerar lo que deja la señorita Fairfax, antes de condenar su gusto por aquello en que entra.

—Tiene usted razón, señora Weston —dijo el señor Knightley acaloradamente—. La señorita Fairfax es tan capaz como cualquiera de nosotros de formarse una opinión justa sobre la señora Elton. Si hubiera podido elegir con quien unirse, no la habría elegido. Pero —con una mirada de reproche hacia Emma— recibe de la señora Elton unas atenciones que nadie más le ofrece.

Emma notó que la señora Weston le lanzaba una rápida ojeada, y ella misma quedó impresionada por el acaloramiento del señor Knightley. Con un leve rubor, acabó por responder:

—Unas atenciones como las de la señora Elton, yo habría imaginado que molestarían antes que agradarían a la señorita Fairfax. Las invitaciones de la señora Elton, me habría parecido que son cualquier cosa excepto atractivas.

—No me extrañaría —dijo la señora Weston— que la señorita Fairfax se hubiera visto arrastrada más allá de su propia inclinación, por el empeño de su tía de aceptar las cortesías de la señora Elton hacia ella. La pobre señorita Bates probablemente haya comprometido a su sobrina a aceptar precipitadamente un aspecto de intimidad mayor que el que su propio buen sentido le habría dictado, a pesar de su natural deseo de un poco de cambio.

Las dos parecían tener empeño en volver a oír hablar al señor Knightley, y, al cabo de un silencio de unos pocos momentos, éste dijo:

—Otra cosa hay que tomar también en consideración: la señora Elton no habla *a* la señorita Fairfax igual que habla *de* ella. Todos sabemos la diferencia entre los pronombres *él*, *ella* y *tú*, los más corrientes entre nosotros; todos notamos la influencia de algo que va más allá de la cortesía corriente en nuestro trato personal mutuo; algo implantado en nosotros muy tempranamente. No podemos dar a nadie las desagradables sugerencias de que quizá estábamos rebosantes una hora antes. Sentimos las cosas de diferentes maneras. Y además de cómo ocurre esto, en cuanto principio general, pueden estar seguras de que la señorita Fairfax intimida a la señora Elton por su superioridad. tanto de mente como de maneras, y, que, cara a cara, la señora Elton la trata con todo el respeto a que tiene derecho. La señora Elton probablemente no se ha tropezado jamás con una mujer como Jane Fairfax; y no hay vanidad que le impida reconocer por comparación su propia pequeñez en la acción, si es que no en darse cuenta de ello.

—Sé qué alta opinión tiene usted de Jane Fairfax —dijo Emma. Pensaba en el pequeño Henry, y una mezcla de alarma y de delicadeza la dejó indecisa sin saber qué más decir.

—Sí —contestó—, todo el mundo sabe qué alta opinión tengo de ella.

—Y sin embargo —dijo Emma, empezando apresuradamente y con aire maligno, pero deteniéndose pronto (más valía, sin embargo, saber lo peor cuanto antes), siguió adelante deprisa—: Y sin embargo, quizá, usted mismo no se da cuenta de qué alta es esa opinión. A lo mejor cualquier día le pilla de sorpresa el alcance de su admiración.

El señor Knightley trabajaba intensamente en los botones más bajos de sus gruesas polainas de cuero, y quizá por el esfuerzo de abrocharlos, o por alguna otra razón, se puso colorado, mientras respondía:

—¡Ah! ¿En eso está? Pero usted anda lamentablemente atrasada. El señor Cole me lo insinuó hace seis semanas.

Se detuvo. Emma notó que la señora Weston le pisaba el pie, y no supo qué pensar. Un momento después, él siguió:

—Sin embargo, eso no será nunca, se lo puedo asegurar. La señorita Fairfax, estoy seguro, no me aceptaría si yo la solicitara... y yo estoy muy seguro de que nunca la voy a solicitar.

Emma devolvió con intereses el pisotón de su amiga, y se alegró lo suficiente como para exclamar:

—No es usted vanidoso, señor Knightley. Puedo decir eso a su favor.

Él apenas pareció oírla; estaba pensativo, y, de un modo que mostraba que no estaba satisfecho, dijo poco después:

—Así que ha estado decidiendo usted que me tendría que casar con Jane Fairfax.

—No, yo no. Usted me ha regañado demasiado por casamentera para que yo me atreva a tomarme tal libertad con usted. Lo que dije hace un momento, no significaba nada. Una dice esa clase de cosas, claro, sin ninguna idea de querer decir nada serio. ¡Ah, no! palabra, no tengo el menor deseo de que se case usted con Jane Fairfax ni con Jane lo que sea. No vendría usted a sentarse con nosotros de ese modo tan tranquilo si estuviera casado.

El señor Knightley volvió a estar pensativo. El resultado de su vacilación fue:

—No, Emma, no creo que el alcance de mi admiración por ella me pille de sorpresa. Nunca he pensado en ella en ese sentido, se lo aseguro. —Y poco después—: Jane Fairfax es una joven encantadora, pero ni siquiera Jane Fairfax es perfecta. Tiene un defecto. No tiene ese temperamento abierto que un hombre desearía en su mujer.

Emma no pudo menos de alegrarse de saber que Jane tenía un defecto.

—Bueno —dijo—, ¿y habrá hecho callar usted al señor Cole, supongo?

—Sí, muy pronto. Me lanzó una insinuación suave; le dije que estaba equivocado; me pidió perdón y no dijo más. Cole no quiere ser más listo ni más ingenioso que sus vecinos.

—En ese aspecto, ¡qué poco parecido a la querida señora Elton, que quiere ser más lista y más ingeniosa que todo el mundo! No sé cómo hablará de los Cole, cómo les llamará. ¿Cómo puede encontrar una designación para ellos, lo bastante metida en vulgaridad familiar? A usted le llama Knightley, ¿qué hará con la señora Cole? Así que no me tiene que sorprender que Jane Fairfax acepte sus cortesías y consienta en estar con ella. Señora Weston, su argumento tiene mucho peso para mí. Me resulta más fácil imaginarme la tentación de escaparse de la señorita Bates que creer en el triunfo de la mente de la señorita Fairfax sobre la señora Elton. No tengo fe en que la señora Elton se reconozca inferior en pensamiento, palabra u obra: ni que esté bajo ninguna restricción que no sea su escaso sentido de la buena educación. No me puedo imaginar que no esté continuamente insultando a su visitante con alabanzas, estímulos y ofrecimientos de servicio; que no esté continuamente detallando sus espléndidas intenciones, desde el procurarle una posición permanente hasta incluirla en esas deliciosas excursiones de exploración que han de tener lugar en el *barouche-landau*.

—Jane Fairfax tiene sentimientos —dijo el señor Knightley. —No la acuso de falta de sentimiento. Su sensibilidad, sospecho, es fuerte, y su temperamento es excelente en su capacidad de indulgencia, paciencia, y dominio de sí misma, pero le falta ser abierta Es reservada, más reservada, me parece, de lo que solía ser. Y a mí me gusta un temperamento abierto. No; hasta que Cole aludió a mi supuesto afecto, no se me había pasado por la cabeza. Siempre he visto a Jane Fairfax y he conversado con ella con gusto y admiración, pero sin pensar en nada más allá.

—Bueno, señora Weston —dijo Emma, triunfante, cuando él las dejó—, ¿qué dice usted ahora de que el señor Knightley se case con Jane Fairfax?

—Pues la verdad, querida Emma, digo que está tan ocupado con la idea de no estar enamorado de ella, que no me extrañaría que eso acabara al fin en que lo estuviera. No me pegue.

CAPÍTULO 34

Todos los que, en Highbury y sus alrededores, habían visitado alguna vez al señor Elton, estaban dispuestos a presentarle sus respetos después de su boda. Se organizaron comidas y veladas para él y su señora; y las invitaciones llegaban tan deprisa que ella tuvo pronto el gusto de darse cuenta de que no iban a tener nunca un día sin compromiso.

—Ya veo lo que pasa —dijo—. Ya veo qué vida voy a llevar entre ustedes. Palabra, que nos vamos a echar a perder. Parece que estamos de moda. Si esto es vivir en el campo, no hay nada que temer. Desde el lunes que viene hasta el sábado les aseguro que no tenemos un día sin compromiso. Una mujer con menos recursos que los míos no tendría que sentirse perpleja.

Ninguna invitación le venía mal. Sus costumbres de Bath hacían que las veladas fueran algo natural para ella, y Maple Grove le había hecho aficionarse a las grandes comidas. Le chocó un poco que no hubiera dos salones, y los pobres intentos de repostería, y que no hubiera helado en Highbury en las reuniones para jugar a las cartas. La señora Bates, la señora Perry, la señora Goddard y las demás, estaban muy por detrás de ella en conocimiento del mundo, pero *ella* les enseñaría pronto cómo había que arreglarlo todo. Durante la primavera ella les devolvería sus cortesías con una fiesta muy superior, en que se pondrían las mesas de juego con sus velas separadas y sus barajas sin abrir, en el verdadero estilo, y se contratarían para la velada más sirvientes de los que podía proporcionar la casa, para hacer pasar los refrescos exactamente a la hora adecuada y en el orden adecuado.

Emma, mientras tanto, no podía estar satisfecha sin una comida en Hartfield para los Elton. No debían hacer menos que los demás, para que ella no quedase expuesta a sospechas odiosas, y se imaginase que era capaz de mezquinos resentimientos. Debía darse una comida. Después de que Emma habló de ello durante diez minutos, el señor Woodhouse no puso objeciones, y sólo hizo su acostumbrada estipulación de no sentarse él mismo en el extremo inferior de la mesa, con la acostumbrada dificultad de decidir quién lo haría en su lugar.

Las personas a invitar requerirían poco que pensar. Además de los Elton, tenían que ser los Weston y el señor Knightley; hasta ahí todo era evidente —y era poco menos inevitable que la pobre pequeña Harriet hubiera de ser invitada a hacer el número ocho—, pero esa invitación no se hizo con igual satisfacción y, por muchas razones, Emma se alegró especialmente de que Harriet pidiera que se la permitiera declinarla. «Preferiría no estar en compañía *de él* mientras pudiera evitarlo. Todavía no era capaz de verles juntos a él y a su encantadora esposa sin sentirse incómoda. Si no le parecía mal a la señorita Woodhouse, preferiría quedarse en casa.» Era exactamente lo que Emma habría deseado, de haber creído que fuera posible a fuerza de desearlo. Le encantó la fortaleza de su amiguita —pues sabía que era fortaleza en ella renunciar a estar en sociedad y quedarse en casa; y ahora podía invitar a la persona que realmente quería que hiciera el número ocho, Jane Fairfax. Desde su última conversación con la señora Weston y el señor Knightley, había tenido más remordimientos de conciencia que de costumbre por Jane Fairfax. Las palabras del señor Knightley habían permanecido en ella. Él había dicho que Jane Fairfax recibía de la señora Elton unas atenciones que nadie más le daba.

—Esa es mucha verdad —dijo ella—, al menos en lo que se refiere a mí, que era lo que quería decir—, y es una vergüenza. De la misma edad, y habiéndola conocido de siempre... debía haber sido más amiga suya. Ahora ya no me querrá nunca. La he descuidado demasiado tiempo. Pero le demostraré más atención que hasta ahora.

Todas las invitaciones tuvieron éxito. Todos estaban libres de compromiso y todos contentos. Las cuestiones preparatorias de esa comida, sin embargo, no habían terminado. Ocurrió un hecho bastante desafortunado. Los dos niños mayores de los Knightley habían quedado en hacer una visita de varias semanas a su abuelo y tía en primavera, y su papá ahora proponía traerles, y quedarse todo un día en Hartfield —día que sería precisamente el de la comida—. Sus compromisos profesionales no le permitían aplazarlo, pero tanto el padre como la hija estaban molestos porque ocurriera así. El señor Woodhouse consideraba que ocho personas en una comida era el máximo que podían soportar sus nervios, y ahí había una novena, y Emma comprendía que sería una novena persona de muy mal humor por no poder llegar a Hartfield para cuarenta y ocho horas sin encontrarse con un grupo de invitados a comer.

Emma consoló a su padre mejor de lo que pudo consolarse a sí misma, haciéndole ver que, aunque ciertamente serían nueve, él decía siempre tan poco, que el aumento de ruido sería muy poco importante. En realidad pensaba que era un lamentable cambio para ella misma, tenerle ahí, con su aire serio y sus pocas ganas de conversación, en lugar de su hermano, enfrente de ella.

El hecho era más favorable para el señor Woodhouse que para Emma. Llegó el señor John Knightley, pero el señor Weston tuvo una inesperada llamada para ir a la ciudad y había de estar ausente ese mismo día. Quizá se reuniría con ellos al anochecer, pero ciertamente que no para la comida. El señor Woodhouse se quedó muy a gusto, y el verle así, con la llegada de los dos niños y el filosófico equilibrio de su cuñado para soportar su destino, eliminó también la principal molestia de Emma

Llegó el día, se reunió puntualmente el grupo, y el señor John Knightley pareció dedicarse en seguida a la tarea de ser agradable. En vez de apartar a su hermano hacia una ventana mientras esperaban para sentarse a comer, se puso a hablar con la señorita Fairfax. A la señora Elton, tan elegante como podían hacerla el encaje y las perlas, la miró en silencio, deseando sólo observar bastante como para informar a Isabella, pero la señorita Fairfax era conocida suya de hacía tiempo y una muchacha silenciosa, y él podía muy bien hablar con ella. Se había encontrado con ella antes del desayuno, cuando volvía de un paseo con los niños, y precisamente empezaba a llover. Era natural expresar alguna cortés esperanza sobre el tema, y dijo:

—Espero que no se aventurara muy lejos, señorita Fairfax, esta mañana, o si no, estoy seguro de que se tuvo que mojar. Nosotros apenas llegamos a tiempo a casa. Espero que se volvería atrás en seguida.

—Fui sólo hasta la oficina de correos —dijo ella— y llegué a casa antes que lloviera mucho. Es mi recado diario. Siempre voy por las cartas cuando estoy aquí. Ahorra trabajo, y es algo para salir. Un paseo antes del desayuno me sienta bien.

—No un paseo bajo la lluvia, imagino.

—No, pero no llovía en absoluto cuando salí.

El señor John Knightley sonrió y contestó:

—Es decir, que prefirió dar su paseo, porque no estaba ni a seis pasos de su puerta cuando tuve el placer de encontrarla, y Henry y John habían recibido ya más gotas de las que podían contar. La oficina de correos tiene un gran encanto en una época de nuestras vidas. Cuando usted haya llegado a mi edad, empezará a pensar que las cartas nunca son dignas de atravesar la lluvia por ellas.

Hubo un ligero rubor, y luego esta respuesta:

—No debo esperar llegar jamás a tener su posición, en medio de todas las relaciones más queridas, y por consiguiente no puedo esperar que sólo el cumplir más años me haga indiferente a las cartas.

—¡Indiferente! ¡Oh no! Nunca pensé que llegara a ser indiferente. Las cartas no son cuestión de indiferencia; generalmente son una maldición segura.

—Habla usted de cartas de negocios; las mías son cartas de amistad.

—Muchas veces he pensado que son las peores de las dos —contestó él fríamente—. Los negocios, ya sabe, traen dinero, pero la amistad rara vez lo trae.

—¡Ah! No habla usted en serio ahora. Conozco demasiado bien al señor John Knightley; estoy muy segura de que entiende el valor de la amistad igual que cualquiera. Me es fácil creer que las cartas sean muy poco para usted, mucho menos que para mí, pero no es el ser diez años mayor que yo lo que hace la diferencia; no es la edad, sino la situación en la vida. Usted tiene siempre al lado a todos los que más quiere; yo, probablemente, no volveré jamás a tenerlos; y por consiguiente, hasta que haya sobrevivido a todos mis afectos, una oficina de correos, me parece, debe tener siempre el poder de atraerme, aun con un tiempo peor que el de hoy.

—Cuando hablaba de que usted cambiara con el tiempo, con el paso de los años —dijo John Knightley—, quería aludir al cambio de situación que suele traer el tiempo. Considero que lo uno incluye lo otro. El tiempo generalmente disminuye el interés de toda relación que no esté en nuestro círculo diario, pero no es ése el cambio en que pensaba para usted. Como viejo amigo, me permitirá esperar, señorita Fairfax, que dentro de diez años usted tendrá tantos objetos reunidos de su afecto como tengo yo.

Lo dijo bondadosamente, y muy lejos de ofender. Un agradable «gracias» pareció pretender echarlo a risa, pero un rubor, un temblor en los labios, una lágrima en los ojos, mostraron que el sentimiento iba más allá de la risa. Entonces ella vio reclamada su atención por el señor Woodhouse, quien, según su costumbre en esas ocasiones, iba pasando revista a sus invitados y haciendo sus cumplidos personales a cada dama, hasta terminar en ella, con estas palabras de la más dulce cortesía:

—Lamento mucho saber, señorita Fairfax, que había salido esta mañana cuando llovió. Las señoritas deben cuidarse. Las señoritas son plantas delicadas. Deberían cuidarse de su salud y su aspecto. Querida mía, ¿se cambió las medias?

—Sí, señor, claro; y le agradezco mucho su bondadosa preocupación por mí.

—Mi querida señorita Fairfax, hay que preocuparse por las damitas. Espero que su abuela y su tía estén bien. Forman parte de mis viejas amistades. Ojalá mi salud me permitiera ser un mejor vecino. Ciertamente, usted nos hace hoy un gran honor. Mi hija y yo somos muy sensibles a su bondad y tenemos la mayor satisfacción en verla en Hartfield.

El benévolo y cortés anciano pudo entonces sentarse, pensando que había cumplido su deber dando la bienvenida a todas las bellas damas para que estuvieran a su gusto.

Para entonces, lo del paseo bajo la lluvia había alcanzado a la señora Elton, que abrió sus protestas sobre Jane:

—Mi querida Jane, ¿qué es lo que oigo? Eso no está bien, se lo aseguro. Pobre muchacha, ¿cómo pudo hacer tal cosa? Se ve que no estaba yo allí para cuidarme de usted.

Jane le aseguró con mucha paciencia que no se había resfriado.

—¡Ah! no me diga eso *a mí*. Realmente es usted una chica de muy mala suerte, y no sabe cuidarse. ¡A la oficina de correos, nada menos! Señora Weston, ¿ha oído cosa igual? Usted y yo tenemos sin duda que ejercitar nuestra autoridad.

—Mi consejo —dijo la señora Weston, y, persuasivamente—, ciertamente me siento tentada a darlo. Señorita Fairfax, no debe usted correr tales riesgos. Propensa como ha estado a fuertes resfriados, la verdad es que debería tener especial cuidado, sobre todo en esta época del año. En primavera siempre hace falta un cuidado más que corriente. Mejor esperar una hora o dos, o incluso medio día, por sus cartas, en vez de correr el riesgo de que le vuelva a dar su tos. ¿No cree ahora que habría sido mejor? Sí, estoy segura de que es usted de sobra razonable. Tiene cara de que no va a volverlo a hacer.

—¡Ah! no lo volverá a hacer —asintió con empeño la señora Elton—. No le permitiremos que vuelva a hacer semejante cosa —y con un significativo además de la cabeza—; hay que hacer algún arreglo, hay que hacerlo, sin duda. Hablaré con el señor E. El hombre que nos trae las cartas todas las mañanas (uno de nuestros criados, no me acuerdo de cómo se llama), preguntará también por las suyas y se las llevará. Esto resolverá todas las dificultades, ya comprende; y creo, querida Jane, que no puede tener escrúpulo en aceptar *de nosotros* tal arreglo.

—Es usted muy bondadosa —dijo Jane—, pero no puedo renunciar a mi paseo tempranero. Me han aconsejado estar al aire libre tanto como pueda, tengo que andar por alguna parte, y la oficina de correos es un objetivo; y, palabra, apenas había tenido ninguna mañana mala hasta ahora.

—Mi querida Jane, no hablemos más de eso. El asunto está decidido, esto es —riendo afectadamente— en la medida en que puedo presumir que decido algo sin la aprobación de mi dueño y señor. Ya sabe, señora Weston, que usted y yo tenemos que tener cuidado de cómo nos expresamos. Pero me lisonjeo, querida Jane, de que mi influencia no se ha gastado del todo. Así pues, si no encuentro dificultades insuperables, considere ese punto como decidido.

—Perdone —dijo Jane afanosamente—, no puedo de ningún modo consentir en tal arreglo, tan innecesariamente molesto para su criado. Si el recado no fuera un placer para mí, lo podría hacer mi abuela, como pasa siempre que no estoy aquí.

—¡Ah, querida mía, pero con tanto como tiene que hacer Patty! Y es una bondad dar ocupación a nuestros criados.

Jane puso cara de que no pensaba ser vencida, pero en vez de contestar, empezó a hablar otra vez con el señor Knightley.

—¡La oficina de correos es una institución asombrosa! —dijo—. ¡Qué regularidad y rapidez! Si se piensa en todo lo que tienen que hacer, y lo que hacen, es realmente asombroso.

—La verdad es que está bien arreglado.

—¡Es tan raro que haya algún descuido o error! ¡Es tan raro que se equivoquen en el destino de una carta, entre los millares que pasan constantemente por el reino, y supongo que ni una en un millón se pierde del todo! ¡Y cuando se considera la variedad de letras, y de malas letras además, que hay que descifrar, eso aumenta el asombro!

—Los empleados se hacen expertos con la costumbre. Tienen que empezar con cierta viveza de vista y mano, y el ejercicio les mejora. Si se necesita alguna explicación más —continuó, sonriendo— les pagan por ello. Esa es la clave de mucha de la capacidad. El público paga y hay que servirle bien.

Se siguió hablando de las variedades de letras, y se hicieron las observaciones de costumbre.

—He oído decir —dijo John Knightley— que muchas veces en una familia domina el mismo tipo de letra; cuando enseña el mismo maestro, eso es bastante natural. Salvo por esa razón, yo imaginaría que la semejanza debe limitarse principalmente a las mujeres, porque los niños reciben muy poca enseñanza después de los primeros años, y se las arreglan con cualquier letra que pueden aprender. Me parece que Isabella y Emma escriben de modo muy parecido. No siempre he sabido distinguir sus letras.

—Sí —dijo su hermano, vacilante—, hay una semejanza. Sé lo que quiere decir; pero la letra de Emma es más firme.

—Tanto Isabella como Emma escriben con una letra hermosa —dijo el señor Woodhouse—, y siempre ha sido así. Y también la pobre señora Weston —con medio suspiro y media sonrisa hacia ella.

—Nunca he visto la letra de un caballero... —empezó Emma, mirando también a la señora Weston, pero se detuvo, al darse cuenta de que la señora Weston atendía a otra persona, y la pausa le dio tiempo para reflexionar: «Bueno, ¿cómo voy a introducirle? ¿Voy a ser capaz de pronunciar su nombre de una vez delante de toda esta gente? ¿Me va a ser necesario usar un rodeo? Su amigo de Yorkshire... su corresponsal en Yorkshire... Esa sería la manera, supongo, si yo estuviera muy mal... No, puedo pronunciar su nombre sin el menor apuro. Ciertamente, cada vez estoy mejor. Vamos allá con ello.»

La señora Weston estaba disponible y Emma volvió a empezar:

—El señor Frank Churchill tiene una de las mejores letras de caballero que he visto nunca.

—Yo no la admiro —dijo el señor Knightley—. Es demasiado pequeña; le falta fuerza. Es como una escritura de mujer.

Ninguna de las dos damas lo aceptó. Le acusaron por la traidora implicación. «No, de ninguna manera le faltaba fuerza; no era una letra grande, pero sí muy clara y ciertamente firme. ¿No tenía por ahí la señora Weston ninguna carta que sacar? No, ella había tenido noticias de él muy recientemente, pero, una vez contestada la carta, la había guardado.»

—Si estuviéramos en el otro cuarto —dijo Emma—, si tuviera mi mesita de escribir, estoy segura de que podría darles una muestra. Tengo una cartita suya. ¿No se acuerda, señora Weston, de que le hizo escribirle una carta suya un día?

—Él se empeñó en decir que yo le hacía...

—Bueno, bueno, tengo esa cartita, y la puedo enseñar después de comer para convencer al señor Knightley.

—¡Ah! Cuando un joven galante, como el señor Frank Churchill —dijo secamente el señor Knightley—, escribe a una bella dama como la señorita Woodhouse, claro que producirá lo mejor.

La comida estaba en la mesa. La señora Elton estaba preparada antes que se le pudiera decir nada, y antes que el señor Woodhouse la hubiera alcanzado con su petición de darle el brazo para introducirla en el comedor, ya estaba diciendo:

—¿Tengo que entrar la primera? La verdad es que siempre me da vergüenza abrir camino.

El empeño de Jane por recoger sus propias cartas no se le había escapado a Emma. Lo había oído y visto todo, y sentía curiosidad por saber si el paseo mojado de esa mañana había producido alguna. Sospechaba que sí; que no lo habría afrontado tan decididamente sino con plena expectación de saber de alguien muy querido, y que no había sido en vano. Pensaba que había en ella mayor aire de felicidad que de costumbre; un fulgor tanto de tez como de humor.

Podría haber hecho alguna pregunta que otra en cuanto a la rapidez y el coste de los correos irlandeses; lo tenía en la punta de la lengua, pero se abstuvo. Estaba completamente decidida a no pronunciar una palabra que pudiera herir los sentimientos de Jane Fairfax, así que salieron del salón detrás de las demás señoras, del brazo, con un aire de buena voluntad muy de acuerdo con la belleza y la gracia de ambas.

CAPÍTULO 35

Cuando las señoras volvieron al salón después de la comida, Emma encontró imposible evitar que hicieran dos grupos distintos; tal era la perseverancia en juzgar y actuar mal con que la señora Elton absorbía a Jane Fairfax y la ofendía a ella. Ella y la señora Weston estaban obligadas casi siempre a hablar entre ellas o a callar juntas. La señora Elton no les dejaba alternativa. Si Jane la sujetaba un poco de tiempo, pronto empezaba otra vez; y aunque mucho de lo que se decía entre ellas era en un medio susurro, especialmente por parte de la señora Elton, no se podía evitar saber los principales temas: la oficina de correos, resfriarse, traer cartas, y amistad, fueron discutidos largamente; y a esos temas sucedió otro que debía ser por lo menos igual desagradable para Jane; averiguaciones de si había sabido ya de alguna posición que pudiera convenirle, y declaraciones de la calculada actividad de la señora Elton.

—¡Ya llega abril! —dijo—. Me estoy sintiendo preocupada por usted. Junio llegará pronto.

—Pero nunca he decidido nada sobre junio o ningún otro mes; simplemente esperaba el verano en general.

—Pero ¿realmente no ha sabido nada?

—Ni siquiera he hecho ninguna averiguación; no deseo todavía hacerlas.

—¡Ah! Querida mía, para eso nunca será demasiado pronto; no se da cuenta de lo difícil que es encontrar exactamente lo deseable.

—¡Que no me doy cuenta! —dijo Jane, moviendo la cabeza—. Querida señora Elton, ¿quién puede haber pensado en eso tanto como yo?

—Pero usted no ha visto el mundo tanto como yo. Usted no sabe cuántas candidatas hay siempre para las posiciones mejores. Yo he visto mucho de eso en la vecindad de alrededor de Maple Grove. Una prima del señor Suckling, la señora Bragge, tenía una infinidad de solicitudes, todo el mundo quería entrar en la casa, porque se mueve en los mejores círculos. ¡Velas de cera en el cuarto de dar clase! Ya se imagina qué deseable. De todas las casas del reino, la de la señora Bragge es donde más querría yo verla.

—El coronel y la señora Campbell van a estar en la ciudad otra vez a fines de junio —dijo Jane—. Tengo que pasar algún tiempo con ellos; estoy segura de que lo querrán; después probablemente estaré contenta de disponer de mí misma. Pero no querría que usted se tomara la molestia de hacer ninguna averiguación en este momento.

—¡Molestia! Eso, ya conozco sus escrúpulos. Tiene miedo de darme molestia, pero le aseguro, mi querida Jane, que los Campbell difícilmente pueden estar más interesados por usted que yo. Escribiré a la señora Partridge dentro de un par de días, y le encargaré muy estrictamente que esté al cuidado por si hay algo que valga la pena.

—Gracias, pero preferiría que no le hablara del asunto; mientras no se acerque el momento, no quiero dar molestias a nadie.

—Pero, querida mía, el momento se está acercando; ya llega abril, y junio, o incluso julio, están muy cerca, con tanto que hacer por delante de nosotras. ¡Realmente me divierte su falta de experiencia! Una posición como la que usted merece y como la que los suyos requerirían para usted, no se obtiene con un momento de aviso; la verdad, la verdad tenemos que empezar en seguida a buscar.

—Perdone, señora, pero ésa no es en absoluto mi intención: no hago ninguna averiguación yo misma, y lamentaría que mis amigos hicieran ninguna. Cuando esté bien decidida en cuanto al momento, no temo en absoluto estar mucho tiempo sin empleo. Hay sitios en la ciudad, oficinas, donde la averiguación pronto obtendría algo... oficinas para la venta... no precisamente de carne humana... pero sí de intelecto humano.

—¡Ah, querida mía, carne humana! Me deja sorprendida; si es un ataque a la trata de esclavos lo que quiere decir, le aseguro que el señor Suckling siempre ha sido partidario de la abolición.

—No quería decir eso, no pensaba en la trata de esclavos —contestó Jane—; la trata de institutrices, le aseguro, es lo único en que pensaba; muy diferente, ciertamente, en cuanto a la culpabilidad de quienes lo ejercen, pero en cuanto al mayor sufrimiento de las víctimas, no sé qué es peor. Pero sólo quiero decir que hay oficinas de anuncios, y que, dirigiéndome a ellas, no debería tener duda de que muy pronto encontraría algo que sirviera.

—¡Algo que sirviera! —repitió la señora Elton—. ¡Eso, quizá eso vaya bien con sus humildes ideas sobre usted misma! Sé qué criatura tan modesta es usted, pero no les satisfará a los suyos que acepte cualquier cosa que se le ofrezca, cualquier situación inferior, vulgar, en una familia que no se mueva en ciertos círculos, ni capaz de dominar las elegancias de la vida.

—Es usted muy amable, pero en cuanto a eso, soy muy indiferente; no podría tener como objetivo el estar con los ricos; mis humillaciones, creo, serían sólo mayores; sufriría más con la comparación La única condición que pongo es que sea la familia de un caballero.

—La conozco, la conozco a usted: aceptaría cualquier

cosa, pero yo seré un poco más exigente, y estoy segura de que los buenos de los Campbell estarán de mi parte; con sus talentos superiores, tiene derecho a moverse en el mejor círculo. Sólo sus conocimientos musicales le darían derecho a establecer sus propias condiciones, a tener tantas habitaciones como quisiera, y a mezclarse con la familia tanto como deseara... mejor dicho... no sé... si supiera tocar el arpa, podría hacer todo eso, estoy segura; pero canta además de tocar... sí, realmente creo que podría, aun sin el arpa, estipular lo que deseara; y usted debe estar y estará acomodada de un modo agradable, honroso y cómodo antes que los Campbell y yo podamos tener descanso.

—Usted puede poner en la misma categoría el placer, el honor y la comodidad de tal posición —dijo Jane—; es casi seguro que serán iguales; sin embargo, yo estoy muy decidida a no desear que se intente nada semejante para mí por ahora. Le estoy enormemente agradecida, señora Elton, estoy agradecida a todo el que se interese por mí, pero he decidido seriamente que no deseo que se haga nada hasta el verano. Estos dos o tres meses más, me quedaré donde estoy y tal como estoy.

—Y yo también estoy seriamente decidida, se lo aseguro —contestó alegremente la señora Elton—, a vigilar siempre y a hacer que mis amistades vigilen también para que no se nos escape nada que realmente no tenga qué objetar.

En ese estilo siguió corriendo adelante, sin ser detenida jamás por nada hasta que entró en el salón el señor Woodhouse; entonces su vanidad cambió de tema, y Emma la oyó decir a Jane con el mismo susurro:

—¡Ahí viene ese viejo y querido galán mío, lo aseguro! ¡Imagínese qué galantería, marcharse antes que los demás hombres! Qué criatura tan cariñosa es; le aseguro que me gusta enormemente. Admiro toda esa extraña cortesía a la antigua; es mucho más a mi gusto que la moderna simplicidad; esta simplicidad moderna muchas veces me desagrada.

Pero este bueno del viejo señor Woodhouse, me gustaría que hubiera oído los discursos galantes que me hizo en la comida. ¡Ah! Le aseguro que empecé a pensar que mi *caro sposo* estaría absolutamente celoso. Se me antoja que soy más bien su predilecta; se fijó en mi traje. ¿Qué le parece? Lo eligió Selina; bonito, me parece, pero no sé si no está demasiado ornamentado; me molesta mucho la idea de ir demasiado ornamentada; tengo verdadero horror a lo recargado. *Ahora* tengo que ponerme unos pocos adornos, porque se espera de mí. Una recién casada, ya sabe, tiene que parecer una recién casada, pero mi gusto natural es por la sencillez; un estilo sencillo de vestir es infinitamente preferible al ornamento. Pero estoy en minoría, me parece; poca gente parece valorar la sencillez en el vestir; el lucimiento y el recargamiento lo son todo. Estoy pensando si poner unos adornos como éstos en mi popelín blanco y plata. ¿Cree que irá bien?

Se acababa de reunir otra vez todo el grupo en el salón cuando apareció entre ellos el señor Weston. Había vuelto, había comido tarde y, en cuanto terminó, había ido a pie a Hartfield. Se le había esperado demasiado para producir sorpresa, pero hubo gran alegría. El señor Woodhouse se alegró de verle entonces casi tanto como habría lamentado verle antes. Sólo John Knightley permaneció en mudo asombro. Que un hombre que podía haber pasado la velada tranquilamente en casa después de un día de ocupaciones en Londres, se pusiera en marcha otra vez y caminara media milla hasta la casa de otro para estarse en una variada sociedad hasta la hora de acostarse, terminando el día en los trabajos de la cortesía y en el ruido de la mucha gente, era algo que le impresionaba profundamente. ¡Un hombre que había estado en movimiento desde las ocho de la mañana y que podía estar ahora quieto, que había hablado mucho y podía estar callado, que había estado en más de una multitud, y podía estar solo! ¡Que un hombre así abandonara la tranquilidad y la independencia de estar junto a su propio fuego, y se precipitara otra vez fuera, al mundo, en el anochecer de un frío día de abril con llovizna! Si con un toque de dedo se hubiera podido llevar a su mujer de vuelta, eso habría sido un motivo; pero su llegada probablemente más bien prolongaría la reunión en vez de disolverla. John Knightley le miró con estupefacción, luego se encogió de hombros y dijo: «No lo habría creído ni siquiera de *él*.»

El señor Weston, mientras, sin sospechar absolutamente la indignación que provocaba, feliz y animado como de costumbre, y con ese derecho a ser el principal hablador que confiere el haber pasado un día fuera de casa en cualquier sitio, se hacía agradable entre los demás; y una vez satisfechas las preguntas de su mujer sobre su comida, convenciéndola de que los criados no habían olvidado ninguna de sus cuidadosas instrucciones, y después de difundir las noticias públicas que había oído, pasó a dar una comunicación de familia, que, aun dirigida principalmente a la señora Weston, no tenía la menor duda de que era muy interesante para los demás del salón. Le dio una carta; era de Frank, y para ella; se la había encontrado de paso y se había tomado la libertad de abrirla.

—Léela, léela —dijo—, te alegrará; sólo son unas pocas líneas... no te llevará mucho tiempo; léesela a Emma.

Las dos damas la recorrieron juntas, y él, mientras tanto, siguió sentado, sonriendo y hablándoles, en voz algo baja, pero audible para todo el mundo.

—Bueno, viene, ya lo ven; buenas noticias, me parece. Bueno, ¿qué dicen de eso? Siempre les dije que volvería aquí pronto, ¿no es verdad? Anne, querida mía, ¿no es verdad que te lo he dicho siempre y no querías creerme? En la ciudad la semana que viene, ya ves... lo más tarde, estoy seguro, pues *ella* es tan impaciente como el caballero de negro cuando hay que hacer algo; lo más probablemente, estarán allí mañana o el sábado. En cuanto a la enfermedad de ella, nada, por supuesto. Pero es cosa buena volver a tener a

Frank con nosotros, tan cerca como es en la ciudad. Se quedarán bastante tiempo cuando vengan, y él pasará la mitad del tiempo con nosotros. Eso es precisamente lo que yo quería. Bueno, son buenas noticias, ¿verdad? ¿La han terminado? ¿La ha leído Emma toda? Guárdala, guárdala; ya la comentaremos despacio en otro momento, pero ahora no es cuestión. No haré más que mencionar el asunto a los demás, de modo corriente.

La señora Weston estaba muy agradablemente contenta en esa ocasión. No había nada que refrenara su aire y sus palabras. Estaba feliz, sabía que estaba feliz y sabía que debía estar feliz. Sus felicitaciones fueron cálidas y abiertas, pero Emma no podía hablar con tanta fluidez. Estaba un poco ocupada en sopesar sus propios sentimientos, y tratar de comprender el grado de su agitación, que le parecía considerable.

El señor Weston, demasiado afanoso para ser atento, demasiado comunicativo para querer que hablaran los demás, se quedó muy satisfecho con lo que dijo ella, y pronto se apartó para hacer felices a sus demás amigos con la información parcial de lo que ya todo el salón debía haberle oído decir.

Fue bueno que diera por supuesto el gozo de todos en general, pues de otro modo no habría pensado que ni el señor Woodhouse ni el señor Knightley estuvieran especialmente complacidos. Eran los primeros con derecho a que les hicieran felices, después de la señora Weston y de Emma; desde ellos, debía haber pasado a la señorita Fairfax, pero ésta estaba tan sumergida en conversación con John Knightley, que habría sido una interrupción decidida; y encontrándose cerca de la señora Elton, que no tenía su atención ocupada, por fuerza abordó el tema con ella.

CAPÍTULO 36

—Espero tener pronto el gusto de presentarle a mi hijo —dijo el señor Weston.

La señora Elton, muy dispuesta a suponer que esa esperanza pretendiera ser un cumplido, sonrió muy graciosamente.

—Habrá oído hablar de un tal Frank Churchill, supongo —continuó—, pues es mi hijo, aunque no lleve mi apellido.

—¡Ah, sí! Y me alegraré mucho de conocerle. Estoy segura de que el señor Elton no perderá un momento para visitarle, y ambos tendremos mucho gusto en verle en la Vicaría.

—Es usted muy amable. Frank se alegrará muchísimo, estoy seguro. Estará en la ciudad la semana que viene, si no antes. Nos lo avisa en una carta hoy. Encontré las cartas cuando salía esta mañana y, viendo la letra de mi hijo, me atreví a abrirla, aunque no iba dirigida a mí, sino a la señora Weston. Ella es su principal corresponsal, se lo aseguro. Yo apenas tengo carta suya.

—¡Así que usted se atrevió a abrir algo que iba dirigido a ella! ¡Oh, señor Weston! —riendo afectadamente—. Tengo que protestar de eso. ¡Es un precedente peligrosísimo, ciertamente! Le ruego que no permita a sus vecinos seguir su ejemplo. Palabra, si eso es lo que tengo que esperar, las mujeres casadas tenemos que empezar a ponernos en movimiento. ¡Ah, señor Weston, no lo habría creído de usted!

—Eso es, los hombres somos mala gente. Tiene usted que cuidarse, señora Elton. Esa carta nos dice... es una carta muy breve... escrita deprisa, simplemente para avisarnos... nos dice que van todos a la ciudad directamente, a causa de la señora Churchill... no ha estado bien durante todo este invierno, y cree que Enscombe es demasiado frío para ella... así que se trasladan todos hacia el sur sin pérdida de tiempo.

—¡Vaya!, desde Yorkshire, creo. ¿Enscombe está en Yorkshire?

—Sí, está a unas 190 millas de Londres. Un viaje considerable.

—Sí, palabra, muy considerable. Sesenta y cinco millas más que a lo que está Maple Grove de Londres. Pero ¿qué es la distancia, señor Weston, para la gente de mucha fortuna? Le sorprendería saber cómo a veces se va por ahí mi cuñado, el señor Suckling. Casi no me creerá, pero dos veces en una semana él y el señor Bragge se fueron a Londres y volvieron, con cuatro caballos.

—Lo malo de la distancia de Enscombe —dijo el señor Weston— es que la señora Churchill, *según entendemos*, no ha sido capaz de dejar el sofá una semana seguida. En la última carta de Frank él decía que se quejaba de estar demasiado débil para entrar en su invernadero sin que él y su tío le dieran el brazo. Eso, ya ve, indica una gran debilidad, pero ahora está tan impaciente por estar en la ciudad que sólo piensa dormir dos noches en el camino. Eso escribe Frank. Ciertamente, las señoras delicadas tienen una constitución muy, muy peculiar, señora Elton. Me reconocerá eso.

—No, de ningún modo; no le reconoceré nada. Siempre tomo el partido de mi propio sexo. Se lo aviso. Encontrará que soy una temible antagonista en ese punto. Siempre defiendo a las mujeres; y le aseguro que si usted supiera lo que piensa Selina en cuanto a dormir en las posadas, no le extrañaría que la señora Churchill haga increíbles esfuerzos para evitarlo. Selina dice que para ella es un horror, y creo que me ha contagiado un poco de su exigencia. Siempre viaja con sus propias sábanas; una precaución excelente. ¿La señora Churchill hace eso mismo?

—Puede estar segura, la señora Churchill hace todo lo que haya hecho jamás cualquier otra dama del país por...

La señora Elton le interrumpió afanosamente:

—¡Oh, señor Weston, no me malentienda! Selina no es una dama exquisita, se lo aseguro. No se quede con esa idea.

—¿No lo es? Entonces no forma regla para la señora Churchill, que es una dama tan exquisita como haya podido encontrar nadie.

La señora Elton empezó a pensar que se había equivocado al rectificar tan acaloradamente. No pretendía en absoluto hacer creer que su hermana no fuera una dama exquisita; quizá había falta de espíritu en esa pretensión, y estaba considerando de qué modo retractarse mejor, cuando el señor Weston continuó:

—La señora Churchill no es de mi especial devoción, como usted quizá sospeche, pero eso es completamente entre nosotros. Quiere mucho a Frank, y por consiguiente no voy a hablar mal de ella. Además, ahora está mal de salud; pero eso, ciertamente, según su propia información, lo ha estado siempre. No se lo diría a todo el mundo, señora Elton, pero no creo mucho en la enfermedad de la señora Churchill.

—Si está realmente enferma, ¿por qué no va a Bath, señor Weston? ¿A Bath o a Clifton?

—Se le ha metido en la cabeza que Enscombe es demasiado frío para ella. La realidad, supongo, es que está cansada de Enscombe. Lleva ahora más tiempo quieta allí del que ha estado nunca, y empieza a necesitar un cambio. Un lugar bonito, pero muy apartado.

—Eso... como Maple Grove, supongo. No hay nada que pueda estar tan apartado del camino como Maple Grove.

¡Aquella inmensa plantación todo alrededor! Parece que está uno apartado de todo, en el retiro más completo. Y la señora Churchill probablemente no tiene salud y ánimos como Selina para disfrutar esa clase de encierro. O quizá no tenga suficientes recursos en sí misma para ser capaz de una vida en el campo. Siempre digo que a una mujer nunca le sobran los recursos; y estoy muy agradecida de tener yo misma tantos como para ser muy independiente de la sociedad.

—Frank estuvo aquí en febrero durante quince días.

—Recuerdo haberlo oído decir. Encontrará un añadido a la sociedad de Highbury, esto es, si puedo atreverme a llamarme a mí misma un *añadido*. Pero quizá no haya oído que haya en el mundo tal criatura.

Esa era una petición de cumplido demasiado evidente para pasarla de largo, y el señor Weston, con muy buena gracia, inmediatamente exclamó:

—¡Mi querida señora! Nadie más que usted podría imaginar que es posible tal cosa. ¡No haber oído hablar de usted! Creo que las cartas de la señora Weston, recientemente, han estado llenas de poco más que de la señora Elton.

Había cumplido su deber y podía volver a su hijo.

—Cuando Frank nos dejó —continuó—, estaba muy inseguro de cuándo podríamos volverle a ver, lo que hace especialmente grata la noticia de hoy. Ha sido completamente inesperada. Mejor dicho, yo siempre tuve la firme convicción de que volvería aquí pronto. Estaba seguro de que habría algo favorable, pero nadie me creía. Él y la señora Weston estaban terriblemente pesimistas. «¿Cómo se las podría arreglar él para venir? ¿Y cómo podía suponer que sus tíos prescindirían otra vez de él?» y así. Yo siempre pensé que ocurriría algo a nuestro favor; y ya ve que así ha sido. He observado, señora Elton, en el transcurso de mi vida, que cuando las cosas van mal un mes, es seguro que se arreglan al otro mes.

—Es muy cierto, señor Weston, absolutamente cierto. Es

precisamente lo que yo solía decir a cierto caballero aquí presente en los días del cortejamiento, pero, cuando las cosas no iban del todo bien, no marchaban con toda la rapidez apropiada a sus sentimientos, tendía a desesperarse y exclamar que estaba seguro de que a ese paso sería mayo antes que para nosotros llegara el momento de revestir la azafranada túnica de Himeneo. ¡Ah, qué trabajo me costaba disipar esas ideas lúgubres y darle unas ideas más animadas! El coche, tuvimos decepciones sobre el coche; una mañana, recuerdo, llegó verdaderamente desesperado.

La detuvo un leve ataque de tos, y el señor Weston aprovechó al instante la oportunidad para seguir.

—Hablaba usted de mayo. Mayo es precisamente el mes que le han ordenado, o que se ha ordenado a sí misma la señora Churchill pasar en algún sitio menos frío que Enscombe; en resumen, pasarlo en Londres; así que tenemos la agradable perspectiva de visitas frecuentes de Frank toda la primavera, precisamente la estación del año que uno habría elegido para eso; los días casi son los más largos; el tiempo alegre y agradable, siempre invitando a salir, y nunca demasiado caluroso para hacer ejercicio. La otra vez que estuvo aquí, lo aprovechamos lo mejor posible; pero hubo mucho tiempo húmedo, lluvioso, triste; en febrero siempre pasa eso, ya sabe, y no pudimos hacer ni la mitad de lo que pensábamos. Ahora será el momento. Esto será disfrute completo, y no sé, señora Elton, si la incertidumbre de nuestros encuentros, esta suerte de expectación constante que habrá sobre si llega hoy o mañana, y a cualquier hora, quizá es más propicia a la felicidad que el tenerle de hecho en casa. Creo que ese es el estado de ánimo que da más humor y placer. Espero que le agrade mi hijo, pero no debe esperar ningún prodigio. Todos lo consideran un joven de calidad, pero no espere un prodigio. La señora Weston tiene una gran parcialidad por él, y, como puede usted suponer, eso me alegra mucho. Ella cree que nadie le iguala.

—Y le aseguro a usted, señor Weston, que tengo muy poca duda de que mi opinión estará decididamente a su favor. He oído decir tanto en alabanza del señor Frank Churchill. Al mismo tiempo, es justo observar que yo soy una de las que siempre juzgan por sí mismas, y que de ningún modo se guían implícitamente por los demás. Le aviso que tal como encuentre a su hijo, así juzgaré de él. No soy ninguna aduladora.

El señor Weston estaba cavilando.

—Espero —dijo al fin— no haber sido severo con la pobre señora Churchill. Si está enferma, lamentaría ser injusto con ella, pero hay ciertos rasgos en su carácter que me hacen difícil hablar de ella con la indulgencia que desearía. Usted no puede ignorar, señora Elton, mi relación con la familia, ni el trato que he encontrado, y, entre nosotros, toda la culpa de eso hay que echársela a ella. Ella ha sido la instigadora. A la madre de Frank no se la habría despreciado tanto sino por ella. El señor Churchill tiene orgullo; pero su orgullo no es nada junto al de su mujer; es una especie de orgullo tranquilo, indolente, caballeroso, que no haría daño a nadie, y que sólo le haría a él mismo un poco desvalido y fatigoso, pero el orgullo de ella es arrogancia e insolencia. Y lo que le inclina a uno menos a tolerarlo es que no tiene pretensiones justas de buena familia ni de sangre noble. No era nadie cuando se casó con él, apenas la hija de un caballero, pero desde que ha llegado a ser una Churchill se ha hecho más Churchill que nadie en sus altas y poderosas pretensiones; sin embargo, en sí misma, se lo aseguro, es una advenediza.

—¡Imagínese! Bueno, ¡eso debe ser infinitamente irritante! Yo tengo verdadero horror a los advenedizos. Maple Grove me ha dado verdadera repugnancia hacia la gente así, porque hay una familia en esa vecindad que molesta mucho a mi cuñado y mi hermana con los aires que se dan. Su descripción de la señora Churchill me hizo pensar en seguida en ellos. Una gente llamada Tupman, establecida allí desde hace muy poco, y cargada de parentela muy baja, pero que se dan unos aires enormes y esperan estar en pie de igualdad con las viejas familias establecidas. Un año y medio es lo más que pueden llevar viviendo en West Hall, y nadie sabe de dónde han sacado su fortuna. Llegaron de Birmingham, que no es un sitio muy prometedor, ya sabe, señor Weston. No se tienen grandes esperanzas de Birmingham. Siempre digo que hay algo nefasto en cómo suena, pero no se sabe nada más con seguridad sobre los Tupman, aunque le aseguro que se sospechan muchas cosas, y sin embargo, por sus maneras, ellos se consideran evidentemente iguales incluso respecto a mi cuñado, el señor Suckling, que da la casualidad de que es uno de sus vecinos más cercanos. Eso es terrible. El señor Suckling, que lleva once años residiendo en Maple Grove, y cuyo padre lo tenía antes que él, o eso creo, sí estoy casi segura de que el viejo señor Suckling había formalizado la adquisición antes de morir.

Les interrumpieron. Se servía té y el señor Weston, habiendo dicho todo lo que quería, tomó pronto la oportunidad de marcharse.

Después del té, el señor y la señora Weston y el señor Elton se sentaron con el señor Woodhouse a jugar a las cartas. Los otros cinco quedaron abandonados a sus recursos, y Emma dudó de que salieran adelante muy bien, pues el señor Knightley parecía poco inclinado a la conversación, la señora Elton reclamaba una atención que nadie parecía dispuesto a prestarle, y la propia Emma tenía una preocupación de espíritu que le habría hecho preferir no tener que hablar.

El señor John Knightley resultó más locuaz que su hermano. Iba a dejarles temprano al día siguiente, y pronto empezó diciendo:

—Bueno, Emma, creo que no tengo que decir más sobre los chicos; pero ya tiene la carta de su hermana, y ahí está escrito todo al detalle, podemos estar seguros. Mis encargos serían mucho más concisos que los de ella, y probablemente no muy en el mismo espíritu; ya que todo lo que tengo que recomendar se resume en que no les mime y no les purgue.

—Espero satisfacerle en ambas cosas —dijo Emma—, pues haré todo lo posible por hacerles felices, lo que será bastante para Isabella, y la felicidad debe excluir la falsa tolerancia y las purgas.

—Y si resultan molestos, debe mandarlos otra vez a casa.

—Eso es muy probable. ¿No lo cree, verdad?

—Creo que me doy cuenta de que pueden ser demasiado ruidosos para su padre, o incluso darle cierta molestia a usted, si sus compromisos de visitas siguen aumentando tanto como recientemente.

—¡Aumentando!

—Ciertamente; debe darse cuenta de que desde hace medio año su manera de vida ha cambiado mucho.

—¡Ha cambiado! No, no me he dado cuenta.

—No puede haber duda de que está mucho más acompañada de lo que solía. Testigo, ese momento mismo. Aquí he venido sólo por un día, y tiene todo un grupo a comer. ¿Cuándo pasó jamás algo semejante? Su vecindad aumenta y usted se mezcla más con ella. Hace poco, todas las cartas a Isabella daban noticias de nuevas amenidades; comidas en casa del señor Cole o bailes en la Crown. La diferencia que hace Randalls, solo Randalls, en sus idas y venidas, es muy grande.

—Sí —dijo su hermano rápidamente—, es Randalls lo que lo hace todo.

—Muy bien, y como Randalls, supongo, no es probable que tenga menos influencia que antes, se me ocurre que es posible, Emma, que Henry y John a veces estorben. Y en ese caso, sólo le ruego que los mande a casa.

—No —exclamó el señor Knightley—, no hace falta que sea esa la consecuencia. Que les manden a Donwell. Sin duda que yo tendré tiempo.

—Palabra —exclamó Emma—. ¡Me divierte! Me gustaría saber cuántos de todos mis numerosos compromisos tienen lugar sin que usted forme parte del grupo, y por qué hay
que pensar que me falte tiempo para atender a los chicos.
Esos sorprendentes compromisos míos, ¿qué han sido? Comer
una vez con los Cole, y que se hablara de un baile que nunca
tuvo lugar. Puedo comprenderle —moviendo la cabeza hacia
el señor John Knightley—, su buena suerte en encontrar aquí
al mismo tiempo tantos de sus amigos le agrada demasiado
para que pase sin observar. Pero usted —volviéndose al señor
Knightley—, que sabe que raramente estoy ni dos horas ausente de Hartfield, no puedo imaginar por qué prevé tal serie
de disipaciones para mí. Y en cuanto a mis queridos chicos,
tengo que decir que si tía Emma no tiene tiempo para ellos,
no creo que les iría mucho mejor con el tío Knightley, que
está ausente de casa cinco horas por cada hora que ella lo
está, y que, cuando está en casa, o lee para él solo o arregla
sus cuentas.

El señor Knightley parecía tratar de no sonreír, y lo consiguió sin dificultad cuando la señora Elton empezó a hablarle.

CAPÍTULO 37

Un poquito de reflexión en silencio bastó para dejar tranquila a Emma en cuanto al carácter de su agitación al oír esa noticia sobre Frank Churchill. Pronto se convenció de que no era por ella misma por lo que se sentía en absoluto temerosa o cohibida; era por él. Su propio afecto realmente había disminuido hasta no ser casi nada; no valía la pena pensar en eso; pero si él, que sin duda siempre había sido el más enamorado de los dos, volviera con el mismo calor de sentimientos que se había llevado consigo, sería un gran trastorno. Si esa separación de dos meses no le hubiera enfriado, le esperaban a ella peligros y daños; sería necesaria la precaución, para él y para ella. No quería que su propio afecto volviera a enredarse, y le tocaría evitar todo estímulo al afecto de él.

Deseaba ser capaz de evitarle una declaración total. ¡Sería una conclusión tan dolorosa de su actual trato! Y sin embargo, no podía dejar de prever algo decisivo. Le parecía que no iba a pasar la primavera sin traer una crisis, un acontecimiento, algo que alterara su actual situación, equilibrada y tranquila

No tardó mucho, aunque bastante más de lo previsto por el señor Frank Churchill, en poder formarse una opinión sobre los sentimientos de Frank Churchill. La familia de Enscombe no llegó a la ciudad tan pronto como se había supuesto, pero él estuvo en Highbury muy poco después. Llegó a caballo, en un par de horas; no podía hacer más, pero cuando acudió desde Randalls, inmediatamente, a Hartfield, Emma pudo ejercitar su rápida observación y determinar en seguida qué actitud tenía él y cómo debía actuar ella. Se reunieron del modo más amistoso. No podía haber duda del gran placer que él tenía en verla. Pero casi al instante ella dudó de importarle a él tanto como antes, de que él sintiera la misma ternura en el mismo grado. Le observó bien. Resultaba claro que estaba menos enamorado que antes. La ausencia, probablemente junto con la convicción de que ella era indiferente, había producido ese efecto tan natural y tan deseable.

Estaba de buen humor, tan amigo de hablar y de reír como siempre, y parecía encantado de hablar de su anterior visita y volver a viejas historias, pero no le faltaba agitación. No fue en su calma donde ella leyó esa relativa indiferencia. No estaba tranquilo; su ánimo estaba evidentemente atolondrado; había en él cierta inquietud. Aunque vivaz, parecía tener una vivacidad que no le satisfacía; pero lo que la confirmó sobre el tema fue que sólo se quedó un cuarto de hora, marchándose deprisa a hacer otras visitas en Highbury. «Había visto un grupo de viejas amistades en la calle al pasar; no se había detenido, no se quiso detener más que para una palabra, pero tenía la vanidad de pensar que se sentirían decepcionados si no les visitaba, y, aunque deseaba mucho quedarse más tiempo en Hartfield, tenía que marcharse a toda prisa.»

Emma no tuvo duda de que él estaba menos enamorado, pero ni su ánimo agitado, ni su marcha a toda prisa parecían una cura perfecta; y se inclinó más bien a creer que implicaban un temor a que retornara su propio poder, y la juiciosa resolución a no confiarse a ella mucho tiempo.

Esa fue la única visita de Frank Churchill en el transcurso de diez días. Muchas veces tuvo esperanza, intención de venir... pero siempre se lo impedía algo. Su tía no podía soportar que él la dejara. Tal era su propia explicación en Randalls. Si era realmente sincero, si realmente trataba de venir, había que inferir que el traslado de la señora Churchill a Londres no había servido de nada para la parte caprichosa o nerviosa de su trastorno. Que ella estaba muy enferma, era muy cierto; él se había declarado convencido de eso en Randalls. Aunque mucho pudiera ser fantasía, él no podía dudar, mirando atrás, que su tía estaba en un estado de salud más débil que hacía medio año. No creía que eso procediera de nada que el cuidado y la medicina no pudieran eliminar, o por lo menos, que no pudiera tener por delante muchos años de vida; pero no fueron bastante las dudas de su padre para que dijera que sus dolencias eran meramente imaginarias, ni que ella estaba tan fuerte como siempre.

Pronto resultó que Londres no era buen sitio para ella. No podía soportar su ruido. Sus nervios estaban en continua irritación y sufrimiento, y al cabo de los diez días, una carta de su sobrino a Randalls comunicó un cambio de plan. Se trasladarían inmediatamente a Richmond. Habían recomendado a la señora Churchill la habilidad médica de una persona de allí, y además se le había antojado el sitio. Se alquiló una casa amueblada en un lugar predilecto, y se tuvieron muchas esperanzas de ese cambio.

Emma supo que Frank escribía del mejor humor sobre este arreglo, y parecía estimar en mucho la bendición de tener por delante dos meses en tal cercanía a muchos queridos amigos, pues la casa se tomó para mayo y junio. Le contaron que ahora él escribía con la mayor confianza de estar a menudo con ellos, casi tanto como podría desear.

Emma vio cómo entendía el señor Weston esa gozosa perspectiva. Él consideraba que ella era la fuente de toda la felicidad que se ofrecía. Ella esperaba que no fuera así. Dos meses tenían que ponerlo a prueba.

La felicidad del propio señor Weston era indiscutible. Estaba encantado. Era la situación que habría deseado. Ahora, sería realmente como tener a Frank en la vecindad. ¿Qué eran nueve millas para un joven? Una hora a caballo. Siempre estaría viniendo a verles. En ese sentido, la diferencia entre Richmond y Londres era bastante como para hacer toda la diferencia entre verle siempre y no verle nunca. Dieciséis millas, mejor dicho, dieciocho, debían ser dieciocho hasta Manchester Street, eran un obstáculo serio. Si alguna vez conseguía escaparse, se pasaría el día en ir y volver. No había consuelo en tenerle en Londres; igual daría que estuviera en Enscombe; pero Richmond era la distancia apropiada para una fácil comunicación. ¡Mejor que más cerca!

Una cosa buena se convirtió inmediatamente en certidumbre con ese traslado; el baile en la Crown. No se había olvidado antes, pero pronto se reconoció que era vano intentar fijar un día. Ahora, sin embargo, tenía que ser absolutamente; se reanudaron todos los preparativos, y, poco después de que se trasladaran los Churchill a Richmond, unas pocas líneas de Frank, diciendo que su tía ya se sentía mucho mejor con el cambio y que él no dudaba poder reunirse con ellos durante veinticuatro horas en cualquier momento dado, les indujeron a fijar un día lo más cercano posible. El baile del señor Weston iba a ser de verdad. Unos pocos días se interponían entre los jóvenes de Highbury y la felicidad.

El señor Woodhouse estaba resignado. La estación del año le aliviaba el daño. Mayo era mejor que febrero para todo. La señora Bates se comprometió a pasar la velada en Hartfield, se avisó a James con la debida antelación, y él tuvo optimistas esperanzas de que ni al pequeño John ni al pequeño Henry les pasara nada mientras estaba fuera su querida Emma.

CAPÍTULO 38

No volvió a ocurrir ninguna desgracia que impidiera el baile. Se acercó el día, llegó el día, y, tras una mañana de observación algo ansiosa, Frank Churchill, en toda la certidumbre de su persona, alcanzó Randalls a tiempo de comer, y todo estuvo a salvo.

No había habido todavía un segundo encuentro entre él y Emma. El salón de la Crown iba a presenciarlo, pero sería algo mejor que un encuentro corriente en una multitud. El señor Weston había estado tan afanoso en rogarle que acudiera pronto, que llegara allí tan pronto como fuera posible después de ellos, con el fin de recibir su opinión en cuanto al decoro y comodidad de los salones antes que viniera nadie más, que ella no lo pudo rehusar, y por consiguiente tenía que pasar algún rato de silencio en compañía del joven. Ella llevaría a Harriet, y fueron a la Crown en coche en el momento oportuno, dejando al grupo de Randalls el tiempo justo por delante de ellos.

Frank Churchill parecía haber estado aguardándoles, y, aunque no dijo mucho, sus ojos declararon que pensaba pasar una velada deliciosa. Dieron vueltas todos juntos para ver si todo estaba como debía estar, y al cabo de pocos minutos se les unieron los ocupantes de otro coche, cuyo ruido produjo a Emma, cuando llegó, una gran sorpresa. «¡Tan irrazonablemente pronto!», iba a exclamar, pero al fin encontró que era una familia de viejos amigos, que venían, igual que ella, por especial requerimiento, para ayudar al juicio del señor Weston; y les siguió tan de cerca otro coche de primos, a quienes se les había rogado que acudieran pronto con el mismo honroso empeño, para la misma misión, que parecić que la mitad de la concurrencia se iba a reunir pronto con el objeto de una inspección preparatoria.

Emma se dio cuenta de que su gusto no era el único gusto de que se fiaba el señor Weston, y le pareció que ser la favorita y la íntima de un hombre que tenía tantos favoritos y tantos íntimos, no era la más alta distinción en la escala de la vanidad. Le gustaban sus modales abiertos, pero un poco menos de apertura le habría hecho ser un personaje más elevado. Benevolencia universal, pero no amistad universal es lo que hacía de un hombre lo que él debería ser. Le era fácil imaginarse un hombre así.

El grupo entero anduvo por ahí, miró y volvió a elogiar; y luego, no teniendo más que hacer, formó una especie de semicírculo en torno al fuego, para hacer notar, en sus diversos modos, mientras no se acometieron otros temas, que, aunque era mayo, un fuego en el atardecer seguía siendo muy agradable.

Emma supo que no era culpa del señor Weston si el número de consejeros privados no era aún mayor. Se habían detenido a la puerta de la señora Bates a ofrecerles el uso de su coche, pero a la tía y la sobrina las iban a traer los Elton.

Frank estaba de pie al lado de Emma, pero no firme; había en él una inquietud que mostraba que no tenía el ánimo tranquilo. Miraba alrededor, se acercaba a la puerta, atendía al ruido de otros coches; impaciente por empezar, o con miedo de estar siempre cerca de ella.

Se habló de la señora Elton.

—Creo que debe llegar pronto —dijo—. Tengo una gran curiosidad por ver a la señora Elton. He oído hablar tanto de ella. Creo que no puede tardar mucho en llegar.

Se oyó un coche. Él se puso en marcha inmediatamente, pero, regresando, dijo:

—Me olvidaba de que no la conozco. Nunca he visto ni al señor ni a la señora Elton. No me corresponde adelantarme.

Aparecieron el señor y la señora Elton, y se intercambiaron todas las sonrisas y ceremonias.

—Pero ¿y la señorita Bates y la señorita Fairfax? —dijo el señor Weston, mirando alrededor—. Creíamos que las iban a traer ustedes.

El error había sido ligero. Se les envió el coche entonces. Emma deseaba saber cuál podría ser la primera opinión de Frank sobre la señora Elton; cómo le afectaban la estudiada elegancia de su traje y sus sonrisas de amabilidad. Inmediatamente él empezó a ponerse en condiciones de formar una opinión, concediéndole una atención muy apropiada, en cuanto se hizo la presentación.

Pocos minutos después volvió el coche. Alguien habló de lluvia.

—Me ocuparé de que haya paraguas —dijo Frank a su padre—; no hay que olvidar a la señorita Bates.

Y se marchó.

El señor Weston le iba a seguir, pero le retuvo la señora Elton para alegrarle con su opinión sobre su hijo, y tan animadamente comenzó, que apenas podía estar fuera del alcance de su voz el mismo joven, aunque no se movía nada despacio.

—Un joven admirable, ciertamente, señor Weston. Ya sabe que le dije francamente que me formaría mi propia opinión, y estoy muy contenta de decir que me siento extremadamente satisfecha de él. Puede creerme. Yo nunca hago cumplidos. Le considero un joven de muy buena presencia, y sus maneras son exactamente lo que me gusta y apruebo; tan verdaderamente un caballero, sin la menor vanidad ni malcriamiento. Ya sabe cuánto detesto a los malcriados; les tengo verdadero horror. En Maple Grove nunca se les toleraba. Ni el señor Suckling ni yo tuvimos nunca paciencia con ellos, y a veces decíamos cosas muy agresivas. Selina, que es bondadosa casi en exceso, los toleraba mucho mejor.

Mientras ella le hablaba de su hijo, la atención del señor Weston estaba encadenada; pero cuando la señora Elton volvió a Maple Grove, se acordó de que unas damas estaban llegando y había que atenderlas, y con gozosa sonrisa, se marchó.

La señora Elton se dirigió a la señora Weston:

—No me cabe duda alguna de que está llegando nuestro coche con la señorita Bates y Jane. Nuestro cochero y nuestros caballos son extremadamente ágiles. Creo que conduce más rápido que nadie. ¡Qué placer enviar el propio coche para un amigo! Entiendo que usted fue tan amable como para ofrecérselo, pero otra vez será innecesario. Puede estar completamente segura de que siempre me preocuparé de *ellas*.

La señorita Bates y la señorita Fairfax, escoltadas por los dos caballeros, entraron en el salón; y a la señora Elton le pareció que era tanto deber suyo como de la señora Weston recibirlas. Sus gestos y movimientos eran comprensibles para cualquiera que observara, como Emma, pero sus palabras, y las palabras de todos, pronto se perdieron bajo la corriente incesante de la señorita Bates, que entró hablando y no había terminado su discurso al cabo de muchos minutos de haber sido admitida en el círculo en torno al fuego. Cuando se abrió la puerta se la oyó:

—¡Qué amables son ustedes! No llueve en absoluto. Nada importante. No me preocupo por mí. Unos zapatos muy gruesos. Y Jane asegura... ¡Bueno! —tan pronto como cruzó la puerta—. ¡Bueno! ¡Esto sí que es algo brillante, ya lo creo! ¡Es admirable! Muy bien arreglado, palabra. No falta nada. No me lo habría imaginado. Qué bien iluminado. Jane, Jane, mira, ¿has visto cosa igual? ¡Ah, señor Weston, debe usted tener realmente la lámpara de Aladino! La buena de la señora Stokes no reconocería su propio salón. La vi al entrar; estaba parada junto a la entrada. ¡Ah, señora Stokes! —dijo, pero no tuvo tiempo de más, pues se encontró con la señora Weston—. Muy bien, señora, gracias. Espero que usted esté bien. Me alegro mucho de saberlo. ¡Tenía miedo de que le doliera la cabeza!, viéndola pasar tan a menudo y sabiendo cuánto trabajo debe tener. Encantada de saberlo, de veras. ¡Ah, mi querida señora Elton, cuánto le agradezco el coche! Una hora muy buena. Jane y yo ya estábamos preparadas. No entretuvimos a los caballos ni un momento. Un coche muy cómodo. ¡Ah! y por supuesto que hay que darle las gracias a usted, señora Weston, por ese lado. La señora Elton había tenido la bondad de enviar unas letras a Jane, o si no habríamos estado... Pero ¡dos ofrecimientos así en un día! Jamás ha habido tales vecinos. Le dije a mi madre: «Palabra de honor...». Gracias, mi madre está extraordinariamente bien. Se ha ido a casa del señor Woodhouse. Le hice llevarse el chal, porque al anochecer hace más bien fresco; su chal grande, el nuevo; regalo de boda de la señora Dixon. ¡Qué bondad la suya en pensar en mi madre! Lo compró en Weymouth, sabe... lo eligió el señor Dixon. Había otros tres, dice Jane, y estuvieron dudando un rato. El coronel Campbell prefería más bien uno color oliva. Mi querida Jane, ¿seguro que no te has mojado los pies? Han sido sólo cuatro gotas, pero tengo tanto miedo; pero el señor Frank Churchill ha sido tan extremadamente... y había una esterilla para pisar... nunca olvidaré su exquisita cortesía. ¡Ah, señor Frank Churchill, tengo que decirle que las gafas de mi madre no se han vuelto a estropear nunca; no se ha vuelto a saltar el remache! Mi madre habla muchas veces de su buen carácter. ¿No es verdad, Jane? ¿No hablamos muchas veces del señor Frank Churchill? ¡Ah! Aquí está la señorita Woodhouse. Querida señorita Woodhouse, ¿cómo está usted? Muy bien, gracias, muy bien. ¡Esto es encontrarse en el país de las hadas! ¡Qué transformación! No tengo que hacer cumplidos, ya lo sé —observando a Emma con mucha complacencia—, eso sería una grosería, pero palabra, señorita Woodhouse, que tiene usted un aspecto... ¿qué le parece el pelo de Jane? Usted es buen juez. Lo hizo todo ella misma. ¡Qué bonito se pone el pelo! Creo que no sabría ningún peluquero de Londres. ¡Ah, el doctor Hughes, nada menos, y la señora Hughes! Tengo que ir a hablar un momento con el doctor y la señora Hughes. ¿Cómo está usted? ¿Cómo está usted? Muy bien, gracias. Es estupendo, ¿no es verdad? ¿Dónde está mi querido señor Richard? ¡Ah, ahí está! No le molestemos. Mucho mejor ocupado en hablar con las señoritas. ¿Cómo está usted, señor Richard? Le vi el otro día cuando pasaba a caballo. ¡La señora Otway, digo yo! Y el buen señor Otway, y la señorita Otway y la señorita Caroline. ¡Qué multitud de amigos! ¡Y el señor George y el señor Arthur! ¿Cómo está usted? ¿Cómo están todos ustedes? Muy bien, le estoy muy agradecida. Nunca he estado mejor. ¿No oigo llegar otro coche? ¿Quién puede ser? Seguramente los excelentes Cole. ¡Palabra, es encantador estar por aquí entre tales amigos! ¡Y qué noble fuego! Estoy casi asada. Nada de café, gracias, para mí; nunca tomo café. Un poco de té, por favor, de paso... sin prisa. ¡Ah, aquí viene! ¡Todo esto resulta tan agradable! ¡Todo es tan bueno!

Frank Churchill regresó a su puesto junto a Emma, y tan pronto como la señorita Bates quedó en silencio, ella no pudo dejar de oír a la fuerza la conversación de la señora Elton y la señorita Fairfax, que estaban de pie un poco detrás de ella. Él estaba pensativo. Si también oía esa conversación, Emma no lo podía decidir. Después de muchos cumplidos a Jane por su vestido y aspecto, cumplidos recibidos con mucha calma y decoro, la señora Elton, evidentemente, necesitaba que le hicieran cumplidos a ella misma, así que empezó:

—¿Qué le parece mi traje? ¿Qué le parece la orla? ¿Qué tal me ha arreglado el pelo Wright? —con otras muchas preguntas en conexión, todas ellas respondidas con paciente cortesía.

La señora Elton dijo entonces:

—Nadie puede pensar menos que yo, en general, sobre trajes, pero en una ocasión así, cuando los ojos de todos están tan encima de mí, y por atención a los Weston —que sin duda dan este baile principalmente en mi honor—, no desearía estar por debajo de las demás. Y veo muy pocas perlas en el salón excepto las mías. Así que Frank Churchill baila estupendamente, oigo decir. Ya veremos si nuestros estilos se ajustan bien. Cierto que es un joven admirable Frank Churchill. Me gusta mucho.

En ese momento Frank Churchill empezó a hablar tan vigorosamente que Emma no pudo menos de suponer que había oído cómo le elogiaban, y no quería oír más; y las voces de esas damas quedaron sumergidas por un rato, hasta que otra interrupción volvió a dejar destacarse claramente los sonidos de la señora Elton. El señor Elton se había reunido con ellas, y su mujer exclamaba:

—¡Ah! ¿Nos has encontrado por fin, verdad, en nuestro apartamiento? Le decía a Jane en este momento que creía que empezarías a estar impaciente por nuestras noticias.

—¡Jane! —repitió Frank Churchill con aire de sorpresa y disgusto—. Eso es fácil... pero la señorita Fairfax no lo desaprueba, supongo.

—¿Qué le parece la señora Elton? —dijo Emma en un susurro.

—No me gusta nada.

—Es usted muy ingrato.

—¡Ingrato! ¿Qué quiere decir? —Luego, pasando de fruncir el ceño a sonreír—. No, no me lo diga... No quiero saber lo que quiere decir. ¿Dónde está mi padre? ¿Cuándo empezamos a bailar?

Emma apenas le podía entender; parecía de un humor extraño. Se marchó a buscar a su padre, pero pronto estuvo de vuelta con el señor y la señora Weston. Les había encontrado en una pequeña perplejidad que había que someter a Emma. Se le acababa de ocurrir a la señora Weston que había que pedir a la señora Elton que empezara el baile; que ella lo esperaría, lo cual interfería con todos sus deseos de dar a Emma esa distinción. Emma oyó con fortaleza la triste verdad.

—¿Y qué vamos a hacer para darle una pareja adecuada? —dijo la señora Weston—. Ella pensará que Frank debería invitarla.

Frank se volvió al momento hacia Emma, para reclamar su previa promesa, y se jactó de que ya estaba comprometido, lo que su padre vio con la más perfecta aprobación; pero entonces resultó que la señora Weston quería que bailara *él* con la propia señora Elton, y que lo único que tenían que hacer entre todos era convencerle de ello, lo que se logró muy pronto. El señor Weston y la señora Elton abrieron la fila, y les siguieron el señor Frank Churchill y la señorita Woodhouse. Emma tuvo que someterse a quedar detrás de la señora Elton, aunque siempre había pensado que el baile era especialmente para ella. Era casi como para hacerle pensar en casarse.

La señora Elton tenía indudablemente ventaja, en ese momento, en su vanidad completamente satisfecha; pues aunque había pensado empezar junto con Frank Churchill, no podía perder con el cambio: el señor Weston podía ser el superior de su hijo. A pesar de esa pequeña molestia, sin embargo, Emma sonreía con placer, encantada de ver la respetable longitud de la fila que se formaba, y de pensar que tenía por delante tantas horas de desacostumbrada fiesta. Lo que más le molestaba era que el señor Knightley no bailara. Ahí estaba, entre los espectadores, donde no debería estar; debería estar bailando, sin clasificarse con los maridos y padres y jugadores de *whist,* que fingían sentir interés en el baile mientras no se formaba su juego; ¡tan joven como parecía! Quizá no podía haber parecido mejor en ningún otro sitio que donde se había colocado. Su figura alta, firme, derecha, entre las formas gruesas y los hombros encorvados de los hombres de edad, era tal que a Emma le parecía que debía atraer las miradas de todos; y, exceptuando su propia pareja, no había ninguno entre toda la fila de jóvenes que se le pudiera comparar. Se acercó él unos pocos pasos, y esos pocos pasos fueron bastante para demostrar con qué estilo de caballero, con qué gracia natural, debía haber bailado, si se tomara el trabajo. Siempre que ella captaba su mirada, le obligaba a sonreír; pero en general él tenía un aire grave. Emma lamentaba que no le gustaran más los salones de baile y que no le pareciera mejor Frank Churchill. Él parecía observarla a menudo. No debía lisonjearse pensando que él se fijara en su modo de bailar, pero si lo que criticaba era su comportamiento, no necesitaba tener miedo. No había el menor coqueteo entre ella y su pareja. Parecían amigos bienhumorados y tranquilos y no daban en absoluto la impresión de estar enamorados. Era indudable que Frank Churchill pensaba en ella menos que antes.

El baile se desarrolló gratamente. No habían sido en vano los cuidados ansiosos, las atenciones incesantes de la señora Weston. Todo el mundo parecía feliz, y el elogio de que era un baile delicioso, elogio tan raramente concedido mientras que no se ha terminado un baile, se concedió repetidamente desde su mismo principio. No hubo más sucesos importantes y memorables de los que suele haber en tales reuniones. Hubo uno, sin embargo, en que pensó algo Emma. Habían empezado los dos últimos bailes de antes de la cena, y Harriet no tenía pareja; la única señorita que se quedaba sentada, y lo asombroso es que pudiera haber alguien sin compromiso, con lo igualado que había estado hasta entonces el número de bailarines. Pero el asombro de Emma disminuyó luego al ver al señor Elton deslizándose por alrededor. No invitaría a bailar a Harriet si era posible evitarlo; ella estaba segura de que no, y esperaba que en cualquier momento se escaparía hacia el cuarto de jugar a las cartas.

Sin embargo, su plan no era escaparse. Llegó a la parte del salón donde se habían reunido los sentados, habló con algunos, y se paseó por delante de ellos como para mostrar su libertad y su resolución de mantenerla. No dejó de encontrarse a veces delante mismo de la señorita Smith, ni de hablar con los que estaban cerca de ella. Emma lo vio. Ella no bailaba todavía; se iba abriendo paso desde el final de la fila, y por consiguiente tuvo tiempo de mirar alrededor, y sólo con volver un poco la cabeza lo vio todo. Cuando ya iba por la mitad del conjunto, ese grupo quedaba exactamente detrás de ella, y ya no pudo permitir a sus ojos que observaran, pero el señor Elton estaba tan cerca que oyó cada sílaba de una conversación que tenía lugar en ese momento entre él y la señora Weston; y se dio cuenta de que su mujer, que estaba al lado mismo de ella, no sólo escuchaba también, sino que le animaba con ojeadas significativas. La bondadosa y amable señora Weston había dejado su asiento para reunirse con él y decirle:

—¿No baila usted, señor Elton?

A lo cual su pronta respuesta fue:

—De muy buena gana, señora Weston, si quiere usted bailar conmigo.

—¡Yo! ¡Oh, no! Le buscaré mejor pareja que yo misma. Yo no bailo nada.

—Si la señora Gilbert desea bailar —dijo él—, tendré mucho gusto, ciertamente, pues, aunque empiezo a sentirme un viejo cansado, y pienso que mis días de bailar se han acabado, me daría gran placer en cualquier momento emparejarme con una vieja amiga como la señora Gilbert.

—La señora Gilbert no piensa bailar, pero hay una joven sin pareja a quien me gustaría mucho ver bailar, la señorita Smith.

—¡La señorita Smith! ¡Ah!, no me había fijado. Es

usted muy amable... y si no fuera yo un viejo casado... Pero mis días de bailar se han acabado, señora Weston. Me excusará. Cualquier otra cosa, me sentiría muy feliz de hacerla por su indicación... pero mis días de bailar se han acabado.

La señora Weston no dijo más, y Emma pudo imaginar con qué sorpresa y humillación debió volver a su asiento. ¡Ese era el señor Elton! ¡El amable, servicial, gentil señor Elton! Miró a su alrededor por un momento; se había reunido con el señor Knightley, cerca de allí, y se acomodaba para una conversación tranquila, mientras intercambiaba con su mujer sonrisas de gran júbilo.

No quiso volver a mirar. Tenía el corazón ardiendo, y temía que su cara estuviera igual de caliente.

Un momento después, observó algo más alegre; ¡el señor Knightley llevaba a Harriet a la fila! Nunca había tenido más sorpresa, y rara vez tanto deleite como en ese instante. Era toda placer y gratitud, tanto por Harriet como por ella misma, y deseaba darle las gracias; y aunque demasiado lejos para poder hablar, su rostro dijo mucho, tan pronto como volvió a captar su mirada.

Su manera de bailar resultó ser exactamente lo que ella había pensado, extremadamente buena, y Harriet habría parecido casi demasiado afortunada, de no ser por el cruel estado de cosas de antes, y por el completo goce y el altísimo sentido de distinción que manifestaban sus facciones felices. No fue en balde con ella; dio más saltos que nunca y voló por en medio de la fila, siempre en una continua serie de sonrisas.

El señor Elton se había retirado al cuarto de jugar, con un aire (confiaba Emma) muy ridículo. No creía ella que estuviera tan endurecido como su mujer, aunque se iba volviendo como ella; ella expresó algunos de sus sentimientos, diciendo audiblemente a su pareja:

—¡Knightley se ha compadecido de la pobre pequeña, la señorita Smith! Es de muy buen carácter, de veras.

Se anunció la cena. Empezó la marcha, y se pudo oír a la señorita Bates desde ese momento, sin interrupción, hasta que se sentó a la mesa y tomó la cuchara.

—Jane, Jane, mi querida Jane, ¿dónde estás? Aquí tienes el chal. La señora Weston te ruega que te pongas el chal. Dice que teme que haya corrientes por el pasillo, aunque se ha hecho todo... Han clavado una puerta. Cantidades de esteras. Mi querida Jane, claro que debes. Señor Churchill, ¡ah, es usted demasiado amable! ¡Qué bien se lo ha puesto! ¡Tan contenta! ¡Bailan muy bien! Sí, querida mía, fui a casa corriendo, como dije que haría, para ayudar a acostar a la abuela, y volví, y nadie me echó de menos. Me marché sin decir palabra, tal como te dije. La abuela estaba muy bien, había pasado una velada encantadora con el señor Woodhouse, charlando muchísimo, y jugando al chaquete. Hicieron té abajo, con galletas, manzanas asadas y vino, antes de que se fuera: una suerte enorme en algunas jugadas; y preguntó mucho por ti, cómo te divertías y quiénes eran tus parejas. «¡Ah!» dije yo, «no me voy a adelantar a Jane, la dejé bailando con el señor George Otway; le encantará contárselo todo ella misma mañana; su primera pareja fue el señor Elton, no sé quién la invitará en el siguiente, quizá el señor William Cox.» Señor mío, es usted demasiado amable. ¿No preferiría a nadie más? No estoy inválida. Es usted muy amable. Palabra, ¡Jane de un brazo, y yo del otro! Alto, alto, echémonos un poco atrás, que pasa la señora Elton; qué elegante está la querida señora Elton. ¡Bonito encaje! Ahora todos la seguimos en séquito. ¡La reina de la noche, verdaderamente! Bueno, ya estamos en el pasillo. Dos escalones, Jane, cuidado con los dos escalones. ¡Ah, no hay más que uno! Bueno, estaba convencida de que había dos y no hay más que uno. Nunca he visto cosa igual a la comodidad y el estilo... Velas por todas partes... Te contaba de tu abuela, Jane... Hubo una pequeña decepción... Las manzanas asadas y las galletas, excelentes a su manera, ya sabes, pero había una delicada *fricassée* de mollejas y unos espárragos que trajeron al principio, y el bueno del señor Woodhouse, entendiendo que los espárragos no estaban bastante hervidos, lo rechazó todo. Bueno, no hay cosa que le guste tanto a la abuela como las mollejas con espárragos, así que se quedó bastante decepcionada, pero decidimos que no hablaríamos de eso con nadie, no sea que llegue a parar a la querida señorita Woodhouse, que le importaría tanto. Bueno, ¡qué brillante es esto! ¡Estoy asombrada! ¡No habría imaginado tal cosa! ¡Tal elegancia y abundancia! No he visto cosa parecida desde... Bueno, ¿dónde nos sentamos? ¿dónde nos sentamos? En cualquier sitio con tal que Jane no esté en una corriente. No importa dónde me siente yo. ¡Ah! ¿Recomienda usted este lado? Bueno, estoy segura, señor Churchill, sólo que parece demasiado bueno, pero como crea usted mejor. Lo que usted dirija en esta casa no puede estar equivocado. Querida Jane, ¿cómo nos acordaremos ni de la mitad de los platos para la abuela? ¡Sopa también! ¡Vaya! No me deberían servir tan pronto, pero huele estupendamente, y no puedo menos de empezar.

Emma no tuvo oportunidad de hablar con el señor Knightley hasta después de la cena; pero, cuando volvieron al salón de baile, sus ojos le invitaron irresistiblemente a acudir ante ella para recibir las gracias. Él se acaloró reprobando la conducta del señor Elton; había sido una grosería imperdonable, y también la actitud de la señora Elton recibió su ración debida de censura.

—Pretendían herir a alguien más que a Harriet —dijo—. Emma, ¿por qué son enemigos suyos?

Miró con sonriente penetración, y, al no recibir respuesta, añadió:

—Ella no debería estar enojada con usted, sospecho yo, sea él como sea. Ante esa sospecha, usted no dice nada, claro, pero confiese, Emma, que quiso casarle con Harriet.

—Así es —contestó Emma—, y no pueden perdonarme.

Él movió la cabeza, pero con una sonrisa de indulgencia, y sólo dijo:

—No la voy a regañar. Se lo dejo a sus propias reflexiones.

—¿Se puede fiar de mí con tales aduladoras? ¿Me dice jamás mi espíritu vanidoso que esté equivocada?

—No su espíritu vanidoso, sino su espíritu serio. Si el uno la descamina, estoy seguro de que el otro se lo dice.

—Confieso que estuve completamente equivocada con el señor Elton. Hay en él una mezquindad que usted descubrió, y yo no; y yo estaba completamente convencida de que él estaba enamorado de Harriet. ¡Eso ocurrió a través de una serie de trágicos errores!

—Y, en compensación porque reconozca tanto, le haré justicia diciendo que usted habría elegido para él algo mejor que lo que ha elegido él mismo. Harriet Smith tiene algunas cualidades de primera, de que carece por completo la señora Elton. Una muchacha sin artificio, sin pretensiones, de mentalidad sin doblez; que cualquier hombre de buen sentido y gusto tiene que preferir infinitamente a una mujer como la señora Elton. Encontré a Harriet más dispuesta a la conversación de lo que esperaba.

Emma se sintió extremadamente satisfecha. Les interrumpió el estrépito del señor Weston llamando a todos a bailar otra vez.

—¡Vamos, señorita Woodhouse, señorita Otway, señorita Fairfax! ¿Qué hacen todas? Vamos, Emma, dé ejemplo a sus compañeras. ¡Todo el mundo está perezoso! ¡Todo el mundo está dormido!

—Estoy dispuesta —dijo Emma— en cuanto me necesiten.

—¿Con quién va a bailar? —preguntó el señor Knightley.

Ella vaciló un momento y luego contestó:

—Con usted, si me invita.

—¿Hace el favor? —dijo él, ofreciéndole la mano.

—No faltaba más. Ha demostrado que es capaz de bailar, y ya sabe que no somos realmente tan hermano y hermana como para que resulte impropio.

—¡Hermano y hermana! No, desde luego.

CAPÍTULO 39

Esa pequeña explicación con el señor Knightley dio mucho placer a Emma. Fue uno de los recuerdos agradables del baile con que se paseó por el césped a la mañana siguiente, para disfrutarlos. Se alegraba de que hubieran llegado a tan buen entendimiento respecto a los Elton, y de que sus opiniones sobre ambos fueran tan parecidas; y su elogio de Harriet, su concesión a favor de ella, era especialmente satisfactorio. La impertinencia de los Elton, que por unos momentos había amenazado echar a perder el resto de la noche, había sido ocasión de algunas de sus más elevadas satisfacciones; y ahora esperaba otro resultado feliz; la cura del encaprichamiento de Harriet. Por el modo como Harriet habló de ellos antes de marcharse del salón de baile, Emma tenía muchas esperanzas. Parecía que se le habían abierto los ojos de repente, y podía ver que el señor Elton no era la criatura superior que ella había creído. Había pasado la fiebre, y Emma tenía poco temor de que se le volviera a acelerar el pulso ante una cortesía insultante. Confiaba en que los malos sentimientos de los Elton proporcionarían toda la disciplina de marcado desdén que pudiera ser aún necesaria. Harriet vuelta a la razón, Frank Churchill no excesivamente enamorado, y el señor Knightley no queriendo pelear con ella, ¡qué feliz verano debía tener por delante!

No iba a ver a Frank Churchill aquella mañana. Él le había dicho que no podía permitirse el placer de detenerse en Hartfield, ya que debía estar en casa a mediodía. Ella no lo lamentaba.

Habiendo arreglado todos esos asuntos, y habiéndolos examinado y puesto en su lugar, empezaba a regresar a casa con el ánimo refrescado para los requerimientos de los dos chiquillos, así como del abuelo, cuando se abrió la gran verja de hierro y entraron las dos personas que menos habría esperado jamás ver juntas: Frank Churchill, con Harriet apoyada en su brazo, ¡Harriet en persona! Un momento bastó para convencerla de que había ocurrido algo extraordinario. Harriet estaba blanca y asustada, y él trataba de animarla. La verja no estaba a veinte pasos de la puerta delantera; pronto estuvieron los tres en el vestíbulo, y Harriet, desplomándose inmediatamente en una butaca, se desmayó.

A una señorita que se desmaya, se la debe hacer recobrarse; hay que contestar preguntas y explicar sorpresas. Tales acontecimientos son muy interesantes, pero no puede durar mucho tiempo su suspensión. En pocos minutos Emma estuvo enterada de todo.

La señorita Smith, y la señorita Bickerton, otra residente de salón en casa de la señora Goddard, que también había estado en el baile, habían salido a pasear juntas, tomando un camino, el camino de Richmond, que, aunque al parecer era lo bastante público como para ser seguro, las había llevado a un susto. Cerca de media milla más allá de Highbury, dando un brusco recodo, con profunda sombra de álamos a los dos lados, se volvía muy escondido durante un largo trecho, y cuando las señoritas avanzaron un tanto por él, de repente habían observado, a poca distancia por delante de ellas, en un claro más ancho con hierba, un grupo de gitanos. Un niño que estaba alerta acudió hacia ellas a pedir limosna; y la señorita Bickerton, enormemente asustada, lanzó un gran chillido, y, gritando a Harriet que la siguiera, subió corriendo por una ladera abrupta, pasó un pequeño seto que había en lo alto, y volvió a Highbury lo antes que pudo por un atajo. Pero la pobre Harriet no pudo seguirla. Había sufrido muchos calambres después de bailar, y su primer intento de subir la ladera se los volvió a dar, de tal modo que quedó absolutamente incapaz; y en ese estado, y muy aterrorizada, se había visto obligada a seguir allí.

Había de quedar en duda cómo se habrían comportado los vagabundos si las señoritas hubieran sido más valientes, pero no cabía resistir tal invitación al ataque, y Harriet fue pronto atacada por media docena de niños, encabezados por una robusta mujer y un chico mayor, todos ellos chillones e impertinentes en sus aires, ya que no en sus acciones. Cada vez más asustada, Harriet les prometió inmediatamente dinero, y, sacando el bolso, les dio un chelín, y les rogó que no le pidieran más ni la trataran mal. Entonces pudo andar, aunque despacio, y se marchó, pero su terror y su bolso eran demasiado tentadores, y la siguió, o más bien la rodeó, todo el grupo, pidiendo más.

En esa situación la había encontrado Frank Churchill, ella temblando y rogando, ellos chillones e insolentes. Por un azar muy afortunado, su partida de Highbury se había retrasado, de modo que le pudo prestar ayuda en ese momento crítico. Lo agradable de la mañana le había inducido a ir paseando y dejar que sus caballos se encontraran con él por otro camino, a una milla o dos más allá de Highbury, y como daba la casualidad de que la noche anterior había pedido prestadas a la señorita Bates unas tijeras y se había olvidado de devolverlas, se vio obligado a detenerse a su puerta y entrar unos minutos; por eso era más tarde de lo que deseaba, y, yendo a pie, no le había visto el grupo entero hasta que estuvo casi al lado. Entonces les tocó a ellos el terror que la mujer y el chico habían producido a Harriet. Él les había dejado completamente asustados, y Harriet, agarrándose afanosamente a él, y apenas capaz de hablar, tuvo sólo fuerzas para alcanzar

Hartfield antes de perder del todo el sentido. La idea de llevarla a Hartfield había sido suya; no se le había ocurrido otro sitio.

Eso era el total de su historia, de su información y de la de Harriet tan pronto como recobró el sentido y el habla. Él no se atrevió a quedarse más tiempo que hasta verla bien; esas diversas dilaciones no le dejaban un minuto más que perder, y como Emma se comprometió a asegurar su llegada sana y salva a casa de la señora Goddard, y a avisar al señor Knightley de que había en la vecindad tal grupo de gente, él se puso en marcha, con todas las bendiciones de gratitud que Emma pudo pronunciar por su amiga y por ella misma.

Una aventura como esa, un joven extraordinario y una deliciosa joven tropezándose de tal modo, no podía dejar de sugerir ciertas ideas al corazón más frío y al cerebro más firme. Al menos, eso pensó Emma. ¿Podría un lingüista, podría un gramático, podría incluso un matemático haber visto lo que ella, haber presenciado su aparición juntos, y oír su relato, sin pensar que las circunstancias habían conspirado para hacerles peculiarmente interesantes uno para otro? ¡Cuánto más debía inflamarse una persona imaginativa, como ella, a fuerza de especulaciones y previsiones; sobre todo, con el trabajo previo de expectación que ya había hecho su ánimo!

¡Era algo extraordinario! Nada parecido había ocurrido jamás a las señoritas de allí, que se recordara; ningún encuentro, ninguna alarma de esa especie, ¡y ahora le había ocurrido a esa misma persona, a esa misma hora, cuando la otra mismísima persona pasaba por casualidad por allí para salvarla! ¡Era extraordinario, ciertamente! Y conociendo, como conocía, el favorable estado de ánimo de ambos en ese momento, eso la impresionaba más. Él estaba deseando superar su afecto por Emma, ella se empezaba a recuperar de su manía por el señor Elton. Parecía que todo se uniera para prometer las más interesantes consecuencias. No era posible que el suceso no les recomendara intensamente el uno al otro.

En los pocos minutos que tuvo Emma todavía de conversación con él, mientras Harriet estaba aún casi sin sentido, él, con una sensibilidad divertida y complacida, había hablado de su terror, su ingenuidad, su fervor cuando se le agarró al brazo; y sólo al final, después del propio relato de Harriet, había expresado su indignación, en los términos más cálidos, ante la abominable locura de la señorita Bickerton. Sin embargo, todo había de tomar su curso natural, sin impulsarlo ni ayudarlo. Ella no daría un paso ni dejaría caer una insinuación. No, ya había interferido bastante. No podía haber daño en una suposición, una simple suposición pasiva. No era más que un deseo. De ningún modo iría más allá de eso.

La primera resolución de Emma fue evitar a su padre saber lo que había pasado, dándose cuenta de la ansiedad y la alarma que ocasionaría; pero pronto comprendió que sería imposible ocultarlo. Media hora después, se sabía por todo Highbury. Era el suceso más apropiado para ocupar a los que más hablan, los jóvenes y los humildes; y toda la juventud y la servidumbre del lugar estuvo pronto en la felicidad de las noticias aterradoras. El baile de la noche anterior pareció perderse ante los gitanos. El pobre señor Woodhouse se quedó sentado temblando, y, como había previsto Emma, no se quedaría satisfecho mientras ella no le prometiera no volver a pasar de los setos. Algo le consoló que durante el resto del día llegaran muchas averiguaciones a propósito de él y de la señorita Woodhouse (pues sus vecinos sabían que le encantaba que preguntaran por él), así como por la señorita Smith; y tuvo el placer de dar por respuesta que estaban muy medianos, lo cual, aunque no exactamente cierto, pues ella estaba perfectamente bien, y Harriet de modo parecido, Emma lo dejó correr sin interferir. Ella tenía en general un mal estado de salud en cuanto que hija de tal hombre, aunque apenas sabía qué era encontrarse mal; y si él no le inventaba enfermedades, ella no podía figurar en un mensaje.

Los gitanos no esperaron la actuación de la justicia; se marcharon a toda prisa. Las señoritas de Highbury podrían haber vuelto a pasear con seguridad incluso antes de sentir su pánico, y toda la historia pronto se redujo a un asunto de poca importancia excepto para Emma y sus sobrinos; en su imaginación mantenía su importancia, y Henry y John seguían preguntando todos los días la historia de Harriet y los gitanos, y corrigiéndola tenazmente si se apartaba en el menor detalle de su versión original.

CAPÍTULO 40

Muy pocos días habían pasado después de esa aventura, cuando llegó Harriet una mañana con un paquetito en la mano, y, después de sentarse y vacilar, empezó así:

—Señorita Woodhouse... si no está ocupada... hay algo que me gustaría contarle... una especie de confesión que hacerle... y luego, ya está, se habrá acabado.

Emma quedó muy sorprendida, pero le rogó que hablara. Había en Harriet una seriedad que la preparó, tanto como sus palabras, para algo más que ordinario.

—Tengo la obligación, y estoy segura de que también el deseo —continuó— de no tener reservas con usted sobre este tema. Como soy una persona felizmente cambiada en un aspecto, está muy bien que usted tenga la satisfacción de saberlo. No quiero decir más de lo necesario. Me da mucha vergüenza haber cedido así, y estoy segura de que me comprende.

—Sí —dijo Emma—, espero que sí.

—¡Cómo se me pudo antojar tanto tiempo! —exclamó Harriet, acaloradamente—. ¡Parece una locura! Ahora no puedo ver en él nada extraordinario. No me importa si le veo o no, salvo que, de los dos, prefiero no verle a él, y desde luego que daría cualquier rodeo para evitarle, pero no le envidio nada a su mujer; ni tampoco la admiro ni la envidio a ella, como antes; no digo que no sea muy encantadora y todo eso, pero me parece de muy mal carácter y desagradable. ¡Nunca olvidaré la mirada de la otra noche! Sin embargo, le aseguro, señorita Woodhouse, que no le deseo nada malo. No, que sean felices juntos, que eso no me volverá a perturbar ni por un momento; y para convencerla de que he dicho la verdad, ahora voy a destruir... lo que debía haber destruido hace tiempo... lo que nunca debía haber guardado... lo sé muy bien —ruborizándose al hablar—. Sin embargo, ahora lo voy a destruir entero, y tengo el deseo especial de hacerlo en su presencia, para que vea qué razonable me he vuelto. ¿No puede adivinar lo que contiene este paquete? —dijo, con aire de ser consciente de su importancia.

—No, en absoluto. ¿Te dio alguna vez algo?

—No..., no lo llamo regalos, pero son cosas a las que yo he dado mucho valor.

Le alargó el paquete, y Emma leyó encima las palabras *Tesoros preciosísimos*. Sintió una gran curiosidad. Harriet desenvolvió el paquete y ella observó con impaciencia. Entre mucho papel de plata, había una bonita cajita de porcelana de Tunbridge, que Harriet abrió; estaba bien forrada con el algodón más suave; pero, salvo el algodón, Emma sólo vio un pequeño trozo de emplasto.

—Bueno —dijo Harriet—, tiene que acordarse...

—No, pues no me acuerdo.

—¡Vaya! No habría creído posible que olvidara lo que ocurrió en este mismo cuarto a propósito del emplasto, una de las últimas veces que nos reunimos aquí. Fue unos pocos días antes de que yo tuviera la garganta mala, precisamente antes de que vinieran el señor y la señora John Knightley; creo que la misma noche. ¿No recuerda que él se cortó el dedo con su cortaplumas nuevo, y que usted recomendó un emplasto? Pero como usted no lo tenía y yo sabía que sí lo tenía, usted me pidió que se lo trajera, así que saqué el mío y corté un trozo, pero era demasiado grande, y él lo cortó más pequeño, y se quedó jugando un rato con lo que quedaba, antes de devolvérmelo. Y así entonces, en mi tontería, no pude menos de convertirlo en un tesoro; así que lo guardé para no usarlo nunca, y de vez en cuando lo miraba como una gran fiesta.

—¡Mi queridísima Harriet! —gritó Emma, tapándose la cara con la mano y poniéndose en pie de un salto—, me haces estar más avergonzada de mí misma de lo que puedo soportar. ¿Que si lo recuerdo? Claro, ahora lo recuerdo todo; todo, excepto que guardaras esta reliquia... No sabía nada de eso hasta ahora... ¡pero que él se cortó el dedo, y que yo recomendé un emplasto, y dije que no tenía! ¡Ah, mis pecados, mis pecados! ¡Y yo tenía emplasto en el bolsillo, mientras tanto! ¡Uno de mis trucos sin sentido! Merezco pasar el resto de mi vida en continuo rubor... Bueno —volviéndose a sentar—, adelante... ¿qué más?

—¿Y usted de veras llevaba encima emplasto? Claro que ni lo sospeché, lo hizo usted con tanta naturalidad.

—¿Y tú de veras guardaste ese trozo de emplasto por él? —dijo Emma, recuperándose de su estado de vergüenza y sintiéndose dividida entre el asombro y la diversión. Y secretamente añadió para sí misma: «¡El Señor me perdone! ¡Cuándo habría pensado yo en guardar entre algodón un trozo de emplasto que Frank Churchill hubiera tenido por ahí! Nunca he llegado hasta eso.»

—Aquí —continuó Harriet, volviendo otra vez a la caja—, hay algo aún más valioso, o, mejor dicho, algo que fue más valioso, porque esto le perteneció realmente a él, cosa que no pasó con el emplasto.

Emma sintió gran afán por ver ese tesoro superior. Era un cabo de lápiz viejo; la parte sin mina.

—Esto realmente fue suyo —dijo Harriet—. ¿No recuerda una mañana...? No, estoy segura de que no. Pero una mañana; no me acuerdo exactamente de cuándo, pero quizá era el martes o miércoles antes de *aquel* hecho, él quiso tomar una nota en su agenda, era algo sobre extracto de abeto.

El señor Knightley le había dicho algo sobre hacer una bebida de extracto de abeto y él quiso anotarlo, pero cuando sacó el lápiz, tenía tan poca mina que pronto se la cortó toda, y no sirvió más, así que usted le prestó otro, y éste se quedó en la mesa porque no valía para nada. Pero yo no le quité los ojos, y, en cuanto me atreví, lo recogí y no me volví a separar de él hasta ahora.

—Ya me acuerdo —exclamó Emma—, me acuerdo perfectamente. Hablando de extracto de abeto. ¡Ah, sí! El señor Knightley y yo decíamos que nos gustaba, y el señor Elton pareció decidido a hacer que le gustara. Lo recuerdo perfectamente. Alto; el señor Knightley estaba ahí mismo parado, ¿no es verdad? Tengo la idea de que estaba ahí.

—¡Ah, no sé, no puedo recordar! Es muy raro, pero no lo puedo recordar. El señor Elton estaba sentado aquí, recuerdo, más o menos donde estoy ahora.

—Bueno, sigue.

—¡Ah! Eso es todo. No tengo más que enseñarle ni decirle, salvo que voy ahora a tirar las dos cosas al fuego, y quiero que me vea hacerlo.

—¡Mi pobre y querida Harriet! ¿Y realmente has encontrado felicidad en atesorar esas cosas?

—¡Sí, tonta que era! Pero ahora estoy avergonzada de ello, y me gustaría poderlo olvidar tan fácilmente como lo puedo quemar. Fue un gran error mío, ya ve, guardar recuerdos, después que se casó. Sabía que lo era, pero no tuve bastante decisión como para separarme de ellos.

—Pero, Harriet, ¿es necesario quemar el emplasto? No tengo ni palabra que decir a favor del trozo de lápiz viejo, pero el emplasto podría ser útil.

—Estaré más contenta si lo quemo —contestó Harriet—. Me resulta desagradable verlo. Tengo que quitármelo todo de encima. Ahí va, y se acabó, gracias a Dios, con el señor Elton.

«¿Y cuándo», pensó Emma, «se va a empezar con el señor

Churchill?» Pronto tuvo motivo para creer que ya se había empezado, y no pudo menos de sentir esperanzas de que la gitana, aunque no le había dicho la buenaventura, pudiera habérsela dado a Harriet. Como unos quince días después de la alarma, llegaron a una suficiente explicación, y sin intención ninguna. Emma no pensaba en ello en ese momento, lo cual hizo más útil la información que recibió. Ella dijo, en el transcurso de alguna charla trivial: «Bueno, Harriet, cuando te cases, te aconsejo que hagas esto o lo otro», sin pensar más en ello, hasta que, al cabo de un minuto de silencio, oyó decir a Harriet en tono muy serio:

—Yo no me voy a casar nunca.

Emma levantó los ojos, e inmediatamente comprendió; y después de considerarlo un momento, sobre si dejarlo pasar sin atención o no, contestó:

—¡No casarte nunca! Ésa es una nueva decisión.

—Es una decisión que no voy a cambiar, sin embargo.

Tras de otra breve vacilación, Emma dijo:

—Espero que eso no proceda de... espero que no sea por cumplimiento hacia el señor Elton.

—¡El señor Elton, nada menos! —gritó Harriet, indignada—. ¡Ah, no! —y Emma apenas pudo captar las palabras—. ¡Es tan superior al señor Elton!

Entonces se tomó más tiempo para considerarlo. ¿No seguiría adelante? ¿Lo dejaría pasar, fingiendo no sospechar nada? Quizá Harriet la consideraría fría o enojada si lo hacía; o quizá, si se quedaba completamente callada, ello sólo impulsaría a Harriet a preguntarle para oír demasiado; y ella estaba completamente decidida a evitar tanta ausencia de reserva como había tenido, un comentario tan frecuente y abierto sobre esperanzas y oportunidades. Ella creía que sería más prudente para ella decir y saber cuanto antes todo lo que pretendía decir y saber. El jugar limpio era siempre lo mejor. Había decidido previamente hasta dónde iría en cualquier solicitud así, y sería más seguro para ambas establecer cuanto antes la juiciosa ley de su propio cerebro. Estaba decidida, así que dijo:

—Harriet, no voy a fingir que dudo sobre lo que quieres decir. Tu resolución, o mejor dicho, tu esperanza de no casarte nunca, procede de la idea de que la persona a quien podrías preferir sería demasiado superior en posición para pensar en ti. ¿No es así?

—¡Ah! Señorita Woodhouse, créame, no tengo la presunción de suponer... La verdad, no estoy tan loca... Pero es un placer para mí admirarle a distancia... y pensar en su infinita superioridad sobre todo el resto del mundo, con la gratitud, asombro y veneración adecuados, especialmente en mí.

—No me sorprende nada por ti, Harriet. El favor que te ha hecho fue suficiente para calentarte el corazón.

—¡El favor! ¡Ah, fue algo que me deja tan inexpresablemente obligada! Sólo de recordarlo, y recordar todo lo que sentí entonces... cuando le vi venir... su noble aire... y mi apuro, un momento antes. ¡Qué cambio! En un momento ¡qué cambio! De la completa desgracia a la completa felicidad.

—Es muy natural. Es natural y es honroso. Sí, honroso, creo, elegir bien y con tanta gratitud. Pero que sea una preferencia afortunada, es algo más de lo que puedo prometer. No te aconsejo que cedas a ello, Harriet. No prometo en absoluto que eso sea correspondido. Considera en qué te metes. Quizá sea mejor refrenar tus sentimientos mientras puedas; en todo caso, no dejes que te arrastren demasiado lejos, a no ser que estés persuadida de que él te quiere. Obsérvale. Que su conducta sea la guía de tus sentimientos. Te aviso ahora, porque nunca voy a volver a hablarte de ese tema. Estoy decidida a no entrometerme en nada. En adelante, yo no sé nada del asunto. No dejes que salga de tus labios ningún nombre. Hemos errado mucho antes: ahora tendremos cuidado. Él es tu superior, sin duda, y parece haber objeciones y obstáculos de carácter muy serio, pero, sin embargo, Harriet, cosas más sorprendentes han ocurrido; ha habido uniones de mayor disparidad. Pero cuídate. No querría que fueras demasiado optimista, aunque, acabe como acabe, ten la seguridad de que el elevar tus pensamientos hasta *él*, es una señal de buen gusto que siempre sabré valorar.

Harriet le besó la mano con gratitud silenciosa y sumisa. Emma se sentía muy segura al creer que tal relación no era cosa mala para su amiga. Su efecto sería elevar y refinar su mente; la tendría que salvar del peligro de rebajarse.

CAPÍTULO 41

En ese estado de proyectos y esperanzas llegó junio a Hartfield. A Highbury en general no le trajo ningún cambio material. Los Elton seguían hablando de una visita de los Suckling, y del uso que iban a hacer de su *barouche-landau*; y Jane Fairfax seguía en casa de su abuela; y como se volvió a aplazar el regreso de los Campbell desde Irlanda, fijándolo para agosto, en vez de fines de junio, era probable que ella siguiera allí más de otros dos meses, con tal, por lo menos, de que fuera capaz de contrarrestar la actividad de la señora Elton en su favor, evitándose verse llevada a toda prisa a una agradable posición contra su voluntad.

El señor Knightley, que, por alguna razón que él sabría, había sentido una inmediata aversión hacia Frank Churchill, no hacía sino tenerle aún más aversión. Empezaba a sospechar que había algún doble juego en sus atenciones hacia Emma. Que Emma era el objeto de su afecto parecía indiscutible. Todo lo declaraba; sus atenciones, las insinuaciones de su padre, el cauto silencio de su madrastra; todo iba al unísono; palabras, conducta, discreción e indiscreción contaban la misma historia. Pero mientras que tantos le reservaban para Emma, y la propia Emma trataba de pasárselo a Harriet, el señor Knightley empezó a sospechar en él alguna inclinación a juguetear con Jane Fairfax. No lo podía comprender, pero había síntomas de entendimiento entre ellos —al menos así

384

le parecía—, síntomas de admiración por parte de él, que, una vez observados, no podía persuadirse de que estuvieran vacíos de significado, por más que deseara escapar a los errores de imaginación de Emma. *Ella* no estaba presente cuando surgió la primera sospecha. Estaba él comiendo con la familia de Randalls y con Jane en casa de los Elton; y había visto una mirada, algo más que una sola mirada, hacia la señorita Fairfax, que parecía un tanto fuera de lugar en el admirador de la señorita Woodhouse. Cuando volvió a estar en compañía de ellos, no pudo menos de recordar lo que había visto, ni pudo evitar observaciones que, si no fuera como Cowper y su fuego en el crepúsculo

creando yo mismo lo que veía,

le hicieron sentir aún mayor sospecha de que había algo de secreto afecto, o incluso de secreto entendimiento, entre Frank Churchill y Jane.

Había ido paseando un día después de comer, como hacía muy a menudo, para pasar la velada en Hartfield. Emma y Harriet iban a pasear; él se unió a ellas, y, al volver, se encontraron con un grupo más amplio, que, como ellos, juzgaban más prudente hacer su ejercicio pronto, ya que el tiempo amenazaba lluvia: el señor y la señora Weston y su hijo, la señorita Bates y su sobrina, que se habían encontrado por casualidad. Se reunieron todos, y, al llegar a las puertas de Hartfield, Emma, que sabía que era exactamente el tipo de visita que sería bienvenida por su padre, les apremió a todos a entrar a tomar el té con él. El grupo de Randalls asintió inmediatamente, y, la señorita Bates, al cabo de un discurso más bien largo, a que pocos atendieron, encontró posible también aceptar la amabilísima invitación de su querida señorita Woodhouse.

Al entrar en los terrenos de la casa, pasó el señor Perry a caballo. Los caballeros hablaron de su caballo.

—Por cierto —dijo Frank Churchill a la señora Weston—, ¿qué se hizo del plan del señor Perry de tener su coche?

La señora Weston pareció sorprendida y dijo:

—No sabía que tuviera jamás tal plan.

—Sí, lo supe por usted. Me lo contó hace unos tres meses.

—¡Yo! ¡Imposible!

—Claro que sí. Lo recuerdo perfectamente. Lo mencionó como algo que iba a ser muy pronto, sin duda. La señora Perry se lo había contado a alguien y estaba muy contenta con eso. Era debido a que ella le había convencido, porque pensaba que el estar al aire libre con mal tiempo le hacía mucho daño. ¿Se acordará ahora?

—Palabra que nunca había oído hablar de eso hasta este momento.

—¡Nunca, de veras, nunca! ¡Vaya! ¿Cómo pudo ser? Entonces debo haberlo soñado... pero estaba completamente convencido... Señorita Smith, anda usted como si estuviera cansada. No lamentará encontrarse en casa.

—¿Qué es eso? ¿Qué es eso —exclamó el señor Weston—, de Perry y un coche? ¿Va a tener coche Perry, Frank? Me alegro de que pueda permitírselo. Te lo ha dicho él mismo, ¿verdad?

—No, señor —contestó su hijo, riendo—. Parece que no me lo ha dicho nadie. ¡Qué raro! Realmente estaba convencido de que la señora Weston lo había mencionado en una de sus cartas a Enscombe, hace varias semanas, con todos esos detalles... pero como asegura que nunca ha oído decir una sílaba de eso, desde luego debe haber sido un sueño. Soy un gran soñador. Sueño con todos los de Highbury cuando no estoy aquí... y cuando acabo con mis amigos particulares, entonces empiezo a soñar con el señor y la señora Perry.

—Es raro, sin embargo —observó su padre—, que hayas tenido un sueño tan coherente sobre unas personas en las que no era muy probable que pensaras en Enscombe. ¡Perry teniendo coche! Y que su mujer le convenciera de ello, por atención a su salud... es exactamente lo que ocurrirá cualquier día; sólo que un poco prematuro. ¡Qué aire de verosimilitud atraviesa a veces un sueño! Y en otros ¡qué montón de absurdos hay! Bueno, Frank, tu sueño demuestra que Highbury está en tus sueños cuando estás ausente. Emma, usted es una gran soñadora, ¿no?

Emma no estaba al alcance de la voz. Se había adelantado deprisa a sus invitados para preparar a su padre antes que aparecieran, y estaba más allá de la insinuación del señor Weston.

—Bueno, para confesar la verdad —exclamó la señorita Bates, que llevaba dos minutos tratando en vano de ser escuchada—, si debo hablar sobre este tema, no puedo negar que el señor Frank Churchill quizá... no quiero decir que no lo soñara... la verdad es que yo tengo a veces los sueños más raros del mundo... pero si se me pregunta sobre ello, tengo que confesar que la primavera pasada hubo esa idea; la misma señora Perry se lo dijo a mi madre, y los Code lo sabían igual que nosotras pero era un verdadero secreto, y nadie más lo sabía, y sólo se pensó en ello unos tres días. La señora Perry estaba muy empeñada en que él tuviera coche, y vino a ver a mi madre muy animada una mañana porque creía haberle convencido. Jane, ¿no recuerdas que la abuela nos lo contó cuando llegamos a casa? No recuerdo por dónde habíamos paseado... muy probablemente hacia Randalls; sí, creo que fue hacia Randalls. La señora Perry siempre ha querido mucho a mi madre, la verdad es que no conozco a nadie que no la quiera; y se lo había contado en confianza; ella no tenía inconveniente en que ella nos lo dijera, claro, pero no había de ir más allá, y, desde entonces, no se lo he dicho a nadie que yo sepa. Al mismo tiempo, no estoy muy segura de no haber dejado caer alguna vez una insinuación, porque sé que a veces dejo escapar algo antes de darme cuenta. Soy muy charlatana, ya saben; lo soy muchísimo, y de vez en cuando he dejado escapar algo que no debía. No soy como Jane; ojalá lo fuera. Respondo de que *ella* nunca ha dejado escapar la menor cosa del mundo. ¿Dónde está? ¡Ah! Detrás de mí misma. Perfectamente me acuerdo de la visita de la señora Perry. ¡Un sueño extraordinario, ciertamente!

Entraban en el vestíbulo. Los ojos del señor Knightley habían precedido a los de la señorita Bates en lanzar una ojeada a Jane. De la cara de Frank Churchill, donde creyó ver una confusión reprimida o echada a risa, se había vuelto involuntariamente a la de Jane; pero ella estaba atrás y demasiado ocupada con su chal. El señor Weston había entrado. Los otros dos caballeros esperaron a la puerta para dejarla pasar. El señor Knightley sospechó en Frank Churchill la decisión de captar la mirada de Jane; parecía observarla atentamente, pero en vano, si era así. Jane pasó entre los dos al vestíbulo sin mirar a ninguno de ellos.

No hubo tiempo para otras observaciones ni explicaciones. Hubo que aceptar el sueño, y el señor Knightley hubo de ocupar su asiento con los demás en torno a la gran mesa moderna en círculo que Emma había introducido en Hartfield, y que nadie más que Emma podía haber sido capaz de poner allí y convencer a su padre para que la usara en vez de la mesa Pembroke de pequeño tamaño en que se habían amontonado dos de sus comidas diarias durante cuarenta años. El té transcurrió gratamente, y nadie parecía con prisa por marcharse.

—Señorita Woodhouse —dijo Frank Churchill, después de observar una mesa de detrás de él, que podía alcanzar desde su asiento—, ¿se han llevado sus sobrinos sus alfabetos, su caja de letras? Solía estar ahí. ¿Dónde está? Este es un atardecer de aspecto gris que debería ser tratado más como invierno que como verano. Una mañana nos divertimos mucho con esas letras. Quiero volverle a hacer adivinanzas.

A Emma le agradó la idea, y, sacando la caja, pronto quedaron las letras esparcidas sobre la mesa, sin que nadie pareciera tan dispuesto a emplearlas como ellos dos. Rápidamente fueron formando palabras el uno para el otro, o para quien quisiera adivinar. El sosiego del juego lo hacía especialmente aceptable al señor Woodhouse, quien a menudo se había visto trastornado por otros más animados, introducidos ocasionalmente por el señor Weston, y que ahora estaba sentado dichosamente ocupado en lamentar, con tierna melancolía, la marcha de los «pobres niños», o en señalar cariñosamente, al recoger alguna letra extraviada junto a él, con qué belleza la había escrito Emma.

Frank Churchill colocó una palabra ante la señorita Fairfax. Ella lanzó una breve ojeada en torno por la mesa, y se aplicó a ello. Frank estaba al lado de Emma, Jane enfrente de ellos, y el señor Knightley colocado de modo que los veía a todos; y su objetivo era ver todo lo que pudiera con el mínimo de observación aparente. Se descubrió la palabra, echándola a un lado con una leve sonrisa. Debía haberse mezclado inmediatamente con las demás, y, sepultada ante la vista, ella debía haber mirado a la mesa en vez de mirar enfrente mismo, pues la palabra no estaba revuelta; y Harriet, buscando con afán todas las palabras nuevas y sin encontrar ninguna, la recogió directamente y se puso a trabajar. Estaba sentada junto al señor Knightley, y se volvió a él pidiendo ayuda. La palabra era *error,* y, como proclamó Harriet con exultación, un rubor en las mejillas de Jane le dio un significado que por lo demás no se echaba de ver. El señor Knightley lo relacionó con el sueño, pero el modo como podría ser eso, estaba más allá de su comprensión. ¡Cómo era posible que la delicadeza y la discreción de su favorita hubiera estado tan dormida! Temió que debía haber una relación muy decidida. A cada momento parecía encontrarse con malicias y dobles juegos. Esas letras no eran más que un vehículo para la galantería y los trucos. Era un juego de niños elegido para ocultar un juego más profundo por parte de Frank Churchill.

Siguió observándole con gran indignación; y con gran alarma y desconfianza también observó a sus dos compañeras cegadas. Vio una palabra corta preparada para Emma, que le fue entregada con una mirada maliciosa y con afectada seriedad. Vio que Emma la adivinaba pronto y la encontraba muy divertida, aunque fue algo que le pareció adecuado fingir censurar, pues dijo: «¡Tontería!, ¡qué vergüenza!», y después oyó a Frank Churchill decir, con una ojeada hacia Jane:

—Se la voy a dar a ella, ¿se la doy?

Y oyó con igual claridad a Emma oponerse con risueño acaloramiento:

—No, no, no debe; no se la dé.

Se la dio sin embargo. Ese galante joven, que parecía amar sin sentimiento y lucirse sin complacencia, le entregó directamente la palabra a la señorita Fairfax, y con un especial grado de tranquila cortesía le rogó que la considerara. La enorme curiosidad del señor Knightley por saber qué palabra era le hizo aprovechar toda ocasión para disparar su mirada hacia ella, y no tardó en ver que era *Dixon*. La percepción de Jane pareció acompañar a la suya; pero su comprensión ciertamente era más capaz de captar el significado escondido, la mejor información de esas cinco letras así dispuestas. Ella, evidentemente, se disgustó, levantó la mirada, y, al verse observada, enrojeció más de lo que él la había visto nunca, dijo sólo: «No sabía que se permitían nombres propios», apartó las letras de un empujón con ánimo iracundo, y pareció decidida a no ocuparse de ninguna otra palabra que le ofrecieran. Apartó la cara de los que habían lanzado el ataque, volviéndola a su tía.

—Eso, es mucha verdad, querida mía —exclamó la tía, aunque Jane no había dicho ni palabra—, iba a decir eso mismo. Es hora de que nos vayamos. La tarde se está poniendo, y la abuela estará esperándonos. Querido señor Woodhouse, ha sido usted muy amable. La verdad es que tengo que darle las buenas noches.

La rapidez de Jane en moverse demostró que estaba tan preparada como había adivinado su tía. Inmediatamente estuvo de pie y queriendo dejar la mesa, pero eran tantos los que se movían que no pudo marcharse, y al señor Knightley le pareció ver otro grupo de letras que le empujaban afanosamente delante de ella, y que ella barría a un lado decididamente sin examinarlas. Luego se puso a buscar el chal —Frank Churchill también lo buscaba—, oscurecía y el salón estaba en confusión, y el señor Knightley no pudo saber cómo se separaron.

Se quedó en Hartfield después de todos los demás, con los pensamientos llenos de lo que había visto; tan llenos que, cuando llegaron las velas para ayudar sus observaciones, debió —sí, ciertamente debía, como amigo, un amigo preocupado— insinuar algo a Emma. No la podía ver en una situación de tal peligro sin tratar de defenderla. Era su deber.

—Por favor, Emma —dijo—, ¿puedo preguntar en qué consistía la gran diversión, el punzante aguijón de la última palabra que le dieron a usted y a la señorita Fairfax? Vi la palabra, y siento una viva curiosidad de averiguar cómo pudo ser tan divertida para la una y tan aflictiva para la otra.

Emma quedó en extremada confusión. No podía soportar darle la verdadera explicación, pues, aunque sus sospechas no habían desaparecido del todo, estaba realmente avergonzada de haberlas comunicado.

—¡Ah! —exclamó, evidentemente cohibida—, no quería decir nada; una simple broma entre nosotros.

—La broma —replicó él, gravemente— parecía limitada a usted y al señor Churchill.

Tenía esperanzas de que ella volviera a hablar, pero no habló. Se atareó en cualquier cosa antes que hablar. Él se quedó sentado un rato en dudas. Diversos males cruzaron por su mente. Interferencia, interferencia inútil. La confusión de Emma y el reconocimiento de su intimidad parecían declarar que su amor estaba comprometido. Sin embargo, él quiso hablar. Se lo debía a ella, el arriesgar cualquier cosa implicada en una interferencia inoportuna, antes que arriesgar el bienestar de ella; salir al encuentro de cualquier cosa, antes que tener que recordar un descuido en tal causa.

—Mi querida Emma —dijo por fin, con seria bondad—, ¿cree entender perfectamente el grado de conocimiento entre el caballero y la señorita de que hablábamos?

—¿Entre el señor Frank Churchill y la señorita Fairfax? ¡Ah, sí, perfectamente! ¿Por qué lo duda?

—¿No ha tenido nunça motivo para creer que él la admirara, o que ella le admirara?

—¡Nunca, nunca! —gritó ella con el más abierto afán—. Nunca, ni la vigésima parte de un momento, se me ha ocurrido tal idea. ¿Y cómo es posible que se le haya metido en la cabeza?

—Recientemente me ha parecido ver síntomas de afecto entre ellos; ciertas miradas expresivas que no me pareció que se quisieran hacer públicas.

—¡Ah! Me divierte enormemente. Me encanta que pueda çonceder a su imaginación andar por ahí, pero es inútil, siento mucho detenerle en su primer intento, pero es inútil. No hay admiración entre ellos, se lo aseguro; y las apariencias que le han engañado proceden de ciertas circunstancias peculiares; sentimientos de carácter completamente diferente; es imposible exactamente de explicar; hay en ello mucha tontería, pero la parte que es posible comunicar, su sentido, es que están tan lejos de la admiración o el apego mutuo como puedan estarlo dos seres de este mundo. Mejor dicho, yo *supongo* que es así por parte de ella, y puedo *responder* de que es así por parte de él. Respondo de la indiferencia del caballero.

Hablaba con una confianza que aturdía, y con una satisfacción que dejó callado al señor Knightley. Ella estaba muy animada y habría prolongado la conversación, queriendo saber los detalles de las sospechas de él, con descripción de todas las miradas, y el dónde y el cómo de un asunto que la divertía tanto; pero la animación de él no estaba a la altura de la de ella. Él encontró que no podía ser útil, y que sus sentimientos se irritaban mucho hablando. Para no irritarse hasta tener del todo fiebre con el fuego que las delicadas costumbres del señor Woodhouse requerían casi todos los atardeceres del año, pronto se despidió apresuradamente, y se dirigió hacia su casa, hacia la frescura y la soledad de Donwell Abbey.

CAPÍTULO 42

Después de haber nutrido mucho tiempo esperanzas de una pronta visita del señor y la señora Suckling, el mundo de Highbury se vio obligado a soportar la humillación de saber que no podrían venir hasta el otoño. Ninguna importación análoga de novedades podía enriquecer sus reservas intelectuales por el momento. En el diario intercambio de noticias, debían volverse a limitar a los demás temas que durante algún tiempo habían unido a la venida de los Suckling, tales como las últimas informaciones sobre la señora Churchill, cuya salud parecía proporcionar cada día un informe diferente, y la situación de la señora Weston, cuya felicidad se esperaba que acabaría por aumentar con la llegada de un niño tanto como aumentaba la felicidad de todos sus vecinos con esa inminencia.

La señora Elton estaba muy decepcionada. Eso retrasaba mucho placer y ostentación. Todas sus presentaciones y recomendaciones debían esperar, y sólo se podía hablar de todas las fiestas proyectadas. Así pensó ella al principio; pero reflexionando un poco se convenció de que no hacía falta posponerlo todo. ¿Por qué no habían de explorar Box Hill aunque no vinieran los Suckling? Podían volver allí con ellos en otoño. Se decidió que irían a Box Hill. Se había sabido desde hacía mucho que iba a haber tal excursión; incluso había dado la idea de otra. Emma nunca había estado en Box Hill; deseaba ver lo que todos encontraban que tanto valía la pena ver, y ella y la señora Weston acordaron elegir una mañana de buen tiempo para ir en coche allá. Sólo se iba a admitir a dos o tres más de los elegidos para acompañarlas, y se haría de un modo tranquilo, sin pretensiones, elegante, infinitamente superior al trajín y los preparativos, el mucho comer y beber, y el despliegue de pícnic de los Elton y los Suckling.

Estaba eso tan decidido entre ellas, que Emma no pudo menos de sentir cierta sorpresa y un poco de disgusto al decirle el señor Weston que habían propuesto a la señora Elton, ya que le habían fallado su hermano y hermana, que se unieran los dos grupos y fueran juntos, y que como la señora Elton había accedido a ello de muy buena gana, así iba a ser, si ella no tenía objeción. Ahora, como su única objeción era su gran aversión hacia la señora Elton, de que debía darse cuenta muy bien el señor Weston, no valía la pena plantearlo; no se podía hacer sin un rechazo hacia él, que sería molestar a su mujer; y por tanto Emma se encontró obligada a aceptar un arreglo que habría hecho mucho por evitar; un arreglo que probablemente la expondría incluso a la degradación de que se dijera que ella era de la excursión de la señora Elton. Todos sus sentimientos estaban ofendidos, y la resignación de su mansedumbre exterior dejaba atrás una gran carga de severidad secreta, en sus reflexiones, sobre la irrefrenable buena voluntad del carácter del señor Weston.

—Me alegro de que apruebe lo que he hecho —dijo él, muy tranquilo—. Pero suponía que sería así. Proyectos así no son nada sin mucha gente. No se puede tener un grupo demasiado grande. Un grupo numeroso se procura su propia diversión. Y después de todo, ella es una mujer de buen carácter. No se la podía dejar fuera.

Emma no negó nada de eso en voz alta, pero no asintió a nada de eso en privado.

Era ya mediados de junio, y el tiempo era bueno; y la señora Elton se impacientaba por fijar el día y arreglar con el señor Weston las empanadas de pichón y el cordero frío, cuando la invalidez de un caballo de tiro lo puso todo en triste incertidumbre. Podría ser cosa de semanas, o sólo de pocos días, hasta que el caballo estuviera útil, pero no cabía aventurarse a preparativos, y todo fue melancólico estancamiento. Los recursos de la señora Elton eran inadecuados para tal ataque.

—¿No es esto muy lamentable, Knightley? —exclamó—. ¡Y con este tiempo para explorar! Esas dilaciones y decepciones son odiosas. ¿Qué vamos a hacer? A este paso se nos irá lo mejor del año sin hacer nada. El año pasado, para este tiempo, le aseguro que ya habíamos hecho una deliciosa excursión explorando desde Maple Grove a Kings Weston.

—Más valdría que explorara hasta Donwell —contestó el señor Knightley—. Eso se puede hacer sin caballos. Venga a comer mis fresas. Están madurando deprisa.

Si el señor Knightley no empezó en serio, se vio obligado a continuar en serio, pues su propuesta fue recibida con deleite, y el «¡Oh, me gustaría muchísimo!» no estuvo más claro en palabras que en actitud. Donwell era famoso por sus fresales, que parecían hablar a favor de la invitación, pero no hacía falta hablar; unas coles habrían sido bastantes para tentar a la señora, que sólo quería ir a alguna parte. Le prometió ir una vez y otra —mucho más de lo que él esperaba— y se sintió muy satisfecha con tal prueba de intimidad, tan favorecedor cumplido, según ella decidió considerarlo.

—Puede estar seguro de mí —dijo—. Sin duda que iré. Fije el día, e iré. ¿Me permitirá llevar a Jane Fairfax?

—No puedo fijar el día —dijo él— mientras no haya hablado con otros que querría que se reunieran con usted.

—¡Ah! Déjeme eso a mí. Deme sólo carta blanca. Ya sabe que yo soy la gran anfitriona. Es mi reunión. Llevaré amigos conmigo.

—Espero que traiga a Elton —dijo él—, pero no la molestaré encargándole otras invitaciones.

—¡Oh! Ahora parece usted muy astuto. Pero fíjese; no tiene que tener miedo de delegar poderes en mí. Yo no soy ninguna señorita con sus caprichos. A las casadas, ya sabe, se las puede autorizar sin peligro. Déjemelo todo a mí. Yo invitaré a sus invitados.

—No —contestó él, tranquilamente—, no hay más que una mujer casada en el mundo a quien pueda permitir jamás que invite a Donwell a quien quiera, y esa mujer es...

—La señora Weston, supongo —interrumpió la señora Elton, más bien molesta.

—No: la señora Knightley... y mientras no exista, yo mismo arreglaré esos asuntos.

—¡Ah! ¡Es usted un ser muy raro! —exclamó ella, satisfecha de que nadie fuera preferida a ella—. Es usted un humorista, y puede decir lo que se le antoje. Un verdadero humorista. Bueno, traeré conmigo a Jane... Jane y su tía. Lo demás se lo dejo a usted. No tengo ninguna objeción a encontrar a la familia de Hartfield. No tenga escrúpulos. Sé que está usted muy unido a ellos.

—Cierto que se los encontrará usted si puedo convencerles, y de vuelta a casa veré a la señorita Bates.

—No hace ninguna falta; yo veo a Jane todos los días... pero como usted quiera. Es un proyecto para por la mañana, ya sabe, Knightley; una cosa muy sencilla. Me pondré una capota grande y llevaré uno de mis cestitos colgando del brazo. Sí... probablemente este cesto con cinta rosa. Ya ve, no cabe nada más sencillo. Y Jane tendrá otro parecido. No habrá formalidad ni ceremonias; una especie de reunión de gitanos. Pasearemos por sus jardines, y nosotras mismas cogeremos las fresas y nos sentaremos debajo de los árboles; y todo lo demás que quiera proporcionar, será todo al aire libre; una mesa puesta a la sombra, ya sabe. Todo tan natural y tan sencillo como quepa. ¿No es esa su idea?

—No por cierto. Mi idea de lo sencillo y lo natural será poner la mesa en el comedor. A la naturalidad y la sencillez

397

de los caballeros y señoras, con sus criados y mobiliario, creo que se la atiende mejor comiendo dentro de casa. Cuando se cansen de comer fresas en el jardín, habrá carne fiambre en la casa.

—Bueno... como quiera, sólo que no saque muchas cosas. Y, por cierto, ¿podemos serle útiles, yo o mi ama de llaves, con nuestra opinión? Por favor sea sincero, Knightley. Si quiere que hable yo con la señora Hodges, o que inspeccione algo...

—No tengo el menor deseo de ello, gracias.

—Bueno... pero si surge cualquier dificultad, mi ama de llaves es muy lista.

—Yo respondo de que la mía es igualmente lista y rechazaría la ayuda de nadie.

—Ojalá tuviéramos un burro. La cosa sería que llegáramos todas en burro, Jane, la señorita Bates y yo, y mi *caro sposo* al lado andando. Realmente tengo que decirle que compre un burro. En una vida de campo, entiendo que es una especie de necesidad, pues, por muchos recursos que tenga una mujer, no le es posible siempre estar encerrada en casa, y los paseos muy largos, ya sabe... en verano hay polvo, y en invierno hay barro.

—No encontrará ni lo uno ni lo otro, entre Donwell y Highbury. Donwell Lane nunca tiene polvo, y ahora está completamente seco. Venga en burro, sin embargo, si lo prefiere. Puede pedirle prestado el suyo a la señora Cole. Me gustaría que todo estuviera lo más a su gusto posible.

—Estoy segura de que sí. La verdad, le hago justicia, mi buen amigo. Bajo esa especie de maneras secas y bruscas, sé que tiene usted el corazón más cálido. Como le digo al señor E., es usted un completo humorista. Sí, créame, Knightley, me doy cuenta plenamente de su atención hacia mí en todo este proyecto. Ha acertado con lo que más me gusta.

El señor Knightley tenía otra razón para evitar una mesa a la sombra. Deseaba persuadir al señor Woodhouse, así como a Emma, a que se unieran al grupo, y sabía que él no dejaría de ponerse malo si uno de ellos se sentaba al aire libre a comer. No había que tentar al señor Woodhouse para que sufriera, bajo el especioso pretexto de un paseo matinal en coche y de una hora o dos en Donwell.

Se le invitó de buena fe. No había horrores ocultos que le fueran a hacer arrepentirse de su fácil credulidad. Consintió. No había estado en Donwell hacía dos años. «Alguna mañana muy buena, él, y Emma, y Harriet, podrían ir muy bien, y él se sentaría con la señora Weston mientras las chicas paseaban por los jardines. No suponía que sufrieran humedad ahora, en mitad del día. Le gustaría enormemente volver a ver la vieja casa, y estaría muy contento de encontrar al señor y la señora Elton, y cualquier otro vecino. No veía ninguna objeción en absoluto a que él, y Emma, y Harriet, fueran allí alguna mañana muy buena. Le parecía muy bien hecho, por parte del señor Knightley, invitarles; muy amable y acertado; mucho mejor que comer fuera. No le gustaba comer fuera.»

El señor Knightley tuvo la suerte de que todo el mundo aceptara muy prontamente. La invitación fue tan bien recibida en todas partes que parecía que, como la señora Elton, todos aceptaban el proyecto como un cumplido que se les hacía a ellos mismos. Emma y Harriet declararon esperar mucho placer de ello, y el señor Weston, sin que se lo pidieran, prometió hacer que Frank viniera para reunirse con ellos, si era posible; una prueba de aprobación y gratitud que muy bien se podía haber ahorrado. El señor Knightley se vio entonces obligado a decir que le alegraría verle, y el señor Weston se comprometió a no perder tiempo para escribir ni ahorrar argumentos para inducirle a venir.

Mientras tanto, el caballo inválido se recuperó tan deprisa que otra vez volvió a considerarse felizmente la excursión a Box Hill; y por fin se fijó un día para Donwell, y Box Hill para el siguiente, pareciendo que el tiempo sería exactamente el apropiado.

Bajo un brillante sol de mediodía, casi por San Juan, el señor Woodhouse fue transportado sano y salvo en su coche, con una ventanilla bajada, para tomar parte en esa reunión al aire libre, y en uno de los más cómodos cuartos de Donwell Abbey, especialmente preparado para él con un fuego encendido toda la mañana, le colocaron felizmente, muy a gusto, dispuesto a hablar con placer de lo que se había conseguido y a aconsejar a todos venir a sentarse y no acalorarse. La señora Weston, que parecía haber ido allí andando a propósito para estar cansada y pasar todo el tiempo sentada con él, se quedó allí atendiéndole con paciencia y compartiendo su sentir, mientras los demás eran invitados o persuadidos a salir.

Hacía tanto tiempo que Emma no había estado en Donwell Abbey, que en cuanto se convenció de la comodidad de su padre, se alegró de dejarle y de mirar a su alrededor; ávida de refrescar y corregir su memoria con más observaciones detalladas y más exacta comprensión de una casa y unos terrenos que siempre debían ser tan interesantes para ella y toda su familia.

Sentía todo el honrado orgullo y la complacencia que podía justificar con razón su parentesco con el propietario presente y el futuro, al observar el respetable tamaño y el estilo del edificio, su situación apropiada, cómoda, característica, baja y bien defendida; sus amplios jardines que se extendían hasta unos prados bañados por un arroyo que apenas se podía ver desde Donwell Abbey, con todo el antiguo desdén de la perspectiva; y su abundancia de arbolado en filas y alamedas, que no habían desarraigado ni la moda ni la extravagancia. La casa era mayor que Hartfield, y completamente diferente, cubriendo un amplio terreno, serpenteante e irregular, con muchos cuartos cómodos y uno o dos bonitos. Era exactamente lo que debía ser, y parecía lo que era, y Emma sintió cada vez más respeto ante esa casa, como residencia de una familia de tan verdadera nobleza, sin mancha en su sangre ni en su entendimiento. John Knightley tenía algunos defectos de carácter, pero Isabella había hecho un matrimonio impecable. No les había dado parientes, ni nombre, ni lugares de que hubiera que ruborizarse en absoluto. Esos sentimientos eran muy agradables y Emma anduvo por ahí entregándose a ellos hasta que fue necesario hacer como los demás, y situarse en torno de los macizos de fresas. Estaba todo el grupo allí reunido, excepto Frank Churchill, a quien se esperaba en cualquier momento desde Richmond, y la señora Elton, con toda su maquinaria de felicidad, con su gran capota y su cesto, estaba muy preparada para abrir camino, cogiendo, aceptando o hablando de fresas y sólo de fresas, que era lo único en que se podía pensar o hablar. «La mejor fruta de Inglaterra... la favorita de todo el mundo... siempre sana. Esos eran los mejores macizos y las mejores clases. Deliciosas de coger para uno mismo, el único modo de disfrutarlas realmente. La mañana era decididamente el mejor momento; nunca cansaban; todas las clases eran buenas; la *hautboy* infinitamente superior, sin comparación, las otras apenas comestibles; las *hautboys* eran escasas... las *chili* preferidas... las *white wood* el mejor aroma de todas... el precio de las fresas en Londres... abundancia alrededor de Bristol... Maple Grove... cultivo... cuándo renovar los macizos... los jardineros absolutamente en desacuerdo... no había regla universal... a los jardineros no se les saca de su costumbre... fruta deliciosa... sólo que demasiado sustanciosa para comer mucha... inferior a las cerezas... las grosellas más refrescantes... única objeción a coger fresas el agacharse... sol cegador... muerta de cansancio... no podía resistirlo más... tenía que ir a sentarse a la sombra.»

Tal fue la conversación, durante media hora; interrumpida sólo una vez por la señora Weston, que salió, preocupada por su hijastro, a preguntar si había venido, porque estaba un poco intranquila. Tenía ciertos temores por su caballo.

Se encontraron asientos suficientemente en la sombra, y

entonces Emma se vio obligada a oír sin querer lo que hablaban la señora Elton y Jane Fairfax. Se trataba de una posición, de un empleo muy codiciable. Habían avisado de eso a la señora Elton aquella mañana, y estaba extasiada. No era en casa de la señora Suckling, ni de la señora Bragge, pero sólo cedía a ellas en felicidad y esplendor; era con una prima de la señora Bragge, una amiga de la señora Suckling, una dama conocida en Maple Grove. Deliciosa, encantadora, superior, primeros círculos, esferas, líneas, rangos, todo —y la señora Elton estaba loca por hacer que la oferta quedara aceptada inmediatamente. Por su parte, todo era calor, energía y triunfo; y se negó decididamente a aceptar la negativa de su amiga, aunque la señorita Fairfax continuó asegurándole que por ahora no se iba a comprometer con nadie, repitiéndole los mismos motivos que antes le había apremiado a que oyera.

Sin embargo, la señora Elton insistía en ser autorizada a escribir una aceptación en el correo de mañana. Cómo podía Jane soportar todo aquello, resultaba asombroso para Emma. Parecía molesta, hablaba secamente, y, al final, con una decisión activa desacostumbrada en ella, propuso un desplazamiento. «¿No deberían pasear? ¿No les enseñaría el señor Knightley los jardines, todos los jardines? Deseaba verlos en toda su extensión.» La pertinacia de su amiga era más de lo que podía aguantar.

Hacía calor, y después de pasear algún tiempo por los jardines de modo desparramado y disperso, apenas con algún grupo de tres, sin darse cuenta se siguieron unos a otros a la deliciosa sombra de una ancha y breve alameda, que, extendiéndose más allá del jardín a distancia constante del río, parecía terminar los terrenos de placer. No llevaba a nada; nada más que a una perspectiva al final de una baja tapia de piedra con columnas altas, que parecía destinada, cuando se construyó, a dar el aspecto de un acercamiento a una casa, que nunca había existido. Por muy discutible que fuera el buen gusto de tal terminación, era en sí un paseo encantador, y la vista a que se abría era extremadamente bella. La sensible pendiente, casi al pie de la cual estaba Donwell Abbey, poco a poco se volvía más pina más allá de sus terrenos; y a media milla de distancia había una ladera de abrupta grandeza bien revestida de bosques; y en el extremo más bajo de esa ladera, muy bien situada y defendida, se levantaba la granja de Abbey-Mill, con prados delante, y con el río formando una apretada y bella curva a su alrededor.

Era una grata vista; grata a los ojos y al ánimo. Verdor inglés, cultura inglesa, bienestar inglés, vistos bajo un sol brillante, sin ser opresivo.

En ese paseo encontraron Emma y el señor Weston a todos los demás reunidos, y hacia esa vista percibió inmediatamente ella que iban el señor Knightley y Harriet destacándose de los demás y abriendo la marcha tranquilamente. ¡El señor Knightley y Harriet! Era un extraño *tête-à-tête*, pero le alegró verlo. Hubo un tiempo en que él la habría despreciado como acompañante, apartándose de ella con poca ceremonia. Ahora parecían en grata conversación. Hubo también un tiempo en que Emma habría lamentado encontrar a Harriet en un lugar tan favorable para ver la granja de Abbey-Mill; pero ahora no la temía. Se la podía observar sin miedo, con todos sus acompañamientos de prosperidad y belleza, sus ricos prados, sus extensos rebaños, el huerto en flor y la leve columna de humo ascendiendo. Emma se reunió con ellos junto a la tapia y les encontró más dedicados a hablar que a mirar alrededor. Él daba información a Harriet sobre formas de agricultura, etc., y Emma recibió una sonrisa que parecía decir: «Esos son mis intereses. Tengo derecho a hablar de semejantes temas sin que se sospeche que entremeto a Robert Martin.» Ella no tenía sospechas sobre él. Era un asunto demasiado viejo. Robert Martin probablemente había dejado de pensar en Harriet. Dieron varias vueltas juntos siguiendo la tapia. La sombra era muy refrescante, y a Emma le pareció ésa la parte más agradable del día.

La siguiente etapa era la casa; todos debían entrar a comer; y todos estaban ya sentados y atareados, y Frank Churchill no llegaba. La señora Weston miraba, y miraba en vano. El padre de Frank no quería confesarse intranquilo y se reía de sus temores, pero ella no podía menos de desear que él prescindiera de su yegua negra. Se había expresado con más certidumbre de la corriente en cuanto al llegar. «Su tía había mejorado tanto, que no tenía dudas de ir a estar con ellos.» El estado de la señora Churchill, sin embargo, como muchos no tardaron en recordarle, estaba expuesto a tan súbita variación como para decepcionar a su sobrino en la más razonable confianza —y la señora Weston por fin se dejó convencer para creer, o decir, que debía ser algún ataque de la señora Churchill lo que le impedía venir. Emma miró a Harriet mientras se consideraba este punto; ella se portó muy bien y no reveló ninguna emoción.

Se acabó la comida fría, y el grupo iba a salir otra vez a ver lo que no había visto todavía, los viejos estanques de peces de la Abbey; quizá para llegar hasta los prados de trébol, que iban a empezar a segar al día siguiente, o, en todo caso, para tener el placer de pasar calor y volver a refrescarse. El señor Woodhouse, que ya había hecho su pequeña ronda en la parte más alta de los jardines, donde ni siquiera él imaginaba que hubiera humedad del río, no se movió más; y su hija decidió quedarse con él, para que la señora Weston pudiera dejarse convencer por su marido de aceptar el ejercicio y la variedad que parecía necesitar su ánimo.

El señor Knightley había hecho todo lo que estaba en su capacidad para entretener al señor Woodhouse. Libros de grabados, cajones de medallas, camafeos, corales, conchas y todas las demás colecciones familiares de sus armarios, estaban preparados para su viejo amigo, a fin de que pasara la mañana entretenido, y esa bondad había hallado perfecta respuesta. La señora Weston le había estado enseñando todo eso y ahora él se lo enseñaría todo a Emma; afortunado en no tener más semejanza con un niño que su falta total de buen gusto ante lo que veía, pues era lento, constante y metódico. Antes de empezar este segundo repaso, sin embargo, Emma entró al vestíbulo para observar libremente por unos momentos la entrada y el terreno inmediato a la casa, y apenas llegó allí, cuando apareció Jane Fairfax, llegando rápidamente del jardín, con aire de escaparse. Esperando poco encontrarse tan pronto con la señorita Woodhouse, al principio se asustó; pero la señorita Woodhouse era precisamente la persona a quien iba buscando.

—¿Tendrá usted la bondad —dijo—, cuando me echen de menos, de decir que me he ido a casa? Me voy en este momento. Mi tía no se da cuenta de qué tarde es, y ni de cuánto tiempo llevamos fuera, pero estoy segura de que nos necesitarán, y estoy decidida a ir directamente. No le he dicho nada de esto a nadie. Sería sólo crear molestia y agitación. Unos han ido a los estanques y otros al paseo de las limas. Hasta que vuelvan todos, no me echarán de menos, y entonces, ¿tendrá usted la bondad de decir que me he ido?

—Claro que sí, si lo desea, pero ¿no irá a andar sola hasta Highbury?

—Sí, ¿qué daño me haría? Ando deprisa. Estaré en casa en veinte minutos.

—Pero está muy lejos, de veras, para andar tan sola. Permita que vaya con usted el criado de mi padre. Permítame pedir el coche. Puede dar la vuelta en cinco minutos.

—Gracias, gracias, pero por nada del mundo... Prefiero andar... ¡Y tener miedo yo de andar sola! ¡Yo, que quizá tenga pronto que guardar a otros!

Hablaba con gran agitación, y Emma respondió con bondad:

—No puede haber motivo para que se exponga ahora a un peligro. Tengo que pedir el coche. Incluso el calor sería un peligro. Ya está usted cansada.

—Lo estoy —respondió ella—. Estoy cansada, pero no

es esa clase de fatiga... andar deprisa me reanimará. Señorita Woodhouse, todas sabemos a veces lo que es estar fatigada de espíritu. El mío, lo confieso, está agotado. La mayor bondad que puede tener conmigo será dejarme hacer a mi manera, y decir sólo, cuando sea necesario, que me he ido.

Emma no tuvo más palabras que oponer. Lo vio todo, y, entrando en sus sentimientos, secundó su inmediata marcha, y la observó irse sin peligro con el celo de una amiga. La mirada de despedida de Jane fue de gratitud, y sus palabras finales —«¡Oh, señorita Woodhouse, el bienestar de estar sola a veces!»— parecían estallar de un corazón sobrecargado y describir algo de la continua paciencia que tenía que poner en ejercicio incluso con algunos de los que la querían más.

«¡Qué hogar, desde luego, y qué tía! —se dijo Emma, volviendo a entrar en el vestíbulo—. Te compadezco. Y cuanto mayor sensibilidad reveles ante sus justos horrores, más me gustarás.»

No hacía un cuarto de hora que se había ido Jane, y ellos no habían conseguido más que mirar unas vistas de la plaza de San Marcos, de Venecia, cuando entró en el cuarto Frank Churchill. Emma no pensaba en él, se había olvidado de pensar en él, pero se alegró mucho de verle. La señora Weston se quedaría tranquila. La yegua negra no tenía ninguna culpa; tenían razón los que habían nombrado a la señora Churchill como la causa. Le había retrasado un aumento pasajero de su enfermedad; un ataque nervioso, que duró varias horas, y él ya había renunciado a toda idea de venir, hasta muy tarde; y si hubiera sabido cuánto calor iba a pasar a caballo, y qué tarde iba a llegar, a pesar de su prisa, creía que no habría venido en absoluto. El calor era enorme; nunca había sufrido cosa semejante, casi lamentaba no haberse quedado en casa; nada le mataba tanto como el calor; él era capaz de soportar cualquier grado de frío, etc., pero el calor le era intolerable; y se sentó, a la mayor distancia de los leves restos del fuego del señor Woodhouse, con aire muy deplorable.

—Pronto se refrescará, si se queda sentado tranquilo —dijo Emma.

—Tan pronto como me refresque me tendré que ir otra vez. Mal pueden prescindir de mí, pero ¡se había insistido tanto en que viniera! Todos ustedes se irán pronto, supongo; se dispersará todo el grupo. Encontré *a alguien* cuando venía. ¡Locura, con este calor; absoluta locura!

Emma escuchó y miró, y pronto se dio cuenta de que el estado de Frank Churchill podía definirse como de mal humor. Algunas personas siempre se ponían atravesadas cuando pasaban calor. Tal podría ser su constitución, y como ella sabía que el comer y beber muchas veces eran la cura para tales dolencias adicionales, le recomendó que tomara algún refrigerio; encontraría abundancia de ello en el comedor, y señaló humanitariamente la puerta.

«No, no debería comer. No tenía hambre; no haría sino darle más calor.» Dos minutos después, sin embargo, se ablandó en su propio favor, y mascullando algo sobre cerveza de abeto, se marchó. Emma volvió toda su atención a su padre, diciéndose en secreto:

—Me alegro de haber dejado de estar enamorada de él. No me gustaría un hombre que se descompone tan fácilmente con una mañana de calor. Al temperamento dulce y suave de Harriet eso no le importará.

Estuvo ausente el tiempo necesario para hacer una buena comida, y volvió muy mejorado, muy refrescado y con buenos modales, muy como él mismo; capaz de acercar una silla a la de ellos y tomarse interés por lo que estaban haciendo, y lamentar, de modo razonable, haber llegado tan tarde. No estaba del mejor humor, pero trataba de mejorarlo, y por fin consiguió charlar de tonterías de un modo agradable. Estaban mirando vistas de Suiza.

—Tan pronto como se ponga buena mi tía, me iré al extranjero —dijo—. No estaré tranquilo nunca mientras no haya estado en algunos de esos sitios. Un día u otro, tendrán mis dibujos para mirar, o mi viaje para leer, o mi poema. Haré algo para darme a conocer.

—Quizá, pero no con dibujos de Suiza. Usted nunca irá a Suiza. Sus tíos nunca le permitirán dejar Inglaterra.

—Quizá se les convenza para ir también. Quizá le prescriban a ella un clima templado. Me inclino a esperar que todos iremos al extranjero. Se lo aseguro. Esta mañana siento una firme convicción de que pronto estaré en el extranjero. Debería viajar. Estoy cansado de no hacer nada. Necesito un cambio. Hablo en serio, señorita Woodhouse, sea lo que sea lo que imaginen sus penetrantes ojos... Estoy enfermo de Inglaterra... y me marcharía mañana, si pudiera.

—Usted está enfermo de prosperidad y de consentírselo todo. ¿No puede inventarse unas pocas dificultades para usted mismo, y contentarse con quedarse?

—¡Yo enfermo de prosperidad y de consentírmelo todo! Está usted muy equivocada. No me considero a mí mismo ni próspero ni consentido. Me veo limitado en todas las cosas materiales. No me considero una persona afortunada.

—No se encuentra usted tan mal, sin embargo, como cuando llegó. Vaya a comer y beber un poco más, y le irá muy bien. Otra tajada de fiambre, otro trago de Madeira con agua, le pondrán casi a la par de los demás de nosotros.

—No, no me moveré. Me quedaré sentado junto a usted. Usted es mi mejor cura.

—Mañana vamos a Box Hill; usted vendrá con nosotros. No es Suiza, pero será algo para un joven que tanto necesita un cambio. ¿Se quedará para venir con nosotros?

—No, por supuesto que no; me iré a casa cuando refresque al atardecer.

—Pero quizá venga con el fresco de mañana por la mañana.

—No... no valdrá la pena. Si vengo, estaré de mal humor.

—Entonces, por favor, quédese en Richmond.

—Pero si me quedo, estaré aún de peor humor. No puedo soportar la idea de que todos ustedes estén allí sin mí.

—Esas son dificultades que usted tiene que resolver por sí mismo. Elija su propio grado de mal humor. No le voy a apremiar más.

El resto del grupo volvía ya y todos estuvieron pronto reunidos. Para algunos, el ver a Frank Churchill fue una gran alegría; otros lo tomaron con más calma, pero hubo una agitación y un apuro general cuando se explicó la desaparición de la señorita Fairfax. El que fuera hora de que todo el mundo se marchara, acabó el asunto; y con un breve arreglo final para el proyecto del día siguiente, se separaron. La escasa inclinación de Frank Churchill a excluirse a sí mismo aumentó tanto, que sus últimas palabras a Emma fueron:

—Bueno, si *usted* desea que me quede y me una al grupo, lo haré.

Ella aceptó con una sonrisa, y haría falta nada menos que una convocatoria de Richmond para llevársele de vuelta antes del anochecer siguiente.

CAPÍTULO 43

Tuvieron un día muy bueno para Box Hill, y todas las demás circunstancias exteriores de organización, acomodo y puntualidad, favorecían una excursión agradable. El señor Weston lo dirigió todo, oficiando sin dificultades entre Hartfield y la Vicaría, y todo el mundo estuvo a tiempo. Emma y Harriet iban juntas; la señorita Bates y su sobrina, con los Elton, y los caballeros, a caballo. La señora Weston se quedó con el señor Woodhouse. No les faltaba nada sino ser felices cuando llegaron allí. Recorrieron siete millas esperando disfrutar, y todo el mundo estalló en admiración al llegar; pero en el conjunto total del día hubo cierta deficiencia. Había una languidez, una falta de ánimos, una falta de unión, que no se pudo superar. Se separaban demasiado en grupos. Los Elton paseaban juntos; el señor Knightley se ocupó de la señorita Bates y de Jane; y Emma y Harriet pertenecían a Frank Churchill. En vano trató el señor Weston de hacerles armonizar mejor. Al principio pareció una división casual, pero nunca varió materialmente. El señor y la señora Elton, por supuesto, no estaban nada reacios a mezclarse y a ser tan agradables como pudieran, pero, durante las dos horas que pasaron en la colina, parecía haber un principio de separación entre los demás grupos, demasiado fuerte para que lo eliminaran las perspectivas hermosas, ni las colaciones frías ni el buen humor del señor Weston.

Al principio fue absoluto aburrimiento para Emma. Nunca había visto a Frank Churchill tan callado y estúpido. No decía nada digno de oírse, miraba sin ver, admiraba sin comprender, escuchaba sin saber lo que decía ella. Estando él tan apagado, no era extraño que Harriet estuviera igualmente apagada, y los dos resultaban insufribles.

Cuando se sentaron todos, fue mejor, mucho mejor para su gusto, pues Frank Churchill se puso charlatán y alegre, tomándola como su primer objetivo. Emma recibió todas las atenciones y distinciones que cupiera ofrecer. Divertirla y ser agradable a sus ojos parecía ser lo único que le importaba a él; y Emma, contenta de que la animaran, sin lamentar ser adulada, estaba alegre y tranquila, y le concedió todo el estímulo amistoso, todo el consentimiento para ser galante, que le había dado en el primer y más ilusionado período de su amistad; pero que ahora, en su propia estimación, no significaba nada, aunque a juicio de la mayor parte de los que lo miraban debía tener un aspecto que sólo cabía describir con la palabra «flirteo». «El señor Frank Churchill y la señorita Woodhouse flirteaban enormemente.» Se exponían a ese comentario, y a que lo mandara una señora por carta a Maple Grove y otra a Irlanda. Y no es que Emma estuviera alegre y despreocupada por ninguna verdadera felicidad; era más bien porque se sentía menos feliz de lo que había esperado. Se reía porque estaba decepcionada; y aunque le parecían bien las atenciones de él, y las consideraba extremadamente juiciosas, bien fuera en amistad, o en devoción, o en capricho, no recuperaban su corazón. Sin embargo, tenía intención de que él fuera su amigo.

—¡Qué agradecido le estoy —dijo él— por decirme que viniera hoy! Si no hubiera sido por usted, seguro que habría perdido toda la felicidad de esta excursión. Estaba muy decidido a volverme a marchar.

—Sí, estaba usted muy de mal humor; no sé por qué, salvo porque llegó tarde para las mejores fresas. Fui una

411

amiga más amable de lo que usted merecía. Pero usted fue humilde. Se ganó muy duramente el que se le mandara venir.

—No diga que estaba de mal humor. Estaba fatigado. El calor me abruma.

—Hoy hace más calor.

—No para mi sentir. Hoy estoy perfectamente a gusto.

—Usted está a gusto cuando está bajo un dominio.

—¿Su dominio? Sí.

—Quizá yo tenía intención de que usted dijera eso, pero pensaba en el dominio de uno mismo. No sé por qué, ayer usted había roto sus vínculos y se había escapado corriendo de su propio dominio, pero hoy ha vuelto, y, como no puedo estar constantemente con usted, vale más creer que su carácter está bajo su propio dominio que bajo el mío.

—Va a parar a lo mismo. No puedo tener dominio de mí mismo sin motivo. Usted me da órdenes, hable o no. Y usted puede estar siempre conmigo. Usted está siempre conmigo.

—A partir de ayer a las tres. Mi perpetua influencia no pudo empezar antes, a no ser que usted no estuviera tan de mal humor antes.

—¡Ayer a las tres! Esa es su fecha. Yo creía que la había visto a usted por primera vez en febrero.

—Su galantería realmente no tiene respuesta. Pero —bajando la voz— nadie habla excepto nosotros, y es demasiado decir tonterías para diversión de siete personas silenciosas.

—No digo nada de que esté avergonzado —contestó él, con vivaz descaro—. La vi en febrero por primera vez. Que me oigan todos los de Box Hill si pueden. Que mis acentos resuenen hasta Mickleham por un lado y hasta Dorking por el otro. La vi en febrero por primera vez. —Y luego, susurrando—: Nuestros compañeros están terriblemente estúpidos. ¿Qué vamos a hacer para animarlos? Cualquier tontería vale. Tendrán que hablar. Señoras y caballeros, me ordena la señorita Woodhouse (que preside donde quiera que esté) decirles que desea saber en qué están pensando todos ustedes.

Algunos rieron y contestaron de buen humor. La señorita Bates dijo muchas cosas; la señora Elton se hinchó ante la idea de que la señorita Woodhouse presidiera; la respuesta más clara fue la del señor Knightley:

—¿Está segura la señorita Woodhouse de que le gustaría saber en qué estamos pensando todos?

—¡Oh, no, no! —gritó Emma, riendo con todo el descuido posible—, por nada del mundo. Es lo que menos podría afrontar ahora mismo. Prefiero oír cualquier cosa antes que en qué están pensando. No diré que todos por completo. Hay uno o dos, quizá —lanzando una ojeada hacia el señor Weston y Harriet—, cuyos pensamientos no tendría miedo de conocer.

—Es un tipo de cosas —exclamó la señora Elton, enfáticamente— que yo no habría creído que tenía el privilegio de averiguar. Aunque, quizá, como la *chaperon* de la excursión... nunca he estado en un círculo... excursiones de exploración... señoritas... mujeres casadas...

Sus mascullamientos se dirigían principalmente a su marido, y él murmuró en respuesta:

—Es verdad, amor mío, es verdad. Exactamente, es cierto, inaudito, pero hay damas capaces de decir cualquier cosa. Más vale dejarlo correr como broma. Todo el mundo sabe lo que se te debe.

—No vale —susurró Frank a Emma—, la mayor parte de ellos se han ofendido. Les voy a atacar con más habilidad. Me ordena decir la señorita Woodhouse que renuncia a su derecho de saber exactamente en qué están pensando todos ustedes, y sólo requiere algo muy entretenido por parte de cada uno de ustedes, de un modo impersonal. Aquí hay siete de ustedes, aparte de mí (que, me complace decirlo, ya estoy entreteniéndoles mucho), y ella sólo pide de cada uno de ustedes algo muy agudo, sea en prosa o en verso, original o repetido, o dos cosas moderadamente agudas, o tres cosas muy aburridas, y se compromete a reírse de buena gana de todas ellas.

—¡Ah, muy bien! —exclamó la señorita Bates—. Entonces no tengo que estar incómoda. «Tres cosas muy aburridas.» Eso es lo que me irá bien a mí. Estoy segura de decir tres cosas muy aburridas en cuanto abra la boca, ¿no es verdad? —mirando a su alrededor con la más bienhumorada confianza de que todos asentirían—. ¿No lo creen así todos?

Emma no pudo resistir.

—¡Ah, señora, pero puede haber una dificultad! Perdóneme, pero usted estará limitada en cuanto al número: sólo tres a la vez.

La señorita Bates, engañada por la burlona ceremoniosidad de sus maneras, no comprendió al principio lo que quería decir, pero, cuando cayó en ello, no se pudo enojar, pero un leve rubor mostró que le podía hacer daño.

—¡Ah, bueno! Claro. Sí, ya veo lo que quiere decir —volviéndose al señor Knightley—, y trataré de refrenar mi lengua. Tengo que resultar muy desagradable, o si no, no habría dicho tal cosa a una vieja amiga.

—Me gusta su plan —exclamó el señor Weston—. De acuerdo, de acuerdo. Haré lo mejor que pueda. Estoy preparando una adivinanza. ¿Cuánto vale una adivinanza?

—Muy poco, me temo, muy poco —contestó su hijo—, pero seremos indulgentes, especialmente para quien abra el camino.

—No, no —dijo Emma—, no valdrá poco. Una adivinanza del señor Weston dejará libres a él y al siguiente vecino. Vamos, señor Weston, quiero oírla.

—Yo mismo dudo de que sea algo agudo —dijo el señor Weston—. Es demasiado sencilla, pero aquí está. ¿Cuáles son las dos letras del alfabeto que expresan la perfección?

—¿Cuáles son las dos letras...? ¡que expresan la perfección! Seguro que no lo sé.

—¡Ah, tú no lo adivinas! Usted —a Emma—, estoy seguro de que no lo adivinará. Se lo diré. M y A. Em - ma. ¿Entiende?

Comprendió y se sintió complacida a la vez. Podría ser un ejemplo mediocre de humor, pero Emma encontró en él mucho que reír y que disfrutar —y lo mismo Frank y Harriet. No pareció afectar igual al resto del grupo; algunos pusieron una cara estúpida ante ello, y el señor Knightley dijo gravemente:

—Esto explica la clase de agudeza que se requiere, y el señor Weston lo ha hecho muy bien por su parte, pero debe haber derribado a todos los demás. La *perfección* no debía haber salido tan pronto.

—¡Oh, en cuanto a mí misma, protesto de que me debe excusar! —dijo la señora Elton—. Yo realmente no puedo intentar, no me gusta en absoluto esa clase de cosas. Una vez me mandaron un acróstico con mi nombre, que no me gustó nada. Sabía de quién venía. ¡Un miserable! Ya sabes quién quiero decir —con una cabezada a su marido—. Esas cosas están muy bien en Navidades, sentados alrededor del fuego, pero no vienen a cuento, en mi opinión, cuando se está explorando el país en verano. La señorita Woodhouse deberá excusarme. Yo no soy de las que tienen ingeniosidades al servicio de todos. No pretendo ser ingeniosa. Tengo mucha viveza a mi manera, pero realmente se me debe permitir decidir cuándo hablar y cuándo estarme callada. Pásenos, por favor, pásenos, señor Churchill. Pase al señor E., a Knightley, a Jane y a mí. No tenemos nada agudo que decir, ninguno de nosotros.

—Sí, sí, por favor, páseme a *mí* —añadió su marido, con una especie de sorna consciente—, *yo* no tengo nada que decir que pueda entretener a la señorita Woodhouse, ni a ninguna otra señorita. Un viejo casado... que no sirve para nada. ¿Paseamos un poco, Augusta?

—De todo corazón. Estoy realmente cansada de explorar

tanto tiempo en el mismo sitio. Venga, Jane, tome mi otro brazo.

Jane rehusó, sin embargo, y marido y mujer se fueron paseando.

—¡Pareja feliz! —dijo Frank Churchill, tan pronto como estuvieron fuera del alcance de su voz—. ¡Qué bien se ajustan entre sí! Muy afortunados, de casarse como se casaron, tras un conocimiento formado sólo en un lugar público. Se conocieron sólo, creo, unas pocas semanas en Bath. ¡Extraordinariamente afortunados!, pues, en cuanto a conocer realmente la manera de ser de una persona, ese Bath, o cualquier lugar público, lo que puede dar... no es nada; no puede haber conocimiento. Sólo el ver a las mujeres en sus casas, entre su gente, tal como son siempre, es lo que sirve para formarse un juicio justo. Si no hay eso, es todo adivinar y cuestión de suerte, y será generalmente mala suerte. ¡Cuántos hombres se han comprometido con un conocimiento breve y se han arrepentido el resto de su vida!

La señorita Fairfax, que apenas había pronunciado una sola palabra hasta este momento, excepto entre los de su propio grupo, habló ahora.

—Esas cosas ocurren, sin duda.

La detuvo una tos. Frank Churchill se volvió hacia ella para escuchar.

—Estaba usted hablando —dijo, gravemente.

Ella recobró la voz.

—Iba sólo a decir que aunque tales desgracias ocurren a veces a hombres y a mujeres, no puedo imaginar que sean muy frecuentes. Quizá surja algún compromiso precipitado e imprudente, pero suele haber tiempo después para recobrarse. Querría que se entendiera que hablo sólo de caracteres débiles e indecisos (cuya felicidad debe estar siempre a merced del azar); esos aceptarán que un conocimiento desafortunado se convierta en una molestia, en una opresión para siempre.

416

Él no respondió; simplemente miró e hizo una inclinación de aquiescencia; y poco después dijo, en tono vivaz:

—Bueno, yo tengo tan poca confianza en mi propio juicio, que cuando me case, espero que alguien me elija mi mujer. ¿Querrá usted? —volviéndose a Emma—. ¿Me elegirá usted una mujer? Estoy seguro de que me gustaría cualquier persona que usted me asignara. Usted es la proveedora de la familia, ya sabe —con una sonrisa hacia su padre—. Encuéntreme alguien. No tengo prisa. Adóptela, edúquela.

—Y hágala como yo misma.

—Por supuesto, si puede.

—Muy bien. Acepto el encargo. Tendrá usted una mujer encantadora.

—Debe ser muy vivaz y tener ojos avellanados. No me importa lo demás. Yo me iré al extranjero un par de años y al volver, vendré a verla en busca de mi mujer. Recuerde.

No había miedo de que Emma olvidara. Era un encargo que tocaba todos sus sentimientos favoritos. ¿No sería Harriet la criatura descrita? Exceptuando los ojos avellanados, dos años más podrían hacer de ella todo lo que él deseaba. Incluso a lo mejor él pensaba en Harriet en ese momento, ¿quién podía decirlo? El referirse a la educación de ella, parecía implicarlo.

—Bueno —dijo Jane a su tía—, ¿vamos a buscar a la señora Elton?

—Sí, querida mía. De todo corazón. Estoy preparada. Estaba preparada para ir con ella, pero igual valdrá ahora. La alcanzaremos pronto. Ahí va... no, es otra persona. Esa es una de las señoras del grupo del coche irlandés, que no se le parece nada. Bueno, la verdad...

Se marcharon andando, seguidas medio minuto después por el señor Knightley. El señor Weston, su hijo, Emma y Harriet fueron los únicos que quedaban, y el buen humor del joven subió entonces a una altura casi desagradable. Hasta Emma se cansó por fin de adulación y regocijo, y hubiera preferido andar tranquilamente por ahí con cualquiera de los demás, o estar sentada casi sola, y sin nadie que le hiciera caso, observando tranquilamente las hermosas vistas a sus pies. La aparición de los criados que les buscaban para avisarles de los coches le dio alegría, y hasta el trajín de reunirse y prepararse para marchar, y el empeño de la señora Elton de que su propio coche fuera por delante, fueron tolerados alegremente, con la perspectiva del tranquilo viaje a casa que cerraría los muy discutibles gozos de ese día de placer. Esperaba no volver a ser traicionada para tomar parte en ningún otro proyecto semejante, compuesto de tanta gente mal reunida.

Mientras esperaba el coche, Emma encontró al señor Knightley a su lado. Él miró en torno, como para ver si no había nadie cerca, y dijo luego:

—Emma, tengo que volver a hablarle como he acostumbrado; un privilegio más bien tolerado que concedido, quizá, pero tengo que seguirlo usando. No puedo ver que obre equivocadamente sin protestar. ¿Cómo pudo tener tal falta de sentimientos con la señorita Bates? ¿Cómo pudo usar tal ingenio insolente con una mujer de su carácter, edad y situación? Emma, no lo habría creído posible.

Emma recordó, enrojeció y lo sintió, pero trató de echarlo a broma.

—Vamos, ¿cómo podía evitar decir lo que dije? Nadie podría haberlo evitado. No fui tan mala. Estoy segura de que ella no me entendió.

—Le aseguro que sí. Comprendió todo lo que usted quería decir. Lo ha dicho después. Me gustaría que hubiera oído cómo habló de eso, con qué sencillez y generosidad. Me gustaría que la hubiera oído honrar su indulgencia por poder prestarle tales atenciones como siempre recibía de usted y de su padre, cuando su sociedad debía ser tan molesta.

—¡Ah! —exclamó Emma—, sé que no hay en el mundo una criatura mejor. pero tiene que reconocer que lo bueno y lo ridículo están mezclados en ella de modo muy desafortunado.

—Están mezclados —dijo él—, lo reconozco, y, si ella estuviera en situación próspera, podría admitir que a veces lo ridículo prevalece sobre lo bueno. Si fuera una mujer con fortuna, yo dejaría que todos sus inocuos absurdos resultaran en lo que resultaran, y no reñiría con usted por tomarse libertades en sus maneras. Si fuera una igual en posición, con usted... pero, Emma, considere qué lejos está eso de ser el caso. Es pobre, ha caído desde las comodidades en que nació, y si vive hasta ser vieja, se hundirá aún más probablemente. Su situación debería hacer que usted la compadeciera. ¡Ha estado mal hecho, desde luego! Usted, a quien ella conoció desde la cuna, a quien ha visto crecer desde un tiempo en que era un honor que ella le prestara atención, tenerla a usted ahora, con humor despreocupado, y con el orgullo del momento, humillándola... y delante de su sobrina, además... y delante de otros, algunos de los cuales (algunos, sin duda) se guiarán enteramente por cómo la trate usted. Eso no es agradable para usted, Emma, y está muy lejos de serlo para mí, pero, debo hacerlo y lo haré; le diré las verdades mientras pueda, contento de mostrarme amigo suyo con el consejo fiel, y confiando en que en algún momento me haga mayor justicia de la que puede hacerme ahora.

Mientras hablaban, avanzaban hacia el coche, que estaba preparado, y, antes que ella pudiera hablar, él la había dejado dentro. Él había malentendido los sentimientos que le hicieron volver la cara y le impidieron hablar. Se componían sólo de ira contra sí misma, humillación y profunda preocupación. No había podido hablar, y, al entrar en el coche, se echó atrás por un momento, abrumada; y luego reprochándose no haberse despedido de él, sin reconocer nada, separándose, al parecer de mal humor, se asomó, con la mano y la voz afanosas de mostrar algo diferente; pero era demasiado tarde. Él se había apartado, y los caballos estaban en marcha. Ella siguió mirando atrás, pero en vano, y pronto, con velocidad que parecía desacostumbrada, ya estaban a medio camino, bajando la cuesta, y todo quedaba atrás. Estaba más herida de lo que podía expresar, casi más de lo que podía ocultar. Nunca se había sentido tan agitada, humillada, apenada, en ningún momento de su vida. Estaba muy afectada. No cabía negar que era verdad lo que él había dicho. Lo sentía en su corazón. ¡Cómo podía haber sido tan brutal, tan cruel con la señorita Bates! ¡Cómo podía haberse expuesto a tan mala opinión en alguien a quien estimaba! ¡Y cómo consentirle a él que la dejara sin decir ni una palabra de gratitud, de asentimiento, de amabilidad corriente!

El tiempo no la equilibró. Cuanto más reflexionaba, parecía sólo sentirlo más. Nunca había estado tan deprimida. Por suerte, no había necesidad de hablar. Sólo estaba Harriet, que tampoco parecía de buen humor, agotada y muy dispuesta al silencio; y Emma notó que las lágrimas le caían por la cara durante casi todo el camino de vuelta, sin tomarse la molestia de reprimirlas, aun siendo tan notables.

CAPÍTULO 44

Emma estuvo pensando toda la noche en la desgracia de la excursión a Box Hill. No sabía decir cómo lo podrían considerar los demás del grupo. Ellos, en sus casas, y a sus diferentes maneras, podrían recordarlo con placer; pero a su modo de ver había sido la mañana más completamente desperdiciada, más totalmente vacía de satisfacción razonable, en su momento, y más aborrecible en la memoria, de las que había pasado nunca. Toda una velada de jugar al chaquete con su padre le pareció felicidad. Ahí, en efecto, había verdadero placer, pues ahí cedía ella las más dulces de las veinticuatro horas en atención al bienestar de él, y sintiendo que, aunque quizá no mereciera todo el tierno afecto y la confiada estimación de él, no podía estar expuesta a ningún severo reproche en su conducta total. Como hija, esperaba no carecer de corazón. Esperaba que nadie le pudiera decir: «¿Cómo pudo tener tal falta de sentimientos con su padre? Debo hacerlo y lo haré; le diré las verdades mientras pueda.» La señorita Bates nunca volvería... ¡nunca, jamás! Si las atenciones futuras podían borrar el pasado, ella podía esperar el perdón. Muchas veces había sido descuidada, su conciencia se lo decía; más descuidada, quizá, en pensamiento que en obra; despreciativa, dura. Pero no volvería a ser así. En el calor de la verdadera contrición, iría a verla la misma mañana siguiente, y eso sería, por su parte, el comienzo de un trato constante, bondadoso, en pie de igualdad.

Seguía igualmente decidida cuando llegó la mañana, y cuando salió pronto, resuelta a que nadie se lo impidiera. No era improbable, pensó, que viera al señor Knightley de camino, o quizá que él llegara allí mientras hacía su visita. No le parecía mal. No se avergonzaría del aspecto de penitencia, tan justa y verdadera. Miraba hacia Donwell mientras caminaba, pero no le vio.

«Las señoras estaban todas en casa.» Nunca se había alegrado antes de oírlo, ni había entrado en el vestíbulo ni subido las escaleras con ningún deseo de dar placer, sino de imponer agradecimiento, ni con deseo de obtener placer, salvo en el ridículo consiguiente.

Hubo cierta agitación ante su llegada; mucho agitarse y hablar. Oyó la voz de la señorita Bates, de que había que hacer algo deprisa; la doncella parecía asustada y torpe; esperaba que no le pareciera mal esperar un momento, y luego la hizo entrar demasiado pronto. La tía y la sobrina parecían escapar ambas al cuarto de al lado. Tuvo un atisbo muy claro de Jane, que parecía extremadamente enferma; y antes de que se cerrara la puerta detrás de ella, oyó que decía la señorita Bates:

—Bueno, querida mía, diré que estás echada en la cama, y la verdad es que estás bastante enferma.

La pobre de la vieja señora Bates, cortés y humilde como de costumbre, parecía no entender bien lo que pasaba.

—Me temo que Jane no está muy bien —dijo—, pero no sé; me dicen ellas que está bien. Seguro que mi hija vendrá en seguida, señorita Woodhouse. Espero que encuentre una silla. Ojalá no se hubiera ido Hetty. Yo estoy muy poco capaz... ¿Ya tiene una silla, señorita? ¿Está sentada donde le gusta? Estoy segura de que vendrá en seguida.

Emma esperaba seriamente que así fuera. Temió por un momento que la señorita Bates se mantuviera alejada de ella.

Sin embargo, pronto llegó la señorita Bates, «muy feliz y agradecida», pero la conciencia de Emma le dijo que ya no tenía la misma alegre volubilidad de antes; menos tranquilidad de aspecto y maneras. Una pregunta muy amistosa por la señorita Fairfax podría abrir camino a un regreso de los viejos sentimientos. El toque pareció inmediato.

—¡Ah, señorita Woodhouse, qué amable es usted! Supongo que ha sabido, y viene a darnos alegría. No es que esto parezca mucha alegría, claro, para mí —echando a un lado unas lágrimas—, pero será para nosotras muy duro el separarnos de ella, después de tenerla tanto tiempo, y ahora mismo tiene un terrible dolor de cabeza, escribiendo toda la mañana —unas cartas tan largas, ya comprende, como hay que escribir al coronel Campbell y a la señora Dixon. «Querida mía», dije, «te vas a quedar ciega», porque tenía lágrimas en los ojos todo el tiempo. No es extraño, no es extraño. Es un gran cambio, aunque sea tan afortunada; un empleo, supongo, como ninguna joven ha encontrado la primera vez que ha salido; no nos considere ingratas, señorita Woodhouse, ante una suerte tan sorprendente —otra vez dispersando sus lágrimas—, pero ¡pobrecilla! si viera qué dolor de cabeza tiene. Cuando se siente dolor, ya sabe que una no puede sentir ninguna suerte como merezca. Está muy decaída. Al mirarla, nadie creería qué encantada y feliz está de haber conseguido tal posición. La excusará de que no venga a verla; no es capaz; se ha ido a su cuarto; quiero que se eche en la cama. «Querida mía», dije, «diré que te has echado en la cama», pero, sin embargo, no es así, está dando vueltas por su cuarto. Pero, ahora que ha escrito sus cartas, dice que pronto estará buena. Sentirá muchísimo no verla, señorita Woodhouse, pero su bondad la excusará. La han dejado esperando a la puerta, me dio mucha vergüenza, pero, no sé por qué, había algún trajín, pues ocurrió que no habíamos oído su llamada a la puerta, y, hasta que ya estaba en la escalera, no sabíamos que venía nadie. «Es sólo la señora Cole», dije yo, «puedes

estar segura. Nadie más vendría tan pronto.» «Bueno», dijo
ella, «hay que aguantarlo, antes o después, y lo mismo da que
sea ahora.» Pero entonces entró Patty a decir que era usted.
«¡Ah!» dije yo, «es la señorita Woodhouse: estoy segura
de que te gustará verla.» «No puedo ver a nadie», dijo, y se
levantó y se quiso marchar, y eso fue lo que nos hizo tenerla
a usted esperando, y mucho lo sentimos y nos dio vergüenza.
«Si tienes que marcharte, querida mía», dije yo, «tienes que
hacerlo, y yo diré que te has echado en la cama.»

Emma se sintió interesada muy sinceramente. Hacía tiempo que su corazón iba tomando cariño a Jane, y esa imagen
de sus sufrimientos actuales obró como una cura de toda anterior sospecha poco generosa, y no le dejó más que compasión,
obligándola a reconocer que Jane podría decidir con toda
naturalidad que vería a la señora Cole o a cualquier otra
amiga constante, mientras que no soportaría verla a ella.
Habló tal como sentía, con sincera pena y solicitud; deseando
de corazón que las circunstancias que entendía por la señorita
Bates que ya estaban decididas, pudieran ser todo lo ventajo-
sas y convenientes para la señorita Fairfax. «Debía ser una
severa prueba para todas ellas. Había entendido que se iba
a retrasar hasta el regreso del coronel Campbell.»

—¡Tan amable! —contestó la señorita Bates—, pero usted
siempre es amable.

No podía en modo alguno aceptar tal «siempre», y para
abrirse paso a través de su temible gratitud, Emma preguntó
directamente:

—¿A dónde, si puedo preguntar, va a ir la señorita Fairfax?

—A casa de la señora Smallridge... una mujer encantadora... muy superior... para encargarse de tres niñas, unas pequeñas deliciosas. Es imposible que haya una posición más
llena de conveniencias, si exceptuamos, quizá, la propia familia de la señora Suckling, y la de la señora Bragge, pero la
señora Smallridge es íntima de las dos, y en la misma vecin-

dad, vive sólo a cuatro millas de Maple Grove. Jane estará sólo a cuatro millas de Maple Grove.

—Supongo que ha sido la señora Elton la persona a quien la señorita Fairfax debe...

—Sí, nuestra buena señora Elton. La más incansable y verdadera amiga. No quería aceptar una negativa. No quería dejar que Jane dijera «no» pues al principio, cuando Jane supo de eso (fue anteayer, la misma mañana que estuvimos en Donwell), cuando Jane supo de eso, estaba muy decidida a no aceptar la oferta, y por las razones que usted menciona; exactamente como dice usted, había decidido no resolver nada hasta que volviera el coronel Campbell, y nada la induciría a entrar en ningún compromiso por ahora —y así se lo dijo a la señora Elton repetidas veces—, y la verdad es que yo ya no pensaba que cambiaría de idea; pero esa buena señora Elton, que siempre tiene buen juicio, lo entendió mejor. No todo el mundo se habría puesto tan firme como se puso ella, en su bondad, rechazando la negativa de Jane, pero declaró en firme que no escribiría tal negativa ayer, como deseaba Jane; que esperaría... y, ya está, ayer por la noche se arregló del todo que Jane iría. ¡Qué sorpresa para mí! ¡No tenía la menor idea! Jane tomó aparte a la señora Elton, y le dijo en seguida que, considerando las ventajas de la situación de la señora Suckling, había llegado a la decisión de aceptarla. Yo no supe ni palabra de ello hasta que estuvo todo arreglado.

—¿Pasaron ustedes la velada con la señora Elton?

—Sí, todas nosotras; la señora Elton quiso que fuéramos. Se había decidido así, en la colina, mientras paseábamos con el señor Knightley. «Todos ustedes tienen que venir esta noche con nosotros», dijo ella, «decididamente, tengo que hacer que vengan todos ustedes.»

—¿Estaba también allí el señor Knightley?

—No, el señor Knightley no; él rehusó desde el principio, y aunque yo creí que vendría, porque la señora Elton aseguró que no le dejaría escapar, no vino; pero mi madre, y Jane, y yo, estuvimos todas allí, y pasamos una velada muy agradable. A unos amigos tan bondadosos, ya sabe, señorita Woodhouse, una tiene que encontrarlos siempre agradables, aunque todo el mundo parecía muy cansado después de la excursión de la mañana. Hasta el placer cansa, ya sabe, y no puedo decir que ninguno de ellos pareciera haber disfrutado mucho. Sin embargo, siempre me parecerá que fue una excursión muy agradable, y estoy muy agradecida a los buenos amigos que me incluyeron en ella.

—Supongo que la señorita Fairfax, aunque usted no se diera cuenta, se pasó el día entero pensándolo.

—Estoy segura de que sí.

—Cuando llegue el momento, tendrá que ser desagradable para ella y para todos los suyos; pero espero que su compromiso tenga todos los alivios posibles; quiero decir, en cuanto al carácter y maneras de esa familia.

—Gracias, querida señorita Woodhouse. Sí, en efecto, hay todo lo que pudiera hacerla feliz. Excepto los Suckling y los Bragge, no hay otro sitio para los niños, tan elegante y amplio, entre todos los conocidos de la señora Elton. La señora Smallridge, ¡una mujer deliciosa! Un estilo de vida casi igual al de Maple Grove; y en cuanto a las niñas, excepto los pequeños Suckling y Bragge, no hay unos niños tan cariñosos y elegantes en ninguna parte. A Jane la tratarán con consideración y bondad. No será más que placer, una vida de placer. ¡Y su salario! Realmente no me atrevo a decirle su salario, señorita Woodhouse. Incluso usted, acostumbrada a grandes sumas, apenas creería que se pudiera dar tanto a una persona tan joven como Jane.

—¡Ah, señora! —exclamó Emma—, si los demás niños se parecen en algo a lo que recuerdo haber sido yo misma, creería que resultaría muy duramente ganado cinco veces más de lo que he oído jamás decir que sea un salario en tales casos.

—¡Es usted muy noble en sus ideas!

—¿Y cuándo va a dejarlas a ustedes finalmente la señorita Fairfax?

—Muy pronto, muy pronto, desde luego; eso es lo peor. Dentro de quince días. La señora Smallridge tiene mucha prisa. Mi pobre madre no sabe cómo soportarlo. Así que yo trato de quitárselo de la cabeza, diciendo: «Vamos, señora, no pensemos más en eso.»

—Todos sus amigos deben lamentar perderla, y ¿no lamentarán el coronel y la señora Campbell encontrar que se ha comprometido antes de su regreso?

—Sí, Jane dice que está segura de que sí, pero es un empleo tal que no se puede sentir justificada para rehusarlo. Me quedé tan asombrada cuando primero me dijo lo que había estado diciendo a la señora Elton, ¡y luego cuando en ese mismo momento entró la señora Elton felicitándome por ello! Fue antes del té... espere... no, no podía ser antes del té, porque precisamente íbamos a jugar a las cartas... y sin embargo, era antes del té, porque recuerdo que pensé... ¡Ah, no, ahora me acuerdo, ahora lo tengo! Algo ocurrió antes del té, pero no era eso. Llamaron al señor Elton para que saliera del cuarto antes del té, el hijo del viejo John Abdy quería hablar con él. Pobre del viejo John, tengo una gran estima por él; fue escribiente de mi padre durante veintisiete años, y ahora, el pobre viejo, está siempre en la cama, y muy mal con gota reumática en las articulaciones; tengo que ir a verle hoy; y también irá Jane, estoy segura, si sale. Y el hijo del pobre John vino a hablar con el señor Elton sobre la ayuda de la parroquia; él se las arregla muy bien él mismo, siendo el principal de la Crown, mozo de caballos, y todo eso, pero no puede mantener a su padre sin alguna ayuda; así que, cuando volvió el señor Elton, nos dijo lo que le había dicho John el mozo de caballos, y con eso fue a parar a lo de la silla de posta que habían enviado a Randalls para llevar al señor Frank Churchill a Richmond. Eso es lo que pasó antes

427

del té. Fue después del té cuando Jane habló con la señora Elton.

La señorita Bates no le dejó tiempo a Emma para decir qué absolutamente nuevo era ese hecho para ella, pero como, sin creer posible que se quedara sin saber ningún detalle de la marcha del señor Frank Churchill, pasó a darlos todos, eso no tuvo importancia.

Lo que había sabido el señor Elton sobre el tema, por el mozo de caballos, como suma del propio conocimiento del mozo de caballos y del conocimiento de los criados de Randalls, era que había llegado un mensajero de Richmond poco después que volvió el grupo de Box Hill; el cual mensajero, sin embargo, no había estado más de lo esperado; y que el señor Churchill había mandado a su sobrino unas líneas, conteniendo, en conjunto, un tolerable informe sobre la señora Churchill, deseando sólo que no se retrasara en volver más de la mañana siguiente temprano; pero que como el señor Frank Churchill decidió volverse directamente a casa, sin esperar nada, y como su caballo parecía estar resfriado, habían mandado al momento a Tom a buscar la silla de posta de la Crown, y el mozo de caballos se había asomado a verla pasar, yendo a buena marcha, con el cochero conduciendo muy firme.

En todo eso no había nada para asombrar ni interesar, y captó la atención de Emma sólo en cuanto unido con el tema que ya le ocupaba el ánimo. La impresionaba el contraste entre la importancia de la señora Churchill y la de Jane Fairfax en el mundo; la una lo era todo, la otra, nada; y se quedó cavilando sobre la diferencia en el destino de las mujeres, absolutamente sin darse cuenta de en qué estaban fijos sus ojos, hasta que la hizo salir de ello la señorita Bates, diciendo:

—Eso, ya veo en qué está pensando, en el pianoforte. ¿Qué va a ser de él? Es verdad. La pobre Jane estaba hablando de eso ahora mismo. «Tienes que irte», decía. «Tú y yo tenemos que separarnos. No tienes nada que hacer aquí. Dejadlo estar, sin embargo», dijo: «dejadle sitio en la casa, hasta que vuelva el coronel Campbell. Ya le hablaré de él; él me lo arreglará; me sacará de todas mis dificultades.» Y hasta hoy, creo, ella no sabe si fue regalo de él o de su hija.

Entonces Emma se vio obligada a pensar en el pianoforte, y el recuerdo de todas sus caprichosas e injustas conjeturas anteriores fue tan poco agradable que pronto se permitió creer que su visita había sido lo bastante larga, y, repitiendo todo lo que se podía atrever a decir sobre los buenos deseos que realmente sentía, se despidió.

CAPÍTULO 45

Las cavilosas meditaciones de Emma, de camino a casa, no fueron interrumpidas, pero, al entrar en el salón, encontró a alguien que había de sacarla de su abstracción. El señor Knightley y Harriet habían llegado durante su ausencia y estaban sentados con su padre. El señor Knightley se levantó inmediatamente, y, con aire sin duda más grave que de costumbre, dijo:

—No me quería ir sin verla, pero no tengo tiempo de sobra, así que me tengo que marchar ahora en seguida. Voy a Londres, a pasar unos pocos días con John y con Isabella. ¿Tiene algo que mandar o decir, aparte de ese «cariño» que nadie lleva?

—Nada en absoluto. Pero ¿no es una idea repentina?

—Sí... bastante... Llevo pensándolo un poco de tiempo.

Emma estaba segura de que no la había perdonado; parecía distinto de su ser habitual. El tiempo, sin embargo, según creía ella, le diría que debían volver a ser amigos. Mientras él seguía de pie, como con intención de irse, pero sin irse, su padre empezó sus averiguaciones:

—Bueno, querida mía, ¿y llegaste allí sin novedad? ¿Y cómo encontraste a mi digna vieja amiga y a su hija? Estoy seguro de que te han agradecido mucho que fueras. Mi querida Emma ha ido a visitar a la señora y la señorita Bates, señor Knightley, como le dije antes. ¡Siempre es tan atenta con ellas!

A Emma se le subió el color con esa injusta alabanza, y con una sonrisa y una sacudida de la cabeza que decían mucho, miró al señor Knightley. Pareció haber una impresión instantánea a favor de ella, como si él recibiera en sus ojos la verdad de los ojos de ella, y todo lo que había habido de bueno en los sentimientos de Emma fuera al momento comprendido y honrado. Él la miró con un fulgor de consideración. Ella se sintió cálidamente satisfecha, y, un momento después, aún más, por un pequeño movimiento, por parte de él, de algo más que amistad corriente. Él tomó su mano —ella no sabía decir si ella misma había hecho el primer movimiento: quizá ella se la habría ofrecido—, pero la tomó, la apretó y sin duda estaba a punto de llevársela a los labios... cuando por no se sabe qué antojo, la soltó de repente. Por qué sentiría tal escrúpulo, por qué cambiaría de intención cuando estaba casi hecho, ella no lo pudo entender. Su juicio habría sido mejor, pensó ella, si no se hubiera detenido. La intención, sin embargo, era indudable, y, bien fuera porque sus modales tenían en general tan poco de galantes, o por cualquier otra razón que fuera aquello, el caso es que ella pensó que nada le iba mejor. Ella no pudo sino recordar el intento con gran satisfacción. Expresaba una amistad perfecta. Él se marchó inmediatamente después, en un momento. Siempre se movía con una rapidez de ánimo que no podía ser ni indecisa ni dilatoria, pero ahora pareció más repentino que de costumbre en su desaparición.

Emma no podía lamentar haber ido a ver a la señorita Bates, pero lamentaba no haberla dejado diez minutos antes; habría sido un gran placer comentar con el señor Knightley la situación de Jane Fairfax. Tampoco había de lamentar ella que él fuera a Brunswick Square, pues sabía con qué alegría se recibiría su visita, pero podía haber tenido lugar en mejor momento, y habría sido más agradable de haber sido avisada con más tiempo. Se separaron enteramente como amigos, sin embargo; ella no se podía engañar sobre el significado de su rostro, y su galantería incompleta; todo había servido para asegurarla de que había recobrado plenamente la buena opinión de él. Averiguó que había estado sentado con ellos media hora. ¡Lástima no hubiera vuelto antes!

Con la esperanza de apartar los pensamientos de su padre de lo desagradable de la marcha del señor Knightley a Londres, y de que se hubiera ido de repente, y que fuera a caballo, cosas, todas ellas, que sabía que eran muy malas, Emma comunicó sus noticias sobre Jane Fairfax, y su confianza sobre el efecto se vio justificada: proporcionó un contrapeso muy útil, interesando a su padre sin trastornarle. Hacía mucho que se había hecho a la idea de que Jane Fairfax se iría de institutriz, y podía hablar de ello con buen humor; pero que el señor Knightley se fuera a Londres, había sido un golpe inesperado.

—Me alegro mucho, querida mía, de saber que está tan agradablemente instalada. La señora Elton tiene muy buen carácter y es muy amable, y estoy seguro de que sus conocidos son lo que deben ser, exactamente. Ojalá sea un sitio sin humedad y se tengan cuidados de su salud. Debería ser eso el primer objetivo, como estoy seguro de que lo fue siempre para mí la salud de la señorita Taylor. Ya sabes, querida mía, que ella va a ser para esa señora nueva lo que fue para nosotros la señorita Taylor. Y espero que esté mejor en un aspecto, y no se vea inducida a marcharse después de haber estado tanto tiempo en la casa.

Al día siguiente hubo noticias de Richmond como para derribar por el suelo a todos. ¡Llegó un mensajero rápido a Randalls para anunciar la muerte de la señora Churchill! Aunque su sobrino no tenía motivo especial para apresurarse a volver a causa de ella, ella no había vivido más de treinta y seis horas después de su regreso. Un ataque repentino de algo diferente de cuanto pudiera hacer prever su estado gene-

432

ral, se la había llevado tras una breve lucha. La gran señora Churchill ya no existía.

Se sintió como se deben sentir esas cosas. Todo el mundo asumió cierto grado de gravedad y tristeza; hubo ternura hacia la desaparecida y solicitud por los suyos que la sobre-vivían; y, tras un tiempo razonable, curiosidad por saber dónde la iban a enterrar. Goldsmith nos dice que cuando la deliciosa mujer desciende a la locura, no le queda sino morir; y cuando desciende a ser desagradable, eso se reco-mienda igualmente como limpiador de mala fama. La señora Churchill, después de haber sido detestada durante veinticinco años por lo menos, ahora era recordada con compasivas con-cesiones. En un solo punto quedaba plenamente justificada. Nunca se había admitido que estuviera seriamente enferma. El acontecimiento la absolvía de todos los antojos y los egoís-mos de las dolencias imaginarias.

«¡Pobre señora Churchill! Sin duda había sufrido mucho; más de lo que había supuesto nadie, y el dolor continuo pone a prueba el carácter. Era un triste suceso, una gran sorpresa; con todos sus defectos, ¿qué haría el señor Churchill sin ella? La pérdida sería desde luego terrible para el señor Churchill. El señor Churchill nunca lo superaría.» Hasta el señor Weston movió la cabeza y puso cara solemne y dijo: «¡Ah, pobre mujer, quién lo habría pensado!», y decidió que su luto sería lo más elegante posible; y su mujer se quedó sentada suspi-rando y moralizando, sobre sus anchos vuelos de falda, con verdadera y constante conmiseración y con buen sentido. Cómo afectaría eso a Frank, fue de lo primero en que pensa-ron ambos. También Emma empezó en seguida a especular sobre ello. La manera de ser de la señora Churchill, el dolor de su marido —su mente lanzó una ojeada hacia esas dos cosas con respeto y compasión, y luego reposó con sentimien-tos aliviados en cómo afectaría el hecho a Frank, cómo le beneficiaría, cómo le liberaría. En un momento vio todo el bien posible. Ahora, una unión con Harriet Smith no tendría ningún obstáculo. El señor Churchill, independiente de su esposa, no era objeto de temor para nadie; un hombre fácil, guiable, a quien su sobrino le persuadiría de cualquier cosa. Lo único que quedaba por desear era que el sobrino diera forma a su afecto, ya que, a pesar de toda su buena voluntad en el asunto, Emma no podía sentirse segura de que ya estuviera formado.

Harriet se portó extremadamente bien en esa ocasión, con un gran dominio de mí misma. Por muy clara esperanza que sintiera, no reveló nada. Emma estuvo satisfecha de ver en ella tal prueba del fortalecimiento de su carácter, y se abstuvo de ninguna alusión que pudiera poner en peligro su conservación. Hablaron, pues, de la muerte de la señora Churchill con mutua indulgencia.

Se recibieron en Randalls breves cartas de Frank, comunicando todo lo importante sobre su situación y planes. El señor Churchill estaba mejor de lo que se podía esperar, y su primer traslado, después de salir el entierro hacia Yorkshire, sería a la casa de un viejo y excelente amigo de Windsor, a quien el señor Churchill llevaba diez años prometiendo visitarle. Por ahora, no se podía hacer nada por Harriet; buenos deseos para el porvenir eran lo único todavía posible por parte de Emma.

Era cuestión más urgente mostrar atención hacia Jane Fairfax, cuyas perspectivas se iban cerrando, mientras se abrían las de Harriet, y cuyos compromisos ahora no permitían ninguna tardanza a los de Highbury que quisieran demostrarle su afecto; y para Emma ése había llegado a ser el deseo más importante. No lamentaba nada tanto como su pasada frialdad, y esa persona a quien había descuidado durante tantos meses, ahora era la misma en quien habría derrochado toda distinción de estima o comprensión. Quería serle útil; quería demostrar que valoraba su compañía y testimoniarle su respeto y consideración. Decidió convencerla para que pasara un día en Hartfield. Se escribió una carta para apremiarlo. La invitación fue rechazada, y con un mensaje verbal: «La señorita Fairfax no estaba lo bastante bien como para escribir»; y cuando el señor Perry visitó Hartfield, esa misma mañana, resultó que ella estaba tan indispuesta como para haber sido visitada por él mismo, aunque contra el consentimiento de ella, y que sufría graves dolores de cabeza y una fiebre nerviosa, hasta un punto que le hacía dudar a él que fuera posible el viaje a casa de la señora Smallridge en el momento previsto. Su salud parecía por el momento completamente trastornada, su apetito había desaparecido por completo, y aunque no había síntomas del todo alarmantes, y nada referente a su dolencia pulmonar, que era el constante temor de la familia, el señor Perry estaba intranquilo por ella. Pensaba que ella se había propuesto más de lo que podía, y que ella misma lo comprendía aunque no lo quisiera confesar. Su ánimo parecía abrumado. Su casa actual, no pudo menos él de observar, era desfavorable para un desorden nervioso; siempre encerrada en un cuarto —él habría deseado otra cosa—, y su buena tía, aunque muy vieja amiga suya, él tenía que reconocer que no era la mejor acompañante para una enfermedad de ese carácter. No cabía dudar de su atención y cuidados; de hecho, eran demasiado grandes. Él temía mucho que la señorita Fairfax recibiera más daño que bien de ellos. Emma escuchó con el más cálido interés; se afligió cada vez más por ella, y miró en torno, deseosa de descubrir algún modo de ser útil. Apartarla —aunque sólo fuera por una hora o dos— de su tía, darle un cambio de aire y de escenario, y una tranquila conversación razonable, siquiera una hora o dos, podría sentarle bien; y a la mañana siguiente volvió a escribir diciendo, en el lenguaje más sentido que pudo emplear, que iría a buscarla en el coche a cualquier hora que dijera Jane, indicando que el señor Perry estaba decididamente a favor de tal ejercicio para su paciente. La respuesta fue sólo una breve nota: «La señorita Fairfax envía sus saludos y gracias, pero no está en condiciones de ningún ejercicio.»

Emma pensó que su carta merecía algo mejor, pero era imposible disgustarse con unas palabras cuya desigualdad trémula mostraba tan claramente la enfermedad, y sólo pensó cómo podría oponerse a esa falta de disposición a dejarse ver ni ayudar. A pesar de la respuesta, pues, pidió el coche y fue en él a casa de la señorita Bates, con la esperanza de que Jane se dejaría convencer para ir con ella, pero no sirvió; la señorita Bates se acercó a la puerta del coche, toda gratitud, y de acuerdo con ella en creer que tomar el aire podría serle de la mayor utilidad, y se probó todo lo que pudiera hacer un mensaje, pero fue en vano. La señorita Bates se vio obligada a volver sin éxito; no había modo de persuadir a Jane; la mera propuesta de salir parecía ponerla peor. Emma lamentó no verla ella misma para probar sus propias fuerzas, pero, casi antes de que pudiera insinuar su deseo, la señorita Bates dejó entrever que había prometido a su sobrina no dejar entrar a la señorita Woodhouse por ningún motivo. «Claro, la verdad era que la pobre Jane no podía soportar ver a nadie... nadie en absoluto... claro, a la señora Elton no se le podía decir que no... y la señora Cole se había empeñado tanto... y la señora Perry había dicho tanto... pero, excepto ellas, Jane no quería ver realmente a nadie.»

Emma no quería ser clasificada con las señoras Elton, señoras Perry y señoras Cole que se metían a la fuerza en cualquier sitio; ni podía pensar que tuviera ningún derecho de preferencia: por consiguiente, se sometió, y sólo interrogó a la señorita Bates en cuanto al apetito y alimentación de su sobrina, en que deseaba ser capaz de ayudar. Sobre ese tema, la pobre señorita Bates estuvo muy triste y muy comunicativa; Jane apenas quería comer nada; el señor Perry recomendaba alimento nutritivo, pero todo lo que tenían a su disposición (y nadie había tenido jamás tan buenos vecinos) le resultaba desagradable.

Emma, al llegar a casa, llamó en seguida al ama de llaves, para examinar sus reservas, y se envió rápidamente cierta *arrow-root* de calidad superior, con una nota muy amable. Media hora después llegaba de vuelta la *arrow-root,* con mil gracias de la señorita Bates, pero «la pobre Jane no se quedaría tranquila mientras no se devolviera eso; además, insistía en decir que no le faltaba nada».

Cuando Emma oyó decir después que se había visto a Jane Fairfax vagando por los prados, a cierta distancia de Highbury, en la tarde del mismo día en que, con la excusa de no estar en condiciones de ningún ejercicio, había rehusado tan perentoriamente salir con ella en el coche, no le quedó duda —reuniéndolo todo— de que Jane estaba decidida a no recibir amabilidades de *ella.* Lo sintió mucho, mucho. Su corazón se afligió ante un estado que le pareció aún más digno de compasión por esa clase de enojo, inconsistencia en su acción y desigualdad de poderes; y le humilló que se le reconociera tan poco lo adecuado de su sentimiento y que se la estimara tan poco digna como amiga; pero tuvo el consuelo de saber que sus intenciones eran buenas, y de poder decirse a sí misma que si el señor Knightley hubiera conocido todos sus intentos de ayudar a Jane Fairfax, e incluso si hubiera podido mirar dentro de su corazón, en esa ocasión no habría encontrado nada que reprochar.

CAPÍTULO 46

Una mañana, unos diez días después del fallecimiento de la señora Churchill, llamaron a Emma para que bajara a ver al señor Weston, que «no se podía quedar ni cinco minutos, y quería especialmente hablar con ella». Él la recibió a la puerta del salón, y apenas preguntándole cómo estaba, en el tono natural de su voz, inmediatamente la bajó para decir, sin que le oyera el padre:

—¿Puede venir a Randalls esta mañana en cualquier momento? Venga, si le es posible. La señora Weston quiere verla. Tiene que verla.

—¿No está bien?

—Sólo un poco agitada, nada más. Habría pedido el coche para venir a verla, pero tiene que verla a usted *a solas*, y eso, ya sabe... —con una cabezada hacia su padre—. ¡Hum! ¿Puede venir?

—Claro. Ahora mismo, si le parece bien. Es imposible rehusar lo que pide de tal modo. Pero ¿qué puede pasar? ¿De veras no está enferma?

—Puede fiarse de mí... pero no pregunte más. Lo sabrá todo en su momento. ¡El asunto más inexplicable! Pero ¡chist, chist!

Hasta para Emma era imposible adivinar lo que significaba todo aquello. La cara de él parecía anunciar algo realmente importante, pero, dado que su amiga estaba bien, se esforzó por no estar intranquila, y quedando con su padre en que iba a dar ahora su paseo, ella y el señor Weston salieron pronto de la casa y se encaminaron a Randalls a buena marcha.

—Bueno —dijo Emma, en cuanto estuvieron bastante más allá de las verjas—, ahora, señor Weston, hágame saber qué ha pasado.

—No, no —contestó él seriamente—. No me pregunte. Prometí a mi mujer dejárselo todo a ella. Ella se lo revelará a usted mejor de lo que yo podría. No sea impaciente, Emma; llegará demasiado pronto.

—Dígamelo —exclamó Emma, inmóvil de terror—. ¡Dios mío! Señor Weston, dígamelo en seguida. Algo ha pasado en Brunswick Square. Sé que ha sido así. Dígamelo, le mando que me lo diga al momento.

—No, en absoluto, está usted equivocada.

—Señor Weston, no juegue conmigo. Considere cuántas personas queridas tengo ahora en Brunswick Square. ¿Cuál de ellas es? Le pido por todo lo sagrado que no trate de ocultarlo.

—Palabra, Emma...

—¡Su palabra! ¿Por qué no su honor? ¿Por qué no decir por su honor que no tiene nada que ver con ninguno de ellos? ¡Válgame Dios! ¿Qué puede ser lo que hay que revelarme que no se relacione con alguien de la familia?

—Por mi honor —dijo él, muy serio—, que no. No es nada relacionado en absoluto con ningún ser humano llamado Knightley.

Emma recobró el valor, y siguió andando.

—Me equivocaba —continuó él—, al decir que había que revelárselo a usted. No debería haber empleado esa expresión. En realidad, no se refiere a usted, se refiere sólo a mí mismo, mejor dicho, esperamos... ¡Hum! En resumen, mi querida Emma, no hay motivo para estar tan intranquila por ello. No digo que no sea un asunto desagradable, pero las cosas podrían ser mucho peor... Si andamos deprisa, pronto estaremos en Randalls.

Emma vio que tenía que esperar, y ahora hacía falta poco esfuerzo. Así pues, no hizo más preguntas, sino que simplemente ocupó su fantasía, que pronto le señaló la probabilidad de que fuera algún asunto de dinero, algo recién salido a luz, de carácter desagradable dadas las circunstancias de la familia, algo producido por el reciente acontecimiento en Richmond. Su fantasía estaba muy activa. Media docena de hijos naturales, quizá, ¡y el pobre Frank desheredado! Esto, aunque muy poco deseable, no sería para ella motivo de angustia. Inspiraba poco más que una curiosidad estimulante.

—¿Quién es ese caballero a caballo? —dijo ella, mientras avanzaban, más que nada para ayudar al señor Weston a guardar su secreto.

—No sé... Uno de los Otways... No es Frank... no es Frank, se lo aseguro. No le verá. A estas horas ya está a medio camino de Windsor.

—Entonces ¿ha estado su hijo con ustedes?

—¡Ah, sí! ¿No lo sabía? Bueno, bueno, no importa.

Durante un momento quedó callado, y luego añadió en un tono mucho más cauto y serio:

—Sí, Frank vino por aquí esta mañana, a ver cómo estábamos.

Siguieron deprisa y pronto estuvieron en Randalls.

—Bueno, querida mía —dijo, cuando entraron en el cuarto—, la he traído, y ahora espero que te pondrás mejor. Os dejo juntas. No sirve aplazarlo. No estaré lejos si me necesitas. —Y Emma le oyó claramente añadir, en voz más baja, antes de salir del cuarto—: He cumplido mi palabra. Ella no tiene la menor idea.

La señora Weston pareció tan enferma y tenía tal aire de perturbación, que la intranquilidad de Emma aumentó, y en cuanto estuvieron solas, dijo, ansiosa:

—¿Qué ocurre, mi buena amiga? Encuentro que ha pasado algo desagradable; hágame saber en seguida qué es. He venido andando todo el tiempo en absoluta suspensión. A ninguna de las dos nos gustan las incógnitas. No deje que siga así. Le sentará bien hablar de lo que le apura, sea lo que sea.

—¿De veras que no tiene idea? —dijo la señora Weston con voz temblorosa—. ¿No puede, mi querida Emma, adivinar lo que va a oír?

—En cuanto a que tiene relación con el señor Frank Churchill, sí lo adivino.

—Tiene razón. Se relaciona con él, y se lo diré en seguida —volviendo a tomar su labor y al parecer decidida a no levantar los ojos—. Ha estado aquí esta misma mañana con un recado absolutamente extraordinario. Es imposible expresar nuestra sorpresa. Vino a hablar con su padre de un tema... a anunciar un afecto...

Se detuvo a tomar aliento. Emma pensó primero en ella misma, y luego en Harriet.

—Más que un afecto, en realidad —reanudó la señora Weston—, un compromiso, un compromiso formal. ¿Qué dirá usted, Emma, qué dirán todos, cuando se sepa que Frank Churchill y la señorita Fairfax están comprometidos, más aún, que hace mucho tiempo que lo están?

Emma dio un salto de sorpresa, y transida de horror, exclamó:

—¡Jane Fairfax! ¡Válgame Dios! ¿Habla en serio? ¿No lo dirá de verdad?

—Puede quedarse sorprendida —replicó la señora Weston, aún apartando la mirada y hablando con empeño, para que Emma tuviera tiempo de recuperarse—, puede quedarse sorprendida. Pero así es. Están solemnemente comprometidos desde octubre; un compromiso formado en Weymouth y mantenido en secreto ante todos. Nadie lo sabía excepto ellos mismos; ni los Campbell, ni la familia de ella, ni la de él. Es tan asombroso, que, aunque absolutamente convencida de que es de verdad, todavía me parece increíble a mí misma. Apenas puedo creerlo. Creía conocerle.

Emma apenas oyó lo que se le decía. Su mente estaba dividida entre dos ideas; sus propias conversaciones con él sobre la señorita Fairfax; y la pobre Harriet; y durante un rato no pudo sino exclamar y pedir confirmación, repetida confirmación.

—Bueno —dijo al fin, tratando de recuperarse—, éste es un asunto sobre el que tengo que pensar por lo menos medio día, antes de poder comprenderlo todo. ¡Vaya! ¿Comprometido con ella todo el invierno, antes de que ninguno de los dos llegara a Highbury?

—Comprometidos desde octubre, comprometidos en secreto. Me ha dolido mucho, Emma, mucho. También le ha dolido a su padre. Hay *una parte* de su conducta que no podemos excusar.

Emma reflexionó un momento, y luego contestó:

—No voy a fingir que no la comprendo; y para darle todo el alivio que puedo darle, esté segura de que sus atenciones hacia mí no han tenido el efecto que usted teme.

La señora Weston levantó los ojos, sin atreverse a creer, pero el rostro de Emma era tan firme como sus palabras.

—Para que le sea menos difícil creer esta jactancia sobre mi total indiferencia actual —continuó—, le diré, además, que hubo un tiempo, al principio de nuestro conocimiento, en que me gustó, en que estuve muy dispuesta a sentirme unida a él —más aún, me sentí unida—, y lo que quizá sea extraño es cómo eso llegó a cesar. Por fortuna, sin embargo, cesó. La verdad es que desde hace algún tiempo, por lo menos en estos tres meses, no me ha importado nada de él. Puede creerme, señora Weston. Es la simple verdad.

La señora Weston la besó con lágrimas de alegría, y cuando pudo recobrar la palabra, le aseguró que esa declaración le había hecho mayor bien que lo que pudiera hacerle nada del mundo.

—El señor Weston se sentirá tan aliviado como yo —dijo—. En este punto hemos sido desafortunados. Nuestro deseo favorito era que ustedes llegaran a tenerse afecto, y estábamos convencidos de que era así. Imagine lo que habremos sentido por usted.

—He escapado, y el haber escapado puede ser motivo de agradecido asombro para ustedes y para mí misma. Pero eso no le absuelve *a él,* señora Weston; y debo decir que creo que tiene mucho de que se le acuse. ¿Qué derecho tenía él a venir entre nosotros, con su amor y su fidelidad ya comprometidos, y con unas maneras tan poco comprometidas? ¿Qué derecho tenía a tratar de gustar, como ciertamente trató; a distinguir a una joven con insistentes atenciones, como hizo ciertamente, cuando en realidad pertenecía a otra? ¿Cómo pudo calcular cuánto mal podría hacer? ¿Cómo pudo decir que no me haría enamorarme de él? Muy mal, estuvo muy mal, desde luego.

—Por algo que dijo él, mi querida Emma, más bien imagino...

—¡Y cómo pudo *ella* aguantar tal conducta! ¡Tal compostura ante un testigo! Seguir mirando, mientras se ofrecían repetidas atenciones a otra mujer, delante de su cara, y no tomarlo a mal. Es un grado de placidez que no puedo ni comprender ni respetar.

—Había malentendidos entre ellos, Emma; lo dijo así expresamente. No tuvo tiempo de entrar en muchas explicaciones. Estuvo aquí sólo un cuarto de hora, y en un estado de agitación que no le permitió ni siquiera usar del todo el tiempo que pudo quedarse; pero dijo decididamente que había habido malentendidos. La presente crisis, incluso, parecía producida por ellos; y esos malentendidos procedían muy posiblemente de la impropiedad de su conducta.

—¡Impropiedad! ¡Ah, señora Weston! ¡Es una censura demasiado tranquila! ¡Mucho más que impropiedad! Le ha hundido, no puedo decir cómo le ha hundido en mi opinión.

443

¡Tan diferente de lo que debería ser un hombre! Nada de esa integridad recta, esa estricta adherencia a la verdad y a los principios, ese desdén de los trucos y las pequeñeces que debería mostrar un hombre en todos los asuntos de su vida.

—Bueno, querida Emma, ahora tengo que defenderle, pues aunque ha hecho mal en este caso, le conozco desde hace bastante tiempo como para responder de que tiene muchas, muchas buenas cualidades, y...

—¡Dios mío! —gritó Emma, sin atenderla—. ¡La señora Smallridge, además! ¡Jane a punto, de hecho, de ir como institutriz! ¿Qué podía pretender él con tan horrible falta de delicadeza? ¡Tolerar que se comprometiera... tolerar incluso que pensara en tal decisión!

—Él no sabía nada de eso, Emma. En este punto puedo absolverle plenamente. Fue una decisión privada de ella, y no se la comunicó a él, o al menos no se la comunicó de un modo que implicara convicción. Hasta ayer, sé que dijo que estaba a oscuras respecto a los planes de ella. Los conoció de repente, no sé cómo, por alguna carta o mensaje, y el descubrimiento de lo que hacía ella, de ese preciso proyecto de ella, fue lo que le decidió a echarse adelante de una vez, a confesárselo todo a su tío, a encomendarse a su bondad, y, en una palabra, a poner fin al lamentable estado de ocultamiento que se había arrastrado tanto tiempo.

Emma empezó a escuchar mejor.

—Voy a saber pronto de él —continuó la señora Weston—. Me dijo al partir que escribiría pronto, y habló de una manera que parecía prometerme muchos detalles que ahora no se podían dar. Esperemos, pues, esa carta. Puede traer muchos atenuantes. Puede hacer comprensibles y excusables muchas cosas que ahora no se pueden entender. No seamos severas, no nos apresuremos a condenarle. Tengamos paciencia. Yo tengo que quererle; y ahora que estoy tranquila en un punto, el único punto esencial, deseo sinceramente que todo resulte bien, y estoy dispuesta a esperar que sea así.

Los dos deben haber sufrido mucho bajo una situación de secreto y ocultación.

—Sus sufrimientos —contestó Emma secamente— no parecen haberle hecho mucho daño. Bueno, ¿y como lo tomó el señor Churchill?

—Muy favorablemente para su sobrino; dio su consentimiento sin dificultad apenas. ¡Imagine lo que han hecho en esa familia los acontecimientos de una semana! Mientras vivía la pobre señora Churchill, supongo que no podía haber una esperanza, una probabilidad, una posibilidad; pero apenas están sus restos en el panteón de familia, cuando su marido se ve persuadido a actuar exactamente lo contrario de como ella habría requerido. Qué bendición es, cuando una influencia indebida no sobrevive a la tumba. Él ha dado su consentimiento con muy poco esfuerzo para convencerle.

«¡Ah!», pensó Emma, «habría hecho otro tanto por Harriet.»

—Eso se decidió anoche, y Frank salió esta mañana al amanecer. Se detuvo en Highbury, en casa de las Bates, supongo, algún tiempo, y luego siguió adelante; pero tenía tanta prisa de volver junto a su tío, a quien ahora le es más necesario que nunca, que, como le digo, apenas pudo estar con nosotros más de un cuarto de hora. Estaba muy agitado, mucho, desde luego, hasta un punto que le hacía parecer muy diferente de como le hubiera podido ver antes. En adición a todo lo demás, estaba la impresión de haberla encontrado tan mal, lo que no sospechaba previamente, y parecía que él lo sintió mucho.

—¿Y cree que el asunto se ha llevado con tan perfecto secreto? Los Campbell, los Dixon, ¿no sabían ninguno de ellos de su compromiso?

Emma no pudo pronunciar el nombre Dixon sin ruborizarse un poco.

—Ninguno, nadie. Dijo claramente él que no lo sabía nadie en el mundo sino ellos dos.

—Bueno —dijo Emma—, supongo que nos reconciliaremos poco a poco con la idea, y les deseo mucha felicidad. Pero siempre me parecerá un modo abominable de proceder. ¿Qué ha sido esto sino un sistema de hipocresía y engaño, espionaje y traición? ¡Llegar entre nosotros con tales declaraciones de franqueza y sencillez, y con tal alianza en secreto para juzgarnos a todos! ¡Aquí hemos estado, todo el invierno y la primavera, completamente engañados, imaginándonos todos en igual pie de verdad y de honor, con dos personas en medio de nosotros que pueden haber estado comunicándose, comparándonos y juzgándonos sobre opiniones y palabras que no estaban destinadas a que las oyeran los dos! Tienen que sufrir las consecuencias, si han oído hablar del otro de un modo no muy agradable.

—Yo estoy muy tranquila en ese aspecto —contestó la señora Weston—. Estoy muy segura de que nunca he dicho nada al uno sobre el otro que no pudieran haber oído los dos.

—Usted tiene suerte. Su único error no fue más allá de mis oídos, cuando se imaginó que cierto amigo nuestro estaba enamorado de la señorita.

—Verdad. Pero como siempre he tenido una opinión excelente de la señorita Fairfax, nunca pude, bajo ningún error, hablar mal de ella, y en cuanto a hablar mal de él, ahí tenía que estar a salvo.

En ese momento apareció el señor Weston a cierta distancia de la ventana, evidentemente observando. Su mujer le lanzó una mirada que le invitaba a entrar, y, mientras él daba la vuelta, añadió:

—Ahora, queridísima Emma, permítame rogarle que hable y parezca tal como más le pueda tranquilizar el ánimo e inclinarle a estar contento con esta unión. Tomémoslo del mejor modo posible; y la verdad es que de ella se puede decir justamente casi todo en su favor. No es un parentesco como para alegrar, pero si el señor Churchill no lo piensa así, ¿por qué habríamos de pensarlo nosotros? Y puede ser una cosa muy afortunada para él, quiero decir para Frank, unirse a una muchacha de tal firmeza de carácter y tan buen juicio como siempre le he reconocido, y sigo dispuesta a reconocerle, a pesar de esta gran desviación de la regla estricta de lo justo. ¡Y cuánto se puede decir, en su situación, incluso a favor de ese error!

—¡Mucho, desde luego! —exclamó Emma, comprensiva—. Si a una mujer se le puede excusar que piense sólo en sí misma, es en una situación como la de Jane Fairfax. De personas así, casi se puede decir que «el mundo no es de ellos, ni la ley del mundo».

Salió al encuentro del señor Weston cuando entró, con rostro sonriente, exclamando:

—¡Bonita broma me ha gastado, palabra! Ha sido un truco, supongo, para jugar con mi curiosidad y ejercitar mi talento de adivinar. Pero casi me asustó, la verdad. Pensé que habría perdido la mitad de sus propiedades, por lo menos. Y aquí, en vez de ser un asunto de condolencia, resulta ser de felicitación. Le felicito, señor Weston, con todo mi corazón, por la perspectiva de tener por hija una de las jóvenes más deliciosas y con mejores cualidades de toda Inglaterra.

Una ojeada o dos entre él y su mujer le convenció de que todo estaba tan en orden como proclamaban esas palabras; y su efecto feliz en su ánimo fue inmediato. Su aire y su voz recuperaron su habitual viveza; le estrechó la mano cordialmente y con gratitud, y entró en el tema de manera que demostrara que sólo necesitaba ahora tiempo y persuasión para pensar que ese matrimonio no estaba mal. Sus acompañantes sugirieron sólo lo que podía paliar la imprudencia o suavizar las objeciones, y para cuando acabaron de comentarlo, y cuando él volvió a comentarlo todo con Emma, volviendo a pie a Hartfield, ya estaba reconciliándose del todo y no lejos de pensar que era lo mejor que podía haber hecho Frank.

CAPÍTULO 47

«¡Harriet, la pobre Harriet!» Esas eran las palabras; en ellas estaban las ideas atormentadoras de que no podía librarse Emma, y que constituían la verdadera desgracia del asunto para ella. Frank Churchill se había portado muy mal con ella —muy mal en diversos sentidos—, pero lo que la enojaba de ese modo con él no era tanto la conducta de él cuanto la de ella misma. Era el conflicto en que la había metido a causa de Harriet lo que daba peor color a su ofensa. ¡Pobre Harriet! ¡Ser víctima por segunda vez de sus malentendidos y sus ilusiones! El señor Knightley había hablado proféticamente cuando dijo una vez: «Emma, no ha sido usted buena amiga para Harriet Smith.» Temía no haberle hecho más que malos servicios. Es verdad que en este caso no tenía que acusarse, como en el anterior, de ser la única autora original de la desgracia; de haber sugerido unos sentimientos que de otro modo no habrían entrado jamás en la imaginación de Harriet; pues Harriet había confesado su admiración y preferencia por Frank Churchill antes que ella le hubiera insinuado nada sobre el tema, pero se sentía completamente culpable de haber estimulado lo que podía haber reprimido. Podía haber prevenido la aceptación y el aumento de tales sentimientos. Su influencia habría sido suficiente. Y ahora se daba mucha cuenta de que debía haberlo evitado. Comprendía que había puesto en peligro la felicidad de su amiga por motivos muy insuficientes. El sentido común le habría mandado decir a Harriet que no debía permitirse pensar en él, y que había quinientas probabilidades contra una de que a él jamás le importara ella. «Pero me temo», añadió, «que tengo poco que ver con el sentido común.»

Estaba muy irritada consigo misma. Si no hubiera podido estar irritada también con Frank Churchill, habría sido terrible. En cuanto a Jane Fairfax, al menos podía aliviar su ánimo de cualquier solicitud presente por ella. Harriet ya era suficiente preocupación; ella ya no necesitaba sentirse infeliz por Jane, cuyos problemas y cuya mala salud, por tener, naturalmente el mismo origen, debían estar igualmente en vía de curación. Sus días de insignificancia y de sufrimiento habían terminado. Pronto estaría bien, y feliz, y próspera. Emma podía ahora comprender por qué se habían rechazado sus atenciones. Ese descubrimiento dejaba en claro muchas cuestiones menores. Sin duda había sido por celos. A los ojos de Jane, ella había sido una rival, y muy bien cabía rechazar todo lo que ella ofreciera como ayuda o consideración. Salir a tomar el aire en el coche de Hartfield habría sido la tortura en el potro, y una *arrow-root* de la despensa de Hartfield tenía que ser veneno. Lo comprendía todo, y en la medida en que su ánimo podía liberarse de la injusticia y el egoísmo de los sentimientos de irritación, reconocía que Jane Fairfax nunca tendría una elevación o una felicidad que estuviera por encima de sus méritos. ¡Pero la pobre Harriet era una acusación tan abrumadora! Quedaba poca comprensión de sobra para nadie más. Emma temía terriblemente que esta segunda decepción fuera más grave que la primera. Considerando los títulos muy superiores de la persona, debería serlo; y juzgando por su efecto evidentemente superior sobre el ánimo de Harriet, al producir reserva y dominio de sí misma, lo sería. Sin embargo, debía comunicarle la dolorosa verdad, y cuanto antes. El señor Weston, entre sus palabras de despedida, le había rogado el secreto. «Por ahora, todo el asunto

449

iba a quedar completamente en secreto. El señor Churchill había insistido en ello, como signo de respeto a la esposa que acababa de perder, y todo el mundo reconocía que eso no era más que el decoro debido.» Emma lo había prometido, pero sin embargo había que exceptuar a Harriet. Era su deber superior.

A pesar de su humillación, no podía dejar de parecerle casi ridículo tener que cumplir con Harriet el mismo deber molesto y delicado que la señora Weston acababa de cumplir con ella. La información que se le había dado tan angustiadamente, ahora iba a darla a otra persona con la misma angustia. Su corazón latió fuerte al oír los pasos y la voz de Harriet; igual le había pasado, suponía, a la señora Weston cuando ella se acercaba a Randalls. ¡Ojalá el asunto revelado pudiera tener igual semejanza! Pero de eso, por desgracia, no podía haber ocasión.

—¡Bueno, señorita Woodhouse! —exclamó Harriet, entrando afanosamente en el cuarto—, ¿no es ésta la noticia más extraña que ha habido nunca?

—¿Qué noticia quieres decir? —contestó Emma, incapaz de adivinar, por el aire o la voz, si Harriet podría haber recibido alguna insinuación.

—Sobre Jane Fairfax. ¿Ha oído jamás cosa tan rara? ¡Ah! No tiene que tener miedo de confesármelo, porque me lo ha dicho el mismo señor Weston. Le acabo de encontrar. Me dijo que iba a ser un gran secreto, así que no pensara en decírselo a nadie más que a usted, pero dijo que usted lo sabía.

—¿Qué te dijo el señor Weston? —dijo Emma, aún perpleja.

—¡Ah! Me lo ha contado todo, que Jane Fairfax y el señor Frank Churchill se van a casar, y que habían estado todo el tiempo comprometidos en secreto. ¡Qué raro!

Era muy raro, en efecto; la conducta de Harriet era tan rara que Emma no sabía cómo entenderla. Su carácter pare-

450

cía absolutamente cambiado. Parecía decidida a no mostrar agitación, ni decepción, ni interés especial por la revelación. Emma la miró, incapaz de hablar.

—¿Tuvo usted idea —exclamó Harriet— de que él estuviera enamorado de ella? Usted quizá sí. Usted —enrojeciendo al hablar—, que puede ver dentro del corazón de cualquiera, pero nadie más.

—Palabra —dijo Emma—, empiezo a dudar de tener semejante talento. ¿Puedes preguntarme en serio, Harriet, si le imaginaba comprometido con otra mujer en el mismo momento en que, tácitamente si no de modo abierto, te animaba a seguir tus sentimientos? Nunca tuve la más leve sospecha, hasta hace una hora, de que el señor Frank Churchill tuviera la menor consideración hacia Jane Fairfax. Puedes estar muy segura de que si hubiera sido así, te habría avisado.

—¡A mí! —exclamó Harriet, enrojeciendo y asombrada—. ¿Por qué me iba a avisar a mí? ¡No pensará que me importa el señor Frank Churchill!

—Me alegro de oírte hablar con tal firmeza sobre el asunto —contestó Emma, sonriendo—, pero no pretenderás negar que hubo un tiempo, y no muy lejano tampoco, en que me diste motivos para entender que te importaba.

—¡Él! Nunca, nunca. Querida señorita Woodhouse, ¿cómo pudo usted malentenderme de ese modo? —volviéndose confusa.

—¡Harriet! —exclamó Emma, después de una pausa—. ¿Qué quieres decir? ¡Válgame Dios! ¿Qué quieres decir? ¡Malentenderte! ¿Tengo que suponer entonces...?

No pudo decir una palabra más. Había perdido la voz, y se sentó, esperando con gran terror a que respondiera Harriet.

Harriet, que estaba de pie a cierta distancia y con la cara vuelta, no dijo nada de momento, y cuando habló, fue con una voz casi tan agitada como la de Emma.

—No creí posible —empezó— que usted me malentendiera. Sé que acordamos no nombrarle nunca, pero, considerando qué infinitamente superior es a todos los demás, no podría haber pensado que supusiera que me refería a otra persona. ¡El señor Frank Churchill, nada menos! No sé quién le iba a mirar en compañía del otro. Espero tener mejor gusto que para pensar en el señor Frank Churchill, que no es nadie a su lado. ¡Y que usted estuviera tan equivocada, es sorprendente! Estoy segura de que, salvo por creer que usted aprobaba enteramente y quería estimularme en mi inclinación, al principio habría considerado una presunción demasiado grande atreverme a pensar en él. Al principio, si no me hubiera dicho que cosas más sorprendentes habían pasado; que había habido matrimonios de mayor desigualdad (esas fueron sus palabras), no me hubiera atrevido a ceder a... no me habría parecido posible... Pero si usted, que le conoce de siempre...

—¡Harriet! —exclamó Emma, dominándose con decisión—. Vamos a entendernos ahora sin posibilidad de más errores. ¿Hablas de... el señor Knightley?

—Claro que hablo. Nunca pude pensar en nadie más... y creí que lo sabía. Cuando hablamos de él, estaba tan claro como cabía.

—Nada de eso —replicó Emma, con forzada calma—, pues todo lo que me dijiste entonces me pareció que se refería a otra persona. Casi podría afirmar que nombraste al señor Frank Churchill. Estoy segura de que se hablaba del gran favor que te había hecho el señor Frank Churchill al protegerte de los gitanos.

—¡Ah, señorita Woodhouse, cómo se olvida!

—Querida Harriet, recuerdo perfectamente el sentido de lo que dije en esa ocasión. Te dije que no me sorprendía tu afecto; que, considerando el favor que te había hecho, era muy natural... y tú estuviste de acuerdo, expresándote de modo muy cálido en cuanto a ese favor, e incluso hablando de tus sensaciones cuando viste que venía a salvarte. Tengo muy viva en la memoria la impresión.

—¡Ah, vaya! —exclamó Harriet—, ahora recuerdo a qué se refiere, pero yo pensaba entonces en algo muy diferente. No eran los gitanos, no era el señor Frank Churchill en lo que pensaba. ¡No! —con cierta exaltación—. Pensaba en una situación mucho más preciosa; el señor Knightley me vino a invitar a bailar cuando el señor Elton no quiso ser mi pareja, no habiendo otra posible pareja en el salón. Esa fue la acción bondadosa, esa fue la noble benevolencia y generosidad, ese fue el favor que me hizo empezar a comprender qué superior era él a cualquier otro ser de este mundo.

—¡Válgame Dios! —gritó Emma—, este error ha sido muy desafortunado, verdaderamente lamentable. ¿Qué se puede hacer?

—Entonces, usted no me habría animado si me hubiera entendido. Por lo menos, no puedo estar peor de lo que habría estado si el otro hubiera sido la persona... y ahora... sí que es posible...

Se detuvo unos momentos. Emma no podía hablar.

—No me extraña, señorita Woodhouse —continuó—, que usted encuentre una gran diferencia entre los dos, en cuanto a mí o en cuanto a cualquiera. Debe pensar que el uno está quinientos millones de veces más por encima de mí que el otro. Pero espero, señorita Woodhouse, que suponiendo... que si... por extraño que parezca... Pero ya sabe, fueron sus propias palabras, que cosas más sorprendentes habían pasado, matrimonios de mayor desigualdad que entre el señor Frank Churchill y yo, así que parece que una cosa incluso como ésta puede haber ocurrido ya... y si yo tuviera la felicidad, por encima de todo lo expresable, de... si el señor Knightley realmente... si a él no le importara la desigualdad, espero, querida señorita Woodhouse, que no se pondría en contra y trataría de ponerme dificultades en el camino. Pero estoy segura de que es usted demasiado buena para eso.

Harriet estaba parada al lado de una ventana. Emma se volvió a mirarla con consternación y dijo apresuradamente:

—¿Tienes alguna idea de que el señor Knightley corresponda a tu afecto?

—Sí —contestó Harriet, con modestia pero sin miedo— tengo que decir que sí.

Emma apartó los ojos al instante, y se quedó sentada, meditando, en actitud inmóvil, durante unos minutos. Unos pocos minutos le bastaron para darle a conocer su propio corazón. Una mente como la suya, una vez abierta a la sospecha, avanzaba rápidamente. Tocó, admitió, reconoció toda la verdad. ¿Por qué el que Harriet se enamorara del señor Knightley era mucho peor que el que se enamorara de Frank Churchill? ¿Por qué ese mal aumentaba tan terriblemente por el hecho de que Harriet tuviera alguna esperanza de ser correspondida? ¡La atravesó, con la velocidad de una flecha, la conciencia de que el señor Knightley no tenía que casarse con nadie sino con ella misma!

Su propia conducta, igual que su corazón, quedó visible ante ella en esos pocos minutos. Lo vio todo con una claridad que nunca había tenido la suerte de recibir. ¡Qué impropiamente había actuado con Harriet! ¡Qué desconsiderada, qué poco delicada, qué irrazonable, qué carente de sentimientos había sido su conducta! ¡Qué ceguera, qué locura la habían arrastrado! Eso la impresionó con terrible fuerza, y estuvo dispuesta a calificarlo con los peores nombres del mundo. Sin embargo, un poco de respeto a sí misma, a pesar de todas esas faltas; cierta preocupación por su propia apariencia, y un fuerte sentido de justicia hacia Harriet (no hacía falta *compasión* para una muchacha que se creía amada por el señor Knightley; pero la justicia requería que no se la hiciera desgraciada ahora con ninguna frialdad), dio a Emma la resolución de seguir quieta y soportándolo todo con calma, incluso con aparente benevolencia. Por su propio interés, incluso, convenía hacer averiguaciones en cuanto a todo el alcance de las esperanzas de Harriet; y Harriet no había hecho nada para perder esa consideración y ese interés formados y mantenidos tan voluntariamente; ni para merecer ser hecha de menos por la persona cuyos consejos nunca la habían guiado bien. Saliendo de sus reflexiones, pues, y dominando su emoción, se volvió otra vez a Harriet, y, en tono más invitante, renovó la conversación; pues, en cuanto al tema con que había empezado, la sorprendente historia de Jane Fairfax, estaba hundido y perdido. Ninguna de ellas pensaba sino en el señor Knightley y en ellas mismas.

Harriet, que se había quedado parada en un ensueño nada infeliz, sin embargo, se alegró de ser llamada a salir de él por los modales ahora animadores de tal juez y tal amiga como la señorita Woodhouse, y no necesitó más que su invitación para dar la historia de sus esperanzas con gran deleite, aunque temblando. El temblor de Emma al preguntar y al escuchar estaba mejor oculto que el de Harriet, pero no era menor. Su voz no dejaba de ser firme, pero su ánimo estaba tan perturbado como debía estarlo ante tal acontecimiento, tal irrupción de un mal amenazador, tal confusión de emociones repentinas y desconcertantes. Escuchó los detalles de Harriet con mucho sufrimiento interior, pero con mucha paciencia exterior. No se podía esperar que fueran metódicos, ni bien ordenados ni bien contados, pero contenían, una vez separados de toda la debilidad y las repeticiones del relato, un sentido que le hundía el corazón —especialmente con los detalles corroboradores que su propia memoria aportaba a favor de la muy mejorada opinión del señor Knightley sobre Harriet.

Harriet se había dado cuenta de una diferencia en la actitud de él desde aquellos dos bailes decisivos. Emma sabía que, en aquella ocasión, él la había encontrado muy por encima de lo que esperaba. Desde aquella noche, o por lo menos desde el momento en que la señorita Woodhouse la estimuló a pensar en él, Harriet había empezado a darse cuenta de que él hablaba con ella mucho más de lo que acostumbraba, y de que tenía incluso una actitud diferente ante ella; una actitud de bondad y dulzura. Recientemente había empezado a notarlo cada vez más. Cuando todos habían paseado juntos, él había venido muchas veces a pasear a su lado, hablando muy deliciosamente. Parecía querer conocerla. Emma sabía que había sido así. Muchas veces había observado el cambio, casi del mismo modo. Harriet repitió expresiones de aprobación y alabanza por parte de él, y Emma pensó que estaban en el mayor acuerdo con lo que ella sabía de su opinión sobre Harriet. Él la alababa por no tener artificio ni afectación, por tener sentimientos sencillos, sinceros, generosos. Sabía que él veía esas buenas cualidades en Harriet; él se había extendido en ellas hablando con Emma más de una vez. Mucho de lo que vivía en la memoria de Harriet, muchos pequeños detalles de la atención que ella había recibido de él, una mirada, unas palabras, el pasar de una silla a otra, un cumplido implicado, una preferencia deducida, Emma no lo había advertido por no sospecharlo. Situaciones que podían hincharse hasta un relato de media hora y que contenían pruebas multiplicadas para ella que las había visto, habían pasado sin advertir hasta ahora que las oía; pero los dos últimos hechos indicados, los dos de mayor promesa para Harriet, no carecían de cierto testimonio por parte de la misma Emma. La primera fue que él caminó con ella, separados de los demás, por el paseo de grava de Donwell, donde llevaban algún tiempo paseando cuando llegó Emma, y él había hecho un esfuerzo (según ella estaba convencida) para apartarla de los demás y llevarla consigo; y al principio había hablado con ella de un modo más particular que nunca, ¡un modo realmente particular! (Harriet no lo podía recordar sin enrojecer.) Parecía casi preguntarle si su afecto estaba comprometido. Pero tan pronto como pareció que ella (la señorita Woodhouse) probablemente se uniría a ellos, cambió de tema y empezó a hablar de agricultura. La segunda era que él se sentó a hablar con ella casi media hora, hasta que Emma volvió de su visita, la última mañana que estuvo en Hartfield

—aunque, al llegar, había empezado por decir que no podía quedarse ni cinco minutos; y el haberle dicho, en su conversación, que aunque tenía que ir a Londres, iba muy contra su inclinación el dejar su casa, lo cual era mucho más (según le pareció a Emma) de lo que le había confesado *a ella*. Ese mayor grado de confianza con Harriet, señalado por tal detalle, le infligió mucho dolor.

En cuanto a la primera de esas dos circunstancias, después de reflexionar un poco, se atrevió a la siguiente pregunta: «¿Quizá no sería así? ¿No es posible que, al preguntar, según creías, por el estado de tu afecto, no estuviera aludiendo al señor Martin; que estuviera pensando en los intereses del señor Martin?» Pero Harriet rechazó la sugerencia con mucho ánimo.

—¡El señor Martin! ¡No, por supuesto! No hubo ninguna insinuación sobre el señor Martin. Espero entender ahora mejor que para cuidarme del señor Martin, ni de que se me sospeche de ello.

Cuando Harriet terminó su testimonio, apeló a su querida señorita Woodhouse para que dijera si tenía buenas razones para la esperanza.

—Nunca me habría atrevido a pensar en ello al principio —dijo—, sino por usted. Usted me dijo que le observara cuidadosamente y que su comportamiento me sirviera de regla para el mío, y eso he hecho. Pero ahora me parece sentir que quizá le merezca, y que si me elige, no será una cosa tan sorprendente.

Los amargos sentimientos producidos por estas palabras, sus muchos amargos sentimientos, hicieron necesario el mayor esfuerzo por parte de Emma para permitirle decir en respuesta:

—Harriet, yo sólo me atrevo a afirmar que el señor Knightley es, en todo el mundo, el hombre que menos exageraría intencionadamente en dar a una mujer una idea de sus sentimientos por ella mejor de lo que fuera verdad.

Harriet pareció dispuesta a adorar a su amiga por una sentencia tan satisfactoria, y Emma sólo fue salvada de arrebatos de ternura, que en ese momento habrían sido una terrible penitencia, por el ruido de los pasos de su padre. Atravesaba el vestíbulo. Harriet estaba demasiado agitada para recibirle. «No podía dominarse... el señor Woodhouse se alarmaría... más valía que se fuera.» Con el más pronto asentimiento de su amiga, pues, se marchó por otra puerta, y, en el momento en que se fue, Emma dejó escapar espontáneamente sus sentimientos en:

—¡Oh, Dios! ¡Ojalá no la hubiera visto nunca!

El resto del día y la noche siguiente no le bastaron apenas para sus reflexiones. Estaba trastornada, bajo la confusión de todo lo que se le había venido encima en las últimas horas. Cada momento le había traído una nueva sorpresa; y todas esas sorpresas habían sido motivo de humillación para ella. ¡Cómo entenderlo todo! ¡Cómo entender los engaños que había estado ejerciendo en sí misma y bajo los cuales había vivido! ¡Qué errores, qué ceguera de su corazón y su cabeza! Se sentó inmóvil, anduvo dando vueltas, probó su cuarto, probó el vivero; en todas partes, en todas las posturas, se daba cuenta de que había actuado con mucha debilidad; que se había dejado desviar por otros en un grado humillante; que se había desviado a sí misma en un grado aún más humillante; que era desgraciada, y que probablemente encontraría que ese día era sólo el comienzo de la desgracia.

Entender, entender del todo su propio corazón fue su primer intento. A eso se dedicaron todos los momentos libres que le dejaron las cosas a que su padre tenía derecho, y todos los momentos de involuntaria ausencia de mente.

¿Cuánto tiempo hacía que el señor Knightley le era tan querido como todos sus sentimientos declaraban ahora que era? ¿Cuándo había empezado tal influencia, la influencia de él? ¿Cuándo había conseguido él ese lugar en sus afectos que Frank Churchill había ocupado una vez por un breve período? Miraba atrás; comparaba a los dos; los comparaba tal como siempre habían estado en su estimación, desde el momento en que conoció al segundo; y tal como debería haberles comparado ella, si —¡ah!— si, por una dichosa felicidad, se le hubiera ocurrido establecer la comparación. Vio que nunca había habido un momento en que no considerara al señor Knightley infinitamente superior, ni en que su estimación por él no hubiera sido infinitamente más preciosa. Vio que al convencerse a sí misma, al actuar en sentido contrario, había estado enteramente bajo un engaño, totalmente ignorante de su propio corazón, y, en una palabra, que Frank Churchill no le había interesado nunca en absoluto.

Ésa fue la conclusión de la primera serie de reflexiones. Ése fue el conocimiento de sí misma, en la primera cuestión a averiguar, a que llegó; y sin tardar mucho en llegar. Estaba tristemente indignada: avergonzada de todas sus sensaciones excepto la única que le fue revelada —su afecto por el señor Knightley. Todo lo demás de su ánimo le era repugnante.

Con insufrible vanidad se había creído en el secreto de los sentimientos de los demás; con imperdonable arrogancia se había propuesto arreglar el destino de todos. Se había demostrado que estaba equivocada en todo; y no había hecho nada, pues había hecho daño. Había acarreado daños a Harriet, a sí misma, y, temía también mucho, al señor Knightley. Si tuviera lugar ese enlace tan desigual, sobre ella debía caer el reproche de haberle dado comienzo; pues tenía que creer que el afecto de él estaba producido sólo por darse cuenta del de Harriet; y, aunque no fuera ése el caso, él nunca habría conocido a Harriet en absoluto sino por la locura de ella.

¡El señor Knightley y Harriet Smith! Era una unión como para superar a todo prodigio de esa especie. La unión de Frank Churchill y Jane Fairfax se volvía corriente, gastada, pasada, en comparación con ésa, sin ofrecer disparidad, sin ofrecer nada que decir ni pensar. ¡El señor Knightley y Harriet Smith! ¡Tal elevación por parte de ella! ¡Tal descenso por parte de él! Era horrible para Emma pensar cómo debía eso hundirle a él en la opinión general, prever las sonrisas, las muecas burlonas, el regocijo que eso sugeriría a costa de él; la humillación y el desprecio de su hermano, los mil inconvenientes para él mismo. ¿Podía ser eso? No; era imposible. Y sin embargo estaba lejos, muy lejos de ser imposible. ¿Era un hecho nuevo que un hombre de capacidades de primera clase resultara cautivado por una fuerza muy inferior? ¿Era nuevo que alguien, quizá demasiado ocupado para buscar, fuera presa de una muchacha que le buscara? ¿Era nuevo en el mundo que hubiera cualquier cosa desigual, inconsistente, incongruente; ni que el hado y las circunstancias (como causas segundas) dirigieran el hado humano?

¡Oh, ojalá nunca hubiera hecho adelantar a Harriet! ¡Ojalá la hubiera dejado donde debía, y donde él le había dicho que debía dejarla! ¡Ojalá no le hubiera impedido, con una locura que ninguna lengua podía expresar, que se casara con el joven sin tacha que la habría hecho feliz y respetable en la forma de vida a que ella debía pertenecer! Todo hubiera estado a salvo; no habría ocurrido nada.

¡Cómo podía Harriet haber tenido jamás la presunción de elevar sus pensamientos al señor Knightley! ¡Cómo se podía haber imaginado ser la elegida de tal hombre mientras no estuviera de hecho segura de ello! Pero Harriet era menos humilde, tenía menos escrúpulos que antes. Parecía notar menos su inferioridad, tanto de mente como de situación. Se había dado más cuenta de que el señor Elton descendería al casarse con ella, que ahora con el señor Knightley. ¡Ay! ¿No era eso también su propia obra? ¿Quién se había molestado en darle a Harriet ideas de ser consecuente consigo misma sino ella? ¿Quién sino ella misma le había enseñado que debía elevarse si era posible? Si Harriet, de ser humilde, había pasado a ser vanidosa, eso era también obra suya.

CAPÍTULO 48

Hasta entonces, al verse amenazada de perderle, Emma no había sabido nunca qué gran parte de su felicidad dependía de ser la *primera* para el señor Knightley, la primera en su interés y afecto. Segura de que era así, y pensando que se le debía, lo había disfrutado sin pensarlo; y sólo ante el temor de verse suplantada se daba cuenta de qué inexpresablemente importante había sido eso. Mucho, mucho tiempo, se daba cuenta, había sido la primera; pues, no teniendo él parentela femenina propia, sólo estaba Isabella con títulos que pudieran compararse a los suyos, y ella había sabido siempre exactamente cuánto quería y estimaba él a Isabella. Ella había sido la primera para él desde hacía muchos años. No lo había merecido; muchas veces había sido descuidada o maligna, desdeñando su consejo, o incluso oponiéndose caprichosamente a él, sin darse cuenta ni de la mitad de los méritos de él, y riñendo con él porque no quería reconocer su falsa e insolente estimación de sí misma; pero sin embargo, por afecto familiar y por costumbre, y por pura excelencia de ánimo, él la había querido y la había cuidado desde niña, con una intención de mejorarla y una preocupación porque ella hiciera lo que debía hacer, que ninguna otra persona había compartido. A pesar de todos sus defectos, ella sabía que él la quería, ¿no podría decir que mucho? Sin embargo, cuando se le representaron las sugerencias de esperanza que debían derivarse de eso, no pudo atreverse a entregarse a ellas. Harriet Smith podría creerse indigna de ser amada de modo peculiar, exclusivo y apasionado por el señor Knightley. Ella no podía hacerse ilusiones de ninguna ceguera en el afecto de él hacia ella. Recientemente había recibido prueba de su imparcialidad. ¡Cuánto le había desagradado a él su comportamiento con la señorita Bates! ¡De qué modo tan directo, tan enérgico, se había expresado con ella sobre el tema! No tan enérgico como para ofenderla, pero demasiado enérgico como para provenir de ningún sentimiento más suave que la recta justicia y la buena voluntad clarividente. No tenía esperanza, nada que mereciera el nombre de esperanza, de que él sintiera hacia ella esa clase de afecto de que ahora se trataba; pero quedaba una esperanza (a veces muy ligera, a veces mucho más fuerte) de que Harriet se hubiera equivocado y exagerara la estima que él sentía por ella. Tenía que desear eso Emma, en atención a él, aunque la consecuencia no fuera nada para ella, sino que él se quedara soltero para toda la vida. Si ella pudiera estar segura de eso, efectivamente, de que él nunca se casaría, creía que se quedaría perfectamente satisfecha. Que siguiera él siendo el mismo señor Knightley para ella y para su padre, el mismo señor Knightley para todo el mundo; que Donwell y Hartfield no perdieran nada de su preciosa comunicación de amistad y confianza, y la paz de Emma estaría plenamente asegurada. El matrimonio, en efecto, no le iría bien a ella. Sería incompatible con lo que le debía a su padre, y con lo que sentía por él. Nada debía separarla de su padre. Ella no se casaría, aunque se lo pidiera el señor Knightley.

Tenía que desear ardientemente que Harriet se viera decepcionada, y tenía esperanzas de que, cuando pudiera volver a verles juntos, podría al menos averiguar qué probabilidades había de que fuera así. En lo sucesivo les vería con la más estrecha observación; y por muy desgraciadamente que hubiera malentendido incluso a los que más observaba, no sabía cómo admitir que pudiera cegarse en esto. A él se le esperaba de vuelta cualquier día. Pronto se le daría la posibilidad de observar; terriblemente pronto, le parecía, cuando sus pensamientos iban en cierta dirección. Mientras tanto, decidió no ver a Harriet. No les haría bien a ninguna de las dos, no le haría bien a la cuestión el seguir hablando de ella. Estaba decidida a no convencerse mientras pudiera dudar, y sin embargo no tenía autoridad para oponerse a las confidencias de Harriet. Hablar sería sólo irritar. Le escribió, pues, de modo amable, pero decidido, rogándole que por ahora no viniera a Hartfield; reconociendo que estaba convencida de que era mejor evitar más comentarios confidenciales sobre determinado tema, y que cabía esperar que, si se dejaban pasar unos pocos días antes de volverse a reunir, a no ser en compañía de otros —sólo se oponía a una entrevista a solas—, podrían actuar como si hubieran olvidado la conversación del día anterior. Harriet se sometió y lo aprobó, y quedó agradecida.

Acababa de arreglarse este punto, cuando llegó una visita para arrancar un poco los pensamientos de Emma del único tema que los había absorbido, despierta o dormida, durante las últimas veinticuatro horas: la señora Weston, que había ido a visitar a su futura nuera, y pasaba por Hartfield de camino a casa, casi tanto por atención a Emma como por placer para ella misma, para contar todos los detalles de una entrevista tan interesante.

El señor Weston la había acompañado a casa de la señora Bates, cumpliendo muy bien su parte, en esta atención esencial, pero como ella indujo luego a la señorita Fairfax a salir con ella a tomar el aire, al señor Weston se le hizo volverse, con mucho más que decir, y que decir con satisfacción, de lo que podía haberle proporcionado un cuarto de hora pasado en el salón de la señora Bates, con toda la molestia de unos sentimientos cohibidos.

Un poco de curiosidad sí que tenía Emma, y sacó partido

a todo el relato de su amiga. La señora Weston había salido ella misma muy agitada a hacer la visita; en primer lugar, su deseo había sido no ir en absoluto por entonces, sino que se le permitiera escribir meramente a la señorita Fairfax en vez de ello, y aplazar esa visita de ceremonia hasta que pasara cierto tiempo y el señor Churchill se reconciliara con la idea de que se supiera el compromiso; pues, considerándolo todo, pensaba que tal visita no se podía hacer sin que eso llevara a que se supiera; pero el señor Weston había sido de otra opinión; tenía gran deseo de mostrar su aprobación a la señorita Fairfax y su familia, y no pensaba que eso pudiera provocar ninguna sospecha, o, si así era, que eso tuviera ninguna importancia; pues, como observó, «esas cosas siempre corren por ahí». Emma sonrió y pensó que el señor Weston tenía mucha razón para decirlo así. Habían ido, en una palabra; y la confusión y el apuro de la señora habían sido evidentes. Apenas había sido capaz de decir una palabra, y sus miradas y gestos habían mostrado qué profundamente consciente era de todo. La tranquila y cordial satisfacción de la vieja señora y el arrebatado placer de su hija —que estaba incluso demasiado alegre para hablar como de costumbre—, resultaron una escena placentera, pero casi impresionante. Estaban ambas tan verdaderamente respetables en su felicidad, tan desinteresadas en todos sus sentimientos; pensaban tanto en Jane; tanto en todo el mundo y tan poco en ellas mismas, que en ellas se hacía visible todo sentimiento de bondad. La reciente enfermedad de la señorita Fairfax ofrecía una buena excusa para que la señora Weston la invitara a salir a tomar el aire; ella al principio se echó atrás y lo declinó, pero al ser apremiada accedió; y en el transcurso del paseo en coche, la señora Weston, a fuerza de amable estímulo, superó tanto su cohibimiento como para hacerla conversar sobre el tema que importaba. Las excusas por su aparentemente descortés silencio en su primera visita, y las más cálidas expresiones de la gratitud que siempre sentía hacia ella y el señor Weston, tenían por fuerza que iniciar el asunto, pero cuando se dejaron a un lado esas efusiones, hablaron mucho del estado presente y futuro del compromiso. La señora Weston estaba convencida de que esa conversación debía ser un gran alivio para su acompañante, después de tanto tiempo de estar encerrada en su propia mente, y le agradó mucho todo lo que dijo ella sobre el tema. Sobre el dolor de lo que había sufrido durante ese ocultamiento de tantos meses, continuó la señora Weston, habló muy intensamente. Esta fue una de sus expresiones: «No diré que no haya tenido algunos momentos felices desde que asumí el compromiso, pero puedo decir que nunca he conocido la suerte de una hora tranquila», y los labios temblorosos, Emma, que lo pronunciaron, fueron un testimonio de lo que sentía en mi corazón.

—¡Pobre muchacha! —dijo Emma—. ¿Piensa entonces que ha hecho mal por haber consentido en un compromiso secreto?

—¡Mal! Nadie, me parece, puede acusarla más de lo que está dispuesta ella misma a acusarse. «La consecuencia», dijo, «ha sido un estado de sufrimiento perpetuo para mí, y así debía ser. Pero por mucho castigo que pueda acarrear el portarse mal, no deja de ser portarse mal. El dolor no es expiación. Nunca podré quedar sin culpa. He actuado contra todo mi sentido de lo justo; y el afortunado giro que ha tomado todo, y la bondad que ahora recibo, es lo que me dice mi conciencia que ahora no debería ocurrir. No se imagine, señora», continuó, «que me han enseñado mal. Que no recaiga ninguna acusación sobre los principios ni el cuidado de los que me han educado. El error ha sido mío por completo, y le aseguro que, aun con todas las excusas que parezcan dar las presentes circunstancias, me dará miedo sin embargo dar a conocer todo el asunto al coronel Campbell.»

—¡Pobre muchacha! —volvió a decir Emma—. Entonces, le ama enormemente, supongo. Debe haber sido sólo por afecto por lo que se dejó llevar a tal compromiso. Su amor debió superar a su juicio.

—Sí, no tengo duda de que ella se siente muy unida a él.

—Me temo —contestó Emma, suspirando—, que muchas veces he debido contribuir a hacerla infeliz.

—Por parte suya, amor mío, se hizo con mucha inocencia. Pero ella probablemente tenía algo de eso en su mente, al aludir a los malentendidos sobre los que nos había hecho insinuaciones antes. Una consecuencia de los males en que se metió, dijo, fue que la hicieron irrazonable. La conciencia de haber hecho mal la sometió a mil inquietudes, y la hizo suspicaz e irritable hasta un grado que debió ser —que fue— difícil de soportar para él. «No tuve la tolerancia», dijo ella, «que debía haber tenido, hacia su carácter y su humor; su delicioso humor, y esa alegría, esa disposición juguetona que, en cualquier otra circunstancia, estoy segura de que habría seguido siendo tan subyugante como al principio.» Luego empezó a hablar de usted, y de la gran bondad que había tenido con ella durante su enfermedad; y con un rubor que me mostró cómo estaba todo relacionado, me rogó que, en cuanto tuviera oportunidad, le diera las gracias —yo no podría exagerar dándolas— por todos los deseos y todos los esfuerzos por su bien. Se daba cuenta de que usted no había recibido por parte de ella ningún reconocimiento adecuado.

—Si no supiera que ahora ella es feliz —dijo Emma, seriamente—, como debe serlo, a pesar de todos los pequeños inconvenientes de su escrupulosa conciencia, no podría soportar ese agradecimiento... pues ¡oh, señora Weston! ¡si se sacara la cuenta del bien y el mal que he hecho a la señorita Fairfax! Bueno —dominándose, y tratando de estar más animada—, todo eso ha de ser olvidado. Es usted muy amable de darme esos interesantes detalles. La presentan del mejor modo posible. Estoy segura de que es muy buena; espero que sea muy feliz. Está muy bien que la suerte esté del lado de él, pues creo que el mérito será todo de ella.

Tal conclusión no podía dejar de recibir respuesta de la señora Weston. Ella pensaba bien de Frank en casi todos los aspectos; y, lo que era más, le quería mucho, así que su defensa fue seria. Habló de modo muy razonable, y también afectuoso; pero tenía demasiado que apremiar para la atención de Emma, que pronto escapó hacia Brunswick Square o hacia Donwell; se olvidó de intentar escuchar, y cuando la señora Weston terminó con:

—No hemos recibido todavía la carta que esperábamos con tanto afán, pero espero que llegará pronto.

Emma se vio obligada a hacer una pausa antes de contestar, y al fin, a contestar al azar, antes de poder recordar qué carta era ésa que esperaban con tanto afán.

—¿Está usted bien, Emma mía? —fue la pregunta de la señora Weston al despedirse.

—¡Ah, perfectamente! Yo siempre estoy bien, ya lo sabe. No deje de darme noticia de la carta tan pronto como sea posible.

Las informaciones de la señora Weston proporcionaron a Emma más materia para reflexiones desagradables, al aumentar su estima, su compasión, y su sensación de pasadas injusticias hacia la señorita Fairfax. Lamentaba amargamente no haber buscado una amistad más estrecha con ella, y se ruborizaba de los sentimientos de envidia que, en cierta medida, habían sido su causa. Si hubiera seguido los conocidos deseos del señor Knightley, rindiendo a la señorita Fairfax la atención que le correspondía; si hubiera tratado de conocerla mejor; si hubiera puesto más de su parte para lograr una intimidad; si hubiera tratado de encontrar en ella una amiga, en vez de encontrarla en Harriet Smith; con toda probabilidad, se habría ahorrado todos los dolores que ahora se le venían encima. Su nacimiento, sus capacidades y su educación, habían señalado por igual a la una para ser una acompañante recibida con gratitud; y la otra ¿qué era? Incluso suponiendo que nunca hubieran sido amigas íntimas, que nunca hubiera sido admitida en la confianza de la señorita Fairfax en ese importante asunto —lo cual era muy probable—, sin embargo, al conocerla como debía, y como podía, tenía que haberse salvado de esa abominable sospecha de un afecto impropio hacia el señor Dixon; sospecha que no sólo había formado y abrigado neciamente ella misma, sino que había comunicado tan imperdonablemente; una idea que temía que hubiera sido materia de trastorno para la delicadeza de los sentimientos de Jane, por la ligereza o el descuido de los sentimientos de Frank Churchill. De todas las fuentes de mal que rodearon a aquélla, desde su llegada a Highbury, Emma estaba convencida de que ella misma fue la peor. Ella debía haber sido una enemiga perpetua. Nunca podían estar los tres juntos, sin que ella destrozara la paz de Jane Fairfax de mil modos; y en Box Hill, quizá, hubo la angustia de un ánimo que no podía soportar más.

El atardecer de ese día fue muy largo y melancólico en Hartfield. El tiempo añadía toda la tristeza que podía. Empezó una fría lluvia tempestuosa, y no se veía nada de junio sino en los árboles y arbustos, que el viento despojaba, y en la longitud del día, que sólo hacía visible durante más tiempo tan cruel espectáculo.

El tiempo afectaba al señor Woodhouse, que sólo seguía medianamente a gusto por la casi incesante atención de su hija, en esfuerzos que jamás le habían costado ni la mitad. Eso le recordaba cuando, por primera vez, se quedaron a solas, como perdidos, en el atardecer de la boda de la señora Weston; pero entonces había entrado el señor Knightley, poco después del té, a disipar toda fantasía melancólica. ¡Ay! Quizá pronto acabarían tan deliciosas pruebas del atractivo de Hartfield como daban esa clase de visitas. La imagen que entonces se había trazado de las soledades del invierno inminente resultó errónea; ningún amigo les había abandonado, ningún placer se había perdido. Pero temía que sus actuales presentimientos no recibirían semejante contradicción. La perspectiva por delante de ella, ahora, era amenazadora hasta un punto que no cabía disipar del todo, ni aun podía aclararse parcialmente. Si ocurría todo lo que podía ocurrir entre el círculo de sus amigos. Hartfield se vería relativamente abandonado; y ella quedaría para animar a su padre con el humor de una felicidad echada a perder.

El niño que iba a nacer en Randalls tendría que ser allí un lazo más querido incluso que ella misma; y el corazón y el tiempo de la señora Weston estarían ocupados con él. La perderían, y, probablemente, en gran medida también a su marido. Frank Churchill no volvería a estar con ellos, y la señorita Fairfax, era razonable suponer, pronto dejaría de pertenecer a Highbury. Se casarían y se establecerían en Enscombe o cerca. Todo lo que era bueno se retiraría; y si se añadía a esas pérdidas la pérdida de Donwell, ¿qué sociedad animada o razonable le quedaría a su alcance? ¡Que el señor Knightley no viniera ya para consolarles en el anochecer! ¡Que ya no entrara a cualquier hora, como deseando siempre cambiar su propio hogar por el de ellos! ¿Cómo se podía soportar aquello? Y si le perdían por causa de Harriet; si después hubiera que pensar que encontraba todo lo que quería en la compañía de Harriet; si iba a ser Harriet la elegida, la primera, la más querida, la amiga, la esposa de quien él esperara las mejores bendiciones de la existencia, ¿qué podía aumentar la desgracia de Emma sino la reflexión, nunca lejana de su mente, de que había sido obra suya?

Al llegar a tal nivel, no era capaz de evitar un sobresalto, un grave suspiro, o incluso dar vueltas por el cuarto unos pocos segundos. Y la única fuente de donde se podía obtener algo parecido al consuelo o a la tranquilidad, era en la resolución de conducirse mejor, y en la esperanza de que, por inferior en humor y alegría que fuera el siguiente invierno y cualquier otro en su porvenir, en comparación con el pasado, la encontraría más razonable, con mejor conocimiento de sí misma, y le dejaría menos que lamentar cuando pasara.

CAPÍTULO 49

El tiempo continuó casi lo mismo toda la mañana siguiente, y en Hartfield parecían reinar la misma soledad y la misma melancolía; pero por la tarde aclaró; el viento saltó a un cuarto más suave, las nubes quedaron barridas, apareció el sol y volvió a ser verano. Con todo el afán que daba tal transición, Emma decidió estar al aire libre tan pronto como fuera posible. Nunca le habían resultado tan atractivos el estupendo espectáculo, el olor, la sensación de naturaleza, tranquila, tibia y brillante después de una tormenta. Anhelaba la serenidad que esas cosas pudieran traer poco a poco, y cuando entró el señor Perry, poco después de comer, con una hora libre que dedicar a su padre, ella no perdió tiempo para apresurarse al vivero. Allí, con el ánimo reanimado y los pensamientos un tanto aliviados, había dado unas pocas vueltas, cuando vio al señor Knightley cruzar la puerta del jardín y acercarse a ella. Era la primera indicación de que hubiera vuelto de Londres. Un momento antes había estado pensando en él como indiscutiblemente a dieciséis millas de distancia. Sólo había tiempo para ordenar rápidamente el ánimo. Debía estar serena y tranquila. Unos momentos después se reunieron. Los «¿Cómo está?» fueron tranquilos y contenidos por ambas partes. Ella preguntó por sus comunes parientes; estaban todos bien. ¿Cuándo les había dejado? Esa mañana mismo. Debía haberse mojado viniendo a caballo. Sí. Ella se dio cuenta de que él tenía intención de pasear con ella. «Había acabado de echar una mirada al comedor y, como no hacía falta allí, prefería estar al aire libre.» Le pareció a ella que no tenía un aire ni un tono animado; y la primera causa de eso, que le sugirieron sus miedos, fue que quizá había comunicado sus planes a su hermano, y le dolía la manera como se habían recibido.

Caminaron juntos. Él estaba silencioso. A ella le pareció que la miraba a menudo y trataba de obtener una visión más completa de su rostro de la que a ella le convenía ofrecer. Y esa creencia produjo otro temor. Quizá él quería hablar con ella de su afecto por Harriet; quizá miraba buscando estímulo para empezar. Ella no se sentía, ni podía sentirse en condiciones de abrir camino a tal tema. Debía él hacerlo todo. Sin embargo, Emma no podía soportar su silencio. En él, no era nada natural. Reflexionó, decidió, y, tratando de sonreír, empezó:

—Tiene una noticia que oír, ahora que ha vuelto, que le sorprenderá.

—¿De veras? —dijo él sosegadamente y mirándola—; ¿de qué clase?

—¡Ah, de la mejor clase del mundo! Una boda.

Después de esperar un momento, como para asegurarse de que ella no pensaba decir más, él contestó:

—Si se refiere a la señorita Fairfax y a Frank Churchill, ya lo he oído.

—¿Cómo es posible? —exclamó Emma, volviendo hacia él sus mejillas sofocadas; pues, mientras hablaba, se le ocurrió que él quizá habría entrado a visitar, de paso, a la señora Goddard.

—Recibí unas líneas sobre un asunto de la parroquia, del señor Weston, esta mañana, y al final me informaba brevemente de lo que había pasado.

Emma quedó muy aliviada y pudo decir por fin, con algo más de dominio:

—Probablemente usted se ha sorprendido menos que todos nosotros, pues tuvo sus sospechas. No he olvidado que una vez intentó avisarme. Ojalá le hubiera hecho caso... pero... —con voz caída y un fuerte suspiro— parece que estoy condenada a la ceguera.

Durante unos pocos momentos, no se dijo nada, y ella no sospechaba haber producido ningún interés particular, hasta que encontró su brazo atraído dentro del brazo de él, y estrechado contra el corazón, oyéndole decir, en tono de gran sensibilidad y en voz baja:

—El tiempo, mi muy querida Emma, el tiempo curará la herida. Su propio excelente sentido... sus esfuerzos por el bien de su padre... sé que usted no se permitirá... —Otra vez sintió Emma su brazo estrechado, mientras él añadía, en tono más agitado y reprimido—: Los sentimientos de más cálida amistad... indignación... ¡bribón abominable!

Y en tono más alto y firme concluyó:

—Pronto se habrán ido. Pronto estarán en Yorkshire. Lo siento por ella. Merece mejor destino.

Emma le comprendió, y en cuanto se pudo recuperar del sofoco de placer producido por tan tierna consideración, replicó:

—Es usted muy amable... pero se equivoca... y tengo que corregirle. No me hace falta esa clase de compasión. Mi ceguera ante lo que pasaba me llevó a actuar ante ellos de un modo de que siempre me deberé avergonzar, y me vi estúpidamente tentada a decir y hacer muchas cosas que quizá me expongan a desagradables conjeturas, pero no tengo otro motivo para lamentar no haber estado antes en el secreto.

—¡Emma! —exclamó él, mirándola con afán—, ¿de veras? —pero, controlándose—. No, no, la comprendo... perdóneme... me alegra que pueda decir eso... No es objeto de nostalgia, desde luego, y no pasará mucho tiempo antes que eso sea reconocido por algo más que por su razón. ¡Suerte que su afecto no se enredó más! Confieso que, por sus maneras, nunca pude sentirme seguro en cuanto hasta qué grado sentía usted... Sólo podía estar seguro de que había una preferencia... y una preferencia que nunca creí que él mereciera. Él es una deshonra para el nombre de hombre. ¿Y va a ser recompensado con esa dulce joven? Jane, Jane, vas a ser una criatura desgraciada.

—Señor Knightley —dijo Emma, tratando de hablar con animación, pero realmente confusa—, estoy en una situación extraordinaria. No puedo dejarle seguir en su error, y sin embargo, quizá, puesto que mis maneras dieron tal impresión, tengo tanta razón para avergonzarme de confesar que nunca me he sentido unida a la persona de que hablábamos, como sería natural en una mujer tener para confesar exactamente lo contrario. Pero nunca fue así.

Él la escuchó en absoluto silencio. Ella deseaba que él hablara, pero él no quiso. Ella supuso que tenía que decir más antes de tener derecho a la clemencia de él, pero era difícil verse obligada aún más a rebajarse en su opinión. Sin embargo, continuó.

—Tengo muy poco que decir a favor de mi conducta. Me tentaron sus atenciones y me permití parecer complacida. Una vieja historia, probablemente; un caso corriente; y no peor que lo que les ha ocurrido a centenares de mujeres antes que a mí, y sin embargo quizá no sea más excusable en quien, como yo, pone tanto empeño en comprender. Muchas circunstancias ayudaron a la tentación. Era hijo del señor Weston... estaba siempre aquí... siempre le encontré muy agradable... y, en una palabra —con un suspiro—, por más que hinche las causas ingeniosamente, se centran todas en esto, en fin: mi vanidad se vio halagada, y permití sus atenciones. Después, sin embargo... durante algún tiempo, efectivamente... no pensé que significaran nada en absoluto. Me ha dominado, pero no me ha hecho daño. Nunca he estado unida a él. Y ahora puedo comprender medianamente su conducta. Nunca deseó que me uniera a él. Era simplemente un engaño para ocultar su situación verdadera con otra. Su objetivo era cegar a todos los que le rodeaban; y nadie, estoy segura, pudo ser cegada tan eficazmente como yo... salvo que no quedé cegada... esa fue mi suerte... que, en resumen, de un modo o de otro, siempre estuve a salvo de él.

Ella tuvo esperanzas de una respuesta ahí, de unas pocas palabras diciendo que su conducta era por lo menos inteligible, pero él quedó callado, y, por lo que ella pudo juzgar, sumergido en pensamientos. Por fin, y en un acento pasablemente igual al suyo acostumbrado, dijo él:

—Nunca tuve buena opinión de Frank Churchill. Puedo suponer, sin embargo, que quizá le he menospreciado. Mi trato con él ha sido sólo muy superficial. Y aunque no le haya menospreciado, todavía puede resultar bueno. Con tal mujer, tiene una oportunidad. No tengo motivos para desearle nada malo; y en atención a ella, cuya felicidad depende del buen carácter y la buena conducta de él, sin duda que le deseo lo mejor.

—No tengo duda de que serán felices juntos —dijo Emma—; creo que sienten un sincero afecto uno por otro.

—¡Qué hombre tan afortunado! —contestó el señor Knightley, con energía— Tan pronto en la vida... a los veintitrés años... en un momento en que, si un hombre elige mujer, generalmente elige mal. ¡A los veintitrés años, haber sacado tal premio! ¡Qué años de felicidad, según todo cálculo humano, tiene por delante ese hombre! Con la seguridad del amor de tal mujer; ese amor desinteresado, pues el carácter de Jane Fairfax sin duda garantiza su desinterés; todo a favor de él... igualdad de situación... quiero decir, en lo que toca a la sociedad, y a todos los hábitos y maneras que son importantes; igualdad en todo menos en una cosa, y ésa, puesto que la pureza de corazón de ella no admite duda, es tal que debe aumentar su felicidad, pues está en su mano conceder las ventajas que a ella le faltan. Un hombre siempre desearía dar a una mujer un hogar mejor que aquel de donde la saca; y quien puede hacerlo, si no hay duda de la consideración de ella, debe ser, creo, el más feliz de los mortales. Frank Churchill es, desde luego, el favorito de la fortuna. Todo resulta para su bien. Encuentra una joven en un balneario, obtiene su afecto, no puede ni fatigarla con su tratamiento negligente... aunque él y toda su familia hubieran buscado por el mundo una esposa perfecta para él, no la habrían podido encontrar mejor. Le estorba su tía. Su tía muere. Él no tiene más que hablar. Los suyos están deseosos de promover su felicidad. Él ha tratado mal a todos... y todos están encantados de perdonarle. ¡Qué hombre afortunado, desde luego!

—Habla como si le envidiara.

—Y sí que le envidio, Emma. En un aspecto es objeto de mi envidia.

Emma no pudo decir más. Parecían estar a media frase de distancia de Harriet, y su instinto inmediato era apartar el tema, si era posible. Hizo su plan: hablaría de alguien completamente diferente, de los niños en Brunswick Square; y sólo esperaba a tomar aliento para empezar, cuando el señor Knightley la sobresaltó diciendo:

—No me va a preguntar cuál es el punto de mi envidia. Ya veo que está decidida a no tener curiosidad. Es usted prudente, pero yo no puedo ser prudente. Emma, tengo que decirle lo que usted no quiere preguntar, aunque un momento después quizá desee no haberlo dicho.

—¡Ah, entonces, no lo diga, no lo diga! —exclamó ella con afán—. Tómese un poco de tiempo, considere, no se comprometa.

—Gracias —dijo él, en tono de profunda humillación, y no hubo una sílaba más.

Emma no podía soportar causarle dolor. Él deseaba hacerle confidencias, quizá consultarla; costara lo que le costara, escucharía. Quizá apoyaría su decisión, o le reconciliaría con ella: quizá concedería la justa alabanza a Harriet, o,

haciéndole considerar su propia independencia, le aliviaría
de ese estado de indecisión que debía ser más intolerable que
ninguna alternativa para una mente como la de él. Habían
llegado a la casa.

—Va a entrar, supongo —dijo él.

—No —dijo Emma, muy confirmada por el tono deprimido en que él seguía hablando—. Me gustaría dar otra vuelta. El señor Perry no se ha ido.

Y, después de dar unos pasos:

—Le acabo de interrumpir ahora mismo de modo descortés, señor Knightley, y me temo que le he causado dolor.
Pero si tiene deseos de hablar conmigo francamente como
amiga, y pedirme mi opinión de cualquier cosa que esté considerando... como amiga, desde luego, me tiene a su disposición. Oiré todo lo que quiera. Le diré exactamente lo que
pienso.

—¡Como amiga! —repitió el señor Knightley—. Emma,
esa es una palabra, me temo... No, no tengo deseos... Espere,
sí, ¿por qué habría de vacilar? Ya he llegado demasiado lejos
para ocultarlo. Emma, acepto su oferta. Aunque le parezca
extraño, lo acepto y me remito a usted como amiga. Dígame,
entonces ¿no tengo probabilidades yo de tener éxito nunca?

Se detuvo, con seriedad, al hacer la pregunta, y la expresión de sus ojos la dejó abrumada.

—Mi querida Emma —dijo—, pues siempre será mi querida Emma, sea cual sea el resultado de esta conversación,
mi queridísima, mi amadísima Emma, dígalo en seguida.
Diga «No» si hay que decirlo.

Ella realmente no podía decir nada.

—Está usted callada —exclamó, con gran animación—,
¡absolutamente callada! Por ahora no pido más.

Emma estaba a punto de desplomarse bajo la agitación
de ese momento. Su sentimiento más destacado era quizá el
miedo a que la despertaran del sueño más feliz.

—No puedo hacer discursos, Emma —continuó él pronto,

y en un tono de tan sincera, decidida y comprensible ternura como hacía falta para convencer—: si la amara menos, quizá podría hablar más de ello. Pero ya sabe lo que soy. No oye de mí más que la verdad. Soporte las verdades que le querría decir ahora, queridísima Emma, igual que ha soportado otras. La manera, quizá, no las mejorará mucho. Bien sabe Dios que he sido un enamorado muy mediocre. Pero usted me entiende. Sí, ya ve, comprende mis sentimientos... y corresponderá a ellos si puede. Por ahora, sólo pido oír, oír una vez su voz.

Mientras hablaba, el ánimo de Emma estaba muy atareado, y, con toda la prodigiosa velocidad del pensamiento, había podido —y sin perder sin embargo una palabra— captar y comprender la exacta verdad del total; ver que las esperanzas de Harriet no tenían ningún fundamento, que eran un error, una ilusión, tan completa como todas las de ella misma; que Harriet no era nada; que ella misma lo era todo; que lo que ella había dicho sobre Harriet, él lo había entendido como el lenguaje de sus propios sentimientos; y que su agitación, sus dudas, su reluctancia, su modo de desanimarle, se habían entendido como desanimándole respecto a ella. Y no sólo hubo tiempo para convencerse de eso, con todo su fulgor de felicidad; hubo tiempo también de alegrarse de que no se le hubiera escapado el secreto de Harriet, y de decidir que era necesario que no, y que no se le escaparía. Ese era el único servicio que podía hacer ahora a su pobre amiga, pues en cuanto al heroísmo de sentimientos que pudiera haberle sugerido rogarle a él que transfiriera su afecto hacia Harriet, por ser infinitamente la más valiosa de las dos... o incluso la más sencilla sublimidad de decidir rechazarle de una vez y para siempre, sin confesar ningún motivo, porque él no podía casarse con las dos, Emma no lo sintió. Sentía dolor y contrición por Harriet, pero ningún ataque de generosidad enloquecida, y seguía tan enérgica como siempre había sido en reprobar tal alianza para él, como muy desigual y degradante. Tenía el camino abierto, aunque no del todo liso. Habló entonces, al ser así rogada. ¿Qué dijo? Exactamente lo que debía, claro. Una dama siempre lo hace así. Dijo bastante para mostrar que no había por qué desesperar, y para invitarle a él a que dijera más. Él sí había desesperado en un momento dado; había recibido tal mandato de precaución y silencio, que por el momento aplastó toda esperanza; ella había empezado por negarse a oírle. El cambio quizá había sido algo repentino; la propuesta de Emma de dar otra vuelta, su modo de renovar la conversación a que acababa de poner fin ella misma, podrían ser un poco sorprendentes. Ella se daba cuenta de su inconsistencia, pero el señor Knightley tuvo la amabilidad de aceptarlo y no buscar más explicaciones.

Rara vez, rara vez una revelación humana va acompañada de completa verdad; rara vez puede ocurrir que no haya algo un poco disfrazado o un poco equivocado; pero cuando, como en este caso, los sentimientos no están equivocados, aunque la conducta lo esté, quizá eso no sea muy importante. El señor Knightley no pudo encontrar en Emma un corazón más clemente del que en realidad tenía, ni un corazón más dispuesto a aceptar el suyo.

De hecho, no había sospechado en absoluto su propia influencia. La había seguido al vivero sin idea de probarla. Había llegado con el afán de ver cómo soportaba ella el compromiso de Frank Churchill, sin intención egoísta, sin intención alguna, salvo la de esforzarse por aconsejarla o ablandarla, si ella le daba oportunidad. Lo demás había sido obra del momento, el efecto inmediato de lo que había oído sobre sus sentimientos. La placentera afirmación de que ella era totalmente indiferente hacia Frank Churchill, de que su corazón estaba completamente sin vínculo con él, había hecho nacer la esperanza de que, con el tiempo, él pudiera ganar su afecto, pero no había sido esperanza para el momento: había aspirado sólo, en la momentánea victoria del afán sobre el buen juicio, a que ella le dijera que no le prohibía intentar captar su afecto. Las esperanzas mejores que poco a poco se abrieron eran, por tanto, aún más placenteras. ¡Ese afecto, que él había pedido que se le permitiera crear si podía, era ya suyo! En media hora, había pasado de un estado de ánimo completamente trastornado, a algo tan parecido a la perfecta felicidad, que no podía llevar otro nombre.

El cambio de Emma era igual. Esa media hora había dado a ambos la misma preciosa certidumbre de ser amados, les había liberado a ambos del mismo grado de ignorancia, celos o desconfianza. Por parte de él, había habido unos largos celos, tan antiguos como la llegada, o incluso la previsión de la llegada de Frank Churchill. Él había estado enamorado de Emma y celoso de Frank Churchill desde el mismo momento, habiendo provocado un sentimiento el otro. Eran sus celos por Frank Churchill lo que le había hecho marcharse. La excursión de Box Hill le decidió a marcharse. Se ahorraría volver a observar tales atenciones permitidas y estimuladas. Se había ido para aprender a ser indiferente. Pero se había equivocado de sitio. En casa de su hermano había demasiada felicidad doméstica; la mujer tomaba en él una forma demasiado amable; Isabella se parecía demasiado a Emma, difiriendo de ella sólo en unas evidentes inferioridades que siempre volvían a ponerle a la otra delante con todo su brillo; con lo que no se habría logrado mucho aunque hubiera estado más tiempo. Se había quedado allí, sin embargo, enérgicamente, día tras día, hasta que el correo de esa misma mañana le había llevado la historia de Jane Fairfax. Entonces, con la alegría que había que sentir, más aún, que no tenía escrúpulo en sentir, no habiendo creído nunca que Frank Churchill mereciera en absoluto a Emma, sintió tanta solicitud tierna, tan aguda ansiedad por ella, que no pudo quedarse más. Había vuelto a casa a caballo bajo la lluvia, y había ido a verla a pie inmediatamente después de comer, para ver cómo la más dulce y mejor de las criaturas, sin defecto a pesar de todos sus defectos, soportaba ese descubrimiento.

La encontró agitada y baja de ánimos. Frank Churchill era un villano. Él la oyó declarar que nunca le había amado. El carácter de Frank Churchill ya no fue tan desesperado. Ella era su Emma, en mano y palabra, cuando volvieron a la casa; y si en ese momento él hubiera podido pensar en Frank Churchill, quizá le habría considerado un tipo excelente.

CAPÍTULO 50

¡Con qué sentimientos tan totalmente diferentes de los que tenía al salir volvió Emma a entrar en casa! Entonces sólo se había atrevido a esperar una pequeña tregua en el sufrimiento; ahora estaba en un exquisito sofoco de felicidad, y una felicidad tal, que ella creía que sería aún más grande cuando se le pasara el sofoco.

Se sentaron a tomar el té, el mismo grupo en torno a la misma mesa; ¡cuántas veces se habían reunido! ¡y cuántas veces sus ojos se habían posado en los mismos retoños en el césped y observado el mismo hermoso efecto del sol poniente! Pero nunca en tal estado de ánimo, nunca en nada semejante, y tuvo dificultad en poder reunir lo bastante de su personalidad acostumbrada para ser la atenta señora de la casa, o incluso la atenta hija.

El pobre señor Woodhouse sospechaba poco lo que se tramaba contra él en el pecho de aquel hombre a quien daba tan cordialmente la bienvenida, deseándole tan afanosamente que no se hubiera resfriado en su cabalgada. Si hubiera podido verle el corazón, le hubieran importado muy poco sus pulmones, pero, sin imaginar ni de lejos el mal que se le venía encima, sin percibir en absoluto nada extraordinario en el aire del uno ni de la otra, les repitió cómodamente todas las noticias que había recibido del señor Perry y siguió hablando muy ufano, totalmente sin sospechar lo que ellos podrían haberle dicho en correspondencia.

Mientras siguió con ellos el señor Knightley, continuó la fiebre de Emma, pero, cuando se fue, empezó a tranquilizarse y calmarse un poco, y en el transcurso de la noche sin dormir, que fue la penitencia por tal atardecer, encontró uno o dos puntos que considerar, ya que le hacían pensar que hasta en su felicidad debía haber alguna mezcla. Su padre... y Harriet. No podía estar sola sin sentir el peso de los derechos de ambos; y la cuestión era cómo preservar el bienestar de ambos. Respecto a su padre, la cuestión quedó resuelta pronto. Apenas sabía qué pediría el señor Knightley, pero un brevísimo parlamento con su propio corazón produjo la más solemne decisión de no abandonar nunca a su padre. Incluso lloró ante la idea como un pecado de pensamiento. Mientras viviera él, debía ser sólo un compromiso, pero se lisonjeaba de pensar que, si se le quitara el peligro de arrastrarla lejos, eso podría ser para él un aumento de bienestar. Cómo hacer lo más que pudiera por Harriet era una decisión más difícil; cómo evitarle todo dolor innecesario; cómo expiar con ella todo lo posible; cómo parecer menos su enemiga. Sobre esos temas, su perplejidad y su apuro fueron muy grandes, y su ánimo hubo de atravesar una y otra vez todos los reproches amargos y las tristes lamentaciones que había sentido en otros momentos. Sólo pudo decidir al fin que seguiría evitando encontrarse con ella, y le comunicaría por carta todo lo que hiciera falta; que sería inexpresablemente deseable tenerla ahora alejada de Highbury durante algún tiempo, y —permitiéndose un proyecto más— casi decidió que podría ser practicable obtenerle una invitación para ir a Brunswick Square. A Isabella le había gustado Harriet; y unas pocas semanas en Londres la podrían entretener. No creía que estaba en la naturaleza de Harriet el dejar de recibir beneficio con la novedad y la variedad, con las calles, las tiendas y los niños. En todo caso, sería una prueba de atención y bondad por parte de ella, que tenía toda la deuda; una separación por el momento; un modo de alejar el día aciago en que todos habían de volverse a reunir.

Se levantó pronto; y escribió su carta a Harriet, una ocupación que la dejó tan seria, tan casi triste, que el señor Knightley, al llegar a pie a Hartfield para el desayuno, resultó especialmente oportuno; y la media hora que robó después para volver con él a recorrer el mismo terreno, literal y figuradamente, le fue muy necesaria para volverse a situar en una adecuada participación de la felicidad de la tarde anterior.

No hacía mucho que él la había dejado, de ningún modo lo bastante como para que ella sintiese la menor inclinación a pensar en nadie más, cuando trajeron una carta de Randalls, una carta muy gruesa; ella adivinó lo que contenía y lamentó la necesidad de leerla. Ahora se sentía completamente caritativa hacia Frank Churchill; no necesitaba explicaciones, sólo quería disponer de sus pensamientos para sí misma, y en cuanto a entender cualquier cosa que escribiera él, se sentía incapaz por completo de ello. Sin embargo, había que abrirse paso a través de ella. Abrió el envoltorio; estaba demasiado segura de que sería así; una nota de la señora Weston para ella presentaba la carta de Frank a la señora Weston.

Tengo el mayor placer, mi querida Emma, en remitirle la adjunta. Sé qué completa justicia hará, y no dudo de su afortunado efecto. Creo que nunca volveremos a estar en desacuerdo importante sobre quien escribe, pero no la voy a retrasar con un largo prefacio. Estamos muy bien. Esta carta ha sido la curación de ese poco de nerviosismo que he sentido recientemente. No me gustó la cara que tenía el martes, pero era una mañana poco propicia, y aunque usted nunca confiese que la afecta el tiempo, creo que todo el mundo nota el viento nordeste. Me preocupé mucho por su buen padre en la tormenta del martes por la tarde y ayer por

la mañana, pero tuve el gusto de saber anoche, por el
señor Perry, que no le hizo sentirse mal.

Siempre suya,

A. W.

[*A la señora Weston*]

/ Windsor, julio

Mi querida señora:

Si me di a entender ayer, esperará esta carta; pero,
esperada o no, sé que la leerá con buena intención e
indulgencia. Usted es toda bondad, pero creo que hará
falta toda su bondad para admitir algunas partes de mi
pasada conducta. Pero me ha perdonado alguien que
tenía aún más de que ofenderse. Mi ánimo se eleva al
escribir. Es muy difícil para los afortunados ser humildes. Ya he encontrado tal éxito en mis dos peticiones
de perdón, que puedo estar en peligro de creerme demasiado seguro del suyo y del de aquellas de sus amistades que tienen motivo para sentirse ofendidas. Todos
ustedes deben esforzarse en comprender la exacta situación cuando llegué a Randalls; deben considerar que
tenía un secreto que había que guardar, pasara lo que
pasara. Tal era el caso. Otra cuestión es si tenía derecho a ponerme en una situación que requería tal ocultamiento. No lo voy a tratar aquí. Para mi tentación de
creer que tenía derecho, remito a quien lo dude a una
casa de ladrillos, con ventanas de guillotina abajo y
buhardillas encima, en Highbury. No me atrevía a dirigirme a ella abiertamente; mis dificultades en la situación de entonces en Enscombe deben ser sobradamente
conocidas para necesitar definirse; y tuve la suerte de
prevalecer, antes de nuestra separación en Weymouth,

para convencer a la más recta mente femenina de que condescendiera por caridad a un compromiso secreto. Si ella hubiera rehusado, me habría vuelto loco. Pero estará usted dispuesta a decir, ¿cuál era su esperanza con eso? ¿Qué esperaba? Cualquier cosa, cualquier cosa; el tiempo, el azar, las circunstancias, los efectos lentos, los arrebatos repentinos, la perseverancia y la fatiga, la salud y la enfermedad. Tenía delante de mí todas las posibilidades de bien, y tenía asegurada la más importante de las bendiciones, al obtener sus promesas de fidelidad y correspondencia. Si necesita más explicaciones, mi querida señora, tengo el honor de ser el hijo de su marido, y la ventaja de haber heredado una tendencia a esperar lo bueno, a que no puede igualar ninguna herencia en casas o tierras. Véame, pues, bajo esas circunstancias, llegando en mi primera visita a Randalls, y ahí tengo conciencia de haber hecho mal, pues esa visita debió hacerse antes. Usted volverá atrás la vista y verá que no fui hasta que estuvo en Highbury la señorita Fairfax; y, como usted fue la persona ofendida, me perdonará al momento, pero tengo que trabajar por conseguir la compasión de mi padre, recordándole que, mientras estuve ausente de su casa, perdí la suerte de conocerla a usted. Mi conducta, en la feliz quincena que pasé con ustedes, espero que no me hizo merecedor de reproches, salvo en un punto. Y ahora llego a lo principal, la única parte importante de mi conducta, mientras estuve con usted, que me produce ansiedad o requiere una explicación cuidadosa. Con el mayor respeto y la más cálida amistad nombro a la señorita Woodhouse; mi padre quizá creerá que debería añadir, con la más profunda humillación. Unas pocas palabras que él dejó caer ayer expresaron su opinión, y reconozco que merezco cierta censura. Mi conducta con la señorita Woodhouse indicó, creo, más de lo que debía. Para ayudar

a un ocultamiento que me era tan esencial, me vi llevado a usar más de lo tolerable la clase de relación en
que nos situaron inmediatamente. No puedo negar que
la señorita Woodhouse era mi objetivo aparente, pero
estoy seguro de que creerá mi declaración de que si no
hubiera estado convencido de su indiferencia, ningún
interés egoísta me habría inducido a seguir adelante. Por
amable y deliciosa que sea la señorita Woodhouse, nunca me dio la idea de una joven fácil de comprometerse;
el que estuviera completamente libre de toda tendencia
de unirse a mí, fue tanto mi convicción como mi deseo.
Recibía mis atenciones con un aire bromista, tranquilo,
amistoso y bienhumorado, que era lo que me venía bien
exactamente. Parecíamos entendernos. Por nuestra situación recíproca, a ella le correspondían esas atenciones
y se pensaba que era así. Si empezó realmente a enten-
derme la señorita Woodhouse antes que acabara esa
quincena, no lo sé decir; cuando la visité para despe-
dirme, recuerdo que hubo un momento en que casi le
confesé la verdad, y entonces se me antojó que ella tenía
alguna sospecha, pero no dudo que después me descubrió, al menos hasta cierto punto. Quizá no se lo imaginó todo, pero su viveza debió penetrar una parte. No
lo puedo dudar. Usted verá, cuando el tema quede libre
de sus presentes restricciones, que esto no la tomó del
todo por sorpresa. Muchas veces me hizo insinuaciones
de ello. Recuerdo que en el baile me dijo que le debía
yo gratitud a la señora Elton por sus atenciones a la
señorita Fairfax. Espero que esta historia de mi conducta con ella la admitirán usted y mi padre como gran
atenuante de lo que le pareció mal. Mientras consideren
que yo he pecado contra Emma Woodhouse, no podré
merecer nada de ninguno de los dos. Absuélvame ahora,
y obténgame, cuando sea posible, la absolución y los
buenos deseos de la mencionada Emma Woodhouse, a

quien considero con tanto afecto fraternal como para desearle que esté tan profunda y felizmente enamorada como yo. De todas las cosas extrañas que hice o dije durante aquella quincena, ahora tiene la clave. Mi corazón estaba en Highbury, y mi tarea era llevar allí mi cuerpo siempre que pudiera y con la menor sospecha. Si recuerda alguna rareza, póngala en la cuenta apropiada. Del pianoforte tan comentado, sólo me parece necesario decir que la señorita F. ignoraba absolutamente su encargo, y que no me habría permitido jamás enviárselo si se le hubiera dado opción. La delicadeza de su ánimo durante todo el compromiso, querida señora, está por encima de mi capacidad de hacerle justicia. Pronto, espero sinceramente, usted podrá conocerla del todo. No hay descripción que le sirva. Ella misma tiene que decirle lo que es, pero no de palabra, pues nunca hubo criatura humana que tan intencionadamente elimine su propio mérito. Después que empecé esta carta, que será más larga de lo que preveía, he sabido de ella. Da buenas noticias de su salud, pero, como nunca se queja, no me atrevo a fiarme. Quiero saber qué opina usted de su aspecto. Sé que la va a visitar pronto; ella vive en el temor de esa visita. Quizá ya se ha hecho. Quiero saber por usted sin tardanza; estoy impaciente por mil detalles. Recuerde qué pocos minutos estuve en Randalls, y en qué estado tan desconcertado y loco. Y todavía no estoy mucho mejor; siempre loco, o de felicidad o de desgracia. Cuando pienso en la bondad y el favor que he encontrado, y en su excelencia y paciencia, y en la generosidad de mi tío, me vuelvo loco de alegría; pero cuando recuerdo toda la incomodidad que le ocasioné y qué poco merezco ser perdonado, me vuelvo loco de ira. ¡Si pudiera volverla a ver! Pero todavía no debo proponerlo. Mi tío ha sido demasiado bueno para molestarle. Todavía debo añadir algo a esta larga carta. No ha oído usted todo lo que debería oír. No pude dar ayer ningún detalle coherente, pero lo repentino, y, en cierta perspectiva, lo intempestivo del modo como estalló el asunto, necesita explicación; pues, aunque el suceso del 26 del pasado, como deducirá, me abrió inmediatamente las más felices perspectivas, no debería haber producido tan rápidas medidas, salvo por las circunstancias tan particulares que no me dejaban una hora que perder. Yo mismo debería haber evitado tal precipitación, y ella habría compartido todos mis escrúpulos con mayor fuerza y refinamiento. Pero no tenía alternativa. El precipitado compromiso que ella había aceptado con esa mujer... Ahí, señora, me vi obligado a marcharme repentinamente, para dominarme y concentrarme. He estado andando por el campo y ahora espero estar lo bastante razonable como para hacer que el resto de mi carta sea lo que debe ser. En realidad, es una humillante visión en retrospectiva para mí. Me porté vergonzosamente. Y aquí puedo admitir que mi conducta con la señorita W., al ser desagradable con la señorita F., fue altamente reprobable. *Ella* la desaprobó, lo que debía haber sido bastante. No le pareció suficiente mi excusa de ocultar la verdad. Se disgustó; me pareció que no era razonable; la consideré, en mil ocasiones, innecesariamente escrupulosa y cauta; incluso la consideré fría. Pero ella tuvo siempre razón. Si yo hubiera seguido su buen juicio y dominado mi humor poniéndolo en el nivel de lo que ella creía apropiado, habría escapado a la mayor infelicidad que he conocido jamás. Reñimos. ¿Recuerda la mañana que pasamos en Donwell? Allí llegaron a hacer crisis todas las pequeñas insatisfacciones que habían ocurrido hasta entonces. Yo llegué tarde; la encontré yéndose a casa a pie, sola, y quise andar con ella, pero no lo consintió. Se negó absolutamente a consentírmelo, lo que entonces no me pareció nada razonable. Ahora, sin embargo, no veo en ello nada más que una discreción muy natural y coherente. Mientras yo, para cegar al mundo sobre nuestro compromiso, me comportaba durante una hora con objetable atención hacia otra mujer, ¿iba ella a consentir a la siguiente hora a una propuesta que habría hecho inútiles todas las precauciones anteriores? Si nos hubieran visto andando entre Donwell y Highbury, se habría sospechado la verdad. Sin embargo, fui tan loco como para ofenderme: dudé de su afecto. Lo dudé más al día siguiente en Box Hill, cuando, provocada por tal conducta por mi parte, por tan vergonzoso, insolente modo de descuidarla, y tanta devoción aparente hacia la señorita W., que ninguna mujer sensata habría podido soportar, expresó su resentimiento en unas palabras completamente claras para mí. En resumen, querida señora, fue una riña sin culpa por su lado, abominable por mi lado; y me volví esa misma noche a Richmond, aunque podría haberme quedado con ustedes hasta la mañana siguiente, simplemente porque quería estar tan enojado con ella como fuera posible. Incluso entonces no fui tan tonto como para no pensar reconciliarme con el tiempo, pero yo era la persona ofendida, ofendida por su frialdad, y me marché decidido a que ella diera el primer paso. Siempre me felicitaré de que usted no estuviera en la excursión de Box Hill. Si hubiera observado mi conducta allí, no puedo suponer que hubiera vuelto jamás a pensar bien de mí. Su efecto en ella se ve por la decisión inmediata que produjo; tan pronto como vio que realmente me había ido de Randalls, aceptó la oferta de la oficiosa señora Elton; cuyo entero modo de tratarla, dicho sea de paso, me llenó siempre de indignación y de odio. No debo reñir con el espíritu de indulgencia que tan generosamente se me ha aplicado, pero, salvo por eso, debería

protestar ruidosamente contra la parte de él que ha
recibido esa mujer. «¡Jane!», ¡nada menos! Observará que todavía no me he permitido llamarla por ese
nombre, ni aun con usted. Piense, entonces, lo que tuve
que soportar al oírlo lanzado entre los Elton con toda
la vulgaridad de la repetición innecesaria. Tenga paciencia conmigo, pronto acabaré. Aceptó esa oferta, decidida
a romper conmigo del todo, y me escribió al día siguiente para decirme que nunca nos volveríamos a ver. *Le
parecía que nuestro compromiso era para ambos una
fuente de arrepentimiento y dolor; ella lo deshacía.* Esa
carta me llegó la misma mañana de la muerte de mi
pobre tía. La contesté no más tarde de una hora después, pero, por la confusión de ánimo y la multiplicidad
de asuntos que caían sobre mí de repente, mi respuesta,
en lugar de ser enviada con las muchas otras cartas de
ese día, quedó encerrada en mi escritorio; y yo, confiando que había escrito bastante, aunque en pocas líneas, para convencerla, me quedé sin intranquilidad.
Me decepcionó bastante no saber de ella pronto, pero
la excusé, y estuve demasiado atareado y —¿puedo aña-
dirlo?— demasiado contento con mis perspectivas para
preocuparme. Nos trasladamos a Windsor, y dos días
después recibí un paquete de ella; ¡mis propias cartas,
devueltas todas! —y unas pocas líneas al mismo tiempo,
por el correo, expresando su gran sorpresa al no haber
recibido la más pequeña respuesta a su última, y aña-
diendo que, como el silencio en tal punto no podía ser
malentendido, y como debía ser igualmente deseable
para ambos que todos los arreglos derivados se decidie-
ran lo antes posible, ahora me enviaba todas mis cartas
por un medio seguro y me pedía que, si no podía disponer en seguida de las mías para enviarlas a Highbury
dentro de una semana, que se las remitiera después de
ese tiempo a...: en resumen, me saltó a la cara la direc-

ción completa del señor Smallridge, junto a Bristol. Conocía el nombre, el lugar, lo sabía todo, y al momento vi lo que había hecho ella. Eso estaba perfectamente de acuerdo con la decisión de carácter que yo sabía que poseía; y el secreto que había mantenido en sus cartas anteriores sobre ningún designio semejante, mostraba igualmente su cuidadosa delicadeza. Por nada del mundo habría querido ella parecer amenazarme. Imagínese el choque, imagine cómo, hasta que descubrí mi error, deliré contra los errores del correo. ¿Qué había que hacer? Una cosa sólo. Tenía que hablar con mi tío. Sin su sanción, no podía esperar que se me volviera a escuchar. Hablé; las circunstancias estaban a mi favor; el reciente acontecimiento había ablandado su orgullo, y, antes de lo que yo esperaba, se reconcilió y estuvo dispuesto, y pudo decir al fin, ¡pobre hombre!, con un profundo suspiro, que deseaba que yo pudiera encontrar tanta felicidad en el estado matrimonial como él. Yo pensé que sería de modo diferente. ¿Está usted dispuesta a compadecerme por lo que debí sufrir al revelarle el asunto, por mi suspensión mientras todo estaba en juego? No, no me compadezca hasta pensar en cuando llegué a Highbury y vi cómo la había maltratado. No me compadezca hasta cuando vi qué macilenta y enferma parecía. Llegué a Highbury a la hora en que, sabiendo que ellas desayunan tarde, estaba seguro de encontrarla a solas. No quedé decepcionado, y por fin tampoco quedé decepcionado en el objetivo de mi viaje. Tuve que vencer con mis persuasiones su razonable y justo disgusto. Pero ya está hecho; estamos reconciliados, queriéndonos, queriéndonos mucho más que antes, y ya no puede haber entre nosotros ninguna incomodidad momentánea. Ahora, mi querida señora, la dejo libre, pero no pude acabar antes. Mil y mil gracias por toda la bondad que ha tenido conmigo, y diez mil más por las atenciones que su corazón le dicte para con ella. Si me cree en camino de ser más feliz de lo que merezco, estoy muy de acuerdo con su opinión. La señorita W. dice que soy el hijo de la buena suerte. Espero que tenga razón. En un aspecto, mi buena suerte no tiene duda; en poder firmarme

su agradecido y cariñoso hijo,

F. C. Weston Churchill

CAPÍTULO 51

Esa carta tenía que abrirse paso hasta los sentimientos de Emma. Se vio obligada, a pesar de todas sus previas decisiones en contra, a rendir toda la justicia que preveía la señora Weston. Tan pronto como llegó a su propio nombre, fue irresistible: cada línea que se refería a ella era interesante, y casi cada línea era agradable; y cuando cesó ese encanto, el tema pudo seguir manteniéndose por el natural retorno de sus anteriores sentimientos hacia quien escribía, y el fuerte atractivo que cualquier imagen de amor debía tener para ella en ese momento. No se detuvo hasta terminarla entera, y, aunque era imposible no pensar que él había hecho mal, sin embargo, había hecho menos mal de lo que ella había supuesto; y él había sufrido y estaba muy arrepentido, y estaba muy agradecido a la señora Weston, y estaba muy enamorado de la señorita Fairfax, y ella misma estaba tan feliz, que no había modo de ser severa; así que si él hubiera entrado en el cuarto, ella le habría estrechado la mano tan cordialmente como siempre.

Le pareció tan bien la carta que, cuando volvió el señor Knightley, ella le rogó que la leyera. Estaba segura de que la señora Weston deseaba que se comunicara, especialmente a alguien que, como el señor Knightley, había visto en su conducta tanto que censurar.

—Me alegrará echarle una mirada —dijo él—, pero parece larga. Me la llevaré a casa por la noche.

Pero eso no servía. El señor Weston vendría otra vez por la noche, y ella la iba a devolver con él.

—Preferiría hablar con usted —contestó él—, pero como parece cuestión de justicia, se hará.

Empezó; deteniéndose, sin embargo, casi en seguida para decir:

—Si me hubieran ofrecido ver una carta de este caballero a su madrastra hace unos pocos meses, Emma, no la habría tomado con tanta indiferencia.

Siguió un poco más, leyendo para sí, y luego, con una sonrisa, observó:

—¡Hum! Un bonito cumplido para empezar. Pero cada cual a su modo. El estilo de uno no debe ser la regla para otro. No seremos severos.

—Me resultará natural —añadió poco después— decir mi opinión en voz alta conforme lea. Haciéndolo así, me parecerá que estoy cerca de usted. No será mucha pérdida de tiempo, pero si no le gusta...

—De ningún modo. Me gustaría.

El señor Knightley volvió a su lectura con mayor ánimo.

—Aquí quita importancia —dijo—, en cuanto a la tentación. Sabe que no tiene razón y no tiene nada razonable que alegar. Malo. No debía haber establecido el compromiso. «La tendencia de su padre»... es injusto, sin embargo, con su padre. El carácter optimista del señor Weston fue una bendición para todos sus esfuerzos rectos y honorables, pero el señor Weston se ganó todas sus comodidades presentes antes de intentar obtener a la señora Weston. Muy cierto; no vino mientras no estuvo aquí la señorita Fairfax.

—Y no he olvidado —dijo Emma— qué seguro estaba usted de que podría haber venido antes, de haber querido. Pasa usted por ello muy elegantemente, pero tenía toda la razón.

—No era muy imparcial en mi juicio, Emma, pero sin embargo, creo... que aunque *usted* no hubiera estado en el asunto... habría desconfiado de él.

Cuando llegó a la señorita Woodhouse, se vio obligado a leerlo todo en voz alta; todo lo relativo a ella, con una sonrisa; una mirada, una sacudida de la cabeza, unas pocas palabras de asentimiento, de desaprobación, o simplemente de cariño, según lo requiriera el asunto, concluyendo, sin embargo, en serio, y, tras de intensa reflexión, así:

—Muy mal... aunque pudo ser peor. Jugando a un juego muy peligroso. Se apoya demasiado en el resultado para ser absuelto. No es buen juez de su propia conducta con usted. Siempre engañado, en realidad, por sus propios deseos, y sin importarle poco más que su propia conveniencia. Antojándosele que usted había sondeado su secreto. ¡Muy natural!... con su ánimo lleno de intrigas, que lo sospechara en los demás... Misterio; qué finura... ¡cómo pervierten el entendimiento! Emma mía, ¿no sirve todo para demostrar cada vez más la belleza de la verdad y de la sinceridad en todos nuestros tratos mutuos?

Emma asintió a ello, y, con un rubor de sensibilidad, a causa de Harriet, de que no podía dar ninguna explicación sincera, dijo:

—Más vale que siga.

Él lo hizo así, pero muy pronto se detuvo a decir:

—¡El pianoforte! ¡Ah, eso fue propio de un joven, muy joven, demasiado joven para considerar si los inconvenientes no excederían mucho al placer! ¡Un enredo de niño, de veras! No puedo comprender que un hombre desee dar a una mujer ninguna prueba de cariño de que sabe que ella preferiría prescindir; y él sabía que ella habría impedido la llegada del instrumento si hubiera podido.

Tras de eso, avanzó un tanto sin detenerse. La confesión de Frank Churchill de haberse comportado vergonzosamente fue lo primero que produjo más de una palabra de pasada.

—Completamente de acuerdo con usted, señor mío —fue entonces su comentario—. Se portó usted de un modo extremadamente vergonzoso. Nunca ha escrito nada más verdadero.

Y habiendo visto lo que venía después sobre la razón de su desacuerdo y su insistencia en actuar en completa oposición al sentido de rectitud de Jane Fairfax, se detuvo del todo para decir:

—Esto está muy mal. La había inducido a situarse, por él, en una posición de extremada dificultad e intranquilidad, y su primer objetivo debía haber sido evitarle sufrir sin necesidad. Ella debía tener muchas mayores dificultades que él para seguir la correspondencia. Él debía haber respetado incluso los escrúpulos irrazonables, si los hubiera, pero los de ella fueron todos razonables. Debemos considerar la única falta de ella, y recordar que había hecho mal en aceptar el compromiso, si hemos de tolerar que estuviera en tal situación de castigo.

Emma sabía que ahora llegaba a la excursión de Box Hill, y se sintió incómoda. ¡Su propia conducta había sido tan impropia! Estaba muy avergonzada y con un poco de miedo a la próxima mirada de él. Sin embargo, todo eso fue leído fijamente y con atención y sin el menor comentario; y, salvo una rápida ojeada hacia ella, retirada al instante por miedo de causar dolor, parecía no existir ningún recuerdo de Box Hill.

—No es mucho decir sobre la delicadeza de nuestros buenos amigos, los Elton —fue su siguiente comentario—. Sus sentimientos son naturales. ¡Cómo! ¡Decidida de hecho a romper con él del todo! «Le parecía que el compromiso era para ambos una fuente de arrepentimiento y dolor. Ella lo deshacía.» ¡Qué perspectiva da esto sobre la conducta de él! Bueno, debe ser un extraordinario...

—Ea, siga leyendo... Encontrará cuánto sufre.

—Ojalá sea así —contestó el señor Knightley fríamente,

y reanudando la carta. —«¡Smallridge!» ¿Qué quiere decir eso? ¿Qué es todo eso?

—Ella se comprometió a ir de institutriz con los niños de la señora Smallridge, una buena amiga de la señora Elton, una vecina de Maple Grove, y, a propósito, no sé cómo soportará la decepción la señora Elton.

—No diga nada, mi querida Emma, mientras me obliga a leer; ni siquiera sobre la señora Elton. Sólo falta una página. Pronto acabo. ¡Qué carta escribe ese hombre!

—Me gustaría que la leyera con ánimo más bondadoso hacia él.

—Bueno, ahí sí que hay sentimiento. Parece haber sufrido al encontrarla enferma. Ciertamente, no puedo dudar que la quiere. «Queriéndonos, queriéndonos mucho más que antes.» Espero que siga sintiendo mucho tiempo el valor de tal reconciliación. Es muy generoso en dar las gracias, con sus mil y sus diez mil. «Más feliz de lo que merezco.» Vamos, ahí se conoce a sí mismo. «La señorita Woodhouse dice que soy el hijo de la buena suerte.» ¿Fueron ésas las palabras de la señorita Woodhouse, de veras? Y un bonito final; ahí está la carta. ¡El hijo de la buena suerte! ¿Es así como le llamaba?

—Usted no parece tan convencido como yo con su carta, pero, sin embargo, debe, o por lo menos espero que deba considerarle mejor por haberla escrito. Espero que le sirva para algo ante usted.

—Sí, ciertamente que sí. Tiene grandes defectos, defectos de falta de consideración y despreocupación, y estoy muy de acuerdo con él en considerarle más feliz de lo que merece; pero como no cabe duda de que quiere de verdad a la señorita Fairfax, y pronto, esperamos, tendrá la ventaja de estar constantemente unido a ella, estoy muy dispuesto a creer que mejorará su carácter, y adquirirá de ella la firmeza y delicadeza de principios que le falta. Y ahora, permítame hablarle de algo diferente. Tengo tanto en el ánimo los intereses de

497

otra persona, que ya no puedo seguir pensando en Frank Churchill. Desde que la dejé esta mañana, Emma, mi ánimo está dando vueltas a un solo tema.

Siguió a esto el asunto: era, en lenguaje sencillo, sin afectación y caballeroso, tal como usaba siempre el señor Knightley aun con la mujer de quien estaba enamorado, cómo poder pedirle que se casara con él, sin dañar la felicidad de su padre. La respuesta de Emma ya estaba preparada a la primera palabra. «Mientras viviera su querido padre, cualquier cambio de estado sería imposible para ella. Ella nunca podría abandonarle.» Sólo parte de esta respuesta fue admitida, sin embargo. En cuanto a la imposibilidad de abandonar a su padre, el señor Knightley tenía tan firme convicción como ella, pero no podía estar de acuerdo sobre la inadmisibilidad de ningún otro cambio. Lo había estado pensando de modo muy profundo y cuidadoso; al principio había tenido esperanzas de convencer al señor Woodhouse a que se trasladara con ella a Donwell; había querido creerlo factible, pero su conocimiento del señor Woodhouse no le consintió engañarse mucho tiempo; y ahora confesó su convencimiento de que tal trasplante sería un riesgo para la comodidad de su padre, quizá incluso para su vida, a que no había que exponerse. ¡El señor Woodhouse sacado de Hartfield! No, se daba cuenta de que no debía intentarse eso. Pero en cuanto al plan que había surgido al sacrificar éste, confiaba que su queridísima Emma no lo encontrara objetable en ningún aspecto; era que él fuera recibido en Hartfield; que mientras que la felicidad del padre de Emma —dicho de otro modo, su vida— requiriera que Hartfield siguiera siendo el hogar de Emma, sería el suyo igualmente.

Que todos ellos se trasladaran a Donwell, ya a Emma se le había ocurrido pasajeramente. Como él, había examinado el proyecto y lo había rechazado, pero no se le había ocurrido tal alternativa. Se daba cuenta de todo el afecto que evidenciaba. Se daba cuenta de que él, al abandonar Donwell, debía

sacrificar mucho de su independencia en horas y costumbres;
que al vivir constantemente con su padre, y en una casa que
no era suya, habría mucho, mucho que soportar. Ella prometió pensarlo, y le aconsejó a él pensarlo más; pero él estaba
plenamente convencido de que ninguna reflexión podría alterar sus deseos ni su opinión sobre el tema. Podía asegurarle
a ella que lo había considerado despacio y con calma; que
se había ido a pasear para estar separado de William Larkins
toda la mañana, y tener sus reflexiones solamente para sí
mismo.

—¡Ah! Esa es una dificultad que no está resuelta —exclamó Emma—. Estoy segura de que a William Larkins no le
gustará. Tiene que lograr su consentimiento antes de pedir
el mío.

Prometió, sin embargo, pensarlo; y casi le prometió, además, pensarlo con intención de encontrar que era un proyecto
muy bueno.

Es notable que a Emma, entre los muchos, muchísimos
puntos de vista desde los que ahora empezaba a considerar
Donwell Abbey, nunca se le ocurriera que hubiera algo de
daño para su sobrino Henry, cuyos derechos como heredero
previsto antes habían sido tan firmemente considerados. Cierto que tenía que pensar en la posible diferencia para el pobre
niño, y sin embargo sólo se concedió una traviesa sonrisa
al darse cuenta de ello, y le pareció divertido descubrir la
verdadera causa de su violento odio a que el señor Knightley
se casara con Jane Fairfax, o con cualquier otra persona;
odio que en aquel momento ella atribuyó a su cariñosa solicitud de hermana y tía.

Ese propósito de él, ese plan de casarse y seguir en Hartfield; cuanto más lo consideraba, más agradable se hacía.
Los males de él parecían disminuir, su propia ventaja aumentar; su bien común sobrepujaba a todo inconveniente. ¡Tal
compañero para ella en los tiempos de preocupación y falta
de animación que había tenido por delante! ¡Tal pareja en

los deberes y cuidados que el tiempo aumentaría en su melancolía!

Habría sido demasiado feliz, salvo por la pobre Harriet; pero toda buena suerte suya parecía implicar y hacer prever los sufrimientos de su amiga, que ahora debía quedar excluida hasta de Hartfield. De ese delicioso grupo de familia que Emma se aseguraba, a la pobre Harriet, por simple precaución caritativa, había que mantenerla a distancia. Harriet perdería en todos los sentidos. Emma no podía deplorar su futura ausencia como una disminución de su propio disfrute. En tal grupo, Harriet sería un peso muerto más bien que otra cosa, pero, para la pobre muchacha, parecía una necesidad peculiarmente cruel la que la iba a poner en tal situación de castigo inmerecido.

Con el tiempo, claro, el señor Knightley quedaría olvidado, es decir, sustituido; pero no se podía esperar que eso pasara muy pronto. El propio señor Knightley no haría nada por ayudar a la cura; a diferencia del señor Elton. El señor Knightley, siempre tan amable, tan sensitivo, tan verdaderamente considerado para todo el mundo, nunca merecería ser menos adorado que ahora; y realmente era mucho esperar, incluso de Harriet, que se pudiera enamorar de más de *tres* hombres en un solo año.

CAPÍTULO 52

Fue un gran alivio para Emma encontrar a Harriet tan deseosa como ella misma de evitar un encuentro. Su comunicación ya era bastante difícil aun por carta. ¡Cuánto peor, si se hubieran visto obligadas a reunirse!

Harriet se expresó tal como cabía suponerlo, sin reproches ni visible sensación de mal trato; y sin embargo, a Emma se le antojó que había algo de ofensa, algo parecido a ello en su estilo, que hacía aún más deseable que estuvieran separadas. Quizá era sólo su conciencia, pero parecía que sólo un ángel pudiera haber dejado de ofenderse bajo tal golpe.

No tuvo dificultad en obtener la invitación de Isabella, y tuvo la suerte de tener una razón suficiente para pedirla sin recurrir a la invención. Había una muela que iba mal. Harriet realmente deseaba, y lo había deseado desde hacía tiempo, consultar a un dentista. La señora John Knightley estuvo encantada en ser útil; todo lo que fuera mala salud era una recomendación para ella, y aunque no le gustara tanto ningún dentista como su médico el señor Wingfield, estuvo muy dispuesta a tener a Harriet bajo su cuidado. Una vez arreglado esto por parte de su hermana, Emma se lo propuso a su amiga, y la encontró muy dispuesta a la persuasión. Iría Harriet; la invitaban para una quincena al menos; la trasladarían en el coche del señor Woodhouse. Todo se arregló, todo se hizo, y Harriet quedó a salvo en Brunswick Square.

Ahora Emma podía, en efecto, disfrutar las visitas del señor Knightley; ahora podía hablar y podía escuchar con verdadera felicidad, sin verse refrenada por esa sensación de injusticia, de culpabilidad, de algo muy doloroso, que la acosaba al recordar qué decepcionado estaba un corazón cercano a ella; cuánto, en ese momento y a poca distancia, podían sufrir los sentimientos que ella misma había extraviado.

La diferencia entre que Harriet estuviera en casa de la señora Goddard o en Londres quizá producía una exagerada diferencia en las sensaciones de Emma; pero Emma no podía pensar que ella en Londres no tuviera temas de curiosidad y ocupación, que debían alejar el pasado y sacarla fuera de sí misma.

No consentiría que ninguna otra preocupación se sucediera inmediatamente en el lugar que había ocupado Harriet en su mente. Tenía por delante una comunicación, que sólo ella podía sentirse con autoridad para hacer; la confesión de su compromiso a su padre, pero por ahora no quería hacer nada de eso. Había decidido aplazar la revelación hasta que la señora Weston estuviera fuera de cuidado. No había que añadir nuevas agitaciones en ese momento entre los que amaba, y el mal no debía actuar en ella por expectaciones antes del momento debido. Por lo menos una quincena de tranquilidad y paz de ánimo tendría por delante, para llevar a término su felicidad más cálida, pero más agitada.

Pronto decidió, tanto por deber como por placer, dedicar una hora de esa vacación de su ánimo a visitar a la señorita Fairfax. Debía ir, y deseaba verla; la semejanza de sus situaciones actuales aumentaba todos los demás motivos de buena voluntad. Sería una satisfacción *secreta*; pero la conciencia de su semejanza de perspectivas aumentaría sin duda el interés con que oiría todo lo que le dijera Jane.

Fue; una vez había ido en coche inútilmente a la puerta, pero no había vuelto a estar en la casa desde la mañana después de Box Hill, cuando la pobre Jane estaba tan agitada que la llenó de compasión, aunque no sospechaba lo peor de sus sufrimientos. El miedo de no haber llegado a ser bienvenida todavía, la decidió, aun estando segura de que estaban en casa, a esperar en la entrada y hacerse anunciar arriba. Oyó a Patty anunciar su nombre, pero no hubo tal ruido como la pobre señorita Bates había hecho oír la otra vez con tan audible felicidad. No; no oyó más que la respuesta instantánea de «Hazla subir», y un momento después le salió al encuentro en la escalera la misma Jane, adelantándose afanosamente, como si no bastara otro modo de recibir. Emma no la había visto nunca tan bien, tan deliciosa, tan atractiva. Tenía animación, calor, conciencia de todo; en su rostro y sus maneras había todo lo que cupiera desear. Se adelantó con la mano extendida y dijo, con voz sorda, pero emocionada:

—¡Qué bondad es ésta, de veras! Señorita Woodhouse, es imposible para mí expresar... Espero que me creerá... Excúseme por estar tan completamente sin palabras.

Emma quedó satisfecha y pronto habría mostrado que no le faltaban palabras si no la hubiera refrenado la voz de la señora Elton desde el salón, haciéndole conveniente comprimir todos sus sentimientos amistosos y congratulatorios en un apretón de manos muy sincero.

Estaban juntas la señora Bates y la señora Elton. La señorita Bates había salido, lo que explicaba la tranquilidad anterior. Emma habría podido desear que la señora Elton estuviera en cualquier otro sitio, pero estaba de un buen humor como para tener paciencia con todo el mundo, y, como la señora Elton la recibió con gracia desacostumbrada, tuvo esperanzas de que el reencuentro no les haría daño.

Pronto creyó penetrar los pensamientos de la señora Elton, y entender por qué estaba de tan feliz ánimo, igual que ella; disfrutaba de la confianza de la señorita Fairfax, y se imaginaba conocer algo que era aún un secreto para los demás. Emma vio inmediatamente síntomas de ello en la expresión

de su cara, y, mientras presentaba sus respetos a la señora
Bates y parecía atender a las respuestas de la buena anciana,
la vio, en una especie de afanosa exhibición, doblar una carta
que al parecer había estado leyendo en voz alta a la señorita
Fairfax, y volverla a poner en la redecilla púrpura y oro que
había a su lado, diciendo, con movimientos de cabeza muy
significativos:

—Esto lo podemos acabar otra vez, ya sabe. A usted y a
mí no nos faltarán oportunidades. Y, en realidad, ya ha
oído todo lo esencial. Sólo quería hacerle ver que la señora S.
admite nuestras excusas y no está ofendida. Ya ve qué deliciosamente escribe. ¡Ah, es una criatura excelente! ¡Habría
estado usted encantada con ella, si hubiera ido! Pero ni una
palabra más. Seamos discretas, basta con nuestra buena conducta. ¡Chist! Ya recuerda aquellos versos... se me ha olvidado la poesía ahora:

*Porque cuando se trata de una dama
ya es sabido que todo cede el paso.*

Ahora digo yo, querida mía, en nuestro caso, en vez de
dama, lea... ¡silencio! al buen entendedor. ¿Estoy muy animada, no? Pero quería tranquilizar su ánimo en cuanto a la
señora S. Mi manera de explicarlo, como ve, la ha convencido.

Y luego, cuando Emma simplemente volvía la cabeza a
mirar la labor de la señora Bates, añadió, en un medio susurro:

—No he dicho *nombres*, observará. ¡Ah, no, cauta como
un ministro del gobierno! Me las he arreglado muy bien.

Emma no pudo dudar. Era una exhibición palpable, repetida siempre que se podía. Después que hablaron todas
un poco más en armonía sobre el tiempo y la señora Weston,
se encontró repentinamente interpelada con:

—¿No cree usted, señorita Woodhouse, que la pícara de

nuestra amiguita se ha recobrado de un modo encantador? ¿No cree que su curación es un gran mérito de Perry? —aquí una ojeada lateral hacia Jane, con mucha significación—. Palabra, que Perry la ha restablecido en poco tiempo. ¡Ah, si la hubiera visto, como la vi yo, cuando estaba en lo peor! —Y mientras la señora Bates decía algo a Emma, siguió susurrando—: No decimos ni una palabra de ninguna ayuda que no pudiera prestar Perry; no hablamos de cierto joven médico de Windsor. ¡Ah no, Perry se llevará todo el mérito!

—Apenas he tenido el gusto de verla, señorita Woodhouse —empezó poco después—, desde la excursión a Box Hill. Una excursión muy agradable. Pero creo que faltó algo. Las cosas no parecían... esto es, parecía haber una nube sobre los ánimos de algunos. Así me pareció, por lo menos, pero a lo mejor me equivoco Sin embargo, creo que salió tan bien como para tentarle a una a volver otra vez. ¿Qué dicen ustedes de que reunamos las dos el mismo grupo, y volvamos a explorar por Box Hill, mientras dura el buen tiempo? Debe ser el mismo grupo, ya saben, exactamente el mismo grupo, ni *una sola* excepción.

Poco después entró la señorita Bates, y Emma no pudo menos de divertirse por la perplejidad de la primera respuesta que le dio, como resultado, suponía, de la duda sobre lo que se podía decir y la impaciencia por decirlo todo:

—Gracias, querida señorita Woodhouse, es usted toda bondad. Es imposible decirlo... Sí, claro, comprendo muy bien... las perspectivas de nuestra querida Jane... mejor dicho, no me refiero a eso... en todo caso, se ha recuperado de un modo encantador. ¿Cómo está el señor Woodhouse? Me alegro tanto. No está en mi poder. Este pequeño círculo feliz que usted ve aquí. Sí, claro. ¡Joven encantador! Mejor dicho... tan amable; quiero decir el buen señor Perry. ¡Tales atenciones con Jane!

Y por su gran agradecimiento, con más placer del acostumbrado por el hecho de que la señora Elton estuviera allí, Emma adivinó que había habido una pequeña exhibición de resentimiento hacia Jane, por el lado de la Vicaría, que ahora quedaba graciosamente anulada. Tras unos pocos susurros, en efecto, que hicieron que ya no fuera un enigma, la señora Elton, hablando más alto, dijo:

—Sí, aquí estoy, mi buena amiga; y llevo aquí tanto tiempo que en cualquier otro lugar consideraría necesario excusarme, pero la verdad es que estoy esperando a mi dueño y señor. Prometió venirme a buscar aquí para presentarles sus respetos.

—¡Cómo! ¿Vamos a tener el placer de una visita del señor Elton? ¡Eso sí que será un favor! Porque sé que a los caballeros no les gustan las visitas por la mañana, y el tiempo del señor Elton está tan comprometido.

—Palabra que sí, señorita Bates. Realmente está comprometido de la mañana a la noche. No se acaba nunca la gente que viene a verle, con una u otra pretensión. Los magistrados y los inspectores y los consejeros de la iglesia, siempre le piden su opinión. Parece que no supieran hacer nada sin él. «Palabra, señor E.», le digo muchas veces, «usted primero que yo. No sé qué sería de mis colores y mi instrumento si tuviera ni la mitad de tantas solicitudes.» Y ya están bastante mal, porque los descuido absolutamente, de un modo imperdonable. Creo que hace quince días que no toco ni un compás. Sin embargo, vendrá, se lo aseguro, a propósito para verlas a todas ustedes. —Y poniendo la mano como pantalla para que sus palabras no llegaran a Emma—: Una visita de felicitación, ya saben. ¡Ah, sí, verdaderamente indispensable!

¡La señorita Bates miró alrededor, tan feliz!

—Prometió venir a buscarme en cuanto pudiera liberarse de Knightley, pero él y Knightley están encerrados en profunda consulta; el señor E. es el brazo derecho de Knightley.

Emma no habría sonreído por nada del mundo, y dijo sólo:

—¿Ha ido a pie el señor Elton hasta Donwell? Pasará calor andando.

—Ah no, es una reunión en la Crown, una reunión normal. Weston y Cole estarán allí también, pero una tiende a hablar sólo de los que mandan. Me parece que el señor E. y Knightley se salen siempre con la suya.

—¿No se habrá equivocado usted de día? —dijo Emma—. Estoy casi segura de que la reunión en la Crown no es hasta mañana. El señor Knightley estuvo ayer en Hartfield y habló de que era para el sábado.

—¡Ah, no! La reunión es sin duda hoy —fue la respuesta brusca, que indicaba la imposibilidad de ningún error por parte de la señora Elton—. Creo —continuó— que ésta es la parroquia más agitada que ha habido nunca. En Maple Grove nunca oíamos hablar de tales cosas.

—Su parroquia allí era pequeña —dijo Jane.

—Palabra, querida mía, que no lo sé, porque nunca oí hablar de ese tema.

—Pero lo muestra la pequeñez de la escuela, de que le he oído hablar, por estar bajo la protección de su hermana y la señora Bragge; la única escuela, y no más de veinticinco niños.

—¡Ah, qué criatura más lista, es mucha verdad! ¡Qué cabeza tiene para pensar! Digo, Jane, qué carácter perfecto haríamos usted y yo si nos pudieran mezclar juntas. Mi viveza y su solidez producirían la perfección. No es que pretenda insinuar, sin embargo, que *algunas personas* no la consideren ya como la perfección. Pero ¡silencio!, ni palabra, por favor.

Parecía una precaución innecesaria; Jane quería dirigir sus palabras, no a la señora Elton, sino a la señorita Woodhouse, como ésta vio claramente. El deseo de hacerle los honores, en cuanto lo permitiera la cortesía, era muy evidente, aunque a veces no podía ir más allá de una mirada.

Apareció el señor Elton. Su señora le saludó con algo de su chispeante vivacidad:

—¡Muy bonito, señor mío, palabra; mandarme aquí a ser una molestia para nuestras amigas, mucho antes de que usted se digne venir! Pero ya sabía usted con qué fiel criatura había de tratar. Ya sabía que no me movería hasta que apareciera mi dueño y señor. Y aquí llevo una hora sentada, dando a estas señoritas una muestra de verdadera obediencia conyugal, pues ¿quién puede decir, ya saben, qué pronto puede hacer falta?

El señor Elton estaba tan acalorado y cansado que todo ese ingenio pareció desperdiciado. Hubo de presentar sus respetos a las demás damas, pero su siguiente tema fue lamentarse por sí mismo, por el calor que sufría y por el paseo que había dado para nada.

—Cuando llegué a Donwell —dijo—, no se pudo encontrar a Knightley. ¡Qué raro! ¡Qué inexplicable! Después de la nota que le envié esta mañana y del recado que devolvió, de que sin duda estaría en casa hasta la una.

—¡Donwell! —exclamó su mujer—. ¡Mi querido señor E., usted no ha estado en Donwell! Quiere decir en la Crown; viene de la reunión en la Crown.

—No, no, eso es mañana; y quería especialmente ver hoy a Knightley por eso mismo. ¡Qué mañana terrible para asarse! Además, fui por los campos —hablando en tono de haber sido maltratado—, lo que lo hizo mucho peor. ¡Y luego no encontrarle en casa! Les aseguro que no estoy nada contento. Y no dejó ninguna excusa, ningún recado para mí. El ama de llaves declaró que no sabía nada de que se me esperase. ¡Qué raro! Y nadie sabía por dónde se había ido. Quizá a Hartfield, quizá a Abbey Mill, quizá a sus bosques. Señorita Woodhouse, esto no parece propio de nuestro amigo Knightley. ¿Puede explicarlo?

Emma se divirtió protestando que era muy extraordinario, y que no tenía una sílaba que decir por él.

—No puedo imaginar —exclamó la señora Elton (sintiendo la indignidad como debe sentirla una esposa)—, no puedo imaginar cómo pudo hacer tal cosa con usted, precisamente. ¡La última persona que se podría esperar que quedara olvidada! Mi querido señor E., él debió dejar un recado para usted, estoy segura. Ni siquiera Knightley pudo ser tan excéntrico, y sus criados lo olvidaron. Esté seguro, esa fue la causa; y es muy fácil que ocurra con los criados de Donwell, que, he observado muchas veces, son muy torpes y difíciles. Estoy segura de que yo no tendría a un ser como su Harry junto a nuestra mesa de servicio ni por nada del mundo. Y en cuanto a la señora Hodges, Wright la considera muy poca cosa. Le prometió a Wright un recibo y nunca se lo mandó.

—Encontré a William Larkins —siguió el señor Elton— cuando me acercaba a la casa, y me dijo que no encontraría a su amo en casa, pero no le creí. William parecía de mal humor. No sabía últimamente qué le pasaba a su amo, pero apenas podía oírle la voz. Yo no tengo nada que ver con los deseos de William, pero realmente es muy importante que vea hoy a Knightley, así que resulta muy molesto haber dado este paseo con tanto calor para nada.

Emma comprendió que lo mejor que podía hacer era irse a casa en seguida. Con toda probabilidad, en ese mismo momento él la esperaba allí; y a lo mejor cabía salvar al señor Knightley de bajar aún más en el concepto del señor Elton, si es que no en el de William Larkins.

Le alegró, al despedirse, ver que la señorita Fairfax estaba decidida a acompañarla fuera del salón y bajar con ella las escaleras; eso le daba una oportunidad que inmediatamente aprovechó, para decir:

—Quizá ha sido mejor que no haya tenido la posibilidad. Si no hubiera estado usted rodeada de otras personas, quizá me habría sentido tentada a introducir un tema, a hacer preguntas, a hablar más abiertamente de lo estrictamente correcto. Me doy cuenta de que sin duda habría sido impertinente.

—¡Ah! —exclamó Jane, con un rubor y una vacilación que a Emma le pareció que le sentaba infinitamente mejor que toda la elegancia de su habitual equilibrio—, no habría habido tal peligro. El peligro hubiera sido que yo la fatigara. No podría usted haberme alegrado más que expresando un interés... La verdad, señorita Woodhouse —hablando con mayor dominio de sí misma—, con la conciencia que tengo de haberme conducido mal, muy mal, es particularmente consolador saber que aquellos de mis amigos cuya buena opinión es digna de conservarse, no están disgustados hasta el punto de... No tengo tiempo ni para la mitad de lo que desearía decir. Quiero presentar excusas, explicaciones, alegar algo a mi favor. Sé que lo debo tanto. Pero, desgraciadamente... en resumen, si su compasión no está a mi favor...

—¡Ah, es usted demasiado escrupulosa, la verdad! —exclamó Emma, cálidamente, y tomándole la mano—. No me debe excusas; y todos aquellos a quienes pudiera suponerse que las debe están tan completamente satisfechos, tan encantados incluso...

—Es usted muy amable, pero ya sabe lo que fueron mis maneras con usted. ¡Tan frías y artificiales! Siempre tenía que representar un papel. ¡Fue una vida de engaño! Sé que debía repugnarle.

—No diga más, se lo ruego. Me doy cuenta de que todas las excusas deberían ser mías. Perdonémonos la una a la otra de una vez. Tenemos que hacer cuanto antes lo que hay que hacer, y creo que nuestros sentimientos no perderán tiempo para eso. Espero que tendrá buenas noticias de Windsor.

—Mucho.

—Y la siguiente noticia, supongo, será que la vamos a perder... precisamente cuando empiezo a conocerla.

—¡Ah! En cuanto a eso, claro que todavía no se puede pensar en nada. Estoy aquí hasta que me reclamen el coronel y la señora Campbell.

—Quizá todavía no puede estar nada arreglado —contestó Emma, sonriendo—, pero, perdone, hay que pensarlo.

Jane devolvió la sonrisa al contestar:

—Tiene mucha razón; se ha pensado. Y le confesaré (estoy segura de que no hay peligro) que, en cuanto a que vivamos con el señor Churchill en Enscombe, está decidido. Debe haber tres meses, por lo menos, de luto riguroso, pero cuando pasen, imagino que no habrá nada más que esperar.

—Gracias, gracias. Eso es exactamente de lo que me quería asegurar. ¡Ah, si supiera cómo me encanta todo lo que es decidido y abierto! Adiós, adiós.

CAPÍTULO 53

Los amigos de la señora Weston quedaron muy felices de verla a salvo, y si la satisfacción de que ella estuviera bien podía aumentar con algo para Emma, fue con saberla madre de una niñita. Emma no había dudado en desear una señorita Weston. No reconocería que era con ninguna intención de prepararle un casamiento, después, con uno de los dos hijos de Isabella, pero estaba convencida de que una hija sería lo que les iría mejor tanto al padre como a la madre. Sería un gran consuelo para el señor Weston cuando envejeciera, y hasta el mismo señor Weston podría envejecer dentro de diez años; verla junto a su fuego con los jugueteos y las tonterías, los caprichos y las gracias de una hija nunca ausente de la casa; y la señora Weston, nadie podía dudar de que una hija sería lo mejor para ella, y resultaría una lástima que quien sabía enseñar tan bien no tuviera otra vez sus facultades en ejercicio.

—Ha tenido la ventaja, ya saben, de ensayar conmigo —continuó Emma— como La Baronne d'Almane con La Comtese d'Ostalis, en *Adelaide* y *Theodore,* de Madame de Genlis, y ahora veremos a su pequeña Adelaide educada con un plan más perfecto.

—Eso es —contestó el señor Knightley—, le consentirá aún más que a usted, y creerá que no le consiente nada. Esa será la única diferencia.

—¡Pobre niña! —exclamó Emma—, de ese modo, ¿qué será de ella?

—Nada muy malo. El destino de millares. Será desagradable en la niñez y se corregirá cuando sea mayor. Estoy perdiendo toda mi irritación contra los niños mimados, mi queridísima Emma. Si yo le debo toda mi felicidad a usted, ¿no sería una horrible ingratitud en mí ser severo con ellos?

Emma se rió y contestó:

—Pero yo tuve la ayuda de todos sus esfuerzos para compensar la indulgencia de otros. No sé si mi propio sentido me habría corregido sin ello.

—¿De veras? Yo no tengo duda. La naturaleza le dio entendimiento; la señorita Taylor le dio principios. Tenía que salir bien. Mi interferencia probablemente haría tanto daño como bien. Era muy natural para usted decir: ¿qué derecho tiene él a sermonearme?, y me temo que era muy natural para usted encontrar que lo hacía de modo desagradable. No creo haberle hecho ningún bien. El bien era todo para mí mismo, al hacerla objeto del más tierno afecto para mí. No podía pensar en usted tanto sin chochear por usted, con defectos y todo; y a fuerza de imaginar tantos errores, he estado enamorado desde que tenía usted trece años, por lo menos.

—Estoy segura de que me fue útil —exclamó Emma—. Muchas veces recibí buena influencia suya; más a menudo de lo que hubiera confesado entonces. Estoy segura de que me hizo mucho bien. Y si va a ser mimada la pobre Anna Weston, será lo más humanitario por parte de usted hacer por ella como hizo por mí, salvo enamorarse de ella cuando tenga trece años.

—¡Cuántas veces, cuando era niña, me dijo, con una de sus miradas pícaras, «señor Knightley, voy a hacer esto o lo otro; papá dice que puedo, o tengo permiso de la señorita Taylor»!; algo que usted sabía que yo no aprobaba. En tales casos mi interferencia le daba dos malos sentimientos en vez de uno.

—¡Qué criatura tan amable era yo! No es extraño que usted conserve mis palabras con un recuerdo tan cariñoso.

—«Señor Knightley.» Siempre me llamaba «señor Knightley», y a fuerza de costumbre, no suena tan formal. Y sin embargo, es formal. Quiero que me llame de otro modo, pero no sé cómo.

—Recuerdo haberle llamado «George» en uno de mis accesos de amabilidad, hace unos diez años. Lo hice porque creí que eso le ofendería, pero, como usted no objetó, nunca volví a hacerlo.

—¿Y ahora no me puede llamar «George»?

—¡Imposible! Nunca puedo llamarle otra cosa que «señor Knightley». Ni siquiera le prometo no igualar el elegante laconismo de la señora Elton llamándole señor K. Pero voy a prometerle —añadió, ruborizándose y riendo— llamarle una vez por su nombre de pila. No digo cuándo, pero quizá pueda adivinar dónde; en el edificio donde N. toma a M. para bien o para mal.

Emma lamentaba no poder ser más sincera precisamente en cuanto a un favor importante que el mejor sentido de él quiso hacerle; en cuanto al consejo que la habría salvado de la peor de todas las locuras femeninas; su caprichosa intimidad con Harriet Smith, pero era un tema demasiado delicado. No podía entrar en él. Muy rara vez se mencionaba a Harriet entre ellos. Eso, por parte de él, podría ser simplemente porque no pensaba en ella; pero Emma más bien se inclinaba a atribuirlo a delicadeza, y a la sospecha, por ciertas apariencias, de que la amistad entre ellas estaba declinando. Se daba cuenta de que, separándose en cualquier otra circunstancia, sin duda debían haber tenido más correspondencia, y que su información no debía haber descansado, como ocurría ahora casi por entero, en las cartas de Isabella. Él quizá observaría que era así. El dolor de verse obligada a tal ocultamiento ante él, era en muy poco inferior al dolor de haber hecho desgraciada a Harriet.

Isabella envió tan buen informe como podía esperarse sobre su visitante; al llegar, le había parecido desanimada, lo que era muy natural habiendo un dentista que consultar, pero, una vez que pasó ese asunto, no creía encontrar a Harriet diferente de lo que había sido antes. Isabella, ciertamente, no era una observadora aguda, pero, si Harriet no hubiera estado como para jugar con los niños, no se le habría escapado. La comodidad y las esperanzas de Emma se prolongaron muy agradablemente al quedarse más tiempo Harriet; su quincena iba a ser un mes por lo menos. El señor y la señora John Knightley iban a venir en agosto y la invitaron a quedarse hasta que ellos pudieran llevarla.

—John ni siquiera nombra a su amiga —dijo el señor Knightley—. Aquí está su respuesta, si quiere verla.

Era la respuesta a la noticia de su proyectado matrimonio. Emma la aceptó con mano ávida, con gran impaciencia por saber qué diría él de eso, en nada refrenada por oír que no se nombraba a su amiga.

—John comparte como hermano mi felicidad —siguió el señor Knightley—, pero no es hombre de cumplidos, y aunque sé que tiene igualmente un cariño muy fraternal por usted, está tan lejos de las florituras, que cualquier mujer joven le creería quizá frío en su alabanza. Pero no tengo miedo de que vea lo que escribe.

—Escribe como hombre sensato —contestó Emma, cuando leyó la carta—. Honro esa sinceridad. Está claro que considera que toda la buena suerte de este compromiso está de mi parte, pero que no le falta esperanza de que, con el tiempo, llegue yo a ser tan digna de su afecto como usted ya me considera. Si hubiera dicho algo que admitiera otra interpretación, no le habría creído.

—Emma mía, no quiere decir tal cosa. Sólo quiere decir...

—Él y yo deberíamos diferir muy poco en nuestra estimación sobre los dos —interrumpió ella, con una especie de sonrisa seria—, mucho menos, quizá, de lo que él advierte, si pudiéramos abordar el tema sin ceremonia ni reservas.

—Emma, mi querida Emma...

—¡Ah! —exclamó ella con alegría más completa—, si se imagina que su hermano no me hace justicia, espere sólo a que mi querido padre esté en el secreto, y oiga qué opina. Delo por seguro; estará mucho más lejos de hacerle justicia *a usted*. Creerá que toda la felicidad, toda la ventaja, están del lado de usted en el asunto; y todo el mérito, de mi lado. Ojalá no descienda yo a ser de repente «la pobre Emma» para él. Su tierna compasión hacia el mérito oprimido no puede ir más lejos.

—¡Ah! —exclamó él—, ojalá fuera la mitad de fácil convencer a su padre que convencer a John de que tenemos todos los derechos a ser felices que puede dar la igualdad de valía. Me divierte una parte de la carta de John —¿lo notó?—, donde dice que mi información no le tomó completamente por sorpresa; que más bien esperaba oír algo de esa especie.

—Si entiendo a su hermano, sólo quiere decir que usted tuviera alguna idea de casarse. No tenía idea de mí. Me parece completamente sin preparar para ello.

—Sí, sí... pero me divierte que entrara tanto en mis sentimientos. ¿Por qué lo ha deducido? Yo no me he dado cuenta de ninguna diferencia en mi ánimo ni en mi conversación que le pudiera preparar ahora para casarme, más bien que en cualquier otro momento. Pero supongo que ha sido así. Estoy seguro de que había una diferencia cuando estuve con ellos el otro día. Creo que no jugué tanto con los niños como de costumbre. Me acuerdo que una tarde los pobres niños dijeron: «El tío ahora siempre parece cansado.»

Llegaba el momento en que había que difundir la noticia, poniendo a prueba cómo lo recibirían los demás. Tan pronto como la señora Weston estuvo lo suficientemente recuperada como para recibir la visita del señor Woodhouse, Emma, esperando que sus suaves razonamientos se emplearan a favor de ella, decidió anunciarlo primero en casa y luego en Randalls. Pero ¡cómo revelárselo por fin a su padre! Se había comprometido a hacerlo en tal momento de la ausencia del señor Knightley que si, cuando llegase al asunto, le fallaba el ánimo y tenía que aplazarlo, el señor Knightley llegaría en ese momento y continuaría la introducción hecha por ella. Ella estaba obligada a hablar, y además a hablar con buen ánimo. No debía convertirlo en un motivo mayor de infelicidad para él adoptando un tono melancólico por su parte. No debía parecer que lo consideraba una desgracia. Con todo el ánimo que pudo reunir, le preparó primero para algo sorprendente, y luego, en pocas palabras, dijo que, si cabía obtener su consentimiento y aprobación —que, confiaba, no iría acompañado de ninguna dificultad, ya que era un plan para promover la felicidad de todos—, ella y el señor Knightley pretendían casarse, por cuyo medio Hartfield recibiría la adición constante de la compañía de aquella persona a quien ella sabía que él quería, después que a sus hijas y a la señora Weston, más que a nadie en el mundo.

¡Pobre hombre! Al principio fue un gran choque para él, y trató seriamente de disuadirla de ello. Le recordó, más de una vez, que siempre había dicho que no se casaría jamás, y aseguró que le sería mucho mejor permanecer soltera, y habló de la pobre Isabella, y de la pobre señorita Taylor. Pero inútilmente. Emma se le abrazó afectuosamente y sonrió y dijo que debía ser así, y que no tenía que ponerla en la misma clase que Isabella y la señora Weston, cuyos matrimonios, por llevárselas de Hartfield, habían producido, en efecto, un melancólico cambio, pero que ella no se iba de Hartfield; ella estaría siempre allí, ella no introduciría ningún cambio en su número ni en su comodidad, salvo para mejor; y estaba muy segura de que él sería mucho más feliz teniendo a mano siempre al señor Knightley, una vez que se acostumbrara a la idea. ¿No quería mucho al señor Knightley? No lo iba a negar, estaba segura. ¿A quién quería siempre consultar sobre sus asuntos sino al señor Knightley? ¿Quién le era tan útil, quién tan dispuesto a escribirle las cartas, quién tan contento de ayudarle? ¿Quién tan animado, tan atento, tan apegado a él? ¿No le gustaría tenerle siempre allí? Sí, todo eso era muy cierto. El señor Knightley nunca estaba de sobra allí, a él le alegraría verle todos los días, pero ya le veían todos los días tal como estaban las cosas. ¿Por qué no podían seguir como antes? El señor Woodhouse no podía reconciliarse pronto, pero lo peor estaba superado, la idea se había dado: el tiempo y la repetición continua debían hacer lo demás. A los ruegos y promesas de Emma sucedieron los del señor Knightley, cuya cariñosa alabanza de Emma dio al tema incluso una suerte de bienvenida, y él pronto se acostumbró a que le hablaran los dos en toda ocasión oportuna. Tenían ellos toda la ayuda que podía dar Isabella, con cartas de la más intensa aprobación, y la señora Weston estuvo dispuesta, en el primer encuentro, a considerar el tema a la luz más servicial; primero, como algo decidido, y en segundo lugar, como algo excelente, dándose cuenta de la importancia casi igual de estas dos recomendaciones ante el ánimo del señor Woodhouse. Se llegó al acuerdo de lo que había de ser, y todos aquellos por los que él solía guiarse le aseguraron que sería para su felicidad; y, teniendo él mismo algunos sentimientos que casi lo admitían, empezó a pensar que un día u otro... dentro de un año o dos, quizá... no estaría tan mal que tuviera lugar el matrimonio.

La señora Weston no representaba ningún papel, ni fingía sentimientos en todo lo que le dijo a favor de ello. Había quedado más sorprendida que nunca cuando Emma le reveló el asunto, pero sólo vio en ello un aumento de felicidad para todos, y no tuvo escrúpulo en apremiarle en extremo. Tenía tal consideración por el señor Knightley como para creer que merecía incluso a su queridísima Emma; y en todos los aspectos era un enlace tan adecuado, tan conveniente, tan inobjetable, y, en un punto de la mayor importancia, tan peculiarmente deseable, tan singularmente afortunado, que ahora parecía como si Emma no se hubiera podido unir sin peligro a ninguna otra persona, y como si ella misma hubiera sido el más estúpido de los seres por no haber pensado en ello y no haberlo deseado hacía mucho. ¡Qué pocos de los hombres en el mismo rango de vida que Emma habrían renunciado a su propio hogar por Hartfield! ¡Y quién sino el señor Knightley podía conocer y soportar al señor Woodhouse como para hacer deseable tal arreglo! La dificultad de dejar establecido al pobre señor Woodhouse siempre se había tenido en cuenta en los planes de su marido y de ella, pensando en un matrimonio entre Frank y Emma. Cómo llegar a un arreglo entre las pretensiones de Enscombe y de Hartfield; eso había sido un impedimento constante, menos reconocido por el señor Weston que por ella misma, pero incluso él nunca había podido acabar el tema sino diciendo: «Esos asuntos se arreglarán solos; la gente joven siempre encuentra un camino.» Pero no había nada que aplazar en una loca especulación sobre el futuro. Todo era justo, todo abierto, todo igual. No había por ningún lado un sacrificio digno de tal nombre. Era una unión con la mayor promesa de felicidad en sí misma, y sin ninguna dificultad verdadera y racional que se opusiera a ello o lo aplazara.

La señora Weston, con su niñita en las rodillas, entregándose a reflexiones tales como ésas, era una de las mujeres más felices del mundo. Si algo podía aumentar su placer, era el darse cuenta de que a la niñita pronto se le quedaría pequeño su primer juego de gorros.

La noticia fue una sorpresa universal por donde quiera que se extendió, y el señor Weston participó en la sorpresa durante cinco minutos, pero le bastaron esos cinco minutos para familiarizarse con la idea, dada su viveza de mente. Vio las ventajas de la unión, y se alegró de ellas tanto como su mujer, pero su asombro pronto fue nada, y al cabo de una hora no estaba lejos de creer que siempre lo había previsto.

—Va a ser un secreto, concluyó —dijo—. Esos asuntos siempre son un secreto, hasta que se descubre que todo el mundo lo sabe. Sólo, que me digan cuando puedo decirlo claro. No sé si Jane sospecha algo.

Fue a Highbury a la mañana siguiente, y se convenció sobre ese punto. Le dio la noticia a ella. ¿No era como una hija, su hija mayor? Tenía que decírselo, y, como la señorita Bates estaba presente, eso pasó, por supuesto, inmediatamente después, a la señora Cole, a la señora Perry, y a la señora Elton. Era exactamente aquello para lo que estaban preparados los protagonistas; ellos habían calculado, a partir del momento que se supiera en Randalls, que pronto lo sabría todo Highbury, y consideraban, con gran sagacidad, que serían en muchos círculos familiares el asombro de las conversaciones de aquella noche.

En general, fue una unión muy aprobada. Unos quizá pensarían que era él, y otros que era ella quien tenía más suerte. Un grupo quizá recomendaría que todos ellos se trasladaran a Donwell y dejaran Hartfield para los John Knightley; y otro predeciría desacuerdos entre sus criados; pero, en conjunto, no se suscitó ninguna seria objeción, salvo en una sola residencia, en la Vicaría. Allí la sorpresa no quedó suavizada por ninguna satisfacción. Al señor Elton le importó poco, comparado con su mujer; él sólo expresó esperanzas de que «el orgullo de la joven dama ahora estaría satisfecho», y dijo que suponía que «siempre había pretendido cazar a Knightley si podía»; y en cuanto a que vivirían en Hartfield, pudo exclamar desafiadoramente: «¡Mejor él que yo!» Pero la señora Elton quedó muy trastornada. «¡Pobre Knightley! ¡Pobre hombre! Un mal asunto para él. Le afectaba mucho a ella, pues, aunque muy excéntrico, tenía mil buenas cualidades. ¡Cómo podía haberse dejado atrapar así! No creía que él estuviera enamorado en absoluto, ni en lo más mínimo.

¡Pobre Knightley! Se acabaría todo agradable trato con él. ¡Qué feliz había sido de venir a comer con ellos siempre que le invitaron! Pero todo eso se acabaría ahora. ¡Pobre hombre! Ya no habría más excursiones a Donwell para *ella*. O no, habría una señora Knightley para echar agua fría en todo. ¡Muy desagradable! Pero no lamentaba mucho haber hablado mal del ama de llaves el otro día. Qué plan tan chocante, vivir juntos. Eso nunca iría bien. Conocía una familia cerca de Maple Grove que lo había probado, y se había visto obligada a separarse antes de los tres meses.»

CAPÍTULO 54

Pasó el tiempo. Unos pocos días más, y llegaría el grupo de Londres. Era un cambio alarmante, y Emma pensaba en ello una mañana, como algo que debía traerle mucho que la agitara y la afligiera, cuando entró el señor Knightley, y los pensamientos aflictivos quedaron a un lado. Tras el primer charloteo de alegría, él quedó callado, y luego, en tono más serio, empezó:

—Tengo algo que decirle, Emma; una noticia.

—¿Buena o mala? —dijo ella, rápidamente, mirándole a la cara.

—No sé cómo habría que llamarla.

—¡Ah! Buena, estoy segura. Se lo veo en la cara. Está tratando de no sonreír.

—Me temo —dijo él, serenando sus facciones—, me temo mucho, mi querida Emma, que no va a sonreír cuando lo oiga.

—¡Vaya! pero ¿cómo es posible? No puedo imaginar que algo que le gusta o le divierta no me deba gustar o divertir a mí también.

—Hay un solo tema —replicó él—, espero que un solo tema, en que no pensamos lo mismo. —Se detuvo un momento, y luego sonriendo, con los ojos en su cara—. ¿No se le ocurre nada? ¿No recuerda? Harriet Smith.

Las mejillas de Emma se ruborizaron al oír ese nombre, y tuvo miedo de algo, aun sin saber de qué.

—¿No ha sabido de ella esta mañana por ella misma? —exclamó él—. Sí, me parece, ya lo sabe todo.

—No, no sé nada, por favor, dígamelo.

—Ya está preparada para lo peor, veo, y es muy malo. Harriet Smith se casa con Robert Martin.

Emma se sobresaltó, de tal modo que evidenció que no estaba preparada, y sus ojos, en grave mirada, dijeron «¡No, es imposible!», aunque sus labios siguieron cerrados.

—Así es, en efecto —continuó el señor Knightley—; lo sé por el mismo Robert Martin. Me ha dejado no hace ni media hora.

Ella seguía mirándole con el asombro más elocuente.

—Le gusta, Emma mía, tan poco como me temía. Ojalá nuestras opiniones fueran las mismas. Pero con el tiempo lo serán. El tiempo, puede estar muy segura, hará que uno de nosotros dos piense de otro modo, y, mientras tanto, no hace falta que hablemos mucho del tema.

—No me entiende bien, no me entiende bien —contestó ella, haciendo un esfuerzo—. No es que ese hecho me haga ahora infeliz, sino que no lo puedo creer. ¡Parece algo imposible! No puede usted querer decir que Harriet Smith ha aceptado a Robert Martin. No me va a decir siquiera que él se lo ha vuelto a proponer... por ahora. Sólo querrá decir que piensa hacerlo.

—Quiero decir que lo ha hecho —contestó el señor Knightley, con firmeza sonriente pero decidida—, y ha sido aceptado.

—¡Dios mío! —exclamó ella—. ¡Bueno! —Luego, recurriendo a su cesta de labor, como excusa para inclinar la cara y ocultar todos los exquisitos sentimientos de placer y regocijo que sabía que expresaría, añadió—: Bueno, cuéntemelo todo ahora; póngamelo en claro. ¿Cómo, dónde, cuándo? Quiero saberlo todo. Nunca he tenido tal sorpresa, pero no me hace entristecerme, se lo aseguro. ¿Cómo... cómo ha sido posible?

—Ha sido un asunto muy sencillo. Fue él a la ciudad para unos asuntos hace unos tres días, y yo le encargué que se ocupara de unos papeles que quería mandar a John. Entregó esos papeles a John, y le invitaron a unirse a su grupo esa misma noche para ir a Astley. Iban a llevar a los dos chicos mayores a Astley. El grupo iba a ser nuestro hermano y nuestra hermana, Henry, John... y la señorita Smith. Mi amigo Robert no pudo resistir. Le fueron a buscar de paso; todos lo pasaron muy bien, y mi hermano le invitó a comer con ellos al día siguiente, lo que hizo, y en el transcurso de esa visita (según entiendo) encontró oportunidad de hablar con Harriet; y ciertamente no habló en vano. Con su aceptación, ella le hizo tan feliz como merece ser. Él llegó en la diligencia de ayer, y vino a verme esta mañana inmediatamente después de desayunar, para informarme, primero sobre mis asuntos, y luego sobre los suyos. Eso es todo lo que puedo contar sobre el cómo, dónde y cuándo. Su amiga Harriet le hará un relato mucho más largo cuando la vea. Le dará todos esos detalles menudos, que sólo el lenguaje de una mujer puede hacer interesantes. En nuestras relaciones nosotros sólo tratamos de lo grande. De todos modos, debo decir que el corazón de Robert Martin, para mí y para él, parecía muy rebosante; y que mencionó, sin venir muy a cuento, que, al salir de su palco en Astley, mi hermano se ocupó de la señora John Knightley y el pequeño John, y él les siguió con la señorita Smith y Henry, y que en un momento dado se encontraron en tal multitud que la señorita Smith se sintió bastante incómoda.

Se detuvo. Emma no se atrevió a intentar responder en seguida. Si hablara estaba segura de revelar un grado irrazonable de felicidad. Tenía que esperar un momento, o si no, él creería que estaba loca. Su silencio le perturbó a él, que, tras observarla un poco, añadió:

—Emma, amor mío, dijo que este hecho no la haría infeliz, pero me temo que le da más dolor del esperado. La posición de él no es buena... pero debe pensar que a nuestra amiga le satisface, y respondo de que él le parecerá mejor cuando le conozca más. Su buen sentido y sus buenos principios le encantarán. Por lo que toca a este hombre, no podría desear que su amiga estuviera en mejores manos. Si yo pudiera mejoraría su rango en la sociedad, lo que es decir mucho, se lo aseguro, Emma. Se ríe de mí por William Larkins; pero le aseguro que tampoco podría prescindir de Robert Martin.

Quería que ella levantara los ojos y le mirara, y ella, habiendo conseguido sonreír sin exceso, respondió alegremente:

—No necesita molestarse para reconciliarme con ese matrimonio. Creo que para Harriet es muy bueno. Tal vez las personas con quienes ella está relacionada no estén a la altura de las de él. En respetabilidad de carácter, no hay duda de que es así. Me he quedado callada simplemente por sorpresa, por mi enorme sorpresa. ¡No puede imaginar qué repentino ha sido esto para mí! ¡Qué poco preparada estaba! Pues tenía motivos para creer que recientemente estaba más decidida contra él, mucho más, que antes.

—Usted debía conocer mejor a su amiga —contestó el señor Knightley—; pero yo diría que era una muchacha de buen carácter, de corazón tierno y no resultaba probable que estuviera muy, muy decidida contra ningún joven que dijera que la quería.

Emma no pudo menos de reír al contestar:

—Palabra, creo que usted la conoce tan bien como yo. Pero, señor Knightley, ¿está usted absolutamente seguro de que ella le ha aceptado del todo y absolutamente? Yo podía suponer que con el tiempo quizá... pero ¿ya puede? ¿No le malentendió? Estaban hablando los dos de otras cosas; de negocios, de concursos de ganado, de nuevas barrenas de pozos, ¿y no pudo quizá, en la confusión de tantos temas, malentenderle? No era de la mano de Harriet de lo que él estaba seguro... era de las dimensiones de algún buey famoso.

El contraste entre la cara y el aire del señor Knightley y de Robert Martin era, en ese momento, tan fuerte en los sentimientos de Emma, y era tan intenso el recuerdo de todo lo que había pasado por parte de Harriet, y estaba tan fresco el sonido de aquellas palabras, dichas con tal énfasis; «No, espero entender ahora mejor que para pensar en Robert Martin», que realmente esperaba que esa información resultara de algún modo prematura. No podía ser menos.

—¿Se atreve a decir eso? —exclamó el señor Knightley—. ¿Se atreve a suponerme un estúpido tan grande como para no saber de qué habla un hombre? ¿Qué se merece?

—¡Ah! Siempre merezco el mejor trato, porque nunca acepto ningún otro; así que tiene que darme una respuesta clara y directa. ¿Está bien seguro de en qué términos están ahora el señor Martin y Harriet?

—Estoy bien seguro —contestó él, hablando con mucha claridad—, de que me dijo que ella le ha aceptado; y no había nada oscuro ni dudoso en las palabras que usó; y creo que le puedo dar una prueba de que debe ser así. Me pidió mi opinión de qué debía hacer ahora. No conocía a nadie más que a la señora Goddard para pedir información sobre parientes o amigos de ella. «¿Podría pensar yo en algo más apropiado que hacer sino en ir a ver a la señora Goddard?» Le aseguré que no. Entonces, dijo, trataría de verla en el transcurso del día de hoy.

—Estoy absolutamente convencida —contestó Emma, con las más luminosas sonrisas—, y les deseo toda felicidad del modo más sincero

—Ha cambiado por completo desde la última vez que hablamos de esto.

—Espero que sí... porque entonces era yo una tonta.

—Y yo también he cambiado, porque ahora estoy muy dispuesto a concederle todas las buenas cualidades de Harriet.

Me he tomado trabajo por usted, y por Robert Martin (que siempre he tenido motivos para creer que seguía enamorado de ella como antes) para llegar a conocerla. Muchas veces he hablado largamente con ella. Usted debió verlo. A veces, incluso, he creído que usted me sospechaba de alegar a favor del pobre Martin, lo cual nunca fue así, pero, por todas mis observaciones, estoy convencido de que ella es una muchacha ingenua, amable, con muy buenas ideas, muy buenos principios de seriedad, y que ponía su felicidad en los afectos y la utilidad de la vida doméstica. Mucho de eso, no tengo duda, se lo puede agradecer a usted.

—¡A mí! —exclamó Emma, moviendo la cabeza—. ¡Ah, pobre Harriet!

Sin embargo, se refrenó y se sometió en silencio a un poco más de alabanza de la que merecía.

Pronto quedó concluida su conversación con la entrada de su padre. Emma no lo sintió. Quería estar sola. Su ánimo estaba en un estado de sofoco y asombro que le hacía imposible concentrarse. Tenía gana de bailar, de cantar, de gritar; y mientras no diera vueltas por ahí, y se hablara a sí misma, y se riera y reflexionara, no podría estar en condiciones de nada razonable.

El propósito de su padre era anunciar que James había salido a enganchar los caballos, en preparación de su ahora diaria excursión a Randalls, así que ella tuvo una excusa inmediata para desaparecer.

Se puede imaginar la alegría, la gratitud, el exquisito placer de sus sensaciones. Teniendo eliminada así, su única aflicción y sombra, con la perspectiva del bienestar de Harriet, estaba realmente en peligro de llegar a ser demasiado feliz para poder sentirse segura. ¿Qué le faltaba por desear? Nada, sino hacerse más digna de él, cuyas intenciones y buen juicio siempre habían estado tan por encima de ella. Nada, sino que las lecciones de su pasada locura le enseñaran la humildad y la circunspección en el futuro.

Seria estaba, muy seria en su agradecimiento, y en sus decisiones; y sin embargo, no le cabía evitar una risa, a veces, en medio de ellas. ¡Tenía que reír ante tal final! ¡Qué final de la lamentable decepción de hacía cinco semanas! ¡Qué corazón... qué Harriet!

Ahora sería un placer que ella volviera. Todo sería un placer. Sería un gran placer conocer a Robert Martin.

La más importante de sus más serias y sentidas felicidades era el pensar que pronto acabaría toda necesidad de ocultamiento ante el señor Knightley. Pronto podría acabar el disfraz, el equívoco, el misterio que tanto detestaba practicar. Ahora podía esperar darle a él esa plena y perfecta confianza que su carácter la predisponía a considerar como un deber.

Del más alegre y feliz humor, se puso en marcha con su padre; no siempre escuchando, pero siempre asintiendo a lo que él decía, y, bien fuera en palabras o en silencio, aceptando la fácil persuasión de que él estaba obligado a ir a Randalls todos los días o, si no, la pobre señora Weston se sentiría decepcionada.

Llegaron. La señora Weston estaba sola en el salón, pero apenas les habían contado de la niñita y apenas había recibido el señor Woodhouse las gracias por su venida, que él pedía, cuando se captó un atisbo a través de la cortinilla, de dos figuras que pasaban junto a la ventana.

—Son Frank y la señorita Fairfax —dijo la señora Weston—. Les iba a contar ahora mismo nuestra agradable sorpresa al verle llegar esta mañana. Se queda hasta mañana, y hemos convencido a la señorita Fairfax para que pase el día con nosotros. Van a entrar, espero.

Unos momentos después estuvieron dentro. Emma se alegró mucho de verle, pero hubo cierta confusión, muchos recuerdos humillantes por ambas partes. Se encontraron de buena gana y sonriendo, pero tan conscientes, que, al principio, les cupo decir muy poco, y una vez que se sentaron todos de nuevo, hubo durante un rato tal vacío entre el grupo, que Emma empezó a dudar de que el deseo ahora realizado y que había sentido tanto tiempo, de volver a ver a Frank Churchill y verle con Jane, le diera ningún placer. Sin embargo, cuando se unió el señor Weston al grupo, y cuando trajeron a la niñita, ya no faltó tema ni animación, ni valor ni oportunidad a Frank Churchill para acercarse a ella y decirle:

—Tengo que darle las gracias, señorita Woodhouse, por un recado muy bondadoso de perdón en una de las cartas de la señora Weston. Espero que el tiempo no la haya vuelto menos dispuesta a perdonar. Espero que no se retracte de lo que dijo entonces.

—No, desde luego —exclamó Emma, muy contenta de empezar—, en absoluto. Me alegro especialmente de verle y darle la mano, y de felicitarle en persona.

Él le dio las gracias de todo corazón, y siguió hablando un rato con serios sentimientos sobre su gratitud y su felicidad.

—¿Verdad que tiene buena cara? —dijo, volviendo la mirada a Jane—. ¿Verdad que está mejor que nunca? Ya vé qué chochos están por ella mi padre y la señora Weston.

Pero pronto volvió a animarse, y con ojos risueños, después de aludir a que se esperaba el regreso de los Campbell, pronunció el apellido Dixon. Emma se sonrojó y prohibió que se pronunciara al alcance de sus oídos.

—No puedo pensar en eso —exclamó—, sin una enorme vergüenza.

—La vergüenza —respondió él— es toda mía, o debería serlo. Pero ¿es posible que no tuviera usted sospechas? Quiero decir al final. Al principio, sé que no tuvo ninguna.

—Nunca tuve ni la menor sospecha, se lo aseguro.

—Eso parece sorprendente. Una vez estuve muy cerca —y ojalá lo hubiera hecho... hubiera sido mejor. Pero aunque siempre hice cosas que no debía, eran cosas muy equivocadas, y que no me servían para nada. Hubiera sido mucho mejor transgresión haber roto mi vínculo de secreto y haberle contado todo.

—Ahora no vale la pena lamentarlo —dijo Emma.

—Tengo alguna esperanza —continuó él— de convencer a mi tío para que haga una visita a Randalls; él desea conocerla. Cuando vuelvan los Campbell, nos encontraremos con ellos en Londres, y nos quedaremos allí, confío, hasta que me la pueda llevar al norte. Pero ahora, estoy a tal distancia de ella... ¿no es duro, señorita Woodhouse? Hasta esta mañana, no nos habíamos encontrado ni una vez desde el día de la reconciliación. ¿No me compadece?

Emma expresó su compasión tan bondadosamente que, con un súbito acceso de ocurrencia alegre, él exclamó:

—Ah, a propósito —y luego, bajando la voz, y poniendo cara seria por un momento—, espero que el señor Knightley estará bien ¿no? —Hizo una pausa. Ella se ruborizó y se rio—. Sé que usted vio mi carta, y creo que recordará mi ruego en favor suyo. Permítame corresponder a su felicitación. Le aseguro que he sabido la noticia con el más cálido interés y satisfacción. Es un hombre que no soy quién para alabar.

Emma quedó encantada y no deseó otra cosa sino que siguiera en el mismo estilo; pero un momento después la mente de él estaba ocupada con sus propios asuntos y su propia Jane, siendo sus palabras inmediatas:

—¿Ha visto usted jamás semejante piel? ¡Qué suavidad, qué delicadeza! Y sin embargo, sin ser propiamente rubia. Es un color muy poco corriente, con sus pestañas y su pelo oscuro, ¡un color distinguido! Tan apropiado para una dama. Sólo el poco de color suficiente para la belleza.

—Siempre he admirado su color —replicó Emma, malignamente—, pero me parece recordar el tiempo en que a usted le parecía un defecto que fuera tan pálida. La primera vez que empezamos a hablar de ella. ¿Es posible que se haya olvidado del todo?

—¡Ah, no! ¡Qué desvergonzado era yo! Cómo pude atreverme...

Pero se rió tan de corazón con el recuerdo, que Emma no pudo menos de decir:

—Sospecho que en medio de sus perplejidades, entonces, usted se divirtió mucho engañándonos a todos. Estoy segura de que sí. Estoy segura de que eso fue un consuelo para usted.

—¡Ah, no, no, no! ¿Cómo puede sospechar de mí tal cosa? ¡Yo era el más desgraciado miserable!

—No tan desgraciado como para ser insensible al regocijo. Estoy segura de que fue un motivo de gran diversión para usted, notar que nos estaba embaucando a todos. Quizá yo estoy más dispuesta a sospechar, porque, para decirle la verdad, creo que yo también habría encontrado alguna diversión en esa misma situación. Creo que hay alguna semejanza entre nosotros.

Él se inclinó.

—Si no en nuestro carácter —añadió al fin ella, con aire de verdadera sensibilidad—, hay una semejanza en nuestro destino; el destino que ha considerado justo enlazarnos con dos personas tan superiores a nosotros.

—Verdad, verdad —contestó él, cálidamente—. No, no es verdad por parte de usted. Usted no puede tener superior, pero es mucha verdad por mi parte. Ella es completamente un ángel. Mírela. ¿No es un ángel en todos sus gestos? Observe la curva de su cuello. Observe sus ojos, ahora que los levanta hacia mi padre. Le alegrará saber —inclinando la cabeza y susurrando con seriedad— que mi tío piensa darle todas las joyas de mi tía. Las van a montar otra vez. Yo estoy decidido a poner algunas en un adorno para la cabeza. ¿No será hermoso en su pelo?

—Muy hermoso, desde luego —contestó Emma.

Y habló tan bondadosamente que él estalló en gratitud:

—¡Qué encantado estoy de volverla a ver! ¡Y de verla con tan buen aire! No me habría perdido el verla por nada del mundo. Sin duda que la habría ido a ver a Hartfield si usted no hubiera venido.

Los demás habían estado hablando de la niñita: la señora Weston les había informado de un poco de alarma que había pasado, la noche anterior, porque la pequeña no parecía estar muy bien. Creía que había sido una tontería, pero la había alarmado, y casi había mandado a buscar al señor Perry. Quizá debería darle vergüenza, pero el señor Weston había estado casi tan intranquilo como ella. Diez minutos después, sin embargo, la niña había vuelto a estar completamente bien. Eso fue lo que contó, y al señor Woodhouse le resultó especialmente interesante, alabándola mucho por pensar en buscar al señor Perry, y lamentando sólo que no lo hubiera hecho. «Siempre debía mandar a buscar al señor Perry si la niña le parecía trastornada en lo más mínimo, aunque fuera un momento. No podía alarmarse demasiado pronto ni enviar por el señor Perry más veces de lo conveniente. Quizá era una lástima que no hubiera ido anoche, pues, aunque la niña ahora parecía bien, pensándolo bien, probablemente estaría mejor si la hubiera visto Perry.»

Frank Churchill percibió el nombre.

—¡Perry! —dijo a Emma, tratando, mientras hablaba, de captar la mirada de la señorita Fairfax—. ¡Mi amigo el señor Perry! ¿Qué dicen del señor Perry? ¿Ha estado aquí esta mañana? Y, díganme, ¿cómo viaja ahora? ¿Ya tiene coche?

Emma recordó pronto y le entendió; y mientras se unía a su risa, era evidente por el rostro de Jane que también ella lo oía, aunque trataba de parecer sorda.

—¡Qué sueño tan extraordinario aquel mío! —exclamó él—. Nunca puedo pensar en él sin reírme. Ella nos oye, nos oye, señorita Woodhouse. Lo veo en su mejilla, en su sonrisa, en su vano intento de fruncir el ceño. Mírela. ¿No ve que, en este momento, aquel mismo pasaje de su carta en que me dio la noticia está pasando ante sus ojos; que tiene ante ella todo el error; y que no puede atender a otra cosa, aunque finja escuchar a otros?

Jane se vio obligada a sonreír del todo, por un momento, y la sonrisa permaneció en parte mientras se volvía hacia él, y decía en voz consciente, grave pero firme:

—¡Me asombra cómo puede soportar tales recuerdos! A veces nos vienen a molestar, pero ¡cómo se los puede ir a buscar!

Él tuvo mucho que decir en correspondencia, y de muy buen humor; pero los sentimientos de Emma estaban sobre todo de acuerdo con los de Jane, en la discusión; y, al dejar Randalls, poniéndose a comparar naturalmente a los dos hombres, le pareció que, por más que le había gustado ver a Frank Churchill, y por más que le consideraba con verdadera amistad, nunca había notado tanto la superioridad de carácter del señor Knightley. La felicidad de ese felicísimo día recibió su plenitud en la exaltada contemplación del valor del señor Knightley, producida por esa comparación.

CAPÍTULO 55

Si Emma tenía todavía, a ratos, una sensación de angustia por Harriet, una duda momentánea de que le fuera posible estar de veras curada de su afecto hacia el señor Knightley, y ser realmente capaz de aceptar a otro hombre por inclinación espontánea, no le duraron mucho las repeticiones de tal incertidumbre. Muy pocos días después llegó el grupo de Londres, y en cuanto tuvo oportunidad de estar a solas un rato con Harriet, se quedó completamente convencida —por inexplicable que fuera— de que Robert Martin había sustituido totalmente al señor Knightley y ahora formaba su única perspectiva de felicidad.

Harriet estuvo un poco apurada; al principio pareció un poco aturdida, pero en cuanto confesó que había sido presuntuosa y tonta y que se había engañado a sí misma, su dolor y su confusión parecieron acabarse con esas palabras y dejarla sin preocupaciones por el pasado, y con la más total exultación por el presente y el futuro; pues, por lo que toca a la aprobación de su amiga, Emma al momento eliminó todo temor en ese sentido, saliéndole al encuentro con las felicitaciones más completas. Harriet se sintió muy feliz de dar todos los detalles de la noche en Astley y la comida al día siguiente; se extendió en todo ello con completo placer. Pero ¿qué explicaban tales detalles? La realidad era, como Emma podía reconocer ahora, que a Harriet siempre le había gustado Robert Martin, y que el hecho de que él la siguiera queriendo había sido irresistible. Por lo demás, eso debía seguir siempre siendo incomprensible para Emma.

El suceso, sin embargo, era muy placentero, y cada día tenía ella nuevas razones para creerlo así. Se llegó a conocer la parentela de Harriet. Resultó ser hija de un comerciante, lo bastante rico como para proporcionarle la cómoda situación que siempre había tenido, y lo bastante decente como para haber deseado siempre ocultarlo. ¡Tal era la sangre noble que antes Emma había estado tan dispuesta a asegurar! Era probable que fuera tan pura, quizá, como la sangre de muchos caballeros, pero ¡qué enlace había estado preparando para el señor Knightley, o para los Churchill, o incluso para el señor Elton! La mancha de ilegitimidad, sin lavar por la nobleza o la riqueza, habría sido realmente una mancha.

No hubo objeción por parte del padre de Harriet; al joven se le trató liberalmente; todo fue como debía ser; y cuando Emma llegó a conocer a Robert Martin, que fue entonces presentado en Hartfield, reconoció plenamente en él todo el aspecto de sensatez y dignidad que mejor cabía pedir para su amiguita. No dudaba de la felicidad de Harriet con ningún hombre de buen carácter, pero con él, y en el hogar que él ofrecía, habría esperanza de algo más: de seguridad, de estabilidad y mejoramiento. Ella estaría situada en medio de personas que la querían, y que tenían mejor juicio que ella; lo suficientemente apartada para ser feliz y lo suficientemente ocupada para estar alegre. Nunca se vería llevada a la tentación, ni la tentación tendría ocasión de buscarla. Sería respetable y feliz; y Emma reconoció que Harriet era la criatura más feliz del mundo por haber creado en tal hombre un afecto tan firme y perseverante; o que, si no era la más feliz, le cedía sólo a ella misma.

Harriet, atraída por sus compromisos con los Martin, cada vez estaba menos en Hartfield, lo que no era de lamentar. La intimidad entre ella y Emma debía desaparecer; su amistad debía cambiarse en una clase más tranquila de buena voluntad; y, afortunadamente, lo que debía de ser y tenía que ser, ya parecía empezar del modo más gradual y natural.

Antes de fines de septiembre, Emma acompañó a Harriet a la iglesia, y vio su mano concedida a Robert Martin, con una satisfacción tan completa que no la podía perjudicar ningún recuerdo, ni aun relacionado con el señor Elton, que estaba allí delante de ellos. Quizá, ciertamente, en ese momento apenas veía ella al señor Elton sino como al clérigo cuyas bendiciones en el altar podrían recaer a continuación sobre ella. Robert Martin y Harriet Smith, la última pareja comprometida de las tres, fueron los primeros en casarse.

Jane Fairfax ya se había ido de Highbury, y había regresado a las comodidades de su querido hogar con los Campbell. El señor Churchill estaba también en la ciudad; esperaban sólo a noviembre.

El mes intermedio fue el elegido, en la medida en que se atrevían, por Emma y el señor Knightley. Habían decidido que su boda debía hacerse mientras John e Isabella siguieran en Hartfield, para permitirles la ausencia de una quincena en una gira a la orilla del mar, que era su plan. John e Isabella, y todos los demás amigos, estuvieron de acuerdo en aprobarlo. Pero el señor Woodhouse ¿cómo se le iba a inducir al señor Woodhouse a consentir; él, que nunca había aludido todavía a su matrimonio sino como un suceso todavía muy lejano?

La primera vez que se le sondeó sobre el tema, se sintió tan desgraciado, que ellos casi no tuvieron esperanza. Una segunda alusión, de hecho, causó menos dolor. Él empezó a pensar que tenía que ser, y que no podía evitarlo; un paso muy prometedor en su camino a la resignación. Sin embargo, todavía no estaba contento. Más aún, parecía tan descontento que su hija perdió el valor. No podía soportar verle sufriendo, saber que se creía descuidado; y aunque su razón casi asentía a lo que le aseguraban los dos señores Knightley, de que en cuanto pasara el acontecimiento, su apuro pasaría también, no podía seguir adelante.

En ese estado de suspensión se vieron beneficiados, no por ninguna iluminación súbita de la mente del señor Woodhouse, ni por ningún prodigioso cambio en su sistema nervioso, sino por el funcionamiento de ese mismo sistema en otro sentido. En el gallinero de la señora Weston, una noche desaparecieron todos los pavos; evidentemente por el ingenio humano. Otros gallineros de las cercanías sufrieron también. Esos hurtos eran auténticos allanamientos de domicilio para los temores del señor Woodhouse. Estaba muy intranquilo, y, de no ser por la sensación de la protección de su yerno, habría pasado en lamentable alarma todas las noches de su vida. La fuerza, decisión y presencia de ánimo de los dos señores Knightley le permitían confiar del todo. Mientras uno de ellos les protegieran a él y a lo suyo, Hartfield estaba a salvo. Pero el señor John Knightley debía estar de vuelta en Londres a fines de la primera semana de noviembre.

El resultado de ese apuro fue que, con un consentimiento más voluntario y alegre de lo que su hija se había atrevido a esperar por entonces, Emma pudo fijar el día de su boda, y se requirió al señor Elton, menos de un mes después de la boda del señor y la señora Robert Martin, para que uniera las manos del señor Knightley y la señorita Woodhouse.

La boda fue muy parecida a todas las demás bodas en que las partes no tienen afición al ornamento y la bambolla, y la señora Elton, por los detalles que le explicó su marido, lo consideró todo extremadamente desastrado y muy inferior a su propia boda. «Muy poco raso blanco, muy pocos velos de encaje, ¡un asunto lamentable! Selina se quedaría pasmada cuando lo supiera.» Pero, a pesar de esas deficiencias, los deseos, las esperanzas y las predicciones del grupito de verdaderos amigos que presenciaron la ceremonia tuvieron plena respuesta en la perfecta felicidad de la unión.

en cuanto pueda el señor semáforo, ed señor Bartra lám-
bién, no podía seguir adelante.

En ese estado de abstracción se vieron franqueadas no por
ninguna iluminación sobre de la mente del señor Wadhouse,
ni por ningún pensamiento visible en su sistema hacedero, uno
por el pensamiento de su mismo sistema en otra sumido.
En cuanto a la señora de algún lado, una de las desarrollo...

...

basada únicamente de alguna u otra de las bellas de su vida...
ciertas desgracia y ocasionar de Enfield de los dos señores
Knightley le permitían conjurar del todo. Mientras uno de ellos
les preguntara a él, a la señora, Hartfield estaba a salvo. Pero
el señor John Knightley deseó estar de vuelta en Londres a
fines de la primera semana de noviembre.

El resultado de ese aparte fue que, con un cumplimiento
más voluntarioso ahora de lo que su hija se había atrevido
a esperar por entonces, Emma pudo fijar el día de su boda,
y se requirió al señor Elton, menos de un mes después de la
boda del señor y la señora Robert Martin, para que uniera
las manos del señor Knightley y la señorita Woodhouse.
La boda fue muy parecida a otras las demás bodas en
que las partes no tienen afición al ornamento y la bambolla,
y la señora Elton, por los detalles que le crítico su marido,
lo consideró toda extremadamente desastrado y muy inferior
a su propia boda. «Muy poco raso blanco, muy pocos velos
de encaje. ¡un asunto lamentable! Selina se quedaría pasmada
cuando lo supiera.» Pero, a pesar de esas deficiencias, los
deseos, las esperanzas y las predicciones del grupillo de verdaderos amigos que presenciaron la ceremonia tuvieron plena
respuesta en la perfecta felicidad de la unión.

Últimos Fábula